《醒世姻緣傳》方言語彙辭典

植田均 著

白帝社

序

　本書を作成するに当たり，明清代語彙では晁瑞《〈醒世姻縁伝〉方言词历史演变研究》(北京・中国社会科学出版社，2014 年)，董遵章《元明清白话著作中山东方言例释》(济南・山东教育出版社，1985 年)，徐复岭《醒世姻缘传作者和语言考论》(济南・齐鲁书社，1993 年)，钱曾怡《山东方言研究》(济南・齐鲁书社，2001 年)，白维国《白话小说语言词典》(商务印书馆，2011 年)，現代語語彙では董绍克，张家芝《山东方言词典》(北京・语文出版社，1997 年) を特に参考にして方言語彙を採録した。そして，《醒世姻緣傳》に見える近世語語彙が現代のどの方言に継承されているかを可能な限り明らかにした。

1．方言語彙としての認定基準
　《醒世姻緣傳》に見える語で，原則として現代共通語では継承されていない(即ち，消滅している)が，現代語でも方言には継承されている語を採録した。
　ここで問題になるのが，方言語彙の認定基準である。本書で採用した方言語彙あるいは共通語語彙の認定基準は，国内外で最も権威のある《现代汉语词典》(北京・商务印书馆) の〈方〉符号の有無を原則とした。ただ，必ずしも〈方〉符号の有無により単純に分別できないこともある。例えば，"晓得" などには〈方〉符号が無い。しかし，これには，対立軸として "知道" という，より広域で用いる共通語が存在するので，"晓得" を広義の方言語彙とみなし，本書に採録した。また，《现代汉语词典》以外に，许宝华，宫田一郎主编《汉语方言大词典》(全五册，中华书局，1996 年) 及び李荣主编《现代汉语方言大词典》(全六册，江苏教育出版社，2002 年) など種々の辞典類を参照し，方言語彙として認定した。ただ，中には，現代方言に継承されているか否か確証できていない語彙も収録している。とりわけ，「山東方言」のみの場合に多い。

2．書面語語彙との関係
　書面語語彙とは，現代共通語において一般に口頭語からは離脱し，専ら書き言葉として継承されているものである。書面語は，発音による「聴覚言語」というよりも「視覚言語」であるゆえ，全国的に通用する。いわば「全国共通の語」である。したがって，方言とは無関係と考えられるかもしれない。実際，《汉

语方言大词典》(北京・中华书局)では単音節語"食"(="吃")，"着"(="穿")などは取り上げられていない。しかし，この二つの語は，例えば粤語では現代でも口頭語として用い，生きながらえているのである。本書では，この種の語も採録している。

3．見出し語の方言地域

現代における当該方言語彙が使用される方言地域を可能な限り示す。ただ，方言地域の分類は，明確に区分しにくい点があり，「北方方言」，「過渡（過渡地域の方言）」，「南方方言」の如く，大きく三つに分類した。最初，南北に大別し，そこへ南北の中間地域，所謂「過渡」（南北の中間地域の方言）を入れたのである。三大区分は以下の通り。

　　北方方言——東北方言，北京方言，膠遼方言，山東方言など——華北地方。
　　過渡（過渡地域の方言）——江淮方言，呉語，湘語，贛語——華東地方。
　　南方方言——客話，粤語，閩語——華南地方。

なお，本文には，上記以外にも過渡地域に近い江淮方言，西南方言なども表記し，より厳密性を求めている。また，山東地方の語彙が極めて多いのは，《醒世姻縁傳》の作者の基礎語彙と深い関係があるためで，「山東方言」を特に立てた。

凡　例

1. 見出し語のピンイン

　現代共通語のピンイン表記で，単語は続き書き，連語は分かち書きとした。「成語」は分かち書きとする。

　　[例]　単語：跳搭 tiàoda

　　　　　成語：挑三活四 tiǎo sān huó sì

　　　　　連語：挑頭子 tiǎo tóuzi

　軽声か否かの基準は，原則として《現代汉语词典》[第 6 版] のピンイン表記に従った。例えば，"好生"は《北京话轻声词汇》では軽声 [hǎosheng]，《現代汉语词典》では非軽声 [hǎoshēng] である。

　見出し語の配列はピンインの A，B，C…順とし，同一綴りの場合，声調の第一声から第四声，そして軽声の順とした。

　　[例]　搭拉 dāla　　打虎 dǎhu　　打哩 dǎli

　同一漢字の場合は，単音節語が先で，複音節語が次に位置する。

　　[例]　攬 lǎn　　攬脚 lǎnjiǎo

　見出し語の用字は，原文の通りとした。但し，(当時既に広く使用されていた) 簡略字等の場合は，繁体字にも言及した。

　　[例]　划 huá　　劃

2. 見出し語の品詞

　可能な限り品詞をつけた。多義語の場合，意義項目により品詞が異なるので，複数の品詞をつけてある。

　　[例]　下意：形 薄情である。動 こらえる，心を鬼にする。

　　[例]　發市：名 一日の最初の取り引き。動 一日の最初に取り引きをする。

3. 見出し語の釈義

　見出し語の釈義は，先ず日本語で表記。そして，方言語彙に対して共通語に相当する語を「="○○"」の如く簡体字を用いて挙げた。

　　[例]：動 そそのかす，挑発する，煽動する ="怂恿；鼓动"

　多義語は，同一品詞の説明が 2 項以上にわたる場合，**1. 2. 3.** …の数字

を用いて記述した。また，品詞が異なれば，品詞別に記述した。

4．見出し語の同音語，同義語

　《醒世姻縁傳》の中で出現する同音語や同義語は，用例を必ず掲げた。また，同義語は，《醒世姻縁傳》の中で使用頻度が高い場合,「極めて優勢」などと表記した。

5．見出し語の方言地域

　《醒世姻縁傳》は山東方言が多い。見出し語が山東方言に限定された場合（北方言の中に含まれるが），より厳密性を追究するため，「山東方言」とした。同様に，粤語，客話に限定される場合,「南方方言」とはせず，そのままの「粤語，客話」とする。南方方言は，これらに閩語が加わり，初めて称することができるとした。過渡地域の方言は呉語，湘語，贛語の三つが揃う場合に限って「過渡」とする。三つが揃わず，一つまたは二つの場合，呉語など，そのまま記す。

　なお，山東方言のみの語彙の中には，《醒世姻縁傳》（及び《聊齋俚曲集》）にしかみられない場合が多い。

6．見出し語の用例

　《醒世姻縁傳》の版本は，人民文学出版社，上海古籍出版社（「古本小説集成」版）の影印本を使用。用例は，当時の使用法を反映させるために可能な限り，元の文字で示す。例文には全て日本語訳をつける。

　《醒世姻縁傳》をはじめ，《金瓶梅詞話》,《石頭記》,《程甲本紅樓夢》,《兒女英雄傳》（《官話類編》,《語言自邇集》）などの明清時代北方の代表資料に継承されているか否かを確認し，一つでも見られる場合には，用例として付け加えた。

7．語彙索引

　巻末に語彙索引を設け，ピンインのABC順に配列した。語彙索引の項目総数は1919で，見出し語の他に同音語，同義語，同形異義語等を収録した。

8. 品詞等の略称

名	名詞	量	量詞	介	介詞
代	代詞	数量	数量詞	助	助詞
動	動詞	副	副詞	接尾	接尾辞
形	形容詞	接	接続詞	接頭	接頭辞
助動	助動詞				

[成]	成語	[連]	連語	転	転義
[熟]	熟語・慣用語	[慣]	慣用語	貶	貶義
[諺]	諺語	[擬音]	擬音語	褒	褒義

9. 引用資料の略称

《金》　：《金瓶梅詞話》　　　《水》　：《水滸傳》
《醒》　：《醒世姻縁傳》　　　《拍》　：《初刻拍案驚奇》
《石》　：《石頭記》　　　　　《官場》：《官場現形記》
《程甲》：《程甲本紅樓夢》　　《二》　：《二十年目睹之怪現狀》
《紅・戚》：《紅樓夢・戚序本》　《海》　：《海上花列傳》
《兒》　：《兒女英雄傳》　　　《明清》：《明清吴语词典》
《官》　：《官話類編》　　　　《現》　：《现代汉语词典》
《邇》　：《語言自邇集》　　　《山》　：《山东方言词典》
《聊》　：《聊齋俚曲集》

10. 符号一覧

¶：各用例の開始を示す。
☆：直前の用例についての補足説明。
―：見出し語の関連語についての用例。
⇒：○○を参照せよ。
同音語　　：語音が同一。
同義語　　：語義・釈義が同一。
異読音　　：多音語の場合，参考のために挙げる。
兒化語　　：接尾辞"兒"が付接する語。
同音異義語：語音は同じでも語義が異なる。
類義語　　：語義が類似している語。

|反義語| 　：反義の語。
|類似語| 　：字形が類似の語。
|同形異義語|：字形が同一でも語義が異なる語。
|参考|　　：《醒》において方言語彙ではないが，語義が近似する語について。

11. 底本

　本書で用いた《醒世姻縁傳》の底本は，人民文学出版社1994年第1版第2次印刷の影印本を用いた。そこで用いられている文字を極力使用したので，繁体字の他に簡略字（当時の民間流行文字等）が散見される。例えば，"個∥个""喫∥吃""裏∥裡∥里""樓∥楼"等，混合形式となる。

《醒世姻緣傳》
方言語彙辞典

目　次

序 ……………………………………… i
凡例 …………………………………… iii
本文 …………………………………… 1
《醒世姻緣傳》解題 ……………… 330
《醒世姻緣傳》方言語彙整理 …… 342
主要參考文献・資料一覧 ………… 345
後記 ………………………………… 347
語彙索引 …………………………… 349

A

唉哼 āihēng
[動] うめく，あえぐ＝"呻吟"。山東方言。《醒》では同義語"呻吟"も用いる：¶狄希陳倘〈＝躺〉在一根偏凳上面，一邊唉哼害痛，一邊看了周景陽〈＝楊〉止不住嗤嗤的笑。《醒97.11a.3》狄希陳は一脚の長くて背もたれの無い腰掛けに横たわり，ウーンウーンと呻きつつ，周景楊の方を見て思わずクスクスと笑った。
[同音語] "挨哼；捱哼；唯哼"：¶那橋欄干底下坐着挨哼的不是麼。《醒73.10b.7》その橋の欄干の下に蹲ってヒーヒー呻いているのがそうじゃない？¶先生教，他口裏捱哼。先生住了口，他也就不做聲。《醒33.10b.8》先生が教えますと彼は口の中でモゴモゴ。先生がやめると彼も声を出さなくなります。¶狄希陳唯哼着說道："我的不是。悔的遲了。"《醒95.13b.10》狄希陳はヒーヒーうめいて「俺がいけなかった！悔いても遲いが！」と言った。

挨磨 áimó
[動] 遲らせる，ぐずぐずする＝"拖延；磨蹭"。北方方言：¶他到挨磨了今日四日，他爽利不來了。《醒67.2b.8》奴は四日目の今日まで治療をぐずぐず遲らせ，診察に来ようとはしません。¶你叫下畫童兒那小奴才，和他快拿去，只顧挨磨甚麼。《金63.2a.1》お前は画童の奴を呼んで，一緒に早く取りに行きな。ぐずぐずと何にかまけているのだい。¶一時抓不着話頭兒，又挨磨了一會子，纔訕不搭的說了三個字，說道是長的好。《石12.8b.9》急には言葉が出なくて，少し間があり，ようやく照れくさそうに「美人だ！」と3文字を口にした。
[異読音] "挨磨"［āimò］＝"推磨"。呉語。
[同音語] "挨抹；挨摸"：¶從此每日晚間挨抹到三四更纔去。《醒49.4b.2》これより毎日，夜になると夜中の1時，2時頃までぐずぐずしてから行くのです。¶後晌來家，到姑娘屋裏挨摸會子，拇量着，中睡覺的時節纔進屋裏去，看那風犯兒的緊慢。《醒58.5b.7》夜，自分の家に帰って，おばさんの部屋で少し時間をとって推し量りながら，寝ても良い頃に部屋へ入り，様子を窺うんだよ。

安生 ānshēng
[動] 安泰である，無事である，靜かである＝"安寧；安靜"。山東方言，呉語：¶他也作蹬的叫你不肯安生。《醒68.10b.4》あれはお前を安穩と生きられない程痛めつけるだろう。

俺 ǎn
[代] 私，私達＝"我；我们(不包括听话的人)"。北方方言，過渡，南方方言。《醒》では地位のある男性が公式の場で使用する語ではない。
一「単数」を表す例。話者は一般に女性：¶你不怕我對你漢子說，我可對俺漢子說，說是你兩个〈＝個〉做牽頭，把我牽上合大官人有的。我被〈＝破〉着活不成，俺那漢子渾深也不饒過你。《醒19.12a.5》私があんたの夫に言っても恐れないなら，私はうちのあの人に言うわ。あんた達二人が無理矢理渡りをつけ旦那さんに引き合わせたってね。私は死んでもいい。でもね，うちのあの人はきっとあんたらを許さないから。¶俺這些老婆死絕了，教兒〈＝你〉替他漿洗衣服。《金

72.2b.4》私という女房が死んだら、お前（如意）に旦那様の着物を洗濯させてあげる。¶ **俺姑娘**這打扮可不隨溜兒,不僑也給他放了脚罷。《兒12.14a.1》うちの娘のような身ごしらえでは普通じゃないですわね。纏足を解かせましょうね。¶ 張太太…說:"…自從姑娘你上年在那廟裡救了**俺**一家子,不是第二日僭就分了手了嗎。…。"《兒21.8b.6》張奧さんは…「…。お嬢様が去年かの寺でうちの一家を救って下さって、翌日にはもうお別れしましたね!?…。」と言った。

― 身内等の会話文では身分ある男性も"俺"を用いる:¶ 計大官跑到老計窗下,說道:爺,快起來。**俺**妹子一定死了《醒9.6a.1》計大官は親父さんの窓辺へ駆けて来て「お父さん、早く起きてきて！妹はきっと死んじゃっているよ！」と言った。

― 「複数」を表す例:¶ 就是**俺**兩个〈＝個〉在蘇都督家住了四五十日,…《醒15.6a.8》私ら二人は蘇都督の家で4,50日泊めて貰ったのですが、…。☆話者は下男。¶ 劉姥姥見了,說道:"這叉爬子比**俺**那里鐵掀還沈。…。"《石40.6b.4》劉ばあさんは見て「この箸はワシらの所のすくい鍬よりも重い！」と言った。☆この例の話者は田舎の女性。

― 「複数形」"俺們"の例。話者は女性。田舎者の象徴的存在である劉姥姥,張太太:¶ 他只得了手就好了,**俺們**都不是樣子麼。《醒43.3b.3》あの人は（女を）ただ手に入れればそれで良いのです。私達にだって同じだったのですよ！¶ 去了金的,又是銀的,到底不及**俺們**那個伏手。《石40.7b.6》金のものが取りのけられたら、今度は銀のですか？つまるところ、ワシらの所の使い良さには及びませんわい！¶ 好哇,親家。**俺們**在這裡可糟擾了。《兒13.17b.9》こんにちは,旦那様！わたしら,こちらでご厄介になっております！

按着葫蘆摳子　　ànzhe húlukōuzi

[熟] 無理強いする,否応なしに,強制手段を用いる＝"用强迫手段"山東方言:¶ 那像如今聽見那鄉裏有个富家,定要尋件事**按着葫蘆摳子**,定要擠他个〈＝個〉精光。《醒24.2b.8》今では村に裕福な家があると聞きつければ,わざと事件を起こし否応なしにすっからかんになるまで搾り取るのです。¶ 問那個要解剩的餘米。所以只是要**按着葫蘆摳子**。《醒90.3a.4》護送する時の名目で誰に余米を要求できるのでしょうか。そういう訳で、どうしても否応なしに（百姓に米の納入を）無理強いするのです。

兒化語 "按着葫蘆摳子兒":¶ 我平生最惱的是那**按着葫蘆摳子兒**的人,你為甚麼拿着把小杓子掏那葫蘆。《醒64.2a.1》ワシが平素から最も腹の立つのはそういう強制手段を用いる奴だ。お前はなぜそんな小さな杓子を持ってその瓢箪をほじくるのだ？¶ 這們一个〈＝個〉有體面大手段的人家,不會拿着體面去使他的錢,小見薄德的**按着葫蘆摳子兒**。《醒67.5b.5》（艾前川のかみさんは）相手方は体面も銭もある家じゃないか。あんたは体面も無しに先方さんの銭を取ってはいけないよ。ケチくさい薄徳野郎のように、無理矢理の無茶はできないな！

B

八秋 bāqiū
副 とっくに＝"早已；时间已久"。山東方言：¶若是當真要打,從八秋打得稀爛。《醒20.16a.5》もし本当に打ち懲らすならば,とっくにぶちのめして見られた姿ではないだろう。
兒化語 "八秋兒"：¶等到如今哩。夜猫子似的,從八秋兒梳了頭。《醒45.3a.1》今頃まで寝ているのですか。フクロウのようじゃないですか。こちらではとっくの昔に髪も結い終わっているのですよ。

巴不能夠 bābunénggòu
動 切望する,強く願う＝"迫切盼望；恨不得；巴不得"。北方方言,過渡：¶得你去,俺巴不能够的哩。僧路上打夥子說說笑笑的頑不好呀。《醒68.7b.6》奥様に行ってもらえるなら,私達は願ってもないところです。道中,仲間と共に談笑してさぞかし楽しくなるでしょうね。¶又喜歡打發他不在眼前,便于放肆,所以也巴不能够叫他遠去。《醒76.7b.8》夫が眼前からいなくなれば遣りたい放題できると思った。したがって,夫が遠くへ行くのを切に願った。

巴拉 bāla
名 傷跡,かさぶた,吹き出物の跡＝"疤；疤痕"。北方方言。現代語では一般に"疤瘌"と表記。《醒》では同義語"疤痕；疤抗"も使用する：¶惱殺僧將頭砍弔〈＝掉〉,碗口大巴拉。《醒44.9a.8》私をひどく怒らせ頭を切り落としたが,その傷跡はお碗ほどの大きさです。
同義語 "疤抗"（"疤拉"に字形が酷似）¶我這是長凍瘡的疤抗,沒的是誰拶我來。《醒98.3b.7》私のこれは凍傷の跡よ。まさか誰かが私を締め上げたとでも言うのかい。

巴拽 bāzhuài
動 あちこちから引っ張る。転 あちこちから工面する,苦労して集める＝"辛辛苦苦湊得"。山東方言：¶嚴列宿巴拽做了一領明青布道袍,盔了頂羅帽,…《醒28.1a.10》嚴列宿は色々工面して明青色の木綿の道袍,羅帽…を作った。

拔地 bádì
副 憎々しげに,荒々しく＝"狠狠地"。山東方言：¶珍哥把晁大舍拔地瞅了一眼。《醒3.6b.4》珍哥は晁大舍を憎々しげに睨んだ。
同音語 "跋地"：¶再忍不住,將薛三省娘子跋地瞅了一眼。《醒44.12b.5》もうこれ以上我慢ならず,薛三省のかみさんを憎々しげに一目睨みつけた。

把把 bǎba
名 （幼児語としての）うんこ,大便＝"糞便；屎"。北方方言,湘語。現代語では"巴巴"とも作る：¶晁夫人一只手拿着他兩條腿替他擦把把。《醒21.9a.7》晁夫人は片方の手で赤ん坊の両足を持ってその子の便を拭き取った。¶先生之肚又愈疼難忍,覺得那把把已鑽出屁眼來的一般。《醒33.14b.10》先生はいよいよ腹が痛くて耐えられなくなった。便が尻から出るような感じです。

把攔 bǎlan
動 さえぎる,邪魔する,阻止する＝"阻挡；拦挡住"。山東方言,閩語。《醒》では同義語"阻擋；阻攔"も使用する：¶人好容易到京,出來看看兒,只是把攔着,不

放出來。《醒85.8b.7》人がやっとのことで京(ミャコ)へ来て,ちょっと見物に出かけるとなると,邪魔をして外へ出そうとしないのね。¶他凡是把攔着,只知道剝削別人的,他也不叫我行這們些好事。《醒90.10a.7》お前の兄さんは,凡そ全て邪魔するだろうね。そして,他人のものをむしり取ることのみを知っているだけで,私のこういう善行もさせてくれなかっただろうよ。¶自從春梅這邊被經濟把攔兩家都不相往還。《金97.6a.2》春梅の方では,経済に邪魔されてからというものは両家ともに往来しなくなりました。

[同音語] "攔攔": ¶說俺娘兒兩個攔攔你在這屋裡,只當吃人罵將來。《金11.4b.9》私達二人であなたをこの部屋の中で阻止していると言っていますわ。それで,罵られるだけだと思っていました。

[同音異義語] "把攔;把攬": 独占する: ¶不着我破死拉活把攔着這點子家事,邪神野鬼都要分一股子哩。《醒76.4a.8》私が命をかけてこれらの財産を独占していなければ,邪神野鬼の輩が分け前をよこせというのよ! ¶専在縣裏管些公事與人把攬說事過錢,交通官吏。《金2.6b.3》専ら県庁での訴訟ごとで人のために口をきき,賄賂の受け渡しをしたり,役人と往来することを独占しています。

白醭　báibú

[名] (湿気で生えた)カビ = "(受潮湿而生的)白霉"。山東方言: ¶把我的鋪蓋捲到桅艙裏合周相公同榻,再不與這兩个臭婆娘睡。閑出他白醭來。《醒87.8a.4》ワシの布団を帆柱側の船室へ持って行。周相公と一緒に寝る。もう二度とこの二人のバカ女とは寝ない!奴らを放っておいてカビさせてやるからな。

白當　báidāng

[副] あろうことか,意外にも,結局 = "竟;竟然"。山東方言: ¶白當的叫他帶累的我吃這們一頓虧。《醒21.12a.3》あろうことか,ワシが巻き込まれてひどい目に遭ったんだ!⇒"百"。

[同義語] "白": ¶我倒也想他的,白沒个信兒。《醒49.10a.5》私も気にはしていたけれども,全然音沙汰もなかったからね。⇒"百"。

白話　báihuà

[動] 世間話をする,雑談をする = "闲谈;聊天"。北方方言,呉語。《醒》では同義語 "閑說;說閑話;閑敘;扯淡" も使用: ¶正在白話,只見張茂寔〈=實〉從家中走來。《醒65.12a.10》丁度,世間話をしている所へ張茂実が家の中から出てきました。¶宋承庠白話了一會,也就去了。《醒79.1b.7》宋承庠はしばらく世間話をして帰って行きました。

—"閑"を前置し,意味を強調: ¶因在大門下避雨,看門人與他閑白話。《醒8.7b.3》玄関の所で雨宿りをしていたので,門番はその人と世間話をした。¶偏這個孽兒慣說這些白話。《石52.6a.2》よりによってこのしかめっ面さんときたら,こんなしょうもないことを言うのに慣れているのです。¶你又說白話。《石53.3b.6》お前はまたデタラメを言う!《石》は"白話"を名詞「無駄話」で用いる。現代方言に継承されているのは動詞の用法である。なお,現代語では"白貨"とも作る。

白拉　báila

[動] 言い返す,反論する = "抢白;驳斥;抢白"。山東方言。《醒》では語尾に[la]が付接されることが多いが,意味は無い: ¶我同着你大舅不好白拉你的。《醒85.1a.9》私は,あなたの叔父さんと共に

あなたに対して反論するのはどうかと思うんですが。
同義語 "白"：¶這個牢成的又不顧慣,只顧拿言語白他,和他整厮亂了這半日。《金73.10a.11》このずる賢い人はまた負けず嫌いだから,やたら言葉でがたがた言ったのよ。まるまるこの半日もお互いにやり合いましたわ！
同義語 "白兒"：¶哦,想來你還有兩句話白兒。《兒30.21a.3》何と！お前はまだ言いたいことがあるのか！☆《醒》の[…la](…拉;…辣;…落;…楞;…嘍;…溜など)の語：扒拉,白拉,半拉,拌拉,撥拉,撥楞,磋拉,拆拉,出拉,粗拉,蹴拉,搭拉,低楞,低嘍,提溜,提拉,提嘍,翻拉,刮拉,掛拉,寡拉,聒拉,拐拉,裹拉,合拉,忽拉,花拉,劃拉,懷拉,夾拉,架拉,攪拉,救拉,均拉,拉拉,理拉,裂拉,蜜拉,蜜溜,扭拉,排拉,蟠拉,劈拉,疲拉,皮拉,偏拉(諞拉),撒拉,鋪拉,撲拉,普拉,騎拉,撒拉,喪拉,騷拉,殺拉,沙拉,捨拉,師拉,舒拉,數拉,漱拉,梭拉,睃拉,體拉,歪拉,崴拉,武拉,形 枵拉,須拉,搖拉,蜇拉,跩拉,滋拉。

白日　báirì
名 昼間＝"白天"。北方方言,過渡。《醒》では同義語"白天"は未検出：¶白日出來沿門化齋,夜晚回到閣上與那住持的道士張水雲宿歇。《醒28.10b.4》昼間は外に出て喜捨を募り,夜は帰って閣上でその住職の道士張水雲と共に眠ります。¶幸得狄希陳白日周旋人事,晚間赴席餞行。《醒85.13b.2》幸い,狄希陳は,昼間,人事を手配し,夜は送別会の宴に出席していました。¶白日相大舅在房,素姐不肯離窓〈＝窗〉外一步。《醒76.5a.4》昼間,相大舅が部屋にいれば素姐は窓の外から1歩たりとも離れようとはしません。¶兩個人嘗著甜頭兒,日逐白日偷寒黃昏送煖,或倚肩嘲笑。《金82.1a.8》二人でうま味を知り,毎日,昼間も夕刻も逢引を重ね,肩を寄せ合い,ふざけ合っています。¶如今白日里人多眼雜,又恐生事。《石77.10b.6》今は昼間ですから人目も多く,また悶着が起こってはと思いました。¶白日裡不妨,就讓有歹人,他也沒有大清白晝下手的,黑夜須要小心。《兒3.18a.10》昼間は構いません。たとえ悪い奴がいても真昼間から手を下すこともありますまい。夜に注意せにゃならんのです。☆《石》《兒》に"白天"は見えないが《官》に"白日；白天",《迴》に"白日"が見える。

百　bǎi
副 意外にも,あろうことか＝"竟然"。"白"と同音語。山東方言：¶狄賓梁睜開眼,看見窗戶通紅,來開房門,門是鎖的,百推晃不開,只得開了後墻弔窓。《醒48.9a.2》狄賓梁は目を見開くと窓の外が真っ赤である。戸を開けようとしたが,鍵がかかっていて,どうしても開かない。仕方がないので後ろの吊窓を開けた。
同義語 "百當"：¶那沓只不叫他留下這禍根不好來。百當叫他桶下這羔子,恨不殺人麼。《醒76.4b.5》あの時この禍根を家に留めなかった方が良かったのではないの？結局,ガキを生ませちまって,死ぬほど腹が立つわ！

百凡　bǎifán
形 全ての,一切の＝"所有；一切"。山東方言,河北方言。《醒》では,同義語"一切"が極めて優勢。副詞的修飾語の用法が多い。"凡百"の逆序語：¶接風送行,及至任中,宦囊百凡順意,這都不為煩言碎語。《醒1.6a.7》歡迎をうけ,また,任地へ壯行された。任期期間中,蓄えも全て順調にいった。これらはくどくどと申

し上げることもありますまい。¶到于〈＝了〉二十五日,宗金兩個自己原有體面,又有這伍拾兩銀子,于是百凡都儘像一個喪儀,不必煩說。《醒41.12b.6》25日になって,宗,金の二人は自分たちの体面もあり,また,銀子50両も集まった。そこで,葬式を滞りなく済ませた事は,くどくど申し上げることもありますまい。¶雖是公婆在上,百凡的也該替公婆照管。《醒44.6b.1》舅,姑がまだお元気でおられるが,(今後は)全てのことは舅,姑に代わりお前が面倒をみなければならんぞ！⇒"凡百"

擺劃　bǎihuai

[動] 1.もてあそぶ,いじくる＝"玩弄;摆弄"。北方方言。現代語では"擺乎;擘劃"とも作る：¶村孩子。放着兩件活寶貝不看,拿着那兩個珠子擺劃。《醒6.11b.2》馬鹿だな！二つの活きた宝物をホッポリだして,そんな真珠なんてものをいじくっていやがる！

[同音語]"刓劃"：¶那管皇親國太,教他任意端詳,被他褪衣刓劃。《金30.8a.5》(蔡產婆は言う。)皇族のお妃であっても望み通りの姿にさせ,着物を脱がせて子供を取り上げます。

2.思うようにする,処置する,手配する＝"操纵;处置;安排"。北方方言。《醒》ではいずれも"擺劃"の動作主に"凭;凭着"(任せる)が前置：¶一點帳也沒有。憑我擺劃就是了。《醒7.13a.5》少しの心配もありません！私に任せて下されば良いのです！¶又是獨院落,關上天井的門,黑夜可憑着你擺劃,可也沒人替的他。《醒45.6b.4》それに,離れの庭です。庭の戸を閉めますと,夜,若旦那さんが好きなようにしようとも誰も彼女の為に手を貸せませんわ！

[同音語]"刓劃"：¶你和他去不是。省的急的他在這裡怎有刓劃,沒是處的。《金51.19b.11》あんた,あの人と一緒にゆかないの？そうしないと,焦ってあの人がこんな処で色々計画をしていても仕方ないでしょ！

擺制　bǎizhi(又)bǎizhì

[動] 懲らしめる,処置する,痛めつける＝"摆弄;摆布;整治;处治"。北方方言。《醒》では,同義語"擺弄;擺佈;處治;整治"も使用：¶一个〈＝個〉六七歲的孩子,他還要擺制殺他哩。《醒57.12b.8》6,7歳の子供を虐待し,殺そうとしたのですよ！☆《官》に"擺治;擺佈"とする。《金》《石》《聊》等では単音節語の同義語"擺"を用いる。

扳話接舌　bānhuà jiēshé

[熟] 話を交わす,話をしかける＝"搭話"。山東方言：¶或在井上看他打水,或在碾房看他推碾,故意與他扳話接舌。《醒19.3a.7》或いは井戸の近くで彼女が水を汲むのを見たり,或いはうすひき小屋でうすを挽いているのを見たりして,わざと彼女と話を交わそうとするのです。

班輩　bānbèi

[名] 長幼の序列＝"行辈"。北方方言：¶也不管男女的八字合得來合不來,也不管兩家門第攀得及攀不及,也不論班輩差與不差,…。《醒18.2a.2》生年月日での男女相性が合っていようがいまいが,また,両家の家柄が釣り合おうが釣り合うまいが,また,長幼の序列がどうあろうとお構いなしに,…。

搬　bān

[動] 頼む,お願いする＝"求;请"。北方方言。次例の"搬"は"請"と釈義が対：¶你放着南関〈＝關〉裡蕭北川專門婦女科不去請他,以致悮事。你如今即刻備馬,着人搬他去。《醒4.9b.2》南関の蕭北川とい

う婦人科専門の医者がいながら呼ばないから手遅れになるんだ！今すぐウマを準備させ，人をやってお願いして来てもらうべきだ！
— 現代方言では武漢で使用：¶**搬**人來幫忙。誰かに手伝いにきてもらう。
— 現代方言では山東省陽谷，青州で使用：¶他把奶奶**搬**來給他说情。彼はおばあさんにとりなしてくれるよう頼んだ。☆《金》《石》《兒》に未収。

搬挑舌頭　bāntiǎo shétou
[熟]騒ぎを起こさせる，引っかき回す＝"搬弄是非"。山東方言：¶最難得的不**搬挑舌頭**,不合人成羣打夥,抵熟盗生。《醒49.14a.6》もっとも得難いのは，良からぬ噂を流さず騒ぎも起こさず，人とぐるにならず，盗みを働かないなどです。
同義語 "搬挑"：¶若叫他到家,不消幾日便**搬挑**的叫你嫡庶不和,母子相怨,上下離心,家翻宅亂。《醒57.13a.10》もしその人を家へ来させたならば，何日も経たないうちにあらぬ噂を流され，正妻の子を仲違いさせられ，親子共に恨みを持たされる。そして，目上と目下の者が心を離れさせられ，家の中はひっくり返されるだろう。

板　bǎn
名　棺，ひつぎ＝"棺材"。北方方言，閩語。《醒》では同義語"棺材"も使用。"板"は俗語：¶麻中桂買**板**殯〈＝殯〉殮,不消說得。《醒27.13a.9》麻中桂は，棺桶を買い，納棺したのは言うまでもありません。¶我們木店里有一副**板**,叫作什麼檣木,出在潢海鉄〈＝鐵〉網山上。《石13.3b.9》手前どもの材木店には檣木(ほく)という柩用の板があります。潢海鐵網山から出たものです。
兒化語 "板兒"：¶薛内相進去觀看了一遍,極口稱道:好付**板兒**。《金64.5a.10》薛内相は歩み寄り，一通り眺めるや「素晴らしい柩ですね！」と，大いに褒め讃えた。
同義語 "靈"：¶十三妹只合褚大娘子站在一邊閒話,看着那口**靈**,略無一分悲戚留戀的光景。《兒17.7a.2》十三妹は，褚のかみさんとすぐそばに立って世間話をしていました。その柩を見つつ，別離の悲しみも全くありません。☆「棺桶」の異称：木梓,长生木,长生板,六块板,凶具,凶器,吉祥板,寿木,寿器,寿材,材,空木,料,槨,棺,棺材,槥,漆宅,漆宫,斗子,枋子,木头,器木,寿活路。

板凳　bǎndèng
名　（背もたれの無い比較的背の低い）木製の腰掛＝"凳子"。北方方言，過渡。《醒》では同義語"凳;凳子;机凳;机子;小机兒"も使用：¶還向老公乞恩,把那偺舖子裏的臥櫃,竪櫃,**板凳**,賞借給使使。《醒71.7b.9》ご老公様にお願いしているのです。昔，店舗の中にあったつづら，戸棚，腰掛けをどうかお貸し願えませんでしょうか。¶只見幾個挺胸疊肚,指手画〈＝劃〉脚的人,坐在大**板凳**上說東談西呢。《石6.4a.4》何人かが胸や腹を突き出し，手振りを交えながら大きな腰掛けに掛けて，色々と何やら話をしていた。
同音語 "板櫈"：¶一個個都倘在**板櫈**上,聲疼叫喊。《金69.12a.4》一人一人腰掛けの上に寝そべって，痛い痛いとうなりました。
— "板橙〈＝凳〉"＋接尾辞"子"：¶不想一個不留神,把個**板橙**〈＝凳〉子登翻了,咕咚一跤跌下來。《兒39.18b.8》何と不注意にも腰掛を踏み外し，ゴトーンとひっくり返ったのじゃ。

半邊　bànbiān
名　1. そば，傍ら＝"旁边"。北方方言。

《醒》では同義語"旁邉;傍邉;旁裏;旁手;旁首;一傍;一旁"のうち"旁邉"が極めて優勢：¶晁大官人閃在二門**半边**往外瞧。《醒10.6b.7》晁の若旦那は二の門の傍らに隠れて外を見ていました。

2.（数量・分量を表す）半分＝"一半"。北方方言。《醒》では同義語"一半;一半子"のうち，"一半"が極めて優勢。¶丫頭將炕邉帳子揭起**半邉**,掛在鉤上。《醒3.4b.2》女中はオンドルのとばりを半分だけ上げて鉤に掛けました。¶晁夫人叫晁鳳媳婦拾了一大盒饘饘,…,**半邉**熟猪頭,大瓶陳酒,叫人送與珍哥。《醒43.4b.10》晁夫人は晁鳳のかみさんを呼んでマントウを大きな重箱1段,…,煮たブタの頭半分,大瓶の年代物の酒を買わせた。そして,人を遣って珍哥の所に届けるよう言いつけた。¶你這媒婆們的嘴,順着屁股扯謊,有個**半邉**字的實話麼。《醒84.6a.4》あんたら仲人女の口は,上から呑み込んだ物がそのまま尻から出るようにウソを言うね。一字の半分も本当の話があるものか！¶那人見了,先自酥了**半邉**。《金2.5b.6》その人は見ますと,（美人ゆえに）まず,半分はぐにゃりとなった。¶這裡金釧兒**半边臉**火熱,一聲不敢言語。《石30.5b.5》こちら金釧兒は顔半分が熱く火照り,一言も無かった。

——「体の上半身と下半身」の意味の「半分」；¶我**半邉**俏把你這四個小淫婦兒還不勾擺布。《金58.11a.4》ワシはすれっからしだから,お前ら4人のおなごくらいものにするなんて朝飯前だぜ！

半籃脚 bànlánjiǎo

名 纏足をしても大きくなった足,完全には纏足になっていない足＝"妇女虽然缠过但还是长大的脚"。山東方言,柳川方言：¶首帕籠罩一窩絲,韈〈＝襪〉桶遮藏**半籃脚**。《醒10.4b.10》頭の布は髷に結う髪を包み,靴下は大きな足を隠す。¶晁夫人看得那個黑的雖是顔色不甚白淨,…,窪跨臉,骨撾腮,塌鼻子,**半籃脚**,是一個山裏人家。《醒49.8a.3》晁夫人は,その色の黒い方は真っ白とまではゆかないが,…真中が窪んだ顔,顴骨が張り出た頬,鼻ぺちゃで,足はでっかい,山里出身の女であると見ました。

半聯半落 bàn lián bàn luò

[成] 半分だけ繋がる,少しだけ繋がる＝"半联半不联;只联着一点"。山東方言：¶在右肐膊上盡力一口,把核桃大的一塊肉咬的**半聯半落**。《醒73.10a.3》その右腕を力を込めて噛んだ。この結果,クルミ大の肉塊が半ば取れそうになった。

半响 bànshǎng

名 長い間,長い時間＝"半天"。北方方言。《醒》では同義語"半日"が優勢。"半天"は未検出：¶止剩得小獻寶一人,待了**半响**,方問道。《醒41.13a.9》後に残ったのは小献宝一人です。しばらくして,ようやく尋ねました。¶這月娘沉吟**半响**。《金81.8a.7》こちら月娘はしばらくの間,物思いに耽りました。¶遂攜了劉姥姥至山前樹下盤桓了**半响**。《石41.4a.2》そこで劉婆さんを連れて築山の前の樹木付近を暫く歩いた。¶鳳姐正該發牌,便故意躊躇了**半响**。《石47.3a.3》鳳姐が丁度牌を出す番であった。そこで,故意に長い間躊躇した。¶聽了這話,一個個低垂虎頸頭,**半响**無言。《兒21.21b.4》この話を聞きますと,一人ひとり頭を垂れてしばらく無言でした。

半死辣活 bàn sǐ là huó

[成] 死にかかっている,半死半生である＝"半死半活;半死不活"。呉語：¶好跌得爛醬如泥,免得**半死辣活**,受苦受罪。《醒75.2a.9》上手につまずいて（谷底へ

半頭磚 bàntóu zhuān

[連] 半分のレンガ＝"半块砖；半截砖"。北方方言：¶有在他棒瘡上使脚踢的，拿了**半頭磚**打的。《醒13.11a.b.5》棒でぶたれた傷の所を足で蹴る者がある。半分のレンガで打つ者もいる。

[兒化語] "**半頭磚兒**"：¶我見那水眼淫婦矮着個靶子，兩是**半頭磚兒**也是一個兒。《金78.18a.7》あの潤んだ目のすべたは，標的を下げているけれども，まるで半分のレンガのようにチビだわ。

半宿 bànxiǔ

[名] **1.** 一夜の半分。㊂長い間＝"半天"。北方方言：¶你看我空合你說了這**半宿**話，也沒問聲你姓什麼。《醒40.13a.10》おやおや私は長い間お喋りをしちゃいましたが，まだお名前を聞いていませんでしたね。¶括辣辣通像似打了一个霹靂，把个再冬打得頭量了勾**半宿**。《醒77.13b.7》バリバリッとまるで雷に打たれたように再冬はしばらくの間，頭がくらくらしました。
2. 夜半，真夜中＝"半夜"。北方方言。¶這等寒夜深更**半宿**的伺候，夜間起來一兩次的點燈扶着解手。《醒56.8b.8》こんなに寒い夜のしかも真夜中まで侍ります。夜半に何度か起きて灯をともし，下の世話をします。

伴 bàn

[動] 比べる＝"比"。北方方言：¶那前邉伺候珍姐的人們，他都是前生修的，偺拿甚麼**伴**他。《醒3.8a.7》表にいる珍ねえさんの所の人達は前世で修行していたんだ。私らは何をもってあの人達と比べられますかね。

拌唇撅嘴 bàn chún juē zuǐ

[成] 口をとがらせる，ふくれる＝"生気的样子"。山東方言：¶進來見了老狄婆子，只見一家子都**拌唇撅嘴**，像那苦主一般。《醒48.9b.3》屋敷へ入って狄奥さんに会いますと，一家全員皆口をとがらせふくれており，さながら殺人事件の被害者のようです。

[同音語] "胖唇撅嘴"：¶女兒淚眼愁眉。養娘婢女，胖唇撅嘴《醒3.8a.10》娘の目は涙で，顔はしかめっ面。女中達は口を尖らせてふくれている。

梆梆 bāngbāng

[動] くどくど言う＝"唠叨"。山東方言。㊂¶我的娘娘。知不到什麼，少要**梆梆**。你拿指頭蘸着涎沫，試試。《醒6.12b.3》あれまあ！お前は何を知っているというのだ。つべこべ言うなよ！指先に唾をつけて擦ってみな！

[同音語] "邦邦；幫幫；哪哪"：¶他不說還好，他要邦邦兩句閑話，我爽利兩三宿不回家來。《醒74.3b.8》何か言われなければまだ良いのですが，もし，二言三言文句を言われたなら，思い切って二晩三晩家へ帰りませんでしたよ！¶那裡這山根子底下的杭杭子也來到這城裡幫幫。《醒23.11b.8》どこの山の麓のろくでなしがこの町へやって来てガタガタ言うのだ！¶你婆婆也不敢強嘴。你和我哪哪的。《石22.2b.1》お前のお姑さんでさえ口答えしないのに。お前は私にポンポン言うんだね！

幫扶 bāngfú

[動] 助ける＝"帮助；协助"。北方方言。《醒》では同義語"幫襯；扶助"も用いるが，"幫助"が極めて優勢。次例は[名]『助ける人』として使用：¶他有了黨羽，你没了**幫扶**，隄〈＝提〉防不了這許些，只怕你要落他的虎口。《醒99.13a.5》奥さんには一味となる輩がいるでしょうが，あなたには助けてくれる仲間がいない。

そうなると,あなたは防ぎきれなくて,そやつ達の危険な罠へ陥ってしまう。¶好歹一家一計,幫扶着你娘兒們過日子。《金79.20b.10》どのみち一家なんだから,奥さん達を助けてきちんと暮らしておくれ。

幫貼　bāngtiē

[名] 補助＝"补贴"。閩語：¶丁利國時常還有幫貼。其妻其子,一个月三十日倒有二十五日吃丁家的飯。《醒27.6a.3》丁利国はしょっちゅう補助をした。その妻や子は1ヶ月30日のうち25日は丁家の食事にありついた。

[動] 援助する,手伝う：¶姜小姐又不會看孩子,每日都是姜朝媳婦幫貼,又甚不方便。《醒49.7a.2》姜お嬢さんはまだ子供の面倒を見ることができない。よって,いつもは姜朝の妻が手伝っているが,甚だ不便である。

傍邉　bàngbiān

[名] そば,かたわら＝"旁边"。北方方言。現代方言の"傍边"は動詞。《醒》では名詞：¶素姐跑下床來把小玉蘭一巴掌打到〈＝倒〉傍邉,他依舊往床上去了。《醒45.2a.1》素姐は寝台から跳び下りて小玉蘭をバチンと打ち,再び寝台へと戻った。¶那兩个差人也在傍邉觀看。《醒88.4b.6》二人の下役人も側からじっと眺めた。¶小丫頭子真就拿了攔在賈母傍邉。《石47.3b.5》少女は本当に持ってきて賈母のそばに置いた。

飽撑撑　bǎochēngchēng

[形] 豊満な,豊かな＝"很饱满"。山東方言：¶飽撑撑兩隻妳膀,還竟是少年女子。《醒72.11b.3》豊かな両乳房は,なお若き女の子のよう。

暴暴　bàobào

[形] 突き出た＝"突出；鼓起"。山東方言：¶年紀約有二十多歲,黄白淨兒,暴暴兩個眼,模樣也不醜。《醒49.7a.3》年の頃は20歳余りで,色が白く,突き出た両目だが,別に不恰好ではない。

— 単字"暴"（共通語の用法）：¶這有什麼的。筋都暴起來,急的一臉汗。《石32.5a.4》こんな何でもない事に青筋をたてて。顔中汗だらけですわよ！

暴土　bàotu（又）bàotǔ

[動] 埃(ほこり)が舞う＝"尘土飞扬"。北方方言：¶拿罩兒罩住,休要暴上土。《醒5.12a.1》覆いをかぶせろ！埃がかからんようにな！

[名] 埃(ほこり)：¶又見那大殿並沒些香燈供養,連佛像也是暴土塵灰。《兒6.17a.9》また,その大殿には灯明もなく,仏像も埃まみれでした。

背搭　bèidā

[名] 胴着,チョッキ＝"(棉)背心"。過渡,南方方言：¶四錢八分銀買了一定平機白布,做了一件主腰,一件背搭。《醒79.8b.9》4錢8分の銀子で平織りの白布1匹を買い,腰巻きと短い胴着を作りました。

背地後裏　bèidìhòuli

[名] 背後。[転]（副詞的修飾語）こっそり,隠れて＝"背后；背地(里)"。山東方言。《醒》では同義語"暗地；暗地裏；背地；背地裏；背後"が優勢：¶回到家來,兩个兄弟沒出來探探頭兒,問聲是怎麼,背地後裏已〈＝只〉是恨說辱沒了他。《醒74.3a.6》家へ戻ってきたのに,二人の弟は顔を出さず,どうしたと尋ねもしない。こっそり「恥だ」とだけ言うのです。

背肐拉子　bèigēlázi

[名] 辺鄙なところ,片隅＝"偏僻的角落"。北方方言：¶這裏就好,背肐拉子待親家的。《醒59.5b.7》そこでいいわ。片隅で奥さんをもてなすとでも？

[同音語] "背哈喇子；僻格剌子；背旮兒

子;背旮旯兒":¶我在這**背哈喇子**,誰曉得。《金21.4a.7》わたしゃ,この隅っこにいるのよ！何も知らないわ！¶到明日房子也替你尋得一所,強如在這**僻格剌**子里。《金37.7a.11》いずれ家もお前達のために一軒探して下さいますよ。そうすれば,こんな辺鄙なところよりは随分ましですわ！¶你們連個大廳也不開,把人家讓到那**背旮旯子**裡去。《兒15.5b.5》お前たち,大広間すらも開けないで,お客さんをそんな隅っこへなんぞ押し込めおって！

悖晦　bèihui

形 (多く老人が)もうろくしている,ボケている,訳の分からない＝"糊塗"。北方方言。"悖悔;背晦;背悔;背會"とも作る。《醒》では同義語"悖謬;糊塗;糊突"も用いるが,"糊塗"が極めて優勢:¶這不**悖晦**。你兒不動彈,那老婆就知道明水有个狄大官待嫖哩。《醒40.5a.1》訳の分からないことを言うでないよ。息子から行動を起こさなけりゃ,どこぞの女が明水に狄某がいて女郎を買うなんて思うかね。¶哎喲。你小人兒家只這們**悖晦**哩。你爹八十的人了。《醒60.7a.1》あれ！お前達ぼけちゃったのかい！お父さんは80歳になるのだよ！

同音語 "背晦;悖悔":¶你媽媽再要認真排場他,可見老**背晦**了。《石20.1a.10》あなたのばあやは,いよいよムキになっておおげさにするのです。もうろくしてしまったのね。¶便是我合你別了一年,你**悖悔**也不應**悖悔**至此。《兒24.29a.6》私とは別れて1年しかなりませんが,もうろくするにも程がありますよ！☆《邇》は"葷晦"と作る。

被窩　bèiwo

名 夜具,寝具,布団＝"被子;被臥"。北方方言,過渡。《醒》では同義語"被窩;被子"が極めて優勢:¶晚間把妳子先打發睡了,暖了**被窩**,方把晁梁從晁夫人**被窩**裏抱了過去。清早妳子起來,就把晁梁送到晁夫人被內,叫妳子梳頭洗臉。…。晁夫人嫌不方便纔教他在脚頭睡,還是一個**被窩**。《醒49.1b.5》夜,乳母に先に寝て貰い,布団を温めさせ,そこへ晁梁を晁夫人の布団から抱いて行った。朝,乳母が先に起き,晁梁を晁夫人の布団の中へ入れ,乳母に髪結いや洗顔をして貰う。…。晁夫人は不便を厭わず,晁梁を足元の所で眠らせた。やはり一つの布団だった。

— "被窩"＋接尾辞"子":¶他沒大發惡,流水的脫了衣裳,進到**被窩子**裏頭去。要是他發惡的緊了,這就等不的上床,…《醒58.5b.9》彼女の機嫌が悪くなければ,さっさと着物を脱ぎ布団の中へはいってしまう。もし,彼女の機嫌が悪ければ,寝台へ上がる前に…。

— 非軽声"被窩"[bèiwō]:寝袋¶金蓮就舒進手去**被窩**裡摸。《金21.5a.11》金蓮は,寝袋の中に手を伸ばし探ります¶我帶着一條**被窩**呢,不要鋪蓋了。《兒20.15b.8》私は寝袋を一つ持ってきているわ。布団はいらないから。

逼　bī

動 1. 濾すようにして液体だけをとる,したむ,搾る＝"挡住渣滓或挡住泡着的东西把液体倒出:滗[bì]"。山東方言,関中方言,西南方言,過渡,南方方言。現代語では一般に"滗"と作る:¶兩个碗扣住,**逼**得一點湯也沒有纔включ吃,那飯桶裏面必定要剩下許多方叫是夠。《醒26.10b.5》二つの碗を伏せ合わせ,したんで少しの湯もなくなってから食べる。また,飯桶の中に多くが残るほどでないと満ち足りたと言わない。

2. 隠れる,隠す＝"躱;藏;避"。山東方

言.《醒》では同義語"躱;藏"が優勢:¶這猫逼鼠是不必說的,但有這猫的去處,周圍十里之內,老鼠去的遠遠的.《醒6.8b.2》この猫は,鼠が避ける点は言うまでもないのですが,この猫のいる所周囲十里以内は,鼠が遠く逃げてしまいます.¶珍哥逼在墻角邊站立,那些囚婦都跪在地下.《醒14.2a.9》珍哥は壁の隅の辺りに隠れて立ち,それらの囚婦は皆地べたに跪いています.¶小和尚拿着鞋,把手逼在脊梁後頭,撲在晁夫人懷裏.《醒36.11b.7》小和尚は靴を持ち,その手を背に隠し,晁夫人の胸の中へ飛び込みます.

同音語 "偪":¶叉了一條褲子,偪在門後邊篩糠抖戰,灶前鍋裏煮的熱氣滕滕〈=騰騰〉,撲鼻腥氣.《醒31.4b.10》ズボンを穿いて戸の後ろへ隠れ,震えております.竃の前の鍋では煮立って湯気が立ち込め,生臭い臭いが鼻をつきました.¶不料素姐偪在門外頭聽,猛虎般跑進門來.《醒68.12b.1》ところが,素姐は戸の外で隠れて聞いていて,猛虎のように走って入ってきた.

3. ぴたりとくっつく,じかにつける,接近する="貼近".同音語 "偪".山東方言:¶濃袋偪在門外偷聽,唬的只伸舌頭.《醒98.14b.6》濃袋は,戸の外でぴたりとついて盗み聞きしていたが,驚いて舌を出すばかりでした.

鼻涕往上流 bítì wǎng shàng liú

[熟] 鼻水が逆に流れる.㊂事をあべこべにする,反対に,逆に="相反".山東方言:¶佔着我的漢子,倒賞我東西過節.這不是鼻涕往上流的事麼《醒3.11b.4》私の夫を占有しておきながら,私に祝日を過ごさせてやるというのかい!これは逆さまの事ではないのかい.¶等審了錄回來,路上合他箅帳.鼻涕往上流,倒發落起偺來了.《醒51.5a.9》取り調べが済んで帰るとき道中でこやつのかたをつけてやる!これじゃ,逆さまじゃないか.逆にワシらを処分しようとしやがる!

鼻頭 bítóu

名 鼻の先="鼻尖".閩語:¶裏邊女眷,有人少鼻頭的麼.《醒97.6b.5》お宅のご婦人には鼻の先の無い方がおられるかな.¶昨日曾有一个,這人瞎只眼,少一个鼻頭.《醒86.12a.2》昨日一人いました.その人は片目で鼻の頭が欠けていました.

閉氣 bìqì

名 うっとうしい気持ち,不愉快な気持ち="悶气".客家語,西南方言:¶與了晁大舍個閉氣.晁住也沒顏落色的走得去了.《醒6.13a.8》晁大舍を浮かない気にさせたが,晁住もしょんぼりと立ち去った.

邊頭 biāntóu

名 そば,近くのあたり(比較的狹い範囲における)="旁边儿;边儿".過渡,閩語.《醒》では,同義語 "邊兒;旁邊" を用いるが,時に "邊頭" も用いる:¶禁不得那渾家日逐在耳邊頭咭咭聒聒,疑起心來.《醒88.1b.10》かのかかあは毎日耳元でぶつぶつと呟き,疑念を起こしたので,私は堪えられなくなりました.¶那婆子見畢禮,坐在炕邊頭.《金76.15b.5》かの婆さんは挨拶を終えると,オンドルの端に腰掛けます.

扁 biǎn

動 挾み込む,隠し立てする="藏;掖".山東方言.《醒》では同義語 "藏;拽" も使用:¶連那三成銀子盡數扁在腰裏,打的生活,一味光銅.《醒70.3b.6》3銭の銀子は悉く自分の腰に挾み込みました.作った製品は全て銅製です.¶將那大

塊多的銀子扁在自己腰間,不過將那日逐使的零星銀子交他使用。《醒88.8b.2》大枚の銀子は自分の腰にしまい込み,そいつには単に毎日使うだけの小銭しか渡しません。

|同音語| "貶":¶自從有了小珍哥,就把那大婆子貶到冷宮裏去了。《醒18.6b.5》若い珍哥を得てからは,その正妻をお蔵入りさせているのです。¶糧食留夠吃的,其餘的都攞了銀錢,貶在腰裏。《醒53.11a.7》食糧は,食べるに足る分を残しましたが,その余りは悉くお金に換え,腰に潜ませました。

扁呼呼　biǎnhūhū

|形| 平たくて薄い＝"很扁"。山東方言:¶其妻㕛黑的頭髮,白胖的俊臉,只是一雙扁呼呼的大脚。《醒84.4a.4》その妻は,真っ黒な頭髪,白くふっくらとした美しい顔ですが,ただ,両足は平たく大きかった。

扁食　biǎnshi

|名| ギョウザまたはワンタン＝"餃子或餛飩"。北方方言:¶後遘計氏一夥主僕連個鑷饢皮扁食遘,夢也不曾夢見。《醒3.8a.1》奥の計氏の方では,主も使用人達もマントウの皮,餃子の端くれすらも夢にさえ見られません。¶調羹包的扁食,通開爐子,頓滾了水。《醒81.11b.5》調羹は餃子を作るため炉に火を入れ湯を沸かします。

|同音語| "匾食":¶西門慶看着迎春擺設羹飯完備下出匾食來。《金67.23b.6》西門慶は迎春が供え物の食事を並べ,餃子を出してくるのを見た。¶翻包着菜肉匾食、窩窩、蛤蜊麵、熱盪溫和大辣蘇。《金2.10a.4》野菜と肉を包んだ餃子,ふかし饅,蛤そば,熱い酒です。

|兒化語| "扁食兒":¶做了些蔥花羊肉一寸的匾食兒。《金16.12a.6》ネギのみじん切りにヒツジの肉が入った一寸大の餃子を作った。☆《石》《兒》に未収。

便索　biànsuǒ

|副| すぐに＝"就"。山東方言:¶這也便索罷了,他還嫌那屄嘴閒得慌,將那日晁夫人分付的話,稍〈＝捎〉帶的銀珠尺頭,一五一十向着珍哥晁大舍學個不了。《醒8.5a.9》それだけなら良いのだが,そいつはまだその卑しい口が暇でたまらない。あの日,晁夫人から言いつけられた話,預かってきた銀子,真珠,反物等,洗いざらい全て珍哥と晁大舍に対して喋ってしまった。

俵散　biàosàn

|動| (部分または人数によって)分け与える,配る＝"(按份兒或按人)散发;分发"。北方方言:¶奶奶沒要緊,把東西都俵散了,…。《醒9.3a.3》奥様,大丈夫ですよ!着物などいろいろ分けて下さいますが…。¶武松就把這三十兩賞錢在廳上俵散與眾獵戶去了。《金1.8b.5》武松はその30両の褒美を広間で猟師たちに分配します。¶先把抬轎的,每人一碗酒、四個燒餅、一盤子熟肉,俵散停當。《金48.7b.6》まず,駕籠かきの各々にも酒一碗,シャオピン4個,煮た肉一皿をきちんと配らせた。¶眾賊認定,分贓俵散。《程甲112.3b.5》賊達は相談がまとまると,盗品を皆で山分けした。

憋　biē

|動| 強要する,ゆする＝"勒索;索取"。山東方言:¶他那使毒藥惡發了瘡,腾的聲往家跑的去了,叫人再三央及着,勒措〈＝捎〉不來,二三十的憋銀子。《醒67.14a.5》あいつは毒薬を使って傷口をひどく爛れさせ,さっさと家へ帰ってしまった。人をやって再三お願いしても,何かと嫌がり来ない。そして,2,30両の銀子をゆすりやがる。

[同音語] "鼈"：¶怎麼聽他那口氣，一似鼈的艾回子的。狄員外道：那艾回子好寡拉主兒，叫他鼈這們件皮襖來。《醒67.12b.3》「奴の口ぶりからは艾回子からゆすり取ったようですよ」と言った。すると狄員外は「その艾回子は，ケチで刻薄な奴だ。そいつからこんな毛皮の上着をゆすり取れるかね」と答えた。

別白　biébái

[動] つっかかる，言い返す，逆らう＝"抢白；违拗"。山東方言：¶一來不敢別白那珍哥，二來只道那計氏降怕了的，乘了這个瑕玷，拿這件事來壓住他。《醒9.1a.9》一つには，珍哥につっかかる事はできないし，二つには妻の計氏は怖がっていると思い込んでいた。よって，この弱点につけこんで，これを持ち出し押さえ込んでやろう。

別變　biébiàn

[動] 強制する，強いる，処置する＝"逼迫；处置"。山東方言：¶若不是這等體貼，就生生的叫人別變死了。《醒56.10b.1》もしこんなに親身になって世話してくれなきゃ，むざむざ人に殺されていますよ！¶我待來隨着社裏燒燒香，他合他老子攛成一般別變着不叫我來。《醒69.2a.9》私がこの講に入って寺詣りすると言った時，奴と奴の父親は一緒になって，私に参加させないように強いるのよ！¶莫不等的漢子來家，好老婆把我別變了就是了。《金75.24a.4》男の人が家へ帰ってきたら，この女房は私を何とかするのじゃないですか。

別脚　biéjiǎo

[名] 矛盾，ほころび，破綻，でたらめ＝"破绽；漏洞；矛盾"。山東方言：¶只這他自己的狀上好些別脚，一字大〈＝入〉公門，九牛拔不出哩。《醒46.9a.5》ただ奴の訴状の多くの矛盾は「一字公門に入れば九牛も抜き出せず」じゃ。

冰扳　bīngbān

[動] 氷で冷やす＝"冰镇"。山東方言：¶正從南城來家，走的通身是汗坐着吃冰扳的窩兒白酒。《醒82.3b.3》南城から戻ってきたところです。歩いてきた結果，全身汗だくで，腰掛けながら氷で冷やした酒を飲んでいるところです。

並骨　bìnggǔ

[動] 夫婦合葬する＝"夫妻合葬"。山東方言，北京方言：¶既是俺兒為他死了，就教兩個並了骨一同發送。《醒20.4a.5》私の息子はその女のために死んだのですから，二人とも合葬ということで一緒に送り出してあげます！

撥拉　bōla

[動] 押しのける，払いのける，はねのける＝"推开；拨开"。北方方言。現代語では"布拉"とも作る：¶先打着問心替嫂子念一千聲佛，這碗飯纔敢往口裏撥拉。《醒32.11b.3》先にお坊さんのように両手を胸の前で合わせて礼をし，嫂さんの為に一千回念仏を唱え，ようやく碗の飯を口の中へかき入れます。¶素姐伸手，羅氏使手撥拉。《醒95.5b.2》素姐が手を伸ばしてきたのを羅氏は自分の手で払いのけた。

[同音語] "撥剌"：¶自古木杓、火仗兒短，強如手撥剌。《金45.6b.3》昔から木の杓や火かき棒は，短くしても手でかき回すよりはまだましと言います。

頦搶骨　bóqiǎnggǔ

[名] 頸椎(?)＝"颈椎"。山東方言：¶狄希陳像折了頦搶骨似的，搭拉着頭不言語。《醒83.11a.7》狄希陳はあたかも首の骨が折れたようにガックリとうな垂れて言葉も出ません。

駁雜　bózá

[形] 不運である，順調ではない＝"倒

霉"。山東方言。《醒》では同義語"攪亂"が極めて優勢。"倒灶;倒竈;駁雜"も用いる。"倒霉"は未檢出:¶只為先生時運駁雜,財鄉不旺。《醒35.3a.9》ただ先生の時の運が悪く,財運も良くありませんでした。¶命中一生替人頂缸受氣,小人駁雜,饒吃了還不道你是。《金46.17a.6》あなたの運は,一生,人のために色々恨まれます。小人というものは,訳も分からず,自分が良い目をしてもあなたのことを良くはいいません。

跛羅蓋子 bǒluogàizi

名 膝がしら="膝盖"。北方方言。現代方言では同音語"波棱蓋兒;波拉蓋兒;波羅蓋兒"等が見られる。《醒》では同義語"膝蓋"も使用:¶這話長着哩,隔着層夏布褲子,墊的跛羅蓋子慌。我起來說罷。《醒10.6a.1》話が長くなりますので,夏布のズボン1枚で跪いていては膝が痛いのです。立って申しますよ!

同義語 "克膝蓋兒":¶撑着兩個小鼻翹兒,挺着腰板兒,雙手扶定克膝蓋兒。《兒25.19a.1》小鼻を膨らませ,腰をまっすぐに立て,両手で膝頭をしっかりと支えています。

補復 bǔfù

動 報いる,恩に答える="报答"。山東方言:¶我感他這情,尋思着補復他補復。《醒30.14b.7》私は,あの人の情にいたく感激し,その恩に報いるよう考えていたんだよ。

鋪襯 bǔchèn(又)pūchèn

名 古ぎぬ,端布(はぎれや古布で裏打ちして厚くしたもので布靴に用いる)="碎布头或旧布"。本来"補襯"と作る。北方方言,過渡:¶拿着給我奶奶做鋪襯去,叫俺奶奶賠陳奶奶個新襖。《醒92.5b.7》持って行って私の奥様のために靴底にして貰いましょう。私の奥様が陳奥さんのために新しい袷を作って下さいますから。

同音語 "補襯"(金偏と衣偏の差):¶當日實有這件破襖,是媳婦子賭氣夾了來家,合его師娘換下的一條破褲,都拆洗做補襯使了。《醒92.12a.4》あの日,本当にそのぼろ袷はありました。下男のかみさんが腹を立てて持ってきたのです。それと陳婆さんのぼろズボンもろともほどいて洗濯し,靴底として使いました。

不曾 bùcéng

副 …していない,いまだかつて…ない="没有;没(有)V过"。北方方言。「"已然"(="已经")の否定」:¶又見那青梅雖是焦黄的臉,倒不曾瘦的像鬼一般。《醒8.7b.6》かの青梅は血色の悪い顔であったが,痩せて幽霊のようという程ではない。¶計老父子也不曾往家去,竟到了縣門口。《醒9.12a.1》計老親子は家へ戻らないで県役所前へやってきた。¶況我們兩个雖定下了親,都還不曾娶得過門。《醒15.12a.4》私達二人とも婚約はしていますが,いずれもまだ嫁を迎えいれてはいません。¶問的時節,着實有人奉承,却也不曾失了體面。《醒12.10a.8》尋問の時は確かにおもねる人も出てくれ,体面を失うこともありませんでした。¶雖然不曾捉弄得他,喫他一席酒,又得了這个單方,也不枉費心一場。《醒62.9b.1》先生をかつげなかったが,酒の席を設けてくれるんだし,この民間処方も得たし,無駄なことをやった訳ではない。¶狄希陳依舊不曾進房去吃。《醒45.6a.6》狄希陳は依然として部屋へ入ってご飯を食べません。¶我這兩日身子有些不快,不曾出去走動。《金85.7a.7》私はここ2,3日,体が少し具合悪かったので,出かけていませんで

した。¶可今娶姐姐二房之大事亦人家大禮亦**不曾**對奴說。《石68.2a.2》今、お姉様をお妾さんとする大切な儀礼すらも私には何一つ申されておりません。¶姑娘…叫道:安公子,睡着了。他…說:**不曾**睡。《兒8.2b.3》娘は…「安坊ちゃま、眠っちゃったの？」と叫ぶと、彼は…「眠っちゃいないよ」と答えた。

— "曾经"の否定：¶那个計氏,雖肰是个**不曾**進學的生員,却是舊家子弟。《醒1.7a.9》かの計氏は、父親が科挙の試験に合格したことはなかったが、旧家の子弟ではありました。

— 疑問形式の"…不曾？"：¶你見那新姨來**不曾**。《醒7.5a.5》お前はその新しいお妾さんに会ったの。¶任直道:他們見過了那個遼東參將**不曾**。姑子道:這觀裡自來不歇客。那有甚麼遼東參將。任直問:他們三個还〈＝還〉說甚麼**不曾**。《醒22.16a.9》任直は「彼らはその遼東参将に会ったかい」と申しますと、尼は「この観にはこれまで客を泊めていません。どうして遼東参将なんているものですか！」と答えます。すると、任直は「彼ら三人は何か言っていたか」と尋ねます。¶你面試**不曾**。《醒37.12b.8》お前は面接試験を受けたか。¶只是不敢來親近問,添了哥哥**不曾**。《金76.15b.7》ただ、近くへ来ても尋ねにくくてね。赤ん坊はできましたか。

— 「判然としない気持ち」を表す"不知"(…かしら)と共に用いる：¶貧僧一則來與奶奶拜節。二則掛念着,不知添了小相公**不曾**。《醒22.7a.6》拙僧、一つには奥様に新年のご挨拶を、二つにはお坊ちゃんがお生まれになられたか気になっておりまして。¶俺小哥不知取了喜**不曾**。《醒45.13a.9》うちのお坊ちゃんは花嫁さんと初夜を一緒になさったのですかねぇ？¶但不知他還有多餘**不曾**。《醒65.8a.8》ただ、あいつが余分に持っているかな。¶我要到皇姑寺一看,央他孃子講說,不知講過**不曾**。《醒77.11b.3》私は皇姑寺へお参りに行きたいとあんたの奥さんに話してくれるように頼んだのだけど、聞いてくれたかしら。

— "…沒？"型の話者は全て女性：¶你梳上頭看看姐姐去,看他今日黑夜作怪來沒。《醒45.12b.9》お前、髪の毛を梳きにあの子を見に行っておくれ。あの子が夜にまた変なことをしでかしたかを。¶你給他,可他媳婦兒見來沒。《醒49.11b.8》あなたがあげたのなら、そのお嫁さんは見たでしょう。¶你知道他是劈來沒。《醒60.9a.4》あいつが雷に撃たれたか、あんた知っているの。¶狄大爺合狄大娘起來了沒。《醒45.2b.10》狄旦那さんと狄奥さんは起きられましたか？¶做了中飯沒。做中了拿來吃。《醒40.9b.4》ご飯はできたかい。できたなら持ってきて。戴きますから。

参考

沒曾 méicéng 副 …していない＝"没有(V)"。西南方言。「動作行為の否定」：¶晁大舍又在監裏住下**沒曾**出來。《醒14.11a.2》晁大舍は、牢の中に泊まり、出て来なかった。¶你弟兄們**沒曾**分居,那个是你哥的。《醒28.2a.9》お前達兄弟は分家していないが、どちらが兄なんだ？¶薛夫人曉得是說這个,口裏**沒曾**言語。《醒56.5a.2》薛夫人はそれがわかったが、口では何も言わない。

— 経験の否定：¶別說**沒曾**見你,連耳朵裏聽也沒聽見有你。你新來乍到的,熟話也沒曾熟話,你就這們喬腔怪態的。《醒95.4b.10》あんたに会ったことがないばかりか、あんたの存在なんて聞いたこ

とも無いよ。急にやって来て親しくもないのにあんたは何と変な事を言うのかね！☆この文の第2番目の"沒曾"は「動作行為の否定」。
━動作行為の否定か經験の否定：¶他石〈＝不〉會興作妖怪,沒曾謀反。你們都是合他一夥的人。《醒89.3b.5》あいつが妖術で攪乱することができなくて,謀反を起こしたことが無いですって？お前達は皆あいつとぐるなのよ。¶家裡老婆沒曾往那裡尋去,尋出,沒曾打成一鍋粥。《金46.13b.10》家の女房がそちらへ探しに行かないかしら。そして,探し出したらめちゃくちゃにしなかったかしら。¶幸而璉二爺不在家,沒曾圓房,這還無妨。《石69.2b.7》幸い,璉の旦那様は家におられませんので,床入りしていません。したがって,このことは構やしません。

不湊手　bù còushǒu
[連] 金が足りない,人手が不足する＝"钱财短缺;人手不够"。東北方言,吳語：¶晁爺新選了官,只怕一時銀不湊手。《醒1.5a.4》晁の旦那様は新しくお役人に選ばれましたので,一時,銀子がご入り用ではないかと存じまして！

不打緊　bù dǎjǐn
[連] 大したことはない,大丈夫である,構わない＝"不要緊"。北方言：¶別要叫孩子吃了虧,疼殺我不打緊,你還要做官,只怕體面不好看呀。《醒81.10a.10》娘がひどい目に遭わされても,私が痛みを案じるのは構いません。けれども,あんたはこれから官吏になるお人ですよ。恰好悪いじゃないですか！¶不打緊,等我磕頭去。《金73.6a.4》ようがんす。ワシが叩頭いたしましょう！¶你這一鬧不大〈＝打〉緊,鬧多少人來,到〈＝倒〉抱怨我輕狂。《石31.1a.8》あなた様お一人の騒ぎでしたら大したことはありませんが,多くのお人を騒がせることになれば,逆に私を軽薄なやつだと恨まれるでしょうよ！¶我在這里看着行李。別的不打緊,這銀子可是你拿性命換來的。《兒12.10b.1》ワシはここで荷物を見ておる。他の物は構わんが,この銀子はお前さんが命と引き換えたものだからな。

不的　búdi
[形] 良くない,だめである＝"不行;不好"。山東方言。《醒》では疑問を表す文末の語気助詞"麼"に前置される：¶你拉了他來不的麼。《醒60.8a.4》お前が奴を引っ張ってきたらどうなんだい。¶但你合他自家去不的麼。《醒68.12a.9》でも,あんたと姉さんとで行くのはダメなんですか。

不好　bùhǎo
[形] 体の具合が悪い,病気になる＝"害病;生病;得病;患病"。北方方言,湘語。《醒》では同義語"不好;生病;得病"も使用。"害病"が極めて優勢。"患病"は未検出：¶姓計的。我害不好,多謝你去看我。《醒2.11b.9》計さんや,私が病気のとき見舞いに来てくれてありがとう。¶偺昨日在圍場上,你一跳八丈的,如何就這們不好的快。《醒2.8a.7》昨日猟場でお前さんは跳びはねるほど元気だったのに何故こんなにも病になるのが早いの。¶我並不知他不好,沒曾去看的。《金83.7b.11》私は,奥さんが体の調子が良くないとは知らなかったのです。だから,お見舞いに行っていないのです。
━「死去」の"不好"：¶那像一个將要不好的人。《醒90.11a.6》一体,どこが鬼籍に入る人のようだろうか。

> 参考
> 生病 shēngbìng 動 病気になる＝
> "害病；得病；患病"。呉語，贛語，閩語：¶
> 恰好童一品生病死了，老陳公依舊與童
> 七仍做生意。《醒70.2a.9》丁度，童一品は
> 病気にかかり死にましたが，老陳公は
> 依然として童七と商売をしました。☆
> 《石》《兒》には"生病"は未收。《兒》には
> "害病""患病"が見える。

不好看相 bù hǎo kàn xiàng

[連] みっともない＝"不好看；不好看的模様"。北方方言：¶想那正房的當面有他昨晚狼籍在地下的月信，天明了**不好看相**，一骨碌起來穿了褲子。《醒20.1b.1》母屋の昨晩の体をなしていないのが床に残った形跡で，生理であることを思い起こした。夜が明け人に見られてはみっともないと考え，ぱっと起き，ズボンを穿いた。¶且是許多親戚都在城裏，萬一裏面的是个熟人，**不好看相**。《醒37.10a.6》多くの親戚が城内にいるのだから，万一，その中に知った人がいればみっともないことになります。

不濟 bújì

[形] 良くない，役に立たない＝"不好；不頂用"。北方方言：¶狄大嫂，你**不濟**呀，做不得女中豪傑。《醒89.12a.5》狄奥さん，あんただめじゃない。女豪傑になれないね。¶看得土官的力量十分是**不濟**的，可以手到就擒。《醒99.2a.1》その土地の役人の力を全然役に立たないと見ていた。自分の手でやれば即捉えられる，と。¶我覺自家好生**不濟**，有兩句遺言和你說。《金79.20a.7》ワシはもはやいけないが，お前に少し遺言があるんだ。¶你們**不濟**，等我奉勸二娘。《金14.12b.9》お前達では役に立たないな。ワシが奥さんに勧めてみよう。¶果然我們就**不濟**

鳳丫頭不成。《石53.9a.6》やっぱり私達では，鳳ちゃんのような訳にはゆかないのでしょうか。¶可恨我腰腿**不濟**，不能全禮。《兒15.5a.2》ワシは，足腰が良くないので叩頭はできませんのじゃ！¶這處的鐵匠頂**不濟**〈＝不中用〉。《官》ここの鍛冶屋は本当に駄目だ。¶我的牙**不濟**〈＝不好〉，硬東西一點也咬不動。《官》私の歯はよくないです。硬いものは少しも噛めません。

不消 bùxiāo

[助動] …する必要がない，…するに及ばない＝"不用；用不着"。山東方言，江淮方言，西南方言，徽語，過渡。《醒》では同義語"不用；用不着"が極めて優勢。"不消"も多く使用：¶這房子也**不消**退與他，把一應家伙封鎖嚴密，叫看門的守着。《醒7.6b.2》この家も返す必要はない。全部の道具類は家の中へ入れて，出入り口を厳重に封し，門番に見て貰っていたらいい！¶有兩疋夏布，拿來我們一人一疋做衣服穿，**不消**與他。《醒19.7a.4》2疋の麻布があるのでしたら，私達一人１疋づつ下さったら服を作ります。彼女にやることはないですよ！¶**不消**查號，原差是劉宦。《醒35.14a.9》帳簿の番号を調べる必要はない。あのときの下役人は劉宦であった！¶娘，你**不消**問這賊囚根子，他也不肯實說。《金59.8b.1》奥様，こんな悪い奴に尋ねることないですよ。こいつは本当のことを言いませんわ！¶外面諸事**不消**細述。《石58.3b.4》外の諸々の事は，細かく述べることもありません。¶這是有例在先的，**不消**再讓。《兒30.8b.10》これは先例がある。もう遠慮することもなかろう。¶不是特来救一家性命。這就**不消**再講了。《兒8.17b.2》わざわざ一家の命を救いに来たのではないのよ。こんな事

言うまでもないですわ！

不着　bùzháo

接 もしも…でなければ＝"要不是；如果不是"。北方方言：¶好貨呀。不着你們,俺娘兒兩个就不消過日子罷。《醒73.12b.7》いい奴だね！もし,お前達でなけりゃ私と娘の女二人が暮らしてゆけないとでも？¶不着臨了那一个臭屁救了殘生,還不知怎生狼狽。《醒95.8b.1》もし,最後にその臭屁が命を救わなければ,どのような狼狽ぶりになっていたことやら。

不中　bùzhōng

形 良くない,役に立たない＝"不好；没用；不顶用；不顶事；不可以"。北方方言：¶望着狄周道:管家,煩你把這丫頭送到我家去。已是打的不中了。是為怎麼來。《醒48.6b.5》狄周の方を見ながら「狄周さんや,すまないが,この女中をワシの家まで連れて行ってくれないか。ぶたれてもはやダメになっている。それにしてもなぜこんなことになったのかね。」と言った。

不中用　bù zhōngyòng

[連] 役に立たない＝"没用；无能"。山東方言,吳語,湘語：¶我就管住你的身子,你那心已外馳,也是不中用的。《醒37.7a.4》ワシが君達の体を押さえつけていても,君達の心は既に外を駆けておる。これではワシも役に立たん！¶那有了年紀的人,日子短了,修行也不中用。《醒69.4a.7》そういう年配者は,今後生きて行く日々が短いですから,修行も役に立ちません。¶年小丫頭又不中用,空叫奶奶淘氣。《醒91.6b.4》年端のいかない女中ならば,役に立たなくて逆にお前を怒らせてしまうだろう。¶要等我去說情兒,等到明年也不中用的。《石73.9a.7》私に頼みに行かせようとしているのね。たとえ来年まで待っていても,それは無駄というものよ！¶要講應酬世路,料理當家,我自然不中用。《兒2.4a.6》世間の付き合いや家を切り盛りする段になれば,私は無論何の役にも立ちません。

—"中用"(動 役に立つ)：¶可是我到家祭祖,煠餞盤擺酒,煠飛蜜果子,都用着哩。把個中用的人留下了。《醒85.6a.3》僕が家へ戻って,先祖供養の酒席料理や蜜漬け菓子を作らせるのに彼が必要なんです。そんな有用な人を連れて行かずに残すのですか。¶但他醉倒了,就如泥塊一般,你就抬了他去,還中甚麼用哩。《醒4.10a.7》主人は酔っ払って泥の塊りのように横たわっているのです。あんたが担いで行っても何の役に立つのでしょうか。¶西門慶見玳安中用,心中大喜。《金67.16a.7》西門慶は,玳安が役に立つ奴だと見てとり,心中大いに喜んだ。¶家裡再留下兩個中用些的家人支應門戶。《兒2.4a.9》家には二人ほど役に立つ下人を残しておいて下されば,家での暮らしも何とかやりくりできます。

C

擦 cā

動 出くわす,当たる ="碰;遇到"。山東方言: ¶海姑子合郭姑子從你這裏出去,擦着禹明吾送出客来。《醒9.2a.7》海と郭の二人の尼が,お前の所から出てきたのさ。禹明吾が客を見送るのに出くわしたのさ。

材料 cáiliào

名 1.(子供に教養が無く)礼儀を知らないこと(「(褒義の)素質」ではない) = "(儿童缺乏教育)不懂礼貌"。山東方言: ¶誰知一日兩,兩日三,漸漸的露出那做丫頭的材料。《醒54.5a.10》ところが,一日が二日,二日が三日と過ぎて行くと,徐々にかの小間使いのなせる礼儀知らずが露呈してしまった。

— "能干"(才覚・能力がある,やり手): ¶我見他比眾丫頭行事兒正大,說話兒沉穩,就是材料兒。《金90.5a.4》私は,あの人が他の小女中に比べて行いが正しく,話す言葉も落ち着いていて,なかなか才覚があると見ました。¶我這兒的幾個裡頭,不成個才料兒的不成才料兒,像個人兒的呢,…。《兒40.23a.2》私の所の何人かはちゃんとしたのがいませんよ。ちゃんとしているのは,…。

2.(味噌,酢,醤油などの)調味料 = "调料"。北方方言: ¶開單秤的香油,糖蜜、芝麻、白麵,各色材料俱全。《醒88.12b.5》品目として書いたのは,香油,糖蜜,胡麻,小麦粉で,各種の色をした調味料が揃っている。

材頭 cáitóu

名 柩の前部(の板) = "棺材前部;棺材头"。山東方言: ¶看了他釘括灰布亭⟨=停⟩當,做了頂三幅布的孝帳掛在材頭。《醒41.4b.10》釘を打ち,石膏で隙間を塞ぎ,三幅の喪のとばりを作って棺桶の前に掛けました。

採 cǎi

動 引っ張る ="拉;拖"。江淮方言: ¶外遘男人把晁大舍一把揪番,採的採,搗的搗,打桌椅,毀門牕⟨=窗⟩、酒醋米麵,作賤了一個肯出。《醒9.8a.2》外では男どもが晁大舍をひっつかみ,引っ張り,毛を抜き取っている。机や椅子,戸や窓を壊し,酒酢コメ麺をも気の済むまでひっくり返している。

採打 cǎidǎ

動 ひっぱりぶつ,むしりひっぱたく ="揪扯殴打"。山東方言: ¶倒是珍哥被那日計氏附在身上採打了那一頓,嚇碎了胆。《醒13.7b.6》珍哥はあの日計氏にとり憑かれ,ひとしきり髪をむしりひっぱたかれて胆を潰してしまった。

躧訪 cǎifǎng

動 訪問する,取材に行く ="走访;缉访"。山東方言。《醒》では同義語"采訪;緝訪"も用いる: ¶你就當面開出單來,好叫他四外躧訪。《醒26.7b.1》お前はここに品目を書き出すのじゃ。あちこち訪問し易いように な! ¶親家只替我留心躧訪个好學問的,倩請了他來家,管他的飯,束脩厚看些兒,只圖他用心教孩子們。《醒33.9a.4》あなたは学問のある方を気をつけて探してほしいのです。私がこちらへ招き,その方の食事のお世話をし,月謝も少々手厚くします。子供達を熱心に教えて貰いたいですから。¶但是做女人的那心竅極靈,不消私行,

也不消叫番子手躧訪,凡漢子們有甚麼虧心的事,一个〈＝拿〉一个着。《醒55.13a.3》凡そ女という者は,心が極めて敏感だからお忍びで行く必要もなく,捕り手に捜査して貰う必要もないわ!男の人に何かやましい事があれば必ず分かってしまうのよ!¶落後看見房上瓦躧破許多,方知越房而去了,又不敢使人躧訪,只得按納含忍。《金90.11a.1》後で屋根の瓦がたくさん踏み割られていたのが発見されたので,屋根伝いに逃げたのだとわかった。しかし,人に捜させもせず,ただ堪え忍んでいるほかございません。

躧狗尾　cǎi gǒuwěi
[熟] (他人の後につき)うまい汁を吸う＝"(跟着)占便宜"。山東方言:¶這些街鄰光棍,不怕他還似往常臭硬澁潑,躧狗尾,拿鵝頭,往上平走。《醒72.7b.4》これら町のならず者は,彼女の昔のように頑固でふてぶてしくて,うまい汁を吸い,隙に乗じてゆする等を恐れなくなり,家まで平気で上がり込んで来るようになった。¶打夥兒替你爹做牽頭,勾引上了道兒,你們好圖躧狗尾兒。《金78.17b.8》皆で一緒になって旦那のために手引き,誘惑し,罠にはめたのよ。というのも,お前達がうまい汁を吸おうと考えているんだろう?
— "躧"は「一字多形」現象で"踩;踩;跐"と同じ:¶把人的鞋也踩泥了《金21.16b.4》くつも泥がついちゃったわ。

慘白　cǎnbái
[形] 白髪まじりの＝"灰白"。官話:¶也有八尺身軀,不甚胖壯,一面慘白鬍鬚。《醒51.1b.3》8尺の体で,さほど肥えてはいず,強健でもありません。顔は満面白髪混じりのひげです。¶那人慘白鬍鬚,打着辮子,寡骨瘦臉,凸暴着兩个眼一个眼是瞎的。《醒57.7b.5》その人は,白髪混じりのひげで,髪の毛は辮髪で,顔は痩せて頬骨が出ていて,両目は飛び出し,片方の目が潰れています。

操兌　cāoduì
[動] 工面する,措置を取る,手立てを講じる＝"筹措;操办"。山東方言:¶我流水家去看他老子,別處操兌弄點子襖來,且叫這孩子穿着再挨。《醒79.8b.2》さっさと帰って子供の父親と会い,別の所で袷を工面して作り,子供に着させてからこちらのお家で辛抱させます!

側邊　cèbiān
[名] そば,傍ら＝"旁边"。北方方言,湘語,贛語,南方方言:¶到了次日,將胡旦,梁生叫到側邊一座僻静書房内。《醒5.3b.9》翌日,胡旦と梁生を近くの静かな書斎へ呼んだ。¶武松只一躱,躱在側邉。《金1.5b.1》武松はさっと傍らに身をかわした。

叉把　chābā
[名] さらえ＝"叉巴子"。山東方言:¶雖然沒有甚麼堅甲,利兵,只一頓叉把,掃帚攔得那賊老官兔子就是他兒。《醒32.2b.10》何ら鋭利な武器も堅い鎧も無いが,さらえや箒を持って泥棒ウサギを追い払うようにした。

插　chā
[動] 煮る,炊く＝"煮;煨;烧"。北方方言。現代語では一般に"馇"と作る:¶老魏炕上坐着,他媳婦在灶火裏插豆腐。《醒49.11a.9》老魏はオンドルの上に座っていた。お嫁さんは竈で小豆腐を炊いていた。¶捍薄餅也能圓汎。做水飯,插黏粥,烙火燒,都也通路。《醒54.8b.9》薄餅を作るのも丸くうまく作れます。また,普通の粥を作るのもどろりとした粥を炊くのも,シャオピンを焼くのにもすべて通じています。

插補　chābǔ

動（屋根等を）修理する，修繕する＝"修补；修理屋頂；修繕"。山東方言：¶年下蒸饝饝，包扁食，是俺的麥子，**插補**房子是俺的稻草。《醒9.9a.3》お正月のマントウや餃子を作るのもワシの麦じゃ。家の屋根を修繕するのにしてもワシの藁なのじゃ。

— 重疊語：¶極〈＝急〉的俺大哥甚麼誓不說，連忙上了墳，**插補插補**了屋。《醒85.7b.6》慌てて若旦那さんは，何とか誓いを立て，急いで墓参りをし，家を修繕したのです。

差池　chāchí

名　間違い，意外なこと＝"差錯"。北方方言，呉語，閩語，粤語：¶就是在漢子身上有些**差他**〈＝池〉，也不過是管教他管教。《醒64.5b.7》ただ夫の体に少々生傷がありますが，それはあの人をちょっと躾けただけなんです。¶暑有些**差池**，便種了病根。《金55.1a.11》少しでも間違いがあれば，病根を植えることになります。¶深慮那姑娘此去輕身犯難，難免有些**差池**，想要留住他這番遠行。《兒17.1a.7》その娘が命を賭けて難に当たるというのは，どうしても何らかの間違いが避け難いので，今度の遠出を引き留めたいと考えてしまうのです。

同音語 "差遲"：¶哥，你只顧放心。但有**差遲**，我就來對哥說。《金38.2a.2》兄貴，安心して下さい。もし，間違いがあれば，あっしがすぐに申し上げに参りますよ！

察聽　chátīng

動（事実，状況を）尋ねる＝"打听"。北方方言。《醒》は同義語"打聽"が極めて優勢：¶我合親家都**察聽**着。《醒33.9a.10》私とお宅とで誰かに尋ねてみましょう。¶趙姨娘原是好**察聽**這些事的。《石71.7a.2》趙氏はもともとそういう事をうまく調べ聞いていた。

拆辣　chāilà

動　恥をかく，辱めを受ける＝"折受；凌辱；挖苦"。山東方言：¶龍氏道：多虧了大爺二爺的分上，救出我的兒子女妹，我這裏磕頭謝罷。念話〈＝訟〉的夠了，望大爺二爺將就。把薛如卡，薛如兼**拆辣**的一溜煙飛跑。《醒89.7b.6》龍氏は「お二人の旦那のお陰で私の息子と娘は救われました。私はここでお礼の叩頭をします。もうお話は結構でございます。お二人の旦那様，もういい加減にしておいて下さい」と言うと，薛如卡，薛如兼の二人は辱めを受けて風の如く立ち去りました。

攙空　chānkòng

動　隙に乗ずる，暇を利用する＝"趁空閑；找机会"。山東方言：¶你**攙空**磕了頭罷，好脫了衣裳助忙。《醒5.11b.4》叩頭は暇な時にやれ！そんな着物など脱いで手伝ってくれ！

— "攙空"＋接尾辞"子"：¶若不是狄周死鰾白纏，他還要**攙空子**待跑。《醒38.12a.8》もしも狄周がうるさく付きまとわなければ，彼はなおも隙に乗じて逃げるつもりでした。¶若是兩个老人家的喜神合神主沒人供養，你**攙空子**請了這來也好。《醒77.5a.6》もし二人のご老人たちの遺像や位牌は供養する人がいないのでしたら，暇を見つけてこちらへ持ってくるのも良いでしょう。

纏帳　chánzhàng

動　執拗にからまる，付き纏う，纏わりついて邪魔をする＝"糾纏"。山東方言，呉語，江淮方言：¶況你這樣歪人，誰還敢再與你**纏帳**。《醒35.7b.1》お前の如き悪人に対しては，いったい誰がお前に付き纏って絡む勇気があるというん

だ。¶怎不見先生暫離這里一時,只時刻與師娘纏帳。《醒42.9a.8》どうして先生はここから一時も離れる事をなさらず,四六時中奥様にまとわりついておられるのですか。¶狄周見那差人合他纏帳,拿着皮襖伴長走了。《醒67.15b.3》狄周はその下役人の捕り手と彼(艾前川)がやり合っているのを見て皮のあわせ上着を手に持って悠々と帰って行った。¶果然就與狄希陳日夜纏帳,把个狄希陳纏得日減夜消,縮腮尖嘴。《醒79.12a.10》果たして狄希陳に日夜執拗にまとわりついて責めるのです。この結果,狄希陳は日毎に痩せこけていきました。

長鬖鬖　chángsānsān

形　細長い,すらっとした様子="細長的样子"。山東方言:¶雙手未能過膝,亦長鬖鬖的指尖。《醒21.13a.2》双手未だよく膝を過ぐあたわざるも亦細長き指先。

常遠　chángyuǎn

形　長い,いつまでも久しい="长久;长远"。山東方言,上海方言:¶他又不肯來咱家吃飯,只買飯吃,豈是常遠的麼。《醒55.6a.6》あの人は,私達の家にご飯を食べに来ないのよ。外でご飯を買って食べているのだわ。まさか何時(:)までも続かないでしょうよ。

抄手　chāoshǒu

動　両手を袖に突っ込み,胸の前で交叉させる="两手在胸前交叉"。北方方言:¶右手拿不得鞭子,抄了手,就如騎木驢的一般。《醒89.7a.4》右手は鞭を執れなくなった。ただ,両手を胸の前で交叉させられ,恰好はさながら死刑囚が街を引き回しにされているようだ。¶他…小腮幫子一鼓,抄着兩隻手在棹〈=桌〉兒邊一靠。《兒25.15a.7》彼女は…頬を膨らませ,腕組みし,机のそばに寄りかかりました。

りました。

綽　chāo

動　1. 拭く,掃く="抹;扫"。山東方言。《醒》では同義語"掃;抹"が優勢:¶從不曉得拾在口裏吃了,恐怕污了他的尊嘴,拿布往地下一綽。《醒26.10a.4》拾って口の中へ入れるなんて全くしません。自身の尊い口が汚れる事を恐れるのです。手に布を持ち床へ拭き落としてしまいます。

2. 見る="看"。山東方言。《醒》では「見る」の場合全て"綽見"の形を作る:¶誰肯對俺說。這是媳婦子們背地插插,我綽見點影兒。《醒7.3b.4》誰が私達に言ってくれますか。これは,女中達が陰でぺちゃくちゃやっていて,私がそういう姿をちらっと見かけたのです。¶知道是公婆丈夫的,只綽見他的影兒,即時就迷糊了。《醒59.8a.3》義父母や夫だと分かるわよ。ただ,あいつの影を少しでも見るとにわかに訳が分からなくなるの。¶他却是那裏得來的。我綽見裡邊一似有月白綾做裏的。《醒67.12a.7》奴はどこで手に入れたのだろうか。私が見るに,裏側は薄紺のあや絹で作ってあるようだが。

3. 真似る,模倣する="模仿"。山東方言:¶這是那光棍綽着點口氣來詐銀子。《醒46.5a.7》これは,そのごろつきが口ぶりを真似て銀子を騙し取ろうとする魂胆さ。¶小的綽了這口氣,記的他是十六歲,十二月十六日酉時生。《醒47.10b.8》あっしは,その口ぶりを真似て,晁梁さんが「16歳で12月16日酉の刻生まれ」であることを覚えこんだのです。¶小珍哥綽了張瑞風的口氣,跟了回話,再不倒口。《醒51.9a.3》若い珍哥は張瑞風の口ぶりを真似て続いて申し上げた。そして,二度と違った事は言いません。

―共通語の釈義"抓取"：¶小鴉兒…綽了短棍,依舊不開他的門戶。《醒20.1a.9》小鴉兒は…短い棒をつかみ取りましたが,依然として戸を開けません。¶自己綽起壺來,斟了一杯。《石65.5b.1》自分自身で徳利を取り上げ1杯注いだ。¶要綽那把刀的時候,…。《兒19.1a.9》刀を取ろうとしたとき,…。

綽攬　chāolǎn

動　広く掌握する,引き受ける＝"收攬"。山東方言。《醒》では同義語"承攬","兜攬"も使用：¶人家有子弟的,丁利國都上門去綽攬來從學。《醒27.6a.1》家に子供がいれば丁利国が出かけて行き,引き受けて先生の指導を受けるようにした。¶李外傳專一在縣在府綽攬些公事,往來聽氣兒,撰錢使。《金9.9a.11》李外伝は,専ら県や府の訴訟を引き受け,動き回り,様子を探ったりなどで金を稼いでいた。

扯　chě

動　する,やる,やらかす＝"干；做"。この例は貶義。粤語：¶依着小玉蘭說,弄得四杭多着哩。扯了一大會子纔醒。《醒45.13a.6》小玉蘭によれば,4回余りもやらかしたのだよ。それからだいぶん経ってようやく目が覚めたとさ。

扯淡　chědàn

動　勝手な事・戯言・下らない事・でたらめを言う＝"胡说；瞎说"。北方方言,呉語：¶他偏千淫萬歪,斧剁刀披,扯了淡,信口咒罵。《醒36.3a.5》「すべた！淫乱！斧や刀でたたき殺せ！」などと,好き勝手に罵ります。¶我就殺你,除了這世間兩頭蛇的大害,也是陰騭。我這不為扯淡。《醒97.10b.2》ワシはお前を殺してやる！この双頭の蛇の大害を取り除くのも陰徳じゃ！ワシのは戯言ではないぞ！¶那房子賣吊了就是了,平白扯淡《金20.6a.5》その家屋は売ってしまえばいいのよ。まったくの下らない話だわ！¶沒的扯淡,你袖了去就是了。《金60.8b.4》バカ言え！お前が袖の中へ入れて行ってしまえばそれでいいさ！☆《金》には更に同義語"淡扯；淡嘴"などが見える。

扯羅　chěluo

動　引っ張る＝"牽扯；拉"。北方方言。《醒》では同義語"拉；拉扯"が優勢。時に"扯羅；扯拉；牽拉；扯拽"も使用：¶脫剝了衣裳,扯羅驛丞的員〈＝圓〉領。《醒32.10a.2》自ら着物を脱ぎ,駅丞の公服を引っ張った。

同音語　"扯落"：¶可不了一了心愛的,扯落着你哩。《金75.18a.9》大事な愛しい人があんたを引き留めているのですからね。☆"扯羅；扯拉"は《石》《兒》に未収。

―逆序の"拉扯"は同義語として見える：¶你要,只管說,不必拉扯各人。《石67.9b.9》あなたが欲しいなら遠慮無く仰れば良いのです。他人まで引っ張り込むことはありません！¶這裡頭怎麼拉扯上甚麼張家李家咧呢。《石67.19a.9》この話の中になぜ張家や李家が出てくるのよ？¶娘,這會子又拉扯上人家褚大姐作甚麼。《兒27.17a.10》母さん,今度は褚のお姉さんまで引っ張り込んでどうするの？

扯頭　chětóu

動　先頭に立つ,手本を示す＝"带头；领头"。山東方言：¶程樂宇也因要歲考,扯頭的先讀起書來,徒弟們怎好不讀。《醒38.4a.7》程楽宇も歳考を受けねばならず,先頭に立って勉強をし始めました。そうしますと,生徒達はどうして勉強しないでいられましょうか。¶小臭肉。你不老早的請起妣來,你倒扯頭的睡。

《醒45.3a.7》ばかね！あんたはさっさとお嬢さんを起こすどころか、逆にお手本のように寝ているんだから！

扯直　chězhí
動　相殺する，両方とも同じくらいになる，とんとんになる＝"抵消；两下拉平"。山東方言：¶年終箅帳，撰得不多，漸至於扯直，折本，一年不如一年。《醒70.4a.4》1年が終わり精算すると、多くを儲ける事ができず、次第にその儲けも出なくなり、元手も取れず、1年ごとに悪くなっていった。

嗔道　chēndào
副　道理で＝"难怪；怪不得"。河南方言：¶高四嫂說道：你這個會管教，嗔道管教的大官人做个咬臍郎。《醒2.4a.4》高四嫂は「皆さんは手なずけるのがうまいですよ。道理で旦那さんが手なずけられて咬臍郎（《劉知遠諸宮調》等に見える故事）と同じになってしまうのです」と言った。

沉鄧鄧　chéndèngdèng
形　ひどいさま＝"发狠的样子"。山東方言：¶只是望着晁大舍沉鄧鄧的嚷，血瀝瀝的咒。《醒8.6b.2》晁大舍に向かってひどくわめき恐ろしく呪った。

磣　chěn
形　みっともない＝"不害臊；丑；难为情"。北方方言。次例で同音語"疢"も同時に使用：¶權奶奶道：我又沒霸佔漢子，我到磣。西瓦廠墻底下的淫婦纔磣〈＝磣〉哩。《醒87.6b.9》權奥様が「私は男を独り占めしていないのに、みっともないだと。西瓦廠あたりの淫売こそがみっともないのだよ！」と言った。

疢　chèn
形　みっともない，困った＝"不害臊；丑；难为情"。北方方言。同音語"碜；磣；硶"：¶程大姐道：這也是个疢杭杭子，誰惹他呀。《醒72.11a.1》程大姐は「それは大変な代物ね。そんなの誰が相手にしますか！」と言った。

襯　chèn
動　比較する，比べる＝"比"。山東方言。《醒》では，同義語"比；伴"も使用：¶我喜你這孩子醜，襯不下我去，我纔要他哩。《醒84.5b.6》私は、この子が不細工だからいいのよ。私とは比較にならないからこそ、私は（女中として迎え入れるのを）承知するのよ。

成頭　chéngtóu
形　体裁がある，体面のある，様になる＝"体面"。山東方言。《醒》では同義語"體面"が極めて優勢：¶你還指望有甚麼出氣的老子，有甚麼成頭的兄弟哩。《醒3.8b.4》お前は、何か鬱憤を晴らしてくれる親父がいる、また、何か立派な兄弟がいることを期待しているのかい！

承頭　chéngtóu
動　率いる，案内する＝"带领；领头儿"。中原方言，江淮方言，西南方言。《醒》では同義語"帶領"も使用：¶你承頭的不公道，開口就講甚麼偏，我雖是女人家，知不道甚麼。《醒22.12a.1》あんたが率先して公平さを欠いています。口を開けば何やら偏ると言うのではね。私は女で，何も知らないけれども，…。¶羅氏承頭說道："不是年，不是節，為甚麼又替奶奶磕起頭來。《醒95.3a.8》羅氏が先頭を切って「お正月やお祝いの日でもないのに、奥様に叩頭するんですか？」と言った。

吃　chī
動　飲む＝"喝；饮"。過渡，南方方言。《醒》では同義語"呵；喝；呷；飲"も使用：¶到〈＝倒〉有个醒來的光景，呵欠了兩聲，要冷水吃。《醒4.11b.8》何とか目覚めた様子で，2度ばかりあくびをすると，

chī 一

冷水を飲もうとします。¶到晚夕要吃茶,淫婦就起來,連忙替他送茶。《金72.4a.7》夜になってお茶を飲みたいと言えば,あの淫売がすぐに起きてお茶を届けるのよ。¶既到了這裡,有個不請到我家吃杯茶的。《兒16.12a.8》ここまでいらしたのなら,家へ来てお茶でも飲んで戴かないなんてありませんわ!

同音語 "喫":¶又破費姑娘賞酒喫。《石45.13b.5》お嬢様にはご散財をおかけしますね!

——《海》の科白箇所では"抽;吸;喝;飲"を用いず一般に"喫"を用いる:¶勸客氣,我勿喫煙。《海11.5b.4》おかまいなく。私はアヘンは吸いません。¶耐阿要先喫仔口,再去喫酒。《海14.6b.4》先に一口ご飯を召しあがってから,お酒を飲みにいらっしゃいな。

吃獨食　chī dúshí

[熟] 利益を独占する,独り占めする="独占利益;独吞"。北方方言:¶俺婆婆那昝提下的親,凡有下禮嫁娶的,他都背着俺婆婆吃獨食。《醒49.10b.2》私の姑がその頃持ってきた縁談で,凡そ結納の品すべてをあの人が姑の陰で独り占めしていたのです。¶或是抽он母親的頭兒,或自家另吃獨食,大有風聲。《醒72.2b.4》彼女の母親の残り物を取る,或いは自分で別に独占するなどで,大いに噂がありました。

強強哈哈　chīchihāhā

[形] 寒くて耐えられない様子="挨凍受冷不堪忍受的樣子"。山東方言。"強"は"嗤"の誤刻:¶看他餓得絲絲涼氣,凍得強強哈哈的,休想與他半升米一綹絲的周濟。《醒90.6b.10》人々が寒くて耐えられず餓死するのをただ見ているだけで,少しのコメによる救済すらしようとしない。☆黃粛秋校注は原文"強強"

を字形類似の"嗤嗤"に換える。但し,意味的には下例"赤赤"の如くするべきである。

同音語 "赤赤哈哈"(="嗤嗤哈哈"):¶童奶奶道:我也看拉不上,凍得赤赤哈哈的。《醒79.5a.9》童夫人は「私も見ていられないのですよ。耐えられない程こごえているようでね」と言った。

嗤氣　chīqì

[動] (…の雰囲気を)出す="出"。山東方言:¶若是人多,就說不動了。脫不了指頭似的排着七八個人,一個個窮的嗤驃子氣。《醒22.1b.2》もし,人数が多いとそれは言えないことです。しかし,どうせ指のように並べても7,8人でしょ。皆とても貧乏なのですよ!

翅子　chìzi

[名] 羽,翼="翅膀"。北方方言。《醒》では同義語"翅膀"を使用するが,"翅子"も用いる:¶我夜來拿了个老瓜〈=鴰〉,細着翅子哩,僭拿了來。《醒58.4a.8》僕は昨日1羽のカラスを捕まえたのさ。羽を括ってあるから持ってくるよ。¶烓那李成名面上,使那右翅子盡力一拍,就如被巨靈神打了一掌。《醒3.1a.8》李成名の顔めがけて,右の翼で力一杯バシッとぶった。それはさながら巨雷神にぶたれた如きです。¶纔唱兩個曲兒,就要騰翅子,我手裡放你不過。《金33.7a.4》ようやく2,3曲歌ったら,羽が生えたようにさっと逃げるのね。でも,逃がしはしないわよ。¶你這個不大好看,不如三姐姐的那一個軟翅子大鳳凰好。《石70.8b.10》あなたのこれはあまり綺麗ではありませんね。三姉さんのあの柔らかい翼の大鳳凰が綺麗ですわ!

——《兒》に"翅子"は見えないが,同義語"翅膀"は見える:¶忽然聽得人聲,只道有人掏它的崽兒來了,便橫冲了出來,一

翅膀正搧在那骡子的眼睛上。《兒5.13a.5》突然, 人間の声が聞こえると誰かが巣を荒らしに来たのだと思い, 飛び出してきて翼がラバの目にぶち当たった。☆《官》《邇》ともに"翅子","翅膀"は未収。

抽斗　chōudǒu

名　引き出し＝"抽屉"。北方方言, 呉語。《醒》では同義語"抽替"も使用：¶將那床身的三个大**抽斗**扯出來, 抽斗裏沒有。《醒60.13a.8》その寝台の下にある三つの引き出しを開けたが, その中には何もない。¶白姑子道：**抽斗**上的鎖已沒了。《醒65.6a.5》白尼は「引き出しの鍵が既になくなっています」と言った。¶又摸了那盛銀子**抽斗**, 裏边空空如也。《醒65.5b.4》また, 銀子を入れておいた引き出しをさぐると, 中はからっぽです。

同音語　"抽替"（"抽屉"の同音語）：¶白姑子扳到〈＝倒〉席摸那个先生**抽替**, 鎖已無存。《醒65.5b.3》白尼はムシロをひっくり返し, その男の引き出しをまさぐった。けれども鍵は無い。¶向床背閣**抽替**內翻了一回去了。《金50.8b.9》寝台の後ろの戸棚の引き出しをしばらくひっくり返し, 帰って行かれました。¶我屋里**抽替**內有塊臘肉哩。《金58.21a.7》私の部屋の引き出しの中に塩漬けにした干し肉があるよ。

— 現代方言では"抽斗"と"抽頭"は同音・同義「引き出し」を示すが,《醒》の"抽頭"は動「身を離す, 手を引く」を示す：¶若不及早**抽頭**, 更待何日。《醒16.7b.8》（彼らのもとから）もし早く身を引かなくて, 更に何を待つというのか！¶若我慌張的時節, 老先生**抽頭**不遲。《醒7.9b.1》私が慌てる段になってから, 老先生は身を引かれても遅くはありません。☆"抽斗"（＝"抽屉"）は《金》《石》《兒》に未収。《官》《邇》にも"抽屉；抽斗；抽頭"は採用されるが, "抽斗；抽頭"は不採用。

搊扶　chōufú

動　手を貸す, 支え助ける＝"搀扶"。山東方言。《醒》では同義語"攙扶"が優勢。"搊扶；扶搊"も用いる：¶**搊扶**起來, 坐在淨桶上面, 夾尿夾血下了有四五升。《醒4.13b.7》助け起こし, 便器の上に座らせると, 半分血の混じった尿らしきものが4, 5升ほど出た。¶西門慶教玉箸**搊扶**他起來坐的。《金79.15a.3》西門慶は玉箸に助け起こされ, 座っています。

同音語　"搊扶"：¶襲人等慌慌忙忙上來**搊扶**, 問是怎麼樣。《石13.2b.7》襲人達は慌ててやって来て助け起こし,「どうなさったのですか？」とたずねた。

秋採　chǒucǎi

動　構う, 相手にする＝"理睬；理会"。山東方言。"瞅保"では上海方言, "瞅睬"では四川方言：¶大奶奶也不言語, 也不**秋採**〈＝僦保；瞅睬〉。《醒91.7a.5》夫人はものも言わなければ, 見向きもしない。

瞅　chǒu

動　1. 見る＝"看；瞧"。北方方言。《醒》では同義語"看","瞧"も使用：¶他平日假粧了老成, 把那眼睛**瞅**了鼻子。《醒35.8b.10》彼は, 平素落ち着いた風を装って, 目先しか見ていません。

同音語　"瞅"：¶仗着是媽媽, 又**瞅**着二姐姐好性兒,…。《石73.12a.4》乳母の力に頼って, また, 迎春姉さんがお人よしだと見なして,…。¶張老聽了, **瞅**着老婆兒, 老婆**瞅**着女兒, 一時兒兩口兒大〈＝打〉不得主意起來。《兒9.18a.6》張爺さんは, そのことを聞きますと, 自分の女房を見ます。女房は, 自分の娘を見ました。老夫婦にとって, 急には良い考えが思いつきません。

2. じろりと睨む＝"怒視"。北方方言,

贛語：¶唐氏扯頦子帶臉的通紅,瞪了小鴉兒一眼。《醒19.5a.1》唐氏は首まで真っ赤になり,小鴉兒をジロッと睨んだ。¶那金蓮在旁插口道：賁四去了,他娘子兒扎也是一般。這西門慶就瞪了。《金78.12b.4》金蓮が傍らで「賁四が行っちまえば,あいつのかみさんに揃えてもらっても同じでしょ！」と口をはさむと,西門慶はじろりと睨んだ。

出產　chūchǎn
名　見込み,将来性＝"出息；前途"。山東方言：¶就是貢了,還只說倩選個老教官,沒甚麼大出產,也還不礼（＝理）。《醒22.2a.5》たとえ科挙試験で貢生になった時でも「老教官に選ばれただけさ。将来性なんて無い！」と言って構ってくれなかった。¶住在這裏八年,一些也沒有出產。《醒25.5b.1》ここへ来て8年になるが,少しも良い芽は出なかった。¶你爹已是死了,你只顧還在他家做甚麼。終是沒出產。《金87.1b.6》お前の旦那は死んじまったんだ。お前はそれでもまだあの家にいて,どうするんだ？結局,将来は無いぞ！

出尖　chūjiān
形　並みでない,普通でない,抜きん出ている＝"出奇；出头；特別"。河北方言,江淮方言,呉語。《醒》では同義語"出頭"がきわめて優勢：¶這是兩個出尖的光棍,其外也還有幾個膿包,倚負這兩個兜人。《醒20.7a.5》この二人は,札付きのごろつきである。その他にもなお幾人かの人でなしはいたが,皆この二人の悪党を頼りにしていた。
兒化語　"出尖兒"：¶你說你恁行動兩頭戳舌獻勤出尖兒。《金46.9a.6》お前のそういう行いは二枚舌で,おべっかはとびきり上手だよ。¶俺大娘倒也罷了,只是五娘快出尖兒。《金78.5b.2》うちの奥

さんはまあいいんだけれどもね。ただ,五奥さん（潘金蓮）はすぐに出しゃばってくるんだ！

出上　chūshang
動　一か八かに及ぶ,思い切ってやる,命がけでやる,（生死・利害を構わず）がむしゃらにやる＝"拼上；豁上"。山東方言。"剗上；出上；拼上"のうち,"剗"は北方語,"拼"は南方語。《醒》では同義語"破"も使用：¶我合你到京中棋盤街上,禮部門前,我出上這个老秀才,你出上你的小舉人,我們大家了當。《醒35.11a.2》ワシとお前が京の棋盤街へ行って礼部の門前で,ワシはこの秀才を投げ出す。お前はそのへぼ挙人を捨てたらどうだ。お互いにそれでいい所へ落ち着くというものだ。

出條　chūtiáo
動　立派に成長する,美しく成長する＝"出挑；出落；出色地长成"。現代語では一般に"出息"と作る。江蘇塩城方言：¶虎哥已長成十五歲,出條了個好小廝。《醒71.13a.8》虎哥は既に15歳になり,立派な若者に成長していた。

出洗　chūxi
動　（美しく）成長する＝"出挑；出落"。現代語では一般に"出息"と作る。北方方言：¶到了十六歲,出洗了一个像模様的女子,也有六七成人材。《醒18.8a.10》16歳になりますと,結構な美人に育ち,人としてそこそこの才覚がありました。
同音語　"出息"：¶見智能兒越發長高了,模様兒越發出息了。《石15.5a.2》智能兒は,いよいよ背が高くなり,顔立ちも益々綺麗になった。☆《兒》の"出息"の釈義は「将来性,(有望な)見込み」しかない。

除的家　chúdejie

介　…を除いて ="除了"。山東方言。《醒》では同義語"除了"が極めて優勢：¶留着去上墳,**除的家**陰天下雨,好歇脚打中火。《醒22.6b.2》残しておけば,墓参りの折りに,雨宿り以外に休憩したり,食事をとったりできますから。¶從就這一日走開,**除的家**白日裏去頑會子就來了,那裏黑夜住下來。《醒40.11b.7》その日,別れてから,昼間しばらく遊んで帰りました。どうして夜に泊まれましょうか。¶**除的家**替張師傅綴帶子,補補丁,張師傅悶了,可合張師傅說話兒。《醒43.3a.4》張先生のため,帯を縫い付けたり,破れた所を繕ったりする以外に,張先生が退屈すれば話し相手にもなります。¶**除的家**還許我來看看這媳婦子,漿衣裳,納鞋底,差不多的小衣小裳,我都拿掇的出去。《醒49.13b.8》私が嫁に会いに来るのを許していただく以外に,着物の糊付け,布靴の底を縫うこと,また,おおかたの肌着を私が作りたいからです。¶**除的家**倒還是爺提掇提掇叫聲那咎姓薛的,或說那姓薛的歪私窠子,別也没人提掇。《醒86.4a.4》旦那さんが「あの薛とかいう奴」または「あの薛とかいうすべた」と言っておられましたが,他の人は別に何も言っていませんでした。

同義語　"除却了"：¶**除却了**陳老先生,別人也不來管那閑帳。《醒18.10b.5》陳老先生を除いて,他の人は誰も何も言いに来ないよ！

参考　"除着"は同音語"蓄着"(準備している)を表す：¶我這裏**除着**一木掀〈=楸〉屎等着你哩。《醒58.10a.10》私のここには木の大きなへらに糞便を用意していて,あんたを待っているんだよ！

厨屋　chúwū

名　台所 = "厨房"。北方方言。《醒》では同義語"厨房"も使用：¶打呀。怎麼井合河裏有蓋子麼。**厨屋**裏又不是刀。《醒33.11b.8》僕をぶつの？井戸や川に蓋がしてある？台所の中には包丁が無いって言うの？¶尤**厨子**劈在天井裏,狄周劈在**厨屋**裏。《醒56.3a.5》尤料理人は中庭で雷に撃たれ,狄周は台所で撃たれたんだ。☆《金》《石》《兒》に"厨屋"は未収。

厨下　chúxià

名　台所 = "厨房"。徽語,贛語,客話。《醒》では"厨房"と"厨下"は全く同じ用法。厳密には「台所で働く人」：¶爹在外面,你可分付**厨下**備飯留些。《醒91.7b.8》父上が外の間におられる。お前,厨房に食事の準備をさせるように言いつけてくれ！¶婦人又與了他幾鍾酒吃,打發他**厨下**先睡了。《金82.6b.7》女はそいつに酒を少し飲ませ,台所で先に眠らせました。¶在**厨下**和鮑二爺飲酒。鮑二女人上竈。《石65.2b.6》台所では鮑二爺と酒を飲んでいます。鮑二の女房は炊事をしています。☆《紅·戚》では同一箇所の"厨下"を"厨房"に書き換えている。¶安老爺坐下,看了看,也有**厨下**打發的整棹〈=桌〉雞魚菜蔬。《兒16.14a.8》安旦那様が腰掛けて,ふと見ますと,台所方で準備した鶏や魚,野菜が机いっぱいにありました。

處心　chǔxīn

副　意図を持って,わざと,心から ="故意"。山東方言：¶晁鳳,你是明白人。別說我不肯養漢,我**處心**待與偺晁家爭口氣。《醒43.9b.6》晁鳳さん,あんたはよく分かった人だから。私が間男をしないのは勿論,わたしはこの晁家の為に心底から頑張ろうと思っているのよ。

憏　chuài

動 無理やり食わす，無理に押し込む＝"强使多吃；硬塞给别人"。山東方言。"揣"の同音語であり[zhuì]ではない：¶他待說那个和尚好,你就別要強憏給他道士。他待愛那个道士,你就別要強憏給他和尚。《醒58.7a.1》和尚と懇ろになりたいからと言って，道士を無理やりねじ込んではいかん。また，道士のことを好きだからと言って，和尚を無理に押し付けるのもいかん。¶每遭拿着老米飯,豆腐湯,死氣百辣的憏人,鍋裏烙着韭黃羊肉合子,…《醒78.13b.4》いつもは古米の飯や豆腐汁なら無理にでも食えと押し込むのに，ニラと羊肉のはさみ焼きを鍋で焼くと…。

窗楞　chuāngléng

名 窗格子＝"窗格(子)"。吳語。《醒》では同義語"窗格(子)"が未検出：¶下在店家,板門指寬的大縫,窗楞紙也不糊。《醒88.2b.1》はたごに泊まっても，板戸は指の大きさの穴があいているし，窗格子には紙も貼っていない。

同音語　"窓楞；牕櫺(兒)"：¶回到蕭家,敲門進去,窗楞上拴了馬。《醒4.11a.3》蕭家へ戻って，戸を叩き入り，窓格子にウマをつないだ。¶摸出面青銅小鏡兒來,放在牕櫺上,假做勻臉照鏡。《金82.5b.10》青銅の小鏡を探り出し，窓格子の所に置き，顔を映すふりをします。¶恰好屋裡關住一個蜂兒,急切不得出去,碰得那牕櫺兒鼕鼕作响。《兒30.2b.4》丁度，部屋の中に1匹の蜂が入っていて，なかなか外へ出られず，窓の格子に当たってコンコンと音がした。

噇　chuáng

動 暴飲暴食する＝"毫无节制地吃喝"。北方言，贛語，閩語：¶布施的米糧麥豆,大布袋抗〈＝扛〉到家去,噇他一家屁股眼子。《醒68.2a.9》お布施されたコメ，ムギ，豆は大布袋で自宅へ担ぎ帰り，一家の腹の中へと喰らわせます。

同音語　"㖧"：¶這厮不知在那里㖧酒,㖧得這咱纔來。《金81.1b.9》こやつ，どこで酒を食らっていやがったんだ！今頃ようやく戻ってきやがった！¶又不顧體面,一味的㖧酒。《紅・戚7.17b.4》体裁も考えないで，浴びるほど飲むのよ！☆《石》では同一箇所の"㖧酒"を"吃酒"とする。

春凳　chūndèng

名 背もたれの無い(上等の)長腰掛け＝"一种长而宽的板凳"。北方方言，吳語：¶坐着春凳,靠着條桌,喫着麻花,饊枝,捲煎,饝饝。《醒56.6b.10》長腰掛けに座り，細長い机に寄りかかりながらねじり揚げ棒，ねじり棒，巻き状の揚げ菓子，マントウをたべています。

同音語　"春櫈(兒)；春橙"：¶春櫈折了靠背兒,沒的倚了。《金60.1a.11》腰掛けの背もたれが壊れて取れ，寄る辺を失った。¶只見秋菊正在明間板壁縫兒內倚着春櫈兒,聽他兩個在屋里行房。《金78.24a.5》秋菊が丁度客間の板壁の隙間から腰掛けにもたれながら部屋の中で二人が房事に励むのを聞いています。¶把那籐屜春櫈抬出來呢。《石33.6b.10》あの籐の大椅子を担いで来なさいな！¶便把張樂世張老頭兒讓在堂屋西邊春橙上,張老婆兒母女二人讓在東邊春橙上。《兒7.18a.5》張楽世を母屋の西側の大椅子に，張母とその娘の二人を東側の大椅子に座らせた。

雌　cí (又)cī(旧読)

動 噴き出す，水(尿)が勢いよく出る＝"冲；冒出；流出；泼出"。山東方言。同義語"冲；冒出"：¶焐着晁夫人的臉合鼻子,碧清的一泡尿雌將上去。《醒21.9a.8》

晁夫人の顔や鼻に向けて清らかに澄んだおしっこをかけた。¶肚裏也有半瓶之醋,滉滉蕩蕩的,嘗〈＝常〉要雌將出來。《醒25.1a.7》腹の中には,生半可なものがゆらりゆらりと常に現れ出てきています。

— "雌了一頭灰"の派生義「行き詰まる,障害にぶつかる」:¶把晁鳳,晁書雌了一頭灰,攛過一边〈＝邊〉去了。《醒15.7a.1》晁鳳,晁書を頭から灰をかぶせるように言って追い出します。¶晁無晏雌了一頭子灰,沒眼落色的往家去了。《醒32.7a.9》晁無晏は障害にぶつかり,元気なく家へ帰ってゆきました。¶兩邊的皂隷一頓喝掇了出去。雌了一頭灰,同了薛三槐夫婦敗興而反。《醒74.10a.10》両側の下級役人は大声を上げ,ひっ捕らえて行った。こうなれば,あたかも頭から灰をかぶってしまったようで,薛三槐夫婦と共に興ざめして帰って行った。

— "雌的"＝"雌了"の文:¶雌的薛如卞兄弟兩个一頭灰,往外跑。《醒44.13b.10》薛如卞兄弟二人は,さながら頭から灰をかぶったように外へ走って逃げた。

雌搭　cída(又)cīda

[動] 叱る,責める ＝ "申斥;斥责"。北方言。現代語での同音語 "呲打;刺打;呲搭;呲哒;嗞嗒" [cīda],北京方言では "呲嘚":¶雌搭了一頓,不揪不採的來了。《醒74.2a.8》このようにひとしきり叱られ,見向きもしてくれなかった。

[同音語] "雌答":¶誰家一個沒摺至的新媳婦就開口罵人,雌答女壻。《醒44.14a.8》どこの家にろくでもない新妻が口を開けば人を罵り,婿さんにがみがみ言うなんてありますか。☆ "雌搭(雌答)" は《金》《石》《兒》に未収。語尾[…da]が付接する語: 墩打(第48回),剁搭(第86回),掛搭(第19回),瓜搭(第59回),恁苔(第7回),縮答(第60回),添搭(第84回),跳達(第70回),唬答(第98回),有搭(第98回)。

雌沒答樣　cí méi dá yàng

[成] しょんぼりした様子 ＝ "没精打采"。山東方言:¶龍氏纔合薛三省娘子雌沒答樣的往家去了。《醒73.14a.1》龍氏は,ようやく薛三省のかみさんと一緒にしょんぼりと家へ戻って行った。

跐蹬　cǐdeng

[動] 踏みにじる,踏みつける ＝ "踏;踩"。山東方言。《醒》では同義語 "踩;踏"。語尾 "deng" は同音語 "蹬;鄧;騰" 等とも作る:¶跐蹬的塵土扛天,臊氣滿地。《醒68.13b.5》ぞろぞろと大地を踏みしめた砂塵は天にまで上がり,生臭い気が一面に充満している。☆ "跐蹬" は《金》《石》《兒》に未収。

刺撓　cìnao

[形] つらい,思い煩う ＝ "难受;不舒服"（原義:かゆい）。北方方言。《醒》では同義語 "難過;難受" が優勢:¶俺婆婆央他,教他續上我罷,他刺撓的不知怎麼樣,甚麼是肯。《醒49.10b.2》お義母さんは彼のために私を後添えにと頼んだのですが,あの人はどういう訳かうるさくして,どうしてもうんと言ってくれなかったのです。

[同音語] "刺惱":¶休了他,好離門離戶,省得珍哥刺惱,好叫他利亮快活,扶他為正。《醒9.1b.1》離縁してやつを家から追い出せば,珍哥が思い煩うこともなく楽しく暮らせるだろう。そして,正妻にしてやるのだ。☆《迴》に同音語 "莿撓" を用いる。

湊辦　còubàn

[動] (金を)工面する ＝ "置办"。山東方言。《醒》では, "置辦" が極めて優勢:¶

急忙與他收拾行裝,**湊辦**路費,擇了七月十二日起身,不必細說。《醒75.2a.4》急いで旅装を整え,路銀を集め,7月12日を選び出発したことは詳しく申すこともありますまい。¶把奴的釵梳**湊辦**了去,有何難處。過後有了再治不遲。《金1.12b.10》私の髮飾りで(お金を)工面すれば簡単だよ。後でお金ができてから,また揃えればよいのだから。

湊處 còuchǔ
動 集める = "湊集"。山東方言:¶白姑子**湊處**那應捕的盤纏,管待那番役的飯食,伺候那捕衙的比較。《醒65.7a.3》白尼は,小役人の捕り手の為に路銀をかき集め,また,その番役の食費をまかない,役所の取り調べにもかかわらねばならなかった。

湊手 còushǒu
動 手に入れる = "(钱、物等)手头方便"。山東方言:¶那一等公婆管家,丈夫拘束,銀錢不得**湊手**,糧食不能抵盗。《醒68.1b.9》舅姑が家を切り盛りし,夫の拘束もあり,金がうまく手に入らない。しかもコメムギ等穀物もごまかし盗む事ができない。¶若是那正大富的人家,雖把自己的銀錢墊發,也還好賤買貴交,事也**湊手**。《醒71.11a.10》もし金持ちの人ならば,自分の金を先に立て替えておき,安価で購入して高い価格で売る。このように,仕事にしても余裕があるのです。

粗辣 cūla
形 (作りが)粗雑である、見栄えがしない = "粗糙"。北方方言。《醒》では同義語"粗糙;粗造"も使用:¶你見他穿着**粗辣**衣裳,人也沒跟一个哩。他不穿好的,是為積福。《醒96.11b.6》ねえ,あの人達は粗末な着物を着ていて,一人のお供もいないでしょ。あの人達がいい物を着ないのは,すべて積德のためなのよ。

卒急 cùjí
形 慌ただしい、急いだ = "急促;匆忙"。山東方言:¶後來,姚少師死了,他那慣成的心性,怎麼**卒急**變得過來。《醒30.9a.4》のち,姚少師は死去した。しかし,宝光の習性と化した性格は急に変える事はできなかった。

同音語 "促急":¶托了事故,只說來的**促急**,不曾赴吏部給假,還得回去打點。《醒76.7b.5》ことにかこつけ,帰ってくるのに大慌てで,吏部への休暇を取りに行っていない。それで,戻ってその処理をしなければならない。

同義語 "卒忙卒急":¶我既許過他三月十五日子時辭世,這不過十來日的光景,你可凡事料理,不可臨期無備,一時**卒忙卒急**。《醒90.10a.1》私は3月15日子の刻にこの世と別れますと約束したよ。まだ10日ほどある。お前は全ての事を準備するのだよ。その時になって何も用意していないのではいかんし,慌てなくてもよいようにな。

促滅 cùmiè
動 殺す、亡き者にする、早く死んで欲しいと思う = "快点死"。山東方言:¶恨不得叫計氏即時**促滅**了,再好另娶名門艷女。《醒1.8a.5》計氏をすぐにでも死に追いやれば,新たに名家の美女を娶れるのに,と残念でたまりません。

促恰 cùqià
動 からかう、かつぐ、(人を)困らせる、悪ふざけをする = "搞惡作劇;捉弄人"。北方方言,吳語。"促揢;促狹;促搚"は吳語などの方言音で音通:¶我只說是小孩兒**促恰**,你看等他來我說他不。《醒58.12b.6》私は,子供達の悪ふざけだと思いますが,来たら叱ってやらなきゃ!¶到家把爹合娘都嚇的不認得我,這的

促恰。姑夫合姑娘不說他說麼《醒58.13a.1》(顔などにひどいいたずら書きをされ)家へ帰っても,お父さんやお母さんはビックリして僕だとわからない。こんなにもひどい悪ふざけですよ！叔父さん,叔母さん,兄さんを叱ってください！

同音語 "促狹"。次例の《醒》の"促恰"は,黃肅秋校注排印本では"促狹"と作る：¶幹這等促恰短命的事,會長命享福的理。《醒15.13a.6》こんなひどい死に損ないのことをしていては,長生きできる訳がない！¶死促狹小淫婦。《石21.9b.10》性悪女めが！¶可不知那喜字是誰家的,忒促狹了些。《石70.10b.4》あの「喜」字の凧はどこのお屋敷のものかね？余りにも意地悪だよ！¶再說褚大姐姐又是個淘氣精,促狹鬼,他萬一撒開了一慪我,我一輩子從不曾輸過嘴的人,又叫我合他說甚麼。《兒28.13a.3》それに褚姉さんはやんちゃでイタズラ好きの人だから思う存分からかわれた日には,私はこれまで誰にも口では負けたことがないのに,あの人に対して何も言えないじゃないの！¶這句話張金鳳可來得促狹,真委曲了人了。《兒26.25a.1》張金鳳のこの言葉はとてもきついもので,まさに濡れ衣そのものでした。

— "使促狹；使促恰；使促却"：¶怪小淫婦兒使促狹灌了我一身酒。《金68.10b.2》このすべため！からかいやがって！ワシの体全体に酒を流し込みやがった！¶把門前供養的土地翻倒來,使位〈=促〉恰,…《金12.5a.9》門前に祀ってある土地神の祠をひっくり返し,悪ふざけをし,…¶我曉的你惱我,為李瓶兒,故意使這促却來奈何我。《金27.12a.2》私は,あなたが李瓶兒のことで私に対して腹を立てているのを知っていま

す。わざとこんなに私をなぶりものにするのね。

同音語 "促搭"(方言音)：¶你一些好事不做,專一幹那促搭短命營生,我久知得好死。《醒20.3a.10》お前はいい事をすこしもせず,ひたすらむごい事ばかりをしてきたね。私は,ずっと前からお前がいい死に方はできないと思っていたよ。

促壽　cùshòu

動　寿命を縮める,早く死ぬ,くたばりぞこないになる,死に損ないになる＝"早死；短命"。北方方言：¶賊砍頭。強人割的。不得好死的促壽。《醒94.9b.3》くたばり損ない！強盜！いい死に方をしない早死に！

攛掇　cuànduo

動　そそのかす,人に気を向けさせる＝"挑唆；慫恿"。北方方言,吳語。現代山東方言では同音語(近似音語)"撺叨"も使用。《醒》では同義語"慫恿；挑唆"も使用：¶你快看攛掇拿酒來吃罷。《醒83.9a.8》早く酒を持ってくるように言ってくれ！¶打發月娘出來,連忙攛掇經濟出港,往前邉去了。《金83.4b.4》月娘を帰らせた。そして,慌てて経済を情事の場から出して表の方へ行かせた。¶為什麼不當着老爺攛掇,叫你也作詩謎兒。《紅・戚22.21a.5》なぜお父上をそそのかして,あなたにも詩謎を作らせるようにしなかったのかねぇ。☆《石》では《紅・戚》との内容が同一箇所の"攛掇"を削除。¶等我索興給他個連三緊板,這件事可就攛掇成了。《兒26.24a.5》私が思いきって続け様にもう一押しすれば,事は成る。

名　助け,手伝い＝"帮助；帮忙"。北方方言,吳語。《醒》では同義語"幫助"が優勢。"幫扶；攛掇"も使用：¶得了張大哥

cǔn —

忖 cǔn
動 推し量る, 忖度する, 見当をつける ＝"想；思量；揣度"。呉語, 中原方言。《醒》では, 複音節語の同義語"忖度；忖量"が優勢：¶我齊頭裏不是為這个忖着, 我怕他麼。《醒32.8b.6》ワシは初めこのことをいろいろ考えない訳ではなかった。ワシがやつを恐れているとでも言うのか？

撮 cuō
動 1. (頭・手などで)持ち上げる ＝"頂(着)；托(着)"。北方方言。《醒》では同義語"頂"も使用：¶相主事娘子抱着往上撮, 相主事叫起爹娘并那上宿的家人媳婦。《醒77.12b.10》相主事の奥さんは(自縊を試みた素姐を)抱きかかえ, 上の方へ引っ張った。相主事は両親と宿直の使用人の妻を呼び起こした。
—"撮把戲"は操り人形の頭を持って(または「持ち上げて」)操る：¶晁大舍合唐氏正在那裏撮把戲, 上竿賣解, 忙劫不了。《醒19.11b.8》晁大舍と唐氏とが丁度曲芸を演じ, 竿に上るなど軽業に精を出している。
2. つかむ, つかみ取る ＝"抓"。中原方言。同義語"抓"が優勢：¶一遛把那囚婦撮着胸脯的衣裳, 往珍哥床上一推。《醒43.5b.8》かの女囚の着物の上から胸ぐらを掴むと珍哥の寝台の上に押しました。¶武二番〈＝翻〉過臉來, 用手撮住他衣領。《金9.9a.1》武二は顔色を変えると, 手で奴の襟首を掴んだ。

撮弄 cuōnòng
動 からかう, なぶる ＝"戏弄；哄骗"。安徽方言, 江蘇方言：¶還有那樣輕薄的東西, 走到跟前, 撲頭撞臉, 當把戲撮弄的。《醒26.3b.7》更に, 軽薄な輩は, その前まで歩み寄り頭からぶつかり, 見世物のようにしてからかうのです。¶世上又沒有甚麼綱紀風化的官員與人除害, 到了官手裏相〈＝像〉撮弄猢猻一樣, 叫他做把戲他看。《醒36.4b.2》世の中には人々の為に害を除き綱紀粛正, 風俗教化する役人はいなくなっている。訴えが役人の手の中に到ってもさながら猿を操るように見世物として見ているだけなのです。

矬擺子 cuóbàzi
名 寸足らず, ちんちくりん ＝"矮子；矮个儿"。北方方言：¶我相那人不是個良才, 矬着個擺子, 兩個賊眼斬呀斬的。《醒84.8b.5》ワシはそやつを見るに, 善人ではないと思うぞ。寸足らずで, 泥棒のような目をパチパチと瞬きしているしな。

D

答應　dāying

動　仕える，言うことをきく ＝"服侍"。北方言。現代語では一般に"答整；打整"と作る：¶他做教官的時節，有兩个戲子，是每日答應相熟的人。《醒5.5b.8》彼が教官をしていた頃，二人の芝居役者が毎日仕え熟知の関係になった。¶這是不中意的，准他輪班當值，揀那中支使的，還留他常川答應。《醒8.9b.8》もし気に入らない奴だったら，順番が回ってきた時にやる。気に入った人なら留めて引き続き仕えて貰うの。¶狄員外別了回家來，分付教人好生答應。《醒25.1b.10》狄員外は，別れて家へ戻り，よくよく仕えるようにと（使用人に）言いついた。¶武二新充了都頭，逐日答應上司。《金1.13b.11》わたくし武二は新しく都頭に補され，毎日上司にお仕えしています。¶你每明日還來答應一日。《金32.1a.8》お前達，明日また来て一日仕えてくれよ。¶也不使喚眾人，只叫四兒答應。《石21.5a.4》皆にやらせるのではなく，ただ四兒のみに仕えさせた。

— 名詞化の"答應的"：¶門慶〈＝西門慶〉到金蓮房看了帖子，交付與答應的收着。《金76.16b.8》西門慶は金蓮の部屋へ来て書き付けを見た。そして，下僕に渡し収めさせた。

— 《兒》《官》《邐》の"答應"は承諾する，返事をする：¶假如我如今不叫你人，叫你個老物兒，你答應不答應。《兒18.7a.1》もし，僕が今あんたを人呼ばわりせず老いぼれ呼ばわりしたら，あんた承知するかい？

搭換　dāhuan

動　交換する ＝"交換"。山東方言：¶頭年裏蔣皇親見了我，還說：你拿的我紅猫哩。我說：合人家搭換了个白猫來了。《醒7.2a.8》去年，蔣皇親が私に会うと「お前が持っていった私の赤い毛の猫は？」と聞くので，私は「他の人の白い猫と交換しました」と答えておいたわ。

搭拉　dāla

動　**1.** 垂れる，垂れ下がる ＝"耷拉；下垂"。北方言。《醒》では"搭拉"が極めて優勢。現代語では一般に"耷拉"と作る：¶自刎的血糊般搭拉着个頭。《醒30.3b.3》首を切った者は血糊がべっとりとついた首をだらりとし（手に提げ）ている¶狄希陳像折了頷搶骨似的，搭拉着頭不言語。《醒83.11a.7》狄希陳はまるで首の骨が折れたように，だらりと頭をうなだれて，言葉も発しません。¶那一隻拳頭可就慢慢的搭拉下來了。《兒15.4a.2》その拳はゆっくりと垂れ下がりました。

同音語　"搭剌"：¶袖口邊搭剌看〈＝着〉一方銀，紅撮穗的，落花流水汗巾兒。《金11.10b.11》袖口の辺りには，赤房のついた落花流水の模様のしごきを垂らしています。

同義語　"搭跋"：¶狄希陳低着頭，搭跋着眼，側着耳朶端端正正的聽。《醒75.2b.8》狄希陳は頭を垂れ，うつむきながら耳をそばだてて，かしこまって聞いています。

2. ついでに養う，勝手に育てる ＝"順便喂养（人或动物）"。北方言。《醒》では"搭拉"の対象は「人間」：¶每日給他

兩碗飯吃,搭拉着他的命兒。《醒63.11a.3》毎日2碗の飯を与え、奴の命を何とか生き延びさせてやっているんだ!

搭連　dālián(又)dálián

名 肩に掛ける袋,腰に挟む袋 = "长方形的口袋"。北方方言。現代語では一般に"搭褳"と作る。¶在家替素姐尋褥套,找搭連,縫袞肚,買轡頭,裝醬斗,色色完備。《醒68.12b.4》家では素姐のために布団,布製の袋を探し出させた。また,ロバの鞍の腹帯を縫わせたり、おもがいと手綱を買わせたり、味噌を桶に詰めさせたりして、全て準備万端いたしました。¶這銀子我兌了四百五十兩,教來保取搭連,眼同裝了。《金33.2a.7》この銀子は、ワシが450両分換えたんだ。来保に袋を取らせ、目の前で入れたんだ。

同音語 "搭褳":¶從搭褳中取出一面鏡子來。《石12.5b.6》袋の中から1枚の鏡を取り出した。

搭識　dāshí

動 (不倫関係で)知り合う = "(男女不正当的)结识;认识"。山東方言,呉語。《醒》では同義語"認得;認的;認識"が極めて優勢:¶近日又搭識了一個監門前住的私窠子。《醒6.7a.4》近日また官府の国子監前に住んでいる私娼と知り合った。¶叫晁住去監前把那个搭識的女人接了來,陪伴晁大舍住了幾日。《醒7.7a.10》晁住に国子監前へ行かせ、その知り合った女を家へ連れてこさせ、晁大舍の相手として幾日か泊まらせた。
☆《金》《石》《兒》に"搭識"は未収。

達　dá

名 お父さん = "爹;爹爹;父亲"。北方方言。《醒》では同義語"爹"が優勢:¶你達替俺那奴才舐屄。你媽替俺那奴才老婆餂屄《醒48.8a.2》お前のお父さんは奴隷の尻を舐めたらいい!お前のお母さんは奴隷の女房のあそこを舐めたらいい!¶你不知你達心里,好的是這樁兒。《金52.1b.9》お前は、お父さんの気持ちを知らないんだな。オレが好きなのはこれなんだぜ。

同義語 "達達":¶好心肝。你叫着達達,不妨事。到明日買一套好顔色粧花紗衣服與你穿。《金52.2a.5》かわいい奴め!お前は、お父さんと呼んでもかまやしないぜ。いずれ綺麗な色の柄物の紗の着物を買ってやる!

打　dǎ

介 …から(起点,経過を表す) = "从"。北方方言,過渡,客話:¶赤天大晌午,即是道士打你門口走過,你不該把那和尚道士一手扯住。《醒12.13b.7》真昼間から道士がお前の玄関から歩いて出てきたのなら、なぜお前は和尚や道士を引き留めなかったんだ。¶打大廳旁過道進去,衝着大廳軟壁一座大高的宅門,門外架上吊着一个黑油大桑木梆子。《醒71.3a.10》広間の傍らを通り抜けますと、広間の屏風に向かって大きな門があります。門の外には黒塗りの大きな桑の木の拍子木が吊るされています。¶你就送去,他決然不受。如何恰似打你肚子裡鑽過一遭了。《金35.13a.11》お前さんがたとえ送り届けても、あの方は絶対に受け取らん、と言っておきましたがどうですか。私はあたかもあんたの腹の中へ潜り込んできたかのようでしょう。¶倒是自從哥哥打江南回來了一二十日。《石67.2a.1》兄が江南より帰ってきて20日ほどにもなります。¶纔剛不是我們打夥兒打娘娘殿里出來嗎。《兒38.24b.9》先ほど、あたし達の仲間が子授け廟から出てきたでしょ!

打滴溜　dǎ dīliu

[熟] 高所で体が左右にブラブラ揺れて

いる＝"身体悬起晃动"。北方方言：¶那丫頭開了門,…,隨說:不好。一个人扳着門上桯,**打滴溜哩**。《醒77.12b.6》その女中は戸を開けると…「こりゃ大変だ！人が門のかまちでブラブラ揺れていますよ！」と言った。

打點 dǎdian

[動] 整える,用意する＝"准备;收拾;料理(礼物、行装等)"。北方方言：¶又擬了六個經題,六个四書題,來叫學生**打點**。《醒38.4b.7》それに,六題の経,六つの《四書》題が用意され,学生達に試験準備させた。¶口裏陽為答應,背後依舊**打點**要做滑家的新郎。《醒94.4a.1》口先でははっきりと承知したと言い,裏では依然として滑家の新郎となる準備をしています。¶你在家看家,**打點**些本錢,教他搭個主管,做些大小買賣。《金98.2a.1》お前は家で門番をしていてくれ。元手を準備し,あいつに番頭をあてがって,少しでも商売をさせるのじゃ。¶一面**打點**送林之孝家的禮,…又**打點**送帳房的禮。《石52.1b.1》一方では林之孝のかみさんへ贈る品を用意し,…また,帳場への贈る品も用意した。¶連喫的帶你老人家的酒,我臨來時候都**打點**好了。《兒20.2a.6》料理はもちろん,親爺さんが飲む酒までをも私が出かけるときに全てきちんと準備しておきましたよ！

打都磨子 dǎ dūmózi

[熟] ぐるぐる回る,一回りする,ぐるりと回る＝"转圈(子)"。山東方言。《醒》では同義語"打磨磨"も使用：¶狄希陳跪着,**打都磨子**的死拉。《醒95.4b.4》狄希陳は跪いて(寄姐に)まとわりつき,引っ張って放そうとしません。

打盹 dǎdǔn

[動] 居眠りする＝"打瞌睡;小睡"。北方方言：¶狄希陳**打**了個**盹**起來,又走到床上,又從夢中把素姐幹了一下。《醒45.11a.5》狄希陳は居眠りを始めたが,再び起きて寝台へ行き,夢の中の素姐と一戦やった。¶見西門慶坐在上面,只推做**打盹**。《金13.6a.1》西門慶は,上座に座ってしきりに居眠りのふりをしています。

[兒化語] "**打盹兒**"：¶四更多天,縱橫三豎四的打了一個**盹兒**。《石63.10b.1》四更(午前2時～4時)過ぎになって,ようやくてんでにうとうとと居眠りをしていたのです。¶那班軍號也偷空兒栖在那個屎號跟前坐着**打盹兒**。《兒34.28a.3》その雑役小僧は,暇を盗み便所の前で腰掛けたまま居眠りをしています。

打發 dǎfa

[動] 支払う,(援助するために)与える＝"支付;付给;给予"。北方方言,湘語,贛語：¶只有那男子來到,吃完飯,喂飽了頭口,**打發**了我的飯錢,然後鞴了頭口要走。《醒86.12a.5》かの男だけが帰ってきて飯を食い,ロバに餌を与え,飯代を支払ってからロバを引いて出かけようとしました。¶你再把僧的那鍊給我,我伴怕好走。晁夫人都**打發**給他《醒53.12b.10》「その鎖も貸してくんろ。持って行けば恐らくうまくゆくだろうからな」と言ったので,晁夫人は全て彼に貸し与えた。¶完畢查數鎖門,貼上封皮,**打發**小脚錢出門。《金59.1b.6》数を調べ終えて戸に鍵をかけ,封印を貼り,荷卸しの者に金を与え帰した。

一《石》《兒》の"**打發**"は一般に釈義が「…させる」である：¶二奶奶**打發**平姑娘說話來了。《紅・戚55.8b.7》賈璉様の奥様が平兒姑娘を寄越されまして,お話があるそうです。☆《石》では,"**打發**"を"叫"とする。¶姑爺,這桌菜可不要糟塌了撤下去就蒸上,回來好**打發**裡頭吃。

《兒21.6b.8》一官や、この食卓の料理を粗末にするでないぞ！下げて蒸しておけば、帰ってきた時に奥の部屋で食べてもらえるからな！

打罕　dǎhǎn

[動] 珍しいと思う、不思議に思う＝"感到稀奇；惊讶"。山東方言：¶拱了一拱手，佯ाये而去。真是千人打罕，萬姓稱奇。《醒35.10a.1》拱手の礼をし、悠然と立ち去った。これは、皆が本当に世にも珍しいことだと称した。

打呼盧　dǎ hūlu

[連] いびきをかく＝"打鼾"。北方方言：¶周龍皋不好〈＝知〉真醉假醉，靠在倚夫〈＝椅背〉上打呼盧。《醒72.12b.3》周龍皋が本当に酔ったかどうかはわかりません。ただ、椅子の背にもたれて鼾をかいています。¶脫不了猫都是這等打呼盧，又是念經不念經哩。《醒6.13a.6》どのみち、猫は皆このように鼾をかくわ。お経なんて唱えるもんか！

打虎　dǎhǔ

[動] 謎々を当てる、謎々を解く、謎々をする＝"猜謎；猜謎語；猜謎儿[cāi//mèir]"：北方方言：¶脫不了偺兩个人，怎麽行令。偺打虎罷。《醒58.8a.2》どうせ、我々二人だから、酒席での遊びはどういうふうにする？謎々遊びでもしようか。

打夥子　dǎhuǒzi

[名] みんな、仲間、大勢の人＝"大伙儿；大家伙"。山東方言：¶您打夥子義義合合的，他為您勢眾，還懼怕些兒。《醒22.12a.4》あなた方が仲睦まじく暮らしていれば、あなた方の人数は多いのですから、更に何を恐れますか。¶到了你手裏就打夥子胡做。《醒34.7a.9》お前の手元にあると、仲間ででたらめなことをやらかすからな。¶得你去，俺巴不能夠的哩。偺路上打夥子說說笑笑的頑不好呀。《醒68.7b.6》是非お参りに行って下さい。私たちは願ってもないことです。道すがら仲間うちでお喋りしながら、とても楽しいですよ。

兒化語　"打夥兒"：¶和傅二叔、賁四、姐夫、玳安、來興眾人打夥兒直吃到爹來家時分纔散了哩。《金34.16b.8》傅二さん、賁四、経済兄さん、玳安、來興の皆で旦那様の帰宅頃までずっと飲んでいたのです。¶纔剛不是我們打夥兒打娘娘殿裡出出嗎。《兒38.24b.9》先ほど、私たちの仲間が廟から出てきたじゃないですか！

打夾帳　dǎ jiāzhàng

[熟] 偽帳簿を作り金を掠め取る＝"虛報帳目，从中赚钱"。北方方言：¶那兩个人雖見打許多夾帳，也還打發得那些眾人歡喜。《醒12.10a.7》かの二人は、沢山の金を掠め取っていたが、そのおこぼれによって何人かの小役人達もたいそう喜んだ。¶白姑子又不好打得夾帳，每人足分五錢，一會眾人各甚歡喜。《醒64.14a.3》白姑子は、金をうまくごまかせなくて、どの人にもたっぷり5錢づつ分けた。それで、尼僧達はとても喜んだ。¶背地里和印經家打了一兩銀子夾帳，我通沒見一個錢兒。《金62.3b.8》かげで印刷屋から1両の銀子を掠め取ったんですよ。私は1錢すらお目にかかっていませんわ。

— "夾帳"（帳簿）：¶萬一有甚差池，他眾人們只說我裏頭有甚麽欺瞞夾帳的勾當。《醒64.9a.10》万一、何か間違いがあれば、皆は私が中で何かごまかしているのではないか、と言い出しかねませんからね。⇒"欺瞞夾帳"

打緊　dǎjǐn

[形] 重要である、ひどい、難しい、重い、構う＝"要緊"。多く否定形式で使用。北

方方言：¶狄員外道：書房不**打緊**，僭新要的楊春那地舖子，僭家有見成的木頭幹草，蓋上兩三座房，是都不**打緊**的事。《醒33.9a.9》狄員外は「家塾の場所は大丈夫です。新しく手に入れた楊春の土地があります。それに出来合いの木材や屋根葺き用の茅がありますから2，3棟分を建てるのは簡単な事です」と言った。⇒"不打緊"

打圈 dǎjuàn
[動] メス豚が発情する ="母猪发情"。東北方言，山東方言，西南方言：¶心裏邉即與那**打圈**的猪，走草的狗，起驃的驢馬一樣，口裏說着那王道的假言。《醒36.2a.9》心の中では発情しているブタ，イヌ，ロバ，ウマと同じなのに，口先では王道を行くというウソを平気で言うのです。

打哩 dǎli
[接] もしも…ならば ="要是；如果"。山東方言。《醒》では同義語"要是；如果"も使用：¶**打哩**不是他拾得，可為甚麼就扯破人家的帽子，採人家的鬍子。《醒23.11b.10》もしもその人が拾ったのでなければ，なぜ人の帽子を引きちぎり，人の髭をむしり取るんですか。¶**打哩**有十個老婆，十個兒，勻成二十分罷。《醒92.10b.9》もしも10人の女房と10人の息子がいれば，平均して20等分になるのですか。
[同義語] "打仔；丁仔；得只" [děizhi]：¶**打仔**你媳婦兒教你養活他可哩，你沒的也不聽。《醒57.13a.7》もしもあんたの奥さんがあんたにあの人を世話するようにさせれば，あんたは言うことを聞かないことはないのね？¶**丁仔**緣法湊巧，也是不可知的事。僭去來。《醒75.11a.8》(縁談で)もしも縁がありうまく行けば，ひょっとしてまとまるかわかりませんよ。行って参ります。¶你二位**得只**遂了我的願，我傾了家也補報不盡的。《醒96.6a.1》あなた方お二人がもしも私の願いを叶えて下されば，全財産を以って償ってもなお尽くせません。
[同義語] "但凡" (仮に，もしも)：¶幸虧我還明白，**但凡**糊塗不知理的，早急了。《石55.5b.8》幸い，私がまだよくわかった人間だからよいものの，もし，ものの道理が分からない者だったら，とっくにかっとなっていたでしょう。¶我**但凡**是個男人，可以出得去，我必早走了，立一番事業。《石55.4b.9》私がもし男で，ほかの土地へ出てゆけるのでしたら，私はとっくに出てゆき事業を成功させていたでしょう。¶我**但凡**有這広〈=麼〉个親姐姐，就是沒了父母，也是無方碍〈=妨礙〉的。《石32.2a.1》私にもしもこんなお姉様がいたら，たとえ両親が亡くなってもかまやしないわ！

[参考]
"打仔"が"但只" [副] ただ，ひたすら，単に)の意味で使用：¶他**打仔**和我說誓，我要沒吃了你的豆腐，…《醒49.11b.6》あの人はひたすら私に誓いを立てるのです「私があんたの小豆腐を食べなかったら，…」と。☆"豆腐"とは，ここでは"小豆腐"(豆類や野菜のコマ切れを雑炊の如く煮た北方の食べ物)を指す。
— 手偏のない形"丁仔"：¶我就不做官，我在京裏置產業，做生意，**丁仔**要往家裏火坑内闖麼。《醒75.11a.5》私が官吏にならないとしても，京(みやこ)で不動産を買って商売をするよ。むざむざ実家の生き地獄に飛び込むことがあるかい？

打磨磨 dǎ mòmo
[熟] ぐるりと回る，一回りする，ぐるぐる回る ="转圈(子)"。北方方言：¶喜的晁夫人遶屋裏**打磨磨**，姜夫人也喜不自

勝。《醒49.5a.10》喜びの余り晁夫人は部屋の中をぐるぐる回り,姜夫人も嬉しさを隠しきれません。

同義語 "打旋兒"：¶見祝麻子**打旋磨兒**跟着,從新又回來。《金51.7a.4》祝麻子にぐるぐる追い回されているので,新たに戻ってきました。

打勤獻淺　dǎqín xiànqiǎn

[連] ご機嫌を取る,おべっかを使う＝"獻殷勤"。山東方言：¶又是吳國伯嚭托生的,慣會**打勤獻淺**。《醒8.5a.7》呉国の伯嚭が転生したものである。それで,ご機嫌取りをするのがうまい。

打脫　dǎtuō

[動] (商売が)破談になる,まとまらない＝"(生意)不成交"。山東方言：¶晁大舍又聽了拘邪捉鬼四個字,那裡肯**打脫**。《醒6.10a.2》晁大舍は,「邪気祓い」の4文字を聞くとどうしても買おうとします。

打帳　dǎzhàng

[動] 喧嘩する,口げんかをする＝"打架；吵架；爭吵"。北方方言：¶你就待**打帳**,改日別處打去。您在這門口**打帳**,打下禍來,這是來補報奶奶的好處哩。《醒32.8b.4》あんたが喧嘩をしたいのなら,別の日に別の場所でやってくれ。お前さんらがこの玄関先で喧嘩し,騒ぎにでもなれば,奥さんの好意が報いられなくなるからな。¶先生,先生,你看兩个雀子**打帳**。《醒33.11a.1》先生,先生,ほら2羽のスズメが喧嘩していますよ！

同音語 "打仗"：¶沒的扯那精臭淡。俺兩口子爭鋒**打仗**,累的那做妗子的腿疼麼。《醒60.3a.3》くだらないわ！私達夫婦が喧嘩しているのですよ。それが叔母さんのご足労になるとでも？

打中火　dǎ zhōnghuǒ

[連] (旅の途中で)昼食をとる＝"旅途中吃午飯"。呉語：¶留着去上墳,除的家陰天下雨,好歇脚**打中火**。《醒22.6b.2》残しておけば,墓参りの折りに,雨宿り以外に休憩したり,食事をとったりできますから。

大大法法　dàdafǎfǎ

[形] 大きい,堂々とした(体格)＝"(身材)高大魁梧"。山東方言：¶那趙杏川**大大法法**的个身材,紫膛色,有幾个麻子。《醒67.9b.3》かの趙杏川は大きな体で赤黒い顔,そして,幾つかのあばたがあった。

大後日　dàhòurì

[名] しあさって＝"大后天"。北方方言,呉語,南方方言。《醒》では同義語 "大後天" が未検出：¶明日遞了訴狀,後日准出來,**大後日**出票,儘次日就合他見。《醒81.10a.1》明日,訴状を出せば翌日必ず受理され,しあさってには召喚状が出され,その次の日には奴にお目にかかれます。¶如今剩了明日後日兩天,他**大後日**就要走了。《兒16.10a.5》もはや,明日とあさっての二日間残っているだけじゃ。あの子は,しあさってには出て行ってしまうのです。

大拉拉　dàlālā

[形] 平気である,気にかけない,悠然とした様＝"滿不在乎；大模大樣"。北方方言：¶大晌午,什麼和尚道士敢打這裡**大拉拉的出去**。《醒8.12b.9》真昼間,どこぞの和尚,道士がここから平然と出て行くかね。

同義語 "大落落" [dàluōluō]：¶孔舉人娘子**大落落**待謝不謝的謝了一謝,也只得勉強讓坐吃茶。《醒11.2a.8》孔挙人の夫人は悠然と礼を述べるでも述べないでもないような礼をすると,いやいやながら座を勧め,茶を出した。¶又指望邢皋門不知怎樣的奉承,那知他又**大落**

落的,全沒些傀儡。《醒16.7a.7》邢皋門がどのようにお世辞を言ってくれるかしらと期待していたのに彼はそっけなく全く眼中にありませんでした。

大頭子　dàtóuzi
名 高官,大人物＝"大人物"。客話：¶偺別要扳**大頭子**,還是一班〈＝般〉一輩的人家,好展爪。《醒72.10a.2》わたしゃ,大物を引き込むのは嫌だね。やはり,同じ家柄や身分の人なら小細工もやりやすいのでね！

歹　dǎi
動 引っ張る,掴む＝"抓；拉；勒"。"逮"の同音語。山東方言：¶赶上前,一个**歹**住馬,一个扯住腿往下拉。《醒28.2a.8》駆け寄ると,一人が馬の手綱をつかみ,もう一人が足を掴み馬から引きおろした。

歹心　dǎixīn
名 悪意＝"恶意"。北京等方言。《醒》では同義語"歹意","惡意"も使用するが,"惡意"が優勢：¶所以別的同房也還知道畏法,雖也都有這个**歹心**,只是不敢行這歹事。《醒43.4b.6》したがって,他の仲間はこの法律を恐れて,皆この悪意があってもそのまま実行できないでいるのです。

待不見　dàibujiàn
動 …したくてたまらない＝"巴不得"。北方方言：¶由他。我**待不見**你打哩。《醒32.9b.6》勝手にしろ！好きなだけぶちやがれ！¶罷呀。我**待不見**打你那嘴唇。《醒48.10a.4》やめてよ！あんたのその口を叩かれたいの！¶我**待不見**他那孩子往偺家來哩。我也叫小冬哥提着姓相的罵。《醒48.10b.4》向こうの子もこちらへ来るんでしょ？私も小冬哥に相って奴のことを罵らせてやりますよ！

> 参考
> "不待見"：喜ばない,…したいとは思わない,願わない,嫌う＝"不愿意；不想"：¶你主子**不待見**我,連你這奴才們也欺負我起來了。《金86.5a.2》旦那様が私を嫌ったら,奴隷のあいつらさえも私をバカにしますわ！¶一回叫他知道了,又**不待見**我。《石21.10a.2》一度,あの方に知られてしまったら,私に好感を持たなくなりますわ！

待中　dàizhōng
副 まもなく…する＝"快要；眼看"。山東方言：¶這是五更。**待中**大飯時了。《醒45.3b.1》五更(早朝4時～6時頃)だって？まもなくご飯時ですよ！¶狄大官娘子**待中**把張大哥使棒椎打殺呀。《醒66.8b.3》狄奥さんが張兄貴を棍棒でぶち殺そうとしていますよ！¶察院**待中**上堂,你快看寫罷。《醒81.13b.7》察院殿はまもなく役所にお出でになられる。早く書いてくれ！

耽　dān
動 責任を持つ,責任を負う＝"担；承担(责任)"。山東方言,中原方言：¶沒的家說。他作反來。那裏放着違背聖旨十滅九族。有事我**耽**着。《醒15.5a.10》何を言っているのよ！彼らが何を反逆したっていうの？何が聖旨にそむいた一族全滅の罪だい？問題が起きれば私が責任をとるわ！¶替我拿下去打,打出禍來,我夏馹〈＝驛〉丞**耽**着,往您下人推一推的也不是人。着實打。《醒32.9a.10》こやつを連れて行ってぶて！ぶって何かあったら,この夏駅丞が責任を取る。お前達になすりつけないから思いっきりぶて！¶這遭又是寒冷天氣,又**耽**許多懼怕。《金72.6a.3》今回は気候も寒く,その上に多くの怖い目に遭ったんだ！¶說

欺負了姑娘們了,誰還耽得起。《石74.6b.8》お嬢様方を侮辱したというのです。これでは誰が耐えられましょうか?!¶不可。擅傷罪人,你我是要耽不是的。《兒31.21b.5》なりませんぞ!みだりに罪人を傷つけますと,そなたも私も過ちを犯してしまい,その責任を負うことになりますぞ!

單餅　dānbǐng

名 小麦粉を炉で薄く一重に焼いたもの(油・塩などの調味料を加えない)="烙餅"。北方方言:¶見了那大的饊饊,厚厚的單餅,誰肯束住了嘴,只吃个半飽哩。《醒31.12a.6》大きなマントウ,ぶ厚いピン(餅)を見れば,誰が口を閉ざし,腹半分で満足しましょうか。

擔待　dāndài

動 許す,とがめだてしない="寛容;原諒"。北方方言。《醒》では同義語"寛容"も使用:¶沒的說,只是難為親家,求親家擔待罷了。《醒48.12b.5》何も言うことはないのですが,奥様方には本当に困らせてしまいました。お許しくださいませ!¶就是賴奶奶,林大娘,也得擔代〈=待〉我們三分。《石52.10b.5》たとえ頼のおばさん,林のおかみさんでも,私達を三分は大目に見て下さるのよ!

同音語 "耽待":¶若韋大爺耽待,我便感不盡了。《醒86.12b.4》もし韋旦那が許して下さるなら,私は感謝にたえません。¶六兒他從前的事,你耽待他罷。《金79.21a.9》金蓮の昔のことは,許してやってくれ!¶一時不到,劉哥耽待便了。《金78.6b.9》時に,不行き届きの所があれば,劉兄さん,お許し下さい!¶這裡頭萬一有一半句不知深淺的話,還得求姐姐原諒妹子個糊塗,耽待妹子個小。《兒26.1b.6》ここに万一少しでも分別をわきまえない言葉があれば,更に御姉さまに私の愚かさをお許し戴き,歳が若い事を大目に見て下さるよう,お願いしなくてはなりません。

擔架　dānjià

動 負う,引き受ける="担当"。山東方言:¶但是天下的財帛也是不容易擔架的東西,往往的人家沒有他,倒也安穩《醒94.6a.5》およそ世の中のカネというものは,簡単に引き受け保持できるものではない。往々にして人々はそれを持たないほうが安穏としていられるのである。¶老吳婆子說:好奶奶,這還待怎麼。同奶奶要多少纔是夠,可也要命擔架呀。《醒49.13a.8》老ばあさんは「奥様!めっそうもない!もう十分でございます。そんなことまでして頂いてはとんでもないありがたき幸せになってしまいます!」と言った。¶你得了這个,就是造化到了,那裏就擔架不起。《醒34.5b.9》あんたがこれ(銭のカメ)を得たならば,運が向いて来るぞ。あんたもその運を享受できるよ。

擔括　dǎnguā

動 (ちり・ごみを軽く)はたく,払う="揮;拂拭(用揮子或別的东西扫掉土或灰尘)"。山東方言:¶孫蘭姬把他扯到跟前,替他身上擔括了土。《醒38.10a.3》孫蘭姬は彼を目の前へ引っ張ってきて,体についている土埃(ほこり)を払ってあげた。

淡括括　dànguāguā

形 まじめに対処しない,いい加減な対応のさま="形容不認真対待"。山東方言:¶那司官膽大,這〈=還〉不把放在心裏,遲了兩三日,方纔淡括括的覆將上去。《醒90.7a.10》その司官は胆っ玉が太く,気に留めていなかった。ところが,2,3日過ぎてようやくいい加減に文を上奏した。

淡話　dànhuà

名 全く意味の無い話,無駄話＝"毫无意义的话;废话;无聊的话"。北方方言:¶大眼看小眼,說了幾句**淡話**,空茶也拿不出一鍾。《醒3.8b.1》こちらは顔を合わせるだけですべがなく,とりとめもない話を少ししていましたが,茶の1杯も出ません。¶你這都象那老奶奶的一樣**淡話**,開口起來就是甚麼天理,就是甚麼良心…。《醒15.6b.4》お前さんのは,皆お婆さんの無駄話のようなものだ。口を開けば天の理がどうとか,良心がどうとか…。¶一半點錯了,你只教導他,說這些**淡話**作甚麼。《紅・戚20.9b.5》少々間違いをしでかしても,教えきかせればそれでよいのです。そんな下らない事を言ってどうするのですか。☆《石》はこの"淡話"を黒点で塗り,"没味兒的話"と作る。

同義語 "**淡嘴**":¶你待指望另尋老婆。可是孔家的那**淡嘴**私窠子的話麼。《醒11.4b.4》あんたは他に妻を娶ろうと思っているのね!孔家のあのぺらぺら喋るすべたの話でしょ?

擔仗　dànzhàng

名 担い棒,天秤棒＝"扁担;担子"。北方方言。《醒》では同義語"扁担;担子"が優勢:¶四十文錢買了副鐵勾**擔仗**,三十六文錢釘了一連盤秤。《醒54.6a.9》40文の錢で鉄の天秤棒を買い,36文で秤(はかり)を作らせました。

當家的　dāngjiāde

名 夫＝"丈夫"。北方方言:¶你不過說**當家的**沒在家,得空子看人家老婆呀。《醒51.7a.7》主人が留守だと思って,人の女房〈＝妾〉の顔を見ようとするんでしょ!¶那婦人問道:那戴着巾替你牽驢的小夥子是誰呢。素姐道:是俺**當家的**。《醒69.2a.4》かの婦人は「頭巾をかぶってあんたのためにロバを引いているその若者は誰ですか」と尋ねますと,素姐は「私の夫だよ!」と答えました。—「家のあるじ」を指し,純然たる「夫」ではない用法:¶等我回聲**當家的**去。《金95.5b.1》主人に一声報告しに帰ってくるよ!¶**當家的**,這壺是你老的。《兒5.17b.1》ご住職,こちらの徳利がご住職のです。¶二位**當家的**辛苦。原來外省鄉居沒有那些老爺、爺的稱呼,止稱作**當家的**,便如稱主人東人一樣,他這樣稱安老爺,也是個看主敬客的意思。《兒14.17a.8》「お二人のご主人様方,ご苦労様でごぜえます!」と言った。もともと遠い外地の田舎では「旦那様」などという言い方は無く,単に「ご当家のお方」と称するだけで,主人が相手を「旦那様」と称するのと同じです。作男が安旦那様をこのように称するのは,ご主人の顔を立てて客をもてなすという意味があるのです。

當家人　dāngjiārén

名 戸主＝"家主"。晋語,西南方言,呉語:¶狄爺倒是个**當家人**,我怎麼不告狄爺呢。《醒80.13b.4》狄旦那はこの家のあるじだ。ワシはなぜ狄旦那を訴えないことがあろうかね。¶娘,你是個**當家人**,惡水缸兒,不怹大量些罷了。《金76.2b.11》奥様,あなたは一家の主人です。一家の主人は汚水がめのようなもので,どんな煩わしい事や厄介な事も皆引き受けてやらねばならないですわ!¶就不體貼你們這**當家人**了。《石52.1a.6》あなた達のように,家を切り盛りしてくれている人の身になって思いやるべきなのに,そうはしてくれない(ととられてしまう)。

當中　dāngzhōng

名 真ん中＝"中间"。北方方言,過渡:¶

使磁瓦勒破了頭皮,流得滿面血,倘臥正廳當中,聲聲只叫喚。《醒83.4a.6》磁器や瓦で頭を叩き,顔じゅう血だらけになって,正面の広間の真ん中に横たわり,口々にわめいた。¶又命將周圍的短髮剃了去露出碧青頭皮來,當中分大頂。《石63.13a.1》周囲の短い髪の毛を剃り落とし,青い頭皮を露わにする。そして,てっぺんの真ん中から分けるのだと命じた。¶說罷,把個盒兒揭開,放在當中桌上。《兒15.22a.7》言い終わると,箱を開いて真ん中の机に置いたのじゃ。

攩戧 dǎngqiàng

動 役に立つ,効き目がある = "管用;頂事;起作用"。北方方言:¶破着四五貼十全大補湯,再加上人參、天麻兩樣攩戧的藥,包他到年下還起來合僭玩耍。《醒2.9a.5》4、5服の「十全大補湯」を奮発し,それに人参、天麻の2種類の効果のある薬を加えれば、年末までにはまた起きて来て遊べること請け合いです。¶這可是誰吃了這半碗。滿眼看着,這是件攩戧的東西,這可怎麼處。《醒48.4b.7》誰がこの碗を半分食べちゃったんだろう。ちゃんと見張っていたのに。これは大切なものなのよ。どうしたものかしら。¶若不着這一封攩戧的書去,可不就象陰了信的炮燁一般罷了。《醒15.6b.2》もし,この一通の効果的な書簡がなければ,鳴らない花火のように立ち消えになってしまうだけです。

同音語 "擋戧":¶你走後我留他也是無用,倒是你此番遠行帶去,是擋戧的傢伙。《兒17.9b.5》お前さんが立ち去ったら,ワシがそんなものを残しておいても役に立たん。むしろ,お前さんが長旅に持って行けば役立つ代物さ。

倒包 dǎobāo

動 こっそりすり替える,うまいことやる = "搗蛋;掉包;行騙"。北方方言:¶再要改行,沒了資本。往衙門裏與人替差使做倒包,也沒有工錢,也不管飯食。《醒54.7b.5》商売替えをしようとしても金が無い。役所の中へ入り,下役人ともなればうまいことをやることもできよう。たとえ給料や食事がなくても。

倒口 dǎokǒu

動 言い直す,話の内容を変える = "改口"。山東方言:¶小珍哥綽了張瑞風的口氣,跟了回話,再不倒口。《醒51.9a.4》珍哥は張瑞風の口述に従い,続いて返答した。そして,二度と話の内容を変える事はなかった。

倒沫 dǎomò

動 反芻する,繰り返す。転ぐずぐずする = "反刍;"。北方方言。《醒》では多く転義で用いる:¶晁梁倒沫,晁夫人發躁〈=燥〉,春鶯合晁鳳媳婦怪笑的。《醒49.3b.6》晁梁が逡巡しているので,晁夫人はいらいらしています。これを見て,春鶯と晁鳳のかみさんはひどく笑っております。¶他就只是番〈=翻〉臉的快,腦後帳又倒沫起來。《醒58.5a.9》彼女はただ変わり身が早いんだ。だから,済んだ事を忘れてしまってまた蒸し返すのさ。¶正倒着沫,甯承古來到。《醒78.12b.1》丁度ぐずぐずしている所へ甯承古がやって来たのです。

同音語 "倒抹":¶倒抹到日頭待沒的火勢,方纔同着狄周回到下處,又還待卸下行李住下,要明日走罷。《醒38.12a.3》ぐずぐずしていたので日暮れ頃になってようやく狄周と共に宿へ戻ってきましたが,荷物を卸し,そこで泊まろうとします。そして,明日,出発すればよいと言うのです。

倒替　dǎotì

[動]　交替で行う＝"轮流替换"。北方方言：¶兩个家人娘子**倒替**着往土〈＝上〉撮,一个把繩剪斷。《醒77.13a.7》二人の召使のかみさんは交代で上へ持ち上げ,一人が縄をはさみで切った。

倒竈　dǎozào

[動]　不運な目に遭う,ひどい目に遭う＝"倒霉"。北方方言,徽語,吳語,閩語：¶問了幾家古老街坊,纔知童七烏銀鋪**倒了竈**,報了草商被累,自縊身死。《醒75.3b.3》何軒かの昔からいる老街の近隣を訪ねて,仔細がようやくわかった。童七は,銀細工店を倒産させ,飼料の藁商いをしていたが,巻き添えを食い,首吊り自殺をしたのだった。

到反　dàofǎn

[副]　反対に,かえって＝"反倒；反而"。東北方言,吳語：¶請不將蕭老爹去,**到**〈＝倒〉**反**取擾。《醒4.11a.9》蕭先生をお招きできなかったからですが,逆にご面倒をかけますね！¶連你還這樣開恩操心呢,我**到反**袖手旁觀不成。《石72.7b.8》あんたまでこんなに情けをかけ,心配して下さっているのよ。逆に私が高見の見物などできるものですか。

倒跟脚　dàogēnjiǎo

[名]　かかとが片方へ傾いた足＝"穿鞋容易使鞋帮儿向后歪斜的脚"。山東方言：¶玄白相間的雙鬢,燒餅臉,掃帚眉,竹節鼻子,**倒跟脚**,是一個罪人的妻室。《醒49.8a.6》白髪の入り混じった二つの鬢,シャオピンのような平べったい顔,箒のような眉,竹の節のような鼻,かかとが片方へ傾いた足をしています。その人は罪人の妻でした。

蹬捱　dēngwai

[動]　（足を伸ばしたり曲げたりして）もがく＝"挣扎"。北方方言。《醒》では同義語"扎挣"が極めて優勢。"挣歪；蹬歪"も用いる：¶季春江出其不意,往着晁思才心坎上一頭拾將去,把個晁思才拾了個仰百叉地下**蹬捱**。《醒20.10a.4》季春江は不意に晁思才の心臟めがけてどしんとぶつかった。それで,晁思才は大の字になって,地べたでもがいている。¶那狗死過去了半日,**蹬捱蹬捱**的,漸漸的還性過來。《醒58.4a.7》そのイヌは,長い間気絶していたが,もがきながらだんだんと息を吹き返した。

提溜　dīliu

[動]　〈手で〉提げる＝"提；拎"。北方方言。《醒》では同義語"拎；提"よりも"提溜；滴溜"が優勢。付加語"溜"は意味なく,北方の口語特有のもの：¶手**提溜**着个棒槌,往外就跑。《醒89.9a.7》手に棍棒を提げて外へ駆けだした。¶那活寶溺的褲子**提溜**不動。《金95.9a.6》かの活宝は小便を漏らしたのでズボンを引っぱり上げられないのです。

[同音語]　"滴溜"：¶我**滴溜**着這猫往市上來。《醒6.9a.3》私はこの猫を提げて市へやってきました。¶一边說着,一边**滴溜**着裙子,穿着往外走。《醒10.6a.3》話をしながら,一方では裙子を手に取りそれを穿きながら外へゆきます。¶講力量,考武舉的頭號石頭,不夠他一**滴溜**的。《兒31.28a.3》力はな,武人の科挙試験に出る一番大きな石をだな,彼女（玉鳳）にとってはほんのちょっと提げる力すらもいらないくらいだぜ。

[同義語]　"拎"：¶挽在手內,往上**拎**了兩拎。《醒19.14b.10》手につかみ,2度ほど上の方へ引っ張り上げた。☆《金》《石》《兒》《官》《邐》の北方語資料に"提溜"は収録するが,"拎"はこれらの資料に未収。逆に,吳語語彙を集めた《明清》に"拎"を収録。現代語では"提溜"を用い

る北方官話区域(北京,済南,西安,太原)と同義語"拎"を用いる南方方言区域(官話の武漢,合肥,揚州,呉語の蘇州,粤語の広州,閩語の建甌)とが明瞭に区分され,両者の重複分布箇所も無い。

滴 dī

動 (目玉などが)落ちる,取れる="掉"。山東方言,呉語。《醒》では同義語"吊;掉"が優勢:¶小的們都是些滴了眼珠子的瞎子們,狄爺不盼的合小的們一般見識。《醒83.6a.6》あっしらは皆,目玉を取られた盲目じじいと同じです。狄旦那様はあっしらと同じ低い見識とは違うはずです。

狄良突盧 díliángtūlú

形 (目を)くるくる動かすさま(元気があるさま)="(眼睛)旋转;流动"。山東方言:¶那个小孩子才下草,也不知道羞,明掙着兩个眼,狄良突盧的亂看。《醒21.5a.6》その赤子は生まれたばかりで,恥じらいも知りません。両目を大きく見開き,くるくるとあたりを見回しています。

抵搭 dǐda

形 身分が低い,下劣である="卑微;下贱"。北方方言:¶雖是抵搭,也還強似戲場上的假官。《醒5.10a.4》地位としては低いが,芝居上の役人よりはいいでしょうよ。

同音語 "低搭":¶做小老婆的低搭,還是幹那舊營生俐亮。《醒11.3b.10》妾となって見下されるよりもやはり昔の仕事をやっていた方がすっきりするわ!¶那姓龍的替俺娘端馬子,做奴才,還不要他,嫌他低搭哩。《醒48.8a.1》(希陳は言う。)あの龍とかいう女がボクのお母さんのおまるを掃除すると言っても,龍自身奴隷みたいだからボクのお母さんは嫌だと言うね。奴の卑しい所が気に入らないのさ。☆《金》《石》《兒》に未収。

抵盜 dǐdào

動 (ひそかに)運ぶ,(ひそかに)持ち出す,盗む="私自搗騰"。山東方言:¶還要糾合了佃戶合你着己的家人,幾石家抵盜你的糧食。《醒26.10a.10》その上,小作人や身内の使用人をかき集めて何石もの食糧を盗み出そうとするのです。¶把我的家財都抵盜貼了漢子。《醒56.10b.10》私の家財を皆盗み出して男にくれてやっているんだろう!¶兩個幹事,朝來暮往,非止一日,也抵盜了許多細軟東西。《金90.9a.2》二人の行いは,朝から晩まで,それも一日にとどまらず,多くの宝石や金目のものを盗み出したのです。

地頭 dìtóu

名 1. 当地,現地="当地;(本)地方"。呉語,西南方言。《醒》では同義語"本地"も使用:¶央胡無翳到臨清買地頭生藥,合了丸散,要捨藥救人,胡無翳應允住下。《醒90.6a.8》胡無翳に臨清へ行き現地の生薬を買って丸薬・散薬を混ぜ合わせ,薬で人々を救うように頼みました。胡無翳は承諾し,そこに住み着いたのです。

2. 目的地="目的地"。武漢等方言:¶拿上幾百兩本錢,搭上一个在行的好人夥計,自己身子親到蘇杭買了書,附在船上。一路看了書來,到了地頭,又好撰得先看,沿路又不怕橫徵稅錢。《醒33.1b.9》何百両かの元手を持ち,経験豊かな店員をつけ,自分は自ら蘇州・杭州へ行き,本を仕入れて船に積む。一路,本を読み,目的地へ着いても儲かりやすいのは先に読んでおきます。道中,重税の心配もありません。¶天老爺自然給人

鋪排,既是叫偺往那們遠去,自然送到偺**地頭**。你且放寬了心,等我替你算計,情管也算計不差甚麼。《醒83.14a.9》天の神様も自ずとお手配して下さいます。神様が,そんなに遠くへ行かせるからには,自然と我々の目的地まで送り届けてくれますわ。あなたは,心をゆったり持っていなさいな。私もあなたの為に何かと考えてあげます。きっと困ることはないでしょう。

地土　dìtǔ

名 田畑, 土地 ="土地;田地"。北方方言, 江蘇方言, 閩語。《醒》では同義語"田地"が極めて優勢:¶内中封就的五兩重八封銀子,每人領了一封,約二十二日,出郷交割**地土**,就着與他們的糧食。《醒22.11b.5》中はきちんと封をした5両のめかたがある八つの銀子をどの人にも1封づつ受け取らせました。そして,22日に村を出て田畑の受け渡しをし,ついでに彼らに食糧を与える,と約束しました。¶說他世代務農,眼中不識一字,祖遺**地土**不上四十畝,無力援例。《醒42.12a.6》彼は,代々百姓に従事し文字は一つも知りません。しかし,先祖伝来の田畑は40畝にも達しないので,からきし権力はないと言った。¶他又是斯文詩禮人家,又有莊田**地土**,頗過得日子。《金7.8b.11》あの人は文人の家ですが,更に田畑や土地があり,なかなか裕福に暮らしています。¶這銀子可是你拿性命換來的,好容易到了**地土**了,偺們保重些的。《兒12.10b.2》この銀子は婿殿が命と引き換えたようなものだ。やっとこさ目的の土地に着いたのだから,大切にしなくてはな!

刁蹬　diāodeng

動 難癖をつける, 嫌がらせをする ="刁难;使为难"。北方方言, 閩語。《醒》では同義語"刁難;為難"も使用:¶與他那要銀子立文書怎樣**刁蹬**的情節,一一說了。《醒67.1b.3》その人が銀子を受け取る契約文書を作成するのにどのように難癖をつけたか,という有様をいちいち述べ立てた。¶偏這淫婦會兩番三次**刁蹬**老娘。《金91.13a.5》よりによって,このすべたは2度3度とこの私に難癖をつけやがる。☆《石》《兒》に未収。

窎遠子　diàoyuǎnzi

形 離れて遠い, 人里離れた ="遥远;偏远"。山東方言("窎远"で北方方言, 閩語):¶該用着念佛的去處,偺旋燒那香,遲了именуется甚來。你夾着屁股**窎遠子**去墩着。《醒15.6b.10》念仏を唱えなければならない所では,すぐ線香を上げるのさ。何をぐずぐずしているか!もういいから,お前らは遠くへでもすっこんでいろ!

同音語 "吊遠子":¶快把恁答拿到**吊遠子**去。可惡多着哩。《醒7.2b.8》こんなもの早くどこか遠くへ持ってお行き!憎ったらしいったらありゃしない!

調謊　diàohuǎng

動 嘘を言う ="说假话;掉谎"。北方方言:¶幸得有人出了你足心足意的價錢,你又變卦不賣。這明白是支吾**調謊**,我被你貽累,直到幾時。《醒82.13b.8》(家を売る段で)幸いにも人が満足する価格を出そうというのに,お前は態度を変え売らないと言う。これは明らかに嘘でごまかす気だな。ワシはお前のせいで巻き添えを食っているのだぞ。こりゃいつまで迷惑が続くというのか。

調嘴　diàozuǐ

動 口答えする ="顶嘴"。山東方言:¶你別**調嘴**。這府裡可也沒你那前世的娘子。《醒41.1b.3》口答えはおやめ!この府城の中にはお前の前世からのお嫁さ

diē 一

んはいないのよ！¶不由他調嘴,尖尖的三十大敲,敲來敲去,敲的个呂祥的嘴,稀軟不硬叫老爺。《醒88.9b.1》彼の口答えに対して容赦なく,厳しい30打の大叩きです。散々叩かれて呂祥の口ぶりは軟弱になり,「旦那様！」と叫びました。

同音語 "吊嘴(兒)":¶這些小厮每,那個敢望着他雌牙笑一笑兒,吊個嘴兒。《金22.7b.8》ここいらの小者たちですら,この人に向かって歯を剥き出しにして笑ったり,口答えするなんてことは誰もできないのよ！¶別要吊嘴說,我老人家一年也大你三百六十日哩。《金53.12b.8》口答えするでないよ。わたしゃね,お前より一つでも年上だと360日は上なんだよ！

爹爹 diēdie

名 父親 = "父亲;爸爸"。北方方言,過渡。《醒》では同義語 "爹;爹爹;父親" が極めて優勢。"爸;爸爸" は無い:¶你的爹爹與你掙了這樣家事。《醒3.1b.6》お前の父親はお前にこれだけの財産を作ったのじゃ。¶計巴拉又替他爹爹上覆晁夫人,謝替他女兒做齋超度,又不得自家來謝。《醒30.13b.1》計巴拉は父が晁夫人に自分の娘の為に済度の法事をしてくれて感謝しているが,自分で来て御礼を述べられないので,宜しく伝えてくれとのことでした。¶憂則不想你爹爹得病死在這里,你姑父又沒了,姑娘守寡,這里住着。《金88.2a.10》憂えているのは思いもよらずあなたのお父さんが病気の為に此処で亡くなり,叔父さんも亡くなった。そして,叔母さんが未亡人として此処に住んでいることです。
☆《官》は "父親" "爹" "爹爹" を収録。《邇》では "父親" のみを採用。

丁 dīng

動 集まる,集める = "聚"。北方方言,過渡:¶沒處尋找,倒是進退兩難。還是合這夥人丁成一堆,此事穩當。《醒99.13b.9》(身を隠してしまう。そうなれば)探し出せなくて途方に暮れるだろう。やはりこういう人達と一緒に(京へ)行く方がいいわ！

丁仔 dīngzǐ

副 1. いつまでも,必ず = "老是;总是;一定"。山東方言:¶我就不做官,我在京裏置產業,做生意,丁仔要往家裏火坑內闖麼。《醒75.11a.5》私はたとえ役人にならなくても,この都で土地家屋を買って商売をするんだ。家へ戻って生き地獄へ入るなんてことはいつまでもしないさ。

2. ことによると,もしかして = "或许"。山東方言:¶丁仔緣法湊巧,也是不可知的事。《醒75.11a.8》縁がうまく行くかもしれませんからね。

頂觸 dǐngchù

動 逆らう,たてつく = "顶撞"。北方方言:¶那日問時,我料的你與計姨夫每人至少要二十五板,後來他搗了搗籤,憑計姨夫頂觸了一頓,束住了手不打。《醒11.11b.7》あの日,裁判で私は,あんたと計伯父さんは少なくとも25回はくらうと思っていました。それで知県は刑罰棒を執行する命令籤を掴もうとしましたね。計伯父さんがたてついた時ですよ。ただ,手を引っ込めて打たなくなりましたね。¶有平日不孝,忤逆父母頂觸公婆的,鼓動善心,立心更要孝好。《醒52.12b.9》日頃は親不孝で父母に逆らってきた者も善心を喚起し,心を改め更に良い事を学ばねばならない。

頂缸 dǐnggāng

動 代わって責任を負う,代わりに罪を

引き受ける＝"代人承担责任"。北方方言，吴语：¶他屋裏放着小老婆，他每日爭風牛氣的，你不尋他，拿着我頂缸。《醒60.8b.8》あの人は家に妾を置いていたでしょ。だから，お義母さん毎日嫉妬で腹を立てていたのよ。それなのに，あの女の所へ文句を言いに行かないで，代わりに私に責任を取らせようとするのね。¶如今沒的遮羞，拿小厮頂缸，打他這一頓。《金29.3b.1》今じゃ恥を隠すために，小僧に罪をかぶせてぶん殴らせたんだ！¶你竟是個平白無辜之人，拿來頂缸。《石61.6a.8》あんたは，何ら罪が無い人なのに皆が濡れ衣を着せたのね。

腚尾巴骨　dìngyǐbagǔ

名　尾てい骨＝"尾巴骨；尾骨"。山東方言。山東方言では"屁股"を"腚"と言う：¶這位嫂子是个羊脫生的，腚尾巴骨稍〈＝梢〉上還有一根羊尾了〈＝子〉哩。他敢是背人不叫人知的。《醒40.12b.8》こちらの姉さんはヒツジの生まれ変わりで，尾てい骨の先にヒツジの尻尾がまだあるのです。おそらく，人に知られたくないのです。

丟丟秀秀　diūdiuxiùxiù

形　細くてか弱い＝"纤弱苗条"。山東方言：¶素姐跑上前把狄希陳臉上兜臉兩耳拐子。丟丟秀秀的個美人，誰知那手就合木頭一般。《醒48.8a.3》素姐は駆け寄ると狄希陳の顔めがけて2，3発ぶっとばした。細くてか弱い美人ではあるが，何とその手は棍棒のようであった。

都抹　dūmo

動　のろのろ進む，動作を緩慢にする，ぐずぐずする＝"磨蹭"。北方方言：¶狄希陳都抹了會子，蹭到房裡。《醒48.7a.8》狄希陳はしばらくぐずぐずしていましたが，そろりと部屋へ入りました。

同音語　重疊型の"都都抹抹；都都摸摸；突突摸摸；突突抹抹"など：¶相于廷去後，狄希陳都都抹抹的怕見走。《醒74.7b.10》相于廷が帰ってからというものは，狄希陳はぐずぐずと行くのをびくついている。¶狄希陳都都磨磨，蹭前退後，那裡敢進去。《醒48.6a.8》狄希陳はぐずぐずし，行きつ戻りつ，どうして部屋へ入って行く勇気がありましょうか！¶狄希陳都都摸摸的怕見去。《醒45.1a.9》狄希陳はぐずぐずと行くのをびくついている。¶狄希陳也到屋裏突突摸摸的在他娘跟前轉轉。《醒40.10b.5》狄希陳も部屋へ行って，のろのろと母親の前をうろついています。¶嗔道你突突抹抹的不家去，是待哄我睡着了幹這个。《醒58.13a.2》道理でお前がぐずぐずして家にもどらなかったんだな。私をたぶらかして寝入ってからこれをやりやがったな！

肚喃　dùnan

動　ぶつぶつ言う，独り言を言う＝"嘟囔"[dūnang]，"嘟哝"[dūnong]。北方方言。《醒》では同義語"哈噥；唧囔"も使用：¶說的晁大舍搭抗〈＝拉〉着頭裂着嘴笑。晁大舍肚喃着說道。《醒19.7a.9》そう言われて晁大舍は頭を下げつつ，口を歪めて笑った。そして，晁大舍はぶつぶつ言うのです。

同音語　"嘟噥；嘟囔"：¶昨夜嘟嘟噥噥，直鬧到五更天纔睡下。《石48.9b.2》昨夜もぶつぶつ言って，明け方の五更（午前4時〜6時）頃になりようやく眠ったのです。¶又聽他一面走着一面嘟囔道。《兒7.5a.8》また，女は歩きながらぶつくさ言った。

斷　duàn

動　追い出す＝"撵；追赶"。山東方言，中原方言，蘭銀方言，晋語：¶偏生的又撞見員外，又沒叫俺進去，給了俺四五十個

錢，立斷出來了。《醒68.5b.1》生憎員外さんにぶつかっちゃって，我々を中へ入れてくれなかったのです。4,50文くれたのですが，家から締め出されちゃったのです。

敦蹄刷脚　dūn tí shuā jiǎo
[成] 馬がためらって前へ進まない様子。
㋹ 嫌々ながら＝"不情愿"。山東方言：¶狄希陳纔敦蹄刷脚的取了纔讀的一本下孟子來。《醒33.7b.9》狄希陳はようやく嫌々ながら習ったばかりの《孟子》を取ってきた。

墩　dūn
[動] 揺れる＝"颠簸"。山東方言：¶晁大舍，珍哥怕墩得瘡疼，都坐不得騾車，從新買了卧轎。《醒13.11b.9》晁大舍と珍哥は揺れて傷が痛み，ラバのひく車では座っていられないと思い，新しく寝台籠を買った。

墩嘴　dūnzuǐ
[動] 口答えする，口論する＝"说嘴；顶嘴"。山東方言：¶寄姐道：罷。人見來還好哩，還強起你連見也沒見。狄希陳道：哥兒，你漫墩嘴呀。《醒83.9b.3》寄姐が「全くもう！人が見たってそれでいいじゃない。見たこともないお前さんよりましでしょうよ」と言うと狄希陳は「なあ，そんなにいちいちたてつくなよ」と応じた。

頓碌　dùnlù
[動] ぐずぐずする，もたもたする＝"磨蹭；慢慢腾腾地"。山東方言：¶別說狄大嫂是个快性人，受不的這們頓碌，就是我也受不的。《醒64.10b.6》狄奥様のようなピンピンした気性の人は，こんなぐずぐずしたのには耐えられないのです。それは，たとえ私でも無理ですね。

多偺　duōzan
[代] いつ＝"什么时候；多会儿"。北方方言。《醒》では同義語"甚麽時候；多早晚兒"は見えない。"幾時；多偺"が極めて優勢：¶七爺，你多偺賣了樹。《醒22.3b.8》晁七さん，あんたはいつ木を売ったんだ？¶素姐道：是怎麽另娶哩。真個麽。是多偺的事。呂祥道：多偺的事。生的小叔叔，待中一生日呀。《醒86.3a.1》素姐は「どのようにして別に娶ったの？本当なの？いつのことなの？」と尋ねると，呂祥は「いつのことですって？既にお坊ちゃんが生まれておいでです。もうすぐ1歳の誕生日ですよ！」と答えた。¶他到底趕多偺纔來看我來呀。《兒39.22a.3》あの子は，一体いつになったら私に会いに来てくれるのかね。
[同音語] "多咱；多咱晚；多早晚"：¶怪盗。三不知多咱進來。奴睡着了就不知道。《金29.12a.10》ひどい強盗だこと。いつ入ってきたの？私は寝入っていたから気付かなかったわ。¶又不知吃酒到多咱晚。今日他伸着脚子，空有家私，眼看着就無人陪侍。《金80.10b.1》(生前では)どれほどまでお酒を飲んだか知れないわ。今ではあの人が死んでしまって，財産があっても，見ているだけで誰も(立派な役人の)お相手をする人がいないのね。¶遭遭兒有這起攮刀子的又不知纏到多早晚。我今日不出去。《金32.4b.7》こともあろうに，死に損ないに逢うのなら，いつまでまとわりつかれるか分からないわ。私は，今日は出てゆきません。¶多早晚都死在我手里。《石21.10a.8》いずれ皆俺の手の中で死ぬんだ！

掇　duō
[動] 1. (物を水平に保つようにして)両手または片手で持つ＝"端；双手或単手拿"。北方方言，過渡，南方方言。《醒》では同義語"端"は賓語に"菜；茶；飯；碗

などの飲食関係の語が多い。一方，"掇"は飲食関係以外の"椅子；枕頭；火爐"など，種々の名詞にも使用：¶一日,把那椅子**掇**在當門,背了呂祖的神像,坐在上面鼾鼾的睡着。《醒28.11a.2》ある日，その椅子を持ってきて戸にあてがい，呂祖のご神像を背にしてその椅子に腰掛け，いびきをかいて眠っていました。¶叫小玉蘭**掇**了一根凳子進去,叫狄希陳仰面睡在上頭,將兩隻手反背抄了。《醒60.11b.7》小玉蘭に腰掛けを持って入らせ，その上に狄希陳を仰向けに寝かせ，両手を後ろに交叉させました。

— 賓語に「飲食関係」が位置する：¶狄希陳認是那前日**掇**茶的丫頭。《醒37.10a.7》狄希陳は，先日，茶を運んできた小女中だとわかった。¶端茶**掇**飯,都是狄周媳婦伏事。《醒48.13a.1》お茶やご飯を運ぶのは，全て狄周のかみさんが面倒みます。¶咱這里買一個十三四歲丫頭子,與他房裡使喚,**掇**桶子倒水方便些。《金97.10b.2》私の所で13,4歳の少女を一人買って，おまるを提げてきたり，ついでに洗いに行ったりさせるのに便利良いように部屋で使おうよ。¶林黛玉因不大喫酒,又不喫螃蟹,自令人**掇**了一個繡墩。《石38.5a.3》林黛玉はあまり酒を飲まず，また，蟹も食べません。そして，自ら人に命じて刺繡をした座布団のついた腰掛けを運ばせた。☆《醒》では現代普通話に見られる"端"も見える：例えば，第32回，第48回，第81回など。

2. 刺す ="刺"。山東方言。《醒》では，同義語"桶；捅；戳"も使用：¶拿了半頭磚打的又有在那夾的碎骨頭上使大棍敲的,在那被拗的手上使針**掇**的,千識百樣的。《醒13.11b.6》半分のレンガでぶつ者がいます。また，締め挟まれて砕かれた骨を大きな棍棒で叩く者，締め上げられた手に針で刺す者もいて，様々なやり方でやられました。

|同音語| "跢"：¶沒帳。咱還有幾頃地哩,我賣兩頃你嫖,問不出這針**跢**的罪來。《醒52.5b.10》大丈夫だよ！私にはまだ何頃(ﾎ)かの土地があるから，2頃(ﾎ)ほど売って姫買いをすればいいのさ。こんなにまでも針で刺されることはないからね！¶又說素姐拿着納底的針渾身**跢**他姑夫,拿帶子拴着腿,又不許他跑了。《醒52.9a.6》また，素姐が靴底を縫う針で狄希陳を刺し，紐で足を縛りあげ，逃げられないようにしたことも告げたのです。

|同音語| "剁"：¶叫劉婆子來瞧瞧,吃他服藥,再不頭上**剁**兩針,由他自好了。《金75.28a.11》劉婆さんに診に来てもらいましょう。あの人の薬を飲んで，もし何だったら，頭に2針ばかり打てばいい。あの人に頼っていればよくなりますわ。

掇氣　duōqì

|動| あえぐ = "喘气"。山東方言：¶只見狄周也燒得焌黑臨〈=臥〉在地上,還在那裏**掇氣**,身上也有四个硃字。《醒54.13a.1》狄周は黒こげになって地べたに横たわってあえいでいる。体には，4つの朱色の文字があった。¶裡邉睡着一个極大的雄猪,正在那裡鼾鼾的**掇氣**,見了一群人赶到,併了力猛然樸〈=撲〉將出來。《醒62.6a.1》中には1頭の巨大な雄ブタが寝ている。丁度，ゼイゼイとあえいでいる最中だったが，一群の人が駆けつけたのを見て，力を込めて猛然と飛び出して来た。

剁搭　duòda

|動| 力を込めて切りかかる ="用力向下砍"。山東方言：¶素姐道：…。我可有甚麼拘魂召將的方法,拿了這夥子人來,叫

我剮搭一頓,出出我這口氣。《醒86.4b.6》素姐は「…。私に招魂法か何かの法術があればあいつらを捕まえて来て体を叩き割ってやるのに。そうすりゃ,私のこの腹立ちも何とかなるだろうよ」と言った。

堕業 duòyè

動 罰当たりの事をする ＝"造孽:作孽"。山東方言: ¶這樣墮業的婆娘,那天地看了已是甚怒。《醒26.9b.6》天地はこのような罰当たりの女を見て,とっくにひどく怒っている。

同音語 "垛業": ¶晁夫人道:…。我怕虧着人垛下了業,沒的他們就不怕垛業的。《醒22.14a.2》晁夫人は「…。私は人に損をさせるような罰当たりの事をするのを畏れるのです。皆さんも畏れないことはありますまい」と言った。

E

阿郎雜碎 ē láng zá suì
[成] 汚らしい、つまらない、まとまっていない＝"肮脏；鸡零狗碎"。山東方言：¶太太道：…。平白地替我磕甚麼頭。阿郎雜碎的,我見他做甚麼。任德前道：老公前日沒見他麼。不阿郎雜碎的,倒好个爽利婦人,有根基德人家。《醒71.3b.7》大奥様は「…。わざわざ私にお礼の挨拶に来るというのかい。私がそんな汚らしい者に会って何をするというのよ。」と言うと任德前は「大旦那様は先日会われました。汚らしくはございません。なかなかテキパキした女です。それに身元も良い家柄です」と言った。

阿屎 ē shǐ
[動] 大便をする＝"拉屎"。北方方言,徽語,過渡,南方方言：¶有的走不上幾里說肚腹不大調和,要下驢來尋空地阿〈＝屙〉屎。《醒68.13b.2》ある者は何里も歩かないうちに腹の調子があまり良くないと言って,ロバから降り,空き地を探して大便をします。¶程謨當着眾人就要脫了褲子阿屎。《醒51.5b.1》程謨は,皆の前でズボンを脱ぎ,大便をしようとします。
[類義語] "屙尿"大小便を排泄する：¶每日只遞與他兩碗稀飯,屎尿都在房裏痾溺〈＝屙尿〉,作賤的三分似人,七分似鬼。《醒79.11b.7》毎日ただ2碗の粥を与えるだけです。大小便は部屋の中で垂れ流し状態。さながら三分が人間,七分が鬼畜さながらのひどい仕打ちにしています。

額顱蓋 é lú gài
[名] ひたい＝"额头"。北方方言：¶你怎麼有這們些臭聲。人家的那個都長在額顱蓋上來。《醒19.5a.2》あんたはどうしてそんなでたらめを言うの？人のアレが額に生えてきちゃったとでもいうの！
[同義語] "額顱"：¶見寶玉憋的臉上紫脹,便咬着牙用指頭恨命的在他額顱上戳了一下,哼了一聲。《石30.2a.10》宝玉が我慢して顔を紫色に膨らませているのを見ると,(黛玉は)ぐっとこらえ,指に力を込めて彼の額を一突きし,フンといった。

惡磣磣 è chěn chěn
[形] 凶悪なさま＝"形容非常凶悪"。山東方言：¶黑押押的六房,惡磣磣的快手,俊生生的門子。《醒94.12a.10》腹黒い役人,凶悪そうな捕り手,格好良い門番。

惡發 è fā
[動] 1. 腐る、化膿する＝"腐烂；化脓"。山東方言：¶覓漢…：…。把人的創使低心弄的惡發了,誤了人的性命,僭往縣裏稟裴大爺去。《醒67.8b.6》作男は…「…。人の傷口をいよいよ悪くさせて,化膿したら命を落としてしまうではないか。県庁の裴閣下の所へ行って訴えてやる」と言った。
2. 怒る＝"发火"。山東方言：¶甚至從大奶奶手中搶棍棒,把个大奶奶一惹,惹得惡發起來,行出連坐之法。《醒91.10a.3》夫人の手から棍棒を奪い取る段に到っては,夫人を大いに怒らせ連座の法を執行されてしまった。

惡囊 è nang
[形] うんざりしている、胸くそ悪い＝"堵心；恶心；郁闷"。山東方言。先の"阿

郎雜碎"の"阿郎"と"惡囊"は方言音で同音語：¶只自乍聽了惡囊的人荒。《醒46.4b.4》突然聞いたのですが，とても気分が悪いです。

惡影影　èyǐngyǐng
形 胸が悪い，胸くそ悪い＝"恶心；要有呕吐的感觉"。山東方言：¶我心裏還惡影影裏的，但怕見喫飯。《醒96.1b.9》今まだ胸が悪いんだ。食事なんて見るのもいやだよ！

耳瓜子　ěrguāzi
名 びんた＝"耳刮子；耳光"。北方方言：¶零碎扇〈＝搧〉你兩耳瓜子是有的，身上搊兩把也是常事，從割舍不的拿着棒椎狠打恁樣一頓。《醒96.1b.7》些細なことであんたにビンタを2発ほど食らわせたことはあります。また，体を少し引っ掻いたことはよくありました。ただ，棍棒でこのようにひどく殴るなんていうのは忍びないわ。
同音語 "耳拐子；耳刮子"：¶素姐跑上前把狄希陳臉上兜臉兩耳拐子。丟丟秀秀的個美人，誰知那手就合木頭一般。《醒48.8a.3》素姐は駆け寄ると狄希陳の顔めがけて2，3発ぶっとばした。細くてか弱い美人ではあるが，何とその手は棍棒のようであった。¶剛纔打與賊王八兩個耳刮子纔好。賊王八，你也看個人兒行事。《金22.7a.8》先ほど，恥知らずを2，3発叩いてやれば良かった。あの恥知らずのやつ，相手をよく見てやれってんだよ！¶偏生我不在跟前，且打給他們幾個耳刮子。《石71.5b.6》あいにく私が側にいなかったので。ひとまず奴らに何発かビンタをくらわせてやる！

耳性　ěrxing（又）ěrxìng
名 記憶力，覚え＝"记性；记忆力"。北方方言。《醒》では同義語"記性"も使用：¶

小素姐的家法，只是狄希陳沒有耳性，好了創口，忘了疼的。《醒66.4b.9》若い素姐の家法（お仕置）に対しては，ただ，狄希陳は記憶力が悪く，傷口が癒えると痛さを忘れるということです。¶沒耳性，再不許說了。《石28.9b.1》覚えていないのか。もうこれ以上喋ってはいかんぞ！

二不稜登　èrbùlēngdēng
形 分別を欠いている，あだっぽい＝"作风不正派；缺心眼"。山東方言：¶惟獨一個二不稜登的婦人，制伏得你狗鬼聽提，先意承志，百順百從。《醒62.2a.2》ただ一つ，一人のあだっぽい女の前では，閻魔大王の前の小鬼のように，完全に屈服させられてしまい進んで人の意を汲むという，万事言いなりとなってしまう。

二不破　èrbupò
[慣] 貧乏人，正規の水準まではゆかない＝"小人家；不夠体面的；不成规模"。山東方言：¶就是人怕他的財勢，不敢報他。只是那樣二不破媽媽頭主子，開了名字。《醒42.11b.2》人々はその財と権勢を恐れ，県役所へその人を通報する勇気がない。ただ，そういう軟弱で何の役にも立たない者が名を連ねた。

二房　èrfáng
名 妾，側女＝"小老婆；妾"。北方方言，閩語。《醒》では同義語"妾；小老婆"も使用。"小老婆"が極めて優勢：¶這是俺的二房，臨清娶的，誰家的少女嫩婦許你這們些漢子看。《醒51.6b.10》これは，私の家の妾です。臨清で娶りました。どこぞの家の若い女があんたら男衆に顔を見せるものですか。¶此是東京蔡太師老爺府裡大管家翟爹要做二房，圖生長，託我替他尋。《金37.1b.8》これは東京蔡太師様のお屋敷におられる大執事の翟旦那から，子供が欲しいので側室をワシに

探してくれと頼まれたんだ。¶ 我給叔叔作媒，說了作二房，如何。《石64.16b.4》僕が叔父さんに仲人をしてさしあげますので，お妾さんになさったらどうです。

二日　èrrì
名　何日間か，2，3日（不特定を示す）="几天；几日"。北方方言：¶ 你且住二日寫文書。這媒婆姓甚麼。《醒49.9b.8》二日ほど泊まってね。契約文書を書かせるから。こちらの仲介女性のお名前は何ですか。

二尾子　èryǐzi
名　ふたなり，男女両性の特色を備える人（罵詈用）="两性人"。北方方言：¶ 沒的那郭姑子是二尾子，除了一個屄，又長出一個屌來了。《醒8.14b.2》まさかその郭尼はふたなりで，女の陰門の他に，更に，おちんちんが生えているとでもいうのかね。¶ 既要吃佛家的飯食，便該守佛家的戒律，何可幹這二尾子營生。《醒93.5b.2》仏様にお仕えして飯を食うからには，仏様の戒律を守らねばならん。どうして，このふたなりのような，どっちつかずの仕事をするのか。¶ 又一人說：你相他相，倒相個兄弟。一人說：倒相個二尾子。《金96.11a.1》一人が「お前さん，あいつを占ってくれ。弟に似ていないかを！」と言うと，別の一人が「ふたなりみたいだ！」と言った。

F

發變　fābiàn

動 1. 発育し変わる ="发育变化"。山東方言：¶蕭夫人道：呵，**發變**的我就不認得了。《醒11.2b.10》蕭夫人は「あれ，ずいぶん変わられたから，私分かりませんでしたわ」と言った。

2. 膨張し変化する ="膨胀变化"。山東方言：¶大暑天氣，看看的那尸首**發變**起來。《醒57.11b.8》大暑の候で，その死体は見る見るうちに膨張変化し始めた。

發放　fāfàng

動 責める ="斥责；发作"。北方方言：¶甯〈=甯〉承古一面**發放**，一面就走。陸好善合倪奇盡力的把甯〈=甯〉承古再三苦死央回。《醒78.9b.5》甯承古は一方で責めたが，一方で帰ろうとする。陸好善と倪奇は懸命に甯承古を引き留め再三頼みこみ戻るように力を尽くした。¶孔舉人娘子**發放**道：看真着些。休得又是晁奶奶來了。《醒11.2b.4》孔挙人の奥さんは責める調子で「真剣に見張っているのよ。また晁夫人のお出ましだなんてのはやめてよ」と言った。

發極　fājí

動 やきもきする，焦る ="着急"。吳語：¶他不見了銀子**發極**，你管他做甚麼。《醒23.11b.9》彼は，銀子がなくなり慌てているのであって，あんたが彼をどうしようっていうのだい。¶他正**發極**的時候，乍聽了這話，便發起躁來。《醒39.13b.10》彼は丁度焦っているところへいきなりそういう話を聞き，いらいらし始めました。¶薛三槐媳婦看着素姐收拾，梳了頭，換了鞋脚，一脚蹬在尿盆子裏頭，…，都着臭尿泡的精濕，躁得青了个面孔，正在**發極**。《醒59.2a.5》薛三槐のかみさんは，素姐の世話をし，髪を梳き，履物を換えていますと，金だらいの便器の中へ足を踏みいれてしまいました。…。臭い尿ですっかりずぶ濡れ，焦って顔は真っ青，まさしくやきもきしています。¶誰知次早黎明天氣，又來照舊嚷罵。相大妗子**發極**，自己走到中門。《醒89.13b.6》ところが，翌日の明け方に，再びやって来てなおもわめき罵ります。相大妗子はやきもきして自分で二門へ歩いて行きました。

[同音語] "發急"：¶你且莫着惱，也不用着這等**發急**，偺們好商量。《兒23.25b.8》あなたはお怒りにならないで。また，お慌てにならなくてもよいのですわ。これからよくご相談しましょうよ！

[同音異義語] "發跡"：運が向く，引き立てられる，出世する：¶休怪我說，一生心伶機巧，常得陰人**發跡**，你今年多大年紀。《金96.11a.7》ありていに言えば，一生，機転が利き，うまく立ち回り，常に他人の引き立てを得る，と出ています。あんたは今年何歳におなりかね。

發熱　fārè

動 熱が出る ="发烧"。北方方言，吳語，閩語：¶推說身上有病，口裏唧唧哼哼的叫喚。狄員外慌做一團，他母親摸得他身上涼涼爽爽的，又不**發熱**。《醒33.12b.1》病気だとウソを言って，口ではウーンウーンとうなっている。狄員外は慌てふためいているが，彼の母親は彼の体を触ってみると，冷たいし熱もありません。¶寄姐或是頭疼**發熱**，一日脚不停留的進房看望。《醒95.9a.8》寄姐は，ある

いは頭痛発熱かもしれないので，一日中ひっきりなしに部屋へ来て見舞います。¶果然出冷汗，渾身**發熱**。《金90.5b.3》案の定，冷や汗が出ていて，全身発熱していました。¶我們大姐兒也着了涼，在那裡**發熱**呢。《紅・戚42.1b.5》私の所のお嬢も風邪を引いて，熱を出しているのよ！☆《石》は《紅・戚》の"發熱"を"發燒"に書き換えている。

反義語 "退燒"（熱が下がる）：¶臨晚，又將藥澤煎服，夜間微微的出了些汗，也就不甚譫語了。睡倒半夜，**熱**也退了四分。《醒2.9b.10》夕方になって，薬を煎じて飲むと，夜に少し汗をかいたが，もう何もうわごとを言わなくなりました。真夜中まで眠りますと熱も4分ほど退きました。

發韶 fāsháo

動 バカな事をする ＝ "犯傻；犯糊涂"。山東方言：¶媒婆道：你看**發韶**麼。我來說媒，可說這話，可是沒尋思，失了言。《醒72.11a.1》仲介女は「あれ，バカな事をしちゃいましたよ。私は仲人として来たのに，こんな事を言って，よく考えもせず失言しちゃいました」と言った。

發市 fāshì

名 一日の最初の取り引き ＝ "买卖一天里第一次成交"。山東方言，徐州方言，呉語，客話，粵語：¶不多的帳，**發市**好開箱。《醒8.8a.6》(寸志は)そんなに多くありません。縁起担ぎで，一日の最初ですから診療してもらい易いようにしたまでです。

動 一日の最初の取り引きをする ＝ "买卖一天里第一次成交"。山東方言，徐州方言，呉語，客話，粵語：¶運退的人，那裏再得往時的生意，十日九不**發市**。纔方**發市**就來打倒。《醒70.4b.6》運気が悪くなった人にとって，昔のような商売は

できない。十日のうち九日は取り引きがなく，ようやくあったとしてもそれもぶち壊されてしまう。¶那一日賣了不泡茶，直到如今不**發市**，只靠些雜趁養口。《金2.11a.5》その日に茶を入れて売っただけで，ずっと現在まで商売はできていません。それで，雑用をして生計を立てているのです。

發脫 fātuō

動 （物を）売りさばく，（人を）遣る ＝ "卖出（货物）；遣走（奴仆）"。北方方言：¶人家又來討錢，差不多賺三四個銀就**發脫**了。《醒6.9b.6》借金取りが金を取り立てに来るんでね。大体が3，4両ほどの銀子を儲けさせてくれれば物は売りますよ。¶失了魂的一般東磕西撞，打聽甚麼貨賤，該拿銀子收下。甚麼貨貴，該去尋經紀來**發脫**。《醒35.4a.6》気が動転したように東や西に奔走し，何か安い品があると聞くと銀子を持って買わねばならない。また，品物の値が高騰したとなれば仲買人を訪ねて売りさばかねばならない。

發躁 fāzào

動 怒る ＝ "发脾气；发急；焦躁"。陝西方言：¶晁梁倒沫，晁夫人**發躁**〈＝燥〉，春鶯合晁鳳媳婦怪笑的。《醒49.3b.6》晁梁が逡巡しているので，晁夫人はいらいらしています。これを見て，春鶯と晁鳳のかみさんはひどく笑っております。¶汪為露在床上**發躁**，道：傻砍頭的。《醒39.11a.6》汪為露は寝台の上で怒って「馬鹿者めが！」と言った。

番調 fāndiào

副 結局，どうせ ＝ "反正；横竖"。山東方言：¶這童七**番調**只是一個。童奶奶雖是個能人，這時節也就張天師着鬼迷，無法可使。《醒71.11a.10》童七は，結局一人でしかない。童奥さんは能力のある人で

も、今度ばかりは「張天師、鬼神の迷に着す」で、全く手が出せない。¶你想你又沒帶了多少人來,我聽說還有跟的个小廝,番調也只你兩个。《醒95.5a.2》あんた何人のお供を連れて来たんだい。私は、あと一人、小者がいるっていうのを聞いているがね。結局はあんたら二人だけなのでしょ。

翻蓋 fāngài

[動] 建て替える、建て直す="(重新)蓋房子"。山東方言:¶典史帶了工房逐一估計,要從新壘墻翻蓋。《醒14.7b.3》典史は、工事役人を連れて逐一見通しをつけさせました。新たに塀や家を建て直そうとしているのです。

[同音語] "番蓋":¶夢見素姐將狄希陳所住之房做了八百兩銀子賣與一个劉舉人去了,當時拆毀番蓋。《醒77.4a.7》素姐が狄希陳の居住する家を銀子800両で劉挙人に売り、すぐに取り壊して建て直すという夢を見ました。

凡百 fánbǎi

[形] 全ての、一切の="所有;一切"。山東方言、河北方言。《醒》では同義語"一切"が極めて優勢。多く副詞的修飾語用:¶然後再把房產東西任我們兩個為頭的凡百揀剩了方搭配開來許你們分去。《醒20.11a.9》それから家屋敷や道具を我ら二人が先に全て取らせてもらう。余り物が出た場合、お前らが自由に分けても良いぞ!¶他那娘子雖也凡百倚他,但不知其婦者視其夫,這等一个狄周刑于出甚麼好妻子來。《醒56.8a.6》彼のかみさんは全て彼に頼っては来たが、「その妻たる者はその夫を視(み)よ」というごとく、そう狄周にどんな良き妻が来るでしょうか。¶與財主興利除害,拯溺救焚,凡百財上分明,取之有道。《金33.12b.1》財主のために弊害を除き有利な事業を起こし、溺れる人や火難の人を救います。凡そ全ての財務上の事は明々白々に、正当な道理がないと物をもらわないという主義です。¶我凡百的脾氣性格兒他還知道些。《石47.1b.9》私のあらゆる気質や性格をあの子はまあ分かってくれています。

[動] "凡百(的)"力を尽くす="尽力"。同義語"凡百;盡力"が多く使用。"凡百"は連用修飾される構造助詞"的"の附接が多い:¶只是叫晁大哥凡百的成禮,替令愛出齊整殮〈=殯〉,往後把這打罵發的事,別要行了。《醒9.8b.8》ただ、晁くんには精一杯の儀礼を尽くさせ、ご令嬢のためにちゃんとした柩を出させるべきです。そして、今後、このような大声で罵るようなことがないようになさい。¶你既說是個族長,凡百的老公平,纔好叫眾人服你。《醒22.12a.1》あなたは、一族の長だと言ったからには、できる限り全てにおいて公平性を貫くべきです。そうしてこそ、皆を信服させられるのです。¶先着人往杭州尋的近便潔淨下處,跟的廚子家人,又不時往秀才家供給不缺。秀才進過三場,回到家內,莊家凡百的周濟,洗了耳朵,等揭曉的喜報。《醒98.7b.2》先に人を杭州へやって、便利で清潔な宿を探してくれた。お供の料理人、使用人もついてくる。また、しょっちゅう秀才の家へ行き、事欠かないように届け物をする。秀才は、科挙の3回の試験が終わり、家へ戻りますが、農家の主人側が出来る限りのことをしてくれた。そして、耳をすまして試験合格の吉報を待っている。

— "凡百的"の"凡"が欠落:¶你也依我件兒。爹這們病重,你且是百的別要做聲,有你說話的時候哩。《醒76.4b.7》お前も私の言うことを聞いておくれ。親父

はこんなにも重病なんだ。ここは,お前は出来る限り静かにしていてくれ。いずれ,お前が話をするような時期がくるから！¶要是他禁住我,你是**百的**快着搭救,再別似那一日倚兒不當的,叫他打个不數。《醒97.9a.3》もし彼女が私をつかまえたら,お前はできるだけ早く救出しに来てくれ。もう二度とあの日のようにボサーとしていて,あいつにこっぴどくぶたれないようにな。

反反　fǎnfan

動　騒ぎを起こす,騒ぎたてる＝"吵闹"。山東方言。熟語"窩子里反"として多く使用：¶二官兒,你撒了手,偺戶裡還有幾個人哩。窩子裡**反**吓,我的不是也罷,你的不是也罷,休叫外人笑話。《醒22.4b.4》二官兒,手を放せ！わしらの一族にはあと何人もいるんだぞ！同じ仲間で揉めてはなあ。ワシの非にしろ,お前の非にしろ,とにかく他人に笑われないようにしなくてはな。

——"窩兒裡反"[熟]（小範囲内での）内輪もめをする,仲間割れする,同士討ちする：¶窩兒裡**反**起來,大家沒意思。《程甲99.5a.2》内輪もめすれば,皆面白くないのでね。

犯尋思　fàn xúnsī

[連]よく考える,思索する,いろいろ考える＝"反復思索,捉摸不定"。東北方言：¶他老人家從來說話不**犯尋思**。《醒20.8a.1》このお年寄りはこれまでよく考えて話すことがなくてね。

方畧　fānglüè

名　計略：¶我聽得人說,你那裏捨的粥極有**方畧**。是甚麽人管理。《醒32.4b.10》人から聞いたのだが,あんたらのところでは,やりくりして粥を振舞っているようだね。どういう人が管理しているのかね。

同音語　"方略"：¶孫氏雖然授與了女兒的**方略**,這夜晚也甚不放心。《醒72.4a.4》孫氏は娘に計略を授けたけれども,その夜は甚だ安心できなかった。

動　やりくりする,何とかする,処置する＝"对付;处理;处置"。"畧"は"略"の異体字。北方方言：¶揚州差人道:你且消停,我**方略**了這兩个,再與你說話。《醒88.6a.9》揚州の捕り手は「ちょっと待て。この二人の方を何とか解決させてからお前と片をつけてやる」と言った。

房頭　fángtóu

名　部屋＝"房间"。雲南方言：¶那位參將老爺下在那個**房頭**。《醒22.16a.6》その参将閣下はどの部屋に居るのかな。

放潑　fàngpō

動　（悔しくて）やたら騒ぎたてる＝"撒泼"。北方方言：¶你要還像剛纔這般沒人樣,**放潑**降人,有天沒日頭的,可說這是山高皇帝遠的去處。《醒95.6b.6》あんたは,まださっきのように人でなしみたいに騒ぎ立て,他人を屈服させるなど,したい放題をやるなら,ここは辺鄙でお役所の目の届かない所だということを知ってもらうわよ！

飛風　fēifēng

副　大急ぎで,風のように速く＝"赶快;火速;飞快"。河南方言：¶留下晁鳳在縣領頭,叫他領了,**飛風**出去好入殮。《醒20.3b.8》晁鳳を首を受け取る為に県役所に留め置き,首を受け取らせると大急ぎで納棺できるようにさせた。

憤　fèn

動　納得する,言うことを聞く＝"服气"。山東方言：¶這權、戴二位奶奶見主人公不在跟前,你不**憤**我,我不**憤**你,從新又■■〈＝合氣〉起來。《醒87.8a.6》権、戴二人の夫人は,夫が目の前からいなくなったので,どちらもお前が私の言

う事を聞かないからだと, 改めてまた喧嘩し始めた。☆■■(空白)箇所は分かりにくいが, 意味的に"合氣"である。

糞門　fènmén
名　肛門 = "肛门"。山東方言, 南京方言, 徐州方言:¶又恨不得晁大舍的屁股撅將起來, 大家舐他的糞門。《醒1.4b.8》できるものなら晁大舍のお尻をかかえ上げてみんなにその肛門を舐めさせて下さい, とばかりの機嫌のとりようです。¶仔細看視, 原來那孩子沒有糞門。《醒27.14a.2》よくみると, もともとその子供には肛門がありませんでした。¶抹了些唾津在頭上往他糞門裡只一頂。《金93.10a.9》てっぺんにつばを塗って, そいつの肛門の中へぐいと押し入った。

風風勢勢　fēngfengshìshì
形　言動がおかしい = "撒泼"。北方言:¶縣官在遠處請了一个道士, 風風勢勢, 大言不慙, 說雷公是他外甥。《醒93.11b.10》知県は, 遠方から一人の道士を招来したが, 雷公はワシの母方の甥だとか言う, 言動がおかしい大風呂敷の男であった。

風火　fēnghuǒ
名　風にあおられた火。転(焦って)一刻も早くすること = "急不可待"。北方方言:¶只見伍小川同邵次湖又兩个外差, 伍小川的老婆兒媳婦, 兩个出了嫁的女兒, 風火一般赶將進來。《醒11.9b.4》ふと伍小川と邵次湖, それに二人の使いの者, 伍小川の女房, 息子の嫁, 二人の嫁に行った娘たちが, 一陣の風のようにすばやく押し入ってきました。¶一個風火事, 還像尋常慢條斯禮兒的。《金30.7b.6》火急の事なのに, いつものようにのんびり悠然と構えおって！¶姑娘的這泡溺大約也是彆〈=憋〉急了, 這叫作風火事兒斯文不來。《兒9.10b.3》娘の今回のおもらしも大体が必死で我慢していたのです。これを「急ぎの時はお上品に, なんてやっていられない！」というものです。

風涼　fēngliáng
形　風があって涼しい = "(有风而)涼快"。山東方言, 河北方言, 呉語。《醒》では"涼快：涼涼爽爽"も使用:¶既是離家不遠, 有這樣皎天的月亮, 夜晚了, 天又風涼, 我慢慢走到家去。《醒19.9a.4》家からも遠くないのだし, こんなに皓々とした月明かりじゃ。夜も更け, 風が心地よいので, ワシはゆっくり歩いて家へ帰ろう。¶太夫人並無別症, 偶感一點風涼。《石42.4b.4》大奥様の病は他でもございません。ただ, 少し冷たい風に当たられたのです。

咈咀　fǔjǔ
動　咀嚼する = "咀嚼"。山東方言:¶成幾兩子買了參蓍金石, 按了佐使君臣, 修合咈咀丸散, 拿去治那病症, 還是一些不效。《醒28.12b.8》何両もの銭で人参, キバナオウギ, 金石薬を買い, 主薬補助薬を調合した丸薬を飲んでもちっとも効き目が無い。

富態　fùtai
形　福々しい, ふくよかである = "(身体)胖"。北方方言:¶沒的是和尚, 有這麼白淨, 這們富態。《醒8.13b.5》まさか和尚ではないでしょう。和尚ならあんなに色が白くふっくらしていますか。¶官哥兒穿着大紅段毛衫兒, 生的面白紅唇, 甚是富態。《金31.12a.4》官哥児は, 緋緞子の産着を着て, 顔は白く唇赤く, とてもふくよかです。

G

改常 gǎicháng

動 平素と異なる, 異常である, 常軌を逸している＝"反常"。山東方言, 中原方言：¶不說他在書房答應時節放肆是他的徼〈＝僥〉倖, 他說是主人如今**改常**。做的菜嫌他淡了, 他再來不管長短, 加上大把的鹽。《醒54.9b.3》また, 彼(料理人)が書斎での食事の世話をしていた時のしたい放題は, 彼自身の僥倖であるとは思いません。逆に, ご主人が今や常軌を逸していると申します。作った料理の味が薄いと言われれば, 彼は前後の見境無く塩を沢山入れます。¶他倒也不**改常**忘舊。那咱在咱家時…。《金90.5a.3》あの人は常を換えることもなく, 昔を忘れることもないのね。あの頃, 家にいた時には, …。

蓋抹 gàimǒ

動 覆い隠す＝"遮盖；掩盖"。山東方言。《醒》では同義語"遮盖"が極めて優勢：¶晁源父子雖是指東話西, **蓋抹**得甚是可笑。《醒17.13a.3》晁源親子はあれこれ無関係な話をして本題をそらしますが, その覆い隠しようが実におかしいのです。¶先生查考他, 自家又會支吾, 狄周又與他**蓋抹**, 從未敗露。《醒38.4a.8》先生は彼(希陳)を調べますと彼自身言い逃れをします。狄周も彼のためにごまかし, これまでまだばれたことはありません。¶見我知道了, 他剛纔那一頓**蓋抹**, 說的我也就沒有氣了。《醒96.13b.6》それを私が知ったのを見て, 彼女は先ほど一所懸命にごまかすので, 私も怒りはもうなくなっちゃったわ！

敢是 gǎnshi(又)gǎnshì

副 恐らく, あるいは, もしや＝"莫非；大概；恐怕"。北方方言, 閩語：¶剛纔我給狄大哥看來, 兩套共是四十三兩銀子, **敢是**二十一兩五錢一套。《醒65.14b.1》先ほど私が狄君に見せたものは, 二揃いで43両の銀子です。それで, 一揃い21両5錢になります。¶**敢是**兩口兒家裏合了氣來。《醒69.2a.1》恐らくは夫婦が喧嘩をしたのでしょうよ。¶這十七的大兒, **敢是**他十一歲上得呀。《醒72.9b.4》17歳のお兄ちゃんですか！それじゃひょっとしてその人は11歳の頃子供をもうけたのね！¶我這屋裡再有誰來, **敢是**你賊頭鼠腦, 偷了我這隻鞋去了。《金28.6a.8》私のこの部屋には誰も来ないわ。さてはあんたがコッソリと私のこの靴を盗んだのよ！¶**敢不是**這屋里, 你也就差了。《金21.2a.7》恐らくはこの部屋ではないでしょう。あなた間違っていますわ！¶**敢是**好呢。只是怕你嬸子不依。《石64.16b.5》それは勿論いいね。ただ, うちの女房が承知しないだろうな。¶他**敢是**救我來了。《兒6.5a.8》彼女は恐らくボクを助けに来てくれたのだ。

敢仔 gǎnzi

副 1. もちろん, 自ずと, 確かに＝"当然；自然；的确"。北方方言：¶要是遞呈子, **敢仔**別說是上廟, 只說是往娘家去。《醒74.7b.5》もし文書を提出する時には廟詣でとは言わなくて, 里に帰ると言えばいいのよ。¶你要說那差不多的人, 俺怎麼就沒本事說。你要說那大主子, 他不給人家做七大八, 俺**敢仔**沒本事說。

《醒75.10b.3》旦那さんがまあまあだという人なら,私たちがどうしてとりもちできないものですか。ところが,旦那さんがおっしゃるのがご大家(合)で,「妾」なんて承知しないとなれば,私達は元々とりもちなんてできません。¶你兩口兒還哭,是待叫我做彭祖麼。晁梁道:俺的心裏**敢仔**指望叫娘做彭祖纔好。《醒90.10a.4》「あんた方夫婦はまだ泣くのかい。私に彭祖仙人にでもなれというのかい。」と言うと晁梁は「僕の気持ちとしては彭祖仙人になってもらいたいのです!」と答えた。

[同音語]"敢自":¶又是甚麼面筋,醬蘿卜炸兒,**敢自**倒換口味。《石61.2b.9》生麩や味噌漬けダイコンの揚げ物だとか,しきりに食べ物を取り替えます。

— "敢任;敢有"が意味上"敢仔"を示す:¶你割捨不的,**敢任**我也割捨不的。《醒58.5a.5》お前はしのびないのだろうが,もちろん僕もしのびないんだ!¶相主事道:你那幾日也約着攪計了多少銀子。陸好善道:**敢有**也費了夠五六兩銀子。《醒78.12b.7》相主事は「その何日間で,大体どれだけの銀子を支払ったのか」と尋ねると,陸好善は「5, 6両の銀子です」と答えた。

2. もともと,何と = "原来"。北方方言:¶**敢仔**是尤聰着了雷劈了,另尋了這呂祥兒,一年是三兩銀子工食雇的。《醒84.8a.7》尤聡が雷に撃たれて死んだので,別に呂祥を求め,年3両の賃金で雇ったのです。¶**敢則**是師傅。你瞧,三兒也幹了。這是怎麼說。《兒6.10a.5》なんと,お師匠様だあ!ありゃ,三兒もやっちまったのか。こりゃ,どういうことだ⁉

趕脚　gǎnjiǎo

[動] (ロバやウマなどに人を乗せ)手綱をとる = "赶着驴或骡子供人雇用"。北方方言:¶撏來撏去,撏得那个模様通像了那鄭州,雄縣,獻縣,阜城京路上那些**趕脚**討飯的内官一般。《醒39.2b.3》毛を抜きまくりますと,その結果,姿はまるで鄭州,雄県,献県,阜城などの都への路上で手綱をとり物乞いする宦官のようになってきました。¶西門慶滿心歡喜,與了他**趕脚**銀兩,明日早裝載進城。《金25.4a.5》西門慶は心中大喜びし,彼に馬方代金をあげ,明日の朝(船に)積載し,城内へ入るようにさせます。¶二人下了頭口,打發**趕脚**人回去。《金81.4a.7》二人はロバから降り,馬方を帰らせました。¶這**趕脚**的營生,本來兩條腿跟着四條腿跑還趕不上。《醒5.13b.1》この馬方という奴はもともと二本足で,四足の後を追いかけていますから,追いつくことができません。

[同音語]"赶脚":¶賤賤的飯食草料,只剛賣本錢,哄那赶⟨= 趕⟩脚的住下。《醒25.4a.3》食べ物や飼い葉代はただ元手の金になればよいだけで,そういう馬方を丸め込んでは泊まって貰います。
☆《醒》は"趕"ではなく,"赶"字をほとんど使用。

幹家　gànjiā

[動] 家を切り盛りする,家を管理する = "持家;操持家务"。北方方言:¶左做左不着,右做右不着,空放着這們个勤力儉用能**幹家**的婆娘。《醒54.7b.2》あれこれ何をやっても全てダメなんだな。こんなにも勤勉で節約家,そして,家を切り盛りする女房もいるのに。

剛　gāng　⇒　jiāng
剛纔　gāngcái　⇒　jiāngcái
剛子　gāngzi　⇒　jiāngzi

杠(槓)　gàng

[量] 一揃い,ひと組,ひと纏まりになっているものを数える = "套"。"杠"は字

形がやや似る"槓"である。東北方言：¶依着小玉蘭說,弄得四**杭**多着哩。扯了一大會子纔醒。《醒45.13a.6》小玉蘭によれば、4回余りもやらかしたのだよ。それからだいぶん経ってようやく目が覚めたとさ。

槓子火燒　gàngzi-huǒshāo

名 小麦粉を練り棒で伸ばして焼いたもの,シャオピン＝"一种烧饼"。山東方言。同義語"燒餅"も使用。¶童奶奶袖了幾个槓子**火燒**要從窗縫送進與他,喚了幾聲不見答應。《醒80.3a.3》童奥さんは,袖の中にしまった幾つかのシャオピンを窓の隙間から彼女に差し入れようとして呼びかけましたが,返事はありません。

― "火燒"(通常"燒餅"よりも形が大きく表面にゴマが無い)：¶讓着狄希陳吃了兩个**火燒**,一碗水飯。《醒44.15a.1》狄希陳に二つの火燒,一碗の粥を食べさせました。☆《官》に"火燒""燒餅"は同義語とする。

高低　gāodī

副 いずれにしても,どうであれ,どのみち＝"不管怎么样；无论如何"。北方方言：¶我好到那裏刨着根子,就使一百千錢,我**高低**買一套與你。《醒65.2a.6》私はそこへ行って草の根分けてでも、100両,1000両のお金を使ってでも,どのみちお前に一揃い買ってやる！¶我從小兒不好吃獨食,買个錢的瓜子炒豆兒,我也**高低**都分个遍。《醒87.6b.5》私は,小さい頃から独り占めするのが嫌いで,スイカの種や炒り豆を買った時でも全て他の人に分けてきた。¶我**高低**讓狄大嫂到家吃鍾茶兒。《醒89.12a.7》私はどうしても狄姉さんに家の中へ入って貰って,お茶でも差し上げたいのです。

― 共通語の用法："深淺輕重"分別,良し悪し：¶那个李成名的娘子一些眉眼**高低**不識,叫那晃住的娘子來問他量米做晌午飯。《醒11.4a.1》その李成名のかみさんは少々空気の読めない人でした。晃住のかみさんを呼んで,どれくらいコメを計って昼ごはんを作るのかあの人(珍哥)に尋ねて欲しいと頼んだのです。

― 現代共通語の用法："優劣"優劣：¶今日七叔没在這裏,偺兩个就見个**高低**怕一怕的不是那人屄裏生的。《醒32.8a.4》今日は七叔がここにいないのだから,わしら二人は決着をつけてやろうじゃないか。怖がる奴は人の腹から生まれた男じゃねえ！。☆《兒》の"高低"は釈義「優劣」でしかない。

告訟　gàosong

動 言う,告げる＝"告诉；告知；述说"。北方方言,過渡。《醒》では"告訟",同義語"告訴"が極めて優勢：¶這裏我不耐煩聽,你家裏**告訟**去。《醒10.6b.3》ここでは聞けません。家の中へ入っておっしゃって下さい！¶縣官把那員領的事情對了夫人**告訟**,一面叫人取那員〈＝圓〉領進去,穿上與夫人看。《醒36.6a.3》県知事は,その丸襟の服のことを夫人に言うと,人を呼んでその丸襟の服を持ってこさせ,着て見せました。¶狄大叔雖是今日纔**告訟**偺,這是我從那一遍就知道了。《醒75.7a.2》狄さんは今日ようやく私に話してくれたのですが,このことはとっくに知っていました。¶後來童奶奶對了駱校尉**告訟**駱校尉鼻子裏冷笑了一聲。《醒84.10a.3》後に童奥さんは駱校尉に言いましたが,駱校尉は鼻でフンと冷笑しました。¶叫你腰還伸不開哩。你**告訟**俺說在京裏悶的上弔,你這只好抹頭罷。《醒85.12a.9》腰すらも伸ばすことができません。あなたは私

達に京(きゃう)では息苦しくて首を括ろうと仰っていましたね。ところが、ここでは首をかき切るより他ないです。¶眾人更自毛骨悚然,因告訟適間所見之事,彼此詫異。《醒93.10a.5》皆は身の毛もよだつ思いでした。そこで、先ほど見たことを和尚さんに言い、お互い不思議そうに驚いていた。

肐拉子　gēlāzi

名　すみ,薄暗い隅っこ＝"角落"。北方方言:¶拉到個屋肐拉子裏,悄悄從袖中取出夠一兩多的一塊銀子遞與他說。《醒70.6a.9》部屋の隅に引っ張って行って,こっそりと袖の中から1両余りの銀子を取り出し,彼に手渡して,言います。
同音語　"圪拉;貉剌兒;旮旯兒":¶我除了這間草房,還有甚麼四房八圪拉哩。《醒34.8b.4》ワシの家はこの二間のわらぶきのほかに,まだどこに四間や八間の部屋があるかね。☆この場合,「八間の部屋(の片隅)」を指す。¶那個沒個娘老子,就是石頭貉剌兒裡迸出來,也有個窩巢兒。《金25.4b.10》だれにでも両親はあるでしょ。たとえ石の隅っこから飛び出て来ても巣穴はあるものよ。¶原來他自從聽得大爺高中了一句話,怔了半天,一個人兒站在屋裡旮旯兒裡。《兒35.23b.10》何と彼(学海)は「お坊ちゃんは高位で合格された!」という言葉を聞いてからは,しばらく呆然として,一人で部屋の隅っこに立ちつくしていました。

割磣　gēchen　⇒　砢磣　kēchen

割蹬　gēdeng

動　片足で歩く＝"一只脚走路"。山東方言:¶妳子蹺着一隻脚,割蹬着趕。《醒36.11b.5》乳母は,片方の足を上げて,追いかけています。

割拉　gēla(又)gāla

動　ぺちゃくちゃ喋る＝"扯閑篇"。山東方言:¶拿茶來,吃了睡覺,休要割拉老鼠嫁女兒。《醒4.5b.3》お茶を持って来ておくれ!飲んだら寝るんだよ。「ぺちゃくちゃうるさい」んだよ!
同音語　"寡拉;聒拉"。"割拉主兒;聒拉主兒"は"沒什麼不同,即好說話的人,此為反語,實際意思是難說話的人":¶那艾回子好寡拉主兒,叫他鼇這們件皮襖來。這是別當小可。《醒67.12b.3》あの艾回子はとても扱いにくい奴だ。奴にこの毛皮の綿入れを強要されて黙っておくのかい。これが,些細なことだと考えていてはいけないよ。¶你好聒拉主兒。我不送布錢給你,你可不就讓我吃小豆腐兒。《醒49.11b.9》あんたはなんて嫌な人なんだ!私が反物や金銭をやらないと,あんたは私に小豆腐を食べさせないのかい。

合氣　géqì

動　けんかをする,むかっ腹を立てる,当たり散らす＝"怄气;生气;斗气"。山東方言,中原方言,呉語:¶小的料得後來要合氣,所以留着原銀,好爲憑據。《醒47.9a.3》私は,後々揉めるだろうと考え,もとの銀子を残し置き,証拠としたのです。¶他小兩口合氣,你老人家原不該管他。《醒63.6b.6》あの子ら若夫婦が揉めているのだから,あなた様のようなご老体が構うべきではないのです。¶我又跟着奶奶趕了去,奶奶合爺合起氣來,爺不敢尋奶奶,只尋起我來,我可怎麼禁的。《醒86.5a.8》更に,私が奥様について行きますとね,奥様が旦那様と揉めたら,旦那様は奥様の方にではなくて私の方に矛先を向けてきます。その場合,私はどうして食いとめられましょう。¶不管教他欺大滅小,和這個合

氣,和那個合氣。《金28.3b.7》あの人は,大人から子供までばかにし,あちこちでケンカしているのよ！

膈肢　gézhi

動　くすぐる＝"在人身上抓挠,使发痒"。北方方言：¶晴雯和麝月兩個人按住溫都里那膈肢呢。《石70.1b.9》晴雯と麝月の二人がウエントリーナ(芳官)を押さえ込んでくすぐっていますよ！¶姐姐再不起來,我上去膈肢去了。《兒27.16b.7》お姉さま,これ以上起きて来ないとくすぐっちゃいますわよ！

参考

名　"胳肢窩"[gāzhiwō(又)gézhiwō](脇の下＝"腋窩")：¶穿着領借的青布衫,梭羅着地,一條借的紅絹裙子,繫在胳肢窩裏。《醒84.4b.4》借りた青い木綿の上着は地面に着いている。借りた赤い絹のスカートは脇の下で括っている。

同音語　"膈肢窪;胎肢窩;膈肢窩"：¶原來姑娘天不怕地不怕,單怕膈肢他的膈肢窪。《兒27.16b.8》娘は,この世の中で何も怖いものはありませんでした。ただ,唯一,脇の下をくすぐられるのが大の苦手でした。¶把幾件銀簪銀棒,幾件布絹衣裳,弔(＝吊)數黃錢,卷了卷,夾在胎肢窩裏,仍舊鎖上大門,腳下膝〈＝騰〉空,不知去向。《醒82.8b.8》何本かの銀の簪に銀の延べ棒,何枚かの木綿や絹の着物,幾さしかの銅錢を巻いて脇に挟み込んだ。玄関に錠をおろし,たちまち空へ舞い上がるように,行方知れずとなる。¶將兩隻手呵了兩口,便伸向黛玉膈肢窩內兩脇下亂撓。《石19.14b.6》2本の手にハーッと2度ほど息をかけ,黛玉の脇の下に伸ばして,やたらくすぐりました。

公公　gōnggong

名　祖父＝"爷爷;祖父"。北方方言,過渡,南方方言。《醒》では同義語"爺爺"も使用：¶據這等說起來,這神道明明是我公公了。我的公公三花美髯,足長二尺。《醒11.12a.4》そう言われれば,その神様は確かに私のお爺さんです。お爺さんは役者にも匹敵する立派な髭をたくわえ,長さは十分に2尺はありました。

— 現代共通語の用法：しゅうと(夫の父)：¶偺家的閨女知道奔他公公的喪,他就不知道與婆婆奔喪麼。《醒60.1b.5》私の娘はお舅の喪に駆けつけるのは知っているんだよ。ところが,あの嫁(素姐)は姑の喪に駆けつけるのを知らないとでもいうのかい。¶只是不像那小蹄子嘴巧,所以公公婆婆老了,只說他好。《石54.10b.2》ただ,あのアマッ子のように口がうまくない。だから,舅,姑は寄る年波もあるので,ただただあの子が良いとおっしゃるのよ。¶一個女孩兒提起公公婆婆,羞的是甚麼。《兒14.4b.4》女の子が舅や姑のことに触れて,何が恥ずかしいの。

公母　gōngmǔ

名　夫婦＝"夫妇;夫妻"。北方方言。《醒》では語形が多く"公母兩個"(老夫婦)：¶待不多一會,也就收拾將明,公母兩個都起來收拾待客。《醒45.8a.3》しばらくしますと身支度だけで,もう明け方になります。老夫婦は起き出して客をもてなす準備をします。¶老韓,你公母兩个想我的話說的是也不是。《醒80.10a.1》韓さん,あんたがた夫婦は,私の話が正しいと思いませんかな？¶你老公母回去罷,我跟奶奶和姐姐府中去也。《金99.12a.7》お父様,お母様,お帰りください。私は,奥様,お姉さまと一緒にお屋敷へ行きます。

— "公母倆"は現代普通話と同一：¶倒不是惦着家。在這裡你二叔、二嬸兒過於

為我操心,忙了這一程子了,也該讓他老**公母倆**歇歇兒。《兒29.25b.1》家の事が心配というんじゃない。ここで大旦那様ご夫婦がワシの為に心を砕いて下さり,ここずっと忙しくされたのじゃ。それでご夫婦にちっとは休んでもらいたくてのぅ。

供備 gōngbèi

[動] 供給する,(需要に)応じる,与える＝"供給[gōngjǐ];供应[gōngyìng]"。山東方言:¶送了一應的**供給**合一千錢與真空寺的長老,叫**供備**胡師傅的飯。《醒22.12a.8》あらゆる必需品や千文のお金を真空寺の長老に届け,胡先生への食事代とします。¶四月將盡的天氣,正是那蛇蚤臭蟲盛行的時候,不免的**供備**這些東西的食用。《醒82.5a.10》4月が終ろうとする気候は,丁度ノミやナンキンムシが繁殖する頃です。したがって,自分の体をこれらの輩に食用として差し出すのは避けられません。¶這飯食不難,要肯做時,在下自然**供備**了。《醒61.8a.5》この食事のことは任せて下さい。もし(学問を教授)して戴けるのなら,私が当然謝礼を用意します。

狗噯黃 gǒu àihuáng

[熟] うなる,ウーンウーンという＝"人呻吟"。山東方言:¶把个晁老七打的哼哼的像**狗噯黃**一般,又緄縛的手脚不能動憚〈＝彈〉。《醒53.13b.3》晁七じいさんは,ぶたれてウーンウーンとまるでイヌが唸っている如くです。しかも,手足を括られて身動きできません。

估倒 gūdǎo

[動] 盗む＝"盗窃"。山東方言。現代語では一般に"鼓搗"と作る:¶又說調羹將他婆婆櫃内的銀錢首飾都**估倒**與了狄周媳婦。《醒59.10b.7》調羹が姑のタンスの中の銀子や首飾りを全て盗み,それを狄周のかみさんに全てあげたと言いました。¶脫不了你是待倒俺婆婆的幾件粧奩,已是叫那賊老婆**估倒**的淨了,剩下點子,大妗子你要,可盡着拿去。《醒60.2b.3》どのみち,おばさん(相婦人)も私の姑の嫁入り道具をほしいのでしょうが,既にあの悪い女にきれいさっぱりと取られてしまいました。いくらか残っているもので,おばさんが欲しいものがあれば皆持って行って下さって結構です！

估搗 gūdǎo

[動] 弄ぶ＝"摆弄;拨弄;弄;搞"。北方方言:¶這晁住心裏只說把這件事來買住了那囚婦的口,便就可以住下。不想他在房裏合那囚婦**估搗**,小珍哥走出門外與禁子遞了局。《醒43.6a.4》こちら晁住の気持ちは,この件でかの女囚の口を封じ込んで泊まろうと考えていた。ところが,晁住が部屋の中で女囚を弄んでいるとき,珍哥はその部屋を抜け出して事の次第を獄卒に伝えて(邢房典獄の張瑞風に)知らせて貰った。

[同音語] "鼓搗":¶上前就去割那繩子,顫兒哆嗦的**鼓搗**了半日。《兒31.20a.2》前へ出てその縄を切りにかかりました。ぶるぶる震えながら長い間いじくりわしていました。

——"成精鼓搗"(やたら悶着を起こす):¶**成精鼓搗**來聽甚麼經。《金39.17a.11》みだりに人騒がせなことをしておいて,こちらへ来て何のお経を聞くと言うのかね。¶你就**成精鼓搗**起来,調唆着寶玉無所不為。《石77.7a.1》お前はやたら悶着を起こし,宝玉を唆し,何だってやらかすのだから！

[同音異義語] "鼓搗"飲む:¶一罈酒我們都**鼓搗**光了,一个个吃的把燥〈＝臊〉都丟了。《石63.10a.10》一かめの酒を私たち

ですっかり飲んじゃったわね。みんな酔っ払って,恥すらも捨てちゃったわ。

谷都都 gūdūdū

形 噴き出すさま＝"喷涌而出的样子"。北方言：¶把一隻小〈＝胳〉膊一條小腿都跌成了兩截,頭上**谷都都**從頭髮裏面冒出鮮紅血來。《醒93.12b.6》片方の腕と足を転んで折り,頭の方は髪の毛の間からドクドクと鮮血が噴き出している。

谷都 gūdu

動 口をとがらせる＝"把嘴撅起来;(嘴)撅着;鼓起"。北方言：¶童奶奶合調羹沒顏落色的坐着,寄姐在旁裏也**谷都**着嘴妳小京哥。《醒82.3b.4》童奥さんと調羹は元気なく座っていましたが,寄姐はそばで口をとがらせ小京哥に乳を飲ませています。¶那秋菊把嘴**谷都**看〈＝着〉了。《金78.22b.11》かの秋菊は口をとがらせてぶつぶつ言っています。

同音語 "咕嘟"(不満をぶつぶつ言う)：¶柳家的只好摔碗丟盤,自己**咕嘟**了一回。《石61.4a.10》柳のかみさんは,仕方なく勢いよく碗や皿を放り出して,一人ぶつくさこぼしています。¶姑娘無法,只得**咕嘟**着嘴背過臉去,解扣鬆裙,在炕旮旯兒兒裡換上。《兒27.20b.2》娘は,仕方なくぶつぶつ言いながら顔をそむけ,スカートの結び目を外し,オンドルの片隅で着替えました。

孤拐 gūguǎi

名 ほお骨＝"颧骨"。北方言。《醒》では同義語"顴骨"も使用：¶他那做戲子粧旦的時節,不拘甚麼人,捋他的毛,搗他的**孤拐**,揣他的眼,懇〈＝啃〉他的鼻子。《醒8.5b.8》彼女は,芝居で女役をしていた頃から,誰彼でもかまわず,みんなからその毛をむしり取られ,頬を叩かれ,目玉に指をねじ込まれ,鼻をかじられていた。¶高高的**孤拐**,大大的眼睛,最干淨爽利的。《石61.9a.6》高い頬骨,大きな目,とっても清潔好きで,何でもテキパキしている人ですよ。¶此刻只管往下瓜搭,那兩個**孤拐**他自己會往上逗。《兒27.12b.4》この時,ただただ不機嫌そうにうつむいているだけでしたが,両方の頬は(喜びの為に)自ずと上のほうへ向いていったのです。

同義語 "寡骨"：¶公案上猴着一個**寡骨**面,薄皮腮,哭喪臉彈閻羅天子。《醒13.8a.2》訴訟事件の案件机には,頬骨の出た,肉薄いほお,しかめつらの閻羅天子様が座っておられます。☆"孤拐"はこの他に"脚踝;踝骨"(くるぶし)の意味がある。

姑娘 gūniáng

名 (父の姉妹に当たる)おば＝"姑母;姑妈"。北方言,贛語。《醒》では同義語"姑母;姑媽"が未検出：¶他只沒敢氣着俺**姑娘**哩。《醒60.8b.9》あの人は私のおばさんを怒らせないわよ。¶領着叔叔、大爺、**姑娘**、妗子奔到狄希陳家。《醒80.9a.3》おじ,おばなどを連れて狄希陳の家へ行った。¶有他家一個嫡親的**姑娘**,要主張着他嫁人。《金7.2a.1》その人の実家に叔母が一人いますが,その人が嫁ぐようにと言っています。¶璜大奶奶是他**姑娘**。《石9.9a.9》璜さんの奥さんは,奴の叔母にあたります。

― 軽声 "姑娘"[gūniang]むすめ：¶童奶奶有幾位**姑娘**,幾位公子。《醒54.2b.5》童奥さんには何人のお嬢さん,お坊ちゃんがおいでですか。☆《兒》《宮》《邇》では,"姑娘"の釈義は"女孩子""女兒"(むすめ)であり,「おば」ではない。「おば」としての使用頻度が明らかに後退している。

骨碌　gūlu

動　もんどりうつ＝"跟头"。山東方言。《醒》では同義語"跟斗"（＝"跟頭"）も使用：¶狄婆子把素姐推了個**骨碌**,奪過鞭子,劈頭劈臉摔了幾下子。《醒48.8b.6》狄奥さんは素姐を押してもんどりうたせ、鞭を奪うと、真正面から何度かビシッ、バシッとお見舞いした。

峪曦　gūnong

動　小声で喋る、ぶつぶつ独り言を言う＝"小声说话；自言自语"。北方方言：¶狄周媳婦正**峪曦**着,不料素姐正從廚房窓〈＝窗〉下走過,聽見說是小玉蘭偷了雞吃。《醒48.4b.9》狄周のかみさんはちょうどぶつくさ言っている所へ、不意に素姐が台所の窓の下を通りかかり、小玉蘭がニワトリをこっそり食べたと言っているのを聞いてしまいました。¶在我家裏倒也便易。只是俺公公那老獾叨的**峪峪曦曦**,我受不的他瑣碎。《醒64.6a.10》私の家の中でもいいですよ。ただ、舅の老いぼれときたら、ぶつぶつ文句を言うので、私はそんなのに耐えられないのです。

同音語　"谷農；骨農；喞農"：¶且是又受了他這許多東西,也該不做聲。他却喃喃吶吶,**谷谷農農**,暴〈＝抱〉怨个不了。《醒13.9a.5》まあ彼からそんなに多くの品物を受けとったなら普通は文句はないものです。ところが、彼女はぶつくさ、つべこべと恨み節に終わりがないのです。¶眾人無言而退。都背地**骨骨農農的**道。《醒14.5b.10》みんなは無言で退きましたが、陰でぶつくさ言っています。¶那小獻寶背後**喞農**,說道：那狄宗禹合程英才怎麼的你來。《醒39.10a.5》かの小献宝は陰で「その狄宗禹と程英才はお父さんに何をしでかしたのかねえ」とぶつぶつ言った。¶翁婆有甚言語,務要順受,不可當面使性,背後**喞農**。《醒44.6b.4》お舅さんやお姑さんから何か注意があっても是非とも受け入れるんだよ。面と向かって癇癪を起こしたり、また、陰でぶつくさ言うのは良くないよ。

同音語　"咕噥；咕囔"：¶趙姨娘…,嘴裡**咕咕噥**自言自語道：…。《石67.11b.2》趙氏は…口の中でぶつぶつと独り言を言った：…。¶只聽不出他嘴裡**咕囔**的是甚麼。《兒21.4b.4》彼女の口から何やらぶつぶつ言うのは聞きとれません。

骨拾　gǔshi

名　遺骨＝"尸骨"。北方方言。《醒》では同義語"屍骨；屍骸"よりも"骨拾；骨殖"が優勢：¶燒得他**骨拾**七零八落,撒在坡裏。《醒13.7b.4》焼かれてばらばらになったその遺骨を田畑にばらまいてやる！☆"坡裏"は方言で「田畑」を表し、「坂道」ではない（⇒坡裏 pōli）。¶直等淘〈＝掏〉陽溝纔撈出臭**骨拾**來。《醒75.2b.5》流されていって、開渠（かきょ）の所になってようやく遺骨を掬い上げられるわ。

同音語　"骨殖"：¶我的**骨殖**幾乎歸不成土。《醒42.8b.4》私の遺骨は、ほとんど土に帰ることはできなかった。¶再買些柴火,燒的連**骨殖**也沒影兒。《醒95.7a.4》もっと薪を買って焼けば、遺骨が影かたちすらも無くなります。¶并武大屍首燒得乾乾淨淨,把**骨殖**撒在池子裏。《金6.3b.5》武大の死体を完全に焼いて、遺骨を池の中にばらまいた。

鼓令　gǔlìng

動　あおる、挑発する、そそのかす、喚起する＝"鼓动"。山東方言：¶我把你這個賊臭奴才,甚麼不是你**鼓令**的。小女嫩婦的,你挑唆他上廟。《醒56.5b.4》この性悪女！お前がそそのかしたんだろ！いたいけない子供なのにお前が廟参りをあ

おるんだよ！¶我那日若不是聽了嫂子的好話,幾乎叫他鼓令的沒了主意,却不也就傷了天理。《醒57.2b.5》ワシはあの日,もしも嫂(なにい)さんの忠告を聞き入れていなければ,もう少しの所で奴にそそのかされて自分の考えがなくなってしまい,天の理を壊してしまうところじゃった！

穀子　gǔzi
名　イネモミ＝"稲的没有去壳的子实"。北方方言,過渡,閩語:¶到了三月十四日回來,只得又問撫院借了二百石穀子。《醒31.11a.4》3月14日に戻ってきて,仕方なく撫院から200石のコメを借りました。¶只得發出五千穀子來零糶與人,每人每日止許一昇。《醒32.3a.7》仕方なく5千石のコメを小売で毎日一人1升ずつに限定して売り出すことにした。¶你老人家可先說這些陳穀子爛芝麻的作甚麼。《兒15.22b.3》お父様ったら,そんな古臭くてどうでもよい話をして,どうなさったの。

顧贍　gùshàn
動　（金銭的に,物質的に）世話をする,面倒をみる＝"资助;周济（熟人）":北方方言。《醒》では同義語"照顧;照管;周済"をよく用いる:¶他還替娶了媳婦子。他可着實的顧贍我來。《醒27.9b.3》あの人達（丁老人夫婦）は更に僕に妻をも娶ってくれ,とてもお世話になったのです！

瓜搭　guādā
動　怒って顔を曇らせる＝"脸色变得阴沉"。北方方言。現代語では同音語"呱嗒;呱搭;呱哒;括搭;挂搭;瓜耷"とも作る:¶只看見狄婆子就把臉瓜搭往下一放。《醒59.8b.10》ふと狄夫人を見やると顔をさっと曇らせ下を向いた。¶往日那臉一沈,就绷住了,此刻只管往下瓜搭。《兒27.12b.4》以前,顔をさっと曇らせると,こわばった表情になりました。今はただただ不機嫌にうつむいているだけです。☆《金》《石》に未収。擬音語は[guādā]の如く重読。

瓜聲不拉氣　guāshēng bù lā qì
[熟]おかしな声で話すさま,声・発音・話し方が奇妙である＝"怪声怪气"。山東方言:¶瓜聲不拉氣的,像北七縣裏人家。《醒4.1b.10》聞きなれない話し方で,まるで北七県の人のようだ！

括　guā
動　ぶつ,打ち懲らしめる＝"打;责打"。山東方言:¶夏馹〈＝驛〉丞…:你攔着街撒潑,我怕括着你,叫你順順。《醒32.9a.3》夏駅丞は…「お前,通りを遮ってやたら騒ぎ立てているな。お前を打ち懲らしめておとなしくさせてやろうか」と言った。

括毒　guādú
形　ひどい,むごい,きつい＝"刻毒;很毒;厉害"。山東方言。《醒》では同義語"刻毒"も用いる:¶西門外汪家當舖也還有,可是按着葫蘆摳子兒,括毒多着哩。《醒50.5a.3》西門の外の汪という質屋にならまだあります。しかし,そこは脅しをかけたりしてとてもひどいですよ！

寡話　guǎhuà
名　無駄話,意味の無い話＝"闲话;废话"。江淮方言,吳語:¶一片沒良心的寡話,奉承得那典史抓耳撓腮,渾身似撮上了一升虱子的。《醒14.4a.10》ひとかけらの良心もない意味のない話をした。これはお世辞でしかないのですが,典史はこれによって喜び舞い上がり,さながら全身に一升のシラミを撒き散らしたようにむずむずしています。

掛 guà

[動] (物の表面に)付く,塗る ="涂;糊着"。北方方言。《醒》では同義語"呼(=糊);抹;涂抹"は「屎,泥,墨」などの「汚いもの」を塗るときに使用:¶午後做完了,裏面掛了瀝青。《醒9.7b.3》午後,棺桶を作り終え,内側に瀝青(れきせい)を塗った。

掛拉 guàla

[動] (女性と)私通する ="勾搭"。北方方言:¶只是珍姨沒到偺家時,可一像那班裏幾个老婆,他沒有一个不掛拉上的。《醒43.10b.7》ただ,珍姉さんが我々の家に来る前は,彼(晁住)が手をつけていない芝居小屋の女は誰一人としていませんでした。

[同音語] "刮剌":¶不料西門慶外遘又刮剌上了韓道國老婆王六兒。《金39.1a.9》思いがけず,西門慶は外で韓道国の女房王六兒を誘惑した。

[同義語] "掛搭"[guàda]:¶如今我還多着李成名媳婦,李成名媳婦還多着我,再要掛搭上他,可說有了存孝,不顧彦章。《醒19.7a.7》今,私にはまだ李成名のかみさんがいますし,李成名のかみさんにはなお私がいます。それなのに,あの人に手をつけようものなら,それこそ嫉妬で私ら騒ぎ立てますよ!

— 非軽声語"掛拉"[guàlā]引っ掛けて引っ張る:¶人有了命纜好使銀子,萬一沒人來救,一條繩掛拉殺了,連老本拘去了,還得使銀子哩。《醒39.11a.9》人というものは,命あってのものだねだい。もし,誰も助けに来てくれなくて,縄で引っ張られて死んだら元も子も無い!オレはまだまだ銭を使いたいんでね!

掛牽 guàqiān

[動] 懸念する,心配する ="挂念;牵挂"。西南方言,湘語等:¶不料晁家的男子婦女倒都是沒有掛牽的。《醒19.7a.1》とこ

ろが,晁家の男や女どもは,皆心配する者がいなかった。

— 逆序の同義語"牽掛":¶又恐你戀着師弟姊妹情腸,不忍分離,倒要長途牽掛。《兒22.4a.6》あなたが師弟,姉妹の情に未練が残り,別れるに忍びないのならば,今後長らく引きずることになってしまいます。

乖滑 guāihuá

[形] 口がうまい,口が上手 ="嘴甜;伶俐"。江淮方言,山東方言:¶先是他的嘴又乖滑,開口叫人爺,人有話誰不合他說句。《醒85.6a.1》先ず彼の口は滑らかで上手だ。口を開けば旦那と言って,誰とでも話ができるのだから。

拐 guǎi

[動] 1. 糸を紡ぐ ="纺;做"。北京方言,膠遼方言,西南方言:¶我在家裏又着褲子,手拐着幾個繭,只聽得街上央央插插的嚷。《醒10.5b.3》私は家の中で下ズボンを穿いて,手には繭を繰っていたのです。そうすると外の街路では何やらワーワーとわめく声がしたのです。

2. ぶつかる,当たる ="碰;撞击"。山東方言:¶劉恭的老婆上前救護,被程謨在胯子上一脚,跽〈=拐〉的跌了夠一丈多遠。《醒51.4a.7》劉恭のかみさんは前に出て助けようとしましたが,程謨に腰を一蹴りされ,1丈余り転がって行きました。☆"跽"は異体字。

怪道 guàidao(又)guàidào

[副] 道理で ="怪不得;难怪"。北方方言,呉語。《醒》では同義語"怪不得;難怪"も用いるが,"怪道"が極めて優勢:¶怪道每人給四五十畝地,四五兩銀子,幾石糧食,原來有這些原故。《醒46.11b.7》道理でどの者にも4,50畝の土地,4,5両の銀子,何石かの食糧をくれるんだな。何と,そういう訳だったのか!¶怪道狄

大哥這們幾日不來。原來家裏弔〈＝吊〉殺了個丫頭,叫人詐了許多銀子。《醒82.3a.5》道理で狄兄さんがこの何日間か来なかったのは,家で下女に首吊り自殺されてしまったんですね！その上,人に多くの銀子を騙し取られたんです。¶**怪道**前日他見了我笑,原來有你的話在裡頭。《金82.9b.9》道理で先日あの人が私を見て笑っていたのは,なんとあなたが陰で色々言っていたからなのね。¶**怪道**成日家羨慕人家女兒作了小老婆,一家子都仗着他橫行霸道的。《46.7b.9》道理でよそ様の娘が妾になるといつも羨ましがっていたわね。家じゅうがその娘を頼みに平気でひどい事をしたわけだわ。¶**怪道**這言談氣度不像個寒酸幕客的樣子。《兒19.9a.10》道理で言葉遣いや物腰が貧乏幕僚とは違うと思っていたわ。

管　guǎn

接　たとえ…でも＝"不管;无论"。北方方言:¶一個官要楌就楌〈＝拶就拶〉,**管**你甚麼根基不根基。《醒10.5a.5》役人が手の指を挾みつける刑にするといえばするのであって,お前がいくら家柄云々などといっても関係ないんじゃ！

滾水　gǔnshuǐ

名　湯,熱湯＝"开水"。北方方言,吳語,贛語,客話,閩語。《醒》では,同義語"開水"は未検出:¶或是使他扇子扇他,或是使火烘他,或又使**滾水**潑他。《醒17.1b.3》或いは扇子であおぐ,または火であぶる,はたまた煮え湯をぶっかけたりする。¶把那米剛在**滾水**裏面绰一绰就撩將出來。《醒26.9b.1》コメを熱湯の中でさっと湯通ししただけですぐに取り出す。¶見他挺在地上流沫,攙扶不起,顧了一个花子,拉狗的一般,背在家内,灌**滾水**,椎脊梁。《醒57.11a.10》夫(晁思才)は地面に横たわり口から泡を吹いている。助け起こすのは無理なので乞食を雇い,イヌを引きずるように家の中へ運びこんだ。家では湯を飲ませたり,背中を叩いたりしている。¶買上四五文錢的生姜,煮上一大壺**滾水**,留那些學生喫飲。《醒92.1b.4》4,5文で生姜を買い,大きな壺で煮立ててそれらの生徒達のためにとっておき飲ませてあげた。¶用大鍋燒上一鍋**滾水**。《金91.13a.2》大鍋にいっぱい湯をわかした。¶我怕水冷,巴巴的倒的是**滾水**,這還冷了。《石54.4a.7》冷たいのは良くないとわざわざ熱湯を注ぎましたが,それでもなお冷たいと言うのですか！¶得了。你再給我點**滾水**兒喝,我也不喝那醱茶。《兒21.9b.8》もういいですわ！もう1杯お白湯を下さいませんか。私は(濃い)お茶を飲まないことにしているのです。

同義語　"滾湯":¶把那一肚皮家里懷來的惡意,如**滾湯**澆雪一般。《醒40.6b.6》家から腹一杯詰め込んできた悪意は,雪に煮え湯が注がれる如く,忽ちにして消えました。¶不論猪肉、羊肉、雞肉、鴨肉,一應鮮菜乾菜,都要使**滾湯**過,去了原湯。《醒54.9b.15》豚肉にせよ,羊肉にせよ,または鶏肉やアヒルの肉にせよ,また,生野菜だろうと干し野菜だろうと全て熱湯で通し,もとの煮汁は捨ててしまうのです。¶右手把一熨斗的炭火,盡數從衣領中傾在衣服之內燒得个狄希陳就似落在**滾湯**地獄裏的一樣。《醒97.9b.10》右手で火のしの炭をありったけ襟から服の内側へと流しこみました。この結果,狄希陳はさながら煮え湯地獄に落とされた如くでした。

果不其然　guǒbuqírán

副　果たして,結果として＝"果然"。北

京方言。¶**果不其然**,惹的奶奶計較。倘這們些人只有這一個叫奶奶心裏不受用,倘大家臉上都沒光采。《醒69.7b.1》果たして山の神のご機嫌を損ねたのです。この山の神様のご機嫌を損ねたというだけで,私達皆も面目をなくすことになります。¶我認的是報應瘡,治不好的,我沒下藥來。**果不其然**,不消十日,齊割扎的把个頭來爛弔〈=吊〉一邅。《醒66.10a.9》私は,これは報応瘡という難病のため,治癒できないと思い,投薬しませんでした。果たして,10日もたたないうちに腐って頭がドサッとそこら辺に落ちたのです。

|同義語|"果不然":¶**果不然**從後遭一個人托着一個盤子,就是承恩說的那些東西,一點不少。《醒70.8b.7》果たして,奥から一人,皿を一つ提げてやって来ました。すなわち,承恩が言ったその品がそのままあるのです。¶到起鼓以後,**果不然**兩個差人來了,叫我撞了個滿懷。《醒82.6a.2》初更(20時〜22時)の太鼓の音があってから,果たして,二人の役人が来た。そして,私と真正面からぶつかったんだ!

過活 guòhuó

名 家の財産,家財="家产"。北方方言。《醒》では,同義語"家財;家產;家事;家私;家業"が優勢:¶他後來積至十數萬不止,遇旱遇災,通州的百姓全靠了這個**過活**,并無一个流離失所的人。《醒17.14a.7》彼らは後に十数万両を下らない銀子を積み立てました。この結果,通州の民衆は全てこの銀子に救われ,一人の流浪民も出していません。¶他一向有些好與人賭博,所以把一小小**過活**弄得一空,連一點空地鋪也都賣弔〈=吊〉。《醒34.13b.9》彼は,これまで博打をするのが好きでした。それで,僅かの財産すらもすっかりなくなってしまい,少しの土地,店をも売り払ってしまっています。¶再說晁老兒年紀到了六十三歲,老夫老妻,受用**過活**罷了,却生出一个過分的念頭。《醒18.8a.9》さて,晁老人は63歲になり,老夫婦は楽しくお金を使って暮らしておればよいのに,一つの分を過ぎた考えが沸き起こりました。¶家內也有二三千金的**過活**。《石48.1a.7》家には2,3千金の財産があります。

H

還許　háixǔ
副　もしかして・もしかすれば(…かもしれない)＝"或许;也许;可能;恐怕"。北方方言。¶你去尋尋,還有許他二爺小時家穿的褲子合布衫子,尋件給他換上。《醒57.9a.9》お前,ちょっと探しておいで。ひょっとしたら,うちの子が小さい頃に着ていたズボンと綿のシャツがあるかもしれないから,着替えさせておやり。☆黃肅秋校注本等では"還許有"の語序。¶到了太太十分分不開身,只那個長姐兒偶然還許伺候戴一次帽子。《兒35.24b.5》奥様がとても忙しく手が放せないときは,長姐兒が時に(ご主人様の)帽子の用意をさせて戴けるのです。¶那戲兒一齣是怎麼件事,或者還許有些知道的,曲子就一竅不通了。《兒32.5a.10》その芝居はどういう内容か或いは少しは知っているかもしれないんじゃ。でも,歌になれば皆目わからんてな。

海青　hǎiqīng
名　袖が広い旧式の中国服＝"一种袖子宽大的长袍"。吳語:¶次早回到家中,走進房去,好好的還穿了新海青、新鞋、新帽,不是昨夜成親的那个新郎。《醒28.3a.7》(新郎の厳列宿は)翌朝,家へ戻り部屋へ入ると,新しい袖の広い中国服,新しい靴,新しい帽子をきちんと身につけています。新婦は,昨夜結婚したあの偽新郎ではないことが分かりました。¶我不是賴精,大官人少不得賠我一定大海青。《金6.6b.4》わたしゃ,ゆすり屋じゃないですが,旦那様,どうあっても大幅(おおはば)の紺木綿(こんもめん)を1匹戴かないとねぇ！

害　hài
動　(病気に)かかる＝"患(病)"。北方方言。《醒》では同義語"得病;生病"も使用する。¶新近往通州去看他,送了他大大的二兩銀,留喫了一頓飯,打發的來了,惱的在家害不好哩。《醒9.11a.6》最近,通州へ奴に会いに行ったが,2両の銀子を渡され,食事を一席設けられたんだ。たったそれだけで追い払われたものだから,癇癪を起こし,家で病気になったのだよ。¶一位孟參政的夫人害了个奇病,但是耳内聽見打銀打鐵聲,及聽有徐字,即舉身戰慄,幾至于死。《醒27.3a.5》孟參政夫人はある奇病にかかった。耳の中で銀細工や鍛冶屋の鉄を打つ音がし,「徐」の音を聞くと体が震え,死にそうになるのです。¶姐姐是因怎的就害起病來。《醒63.8b.10》姉さんはどうして病気になったの。¶你害饞癆饞痞了,偷米出去,換燒餅吃。《金92.11b.11》お前は食いたい病にでもかかったのかい。米を盗み出してシャオピンに取り換えて食べたりして。¶我那里就害甚病了,只怕過了人。《石51.8b.4》私がどうしてはやり病にかかったりしますか。人にうつすんじゃないかって心配したりして！¶我一個人也服侍你去了,誰想又害了這場大病,昨兒險些兒死了。《兒3.15b.1》ワシ一人でもお前様をお守りして行こうと思っていた折り,何とこの大病を患って,昨日は危うく命を落とすところでした。

━殺める:¶這是忘八淫婦不知定下了甚麼計策,哄我前去,要筭計害我。《醒

汗鱉　hànbiē

動　うわごとを言う、でたらめを言う＝"说胡话:说糊涂话"。北方方言：¶慣的个漢子那嘴就像扇車似的,像汗鱉似的胡鋪搭。《醒59.8a.7》甘やかしたから男の口が唐箕のように速く、また、熱にうなされたようにペラペラとたわ言を言うのよ。

同音語　"汗燉"：¶我把你这个烂了嘴的小蹄子。满嘴里汗燉的胡説了。《石62.16a.1》このお喋りのあまっちょさん！言う事が全てうわ言のようになっちゃっているわ。☆同義語"汗邪"は《金》でよく使用。

汗病　hànbìng

名　発熱を伴う病気＝"伤寒(病)"。北方方言。《醒》では同義語"傷寒"も使用する：¶你害汗病,汗鱉的胡説了。你搗的是那哩〈＝裏〉鬼話。《醒49.11b.5》お前が熱病だって！ウソ言え！お前は何をたくらんでいるんだ。¶我只説你爺們歪折踝子骨,害汗病都死在京裏了。《醒85.7a.2》私は、お前の旦那様がくるぶしの骨を折り熱病にかかり京(みやこ)で死んじゃったと思ったのよ！¶你還是那人家哩。只當奴害了汗病,把這三十兩銀子問你討了藥吃了。《金19.10a.6》お前さんはやはり夫じゃない、他人だね。私が熱病にかかってこの30両の銀子でお前さんから薬を貰って飲んだことにしておくから(、あんたはここを早く引き払って)！

汗巾　hànjīn

名　装飾用の紐、装飾のついた長い紐、しごき、長布＝"长巾"。北方方言,呉語。"汗巾"と"汗巾兒;汗巾子"は同義語：¶你汗巾上包這十兩銀子的縐痕在那裡。《醒23.13a.6》お前の長布にこの10両の銀子を包んだ痕跡はどこにあるのだ？¶素姐接到手内,把汗巾展開,將那金挑牙也拿在手内看了看…。狄希陳回説:這是俺娘的汗巾。《醒52.1b.9》素姐は手に取って長布を広げ金の楊枝を手の中に乗せ、見た。…。狄希陳は「これはお母さんの長布だよ！」と言った。¶素姐又看那汗巾,説道:這汗巾,我却没説,是他分外的人事。《醒96.8a.10》素姐はその長布を見て「この長布は、私(余分に付けろと)言わなかったのに。あいつの殊のほかの心遣いなのね」と言った。¶李嬌兒眾人都有與花翠、汗巾、脂粉之類。《金65.12a.9》李嬌児たちも(下男賁四の娘に婚約祝いとして)簪、長布、おしろいの類を与えました。¶戒指、汗巾、香袋兒,再至于頭髮、指甲,都是東西。《石21.9a.7》指輪、しごき、匂い袋、それから髪の毛、爪、これらは全てれっきとした品ものですわ！¶腰間繋一條大紅縐綢重穗子汗巾。《兒6.4a.10》腰には深紅のちぢみの房付きのしごきを締めています。

兒化語　"汗巾兒"：¶童奶奶從袖中取出一个月白綾汗巾,…説道:這个汗巾兒裏邊有付小金丁香兒,兩个銀戒指,煩爺替我稍〈＝捎〉給奶奶,也見我感激爺的意思。《醒71.2b.9》童奧さんは袖の中から淡い青色の綾子長布包みを取り出して…「この長布の中には一対の小さな金の耳飾り、二つの指輪があるわ。どうぞ奥様にあげて下さい。旦那様に対して私の感謝の気持ちです」と申しました。¶止不住眼中淚落,袖中不住取汗巾兒擦拭。《金63.12a.9》とめどなく目から淚を流し、袂の中から長布を取り出して淚を拭きました。¶右大腿旁拖露着一大堆純泥的白縐綢汗巾兒。《兒4.8a.3》右太

腿の辺りには堆積した泥のように折り重なった白ちぢみのしごきが垂れ下がっています。
━"汗巾"＋接尾辞"子"：¶這是娘的汗巾子,等尋着了我的,還要換回去哩。《醒52.2a.7》これはお母さんの長布だよ。僕のが見つかれば交換するんだ。¶來得路遠,可是没稍〈＝捎〉一點甚麽來送給狄老爹,叫你送這們些盤纏又送了尺頭、汗巾子,可是消受不起。《醒96.9a.3》遠路やって参りましたが,狄旦那さまに何の手土産もお持ちしておりません。それなのに,こんなにも旅費を下さり,更に反物や長布までも。本当にもったいないことです。¶你頭上汗巾子,跳上去了還不往下扯扯哩。《金73.17b.2》お前の頭の長布がはね上がっているじゃないか。下へ引き下ろしなさいな！¶腰内束了一條汗巾子,便來打掃房屋。《石25.1a.7》腰には１本のしごきを結び部屋を掃除しにきます。

参考
　手巾　shǒujin（又）shǒujīn
名　手拭い＝"土布做的擦臉巾"。北方方言,過渡,南方方言：¶先賞了五百文銅錢,一个首帕一條大花手巾,剃完了頭,又管待他的酒飯。《醒21.10b.5》まず,500文の銅銭,頭に巻く頭巾と大きな模様入りの手ぬぐいを祝儀にやり,頭を剃り終わると酒と食事でもてなした。¶照依晁梁那時舊例,賞了徐老娘五兩銀子,兩疋羅,一連首帕,四條手巾,放在盆裏的二兩銀,三錢金子。《醒49.6a.6》晁梁は旧例により,徐産婆に５両の銀子,薄絹２匹,頭に巻く頭巾１本,手ぬぐい４本を祝儀としてやった。さらに,盆には２両の銀子,３銭の金子を置いた。¶送了李明宇一雙羢〈＝絨〉襪,二雙羢膝褲,四條手巾,一斤棉綾。《醒75.5b.10》李明宇

に一組の毛織の靴下,二組の毛織の脚半,４本の手ぬぐい,木綿糸１斤を贈った。¶軋了一百斤綿羢〈＝絨〉,四疋自織綿紬,四十根大花布手巾,着了一个覓漢鮑恩回去謝韋美看顧。《醒88.4a.2》繰った100斤の綿,手織りの綿４匹に40本の大きな模様入りの手ぬぐいを作男の鮑恩に（持って）行かせて韋美の手厚い世話に対する礼とした。¶爹來家,使玉筍手巾裏着一疋藍段子,往前遘去。《金22.4b.3》旦那様はお帰りになられますと,玉筍に藍の緞子を１匹,手拭いに包ませて表の方へ持たせておやりになりました。¶再洗了兩把,便要手巾。《石21.2a.8》ふたたびバシャバシャと２度ほど洗ってから手拭いがほしいと言った。¶給你新大奶奶濕個手巾來,把粉勻勻。《兒27.5b.5》新しい若奥様のために手ぬぐいを絞ってきなさい。今から化粧直しをなさいますから。

汗邪　hànxié
形　頭がボケている＝"罵人头脑不清楚"。山東方言：¶戴奶奶罵道：你就快別要汗邪,離門出戶的快走。《醒87.11a.4》戴夫人は罵って「寝ぼけた事を言っていないで,早く出て行って下さいよ」と言った。

漢子　hànzi
名　夫＝"丈夫"。北方方言。《醒》では同義語"丈夫"が極めて優勢：¶晁無晏老婆要到外遘去合他漢子説話。《醒21.12b.2》晁無晏のかみさんは,外へ行って夫と話をしようとした。¶俺漢子合兩个兄弟都死了,你也不看我看去。我自己來,你還推知不道,特故問我哩。《醒74.12b.2》私の旦那と二人の弟が死んだのよ。あんたが私に会いに来てくれないので,自ら来たのよ！なのに,あんたは

まだしらばっくれて,わざと尋ねてくるだなんて！¶你敢說你嫁了通判兒子好漢子,不采我了。《金92.6b.3》あんたは通判の倅といういい男に嫁いだから,俺などには見向きもしないのだな。¶你漢子去了大半年,你想夫妻了。《石62.15b.9》あんたは,夫が出かけて半年余りも経つので,さびしくて夫婦のことを思っているのでしょう？

[異義語] "漢子"「男子,おとこ」：¶再說,你也是大高的個漢子咧。《兒5.6a.3》それに,あんたは立派な男子だろうが！☆《官》は"丈夫"を採用し,"漢子"は不採用。

夯杭子　hānghángzi

[名] 嫌われている人,大したものでない物 = "傢伙;東西"。北方方言。同音語"行子",同義語"黃子;黃黃子"とも作る。"夯杭子"物：¶傻孫。買這夯杭子做甚麼。《醒6.12a.4》馬鹿ね！こんなものを買ってどうするの？

[同音語] "杭杭子"。「人」と「物」の両方を指す：¶見世報,杭杭子的腔,您怕這一百兩銀子扎手麼。《醒15.6a.5》馬鹿だな！愚か者の言い草だ！お前たちは100両の銀子に困惑しているのか。¶你這三個杭杭子也不是人。《醒22.16b.7》お前ら三人とも人でなしだ。¶你光要汗巾,不要這杭杭子。《醒75.10a.4》キミは長布が欲しいだけで,そのヤクザなものはいらないっていうのか。¶我要這窮嫌富不要的杭杭子做甚麼。《醒67.9a.2》こんな貧乏人には高嶺の花で,金持ちには値打ちがない代物をワシが貰って何になる。

[同音語] "杭子;行子"：¶我這不長進的杭子,只怕拐了銀子走了。《醒39.15a.3》俺はこういう不甲斐ない木偶の坊だから,ひょっとして銀子を持ち逃げするかもしれないからな。¶你不知使了什麼行子,進去又罷了。《金27.12a.7》あなたは何を使ったの。入ったと思ったらやめてしまって！¶不希罕這行子,趁早兒拿了去。《石28.12a.8》そんなもの,珍しくもありません。早く持っていって下さい！¶這些小行子們,再靠不住。《兒3.12a.8》このガキどもときたら,全くあてにならん！

行…行…　háng…háng…

[接] 時には…し,時には…する = "有時…有時…;一边…一边…"。山東方言：¶眾人行說行勸,扶素姐歸了卧房,撥了兩个家人媳婦伺候看守。《醒77.14a.6》みんなは言ってはなだめ,素姐を支えながら寝室へ帰らせ,使用人のかみさん二人を選んで世話をしてもらいました。

[同音語] "杭…杭…"：¶杭好杭歹,他恨你咬的牙頂兒疼。《醒71.1b.2》あの人は,あんたを恨んで歯ぎしりまでしていたんだよ！

[同義語] "一行…一行…"：¶林黛玉一行哭着一行聽了這話說到自己心坎兒上來。《石29.10b.9》林黛玉は泣きながら,一方で,この言葉を聞いて,自身の心にピッタリのことを言ってもらったと感じた。

杭貨　hánghuò

[名] 男性性器を指す = "隐指男性性殖器"。"行貨"では《水》《金》《拍》《官場》等の各資料に見える。山東方言：¶都說：張師傅,喜你好个杭貨麼。《醒43.4b.1》皆言った「張先生,あんたの立派なナニは喜ばれましたか」と。

嚎喪　háosang(又)háosāng

[動] 泣きわめく = "大声哭叫"。北方方言：¶各人忙亂正經的事,憑那龍氏數道黑的嚎喪。《醒60.7a.9》各々の人はまっとうな事に忙しくしています。した

がって,龔氏が口から出まかせを言い泣きわめいても,好き勝手にさせておきました。¶待怎麼呀.没要緊的嚎喪。等他兩个砍頭的死了可再哭,遲了甚麼。《醒74.5b.7》どういうつもりなの?そんなにわめきたてちゃってさ!あの二人のバカたれが死んでから泣いても遅くはないわ!

[同音語]"號喪":¶專會作死,好好的成天家號喪。《石69.6a.4》あの人は,大変なことになっているのに,一日中わあわあと大声で泣くだけですよ!☆現代語では一般に"号喪;嚎喪"と作る。

好生 hǎoshēng

[副] **1.** とても="很"。北方方言,贛語,湘語。《醒》では同義語"很;狠"も用いるが,"好生"が優勢:¶晁源甚是乖張,晁老又絕不救正,好生難過。《醒16.8b.10》晁源は,とても人情にもとる奴でしたが,父親の晁老はそういう息子を改められず,とても困っています。¶梁,胡二人見晁老父子俱在面前,這包銀子好生難處,又不好說夫人已經賠過。《醒17.13b.6》梁,胡の二人は,晁親子が共に面前にいるので,その包みの銀子の処置にとても困った。また,夫人が既に償って返してくれたとも言えません。¶薛教授夫妻娶了連氏過來,叫自己的女兒素姐形容的甚是賢惠,已是喜不自勝。今又得巧姐恁般賢淑,好生快樂。《醒59.9b.4》薛教授夫妻は,連氏を娶り自分の娘素姐よりも賢淑だったので,嬉しさを抑えきれません。そして,今,また,巧姐のような良妻賢母を得てとても幸せです。¶俺娘為你這幾日心中好生不快。《金83.7b.2》うちの奥様は,あなたのせいでここ何日間か気分がとてもすぐれないのよ。¶這老頭兒這一愣,愣的好生叫人不解。《兒40.3b.7》(手紙を読み)この親父さんは気が抜けたように考えこんでいますが,他人には全く何の事か分かりません。

2. よく,十分に="好好兒地"。北方方言,贛語,湘語。《醒》では同義語"好好兒地"も用いるが,"好生"が優勢:¶陳公叫人把艾虎合八哥用心收看,讓童奶奶到炕房暖和,好生待飯。《醒71.9a.7》陳公は,人に艾虎と九官鳥を用心深くしまわせ,童奥さんにオンドルのある寝室へ行って暖をとってもらい,ねんごろにご飯でもてなした。¶好生服事,不許放肆。《醒14.7a.1》よくよく世話をするんだ。好き勝手は許さんぞ!¶我教你好生看着孩兒,怎的教猫唬了他。《金59.12b.3》よくよく赤ん坊を見ていてくれと頼んだのに,どうして猫なんかに脅かされたのだ。¶你先好生梳洗了,換了出門的衣裳來。《石37.10a.7》あんたは先ずちゃんと髪や顔も整え,お出かけ用の着物に着替えてよ。¶快給大爺賠個不是,說等鳳兒大了好生孝順孝順大爺罷。《兒19.19b.8》早く叔父さんに非を詫びなさい。そして,大きくなったらよくよく仕えると言いなさい。

好意 hǎoyì

[副] 喜んで・好きで(…する)="愿意;存心;故意"。江淮方言:¶養娘丫頭說道:他好意送了來,你不收他的,教他不羞麼。《醒3.11b.5》乳母や若い女中は「あちらは送って寄こしたいのですよ。それなのに受け取らないならば,あちらさんに恥をかかせる事になるんじゃないですか」と言った。¶那高氏道:我出去就是了。火熱熱的,誰好意在這裏哩。《醒10.10a.9》かの高氏は「私が出て行けばいいんでしょ。暑いったらありゃしない。誰がすき好んでこんな所にいるものですか!」と言った。

呵　hē
　動　息をする＝"嘘气；哈气"。北方方言：¶晁秀才也不呵一口，輕輕得了。《醒1.4b.1》晁秀才は，何ら苦労する事もなく（官職を）軽々と得たのであった。¶靴底厚的臉皮，還要帶上个棉眼罩，呵的口氣，結成大片的琉璃。《醒88.2a.9》（厳寒期で，男性でも）靴底のような厚さの面の皮に，綿が入った防寒用の眼帯をし，吐いた息が瑠璃（ガラス）のようにパリパリに凍るのですよ。

合　hé
　動　連れになる＝"結伴；结伙"。山東方言，吳語，閩語：¶所以他如今也不曾壞你的門風，敗你的家事，炤舊報完了這幾年冤孽，也就好合好散了。《醒3.2b.3》だからあれは今でもお前の家の名誉を傷つける事なくやってきた。この何年間かの前世からの罪業を報い終えればもはや連れでもなくなるのだ。

合氣　héqì　⇒　géqì
喝掇　hèduo
　動　叱責する，叱る，大声で人を責める＝"训斥；吆喝"。山東方言。現代語では，同音語（近似音語）"呵打；黑掇；黑打"とも作る。《醒》では同義語"吆喝"が優勢：¶兩邊的皂隸一頓喝掇了出去。《醒74.10a.9》両側の下級役人は，ひとしきり怒鳴りつけて出てゆきました。¶兩句喝掇，只好伍着眼，別處流淚罷了。《醒95.7b.1》少し叱りつけると，仕方なく眼を覆い，別の処で涙を流すだけだわさ。¶我只待喝掇奪下他的，我惱那伍濃昏君沒點剛性兒。《醒96.11a.1》私はあいつらから（銭や反物を）叱り奪い返そうとしたわ。でも，私は，軟弱なばか君主が少しの気骨もないので怒っているのよ。☆"喝掇"は《金》《石》《兒》に未収。

黑計　hēijì
　名　黒いあざ＝"黑斑"。山東方言：¶左邊額角上有錢大一塊黑計。《醒11.12a.5》左側の額の隅に一文銭ほどの黒いあざがある。

恨人　hènrén
　形　恨めしい，人を怒らせる，腹が立つ＝"使人生气"。北方方言：¶溯本窮源，別人可恕，這小隨童恨人。《醒78.13a.7》もとを正せばこやつです。ほかの人は許せてもこのこわっぱだけは憎むべき奴なのです！

紅馥馥　hóngfùfù
　形　赤いさま＝"红扑扑"。山東方言，山西方言。㊣¶直待晌午大轉，相棟宇喫的臉紅馥馥的從外來了。《醒58.2a.9》お昼を大きく過ぎて相棟宇が酒を飲んで赤い顔をしながら外からやって来ました。¶三日以後，沿邉漸漸的生出新肉，紅馥馥的就如石榴子兒一般。《醒67.10a.5》3日後，周囲に徐々に新しい肉ができた。それは，赤くてザクロのようでした。¶一碟香噴噴的橘醬，一碟紅馥馥的糟筍，四大碗下飯，…。《金45.3a.9》ぷーんと香りよい蜜柑の皮の味噌漬けひと皿，赤いタケノコの粕漬けひと皿，大皿の料理四碗，…。

猴　hóu
　動　（サルがしゃがみこむような格好で）しゃがむ＝"（像猴似地）蹲着"。北方方言：¶這燒香，一為積福，一為看景逍遙，要死拍拍猴着頂轎，那就俗殺人罷了。《醒68.17a.7》このお参りは，一つは積徳，もう一つは景色を見て自由気ままの見物をするためです。かごの中で息が詰まるようにしゃがんでいては，全然面白くないですよ。¶你是個尊貴人，女孩兒一樣的人品，別學他們猴在馬上。《石15.2b.1》あなたは高貴なお方で

す。女の子のような容姿なのですから、あの人達のように馬の背にサルのようにしがみつくなんて真似はなさらないで！

後日　hòurì

名 あさって（または〈後日〉）＝"后天"。北方言語, 過渡, 南方方言。"後日"の釈義は一般に「後日」もあるが,「あさって」も存在する：¶你明日多睡造子起來,你可在家裏歇息一日,後日往書房去罷。《醒30.12a.3》あんたは,明日よく眠ってから起きればいい。家で一日休み,あさってに私塾へ行けばいいよ。¶奶奶就每日的跟着他哩。你替我上覆奶奶,你說我只没的甚麼補報奶奶,明日不發解,後日準起解呀。《醒51.12a.3》お母様は,毎日あいつの後について行って見張っていらっしゃるの？あんたから代わりにお母様に申し上げて欲しいわ。私はお母様に何の恩返しもできていません。明日護送されなくても,あさってには必ずされるわ。¶明日遞了訴狀,後日准出來,大後日出票,僭次日就合他見。《醒81.9b.10》明日訴狀を提出すれば,あさってには必ず受理され,明々後日には召喚状が出され,その翌日には奴にお目にかかれます。¶你收拾衣服行李,趕後日三月二十八日起身,往東京押送蔡太師生辰擔去。《金25.11b.11》お前は,着物や荷物を整理して,あさっての3月28日に出発し,東京の蔡太師の誕生祝いの品を送り届けてくれ。¶倘或後日這兩日一家子要来,…。《石10.5a.6》もし明日と明後日の二日にかけて,一家の者が来てくれたなら,…。¶還要過了明日後日兩天,大後日就一同動身。《兒20.13a.10》さらに明日と明後日の二日過ごしたら,しあさっては一緒に出発しましょう。

後晌　hòushang

名 夜＝"晚上"。北方方言。現代語では軽声語の"晚上"と非軽声語の"下午"に分けるが, 文学言語では軽声か否かは不明。《醒》では多くが「夜」を示す：¶那是六月十五日後晌。晁夫人說：僭早些收拾睡罷。這人們也都磨了這幾晝夜,都也乏了。《醒30.12a.1》それは6月15日の夜でした。晁夫人は「早く片付けて休みましょう。皆もこの何日間かは昼夜神経をすり減らし,くたびれただろう？」と言いました。¶直到後晌,挨了城門進來,支調了幾句,也沒吃飯,睡了。《醒40.3a.6》夜になって城門が閉まる時に割り込んで入り,少し弁解していたが,ご飯も食べずに眠った。¶昨日後晌,姐姐把姐夫攛出去了,關着門,自家睡哩。《醒45.3b.8》昨夜,若奥様が若旦那様を追い出しました。そして,戸を閉めて自分一人でお休みになられました。☆上記の3例は"睡"が同文またはその付近に出現しているので「夜」を指す。¶晌午要吃饝饝蒜麪,清早後晌俱要吃綠豆水飯。《醒31.12b.3》お昼にマントウとニンニクうどん,朝夕はともにリョクトウ入りのお粥を要求する有様です。☆この例は,朝（"清早"）,昼（"晌午"）があるから,順番には夜（"後晌"）の食事を指すのが自然である。したがって,《醒》における"後晌"の大半が「夜」を示す。"後晌"は《石》《兒》《官》《邇》に未収。

— 非軽声"後晌" [hòushǎng] 名 午後＝"下午"。北方方言。《金》の"後晌"は「午後」であり,「夜」ではない：¶約後晌時分,西門慶從外來家,已有酒了。《金22.2b.9》午後に西門慶は外から帰宅しましたが,既に酒が入っていました。¶不想後晌時分西門慶來家。《金23.4a.2》思わず,午後西門慶が帰宅した。¶交他那

日**後**响來,休來早了。《金52.16b.7》彼らにはその日の午後来させてくれ。朝来させないで!

類義語 "晚夕"夕方:¶比及到**晚夕**,西門慶又吃了劉橘齋第二貼藥。《金79.17b.10》夕方ごろになって、西門慶はまた劉橘斎の第二服めの薬を飲みました。

後生 hòusheng(又)hòushēng

名 若い男性,青年男子 = "青年男子;小伙子"。北方方言,過渡,南方方言。《醒》では同義語"小夥子"が極めて優勢:¶原是一个寡婦婆婆,有五十年紀,白白胖胖的个婆娘,養着一个三十多歲的**後生**,把些家事大半都貼與了他,還恐那**後生**嫌憎他老。《醒12.10a.10》もともと一人の未亡人、年の頃50歳で白く肥った女が30余歳の若者を囲っておりました。家財の多くをその男に与え、更に、自分が老けているとその若者に嫌がられやしないかとおそれていました。¶這班**後生**,外州下縣的人又生在鄉村之內,乍到了省城,就如上在天上的一般,怎拘束得住。《醒37.7a.2》これらの若者は、田舎の州、県、または小さな村の出身です。急に都会へ出てきたので、さながら天国へ昇ったようでした。これではどうして拘束などできましょうか。¶**後生**們見了八九十歲的老人家,有得好的,不過躲了開去,笑他彎腰曲背,倒四顛三的。《醒26.3b.5》若者達(学生)が、8、90歳の老人を見かけると、少しましな学生はよけながら、その人の腰や背が曲がり、よぼよぼしているのを単に笑うだけです。¶使**後生**胡秀置辦酒肴菓菜。《金81.1b.6》若僧の胡秀に酒肴としての果物、料理を準備させた。¶就是**後生**小郎看着,到明日到南邊去,也知財主和你我親厚,比別人不同。《金61.1a.10》たとえ若い奴らが見ても、後日南方へ行っ

たとしても私たちと財主(西門慶)とは特に親しく、他の人達とは違うとわかるでしょ!¶但吾輩**後生**甚不宜鍾溺,鍾溺則未免荒失學業。《石15.1b.5》しかし我ら若い者は、溺愛されると非常に宜しくありません。溺愛されれば、学業をなおざりにしてしまいます。¶誰想安公子雖是個年少**後生**,却生來的老成端正。《兒10.2b.6》ところが、安公子は、年が若いですが、天性の落ち着きがあり、考え方も正しいものがありました。

呼 hū

動 **1.** 少量の水を入れ,蓋をきちんとして半ば蒸すように煮る = "用半蒸半煮的方法悶熟"。北方方言。《醒》では"呼吃"形の"呼"の釈義「蒸すようにして煮て食う」を示す:¶他家有長鍋,**呼**吃了我罷。《醒44.14a.10》あの家には大鍋があって私を蒸し、煮て食っちゃうのよ!¶我白日沒工夫黑夜也使黃泥**呼**吃了他。《醒48.10a.4》私は、昼間暇が無いけれども、夜には土鍋で煮て食っちまうよ!¶我又沒使長鍋**呼**吃你娘,**呼**吃了你老子,抱着你家孩子撩在井裏。《醒89.7b.8》わたしゃ大鍋であんたのおっかさんを蒸して食ったかい?あんたのおとっつぁんを蒸して食ったかい?お前の子供を抱えて井戸の中へ落としてやるから!☆この意味では"呼吃"の形を作ることが多い。

同音語 "鑊":¶怪火燎腿三寸貨,那個拿長鍋**鑊**吃了你。《金20.4b.11》足元に火がついたように慌てて、バカな人!誰もあんたを大鍋で煮て食いやしないわよ!¶他進來我這屋裡,只怕有鍋**鑊**吃了他是的。《金35.4a.1》あの人ったら、私のこの部屋に入れば大鍋で煮て食われるとでも心配しているんでしょう?

2. 手で(顔や頭を)たたく = "打;抽"。

北方方言,過渡,南方方言:¶你要可惡不老實,呼頓板子,給他剝了衣裳,還叫他去做那徒夫。《醒88.12a.5》そいつがもし悪(ワル)でおとなしくない奴ならば,板で叩いて着物を剥ぎ取り,更に徒刑罪人とすればよいのです。¶呼我等〈=頓〉板子,只說是姐夫小舅子頑哩。《醒94.9a.4》板で私を叩いておきながら,姉の夫(希陳)と義弟(再冬である自分)間の(家族内での)お遊びにすぎません,と言うだけですよ!¶那日審官司的時節,不是俺爺爺計會元央了直日功曹救護着,豈不被贓官一頓板子呼殺了。《醒11.6b.9》あの日,訴訟を取り調べる時,私のお爺さんの計会元が当直の功曹神に頼み込んで助けて貰わなければ,悪い役人に板で叩き殺されていたのではないですか。☆第2例"等板子"の"等"を"頓"にすれば第1例"呼(一)頓板子"と同一の意味。

3. 糊で貼る,じかにつける,塗る,塗り込める = "糊(=用較浓的糊状物涂抹缝子、窟窿或平面);貼;抹"。北方方言,過渡,南方方言。《醒》では同義語"抹;塗抹"が優勢:¶嗔他那日不極力上前,以致戴氏採髮呼屎,潑口辱罵。《醒80.11b.4》あの日あまり積極的に前へ出てくれなかったことを咎めるのです。それで,戴氏が自分に対して髪をふんずけ,糞を塗りたくり,口汚く罵るようになったのだと。¶他娘老子可纔領着許多的老婆漢子來到,搶東西,打家伙,把小女打了一頓好的,呼的滿頭滿臉都是屎。《醒81.2a.8》あの子のおっかさんとおとっつぁんは多くの女や男を連れてきて物を奪い,家財道具を壊しまくりました。娘はぶたれ,頭から顔じゅう糞を塗りたくられたのです。¶他娘老子可領着一大夥漢子老婆的來了家裏,打打括括的把小女採打了不算,呼的身上那屎。《醒81.8b.3》あの子のおっかさんとおとっつぁんは多くの女や男を率い家へやってきて,こてんぱんに私の娘を殴ったのですが,それだけでは飽き足らず,体に糞を塗りたくったのです。

参考 "呼餅"(="烀餅")「小麦粉などを焼いて作った食品」:¶素姐攔住房門,舉起右手望着狄希陳左邊腮頰盡力一掌,打了呼餅似的一个焌紫帶青的傷痕。《醒52.4a.2》素姐は部屋の戸をさえぎ止め,右手を挙げ狄希陳の左ほおをめがけて力の限り一発殴ると,焼いた餅菓子のようにどす黒い傷跡を残しました。

呼盧 hūlú

動 脅す,脅かす,騙して脅す,ごまかす="欺騙;哄騙"。北方方言。《醒》では同義語"嚇;嚇唬;哄騙"が優勢:¶我拿票子到他家呼盧他呼盧。《醒10.13a.8》わしらがこの召喚状を持って奴の家へ送り込んで,ちょっと脅してやりましょう!

葫蘆提 húlutí

形 いいかげんである,でたらめである="糊里糊涂;糊涂"。北方方言,過渡。《醒》では同義語"糊塗"が優勢:¶調羹倒也要與他遮蓋,葫蘆提答應過去。《醒72.2a.4》調羹は素姐の失態を隠そうと思い,いい加減に答えておいた。¶一面七手八脚葫蘆提殮了,裝入棺材內。《金6.3a.9》一方で,よってたかっていい加減に検死し,棺桶の中に入れた。

同音語 "壺蘆提":¶誰倒是信這些因哪果啊色呀空的壺蘆提呢。《兒24.16b.8》こんな因や果や色や空だなんて,訳のわからない事を誰が信じるものですか!

糊括　húguā
動　糊(糊状のもので壁等に)で貼る＝"糊"。山東方言：¶小小的三間,兩明一暗,收拾糊括的甚是乾淨。《醒75.4b.4》小さな三間の部屋で,二つは直接外に通じている。部屋の中は片付けられており,壁紙も貼ってとても清潔であった。

虎辣八　hǔlabā
副　突然,急に＝"忽然；突然"。北方方言。来源は蒙古語。《醒》では同義語"忽然"が極めて優勢。"突然；突地；忽；虎辣八"も用いる：¶他虎辣八的,從前日只待喫燒酒合白雞蛋哩,沒好送給他喫。《醒45.9a.1》若奥様は急にこの間から焼酎と茹で卵を欲しがるのです。送って差しあげない訳にもまいりませんし。同音語"忽剌八；忽喇巴"：¶今日忽剌八,又冷鍋中荳兒爆。《金68.19b.4》今日は突然なんだね。冷たい鍋の中で豆がはじけたようなもんだよ。¶忽喇巴的反打發個房里人來了。《石16.5b.3》突然,逆にお部屋付きの女中を使いに寄越されたのですから。

虎勢　hǔshi
名　形勢,情勢＝"情勢；样子"。山東方言：¶論這虎勢,也像似快了。《醒39.14a.4》この様子じゃ(死期が)近いようですね。¶一似他們就合我有世仇一般,恨不得不與他們俱生的虎勢。《醒59.7b.4》あいつらと私には前世からの怨念があるようだわ。あいつらとは,共に生きてゆけないようにしたくてたまらないのよ！☆《金》《石》《兒》に未収。⇒"火勢"

花白　huābái
動　嘘を言う,でたらめを言う＝"闲扯；胡说"。山東方言：¶高氏接說：…。赤白大晌午的,也通不避人,花白不了。《醒10.7b.4》高氏は続いて「…。真昼間から人目をはばからない,なんて嘘八百を言いまくったのです」と言った。

花哨　huāshao(又)huāshào
形　抑揚があって美しく人の心を打つ＝"(鸟的叫声)婉转好听"。北方方言：¶承官兒,你不希罕銀子罷了,你没的也不希罕會花哨的臘嘴麽。《醒70.7a.10》承ちゃんや,お前は銀子なんぞありがたいとは思わないだろう。でも,まさか綺麗な声で鳴くシメを欲しがらないことはないだろう？

花子　huāzi
名　乞食＝"乞丐"。北方方言。《醒》では同義語"乞丐"よりも口語の"花子"が極めて優勢：¶顧了一个花子,拉狗的一般,背在家内,灌滚水捶脊梁。《醒57.11a.10》浮浪者を一人雇い,イヌを引きずるように家の中へおぶって行き,さ湯を口に流し込み,背中を軽く叩いた。¶這少死的花子,等我明日到衙門裡與他做功德。《金38.3a.6》この若死にの乞食野郎めが！ワシが明日役所へ行ってあいつを痛い目に遭わせてやる！¶打聽了兩日,誰知是個無賴的花子。《石68.10a.6》2,3日尋ねたのだけれど,なんと,ならず者の乞食だったのです。¶為的是有一等人往往的就辦〈＝扮〉作討喫的花子。《兒3.18b.4》理由は,乞食になりすますような奴がいるからです。同義語"叫化子"：¶大年下,就是叫化子,也討人家個饆饠嘗嘗,也討個低錢來帶帶歲。《醒3.8a.3》年越しなのだから,たとえ乞食であっても人様にマントウを求め,小錢を求めお正月の準備をするものなのよ！

划不來　huábulái
動　うまく合わない,馬が合わない＝"不対头；合不上"。山東方言。"划"の繁体字は"劃"：¶薛如卞道：姐姐,你另叫人合他說罷。我合白姑子極划不來。《醒

63.11b.9) 薛如卞は「姉さん,別の人に話しに行かせてよ。ボクは白姑子と本当にそりが合わないんだ」と言った。

滑快　huákuai
形　仲良しである,親密である＝"亲密"。山東方言：¶一个又是俺家的女婿,他也不合你滑快。《醒95.7a.10》一人は私の家のお婿さんですよ。あの人はあんたとは仲良くなれないでしょう。

還惺　huánxing
動　蘇る＝"苏醒"。北方方言。《醒》では同義語"蘇醒"も用いる：¶我使的慌了,你且拿下去想想,待我還惺還惺再教。《醒33.11a.6》ワシはとても疲れたよ！ひとまずお前は持って行ってよく考えておきなさい。私が元気回復してからまた教えてしんぜよう。
同音語 "還省；還性"：¶正亂哄着,素姐纔還省過來。《醒63.8a.4》ちょうどわいわい騒いでいるところへ素姐はようやく正気を取り戻した。¶那狗死過去了半日,蹬搖蹬搖的,漸漸的還性過來。《醒58.4a.7》そのイヌは,長い間気絶し,足を引きつらせていたが,だんだんと息を吹き返した。

唤　huàn
動　叫ぶ,大声を出して叫ぶ＝"叫；喊"。北方方言。《醒》では同義語"叫"も用いる。《醒》の用例が"唤"ゆえ,"唤"としていない：¶狗起先叫了兩聲,聽見是熟人唤他,就隨即住了口。《醒19.14a.3》イヌは,はじめ2,3度吠えたが,知った人の声で呼ぶのを聞き直ちに吠えるのをやめた。¶問：你唤那珍哥叫甚麼。回說：叫姨。《醒12.11b.5》「珍哥を何と呼んでいるのか」と尋ねられますと「お妾の珍ねえさん,と呼んでいます」と答えました。¶吩咐彩明念花名册,按名一個一個唤進來看視。《石14.1b.8》彩明にいいつ

けて名簿を読み上げさせ,一人ひとり呼び入れて各人の様子を見ました。
同音語 "喚"：¶此是岱岳東峯。這洞名喚雪澗洞,貧僧就叫雪洞禪師。《金84.7b.4》ここは,岱岳東峰じゃ。ここの洞は雪澗洞と申す。貧僧は雪洞禅師と言う。

灰頭土臉　huī tóu tǔ liǎn
[成] 失望落胆したさま＝"形容神情懊丧或消沉"。北方方言：¶晁大舍送了珍哥到監,自己討了保,灰頭土臉,瘸狼渴疾,走到家中。《醒14.1a.6》晁大舍は珍哥を監獄へ送りとどけると,自分自身で保証人を探し,失望落胆,疲労困憊して家へ帰ってきた。

回　huí
動　買い物をする,買う＝"购买；买"。北方方言：¶果肰用了二十八兩銀子,問鄉宦回了一頂全副大轎來,珍哥方纔歡喜。《醒6.4b.1》果たして28両使って郷宦の家から大駕籠を買うと,珍哥はようやく喜んだ。

回背　huíbèi
動　厄払いをする＝"避祸免灾"。山東方言：¶這狄希陳若是知回背的人,曉的自己娘子的心性。《醒66.3a.10》狄希陳がもし厄払いをするという事が分かっている人間ならば,自分の妻の性格を知っていたはずである。

渾深　húnshēn
副　どうせ,どのみち＝"横竖；反正"。山東方言。《醒》では同義語"横竖；反正"が未検出：¶你去對爹說,你說下來了,我有好到你。你要說不下這事來,你渾深也過不出好日子來。《醒68.8b.4》あんたはお父さん(狄員外)に言うんだね。言って納得させてくれたならよくしてあげる。でも,そうでなければ,どのみちまっとうな生き方はできないよ！¶這渾深不是你晁家做的,你也做主燒了罷。

《醒92.11b.5》この分(着物)は,どのみちあんたの晁家でこしらえたものではないのに,それでもあんたの一存で(陳先生の奥さんの為に)墓地で焼くとでもいうのですか。

同音語 "渾身":¶看我餓殺不。留着偺家秋裏蔭棗麩,也渾身丟不了。晁淳。晁鳳。偺留着,慢慢的箅帳,再看本事。《醒32.13a.9》ワシが餓死するとでもいうのかい。ワシらの秋の干しナツメをしまっておくんだ。どうせ捨てるものではないんだぜ。晁淳！晁鳳！みておれよ！ゆっくりと落とし前をつけてやるからな！ワシの力を見せつけてやる！

名 全身 = "全身"。多く "渾身"と作る。この用法は,方言ではない:¶直到那掌燈的時節,漸漸的省來,渾身就如綑綁了一月,打了幾千的一般痛楚。《醒11.7b.2》灯ともし頃になり,ようやく正気が戻ってきました。全身がまるで１か月も縛られた,また,何千回も叩かれたような痛さがありました。¶晁夫人曉得通身冷汗,心跳得不住,渾身的肉顫得葉葉動不止。《醒20.2b.4》晁夫人はびっくりして体中冷汗まみれになり,心臓はドキドキと早鐘を打ち,全身の肉はどれも震えて止まりません。¶今早見你妖妖嬈嬈,搖颺的走來,教我渾身酥麻了。《金53.5b.3》けさ,あなたのなまめかしくしゃなりしゃなりと歩いてくるのを見て,僕は全身が痺れちゃった！¶不容分說,便劈頭劈面渾身打起來。《紅·戚80.6b.8》有無を言わさず,真正面から激しくぶち始めた。☆《石》の同一箇所では, "渾身"を削除している。¶渾身上下本就只一件短襖,一條褲子。《兒9.10a.2》体には,腰までの短い上着とズボンのみでした。

渾是　húnshì

副 どうせ, どのみち = "横竪;反正"。山東方言。《醒》では同義語 "渾深;渾身"が多い:¶狄希砼道:….你別要也倒穿了可。寄姐道:渾是不像你,情管倒穿不了。《醒83.9a.4》狄希陳が「間違わないで着ろよ」と言うと寄姐は「どうせあんたとは違うわ。間違うわけないわよ！」と言った。¶孫氏道:….俺閨女養漢來。沒帳。渾是問不的死罪。《醒72.6a.4》孫氏は「…。私の娘が間男をしたのかい。バカをお言いよ！どっちにしろ,死罪にはならないんだよ！」と言った。

餛飩　húntun

副 丸ごと, そのまま, いい加減に = "囫圇;胡亂地"。山東方言:¶呂祥還待支吾強辨〈= 辯〉,揚州番役把呂祥的衣服剝脫乾淨,餛飩綑起,一根繩拴在樹的半中腰裏。《醒88.6b.9》呂祥はまだ何かと強弁しようとしたが,揚州の番役が呂祥の着物を全部剝ぎ取り,そのまま縛り上げ,縄で木の上の所に括りつけた。¶若說半个不字,將你上下的內外衣裳剝脫磬盡,將手腳餛飩綑住,丟在江心。《醒96.10a.2》もし,少しでも「嫌だ」と言えばお前の着ている着物全部を剝ぎ取り手足を丸ごと縛り,河の中へ放るぞ！

豁鄧　huōdeng

動 かき乱す, 迷惑をかける, 邪魔をする = "攪扰;攪和"。山東方言。現代山東方言の "豁拢"が相当:¶我要不豁鄧的你七零八落的。《醒48.11b.4》なんなら家の品物をかき乱し,滅茶苦茶にしてやろうじゃないか。☆《金》《石》《兒》に未収。

豁撒　huōsa

動 浪費する, 撒き散らす = "揮霍;拋撒"。山東方言。《醒》では,同義語 "揮霍;揮洒;拋撒"も用いる:¶要是我不得這

命,就是俺婆婆留下的這幾兩銀子,我不豁撒他个精光,我待開交哩。《醒64.8a.9》もし私が命拾いをしなければ,たとえお義母さんが残してくれた幾らかの銀子をも私はすっかり使い切れないのですよ!それで,私が片を付けられるとでもいうのかい。

活変　huóbiàn
[形]　機転が利く,うまい＝"灵活"。晋語:¶離京不遠,佟有生意可做,可以活変〈＝變〉的錢。《醒100.2b.1》都から遠く離れていないので,商売は何だってできますよ。そうすれば金もうまくできます。

活動　huódòng
[形]　利発である,キビキビしている,上手である＝"灵活"。西南方言,吳語,贛語:¶這童七命裏合該吃着這件衣飯,不惟打造的生活高強,且做的生意甚是活動。《醒70.2a.8》童七の運命は,この道で生活してゆくようになっていた。単に銀細工の技術が良いだけではなく商売も甚だうまかった。¶這個小珍哥,人物也不十分出衆,只是唱得幾摺好戲文。做戲子的妓女甚活動。《醒1.8b.8》この珍哥は,並はずれた美人ではないが,ただ歌は何曲か歌える。芝居小屋の妓女故に甚だきびきびしている。¶要是他,倒也罷了。好个活動人兒。《醒7.5b.3》もしその子なら,むしろいいでしょう。とてもよく動く活発な人ですよ。

活汎汎　huófànfàn
[形]　はっきりとしている,あきらかである＝"鲜明"。北方方言,吳語:¶寄姐道:…。我也還信不及,叫我留心看他,那十個指頭,可不都是活汎汎的黑疤。《醒98.3b.1》寄姐は「…。私は信じられないわ。少し注意して彼女を見ているとその10本の指は全部明らかに黒い傷跡があっ

たわ」と言った。

活泛　huófan
[形]　機敏である,臨機応変である＝"灵活;随机应变"。北方方言:¶送這差不多五十兩銀子己你,指望你到官兒跟前說句美言,反倒証得死拍拍的,有點活泛氣兒哩。《醒13.9b.1》このほぼ50両の銀子をお前にやったんだぜ!役所へ行き,そこでうまく言ってほしいからだったんだ。それなのに,かたくなな証言をしやがって!少し気をきかせてくれてもいいのに!

活口　huókǒu
[名]　生き証人＝"活的见证人"。北方方言,吳語:¶龍氏道:見放着相家的小隨童是个活口,你還強辨〈＝辯〉不認。《醒77.9b.6》龍氏は「相家の小僧が生き証人として現にいるのに,あんたはまだ強弁して認めないのですか」と言った。¶周相公道:…。斷了一百兩粧奩,還了尸親,又有尸親的活口。《醒99.11a.7》周相公は「…。百両を嫁入り時の着物,タンス,長持などの花嫁道具代として死んだ妻の遺族に返却するようにとの判決である。それに,その遺族の生き証人もいるのだ」と言った。

活絡　huóluò
[形]　(話すことばや物事をなすのが)不確実である,曖昧である＝"(说话、做事)不确定"。北方方言,吳語:¶凡來問甚麽的,大約都是這等活絡說話。《醒42.7b.5》およそ何を尋ねて来ても大体全てこのように途方もないような受け答えでした。¶周嫂兒見童奶奶拒絶的不大利害,都是些活絡口氣,隨即將狄希陳的話說加上了許多文彩。《醒75.11b.7》口入屋の周嫂は,童奥さんがさほどひどく拒否するのではなく,少々曖昧な口ぶりなのを見てとり,すぐさま狄希陳

の話に多くの脚色をほどこしました。
同音語 "活落"：¶你只有這个**活落**口氣，我就好替你講了。《醒80.11a.3》お前さんがそういうどちらにでも転ぶような腹なら、ワシはおまえさんの為に掛け合ってやるぜ！

火崩崩　huǒbēngbēng
形 とても差し迫っている，緊急である＝"十分急迫；十分緊急"。山東方言：¶原來晁大舍與珍哥**火崩崩**籌計的要京裏尋分上，等過年恤刑的來。《醒18.4a.8》もともと晁大舍が珍哥と差し迫って計画していたのは，京(きゃう)で頼み込んで年越し恩赦をしてもらうことであった。

火勢　huǒshi
名 形勢，情勢＝"情勢；样子"。山東方言：¶恨不得喫了晁近仁的**火勢**。《醒22.10b.2》晁近仁を呑み込んでしまいたくてたまらない様子です。¶倒沫到日頭待没的**火勢**，方纔同着狄周回到下處，又還待卸下行李住下，要明日走罷。《醒38.12a.3》ぐずぐずしていたが，日が暮れるようになってから，ようやく狄周と共に宿へ戻り，また荷物を卸し，明日出立しようとするのです。¶狄相公倒没打他八分死，狄相公被他咬的待死的**火勢**哩。《醒73.10b.7》狄旦那さんの方はひどく殴るなんてできっこないです。逆に彼女(素姐)に咬まれて今にも死にそうです！¶他盼得眼裏滴血的**火勢**，俺且到那裏合他說聲。《醒75.12a.9》あの人は，待ち遠しくて目から血が出るようなあんばいですよ！私らはあちらへ行って少し話をしてきます。☆《金》《石》《兒》に未収。

J

唂咕 jīgū(又)jǐgu
[動] 眼をしばたたく＝"眨眼；挤眼"。北方方言。"擠咕"の同音仮借語：¶卧榻中,睡着一个病夫,塌跋着兩只眼,唂咕咕咕。《醒2.8a.1》寝台の上で一人の病人が元気のない目をしばたたかせています。☆《醒》では,「目くばせする」に同義語"擠眼；使眼勢"を用いている。

唂聒 jīgua(又)jīguā
[動] 小声で話をする,ひそひそ話をする,くどくど文句を言う＝"叽咕；唧咕；咕咕"。北方方言,粵語。《醒》では同義語"唧噥"も用いる：¶就是有這樣一個鄰家,不住的打罵,也定是住不安穩,不是叫你避他,定是他情願避你,也受不得日夜唂聒。《醒91.4a.10》隣家がとめどもなく殴り罵るようならば,必ずや落ち着いて住めない。そういう連中を避けるためにはどこかへ移り住んでもらうか,自分からよそへ移り住んで行くものです。また,毎日毎晩くどくどやかましいのには耐えられません。

— 重畳型"唂唂聒聒"：¶依了韋美的念頭,有錢的人家,多費了幾斗米,倒也不放在心上。禁不得那渾家日逐在耳邊頭唂唂聒聒,疑起心來。《醒88.1b.10》韋美の考えによれば,お金持ちゆえに何斗かのコメを多く費やしても気にかけていません。ただ妻が毎日耳元でぶつぶつ言うものですから,疑心を起こしてきました。

[同音語]"激聒；聒聒；咕呱；唧咕"：¶有的說他順了也先,有的說他死有餘恨,還該滅他三族,窮捜他的黨羽,窮言雜語,激聒个不了。《醒15.2a.7》ある人は,奴は騎馬民族のエセンに服従したという。またある人は,奴は死んでも遺恨があり,なおも奴の三族を皆殺しにし,徹底的に奴の郎党を探し出さねばならないと,くどくど言いたてるのです。¶有那正經的男子,曉得那正妻不是這般的毒貨,兒子們不是歪人,憑他激聒,不要理他。《醒36.3b.10》まともな男子は,正妻がこんなにも悪い輩ではないと分かっている。息子たちもまともな人間なので,奴に好きにべらべらやらかし,構うことをしません。¶不許他進房中來,每日聒聒着算帳。《金19.6b.7》彼を部屋の中へ入れないで,毎日,ぶつぶつ言いながら帳簿をつけていました。¶大清早起就咕咕呱呱的頑到一處。《石70.2a.9》こんな朝っぱらからキャッキャッと一緒になってふざけたりして。¶唧唧咕咕的不知說了些什麼。《石67.12a.1》ぶつぶつと何やら言っていましたわ。

— "激聒"の釈義"鼓动劝说"：¶他因自己發願好了病要做姑子,所以日日激聒那劉夫人。《醒8.8b.5》彼女自身で「病気が良くなれば尼僧になります」と発願していたものだから,毎日毎日,かの劉夫人に働きかけて説得しました。

賫子 jīzi
[名] おちんちん＝"男孩生殖器"。山東方言。《醒》では同義語"鷄巴"をよく用いる：¶人家放着這們大的閨女照着他扯出來賫子來溺尿。《醒40.11a.3》あの人は,こんな大きな生娘に向かっておちんちんを引っ張り出しておしっこするんですッ！¶人家這麼大閨女在此,你却抽出賫子來對着溺尿。《醒37.7b.4》い

い年頃の娘がここにいるのに,おちんちんを引っ張り出して正面からおしっこをするなんて！☆《金》《石》は"鶏巴"の同音語を用いる。
⇒"資子"[làizi]。

積泊　jībó

名 善行または悪行による報い＝"因行善或作恶而得到的报应"。北方言:¶小小年紀,要往忠厚處積泊,不要一句非言,折盡平生之福。《醒15.5a.1》若いのだから誠実さの方へ積徳しなければいけないよ！ひどいことを言って平生の徳を消し去るようであってはいけません。¶前生,前生,這是我半輩子積泊的。《醒48.6a.3》前世！前世だよ！これは,わたしの半生の業報だね。¶只怕說這是薛如卞合薛如兼的姐姐,他爹做了場老教官,兩个兄弟捺著面,戴着頂頭巾,積泊的个姐姐這們等。《醒68.11b.8》それは,薛如卞と薛如兼の姉さんだ！お父さんは長い間教官をしていたし,弟さんたち二人は面の皮を厚くして秀才頭巾をかぶっているんだよ！悪行の報いが姉さんをこのようにまでしたんだと言われてしまいます。

同音語 "積剝"[jībō]:嫂子,你想想他幹了那點好事。怎麽不積剝得這們等的。《醒57.2b.2》奥さん,奴はどれだけの善行を積みましたかね。こういう報いを受けるのも当然ですな。

類義語 "積"(陰徳を積む):¶只積你這點孩兒罷。《金34.14a.6》あなたはこの子の為にも陰徳を積んでくださいね。

雞力谷㴆　jīligǔlù

[擬音] ガヤガヤ＝"叽哩咕噜；叽哩呱啦"。北方言:¶一夥把大門的皁隸擁將上來,盤詰攔阻,雞力谷㴆,打起四川的鄉談。《醒94.13a.7》表門を見張っている下役人達が詰め寄ってきて,籠を止めて問い詰めているが,ガヤガヤと四川のお国訛りで喋り始めた。

雞子　jīzǐ

名 鶏の卵＝"雞蛋"。北方言,徽語,呉語,贛語:¶剝着雞子,喝茶鐘酒,喫個雞蛋,喫的甚是甜美。《醒45.10a.7》ニワトリの卵の殻を剝いています。茶や酒を飲みながら卵を食べると,とてもおいしいものです。¶王六兒安排些雞子、肉圓子,做了個頭腦,與他扶頭。《金98.9a.9》王六兒は,ニワトリの卵,肉団子を用意し,頭脳酒という滋養強壮の食べ物を作り,彼をしゃきっとさせてあげた。

兒化語 "雞子兒":¶就撮了三大盆兒小米子粥,還點補了二十來個雞子兒。《兒39.19b.2》粟粥を大碗で3杯食べ,ニワトリの卵20個くらいを腹の足しにしたのじゃ。☆口語が"雞蛋","雞子(兒)"で,書面語が"雞卵"である。また,《汉语方言词汇》によれば,北方は"雞子兒"で,中間地域(揚州,長沙,武漢)は"雞子",南方は"雞卵"である。☆《官》は"雞蛋"を,《週》は"雞蛋""雞子兒"を採用。

急巴巴　jíbābā

形 慌てているさま,慌てている＝"急忙；焦急的样子"。北方言:¶二人急巴巴收拾不迭,行李止裝了个褥套,別樣用不着的衣裳也都丟下了。《醒15.8a.5》二人は慌てて準備にとりかかりました。荷物は単に蒲団に詰め込んだだけで,他の当面使わない着物はすべて置いておきました。¶又差琴童去請劉婆子的來,劉婆急波波的一步高一步低走來。《金53.12b.5》また琴童をつかわして劉婆に来てもらいます。劉婆は慌てて一歩一歩よたよたとやって来ました。

極　jí

動 あわてる,焦る＝"急；着急"。呉語。《醒》では「補語構造"極得…"」構造に限

定される:¶頭長身大的學生,戴着回回鼻跳搭,極的个老子像猴似的。《醒33.7a.8》頭や体の大きい書生が鼻の大きいお面をかぶって跳びはねているので,おとっつぁんは慌ててまるでサルのようよ!¶中了舉,百務齊作的時候,去了這四十兩銀,弄得手裏掣襟露肘,沒錢使,極得眼裏插柴一般。《醒35.10a.3》今,科挙の試験に合格し,諸々のことを一斉にやる時,この40両の銀子を取られては,手元には襟を引っ張って肘を露わにする如く,使う金がなく,眼の中に薪をさす如き慌てようです。¶及至粧完了藕,那碗裡的雞少了一半,極得狄周媳婦只是暴跳。《醒48.4b.6》レンコンを盛りつけ終えたら,その碗の鶏肉が半分になっていたので,狄周のかみさんは,慌てて,ただただカンカンに怒るのでした。

極頭麻化　jítóumáhuà

形 どうしようもない,(慌てて)どうしてよいか分からない="干着急没有办法:无法措手"。山東方言:¶把个杜其思罵的極頭麻化的,出來合他分解。《醒89.10a.5》杜其思をこっぴどく罵った結果,家から出てきて弁明しようと…。

同音語 "極頭麽花":¶眼看得要把死水舀乾,又兼之前後賠過了陳公的銀七百餘兩,也就極頭麽花上來。《醒71.6a.7》今にも干上がりそうだし,前後して陳公に弁償した銀子は700両余りにもなり,にっちもさっちもゆかなくなってきた。

己　jǐ

動 あげる,わたす="給"。山東方言。¶周姨,你己我个紅的頑。《醒7.1b.8》周ねえさん,私に赤いのを1匹下さいな。¶一二千兩銀子東西己人。叫他唱二萬出戲我看了,己他一个。《醒7.2a.1》千両や2千両で人にやるものではない。2万曲ほどワシに歌ってくれたら1匹やるぞ!

介 …に(してあげる)="給"。山東方言。¶不當家,不當家,快己他做道袍子,做唐巾,送他往南門上白衣庵裡與大師傅做徒弟去。《醒8.10b.7》恐れいったよ。早く道袍,唐巾を作ってやり,南門のあたりにある白衣庵へ送りとどけ,尼様の弟子になったらいい!¶没那放屁。我打殺那私窠子來。抖出那私窠子,番尸簡(=檢)骨,若有傷,我己他償命。《醒11.5a.4》何とバカなことを!私がかの娼婦をぶち殺したとでも?あの娼婦の棺桶を暴いて骨を調べればいい。もし傷があれば,私はそいつの為に命で償うよ!

― "V己"型:¶我一个錢賣己你,清早寫了文書,後响就是你的物業。《醒34.5a.8》私は錢を頂戴してあなた様にお売りしたのです。朝に証文を書けば,夕方にはあなた様の財産です。

同音語 動 "給"[jǐ]:¶可不仔麼。叫我說着没極奈何的,給了我一罈薄酒來了。《醒34.6b.6》そうともさ。ワシはどうしようもなかったんだ。ワシにひとかめの粗酒をくれるというのでね。¶也罷,我再給你二兩銀,完成了這件事罷。省得你又別處滕那(=騰挪)。《醒36.9a.9》仕方がないわ!私がもう2両の銀子をあげるから,この件を落着させましょう。あなたが他の所で工面することのないようにね。

幾多　jǐduō

代 いくら(数量を尋ねる,不定の数量を表す)="多少;几"。西南方言,南方方言。《醒》では同義語"多少"が極めて優勢:¶晁知縣道:約得幾多物件。梁生道:老爺且先定了主意。《醒5.4a.8》晁知県は

「(栄転する為の運動費用として)大体どれくらいのものがかかるのかね」と尋ねると、梁生は「旦那様、先ずお考えをお決めになって下さい」と答えた。¶狄員外道:你使了幾多銀錢買的。常功道:我使了一兩銀買的。《醒67.13b.2》狄員外が「いくら使って買ったんだ」と尋ねますと常功は「わしゃ1両で買いました」と答えた。¶不知二位師傅那耷走了幾多日子。《醒85.12b.4》おふた方お師匠さんはどれほどの日にちで行けたのですか。¶那一朶蓮花有幾多大,生在上邉、一陣風攞、…。《金57.11b.10》その蓮の花がいくら大きいとしても、その上に生まれれば、風でゆられると、…。

幾可裏 jǐkěli

名 ふつう、平生 = "平常"。北方方言:¶白姑子道:…。這是人世間幾可裏沒有的事。俺明水鎮這家子、却是怎麼來、就致的閻王這們大怒哩。《醒64.4a.4》白尼は「…。これは、人間社会では普通ありえない事です。明水という村のそのお家って、どういう事なのでしょうか。閻魔大王がそんなにお怒りになってしまうとは」と言った。

記掛 jìguà

動 気に掛ける = "惦念;挂念"。中原方言、江淮方言、徽語:¶晁大舍叫人在鼻尖上抹上了一塊沙糖、只是要去餂喫、也不想往臨清去了。也不記掛着珍哥、丟與了晁住、托他早晚照管。《醒19.6b.7》晁大舍は、鼻の先に砂糖を塗りつけられたように、ただそれを舐めたくて仕方がない。臨清へ行こうとも思わなければ、珍哥を思うこともなく晁住に監獄での朝夕の世話を任せていた。¶記掛着要做那紅鞋、拿着針綫筐兒、…。《金29.1a.7》その赤い靴をこしらえることが気に掛かり、裁縫箱を持って、…。¶多謝姐姐記掛。《石64.7b.5》お姉様、気を遣っていただいてありがとう。¶他們記掛着你到〈=倒〉不好。《石8.6a.7》あの子達があなたのことを気に掛けてくれたのが逆に良くないの?¶老夫婦二人就照平日在家一般的過起勤儉日子來、心中只是記掛着公子。《兒2.10a.2》老夫婦二人は、普段家にいるのと同じようにつましい暮らしをしていましたが、心の中では公子のことばかりを気に掛けていました。

同音語 "記罣":¶你就找个便人稍〈=捎〉个信回去、省得家裏記罣。《醒40.14a.4》おまえ、すぐに人を遣って知らせにもどってもらってよ!家で心配しなくてもよい、とね。

濟 jì

形 1. 良い = "好;行"。北京方言、山東方言。《醒》では、否定形(複音節形容詞)"不濟"が優勢:¶若只做出家常飯來、再人材不濟、十來兩十二三兩就買一个。《醒55.2a.8》もし、普通の料理をこしらえられて、器量もさほど良くなければ10両か12,3両で一人買います。¶待兩日試得果然是那全灶的本事、也不肯少與你、足足的兌上二十四兩老銀。若本事不濟、再往下講。《醒55.8b.4》2,3日試してみて、果たして料理人としての腕があるなら、お礼は少なからず差し上げましょう。きちんと24両の質の良い老銀で、もし、腕が悪ければ、値段はもっと下げます。¶今年覺得好生不濟、不想又撞着閏月。《金3.5a.9》今年はとてもダメだと思っていたのですが、図らずも閏月にぶつかったのです。

2. 役に立つ、利点がある = "有好处;有益处"。北方方言。《醒》では、否定形"不濟"とは必ずしも行わない:¶綿衣雖是目下熱些、天涼時甚得他濟。《醒29.12a.

— jiā

9)綿の布は,今暑いですが,気候が涼しくなった時に役立ちます。¶誰想他命運兩濟,不承望自到雨村身边〈=邉〉。《石2.2b.3》その人が命と運とも人生に役立ち,そして,思いがけなくも雨村の身边に仕えるようになろうとは。

濟楚　jìchǔ
形　整っている,きちんとしている＝"齐整"。呉語:¶再仔細偷看他們的裏面,却也雖不華麗,却都生羅衫褲,甚是濟楚。《醒15.10a.1》彼らを更に詳しく盗み見ると,華美ではないが全てが絹の上下でとてもきちんとした身なりです。

夾布子　jiābùzi
名　生理帯,月経帯＝"月经布;月经带"。山東方言。¶把那白綾帳子拿下來,我待做夾布子使哩。《醒11.4b.8》その白い綾絹のとばりを取り外し,生理帯にして使ってやる！

家懷　jiāhuái
形　親身である,心がこもっている＝"亲切;热情;好客"。中原方言:¶李奶奶有二十六七年紀,好不家懷,就出來合狄周答話,一團和氣。《醒75.5a.2》李奥さんは26,7歳でとても社交的です。外へ出てきて狄周と話をするのもとても和やかであった。

家去　jiāqù
動　家へ帰る＝"回家"。北方方言,呉語:¶不料狄員外同了他在那裏守靈,連相于廷也不曾家去,陪伴宿歇。《醒60.7b.10》図らずも,狄員外は息子と共にそこで通夜をしています。相于廷すらも家へ戻らず傍らに侍って夜を過ごします。¶到晚夕,假扮門子,私走出來,跟我上船,家去成其夫婦,有何不可。《金92.7a.6》夜になったら,若い役人に扮装し,密かに抜け出しなさいよ。僕と一緒に船に乗り,家へ帰って夫婦になりましょう。何の差しつかえもないですから。¶你且家去等我,我送林姑娘送了花兒去就回家去。《石7.5b.4》あんたは家へ戻って待っていておくれ。私は林お嬢様へ花を届けたら帰りますから。¶不用,你們倆家去。《兒29.31a.6》いりませんよ。あなた方二人は家へ帰りなさい。

家生　jiāshēng
名　家具,用具,器物＝"家什;家具;用具"。山東方言,呉語,客話。《醒》では同義語"家夥兒"が極めて優勢。"家夥兒;家夥什物"も用いるが,"家什"は未検出:¶吃完了酒,收拾了家生,日以爲常。《醒24.7a.6》お酒を飲み終えると,食器等を片づけることを日課としていた。¶收拾了一所不大的潔浄房,緊用的家生什物都也粗備。《醒53.2b.2》さほど大きくはないが,清潔な家を用意し,当面必要な家財道具は全て大体揃えておりました。

—《海》の呉語箇所では"傢生"を用い,"家私"を用いない:¶我做清倌人辰光,衣裳、頭面、傢生倒勿少。《海60.1b.6》私が半玉の頃,衣装,かんざし,家具はたくさん持っていました。☆現代北方では"家具",南方では"家私",この重なる所が湘語。"家生"の分布は狭い。"家具":官話(北京,済南,西安,武漢,合肥,揚州),湘語(長沙),贛語(南昌)。"家生":山東方言,呉語(蘇州,温州)。"家私":湘語(長沙,双峰),客話(梅県),粤語(広州,陽江),閩語(アモイ,潮州,福州,建甌)。

家事　jiāshì
名　家財,家の財産＝"家产"。呉語,湘語,客話,閩語。《醒》では同義語"家私、家財、家産"も使用。"家事"が極めて優勢:¶還是有兒有女,要守得家事。《醒20.

9b.5》後継ぎの男の子や女の子もいないのに、そんなので家の財産を守れるのかい。¶保佑夫主早早回心,齊理**家事**,早生一子,以爲終身之計。《金21.1b.3》夫が早く改心し、家産を整理してくれるよう、また、早く子供をもうけ、一生の計画にしようと考えた。¶現今抄没了**家事**,調取進京治罪。《石75.1a.7》今、家の財産を没収され、都へ召喚処罰されるようです。☆《程甲》ではここの"家事"を"家私"と作る。なお、《兒》の"家事"は「家の用事」を表す。《官》では"家当;家私;家産"を採用、《週》では"家産;家當兒"を採用。いずれも"家事"は見えない。現代語に近づくにつれて釈義"家产"の"家事"は後退している。

家堂　jiātáng

名　一族の祖先の霊を祀る廟＝"供祖宗牌位处"。山東方言,吳語:¶有了這等主人,自然就有這等的一般輔佐。既是有了如此主僕,自然**家堂**香火都换了凶神,變成乖⟨＝乖⟩氣,生出異事。《醒30.4b.1》そんな主人を得れば、自ずとそういう同類の補佐ができる。そういう主従二人がいれば、当然ながら先祖を祀る廟の線香や明かりも凶神に変わり、異常な気が生じる。そして、異変が起こる。¶那時狄家還該興旺的時節,家宅六神都是保護的,有這樣怪物進門,自然驚動**家堂**,轟傳土地,使出狄員外不因不由,復又撞了個滿面。《醒68.3b.7》その時、狄家ではまだ運気が隆盛だったので、家宅の六神は全て守護しております。したがって、このような変な輩(道婆)が入ってきた場合、自ずと先祖を祀る廟を揺り動かし、氏神である土地神にさかんに伝えます。それで、神様たちは狄員外を使って知らず知らずの内に再三に渡り(道婆の訪問に)真っこうからぶ

つからせたのであります。¶韓道國到家,拜了**家堂**。《金59.2a.9》韓道国は家へ戻り、家の廟にお参りした。

家下　jiāxià

名　**1.** 妻＝"妻子"。山東方言,徐州方言,粤語:¶老韓又是个原告苦主。說不的,狄大爺,你叫**家下**快着備飯,管待二位爺,偺再商議。《醒80.15a.2》韓さんは、原告の家族の方です。狄旦那さん、あんたは奥様に早く料理の準備をさせてこのお二人の旦那方をもてなすしかない、相談はそれからですね！

2. 家の中の人、親戚、同族。江淮方言:¶見了別人把他的胳膊致得這樣,心中有些疼痛。**家下**的都料得他猛熊一般,出去打罵了別人,將這一肚皮惡氣必定要出在狄希陳身上。《醒66.9a.10》他人が夫の腕をこんなにひどく傷つけたのを見て、素姐の胸の内は少々痛みました。家の中の者は、彼女が血気盛んなクマのように出て行ってよその人を殴り罵ったのだから、この腹の中の怒りを必ずや身内である狄希陳の身の上に出すだろうと考えた。¶你在此住了這將近兩月,拐騾的又尋找不着,天氣又將冬至數九的時候,你**家下**又没有人尋到這邊。《醒88.5a.3》あんたはここに二か月近く泊まっているけれども、ラバを盗んだ奴も見つかっていない。気候も冬のさなかの寒い時期になり、あんたの家の人もこちらへは探しに来ていないね。

家小　jiāxiǎo

名　妻＝"妻子"。吳語,中原方言:¶既是狄管家兩口兒不跟了你去,有**家小**的家人,還得尋兩房,使幾兩銀子買個全灶。《醒84.2b.2》狄番頭夫婦があんたにお供しないのなら、妻のいる使用人が必要だね。そのために二部屋を探し、何両かの銀子を使って炊事全般ができる小間

— 家族:¶如今且在舍親這邊權住,直待過年,差人取**家小**罷了。《金70.8b.4》今はとりあえず親戚のほうに住みます。年越しのあと、人をやって家族を引き取るだけです。¶夏老爹要教小人送送**家小**往京里去。《金76.22a.7》夏の旦那様が私に家族を京(きょう)まで送ってほしいと申されております。

— 家族と妻子:¶任意喫死酒,**家小**也不顧。《石77.11b.1》好き放題に酒ばかり飲んで、女房や子供を顧みません。

参考

家主公 jiāzhǔgōng

名 1. 夫="丈夫"。吳語。《海》の科白箇所では"家主公"を用い"丈夫"を用いない:¶舊年嫁仔**家主公**。《海16》去年、夫に嫁ぎました。

2. 家のあるじ、家の主="家主;家長"。《醒》では「家のあるじ」を表し、現代吳方言の如き「夫」ではない:¶媳婦奉承**家主公**,走進房內。《醒91.7a.8》かみさんは、家の主にへつらおうとして部屋の中に入りました。

— "家主"(家の主)。次の例は"家主"が女性である:¶姐姐,你是**家主**,如今他已在門首,你不去迎接迎接兒。《金19.12a.8》お姉様、あなたは家のあるじです。今あの人が既に玄関にいるのですから、あなたが出迎えに行くべきです。

假做 jiǎzuò

動 …のふりをする、…を装う="假裝"。吳語、閩語:¶狄希陳**假做**睡着,漸漸的打起鼾睡來。《醒45.10a.5》狄希陳は寝ついたふりをし、徐々にいびきをかき始めた。¶**假做**勻臉照鏡,一面朱唇吞裏吮咂他那話。《金82.5b.10》鏡に映し、顔を直すふりをしながら、一方では朱い唇で彼の一物にむしゃぶりつきます。¶早飯時出去,**假做**討賬,騎頭口到於薛嫂兒家。《金86.1a.8》朝飯時に出かけ、返済金を取り立てる口実でロバに乗り、薛嫂の家へ来ました。¶一邊**假做**痴聾,一邊假為歡笑。《兒22.15a.7》一方では、バカで耳の聞こえないふりをし、一方では、陽気に笑うふりをした。

架話 jiàhuà

動 ホラの伝言をする、嘘の話を伝える="虛假传话;传言"。山東方言:¶童奶奶道:你說那裏有影兒。這們兩頭**架話**哩。《醒75.15a.2》童夫人は「そんな事全く根拠が無いでしょ。両方で嘘ばかりついているのよ」と言った。

架落 jiàluò

動 そそのかす、挑発する、煽動する="恐恿;鼓动"。官話:¶你每日**架落**着七叔降人,你在旁裏戳短拳,你如今越發自己出來降人哩。《醒32.88a.2》あんたは、前から七叔に人を降参させるよう画策し、傍らでそそのかしていたな。今、自ら出馬して人を降伏させようとするのかい。

尖尖 jiānjiān

副 手厳しく、思いきり、十分に、完全に="狠狠;足足"。山東方言。《醒》では同義語"足足"が優勢。"尖尖的"も多く使用:¶叫他在巡道手裏**尖尖**的告上一狀,說他奸霸良人婦女。《醒63.2b.2》彼は善良なる市民の女性を力づくで奪い取ったと、巡道により手厳しく告訴されていた。¶自己把嘴每邊打了二十五下,打得通是那猢猻屁股,**尖尖**的紅將起來。《醒11.5b.4》自分自身で口のあたりを25発叩きますと、サルのお尻のように真っ赤になりました。¶拔了四枝簽,把晁鳳**尖尖**的打了二十。《醒46.11a.6》罪人をぶつ刑具4本を引き出し、晁鳳を

尖縮縮 jiānsuōsuō

形 先鋭な, 厳しい＝"尖鋭"。山東方言: ¶鷹嘴鼻火〈＝尖〉騰蛇口, **尖縮縮**賽盧杞心田。《醒72.11a.10》鷹の嘴, 鼻先上がり, 蛇の口, 盧杞に匹敵する厳しい心の内。

搛 jiān

動 箸のようなもので(食べ物などを)挟む＝"用筷子夾(菜等)"。北方方言, 過渡。"搛"の語音は元来[kēng]だが, "堅"の語音が[jiān]ゆえ漢字借用時に誤使用されたのであろう。《醒》では同義語"夾"は「食べ物以外のものを挟む」ことが多い: ¶素姐見他進到寄姐房内, 慌忙取了熨斗, 把炉子裏的炭火都**搛**在裏面, 站在房門口布簾裏頭。《醒97.9b.8》素姐は, 狄希陳が寄姐の部屋へ入ったのを見ますと, 大急ぎで火のしを取り火鉢の炭火を中へ挟み入れ, 部屋の入り口の暖簾の内側に立っています。

同音語 "搛"[jiān]: ¶姥姥要喫什麼, 說出名兒來, 我**搛**了喂你。《石41.2a.6》お婆さん, 何が食べたいですか。おっしゃって下さい。私が(箸で挟んで)お口に入れてあげましょう。

件子 jiànzi

量 (衣類, 装飾品などを数える)件, 枚＝"件"。北方方言。《醒》では同義語"件"が極めて優勢: ¶我穿你**件子**衣裳, 你那偏心忘八就疼的慌了。《醒87.4a.10》私はあんたの着物を着ているのだけれども, あんたのそのよこしまなバカたれは, これが惜しくてたまらないんだろう⁉ ¶不長不短的, 也尋什麼**件子**與我做拜錢。《金35.4a.8》何か適当な(衣類, 反物などの)ご祝儀を探して, 私に下さいな。¶我想, 他們一般也有兩**件子**的。《石57.2b.2》わたし思うのですが, あの人達も同様に 2, 3 枚ずつ持っているのですよ。¶都怪香的麼, 叫我丟下那**件子**呢。《兒15.11a.5》みんないい匂いでしょ。この中からどれを置いてこいと言うんですの。

兒化語 "件子兒": ¶你只替我買一**件兒**, 或是穿的, 或是戴的。《醒87.9b.9》あんた, 一つくらいは私の為に着るものでも髪に挿すものでも買ってくれたっていいじゃないの。

剛纔 jiāngcái

副 ちょうど, うまい具合に＝"正要;恰好;刚好"。北方方言, 過渡, 西南方言: ¶見了晁大舍, 故意躲藏不迭, 晁大舍**剛纔**走過, 却又掩了門縫看他。《醒19.3b.1》晁大舍を見れば故意にさっと隠れるのです。しかし晁大舍が丁度通りすぎてゆくのを閉めた戸の隙間から見ています。¶你別笑。我**剛纔**不爲你也是个孩子, 我連你還打哩。《醒40.7a.2》笑うのはお止め！私はあんたが子供でなかったらぶっていたところだよ！¶正說着, 恰好寄姐走到跟前。童奶奶道:你看尋點子棉衣裳, 叫這孩子穿上, **剛纔**他姑爺說來。《醒79.5b.1》ちょうど話していると, 折よく寄姐がやってきた。童奧さんも「綿入れの着物を探してあの子に着せておあげ。丁度お前のお婿さんも言っていたんだよ！」と申します。☆最後の例は,「童奧さんと狄希陳とが話し合っている最中に, 丁度そこへ寄姐がやってきた」ゆえ, "剛纔"は「ちょうど」を表す。なお,《醒》では「先ほど」を表すのに"適纔"等を用いる。

剛子 jiāngzi

副 …したばかり＝"刚才;刚刚"。山東方言, 西南方言: ¶你待幾日, 我也氣過。**剛子**昨日上了學, 今日就粧病, 守着你兩个舅子, 又是妹夫, 學給你丈人, 叫

丈人丈母惱不死麼。《醒33.12b.9》何日か経っているなら,私も腹が立たない。けれども昨日学校へ行ったばかりで今日もう仮病だよ。二人の義弟のうち,一人はうちの妹のお婿さんになる人だ。相手の親(薛夫妻)に告げ口されたら,薛教授らご両親は腹立ちの余り死んでしまいますわ。

將 jiāng

副 1. ちょうど,うまい具合に = "剛;剛好;恰好"。北方言,江淮方言,西南方言。"將好"として使用:¶誰家一个九月**將好**立冬的時節打這們大雷,下這們冰雹。《醒54.12b.5》どこぞの家で旧暦九月に今にも立冬になる季節のようなこんな大きな雷が鳴り,こんな雹が降ろうか!

— 重畳型"將將":¶老爺正在為難,**將將**船頂碼頭,不想恰巧這位湊趣兒的太太出來了。《兒23.6a.1》大旦那様が丁度難儀していると,うまい具合に船は波止場へ着きました。ところが,丁度よく冗談を言うこちらの伯母が引き受けに出てきました。

同音語 "剛"[jiāng]:¶那妻子姓唐,也是做皮匠的女兒,年紀只好剛二十歳。《醒19.2a.10》その妻は唐と申しまして,やはり皮職人の娘,年の頃僅か丁度20歳でした。¶那一日,我剛在衙門傳桶边等稿,一个管家在傳桶边往外張了一張。《醒11.12a.7》いつの日だったか,ちょうど役所の伝声桶の辺りで草稿を待っていると,執事が伝声桶のそばで外を窺っているんだ。

— 重畳型"剛剛"[jiāngjiāng]:¶將那幾兩變產的銀,除了用去的,**剛剛**的只勾了去的盤纏。《醒27.7a.1》その何両かの財産を売って金に換えた銀子は,使った分を除けば丁度往路の旅費には十分した。

2. …したばかり,わずかに = "剛剛"[jiāngjiāng]。北方言,西南方言,呉語。多く同音語"剛"を使用。重畳型が多い:¶外邉呂祥,小選子**剛剛**交過四更,就來敲門催起。《醒83.13b.10》外には呂祥,小選子が四更(午前2〜4時)になったばかりですぐさまやってきて,起きるように戸を叩き促します。¶**剛剛**打發喪事兒出去了,又鑽出這等勾當來,教我手忙脚乱。《金65.10b.9》葬儀を出したばかりの折に,またこんな事が飛びこんできて,ばたばたさせられているんだ。¶一時,只聽自鳴鐘已敲了四下,**剛剛**補完。《石52.12b.6》ふと時計が4回打つのが聞こえたが,繕い終えたところだった。

動 引き連れる = "領;帶"。北方言:¶晁夫人道:到那日仗賴你**將**着小和尚到那裏領齋。《醒30.7a.1》晁夫人は「その日はお前さんに頼むから小和尚をそちらへ連れてお斎(とき)を頂いておくれ」と言った。¶待不多時,狄周**將**了頭口,把錢馱得去了。《醒50.8a.7》しばらくすると狄周はラバを引き錢をラバに積んで行かせた。

將幫 jiāngbāng

動 養生する,援助する,手を差しのべる = "將养;扶持"。山東方言:¶千萬只是為俺晁家人少,**將幫**起一个來是一个的。《醒57.3b.1》どうしてもわが晁家一族は人が少ないです。一人でも救ってやればそれだけ我々のためにもなるのです。

搆 jiǎng

動 (種をまき耕す等の)農作業をする = "种地"。北方言。《醒》では同義語"種田;種園;耕園;耕地;耕田"も用い:¶水消了下去,地裏上了淤泥,**搆得**

麥子,這年成却不還是好的。《醒31.1b.9》水が引いて、田畑は泥をかぶってしまって、今年はムギの収穫がそれでも良いと言えましょうか。

強 jiàng

[動] 強弁する、たてつく="硬辩;顶嘴"。北京方言,山東方言:¶計氏聽了這話,雖肰口裡**強**着,也有些道自己出来澉潑〈=撒潑〉的不是。《醒8.18a.5》計氏はこの話を聞いて口では強弁していたが、自らが通りへ出てきて大騒ぎしたのは少し良くないと考えた。

[形] 頑固である、強情である="倔强;执拗"。吳語:¶晁大舍道:我的**強**娘娘。知不到甚麼,少要梆梆。《醒6.12b.3》晁大舍は「強情な奥さんだな。何も知らないくせに。ちょっとは黙ったらどうだ」と言った。

糨子 jiàngzi

[名] 糊(のり)="糨糊"。北方方言:¶年来就不坐了胎氣,一條褲子穿不上兩三日就是塗了一褲襠**糨子**的一般,夏月且甚是腥臭。《醒29.9b.4》近年来、つわりもないのに同じズボンを3日も穿くとまちが糊をべっとり塗ったようになって、夏はとても生臭いです。¶往来有聲,如狗嗦**糨子**一般。《金75.20b.2》往来に音あり。犬が糊をペチャペチャ舐めるようにする如し。

交頭 jiāotóu

[副] まるまる="整整;足足"。官話。《醒》では同義語"足足"が極めて優勢:¶却用煤炭如拳頭大的燒得紅透,乘熱投在水中,一甕一塊,將甕口封嚴,其水經夏不壞,烹茶也不甚惡,做極好的清酒,**交頭**吃這一年。《醒28.8a.9》こぶし大の真っ赤に焼けた石炭を熱いうちに水中に投げ入れる。どのカメにも一つ入れ、固く封をしますと、その水は夏を経ても悪くはならず、お茶をいれてもさほど悪くはなく、特に良い酒をつくれます。それで、まるまる1年は飲めます。

嚼舌根 jiáoshégēn

[動] 嘘・でたらめを言う="胡说;乱讲;随便议论别人"。東北方言,北京方言,中原方言,江淮方言,西南方言,贛語:¶素姐…說:…。那用你對着瞎眼的狄〈=賊〉官証說我這們些**嚼舌根**的話,叫我吃這們頓虧。《醒89.7b.9》素姐は…「…。なぜお前は目が節穴のバカ役人に対して嘘の証言をしたのだい。それで、私は酷い仕打ちを受けたのだから」と言った。

脚戶 jiǎohù

[名] 御者・荷担ぎ人夫など(運搬に関係のある人,職業を指す)="脚夫"。北方方言:¶又叫宅裏再煖出一大瓶酒來與**脚戶**吃,做剛做柔的將**脚戶**打發散去。《醒5.2a.10》また、家から大瓶の酒を更に出して燗させ荷担ぎ人夫に飲ませ、脅したりすかしたりして彼らを帰らせた。

脚色 jiǎosè

[名] 本当の事、真相="真相;本色"。北方方言:¶虧他自己通說得**脚色**來歷明明白白的。《醒8.6a.3》彼女自身の口で本当の事や来歴を赤裸々にしゃべるのです。

攪纏 jiǎochán

[動] 支払う、支出する="开销;花费"。山東方言,中原方言:¶這八刀紙,六十兩銀**攪纏**不下來,就是剮了肉,只怕也還沒有六十兩重哩。《醒10.11a.7》この8刀(800枚)の紙は、60両の銀子になるようですが、それで支払えなければ、たとえ私の肉を八つ裂きにしても恐らくは60両の銀子の重さにはならんでしょう。☆"一刀"は100枚。¶狄希陳遂定主意不往吏部聽選,打了通狀,一派專納中書,將年

前馱來的四千兩頭,傾囊倒篋,恰好攪纏了個不多不少。《醒83.3b.8》狄希陳は,考えを決め,吏部へ行って任官の選考を待たずに上申書を準備して中書の職を専ら献納にした。先年,ウマに載せてきた4千両の箱をひっくり返して取り出した。結果,多からず少なからずで丁度支払えた。¶ 既是應二哥作保,你明日只還我一百兩本錢就是了。我料你上下巴得這些銀子攪纏。《金31.3b.8》応二くんが証人になるなら,あんたは100両だけ返してくれればいい。あんたが上から下まで(多くの役人への賄賂として)それだけ銀子を使うのに要るだろうと思っていたよ。

[同音異義語] "糾纏;攀扯"からむ:¶ 我親自聽見你在廚房裡罵,還攪纏別人,我不把你下截打下來也不筭。《金11.7a.4》ワシはお前が台所で悪口を言っているのを聞いたんだ。その上まだ他人に絡んでいやがる。これでは,お前の尻をぶたなきゃならないな!¶ 被春梅一口稠唾唾了去,罵道:賊見鬼的奴才,又攪纏起我來了。《金28.3a.5》春梅はペッと唾を吐いて「寝ぼけた奴隷めが!また,私に絡んできたわね!」と罵った。

攪裹　jiǎoguo

[名] 支払い,支出,費用＝"开支;花费"。北方方言,閩語:¶ 叫我找入十兩銀子,一切攪裹。都使不盡還有五兩銀子分哩。要不騎雇的驢還坐八錢銀子給偺。《醒68.8b.1》10両の銀子を支払えば,総費用に余りがあるわ。更に5両の銀子が残るよ。もし雇いのロバを使わなければその分の8銭の銀子は差し引いて返してくれるの!

[同音語] "攪過":[名] 日常生活の支出:¶ 姑娘們也便宜,我家里又有些攪過。《石59.7b.1》お嬢方にとりましても好都合ですし,私の家も少しの支出でよいのです。

[同音語] "澆裹":[動] 費用をかける:¶ 不過親家你們這大户人家没這麼習慣,再說也澆裹不了這些東西。《兒33.3a.2》ただ,お前様方のようなご大家(<ruby>家<rt>か</rt></ruby>)は,やはり慣れておられんじゃろ。それに,これらのものに費用をかけられまいて。

攪計　jiǎojì

[名] (日常生活の)費用＝"支付;开销;花销"。中原方言:¶ 家事偺都不消管理,盡情托付了小全哥兩口兒。把這墳上庄子留着,偺兄妹二人攪計。《醒93.2b.4》家の財産を私たちが管理することもありません。全て小全哥夫婦に任せるのです。私たち兄妹の生活費用は,お墓のある荘園を残しておくのです。¶ 監生這場官事,上下通共攪計也有四千之數,脱不了都是滑家的東西。《醒94.6a.1》監生がこの裁判に費やした全費用は,4千両にのぼった。これは,結局全て滑家側のものであった。¶ 三五日教他下去查筭帳目一遭,轉⟨＝賺⟩得些利錢來,也勾他攪計。《金98.2a.2》4,5日に1度帳簿を調べさせればいいんだ。少しでも金が儲かれば彼も生活費にはこと欠かないだろう。

[同音語] "攪給"[jiǎojǐ]:¶ 若徵收些出來,斛斗等秤上也勾咱每上下攪給。《金78.8a.6》もし,幾らか徵収できたら,貫目や桝目で量っても十分我々皆でお裾わけができるのですね。¶ 得勾你老人家攪給,也盡我一點之心。《金78.8a.9》あなたからの小遣いがいただけるのなら,私も少しは誠意を尽くしますよ!

[動] 出費する＝"支付;开销;花销"。中原方言:¶ 你那幾日也約着攪計了多少銀子。《醒78.12b.6》この幾日かでどれくらいの銀子を使ったのか。¶ 一腰綽藍布

夾襖,通共攪計了四兩多銀。《醒86.8b.2》藍布の袷のズボンを1本作った。それで,しめて4両余り使った。

攪用　jiǎoyòng

名　生活費="(日常生活的)开支;花费"。北方方言:¶待我回去與你收拾一所書房,招幾个學生,一年包你十二兩束修。再要不夠你攪用,我再貼補你的。《醒27.5a.5》ワシは先に帰ってあんたの為に私塾を準備しよう。生徒何人かを募集しなされば,1年に12両の謝礼はうけあえます。更に,錢が入用で足りなければ,わしが補うつもりさ。¶錫器化成錠塊,桌椅木器之類,只說家中沒的攪用,都變賣了錢來收起。《醒53.11a.8》錫器は溶かして塊にし,机や椅子の木製のものは家で毎日の生活費が無いと言って,全てお金に換えました。¶留下了幾十兩銀子與寄姐攪用,別的餘銀交寄姐收貯,等選官時好用。《醒76.2b.3》何十両かの銀子は,寄姐の日常生活費用に残し,その他の銀子はしまってもらい,官吏任命を待つとき有効に使えるようにした。

同音語　"嚼用":¶反到〈=倒〉在他身上添出許多嚼用來呢。《石10.2a.10》逆に,あの子にたくさんの食費がのっかかってくるのですわ!

醮　jiào

形　何もない,無一物="空空的;精光"。北方方言,湘語:¶狄希陳道:我心裏也想來,不是着他大舅主張着納甚麼中書,丟這們些銀子,弄的手裏醮醮的,我有不替你買得麼。《醒87.9b.5》狄希陳は「ボクも心の中ではお前のことを考えていたさ。伯父さんの主張に乗せられて中書の官職を金で手に入れたから,それだけの銀子を使っちゃったんだ。だから,手元には何も残っていないよ。これま

でボクがお前に(着物や簪を)買ってあげていないって言うのかい」と言った。

接合　jiēhé

動　引き継ぐ,継続する="接续;继续;接下来"。山東方言:¶說了許久,狄周媳婦走來問調羹量米,三个又接合着說了些話。《醒59.11a.9》長い間話をしていたが,狄周のかみさんが来て調羹に対してコメを量ってくれるように言った。そして,三人は再び立ち話をした。

接紐眼　jiēniǔyǎn

連　まばたきする,目を歪ませ細める="眨眼;挤弄;歪斜着挤眼"。山東方言:¶素姐從屋裏接紐着个眼出來,說道:我從頭裏聽見你像生氣似的。《醒96.11a.5》素姐がまばたきしながら部屋から出てきた。そして「最初から聞いていたけれども,あんたは何だか怒っているようだね」と言った。

揭挑　jiētiāo

動　欠点を暴き立てる,短所をあげつらう,痛い所をつく="揭露人的短处(或隐私);揭短;揭根子"。北方方言。《醒》では同義語"揭短"等は未検出。"揭挑"が優勢:¶叫他撒騷放屁,數落着揭挑這們一頓。《醒74.5b.3》馬鹿騒ぎをさせ,痛いところをつき,とっくりと責めるのね!¶叫人這們揭挑着罵,還覥着屁臉活呀。《醒87.5b.3》人にこんなにもバカにされ,どの面(つら)さげて生きてゆけるかい!¶你未曾揭挑我們,你想想你那老子娘,…。《石71.4b.6》お前は,私達に文句をつけられないんだな。お前,よく考えてごらん。お前の親父やお袋は,…。¶賣弄他家先賢的高風,揭挑自家先賢的短處,早有些不悦。《兒39.34b.6》彼の家の先賢の格の高さをひけらかし,自分の家の先賢の欠点をあげつらうのを見て,早くも不愉快になった。

|同音語|"揭條"：¶各人冤有頭,債有主。你揭條我,我揭條你,吊死了你還瞞着漢子不說。《金29.3b.8》何でも「恨みには相手がおり,借金には貸し主がいるもの」よ。奴が私のあら探しをするのなら,私も奴のあら探しをしてやるわ！(惠蓮が)縊死したのにもかかわらず,なおも夫を騙して隠し通すのよ！☆《官》《週》に"揭短"を採用し,"揭挑"は不採用の如く,両者は明瞭に差を示す。

街坊　jiēfang

|名| 隣近所の人々＝"邻居"。北方方言。《醒》では同義語"鄰舍；鄰舍家；鄰家"も用いる：¶眾街坊一來懼程謨的兇勢,實是喜歡這兩个歪人一个打死,一个償命,清静了這條街道。《醒51.4a.9》近隣の人々は,一つは程謨のそういう荒々しい勢いを恐れたが,実はその二人の悪党のうち,一人を殴り殺し,一人を命で償った結果,この通りを静かにさせた点を喜んでいます。¶近的所在,自己拖了根竹杖,跟了個冥童,慢慢踏了前去。遇着古老街坊,社中田叟,或在廟前樹下,…。《醒23.4a.4》近い所ならば自ら竹の杖にすがって,召使の少年を従え,ゆっくりと歩を進めます。昔から近隣の人々,田舎の老人に出会えば,或いは木の下で,…。¶兩個外甥,還有街坊六七位人。《金63.9b.6》二人の甥,それから近所の人々が六,七人います。¶我們成日家和樹林子作街坊,困了枕着他睡。《石41.3a.1》ワシらは一日中林や森自体をごく近くのおとなりさんとしていますで。眠くなれば森や林の中で枕して眠りますんじゃ。¶我只道是街坊家呢。女子說：豈有此理,此處那有個街坊。《兒7.1a.10》「ボクはお隣の家かと思ったよ」というと,女は「そんなバカな。この辺りのどこにお隣があるっていうの」と申します。

— 同義連結構造"街坊鄰舍"：¶誰知這劉振白不止在那親戚朋友街坊鄰舍身上嘴尖薄舌,作歹使低。《醒82.5b.3》ところが,この劉振白はその親戚友人,隣近所の人々に対して言葉がきつく不道徳な悪いことを行っていたので,皆は単にひどく恨んでいたにとどまりませんでした。¶街坊鄰舍親朋官長來弔問上紙祭奠者不計其數。《金63.6a.8》隣近所,親戚友人,役所の人々が弔問に来て紙銭を撒き祭る者の数は数えきれぬ程であった。

街鄰　jiēlín

|名| 隣近所の人々＝"邻居"。北方方言：¶又歇了一會,親戚街鄰絡繹的都來弔孝,要那孝子回禮。《醒60.11a.6》また少し休憩しますと,親戚,近隣の人々が陸続と弔問にやってきます。¶這些街鄰光棍,不怕他還似往常臭硬澱澱,躧狗尾,拿鵝頭,往上平走。《醒72.7b.3》これら近隣のごろつきは,その人(孫氏)が昔おこなっていたような「ずるくて強情,バカ騒ぎし,おこぼれ頂戴し,金をゆする」などの事を全く恐れず,平然と家へ出入りするようになった。

節年　jiénián

|名| 積年,多年＝"多年；积年"。山東方言。《醒》では同義語"積年"も用いる：¶却是這些人恃了節年的收成,不曉得有甚麼荒年,多的糧食,大鋪大塍〈＝騰〉,賤賤糶了,買嘴吃,買衣穿。《醒27.2a.9》ただ,これらの人々は積年の収穫をあてにして,凶作を何ら理解せず,豊富な食糧を大いに浪費した。コメを安く売って,その金で食い,着物を買った。¶却說晁夫人見這樣飢荒,心中十分不忍,把那節年積住的糧食,夜603晚睡不着覺的時候,料算了一算,差不多有兩萬的光景。《醒32.2b.1》さて,晁夫人はこのような

飢饉を見て,心中十分に忍びがたかった。夜,寝付きが悪いとき,長年蓄えてきた食糧を計算したところ,約2万石あった。

姐兒　jiěr

名 (年頃の)娘さん＝"大姑娘；小姐"。北方言語。《醒》では同義語"小姐"が優勢。"姐兒"の方が俗語的：¶這們个喜洽和氣的**姐兒**,也虧你放的下臉來哩。《醒38.9b.5》あんなにもにこやかで優しい娘さんだよ。ボクはキミのせいで恥をかいた！¶大娘子一目失明,喫長齋念佛,不管閑事,還有生**姐兒**孫二娘在東廂房住。《金87.3b.7》正妻は片眼を失明しており,いつも精進料理を食べ,念仏を唱え,余計な事には関わり合いません。ほかに,娘を生んだ孫二娘が東の離れに住んでいます。¶我們那里最巧的**姐兒**們,也不能鉸出這麼個紙的來。《石41.4b.4》ワシ等の所の一番器用な娘っ子でもハサミでこんな紙のようには切れませんて。

— 現代共通語と同じ用法(姉妹)：¶今日婆婆不在家,你們**姐兒**倆也歇歇兒去。《兒29.30b.7》今日は,お姑さんが留守ですから,あなた方姉妹二人もひと休みして行きなさいな。

解　jiě

動 納入する,納める＝"交付；給"。官話,吳語：¶大舍道：本府差下人來,要一萬兩軍餉,不拘何項銀兩,要即刻借發,可可的把庫裏引資昨日纔**解**了个罄尽〈＝盡〉。《醒15.7a.6》晁大舍は「府から人が通達に来て,1万両の軍資金がいる,ついてはどの項目の銀子でもいいからすぐに借りたいというのだ。ただ,あいにくにもオレの金庫の銀子は昨日すっかり納付したばかりなのだよ」と言うた。

價　jie(又)jia

助 否定副詞の後につけ語気の強調を表す＝"地；的"。北方言語。《醒》では"不是價"の構造しか検出されていない：¶誰想不是**價**,可是那符動揮。見人去看他,那符口吐人言。《醒6.9a.1》ところが違うのです。そのお札が動いたのです。ふと見ますと,そのお札は人間の言葉を吐くのです。¶不是**價**,另有話説。我待叫你還尋兩个灶上的丫頭,要好的。《醒55.4b.6》違うの！別の話があるのよ！あんたに炊事場の小間使いを更に二人探して欲しいんだ。いい子をね。¶不是**價**,他還拿着銀子來交哩。《醒71.3b.10》違います。彼女は,銀子を持って渡そうとしているのです。¶事情到了這裡,我們還是好生求他,別**價**破口。《兒7.5a.4》事がこうなったのだから,うまくお願いしなきゃ。そんなに激しく罵らなくてもいいでしょ！

接尾 多く数量(数・時間)を表す語につく＝"地；的"。北方言語。《醒》では"…家；…價"の2種類の表記。"…家"は数詞を伴う[数詞＋"家"]型が多い：¶他成十一二年**家**養活着咱,還供備咱使銀子娶老婆的。《醒27.9b.7》あの人は,私を11,2年育ててくれ,その上お金を出してお嫁さんを貰ってくれたのですよ！¶我説你打,你説我打,偺一遞一个**家**説。《醒58.8a.3》ボクが言ってキミが解く,キミが言ってボクが解く,こうして交互にやりとりしよう！¶與他衣服汗巾首飾香茶之類,只銀子成兩**家**帶在身邊。《金22.4b.8》彼女に着物,長布,髪飾り,香茶の類を与えた。そして,銀子だけでも何両も手元に持つようになった。¶一年**價**難為你們,不行禮罷。《石53.9b.9》1年の間,お前達は難儀じゃったな。拝礼などしなくともよいぞ！

— 数詞を伴わない"…價：…家"：¶麻從吾發恨,咬得牙關剌剌價響,發咒要處置他師徒兩个。《醒26.6b.7》麻從吾は怨んで歯をギリギリと音をたてている。そして,奴ら二人を処分してやると呪っている。¶可說這房子,我都不給你們,留着去上墳,除的家陰天下雨,好歇脚打中火。《醒22.6b.1》この家はお前さん達にはあげないよ。残しておいて,墓参りする時,雨宿りの他にお昼ご飯のときでも足を休められるようにするのね。¶你兩次托夢,我是个老實人,不會家參詳,又不知你待要如何。《醒30.5b.2》あんたは,2回ほど夢に託してくれたけれども,私は察しの悪い人間だからよくわからなかったね。また,あんたが何をしたいのかもわからないわ。¶叫人使箸夾到街上放了。虱子臭蟲成窩家咬他老人家,他老人家知道捻殺個兒麼。《醒84.6b.3》(サソリも)箸でつまんで街路へ放るだけです。シラミやナンキンムシが両手一杯にすくい取れる位の量であの人を咬み刺したところで,あの人はそのうちの1匹をひねり殺すことすらできません。¶昨日家又出去,有些小事,來家晚了今日薛内相又請我門外看春。《金78.13b.5》昨日出かけたのは,用事がちょっとあってな,帰りが遅くなっちまった。今日は薛内相がまた城外の春景色を見ようと俺をお招きなんだ。¶怪不的老太太和太太成日家都誇他疼他。《石67.11a.5》道理で大奥方様や奥方様が日がな一日あちら様をお褒めになり,可愛がられるのですね。¶這位親家太太成日家合舅太太一處盤桓,也練出嘴皮子來了。《兒33.21a.4》こちらのお母さんは四六時中叔母様と一緒に歩き回っていらっしゃるので,口がうまくなって参りました。¶只見兩邊鋪面排山價開着,大小客店也是連二併三。《兒11.16b.1》両側には,店が山を押しのけるように並んでおり,大小様々な宿屋が軒を連ねています。

— "家"の代わりに"的"を使用：¶我怎麼來就有成窩的臭蟲虱子咬我。《醒84.6b.4》どうして両手ですくい取れるほどのナンキンムシやシラミが私を刺すの？

今朝　　jīnzhāo

名　今日＝"今天"。江淮方言,西南方言,徽語,南方方言。《醒》では"今朝"の出現頻度はごく少なく,会話文では未検出：¶計氏的膽不由的一日怯似一日,晁大舍的心今朝放似明朝。《醒1.8b.4》計氏の胆が一日一日とおどおどとしてきたが,晁大舍の心は今日よりも明日の如く,徐々に気ままになっていくのだった。¶正是誰人汲得西江水,難免今朝一面羞。《金76.26a.4》正に「誰かが西江の水を汲んでも,今日の恥は免れない」であります。¶大家看了,真個是春意透酥胸,春色橫眉黛,昨日今朝,大不相同。《兒28.21b.10》皆は娘を見ますと,本当に女性の色香として胸のふくよかさがあり,ほんのり赤い頬に黒い眉です。昨日と今日とでは,大いに様相が異なります。

—《海》の科白箇所では"今朝"を用い"今日；今天"を用いない：¶昨日鬧仔一夜天,今朝勿曾困醒,懶樸得勢。《海14.5b.10》昨日は一晩中騒いでね。今日は眠っていないんだ。だからとても気(け)だるくてね。¶仲英道：俚今朝來裏發痴哉。《海6.2a.6》仲英は「彼女は今日気がどうかしているんだ！」と言った。

緊溜子裏　　jǐnliùzili

名　瀬戸際,切迫しているとき,急なとき＝"緊急的时候"。山東方言：¶這同不

的那一遭。這是**緊溜子裏**,都着實讀書,不許再出去閒走。《醒38.4a.5》今回は前回とは違うぞ!今回は,日程が切迫しているので一所懸命勉強することだ!出て行ってブラブラなんていうのはならんからな!¶龍氏正在洋〈＝揚〉子江心打立水,**緊溜子裏**為着人,只見薛教授猛熊一般從屋裡跑將出來。《醒48.11a.2》龍氏は丁度「揚子江は真ん中で波が立ち,人は瀨戶際で人間性が出る」というところです。そこへ薛教授が猛熊のような勢いで,部屋から出てきました。

同義語 "緊溜":¶趁着**緊溜**之中,他出頭一料理,眾人就把往日侪們的恨暫可解了。《石55.12a.1》この切迫している時に,あの人が出陣して処理して下さったら,皆の,我々への昔日の恨みもしばらくは解けるだろうよ。

緊仔 jǐnzi

副 もともと = "本来;原来"。北方方言:¶新到的物兒貴貴的,你**緊仔**沒錢哩,教你費這个事。《醒71.4b.8》初物はとても尊いのよ。あんたはもともとお金が無いのに,このことで気を遣わせたわね!¶你休叫喚,待休就休,快着寫休書,難一難的不是人養的。我**緊仔**待做寡婦沒法兒哩。我就回家去。《醒73.11a.6》ギャーギャー騒ぐのはやめて頂戴!離縁したいならするがいい!さっさと離縁狀を書きなさいよ!いつまでも困らせていては人の子ではないわ!私はもともと後家になるより仕方ないの。私は家へもどるわ!¶你悄悄的罷,**緊仔**爹不得命哩。看爹聽見生氣。《醒76.4b.3》少し静かにしてくれ!もともと父は余命がいくばくも無いのだから!父に聞こえたら怒られるぜ!¶小女見了就生氣,要說打他,我就敢說誓,實是一下兒也沒打。要是衣服飯食,可是擠當他來。**緊仔**不中他意。《醒81.8a.7》娘がその子(女中)を見ればすぐに腹を立てるんです。ただ,誓ってもよいですが,その子を打ったのは実際1回もなかった。その子に着物や食事をいくらでも出してやるというふうではなかった。もともとその子のことを気に入らなかったようです。¶就只你有嘴,別人沒嘴麼。狄大哥,你聽不聽在你,你**緊仔**胳膊疼哩,你這監生前程遮不的風,蔽不得雨,別要再惹的官打頓板子,胳膊合腿一齊疼,你纔難受哩。《醒74.7b.5》あんた(素姐)にだけ口があって,他人には口が無いとでも言うの?狄兄さん,ボクの言う事を聞くかどうかはあんた次第だ。あんたはもともと腕をケガして痛みがあるのに,国子監生の身分だけでは雨風も遮れない。(今,訴えに行って足を大叩きに遭おうものなら)腕と足とが揃って痛み出して,兄さんは決して耐えられやしないよ!¶小砍頭的,沒的家臭聲。他**緊仔**怕見去哩。《醒74.7b.6》バカめ!何をくだらんことを言っているの!奴はもともと行くのが怖いのよ。

同音語 "緊子;緊自;緊着":¶是了,捨着俺兩个的皮臉替狄大爺做去,**緊子**冬裏愁着没有綿褲綿襖合煤燒哩。《醒75.12b.5》そうですよ。あたし達二人の面の皮を厚くして,それはもう我慢して狄旦那樣のために頼みに行ったわけですわ。なにせ冬の最中に綿入れのズボンや上着,それに暖を取る石炭も無くてね!¶你甚**緊自**身上不方便,理那小淫婦兒做甚麼。《金75.27a.1》お前はもともと体の具合が悪いのに,あんなすべたを構ってどうするんだい。¶**緊着**熱刺刺的,擠了一屋子裡人,也不是養孩子,都看着下象胆哩。《金30.7b.9》もう,暑くて暑くて。一つの部屋に人が多く

混み合ってね。人間のお産ではなくて,皆は象のお産を見ているのよ。☆ここの訳は《金瓶梅詞話校讀記》の修正箇所("胆"="蛋")を参照した。

— "緊仔…,又…"構造:¶緊仔年下沒錢,又叫你們費禮。《醒21.10a.1》もともとお正月の時分でお金が無い時期なのに,あんた方にお祝いの品物など気を遣わせましたね!¶緊仔這幾日他身上不大好,沒大吃飯,孩子又啞着妳,為甚麼又沒要緊的生氣。《醒96.11a.6》もともとこの何日間かは,彼女の体が良くなく,食欲も無い。それなのに,赤子にはお乳を飲ませているし,なぜバカみたいに怒っているの?

同音語 "緊則…又…;緊自…又…;緊着…又…"構造:¶後來你爺做了官,他們又有來的。緊則你爺甚麼,又搭上你大叔長長團團的。怎麼俺做窮秀才時,連鬼也沒個來探頭的。《醒22.2a.3》後に旦那様が役人になったら,あの人達はまたやって来る人もいたんだ。もともと旦那様がどのようになられようと,近くには息子がいていろいろ口をはさんで邪魔をしたのさ。「私達が最初の試験に合格した貧乏秀才の頃には,幽霊ですら首を覗かせに来なかったのに」などと言ってね。¶緊自他麻犯人,你又自作耍。《金8.7b.9》もともとこの人が私を困らせている所へ,お前まで私をからかうのかい!?¶金蓮緊自心裡惱,又聽見他娘說了這一句,越發…。《金58.15a.3》金蓮はもともと心の中で怒っていた所へ,母親がそう言ったのを聞き,益々…。¶你這賊天殺的,單管弄死人,緊着他怎麻犯人,你又胡說。《金12.3a.7》この死に損ない!人を陥れようとばかりしやがる!(もともと)この人がワシをこんなに困らせているのに,お前までが

デタラメを言うのか?¶那武松緊着心中不自在,那婆子不知好歹,又奚落他。《金87.7b.2》かの武松は,(もともと)心中穏やかではなかったが,訳も分からず彼をからかった。

近便 jìnbian

形 道のりが近い="(路)近"。北方方言:¶先着人往杭州尋的近便潔淨下處,跟的廚子家人,又不時往秀才家供給不缺。《醒98.7b.1》(受験の下見に)先に人をやって杭州へ行き,近くで清潔な寄宿先を探した。お供の炊事係もつけた。召使いはいつも秀才の家家へも(コメ,薪等を)届け,ものを切らさないようにした。¶你且卸了行李,權且住下,等小大哥晚上回來,叫他在這近便處尋个方便去處,俺娘兒們清早後晌也好說話兒。《醒75.4a.9》あなた様はひとまず荷物を下ろし,住んでみなさい。若い丁稚が夜に戻ってきたら,この近くで便利な所を見つけさせるといい。私達女どもも朝な夕なにも話がしやすいから。¶但是要找這座廟,既須個近便所在,又得個清靜道場。《兒23.12b.8》しかし,廟を探すとなれば,近場でなければならないし,静かな道場でないといかんしなあ。

近裏 jìnli

名 この何日かの間に="近几天内"。山東方言:¶云菴說的有理你有心不在近裏,改日有日子哩。《醒34.13a.4》李云菴の言うのが正しいね。あんたにその気持ちがあるのなら,(盛大な宴会なんて)近々ではなく日がまだいくらでもあるのだから改めるんだね。¶你別要合員外強了,近裏艾回子稍〈=捎〉了字與員外,說他的皮襖被他眼不見就偷了來。《醒67.13b.2》お前は員外旦那様に強がりを言うのはよせ!何日か前に艾回子が書き付けを員外旦那様にことづけ

近前　jìnqián

名 そば, 近く, 付近＝"跟前;附近"。北方方言。《醒》では同義語"附近;跟前"も用いる：¶你近前來,我爽利教你連那些微微的麻癢都好了罷。《醒29.9a.11》そなたは近くにこられよ。拙者がきっぱりとそなたの微かな痺れや痒みすらも取ってしんぜよう。¶寶玉…,只當齡官也同別人一樣,因進〈＝近〉前來身旁坐下。《石36.8a.5》宝玉は…齡官も他の人と同じだと思い, 近づいてその子の横に腰掛けた。¶安老爺一看,又叫他近前來細看一番。《兒13.17b.2》安大旦那様は, 少し見るや彼女を前へ近寄らせてじっと見つめました。

動 近くへ来る：¶男子人也不敢近前沖撞娘子,所以叫我們各人的妻室來服事娘子出來。《醒12.6b.10》男性が, ごく近くでご夫人に接することはできませぬ。それで,拙者どもの女房に来させ,ご夫人の世話にきて貰うようにしたのです。¶西門慶令李銘近前,賞酒與他吃。《金21.9b.11》西門慶は, 李銘を近くに来させ酒を褒美として振る舞います。

妗母　jìnmǔ

名 おば,母の姉妹＝"舅母;舅妈"。北方方言,吳語,粵語,閩語。《醒》では同義語"舅母;妗母"が優勢：¶再說素姐被他妗母痛打了一頓,回到自己房中,這樣惡人兇性,豈有肯自家懊悔。《醒60.5a.7》さて素姐は,おばさんにこっぴどく叩かれ,自分の部屋へ帰りました。しかし,このような凶悪な性格の持ち主が自分自身で後悔するということがありましょうか。¶至親是个相家,人家買茄子還要饒老,他却連一个七老八十的妗母,也不肯饒。《醒94.7b.1》最も近い関係にある親戚は相家ですが,「なすびを買うにも古いのはオマケする」と諺にもありますが,ただ,彼女(素姐)は年老いた7, 80のおばさんすら大目に見ないのです。

妗子　jìnzi

名 おば(母の兄弟の妻)＝"舅母;舅妈"。北方方言。《醒》では同義語"舅母;妗母"が優勢：¶却說韓蘆兩口子不知那裏打聽得知,領着叔叔、大爺、姑娘、妗子奔到狄希陳家,磣頭打滾,撒潑罵人。《醒80.9a.3》さて韓,芦の夫婦はどこで聞いたのか, おじ, おば連中を引き連れて狄希陳の家へやってくると, 頭からぶつかり,転げ回り,罵り騒ぎます。¶初九日又是六姐生日,只怕有潘姥姥和他妗子來。《金23.3a.10》9日は,潘姉さんの誕生日で,潘お婆ちゃんや叔母さんもくるのでしょう？

經經眼　jīngjingyǎn

動 見る＝"看看;过目"。山東方言：¶鋪床是大事,狄大娘,你不去,就是那頭妗子和姨去,狄大娘,你不自家經經眼,不怕悶的慌麽。《醒59.4a.4》床敷きは大切な行事です。狄奥様が行かれないと,ただあちらの叔母様達だけが行くことになります。狄奥様ご自身でご覧にならないと気が済まないのではありませんか。

經着　jīngzhe

動 経験する,出くわす,遭う＝"遇到"。山東方言：¶這有二年沒經着了。要是那二年前的本事,也夠你招架的哩。《醒43.3b.8》ここ2年は経験していないわ。もし,2年前の腕ならあんたが受けて立つに十分よ！¶你不言語,是待叫我拿下等待你呀。這个不難,老娘的性子別人沒經着,你問問做官的,他經着來。《醒95.5b.7》あんたが何も言わないのなら,

下等の待遇でしてやろうか。これは簡単よ。私の性格は,他の人は経験していないから知らないだろうけれども,こちらの役人に尋ねたらいい。こういう人達ならよくよく経験しているわ！

精　jīng

1. とても＝"很；非常；十分"。北方方言,呉語：¶你家大爺昨日甚是**精**爽,怎麼就會這等病。《醒2.6b.7》旦那さんは昨日とても気分が良かったのに,どうして急にこんな病気になっちゃったの。¶水飯要吃那**精**硬的生米,兩個碗扣住,逼得一點湯也沒有纔吃,那飯桶裏面必定要剩下許多方叫是夠。《醒26.10b.4》粥はとても硬いナマのコメから炊いたものでないと食べません。それも,二つの碗を伏せ,したんでほんの少しのつゆさえなくなってから食べる。また,その飯桶には自分たちが食べ終えたあとも飯がまだ多く余っているのを見届けて,初めて満ち足りた,腹一杯だというのです。¶遇着收成,一年也有二石大米,兩个媳婦自己上碾,碾得那米極其**精**細,單與翁婆食用。《醒52.10a.9》収穫期になり,1年に2石のコメができます。二人の嫁は自ら碓を挽きますが,その結果,得られるコメは極めて上等で専ら舅姑の食用にされます。¶猛然見了寄姐,打了個寒噤,身子酥了一酥,兩隻手軟了一軟,連盆帶水甩在地下,把寄姐的膝褲高底鞋裙子着水弄的**精**濕。《醒80.2b.3》急に寄姐を見かけ,身震いし,体はへなへな,両手も力が抜けてしまい,水の入ったたらいを地面に落としてしまった。このせいで,寄姐の下ズボン,高底靴,スカートはずぶ濡れになってしまった。¶一個是個告身量,生得渾身**精**瘦,約有三十來歲。《兒5.15a.2》一人は上背があり,とても痩せていて,およそ30歳くらいです。

2. 全て,例外がない＝"全；都"。北方方言。《金》の"精是"（＝"全是；都是"）は《醒》に見られない：¶在你自己的正房當面,而今兩個還**精**赤了睡哩。《醒20.3a.5》こいつ自身の母屋の中だ。今頃でもこいつら二人でまだ丸裸で寝ていやがるぜ！¶叫了徒弟陳鶴翔將那張醉翁椅子抬到閣下大殿當中簷下,跌剝得**精**光,四脚拉叉睡在上面。《醒29.2b.9》弟子の陳鶴翔にその酔翁椅子を大殿中央の軒下に持って来させた。そして,丸裸で手足も投げだし,その上で寝た。¶久諳風花雪月之事,把一个中年老頭子,弄得**精**空一个虛売(＝殼)。《醒72.13b.4》久しく風花雪月のことを諳んじている(妻)です。ところが,こちらは中年を過ぎた爺いゆえに(毎夜やらかした結果)体の中身は全くの空虚,殻だけになってしまった。¶**精**是攮氣的營生,一遍生活兩遍做,這咱晩又往家裡跑一遭。《金46.10a.3》本当に腹の立つ仕事です。1ぺんの仕事を2へんにするのですから。こんな遅い時分になっても,また家まで一走りしなくてはならないのなんて。

精打光　jīngdǎguāng

形 すっからかん,綺麗さっぱりと何もない＝"一无所有；一点不剩；精光"。呉語,湘語：¶一個老婆婆,有衣有物的時節,還要打罵凌辱,如今弄得**精打光**的,豈還有好氣相待不成。《醒92.4b.4》あるお婆さんが着物やものがふんだんにある時でも罵られ,虐められていました。全てのものが無くなってしまった今,それでもなお,手厚い待遇をして貰えるでしょうか。☆現代山東方言では"精蛋光"。意味は"精光"。

井池　jǐngchí

名 小さなため池＝"井口外备浇水用的

浅池"。山東方言：¶這株朽壞的花木不宜正衝了書房，移到他井池邊去，日日澆灌，或者還有生機。《醒34.4b.2》この朽ちた花木が私塾の前にまともに突き出ているのは宜しくない。小さななめ池のそばへ移し、毎日水をやれば或いは生き返るかもしれないぞ。

淨扮 jìngban

形 静かである，落ち着いている，さっぱりしている ＝"清静"。北方方言，吳語：¶還得叫兩個小唱，席間還得說幾句套話，說該扮個戲兒奉請，敝寓窄狹，且又圖淨扮好領教。《醒85.1b.10》更に二人ばかりの歌い女を呼ばねばね。お席では，おきまりのご挨拶も必要でしょう。「芝居も招くべきですが，私どもの家は狭く，また，静かだと教えを受けるのにも好都合だと思いまして」と言うのよ！

就 jiù

動 添えて食べる，酒の肴にする ＝"搭着吃或喝"。北方方言。多く"着"をつける：¶唐氏就着蒜苔香油調的醬瓜，又連湯帶飯的喫了三碗。《醒19.5a.10》唐氏は，ニンニクの花茎，ゴマ油で和えたシロウリの味噌漬けを添えておつゆ，ご飯もろとも3杯も食べた。¶兩口子拿着饝饝就着肉，你看他攮顙。《醒19.4b.6》夫婦はマントウに肉を添えて食べたけれども，何とガツガツしているのでしょうか！¶寶玉却等不得，只拿茶泡了一碗飯，就着野雞瓜兒〈＝虀〉，忙忙的咽完了。《石49.9b.7》宝玉は待ちきれずに茶をご飯にぶっかけ，雉肉とウリのあえものをおかずに，大急ぎで呑み込みました。¶那老頭兒到依實，吃了兩三個餑餑，一聲兒不言語就着菜吃了三盌〈＝碗〉半飯。《兒29.28a.5》かの年寄りは実直な人で，2, 3個の蒸しパンを食べ，一

言も喋らず，おかずを添えて3杯半ご飯を平らげました。

介 ついでに ＝"順便；趁着"。北方方言。多く"着"をつける。《醒》では同義語"趁(着)；順便"が優勢：¶叫丫頭後邊端出一個竹絲拜匣，内中封就的五兩重八封銀子，每人領了一封，約二十二日，出鄉交割地土，就着與他們的糧食。《醒22.11b.5》女中に奥から文書を持って来させると，中にはきちんと封された5両の重さの銀子が8つあった。どの人にも1封づつ受け取らせ，22日には田畑を受け渡しすると約束した。ついでに彼らへの食糧も与えた。¶日子忒久了，家裏不便，就着在寺裏罷。《醒30.7a.3》(法要の)日にちが随分長いので，家で法要するのは不便だね。寺ならいいのではないかい。¶今日就是个極好的黄道日子，你趂着在這裏就着揀出來叫人擡了去省事。《醒30.14a.8》今日はとても良い黄道吉日です。だから，ここにいる機会をうまく利用してついでに選び出し，人に担いでゆかせたら手間が省けます！¶王太醫聽說，忙起身就奶子懷中把大姐兒的左手右手診了診。《石42.4b.8》王医師はそれを聞くと，急いで立ち上がり，乳母の懐の中の大姐児の左右の手の脈を測った。

就使 jiùshǐ

接 たとえ…でも ＝"即使；縱然"。山東方言，吳語，閩語：¶他又沒兒女，又沒有着己的親人，就使有地有房，也是不能守的，叫他尋一个老頭子跟了人去。《醒57.12b.2》彼女には子供もいなく，近い親戚もない。たとえ田畑や家があっても，これでは守ってゆけません。彼女に誰か男を探してあげてその人と暮らせばよいのでは。

舊年　jiùnián

[名] 去年,昨年＝"去年"。北方方言,徽語,吳語,贛語,南方方言。《醒》では同義語"去年"も用いる：¶舊年秋裏,連雨幾日,住的一座草房被那山水沖壞,來到前莊,與一家姓耿的上鞋,說起沖弔了自己房子,…。《醒19.1b.4》去年の秋,何日間か雨が続いて降り,住んでいた藁葺きの家は山からの鉄砲水で押し流された。そこで,こちらの村へやって来て,耿と言う名の人の家で靴底繕いをしつつ,自分の家が押し流された事を言って,…。¶今年比舊年越發瘦了,你還不保養。《石49.7a.7》今年は去年よりも益々瘦せちゃったね。それでも体を大切にしないと言うの。

—《海》の科白箇所では"舊年"を用い"去年"を用いない：¶舊年描好一雙鞋樣要做。《海11.5b.8》昨年,くつの模様を描いたのです。

拘　jū

[動] 器物の漏れや割れを防ぐため薬剤を溶かし込んで割れ目を塞ぐ＝"使破損器皿固定,不致损坏无用"。山東方言：¶問說：夜來姐夫往屋裏睡來。狄周媳婦笑說：你該叫着個拘盆釘碗的來纔好。《醒45.13a.1》「昨夜,若旦那さんは若奥さんの部屋の中で寝たのかい」と尋ねると狄周のかみさんはふざけて「(うまく和合した結果,破瓜されたのを修理するために)鋳掛け屋を呼んで来たらよかったのに」と言った。

捲　juǎn

[動] 罵る＝"駡"。北方方言。《醒》では同義語"駡；咒駡"が優勢：¶一面口里村捲,一面將那做的衣裳扯的粉碎,把那玉簪,玉花都敲成爛醬往河裏亂撩。《醒87.3a.2》口汚く罵りながら,一方ではあつらえた着物をビリビリに引きちぎり,玉製のかんざしや花をぐちゃぐちゃになるほどつぶし,やたら川に投げ捨てた。

捲罵　juǎnmà

[動] 罵る＝"駡"。北方方言：¶又嗔衣服粧裏得不好,又嗔不着人去尋他回家,一片聲發作,只問說是誰的主意,口裡胡言亂語的捲罵。《醒41.4a.1》服のたたみ方が良くないやら,人をやって家へ戻るようにさせなかった,などと叱り,大声で怒りを表した。また,「誰のさしがねかね」などと尋ね,口から出任せを言って罵った。¶他還嘴里必里剝剌的,教我一頓捲罵。《金72.3b.9》あいつがまだガタガタ言うので,私が一度罵ってやったのさ。

絹子　juànzi

[名] ハンカチ＝"手绢(儿)"。北方方言。《醒》では同義語"絹帕"も使用するが,"手绢(儿)"は未検出：¶斷然要把兩隻不緊緊夾攏,不可拍開,把那絹子墊在臀下畫定計策施行。《醒72.4a.2》きっぱりと2本の足を堅く寄せて開きません。そして,そのハンカチを尻の下に敷き,企てた計画を実行させます。☆黄肅秋校注本では"隻不"を"隻腿","不可"を"可"とする。¶遂伸手向床褥子底下摸出絹子來。《金75.20a.10》そこで手を伸ばし,寝台の敷き布団の下からハンカチを探り出した。¶他却不是照那等抽着了用小絹子擦乾淨了煙袋嘴兒,閃着身子,…《兒25.20a.6》彼女は,いつものやり方ではなく,一口吸ってキセルの吸い口を綺麗に拭くと,体を翻して,…。

[同義語] "絹帕"：¶素姐到家,只見狄希陳正上完了刀創藥,用絹帕裹着,腫的一隻肐膊瓦罐般紅紫。《醒66.9a.8》素姐が家へ帰ると,狄希陳は丁度傷口に薬を

ほどこし終え、ハンカチで巻いているところだった。1本の腕は素焼きの壺のように赤銅色に腫れ上がっている。

撅撒 juēsā

動 ばれる、発覚する＝"敗露；被人发觉"。中原方言：¶童七…：要是惟交的貨物不停當，這已是過了這半年，沒的又腦後帳撅撒了。《醒70.6a.1》童七は…「もし渡した品物が具合悪いとしても、それは既に半年も過ぎている。まさか今頃ばれるとは」と言った。

同音語 "决撒"北方方言、晋語：¶惠希仁道：不好，事體决撒了。《醒81.5b.1》惠希仁は「まずい事になった。事がばれたんだ」と言った。

掘 jué

動 罵る＝"骂；咒骂"。北方方言：¶我就只說了這兩句，沒說完，他就禿淫禿挰的掘了我一頓好的。《醒64.2a.5》私はただ二言ほど言っただけで、それがまだ言い終わらないうちに彼は淫乱禿げだのとさんざん私を罵ったのです。

— "撅嘴"（口をとがらせる、不平不満を表す）：¶若使走到下處，或是狄希陳桀驁不馴或是那妓者虎背熊腰，年紀長大，**撅嘴**胖〈＝拌〉唇，撩〈＝獠〉牙扮齒，黃毛大脚，再若昂昂不採，…。《醒44.1b.10》（希陳の母親が様子見のため）下宿先へ行った時、狄希陳が傲慢で、且つ、素直でなかったり、或いはその妓女がでっかい体つきで、歳が大きく、怒ったように口をとがらせている上に、はみ出した歯、赤毛で大きな足、更に偉そうに鼻にかけるようだと、…。

— "撅唇"（口をとがらせる）：¶這頭一日，就叫個婆婆努着嘴，女壻撅着唇，這是甚麽道理。《醒45.4b.4》この初日から向こうのお母さんやお婿さんが口をとがらせているなんて、これは一体どういう訳なんだい。

K

開交 kāijiāo

動 **1.** 離れる,(別の所へ)行く＝"走开；跑开"。山東方言,関中方言：¶今晁思才叫晁夫人一頓楚歌吹得去了,眾人沒了晁思才,也就行不將去了,陸續溜抽了**開交**。《醒53.4a.10》今、晁思才は晁夫人に「楚歌」をひとしきり聞かされ,帰ってしまいますと、皆は、晁思才がいなくなっては何もできないと、皆はこれまた続々と帰って行きました。¶這眾人裏面,推出二位年高有德公正官賈秉公合李雲菴替他代書了伏罪願退的文約,送與了魏三封收執。兩下**開交**,彼此嫁娶各不相干。《醒72.7a.3》この皆の中から二人のお年寄りで、徳があり公正な役人賈秉公と李雲庵が推薦されました。本人に代わって罪を認め,すすんで婚約取り消しの文書を書き,魏三に送りとどけ,受け取り保管させました。このようにして両者は離れ去り,互いに嫁ごうが娶ろうが各々関係なしになりました。¶把他原舊的藥材藥碾藥篩箱籠之物,即時催他搬去,兩個就**開交**了。《金19.10a.10》奴がもともと持っていた薬材,薬研,薬篩,衣装箱の類はすぐさま運んで行かせ、二人は別れた。¶我家熱在你這里做小伏低頂缸受氣,好容易就**開交**了罷,須得幾十兩遮羞錢。《金80.8b.10》ワシの子がお前様の所で妾となり,人に代わっていろいろ恨まれもしたんだ。それで、やっとこさ別れられたのなら,何十両かの口止め料は欲しいですな。¶眾人方要往下收綫,那一家也要收綫,正不**開交**。《石70.10b.1》皆は凧糸をたぐったが、あちらでも凧糸をたぐったので,丁度離れられなくなっている。

2. やめる＝"罢休"。山東方言：¶要是我不得這命就是俺婆婆留下的這幾兩銀子,我不齊撒他个精光,我待**開交**哩。《醒64.8a.9》もし私のこの命が助からなければ,たとえ私の義母さんが残してくれたいくらかの銀子なんぞも私が全部使えなくなります。それで、終わってしまうのですよ！

3. 解決する,落着する,結着する,片を付ける＝"了结"。中原方言,呉語：¶你們聽見了,認兒子,不是好**開交**的呢。《石24.2b.2》お前たち、聞いたかい。息子になるなんて、それでいいなんてものじゃないよ！

開口 kāikǒu

名 (生後三日目の)赤ん坊に授乳するしきたり＝"(婴儿生后第三天的)吃乳习俗"。北方方言：¶轉眼十七,三朝之期,姜夫人帶了家人姜朝娘子來與娃娃**開口**。《醒49.6a.1》瞬く間に17日となり「誕生三日目」の儀式があります。姜夫人は姜朝(下男)のかみさんを連れ,赤ん坊に授乳するしきたりをします。

開手 kāishǒu

名 **1.** 手始め、初め、冒頭＝"开始；开头"。呉語,閩語。《醒》では同義語"起頭"が優勢：¶你聽不聽罷了,打他做甚麼。他也好大的年紀了,為這孩子**開手**打過三遭了。《醒56.6a.4》あなたが聞く聞かないは自由でしょ。あの人をぶってどうするの。あの人もいい歳よ。この子のせいでしょっぱなから3度もぶっちゃったわね！¶就是這丫頭身上,你不過是口裏的尋覺,你也從沒**開手**打他。《醒80.

1b.2》ただ, この小娘(小珍珠)に対して, あんたは口先であら探しをするだけで, その子を有無を言わさずいきなりぶったことはないでしょ。☆両例とも副詞的修飾語の用法。

同音語 "開首": ¶講到我朝, 自開國以來, 除小事不論外, **開首**辦了一個前三藩的軍務。《兒21.14a.2》わが朝廷に言及すれば, 開国以来, 小事を論じない以外では, 初めに前三藩の軍務をおこなった。

2. 慰労金: ¶免發到兵馬司去, 賞他十來兩銀子做個**開手**, 放他們去罷。《醒83.6a.9》(乞食連中は)兵馬司へやるのを免じてもらいます。そして, 彼らに10両くらいの銀子を褒美として与え, 放免にするのです。¶地方送了二兩銀子, 磕了一頓頭, 做了个**開手**, 放得去了。《醒48.4a.3》保長(治安維持の役人)には2両の銀子を届け, 頭を地につける礼拝をしつつねぎらいの金とし, 解き放してもらいました。

開說　kāishuo(又)kāishuō

[動] 説く, 説明する, 教え導く, 説得する＝"开导；劝说"。北京方言。《醒》では同義語"開導；勸說"も用いる: ¶這調羹雖是有童奶奶**開說**得明白, 說過老爺子是个數一數二的元帥, 斷是不敢欺心。《醒55.12b.10》調羹には童奥さんがはっきりと「旦那様は一二を争う元帥で, 絶対に後ろめたいことはできないよ！」と説き明かした。¶胡無翳幾次**開說**, 說我的性靈透徹, 每到半夜子時, 從前想我前生之事, 一一俱能記憶。《醒93.2b.5》胡無翳は何度か説き明かした。自分の心は, はっきりしている。毎夜, 子の刻になると, これまで考えた前世の事柄一つ一つが全て記憶にある, と。¶七人坐在一處, 伯爵先**開說**道：…。《金80.1b.2》7人は一箇所に座った。伯爵が先ず説き明かすに

当たって言った。…。

刊成板　kānchéng bǎn

[熟] 常例, 定例, しきたり, 規則(として固定されたもの)＝"比喻已经确定, 不能改变的事情"。山東方言: ¶這幾年裏, 喫是俺的米, 穿是俺的綿花, 做酒是俺的黃米, 年下蒸饆饠, 包扁食是俺的麥子, 插補房子是俺的稻草, 這是**刊成板**, 年年進貢不絕的。《醒9.9a.4》(計老人は言う)この何年間かは, 食べるのはワシのコメ, 着るのはワシの綿花から採ったもの, 酒はワシのもちアワ, 正月にこしらえるマントウ, ギョウザはワシの小麦じゃ。家の屋根を葺き替えるのもワシの藁。これらは, もうお決まりのことで, 毎年年貢をきりがなく納めているようなものじゃ！

看坡　kānpō

[動] (農作物の)番をする＝"看守庄稼"。山東方言: ¶既是你這娘娘子說, 我就依着, 破着不贖, 算了我的工食, 我穿着放牛**看坡**, 也是值他的。《醒67.9a.5》奥さんがそのように言うのならば, ワシ(常功)は従います。ただ, (皮の上着を捨てて)買い戻してくれなかったら, ワシの給金から差し引かれるようにされます。ワシは, この皮の上着を着て牛や農作物の番をしますぜ。まあ何らかの値うちはあるじゃろうて。⇒"坡裏"。

坎　kǎn

[動] おおう, (帽子等を無造作に)かぶる＝"盖覆；胡乱地戴(帽子等)"。北方方言。《醒》では, 賓語は多く"巾；帽子"などの頭に被るもの: ¶没梳頭, 將就洗了手面, **坎**上了一頂浩朕巾, 頭上也還覺得暈暈的。《醒3.10b.9》髪を梳かず, 手や顔を無理やり洗って浩然巾(帽子形の頭巾)をかぶりましたが, 頭はまだくらくらしています。¶隨把網巾摘下, **坎**了浩

肰巾穿了狐白皮襖,出去接待。《醒4.2a.5》そこで網帽を取り,浩然巾をかぶり,キツネの皮の袍を着て出て行き接待します。¶一面也就起來,還洗了一洗臉,**坎**了巾,穿了一件青彭段夾道袍,走出來喚李成名。《醒4.12a.4》一方では、起き上がり顔を洗いますと頭巾をかぶり,青彭鍛子の長い上着を着て出てきて李成名を呼びます。¶光棍們聽見這話,大眼看小眼,挽起頭髮,**坎**上帽子,披上布衫就待往外走。《醒83.5b.4》ごろつきどもは,この言葉を聞きますと,目をぱちくりさせ,髪の毛をかき上げて帽子をかぶり,木綿の単衣を着て外へ逃げようとします。

同音語 "砍": ¶晁大舍忍了痛,砍了頂孝頭巾,穿了一件白生羅道袍,出來相見。《醒9.12b.6》晁大舍は痛みをこらえ,喪中用の頭巾をかぶり,白生羅の長上着を着て相まみえます。

砍　kǎn

動 ぶつ="打"。北方方言:¶可惡。砍出去,砍出去。那皂隷拿着板子,就待往外砍。《醒10.10b.8》「悪い奴だ!ぶってつまみ出せ!ぶってつまみ出せ!」と命令しますと,下級役人達はてんでに刑罰用の板を持ち,外の方へぶち出そうとします。¶旋剝了,叫將小厮來,拿大板子盡力砍與他二三十板。《金83.3b.1》身ぐるみ剝いでしまえ!それから小者を呼んで大きな拷問用の板でこやつを力いっぱい,2,30回ほどぶたせよう!

同義語 "砍打": ¶哼的一聲,像倒了堵牆一般,又待拾起个小板凳來砍打。《醒74.11b.10》ドスンと音がするとあたかも一つの塀が倒れた如き有様。そして,小さな腰掛けを拾い上げ殴りかかろうとします。

看看　kànkàn (又)kānkān

副 **1.** 徐々に,だんだんと="漸漸"。山東方言,中原方言,閩語。《醒》では同義語"漸漸"も用いる:¶不料舖中圍了許多人在那裡買布,天又**看看**的晚了。《醒29.11b.10》思いがけなくも,店の中ではたくさんの人が布を買っており,空も徐々に暮れてきた。¶寄姐**看看**的臉就合蠟渣似的黃,脚下一大窪水。《醒81.1b.1》寄姐は,徐々に顔が蝋燭の残りかすのように黄色くなり,足元には沢山の水を垂らしました。¶面如金紙,體似銀條,**看看**減退豐標,漸漸消磨精彩。《金61.21b.1》顔は金の紙の如く,体は銀の棒に似たり。徐々にふくよかな美しさも減退し,次第に精彩を欠いてくる。¶**看看**天色已晚,安家父子鄧家翁婿依然回了褚家莊。《兒21.24b.9》徐々に空が暗くなってきたので,安家親子,鄧家岳父とその娘婿は元通り褚家莊へ帰った。

2. 見てる間に,まもなく,今にも,みるみるうちに,すぐにも="眼看着;马上;立刻;将要"。山東方言,江淮方言,呉語。《醒》では,同義語"立刻;将要:眼看"も用いる:¶却說大金人馬搶過東昌府來,看看到青河縣地界。《金100.9a.10》さて,大金の軍は東昌府をかすめ取り,みるみるうちに青河県の地へとやってきた。¶**看看**三日光陰,那鳳姐和寶玉倘在床上。《石25.10b.3》みるみるうちに3日経ちましたが,鳳姐と宝玉は寝台に横になったままです。¶那太陽已經銜山,看看的要落下去。《兒5.14b.4》太陽は既に山にかかっており,みるみるうちに沈んでゆきます。

同音語 "堪堪": ¶昨日翰林院門口一家子的個女兒,叫一個狐狸精纏的**堪堪**待死的火勢。《醒6.8b.8》昨日,翰林院の入り口にある一軒の家の娘が狐の化けも

のに憑かれて間もなく死ぬという有様となった。¶也曾百般醫治祈禱,問卜求神,皆無效驗。**堪堪一日落**。《石25.10a.3》様々な医者,祈祷師,神頼みの拝み屋などにて治療や修法を行いましたが,一向に効き目がありません。みるみるうちに日も暮れてしまいました。

抗　kàng

動　支える,持ちこたえる ＝"顶住;抵触"。北方方言,江淮方言,西南方言:¶叫人去推那厠門,他也粧起肚疼,不肯拔了閂關,且把那肩頭**抗**得那門樊噲也撞不進去。《醒33.15a.1》人を呼んで戸を押し開かせたが,彼も腹痛を装い,閂を抜こうとしない。そして,肩で突っ張っているので,樊噲(はんかい)でも打ち破って入る事ができません。

砢磣　kēchen

形　みっともない,恥ずかしい,ひどい ＝"丢脸;羞辱"。北方方言:¶見一連罵了兩家,沒有人敢出來炤將,揚揚得意,越發罵的十分利害,百分**砢磣**。《醒89.10a.4》(素姐は)2軒の家を続いて罵ったので,これに応戦するため出て来る勇気のある人は誰もいません。そこで,得意になって一層きつく罵りましたが,それはそれは全くひどいものです。¶叫的好妹妹,親妹妹,燕語鶯聲,聽着也甚嫌**砢磣**。《醒95.9a.4》かわいい妹よ,妹よと,若い女性の優しい声で言うのですが,はたで聞いていてとても嫌気がさします。

同音語 "割磣;砢磼;砢磣":¶俺小姑娘,你待怎麼,只是要他,叫他說的**割磣**殺我了。《醒84.5a.5》ねえ,あんたはどういうつもり。彼女を(小間使いとして)ほしいのかい。彼女のことをひどく不細工だと言っていたわね。¶把他當個孤老,甚麼行貨子,可不**砢確**殺我罷了。《金32.5b.3》奴を馴染み客にするなんて,どんな奴か分かっているのかい。本当にみっともなくて仕方ないわ!¶麻着七八個臉彈子,密縫兩個眼,可不**砢磣**殺我罷了。《金68.14a.5》あばたが顔にいっぱいあって,二つの目は密に縫ったように細いのです。全くみっともなくてたまらないわ!

動　辱める:¶趁着我家有事,要在眾人面前**砢磣**我一場。《兒15.21b.2》ワシの家で行事をやるのにかまけて,皆の面前でワシに恥をかかそうというのさ。

磕打　kēda

動　ぶつかる。⑤さいなむ ＝"折磨;苛待"。北方方言:¶不禁**磕打**,幾場氣,病勢入了膝理。《醒76.5a.2》(素姐の)さいなみに耐えられず,何度かの癇癪によって病が体の奥深くへ入ってしまった。☆《金》《石》《兒》に未収。

可　kě

助　1. 緩やかな語気を出す ＝"啊"。山東方言。文中に用いる:¶狄員外道:…。再把你姑娘也抬了他去,叫他聽着偺說話,看着偺**可**喫酒。《醒58.1b.8》狄員外は「…。おばさんも(椅子に乗せて)担いでくれば,一緒に話をしながら酒が飲めるからな」と言った。¶當時氣喘咳嗽,即時黑了瘡口,到點燈的時候,長的嫩肉都化了清水,嗦的**可**一替兩替的使人尋找。《醒66.11a.8》その時,咳こんで傷口はすぐに真っ黒に変わりました。灯ともし頃には,ようやく生じてきた柔らかい肉が全て清水と化して溶けてしまった。この結果,驚いて,(治療してくれと)次々と私を尋ねに来るのです。

2. 緩やかな語気を出す ＝"啊"。山東方言。文末に用いる:¶他說:如奶奶留下我**可**,這孩子尋給人家養活。《醒49.8b.5》その人は「もし奥様が私をここに置い

て下さるなら,誰か他の人を探して(自分の子を)育ててもらうつもりです」と言った。☆"可"は文中であるが,句読点が入るので文末使用と同一にみなす。以下同じ。¶狄婆子到了自家房内,…說道:這媳婦兒有些不調貼,別要叫那姑子說着了可。這是怎麼說,把門閂得緊緊的。《醒45.2a.7》狄奥さんは…「この嫁は少し言う事を聞かないわね!あの尼が言い当てたようにならないことを願いますわ!本当にどういう事でしょう。戸を固く閉ざしたりして」と言った。¶狄希陳道:哥兒,你漫墩嘴呀。鳳冠霞帳,通袖袍帶,你還沒試試哩。你別要也倒穿了可。《醒83.9a.4》狄希陳は「そんなに楯突くなよ。鳳冠や霞帳,通袖袍,帯もお前まだ試着していないのだろう。着るのを間違わないようにな」と言った。¶狄員外道:這是蹺蹊。他那裏買的。別要有甚麼來歷不明帶累着偺可,再不只怕把趙杏川的皮襖偷了來。《醒67.12b.1》狄員外は「それはおかしいな。あいつはどこで(皮衣を)買ったのだろうか。得体の知れないものでワシも巻き添えを食ってはたまらんからな。ひょっとすると趙杏川先生の皮衣を盗んだのかもしれんな」と言った。

3. (…の)頃・時 = "时候"。山東方言:¶晁婦人道:消停,等完事可,偺大家行個礼兒不遲。《醒22.6b.6》晁夫人は「ちょっと待ってよ。この事を終えてから私達皆で拝礼しましょう」と言った。¶嫌材不好,這是死才活着可自己買的。嫌出的殯〈=殯〉不齊整,窮人家手裏沒錢。《醒53.9b.7》棺桶が良くないと文句を言っているようですが,それはうちのやつがれが生前に自分で買ったものです。それに,葬式が質素だと不平を言っていますが,貧乏人のふところには銭が無いのです。

可脚　kějiǎo

動 (靴などに)足がピタリと合う = "(鞋、袜)大小、肥瘦合适"。北方方言:¶七錢銀做了一雙羊皮裡青紵絲可脚的翁鞋,定製了一根金黃絨瓣靮帶。《醒1.11a.8》7錢の銀子で足にぴったりと合う一足の羊皮裏青紵糸の長靴を作り,また,金色のフェルトの紐がついた皮のベルトを注文して作りました。¶屠戸悄悄的穿了衣裳,着了可脚的鞋,拿了那打猪的梃杖,三不知開出門來,撞了个滿懷。《醒35.9a.9》屠殺屋は,こっそりと着物を着て,足にぴったりと合う靴を履き,猟用の鉄の棒を持ち,突然戸を開けて出ますと真正面からぶつかりました。

可可(的)　kěkě(de)

副 ちょうどよい,うまい具合である,こともあろうに = "恰好;恰巧;刚好;正好"。北方方言:¶又揭了重利錢債,除還了人,剩下的,打發兒子上京,可可的又不中進士,揭了曉,落第回來。《醒35.11a.4》また,高利貸しの借金をきれいに返済します。残った分で息子を上京させるも,あいにく進士に合格せず,発表に落ち,帰ってきます。¶怎麼來這們年小的三位相公,可可的都一齊沒了。甚麼病來。《醒74.12b.6》どうしてこんなにも若い3人の殿方がちょうど揃って亡くなったのですか!何の病ですか。¶手裏空乏,一个錢也沒有。可可的造化低,把个丫頭又死了調理,取藥,買材,雇人,請陰陽洒掃,都是拿衣服首飾當的。《醒80.5a.6》懐具合が寒く一銭の金も無いのです。そこへちょうど運悪く,小間使いに死なれたのです。治療代,薬代,棺桶代,人足代,それに陰陽師を呼んでの祈祷代がいるのです!これらは全て着物や首飾りを質入れしての金なので

す。¶可可的,就是你媽盼望,這一夜兒等不的。《金44.1b.8》こともあろうにね。たとえお母さんがどんなに待っていようとも今晩ひと晩くらいは待てないのかい。¶無奈官運平常,可可的遇見這等個不巧的事情。《兒13.14a.10》いかんせん,官吏運が特に良いというものではなかったな。こともあろうに,こんな不運な事件に出くわしちまってねぇ。

兒化語 "可可兒":¶可可兒家裡就忙的恁樣兒。《金45.9b.10》本当に家ではそんなに忙しいのかい。¶誰信那綿花嘴兒,可可兒的就是普天下婦人選遍了沒有來。《金75.20a.4》誰がそんな綿のような気骨の無い口を信じますか。こともあろうに,たとえ天下の女たちから選んでも(他にはいいのが)いないなんて!¶只講叔父嬸娘日給你算命,可可兒的那瞎生就說了這等一句話,你可可兒的在悅來店遇着的是這個屬馬的。《兒26.12b.10》叔父様,叔母様がその日,あなたの為に占ってもらいましたね。そして,丁度うまい具合にその盲目の占い師はこう言いました「あなたが丁度悦来店で出会った人は馬歳生まれです」とね。

同音語 "磕磕":¶原來不曾打着大蟲,正打在樹枝上,磕磕把那條棒折做兩截。《金1.5b.6》何と,虎には命中せず,木の枝に当たり,あいにくその棒が二つに折れたのです。

剋剝　kèbō

動 人を笑いものにする,皮肉る,なぶる,苦しめる ＝"挖苦"。北京方言:¶兒子為人,只勸道休要武斷鄉曲,剋剝窮民。貴糶賤糴,存活了無數災黎。代完漕米,存留了許多百姓。《醒93.9a.7》息子さんにも,武力で郷里を專橫したり,貧しい人々を泣かせてはならないと諫め

た。また,コメが高くなれば売りに出し,安くなれば買い付け,無数の罹災民を生きながらえさせました。さらに,年貢米も肩代わりし,多くの民衆の命を救ったのです。

同音語 "刻薄"[kèbó]:¶話說寶釵分明聽見林黛玉刻薄他,…。《石35.1a.4》さて,宝釵は,林黛玉が自分にあてこすったのをはっきりと聞き取りましたが,…。☆"刻薄"("(待人)冷酷无情")は"挖苦"(皮肉る,なぶる)とはやや異なる:¶晁大舍刻薄得異常,晁老爺又不長厚,這懷孕的斷不是个兒子。《醒21.2a.9》晁大舍はひどく冷酷無情で,晁の親父もまた誠実とはいいかねます。だから,今度の生まれてくる子はきっと男の子ではないだろう。¶雖是麻從吾幹了這件刻薄事,淮安城裏城外,大大小小,沒有一个不曉得垂(＝唾)罵的。《醒27.10a.8》麻従吾はこのような冷酷なことをしたので,淮安の町内外で老いも若きも誰一人として口汚く罵らない人はいません。¶就在自己老婆兒子身上,也沒有一點情義,都是那人幹不的來的刻薄營生。《醒82.5b.4》自分の女房や息子の身の上においても少しの思いやりもありません。全て人ができないような冷酷非道な事柄ばかりやるのです。

尅落　kèluò

動 くすねる,こっそり盗む ＝"克扣"。北方方言:¶腰裏纏着十數兩銀子,搭連裏裝着許多衣裳,預先尅落的臘肉,海參,燕窩,魚翅,蝦米之類,纍纍許多。《醒54.11a.5》腰には十数両の銀子を持ち,袋には多くの着物を入れている。以前こっそり盗んだ塩漬け肉,ナマコ,燕の巣,フカヒレ,干しエビの類等,積もり積もってとても多くあった⇒"落"[lào;luò]。

肯心　kěnxīn

名 心にかなうこと,満足すること,甘んじること,心から…すること ="称心"。山東方言,関中方言:¶外邊男人把晁大舍一把揪番,採的採,搗的搗,打桌椅,毀門牕,酒醋米麪,作賤了一個**肯心**。《醒9.8a.2》外の男どもは晁大舍をつかまえひっくり返し,踏みつけたり,髪の毛をむしり取ったり,また机や椅子を傷つけたり戸や窓を壊したり,酒・酢・コメ・うどんなどを思いっきりばらまきました。¶不似別處的店家,拿住了死蛇,定要取個**肯心**。《醒25.1a.10》他の店が死んだ蛇(即ち,客)をつかまえ,とことん金を取らないと満足しないのとは異なっている。¶我杖把掃帚的領上二三十个老婆,尋上你門去,我把那姓龍的賊臭小婦,也打个**肯心**。《醒60.4b.1》私は杖や箒を持って2, 30人の女房連中を連れ,お前の家の玄関まで行ってやる。そして,龍というバカ女を思いっきりぶちのめしてやる！

口分　kǒufèn

名 美味しい物にありつけること,口の幸い ="口福"。山東方言:¶小家子丫頭。你見與他些果子吃,嫌他奪了你的**口分**,明日還要叫他與你做女壻哩。《醒25.12a.8》バカな子ね！あの人にお菓子をあげなさいな！あんたの口福を奪われるのが嫌なのね。ゆくゆくはあの人にあんたのお婿さんになって貰おうって考えているのよ！

口舌　kǒushé

名 舌 ="舌头"。河北方言,徽語,吳語。《醒》では同義語"舌頭"が極めて優勢:¶若要一一的指說他那事款,一來污人的**口舌**,一來髒〈=臟〉人的耳朵。《醒28.7a.3》もし彼らの事を一つ一つ指摘するとなれば,一つには人(私)の舌も汚れ,人(聴衆)の耳も汚すことになります。

枯刻　kūkè

動 損をかける,奪い取る ="克扣;克落"。山東方言:¶晁鳳說:奶奶先合他說來,叫他:這粥裏頭莫要**枯刻**他們的,我另酬謝你罷。《醒32.5a.4》晁鳳は「奥さんは先に彼らに言ってあるのです。この粥を振る舞う件で彼らに損をかけることはしない。別にお礼をします,ってね。…」と言った。

同音語 "枯尅;枯克":¶有錢的人家,物力是不消費事的。從來不**枯尅**的人,說聲僱夫鳩工,也稱得庶民子來。《醒93.6b.8》金持ちの家では物資も労力もたやすく手に入る。また,人に酷い事をしたことがないので,一声で職人達が集まった。まさに「庶民子の如く来たる」にふさわしい。

侉　kuǎ

形 1. 言葉に訛りがある ="带有外地口音"。北方方言:¶他平日假粧了老成,把那眼睛瞇了鼻子,口裏說着蠻不蠻**侉**不**侉**的官話,做作那道學的狨腔。《醒35.9a.1》彼(汪為露)はいつも落ち着いたふりをして,目は鼻先を見て,口はわけもわからない役人口調で話し,道学先生の醜態を晒しています。¶素姐、小濃袋回出那山東繡江的**侉**話來,那四川的皂隸一句也不能聽聞。《醒94.13a.7》素姐,小濃袋が,山東・繡江の方言訛りで返すと,かの四川の下級役人は一言も聞き取れません。¶聽他說話雖帶點外路水音兒,却不**侉**不怯,安太太心裡先有幾分願意。《兒12.11a.10》彼女の話しぶりは,少々外地の発音が混じりますが,言葉に訛りもなく田舎じみた所もないので,安夫人は先ず幾分か気に入りました。

2. でかい＝"粗大；大"。北方方言：¶呢〈＝呃〉。你做什麼理〈＝哩〉。不知那裏來的一个侉老婆，你來看看呀。《醒77.6a.2》ねえ，あんた何をしているの。どこからか来たでっかい女がいるよ。ちょっと見に来ておくれ！

蒯　kuǎi

動　軽くひっかく，かく＝"抓；愾"。北方方言，呉語。現代語では一般に"攦"と作る：¶不打就別要打。僖既是打了，就蒯他兩蒯，他也只說僖打來。《醒32.9b.4》私は刑罰棒で叩かないとなれば叩かない。けれども奴を叩くとなれば，少々軽く可愛がってやろうかのう。奴もワシが叩くとばかり思っていやがるからな。¶寄姐仍把狄希陳蒯脊梁，搗胸膛。《醒79.11b.5》寄姐は，なおも狄希陳の背をひっかき，胸ぐらを叩きます。

同音語　"剖"：¶你只管幹你的去，就留你在家里，也是六枝兒剖瘙癢兒，敷餘着一個。《兒40.8a.6》お前は自分のことをすれば良いのだ。お前を家に引き留めても6本指の手で痒い所をかくようなもので，1本余ってしまう（お前は余計な人間なのさ）。

快當　kuàidang

形　手早い，機敏である，ぐずぐずしない＝"快；不拖拉"。北方方言，呉語：¶寄姐那副好臉當時不知收在何處，那一副急性狠心取出來甚是快當，叫喊道。《醒80.2b.5》寄姐は自身の優しい顔をその時どこへしまったのか，急に短気でむごい心を取りだしてきてわめき散らします。¶呂祥主作，調羹助忙，所以做的甚是快當。《醒81.3b.2》呂祥が主に料理を作り，調羹はその手助けをしたので，本当に手早く作ることができました。

快性　kuàixing

形　1. (性質が) 率直である，さっぱりしている＝"性情爽快"。北方方言。《醒》では，同義語"爽快；利亮"も用いる：¶你這們涎不痴的，別說狄大嫂是个快性人，受不的這們頓碌，就是我也受不的。《醒64.10b.6》あんたはバカみたいにこうも黙ってじっとしているなんて！狄奥さんは，さっぱりした気性だから，そんなのそのそした態度に耐えられないのは勿論，たとえこの私でさえ耐えられませんわ！¶留了我兩對翠花，一對大翠圍髮好快性就秤了八錢銀子與我。《金85.7a.4》私の翡翠の簪2対と大型の翡翠の髪飾り1対を残しましたので，あっさりと8銭の銀子を量って私に下さいました。

2. (動作が) てきぱきしている，軽快である＝"动作利落"。北方方言。《醒》では，同義語"利落"は未検出：¶這手段要好，是不消說第一件了。可也還要快性，又要乾淨。《醒55.6b.2》この腕前は良くなければなりませんね。言うまでもなくこれが第一番です。更に，料理の作り方がてきぱきとしていて，且つ，清潔でなければなりません！

寬綽　kuānchuo

形　広い，広々としている＝"宽敞"。山東方言：¶晁大舍：說窄，是哄你珍姨的話。衙内寬綽多着哩。《醒7.6a.6》晁大舍は「ワシが(官舍は)狭いと言ったのは珍哥を騙すためさ。官舍はとても広いよ」と言った。

同音語　"寬超"：¶素姐從家鄉到了官衙，也還是那正堂的衙舍，却也寬超。《醒97.4a.8》素姐は，故郷からここの官舍へやって来たのであるが，やはりあの故郷の官舍の方が広々としていた。

類義語　"闊綽"「太っ腹である」：¶你平日雖是大鋪騰，也還到不的這們闊綽《醒4.7a.6》あんたは平素からよく浪費

するが，ここまで太っ腹にはならなかったからな。

寛快　kuānkuai

形 **1.**（心に）ゆとりがある，十分である，豊かである＝"寛裕；充足"。山東方言：¶要是同走着好幾個人，心裡沒事，家裡妥貼，路費**寛快**，口裡說着話，…。《醒41.2b.10》もし（旅で）何人もの人と一緒に行き，心に何の心配もなく，家の中もうまくやっており，旅費も十分で，おしゃべりを楽しみ，…。

2. 広々としている＝"寛敞"。山東方言：¶這老張婆子影不離燈的一般，又不是外頭**寛快**去處，支了他那裏去。《醒43.11a.2》この張さんのお母さんはぴたりとそばについて離れないのよ。それに，外の広々とした場所ではないから，奴を（うまく言いくるめて）どこへやると言うの。¶下在客店裏不便，不然，讓到小的家去，有小的寡婦娘母子可以相陪，房兒也還**寛快**。《醒78.12a.8》旅籠に泊まるのは，具合が悪いですか。何なら私の家に来て下さい。私めの後家親子がお相手出来ます。家も広いですし。¶你住的那衙舍，一個首領的去處，有甚麼**寛快**所在，且不是緊挨着軍聽〈＝廳〉。《醒83.2a.4》そちが泊まっておるその官舎は長官がおられた所で，どれくらいの広さかな。とにかく軍事庁舎にぴったりとくっついてはおらんじゃろ。

虧不盡　kuībujìn

副 …のお陰で＝"多亏；幸亏"。山東方言。《醒》では同義語"虧了；虧；幸得；幸而；幸喜"が優勢。"**虧不盡**"も多く使用：¶**虧不盡**他兩个〈＝個〉攛掇我們早早離了地方，又得這等一个〈＝個〉好缺。《醒15.3b.1》彼ら二人が勧めてくれたお陰で，我々は早々にそこを離れられ，しかもこんなにいい空席を得ることが出来ました。¶次日清早，魏才領了四五個人要擡那棺材去廟裡寄放，**虧不盡**徒弟金亮公來奔喪，知道小獻寶昨晚方回。《醒41.4b.5》翌日の朝早く，魏才は4，5人の男を率いてその棺桶を担がせ，廟の中へ一時預けようとした。そこへ，弟子の金亮公が喪に駆けつけた。このお陰で，小献宝が昨晩ようやく帰宅したとわかった。

虧了　kuīle

副 …のお陰で＝"多亏；幸亏"。北方方言。《醒》では同義語"虧；幸得；幸而；幸喜"が優勢：¶昨日天大的一件事，**虧了**福神相救，也不枉了小人這苦肉計。《醒17.11b.5》過日の大事件は，福神の助けのお陰で救われました。そして，私の苦肉の策も無駄ではありませんでした。¶狄賓梁見兒子長了學問，極其歡喜。他母親又說**虧了**他擇師教子，所以得到這一步的工夫。《醒37.2b.6》狄賓梁は息子の学問に進歩が見られたので，大いに喜んだ。母親（狄賓梁の妻）も夫が良い先生を選んでくれたからこそ息子の学問に前進があったのだと言った。¶**虧了**他千山萬水將了我來，你還不放進他拉給他鍾水喝哩。《醒96.5b.2》この方達のお陰で，遠路はるばる私を連れて来てくれたんだよ。それなのに，お前さんは，中へ招きもせず，水1杯も差し上げないのかね。¶保官兒那個**虧了**太師老爺，那遵文書上註過去，便不敢纏擾。《金67.4a.2》保さんの奴は，太師様があちらの書類に署名して下さったお陰でうるさく邪魔しないのです。¶家計也着實艱難了，全**虧了**這裡姑爺幫助。《石64.21a.2》家計も本当に苦しくて，全てここの婿殿に頼りきっています。¶**虧了**這位姑娘救了我的性命。《兒7.10b.9》こちらのお嬢様のお陰で，ワシの命が救われ

たのじゃ！

困　kùn

形　疲れて眠い＝"疲乏想睡"。北方方言, 過渡, 南方方言：¶管家只得在客坐裡等, 等困了, 也有床在内面。《醒4.11a.5》使いの下男は仕方なく応接間で待っています。眠くなれば, 内側に寝台もあります。¶餓了吃, 困了睡, 再過幾年不過還是這樣。《石71.12a.9》お腹が空けば食べ, 眠くなれば眠る。更に何年間か経ってもやはり今のままでしょう。¶你老人家這時候又困了。天還大亮的。《兒11.8a.8》母さんったら, 今眠いですって？空はまだまだ明るいわ！

—《海》の科白箇所では釈義「眠る」で"困"を用い"睡"を用いない：¶勢難為仔俚三塊洋錢, 害俚一夜困勿着。《海15.2b.8》3ドルの銭のために, 夜も眠れないと困りますから。

括　kuò

動　括る＝"束；修"。北方方言：¶立逼住狄希陳叫他在外面借了幾根杉木條, 尋得粗繩〈＝繩〉, 括得画板, 札〈＝扎〉起高大的一架鞦韆。《醒97.4b.3》狄希陳に杉の木の丸太を外で借りて来るように迫り, 荒縄を見つけて出してきて踏み板を括りつけ, 背が高く大きなブランコを作らせた。

L

拉巴 lāba

[動] 引っ張る ＝"拉;拉扯"。山東方言：¶拿領席來捲上,鋪裏叫兩個花子來**拉巴**出去就是了,不消搖旗打鼓的。《醒80.3b.4》ござをもってきて巻けばいい。店から二人ほど下働きの物乞いを呼んできて,引っ張って行かせたらいいんだ。葬礼など何もすることはないぞ！¶再三**拉巴**着,寄姐纔放了手沒打。《醒79.11b.3》再三,引っ張ってとりなしたので,寄姐はようやく手を離し,ぶつのをやめた。

[同音語] "拉把"：¶替你買薄皮子棺材的錢,也還有,粧在裏澄,打後頭開個凹口子,**拉把**出去。《醒95.7a.3》あんたのために買う薄い板の棺桶代くらいまだあるわ。そして,中に入れて,裏から穴をあけて引っ張り出してやるから！

拉把 lāba(又)làba

[動] 両足を左右に開く ＝"兩腿分開"。北方方言。現代語では一般に"刺扒;刺八"と作る：¶什麼模樣,往那椅子上**拉把**抬着,街上遊營似的,親家不笑話,俺那媳婦兒也笑話。《醒59.3b.5》何という恰好になるのかね。(椅子駕籠の)椅子に座るのはいいが,両足を開いた格好で担がれ,町を練り歩くことになるから,向こうの奥様は笑わなくてもうちの嫁に笑われてしまうわ！¶薛三槐媳婦兒也說來,我就坐了椅子去罷。至那裏,抽了杠,就着那椅子往裏抬,省的又**拉把**造子。《醒59.4b.5》薛三槐のかみさんも言ってくれたけど,私は,椅子のついた椅子駕籠に乗ってゆくことにするわ。あちらに着けば,取っ手の棒を抜き,椅子に座ったまま家の奥まで担いで行ってもらうよ。それなら両足を開かなくとも済むからね。

[同音語] "喇叭;刺扒;刺八"：¶他纔喃喃喏喏的口裏嘁噥,**喇叭叭**的腿裏走着,走到房裏,使了小玉蘭來叫狄希陳往房裏去。《醒60.4b.7》彼女はようやくぶつぶつと口の中で何やらつぶやきつつ,両足が麻痺してよたよたと歩いている。部屋へ戻って来て小玉蘭に狄希陳をこちらへ来るようにと言いつけた。¶且說平安兒被責,來到外邊,打內**刺扒**着腿兒走那屋裡。《金35.11a.1》さて,平安は,仕置きをされ,奥から表の方へやって来て足を引きずりながらあちらの部屋へ行きました。¶那蔣竹山打的那兩只腿**刺八**着走到家。《金19.9a.11》かの蔣竹山は,ぶたれて両足を引きずりながら家へ帰っていった。☆同音語の3例は「両足をよろよろと引きずる」意味だが,何れも「両足が外の方へ八の字に開く」状態の結果である。

…拉拉 lālā

[接尾] 単語、連語の後に付接し,語気の強調を表す ＝"没有实际意义,仅起一种加强语气的作用"。北方方言：¶我也想來：一則是个〈＝個〉徒夫老婆,提掇着醜聽**拉拉**的。一則甚麼模樣。《醒49.9a.5》私も考えましたよ。一つには罪人の女房で,喋るのもひどく聞き苦しい。また,一つには何という格好なんだい！¶我帶着仙鶴頂上的血哩。我服了毒,老太太的好日子不怕不利市**拉拉**的麼。《醒70.6b.5》ワシが鶴の頭のような真っ赤な血を帯びてだよ,毒を飲めばどうなる。

大奥様の良き日を完全に縁起の悪いことにしてしまうでしょ。¶天下事都不可知,看他在本官面前大意拉拉的,一定是有些根基的物件。《醒88.10a.1》天下の事は皆知るべからず,だ。奴はこちらの長官の面前で横柄な態度をとっていたが,これもきっと何か根拠があってのことだろう。

同音語 "…剌剌":¶這咱晩熱剌剌的,還納鞋。《金51.20a.11》この時分まで,暑いのにまだ布靴を縫っているのね!¶大家熱剌剌的聽了作別二字,受恩深處,都不覺滴下淚來。《兒10.16a.4》皆は「別れ」の二文字を熱っぽく聞くや,深く恩義を受けているので思わず涙を流した。

邋遢 lāta(又)lātā

形 汚い,不潔だ,だらしない = "脏;肮脏;腌臜"。北方方言,過渡,粤語。《醒》では"臢"(= "臜;髒"),"腌臜"が優勢:¶把那邋遢貨薦盡了,也薦不到你跟前。《醒94.1b.1》そういうだらしない輩が推薦されても,自分の前には昇進の推薦が来ない。¶這陳經濟趕〈= 趕〉上踢了奶子兩脚,戲罵道:恁〈= 怪〉賊,邋遢,你說不是,我且踢個响屁股兒着。《金86.6b.9》陳経済は,追いかけて乳母を蹴飛ばし,ふざけて「泥棒!汚らわしい奴!お前が違うというなら,ワシはお前のお尻を蹴ってやる!」と言った。

同音語 "儠得"(= "肋臌")[lēde]:¶必然是个儠得歪人。《醒27.5b.6》当然だらしなくて良くない人です。☆《醒》までは"邋遢","腌臜"が見られるが,《石》,《兒》には見えない。

— 北方官話の"髒"に対して,満州語系語彙に"邋遢"がある。"邋遢"を現代北京語では,同義語"肋臌"[lēde;lēte]("衣服不整洁"),または"褴褛"[láidai]という。"褴褛"は《官》に提示する"癩歹"(=

"臜,腌臜")が同音語であると思われる。また,《迴》にも"邋遢"(释义"衣着不整洁;做事上,是'俐罗'的反义词")が見える。

辣燥 làzào

形 気がきつい,気性が激しい = "脾气暴躁;性情泼辣"。山東方言:¶狄親家婆雖是有些辣燥,却是個正經的婦人。《醒44.6a.4》狄奥さんは少し気性が荒いが,まともな女性だよ。

來年 láinián

名 翌年,第二年,来年 = "第二年;明年"。北方方言。《醒》では同義語"明年"も用いる:¶從頭年十月初一為始,直到來年五月初一為止,通共七个月,也只用了二千七百六十七石米。晁夫人是九月十五日糶穀起,至來年四月十五日止,也是七個月。《醒32.5b.5》(慈善事業は)1年目の10月1日より始め,翌年5月1日までの7か月でたった2767石だった。晁夫人の方は9月15日よりコメを売り始め,翌年の4月15日までの,やはり7か月であった。¶日子走的到道也不多〈= 倒也不多〉,從正月初一日起身往那走,到了來年六月十八日俺纔來到家。《醒85.12b.5》日にちはあまり多くかかりませんでした。正月1日に出発して翌年6月18日に家へ戻ってきました。¶這日正遇無事,…,再給他出個功課來,好叫他依課程功准備來年鄉試。《兒33.1b.7》その日は丁度何も用事がありませんでしたので,…,公子に勉強のやり方を示してやって,来年の郷試という科挙の試験に備えるようにと考えていました。

賚子 làizi

名 男の子の生殖器 = "男孩生殖器;鸡巴"。山東方言:¶好讀書的小相公。人家這麽大閨女在此,你却抽出賚子來對着

— làn

溺尿。《醒37.7b.4》立派に学問なさっているお坊ちゃんが！いい年頃の娘がここにいるのに，おちんちんを引っ張り出して真正面からおしっこをするなんて！¶好讀書的小相公。人家放着〈＝着〉這們大的閨女，照着他扯由〈＝出〉賫子來溺尿。《醒40.11a.3》立派に学問なさっているお坊ちゃんが！いい年頃の娘がここにいるのに，おちんちんを引っ張り出してこの子に向かっておしっこをするなんて！⇒"賫子"[jīzi]

藍鬱鬱　lányùyù
形　青々とした（かぐわしい）さま＝"蓝蓝"。山東方言：¶紅馥馥的腮頰，藍鬱鬱的頭皮。兩眼秋水為神，徧〈＝遍〉體春山作骨。《醒21.12b.10》赤々としたかぐわしいほお，青々としたかんばしい頭皮。両目の秋水(しゅう)は神を為し，遍体は春山(しゅん)骨を作る。

攔護　lánhù
動　引き止め守る＝"阻拦保护"。山東方言：¶若不是我攔護得緊，他要一交跌死你哩。《醒3.12b.7》もしワシが引き止めて守ってやらなければ，奴はお前を転がし殺していただろう。

懶怠　lǎndai
形　怠惰である，怠けている＝"懒；懒惰；不爱动弹"。北方方言：¶道士應承得略略懶怠，是要拳莊脚踢過一頓。《醒26.5b.10》道士が承諾するのにややおっくうになっておりますと，ひとしきり殴る蹴るの乱暴を働きます。
同音語　"懶待"：¶你又教達達擺佈你，你達今日懶待動旦〈＝彈〉。《金79.8b.8》お前はまたこのお父様にやって欲しいのだろう。しかしな，お父様は今日動くのがおっくうなんだ！¶你是懶待給我東西，我連這荷包奉還何如。《石17.18.14b.6》あなたは，私に物をくれるのがおっ

くうになったのですね。それなら，私はこの巾着すらもお返しします。これでどうですか。

攬　lǎn
動　（渋柿の渋を抜くために）さわす＝"渍果（为了去掉涩味）"。北方方言：¶你可是喜的往上跳，碰的頭腫得像沒攬的柿子一般，疼得叫我替你揉蹉〈＝搓〉，可就沒的來，又扯上那一遭有客哩。《醒21.12a.8》あんたは喜びのあまり跳び上がって頭をぶつけ，腫れているのがまるで渋を抜いていない柿のようだったね。痛がって，私に揉ませたじゃないか。ここへ来られなかったのは，その時客人があったからだ，とべらべら言い訳などして！

攬脚　lǎnjiǎo
動　顧客を引く＝"招徕乘车顾客"。山東方言：¶他若不肯等候，將那定錢交下，叫他另去攬脚。偺到臨期另雇。《醒5.2a.3》彼らがもし待ってくれなければ，予約した金だけを支払うまでさ。彼らには別の顧客を（ラバで）引いて行ってもらえばよい。私らはその時になって，新たに雇うよ。

爛舌根　lànshégēn
名　口が軽くてよく問題を起こす人＝"多嘴多舌的人（的骂话）"。北方方言，呉語：¶員外，你聽那爛舌根的騷狗頭瞎話，怎麼長，怎麼短。他老婆怎麼給我，我不要他的。《醒67.13b.7》員外旦那様，あんなべらべら言う変な奴のウソを聞くのですか。かくかくしかじか，あの人のかみさんが，（皮衣を）どうしてもと言ってワシにくれたんです。ワシはいらない，って言うのに。¶你說這人扯淡的嘴不惱人麽。他尋人寫文書去，不知甚麼爛舌根的說俏家裏怎麼歪憨，怎麼利害。《醒84.6b.9》この人は下らない事ばかり

言って本当に腹が立つ！その人は証文を書きに行ったでしょ。どこのへらず口だかが、私らのことをこの家ではどんなに強情でひどく、きついかを言っているんでしょ。

郎中　lángzhōng

名　医者＝"医生"。中原方言，江淮方言，西南方言，徽語，過渡，客話，閩語。"郎中"はもと古代官職。宋代あたりから別に「医者」を指す。《醒》では同義語"医官；医人"が比較的優勢。時に"医生；郎中"も使用。現代では"大夫"は北方語，"医生"は普通話：¶那郎中道："…。《醒8.7b.4》かの医者は「…。」と言った。☆この少し前に"一個搖響環的過路郎中"（錫杖の環を鳴らし街を行く旅の医者）があり，南方からの旅医者であることを示す。《石》《兒》に"郎中"は未収も，《拍》《二》等南方語系資料に収録する。《邇》は"郎中"を不採用，"大夫；医生"を採用する。《官》は"大夫"が北方語，"郎中"が南方語，"医生"が普通話だと主張する。

琅璫　lángdāng

動　不機嫌な顔をする，めげている，意気消沈する＝"板脸；拉长脸"。北方方言：¶這艾前川…。再搭上一个〈＝個〉回回婆琅璫着个〈＝個〉東瓜青白臉，番〈＝翻〉撅着个〈＝個〉赤剝紫紅唇。《醒67.6a.6》その艾前川は…，更に夜叉の如き女房がトウガンのような青白い顔をこわばらせ，赤くむき出しになったどす黒い唇をとがらせています。

㫰康　lángkang（又）lángkāng

形　大きく重く扱いにくい＝"笨重"。北方方言，呉語：¶其那細軟的物件，都陸續與那戴氏帶了回家。其那㫰康的物件，日逐都與魏運運了家去。《醒41.9a.6》その高価な小物，着物などのものは，続々と戴氏とともに持ち帰った。そして，重く大きなものは毎日魏運とともに家へ運んだ。

同音語　"㫰抗；狼犺"：¶捲了細軟的東西，留下些㫰抗物件，自己守着新夫，團圓快活。《醒36.2a.7》高価な小物，着物をかっさらい，重く大きなものを家に残します。そして，自分自身は新しい夫を抱え，仲睦まじく過ごしています。¶這三千金通共也不過二百來斤，怕不帶去了。但是東西狼犺，路上走着也未免觸眼。《兒9.4a.3》この3000金は全部で200斤余りにすぎないから持って行けないことはない。しかし，かさばっていて，途中，人目に触れやすいしね。

牢頭禁子　láotóujìnzi

名　牢獄の看守＝"看守；監獄的人"。呉語：¶打完，叫人拖在重囚牢裏，…他對了那些牢頭禁子說道：…。《醒88.14b.4》刑罰板で叩いた後，重罪人の監獄の方に引きずって行かせた。…。彼はその牢獄の看守に「…」と言った。☆《醒》では同義語"看守"は動「見張る」。

同義語　"禁子牢頭"：¶常常下到監裏查看一遍，那些禁子牢頭，不是受了賄就把囚犯恣意的放鬆，就是要索賄把囚犯百般凌虐。《醒14.8b.7》しょっちゅう監獄へ調べに行きました。それらの獄卒達は賄賂を受け取れば，罪人の監視を恣意的に緩くしますが，また逆に，賄賂を取ろうとして罪人をひどく虐待するのです。¶那大丫頭小柳青小丫頭小夏景，年紀也都不小，都大家一夥子持了臥單，教那禁子牢頭人人都要躧狗尾。《醒43.1b.7》その大きい方の小間使い小柳青と小さい方の小間使い小夏景は，二人とも年も若くはなく，皆蒲団を持ち一緒にいます。獄卒は全員おこぼれを頂戴しようともくろんでいます。

類義語 "牢頭":¶我知道你在這屋裡成了把頭,便說你恁久慣**牢頭**,把這打來不作理。《金58.14a.11》お前は,この部屋で親分になったのだろう。お前がそんなにも狡い奴ならぶたなくっちゃね。

勞動　láodong

動 煩わす(一般に敬語として用いる)="煩劳;麻烦;劳驾"。北方方言。《醒》では同義語"煩勞"も用いる:¶前日爺出殯〈=殯〉時既然沒來穿孝,這小口越發不敢**勞動**。《醒20.8b.1》先日,夫の出棺の時に喪服を着なかったぐらいだから,息子の場合は余計に煩わせられないわ!¶你二位甚麼福分敢**勞動**老爺與你們煖酒哩。《醒23.7a.7》あなたがたお二人はどんな福がおありなのか。旦那様がお二人にお酒の燗をして下さっているのですよ!¶至于上門催討得來的,十無一二,未免要**勞動**汪相公大駕親征,又漸漸的煩**勞動**汪相公文星坐守。《醒35.4b.7》家を訪問して金を催促してもその収穫はめったにない。したがって,どうしても汪相公自らの大遠征を煩わすことになる。また,徐々に汪相公自身が相手方の家に居座るようにもなる。¶申二姐,你拿琵琶唱小詞兒罷,省的**勞動**了你。《金61.17a.4》申二姐,お前は琵琶で小唄を歌ってくれ。そうすれば,お前も手間がかからないだろう。¶只是又**勞動**老二,我心不安。《石64.16a.4》お前には,煩わせてばかりいて,私も心苦しい限りだ!¶妹子,請坐罷,怎麼只是**勞動**起你來了。《兒25.20a.2》ねえ,お掛けなさいな。あなたばかりに煩わせちゃうわね!

老公　lǎogōng

名 夫="丈夫"。西南方言,徽語,過渡,南方方言。《醒》では同義語"丈夫"が極めて優勢:¶狄友蘇娘子既要出來赴席,也一定要**老公**攛掇,彼此商量,纔好出門。《醒87.12b.5》狄友蘇の奥さんが,出席するからには必ず夫の方から勧め,お互いに相談するでしょう。それでこそ外出しやすいというものです。¶智姐倒只有三分惱那**老公**,却有十二分恨狄希陳的做弄。《醒63.1b.4》智姐は自分の夫に対して三分だけ腹を立てていますが,十二分は狄希陳の悪ふざけの方を恨んでいます。¶那管家娘子在那大人家揀那頭一分好菜好肉吃在自己肚裏,揀第二分留與自己的孩子**老公**。《醒26.9a.2》その番頭のかみさんは,金持ちの家にあっては最初に上等な料理を選んで自分の腹の中へ入れ,第2番目に上等な分は,自分の子供や夫に残します。¶我明日叫俺**老公**來,替你老人家看看,今歲流年有災沒有。《金12.16a.7》明日,うちの夫に来て貰って,奥様のために今年災厄が起こるか占いで見てもらいましょう!¶敢是想你家**老公**。《金79.4b.5》お前は,恐らくはお前の亭主の事を思っているのだろう。

老瓜　lǎogua(又)lǎoguā

名 カラス="乌鸦"。北方方言。現代語では一般に"老鴰"と作る。《醒》では同義語"老鴉"も使用:¶我夜來拿了个**老瓜**,綑着翅子哩,偺拿了來,頭上也綁个炮煤。《醒58.4a.8》僕は夜にカラスを捕まえたんだけれど,今羽を縛ってあるんだ。こっちへ持ってきて,頭に花火を結わえよう。

同音語 "老鴰;老鴰子":¶可惜不是太太養的,**老鴰**窩〈=窩〉里出鳳凰。《石65.11b.2》惜しいことに,奥様がお腹を痛めたお人ではございません。まさに「鳶が鷹を産んだ(カラスの巣から鳳凰が生まれた)」ようなものですわ!¶那籠子里黑**老鴰子**,怎麼又長出鳳頭來,也會

說話呢。《石41.4a.6》かごの中の黒いカラスになぜとさかのようなものが生え,しかも,ものが喋れるのですか。
同義語 "老鴉"。これは南方語ゆえ,《醒》《金》などでは会話文に用いない:¶集了無數的陳鷹〈=鷓鷹〉老鴉,啄吃了三四日,然後被風吹得下來。《醒29.3b.2》無数の鷹やカラスが集まり(死体を)3,4日つついていました。その後,屍は風に吹き落とされたのです。¶脚上老鴉青光素三段子高底鞋兒,羊皮金緝的雲頭兒。《金61.2b.1》足にはカラスのような黒色無地繻子にヒツジ皮で金塗りの雲形模様のある高底靴を履いています。

老官　lǎoguān

名 年齢が比較的高い男性="年纪较大的男子"。西南方言,過渡:¶孔夫子在陳,剛絕得兩三日糧,從者也都病了,連這等一个剛毅不屈的仲由老官尚且努唇脹嘴,使性傍氣,嘴舌先生。《醒33.1b.4》孔子が陳国におわします頃,ちょうど2,3日食糧が底をついた。従者は皆病気になり,その中の剛毅不屈の仲由子路ですらさすがに口をとがらし,癇癪を起して先生に文句を言ったのです。¶誰想這等歪人,遭了這等顛沛,他那死期不到,自然鑽出一个救命老官。《醒88.10b.2》ところが,このような悪い輩がこんな窮状に陥りながら死期が来ていないのは,自ずと,命の恩人が出現していたのです。

老獾叨　lǎohuāndāo

名 老いぼれ,死に損ない="老贼;老东西(骂人的话)"。山東方言:¶在我家裏倒也便宜,只是俺公公那老獾叨的哈哈噥噥,我受不的他瑣碎。《醒64.6a.10》わたしの家でやるのは,とってもたやすいことです。ただ,うちのお義父さん,あの老いぼれがブツブツ言うので,私はその口うるさいのに耐えられないのよ!¶禹大哥,你要不說俺那親家倒還罷了,你要說起那刻薄老獾兒叨的來,天下也少有。《醒9.8b.10》禹さん,あんたがそやつの事に触れなければそれまでだったのじゃが,あんたがあのひどい畜生の事を言い出すったのでな。それはそれは天下にも珍しいほどじゃよ!

老辣　lǎolà

形 老練で悪辣である="老练狠毒"。呉語,西南方言,粵語:¶俺頓的茶,切的瓜,這三位大相公認生不吃,那一位光頭小相公老辣,吃了兩塊。《醒40.11b.1》私が入れたお茶,切ったウリは,こちらの三人の年の大きな殿方は物怖じして召し上がりませんが,そちらの丸坊主にした年の小さな殿君は世間ずれしているのか,2,3口召し上がりました。¶賈珍也不承望尤三姐這等無恥老辣。《石65.5b.4》賈珍にも尤三姐がこのように無恥老練でしたたかだとは思いもよりませんでした。

老娘　lǎoniang(又)lǎoniáng

名 1. 老母="老母"。北方方言:¶賣他的那老鴇子,都做了親戚來往,人都稱他做老娘。《醒11.1b.6》彼女〈=珍哥〉を売ったかのやり手婆々もろとも親戚付き合いをした。そして,皆にはその人をおっかさんと呼ばせた。¶這還得合那頭老娘說聲,跟個女人纔好。《醒86.5a.10》これは,家のお母さんに声をかけて,誰か女の人を連れて行った方が良いでしょ。2. 私,わらわ。母親または中年女性の自称="母亲或中年老年妇女的自称(含自负或粗野意)"。北方方言。¶日頭照着窗户,还樓〈=摟〉着頼子鰾着腿的睡覺,老娘眼裏着不下沙子的人,我這個容不的。《醒91.5a.3》お天道様は既に窓を照らしているというのに,まだ首に手を

回し抱き合い,足もべたべたくっつけて眠っているのかい。わらわの目に砂を入れるような奴は許さないよ！¶我但來這里,沒曾把我**老娘**當別人看成。《金78.21b.1》私が此処(李瓶児の部屋)へ来るときにこの私を他人扱いされたことはかつてありませんでしたわ。

3. [lǎoniang]:産婆:¶到了分娩了,報本縣知道,就用這個**老娘**收生。《醒20.16a.4》分娩となったら本県(知事の私)に連絡下され！そして,この産婆に赤子を取りあげて貰いなさい！¶你起來休要睡着,只怕滾壞了胎,**老娘**請去了,便來也。《金30.7b.2》あなた,起き上がってはダメよ！のたうち回ってお腹の子をダメにしたら大変だわ。産婆さんを呼びに行ったから,すぐに来てくれるよ！

4. [lǎoniang]:外祖母＝"姥姥":¶你是司棋的**老娘**,他的表弟也該姓王。《石74.15a.9》あんたは司棋のお祖母さんにあたるのだから,その子の従兄弟も名前は王のはずですね。¶只見他**老娘**醒了,請安問好。《石63.18b.5》外祖母が目を覚ましましたので,ご機嫌を伺いました。

老娘婆　lǎoniángpó

名　産婆＝"接生婆;收生婆"。北方方言,吳語。《醒》では同義語"老娘"も使用:¶怎麼有這樣的奇事。十二月十五日的清早,孕婦也就知覺了。等到二鼓多,那**老娘婆**說:只怕還早,奶奶且晷盹一盹兒。《醒22.8a.5》なぜこんな不思議なことがあるの。12月15日の早朝,産気づいたわ。夜の二更(夜10時～12時)過ぎになって産婆さんは「まだ早いかと存じます。奥様,少しお休みになられては」と言うのよ。¶姜副使又賞了**老娘婆**銀一兩,二位員各賞了五錢。徐老娘抱了娃娃進去,姜副使請晁夫人相見道喜。《醒49.6a.10》姜副使はまた産婆に銀子1両を褒美として与えた。二人の叔父には各々5錢与えた。徐産婆が赤子を抱いて入って来ると,姜副使は晁夫人を招いて会い,お祝いを述べます。☆最後の例は"老娘婆"と同義語"老娘"とが共に出現している。

老婆家　lǎopojiā

名　女,女連中。女性に対する一般的な呼称＝"妇女;女子"。北方方言:¶這些婆娘,聽不得風就是雨。一个**老婆家**,雖是娼妓出身,既從了良,怎麼穿了戎衣,跟了一夥漢子打圍。《醒2.2a.5》これらの女どもは,風と聞けば雨と言うしね。一人前の奥さんだよ！娼妓出身だとは言え,今では足を洗っているのに,どうして軍服など着て一連の男どもを連れて狩りをするのかね。

老生女兒　lǎoshengnǚ'ér

名　末娘＝"最小的女儿"。北方方言:¶做的文章有了五六分的光景,定了姜副使的**老生女兒**。《醒36.12b.2》作る文章は5,6分の見込みがあり,姜副使の末娘と婚約した。

老先　lǎoxiān

名　老先生＝"老先生"。北方方言,吳語:¶晚生原本寒微,學了些須拙筆,也曉得幾個海上仙方,所以敝府**老先**合春元公子們也都錯愛晚生。《醒4.3a.2》私はもともと貧乏の出ですが,少しばかり絵をたしなんでおります。また,幾つか霊験あらたかな外国の処方も心得ています。したがって,私の先生及び挙人になられた坊ちゃん達も私を可愛がって下さっています。¶錢少宰**老先**新點了兵部,恨〈＝狠〉命的央晚生陪他上京。別的**老先**們聽見,那个肯放。《醒4.3b.2》錢少宰先生は兵部の尚書〈長官〉として新たに任じられましたが,私にその方と一緒に上京するよう懸命に懇請されまし

た。これを他の先生が聞きつけて,誰も手放そうとしないのです。¶吳大舅與哥是官,溫老先戴着方巾,我一個小帽兒,怎陪得他坐。《金72.8a.4》呉大舅と兄貴はお役人でさぁ,溫先生は秀才様の方巾をかぶるお方だ。あっし一人,しがない貧乏人ふぜいがこういう方々にお相伴できねぇですぜ！

老爺子　lǎoyézi

名 1. 老人への尊称＝"尊称年老的男子"。北方方言：¶我看這位**老爺子**也是年高有德的人,你兩句濁語喪的去了。《醒80.10a.8》ワシ(韓蘆)は,こちらのご老人は高齢で徳も高い方だと思うんだ。お前の愚かな言葉はこの方を嫌な気にさせてしまうよ。¶那兩個賊聽了這話,只急得嘴裡把**老爺子**叫得如流水。《兒32.3b.6》その賊は,この言葉を聞くや,慌てて「おやっさん！」と間髪を入れずに叫んだ。

2. 自分あるいは相手の老父に対する尊称＝"对人称自己的或对方的年老的父亲"。北方方言：¶爺們兩个,跟着一个管家,一个廚子。**老爺子**有六十歲年紀了。小相公纔十九,好不標致。《醒54.3a.6》おやじと息子の二人に一人の番頭と料理人がお供をしています。お父様は60歳で,坊ちゃんは19歳になったばかり。とても美男子なのですから。¶家裏奶奶子說：**老爺子**,你要留下指使就留下,既不留下,就趂早兒給了人家,躭誤了人家待怎麼。《醒55.8a.6》家の奥さまが「旦那様,あなたが置いて使いたいなら置けばよいのです。置いておかないなら,早めに人様に返すのです。遅らせて人様を待たせてどうするのですか」と申します。¶褚一官連忙答說：**老爺子**,這又來了。這話叫人怎麼搭岔兒呢。《兒15.2a.5》褚一官は慌てて「お父さん,

違うのです。これは口答えではありません」と答えた。

老朁晚　lǎozǎnwǎn

形 とても遅い＝"很晚;老早晚"。山東方言：¶天够**老朁晚**的了,睡去罷。我也待睡哩。《醒40.11b.9》もうかなり遅いから寝に行きなさい。私も寝ますから！¶這天够**老朁晚**的了,叫閨女睡會子好起來,改日說罷。《醒44.9b.2》随分遅くなりました。娘に少し眠らせてあげないと,明日起きられませんわ！またの日にお話しして下さいな。¶這天**老朁晚**的了,你往屋裏去合媳婦做伴去罷。《醒45.1a.8》随分遅くなったよ。お前は部屋へ行ってお嫁さんの相手をしておあげ！¶天已**老朁晚**了,你不吃酒,留下定禮,往家去罷。《醒72.12b.4》もう随分遅くなりました。お酒をこれ以上お召し上がりにならないようでしたら,結納を納め,私たちは家へ帰ります！

姥姥　lǎolao

名 母方のお婆さん(外祖母の呼称)＝"外祖母"。北方方言：¶四歲了。纔往**姥姥**家去,在家裏可不叫他見狄爺麼。《醒54.2b.10》4歳になりました。今しがたお婆ちゃんの家へ行ったばかりです。家では狄旦那さまにお目にかからせませんでしたかね。¶我又沒合人打慣官司,這樣事,我通來不的。該送他多少,**姥姥**,你主定就是了。《醒81.3b.8》私は裁判沙汰に慣れていないのでね。こんなことは私にはできないよ。あの人にどれくらい渡せばよいのか,お婆さん,あんたが決めてくれればいい。¶今日趂着你**姥姥**和六娘在這裡,只揀眼生好的唱四箇兒。《金33.5b.8》今日はお婆さんと六奥様がここにおられますから,真新しい良いものを4つほど選んで歌をや。¶二門上叫兩個小子來,幫着**姥姥**拿

了東西送出去。《石42.6a.1》二の門の若者二人にお婆さんの品物を持って送り出してあげなさい。

同音語 "老老": ¶這還是我抓〈＝抓〉週兒那天我老老家給的。《兒28.29b.1》これは、やはりワシの1歳の誕生日にお婆さんがくれた物なのじゃ。

落　lào(又)luò

動 かすめ取る ＝"暗中侵吞財物"。北方方言, 過渡, 南方方言: ¶銀匠打些生活, 明白落你兩錢還好, 他却攛些銅在裏面, 叫你都成了沒用東西。《醒26.11a.5》銀細工職人が仕事をする場合, 明らかに2銭くらいの金をかすめ取ります。これは, まだましな方で, 銅を中へ入れて品物を台無しにしてしまうのです。¶裁縫做件衣服, 如今的尺頭已是窄短了, 他又落你二尺。《醒26.11a.6》仕立て屋が着物を仕立てる場合, 今では布生地が既に狭く短くなっているにもかかわらず, 更に2尺ばかりかすめ取るのです。¶總然他背地落, 也落不多兒。《金58.18b.10》たとえあの人が陰で金をかすめ取ろうったって, いくらも取れっこないわ！¶使了三兩金子滿纂, 綁着鬼還落他二三兩金子。《金20.5b.1》多くとも3両の金子を使えば十分で, 手練手管を弄しても2, 3両はかすめ取れるわ。☆[lào]は通俗音。

同義語 "剋落"[kèluò]: ¶搭連裏裝着許多衣裳, 預先剋落的臘肉、海參、燕窩、魚翅、蝦米之類, 纍纍許多。《醒54.11a.5》袋には多くの着物を入れて, 以前こっそり盜んだ塩漬け肉, ナマコ, 燕の巣, フカヒレ, 干しエビの類等, 積もり積もってとても多くあった。¶這兩個盜婆於十分之中也還只可剋落得六七分, 還有三四分安在裏面。《醒68.2a.6》この二人の泥棒道婆は, 10分のうち6, 7分はかすめ取りますが, 3, 4分は廟の建立資金などに入れます。

落色　làoshǎi

動 色が褪(あ)せる, 色が落ちる ＝"褪色；退色"。北方方言, 吳語, 閩語: ¶晁大舍道: 你拿着指頭蘸着唾沫, 拈拈試試, 看看落色不落色。珍哥道: 誰家茜草茜的也會落色來。沒的氈條、羯子、纓子都落色罷。《醒6.12b.4》晁大舍は「指を唾で濡らして色が落ちるか見てみろよ！」というと, 珍哥は「どこぞの茜草で染めたものは(指でこすれば)色落ちするのよ。まさか毛氈や羊毛織, 房のどれも色落ちする訳ないでしょ」と答えた。

勒掯　lēiken(又)lēikèn

動 圧迫する, わざと嫌がらせをする ＝"刁难；強迫"。北方方言。《醒》では同義語"刁難；強逼；為難"も用いるが"勒掯"が優勢: ¶你若與他講講價錢, 他就使个性子去了, 任你怎樣再去央他, 他不勒掯你个夠。《醒26.11a.3》もし奴ら(職人)と賃金を掛け合おうものなら, 奴らはカッとなり(仕事を放って)帰ってしまうだろう。どんなに頼んでも彼らは故意に嫌がらせをするでしょう。¶這侯小槐却又沒有這般膽量, 急急的把自家祖屋減了賤價出典與人, 典的時節還受了他許多勒掯。《醒42.2a.8》この侯小槐は, そのような度量はなく, 慌てて自分の先祖伝来の家を安値で抵当に入れた。その時, さらに多くの嫌な思いをした。¶他那使毒藥惡發了創〈＝瘡〉, 騰的聲往家跑的去了, 叫人再三央及着, 勒掯不來。《醒67.14a.5》奴のそういう毒薬で悪い傷ができてしまったが, 奴はさっさと家へ帰った。人をやって再三頼んだが, どうしても来ない。¶花子再三勒掯, 劉振白又着實的說合, 四個花子足足的共詐到八兩文銀〈＝紋銀〉。《醒80.8b.

9》物乞いたちは再三難癖をつけたので,劉振白は再びここぞとばかり仲裁に入った。四人の物乞いはたっぷりと全部で8両の馬蹄銀を騙し取った。¶如今年成略好得一好,就千方百計**勒掯**起來,一日八九十文要錢,先與你議論飯食。《醒31.12b.2》今年の収穫はいくらか良いので,あらゆる手立てをして難癖をつけてきた。1日8,9,10文の銭,そして,まず,食べ物に色々と注文をつけるのです。¶五娘,就**勒掯**出人疼來。《金33.5b.10》五奥様,人のふところの中を無理にゆすり取るのですね。¶**勒掯**俺兩番三次來回去。賊老淫婦,越發鸚哥兒了。《金87.4b.8》(王婆が金蓮を高く売りつけようとするので,守備の部下が怒り)無理に俺たちを2度も3度も行ったり来たりさせやがった。この老いぼれ婆あはいよいよオウムのようになりやがった!¶圓的匾的,壓塌了箱子底,只是**勒掯**我們。《石22.2a.7》丸いのや平たいのやらが一杯で,箱の底を押しつぶす程なのに,私達からお金を巻き上げようとばかりなさいますのね!

同音語 "累掯;扐掯":¶你不許累掯他,不許招他生氣。《石10.2b.8》お前はあの子に面倒をかけてはいけないわ。あの子が怒る様なことをしてはいけません!¶倒不是送禮,我今日是扐掯你娘兒們來了。《兒24.4b.8》贈り物ではありません。今日はあんた達,女の者に折り入ってお手を煩わすために来たのですよ!

纝 lěi

動 面倒をかける = "烦劳"。北方方言:¶相于廷娘子說:我拉你做甚麼。纝你氣殺俺姑娘的好情哩。《醒60.8a.10》相于廷のかみさんは「私があなたを引っ張って引き止めるものですか。あなたが叔母さんを憤慨死させたのですよ」と言った。

稜 léng

動 ぶつ,殴る = "打;揍"。北方方言:¶小杖則受,大杖則走。你也躲閃躲閃兒,就叫人坐窩子稜這們一頓。《醒97.2b.9》「小杖は則ち受け,大杖は則ち走る」ですぞ。そなたは身を避けるべきじゃった。じっとしてそんなにぶたれるままにしておられるとはな!

同音語 "棱"(次例の2番目の語):¶你氣頭子上棱兩棒槌,萬一棱殺了,你與他償命。《醒89.9b.2》お前が腹を立てて棒で殴り,万一,殴り殺したならば命の償いをするのかい。

稜稜掙掙 lénglengzhēngzhēng

形 ぼーっとした様子,ふらふらした様子 = "发呆的样子"。現代語では"愣怔[lèngzheng]"と作る。山東方言:¶小選子從睡夢中**稜稜掙掙**的起來,揉着眼替長班開了門。《醒83.10a.10》小選子は夢うつつで眠い目をこすりながら下僕のために戸を開けてやった。

冷雌雌 lěngcící

形 とても寒い = "十分寒冷"。吳語:¶為甚麼把祆子叫郝尼仁自家受用,偺可**冷雌雌**的扯淡。《醒73.5b.5》なぜ袷を郝尼仁自身にのみ着せていい目をさせ,我々には寒い思いをさせるのかね。

冷眼溜冰 lěng yǎn liū bīng

[成] 冷やかに傍観する = "冷言旁观"。山東方言:¶那魏三出名冒認,豈曰無因。恨不得晁夫人家生出甚麼事來,幸災樂禍,**冷眼溜冰**。《醒53.2a.3》かの魏三が出てきて偽証したのも原因が全くない訳ではない。晁夫人の家で何か問題が生じてほしい,そして,人の禍は我が幸せで,冷ややかに傍観するという輩がいるのだ。

同音語 "冷眼溜寶"：¶不睁眼的皇天。為甚麼把孩子們都投在我那肚子裏頭。叫人冷眼溜寶的。《醒60.7a.5》神様は目が見えないのかね。なぜこんな子供たちを私の腹の中へお入れなさったのですか。冷ややかに傍観するだけの子供たちを！

漓漓拉拉 lílilāla(又)lílilālā

形 ポタポタ・ボタボタ・サラサラ落ちるさま＝"滴滴打打,连续不断;淋淋漓漓"。北方方言：¶他東瓜似的搽了一臉土粉,抹了一嘴紅土胭脂,灘灘拉拉的使了一頭棉種油,散披倒掛的梳了个雁尾。《醒53.6a.1》彼女はトウガンのような顔一面に野暮ったいおしろいを塗っています。また,唇一杯野暮ったい口紅を塗りくっています。そして,ベタベタと頭いっぱい野暮ったい綿実油を塗った髪,それもザンバラの雁尾形に結っています。¶素姐只接過手來看了一看,他就焦黃了个臉,通沒了人色,從褌襠裏灘灘拉拉的流尿。《醒64.9b.8》素姐が手に取って見ると,彼の方は顔が真っ青になり,完全に顔色を失って,ズボンからボタボタと小水を洩らした。

離母 límǔ

動 根拠がない,常軌を逸する＝"没有根底"。山東方言：¶我見他說的話離了母,我恐怕他後來改了口,所以哄他叫寫个裏帖給我做了憑據,叫他改不得口。《醒46.9a.4》ワシは,奴が言った内容そのものが根拠の無いものだと思ったのじゃ。奴が後で言い換えるのではないかと考え,奴に上申書を書かせ,それを証拠として出させておいたのじゃ。奴に後で話の内容を変えられないようにな。

理論 lǐlùn

動 気に留める,心にかける＝"在意;介意"。北方方言。語尾"論"は当て字。山東省德州に近似音語の同義語"理拉"が見える。多くは否定詞を伴う,または反語に使用：¶那裏理論到監裏的田地。《醒14.9a.3》監獄の中のことまで触れる余裕はありません。¶大官人沒有工夫理論這個小事。《醒19.4a.4》旦那様はこんな些細なことに目くじらをたてる暇がないのです。¶相于廷笑,薛如卞惱,狄賓梁合薛如兼不理論。《醒44.13a.8》相于廷は笑い,薛如卞は怒ったが,狄賓梁と薛如兼は構う事をしません。¶你又來理論俺每這奴才做甚麼,也沾辱了你這兩只手。《金76.14a.1》私達のような奴隷を構いに来て,何をなさるおつもり。お手が汚れてしまいますわ！¶偺們是主子,自然不理論那些錢財小事。《石73.11a.3》私達は主人です。したがって,勿論そういう銭金のような小さな事に構うなどしませんわ！¶怎奈他不來理論這話,倒瞪着兩隻大眼睛。《兒32.3b.7》いかんせん彼はこの言葉に耳を貸そうともしません。逆に,両目を大きく見開いています。¶只在那裡默坐,把心事一條條的理論起來。《兒20.2b.2》ただただそこに黙って座り,心の中の事を一つづつ思い直しています。☆《官》に"理論"は採用されていない。

― 言い争う(共通語,現代方言共に非継承)：¶周大叔為人極喜治,見了人好合人頑,我也沒理論他。《醒72.10b.1》周大叔は人柄が非常に温厚で,人と会っても愉快で,私も言い争ったことがありません。

利巴 lìba

名 素人,不案内の人＝"外行(人);門外汉"。北方方言：¶這樣南京的雜貨原是沒有行款的東西,一倍兩倍,若是撞見一个利巴,就是三倍也是不可知的。《醒63.

3a.5》このような南京の雑貨は、もともと価格基準がないので値は倍にでもつり上がります。もし、素人に対してなら、たとえ3倍にしてもわかりません。

[同音語]"力巴"：¶女子見這般人渾頭渾腦,都是力巴,心里想道。《兒6.14a.2》女は、こういう連中は愚かどもで皆訳がわからないのを見てとり、心の中で考えた。

利便 lìbian(又)lìbiàn

[形] 便利である、機敏である、重宝している＝"方便;便利"。北方方言、粤語、閩語：¶以爲寄姐過門,諸凡或不希罕,得這樣利便丫鬟,無有不中意之理。《醒76.1b.5》寄姐が嫁に来るのは、或いはごく普通ですが、このような重宝な侍女をも手に入れることは、自身気に入らない筈がありません。¶那江邊沙灘之上,穿的又都是那低頭淺跟的鞋襪,跑得甚不利便,又被捉回來了兩個,一頓扯拽進城去了。《醒99.11b.7》その川のほとりの砂浜で、履(は)いているのは全て浅いかかとの履物ゆえに走るには甚だ不便です。二人とも捕まえられ、まとめて城内へ引っ張られて行きました。¶看他那起跪,比安老爺還來得利便。《兒15.5a.10》その人は跪きましたが、安大旦那様よりも動作が機敏でした。

[同音語]"俐便"：¶見玉筲送酒來,惠蓮俐便,連忙走下來接他的酒。《金23.4a.8》玉筲が酒を届けて来たのを見て、惠蓮は機敏にも降りていって酒を受け取ります。

利亮 lìliang

[形] **1.** すがすがしい、せいせいしている＝"爽快;干脆"。北方方言。《醒》では同義語"爽快"が優勢：¶乘了這瑕玷拿這件事來壓住他,休了他,好離門離戶,省得珍哥刺惱,好叫他利亮快活,扶他為

正。《醒9.1b.1》この傷に乗じ、今度の事を持ち出して彼女に圧力をかけ、離縁しよう。うまく離縁すれば珍哥を怒らせなくて済むし、珍哥にわだかまりなく楽しく過ごさせる事ができ、彼女の方を正妻にしよう、と考えた。¶既然要回家住幾日,不買點子甚麼哄哄奶奶,爺也得利亮起身麼。《醒86.4b.2》家へ戻って何日か住むからには、何かしらを買って奥様のご機嫌を取れば、旦那さまも任地へ思い切って出発できるではありませんか！

[同音語]"俐亮"：¶地是己他,只早哩。他得地去,賤半頭賣了,上完了紙價,他到〈＝倒〉俐亮。《醒10.13b.4》土地は奴に渡すよ。ただ、今は早すぎるなあ。奴は土地を返して貰ったら、半分の値打ちで売っちまい、罰紙分の銀子を納め終えて奴は却ってせいせいするだろう！¶人家身上不自在,怎麼來,怎麼來,絮叨个不了。想起來,做小老婆的低搭,還是幹那舊營生俐亮。《醒11.3b.10》わたしゃ、体がしんどいのよ！「どうしたの。どうしたの。」と、くどくていつ終わるかわかりゃしない！考えてみると、妾の地位は低いのね。やはり、昔の商売をしていた方がせいせいするわ！¶你可說怕死,這下地獄似的,早死了早托生,不俐亮麼。《醒58.6b.5》兄さんは死ぬのが怖いのかね。こんな地獄のような毎日ならば、早く死んで早く転生した方がよほどすっきりするんじゃないかい！

2. はっきりしている、よく通る＝"流利;响亮"。北方方言：¶見了爹娘,喘吁吁的就如曹操酒席上來報顔良的探子一般,話也說不俐亮。《醒7.8a.7》おとっつぁん、おっかさんに会いますと、はぁはぁ喘ぐのはさながら曹操の宴席に敵の大将顔良の様子を偵察員が報告に来たよう

利市 lìshì

名 祝儀, チップ, 心付け ="赏钱"。江淮方言, 西南方言, 吳語, 粵語。《醒》では同義語"喜錢"が極めて優勢: ¶那郎中喜得滿面添花, 劉夫人封出二百錢來做開藥箱的**利市**。《醒8.8a.5》その医者は喜んで満面笑みを浮かべています。劉夫人は, 200文を包み出し, 初診の心付けとします。¶店家落得賠了兩日的粥湯, 又出了陰陽生洒掃的**利市**。《醒27.11a.10》店の主人は, 二日間の粥代金を支払い, また, 陰陽師に修法してもらう心付けを出しました。

形 幸運である ="吉利; 运气好; 幸运"。西南官話, 吳語, 閩語。《醒》では同義語"運氣好; 吉利"を用いるが, 中でも"吉利"が極めて優勢: ¶狄婆子女人見識, 說這個成親的吉日, 兩口子不在一處, 恐有不**利市**的一般, 又走到他那邊去, 指望叫他開門。《醒45.2a.10》狄奥さんは, 女性として, 結婚する日は夫婦二人が一緒でないと不吉だと考え, 再び彼女の所へ行き, 戸を開けるよう頼みます。

— "發利市" **連** 縁起物: ¶我這裡有小小的一張彈弓, 却還值得幾文, 這叫作寶劍贈與烈士, 拿去算**發個利市**, 如何。《兒11.12a.9》私の手許に小さな弓があり, 幾らかの値打ちになるでしょう。これは「宝剣を烈士に贈る」と申します。持って行かれて縁起物とされてはいかがでしょう。

曆日 lìrì

名 こよみ ="历本; 历书; 日历"。中原方言, 江淮方言, 吳語, 閩語: ¶討出一本**曆日**, 揀了十一月十五日宜畋獵的日子。《醒1.10a.1》1 冊の暦を取り寄せ, 11月15日「猟に宜し」の日を選んだ。¶拿過**曆日**來看, 二十九日是壬子日。《金73.2a.5》暦を持ってきて見ますと, 29日は壬子(みずのえね)の日です。

同義語 "曆頭": ¶六姐, 你拿**曆頭**看看。《金52.7b.2》潘ねえさん, あんた暦を持ってきて見てよ! ¶王婆一把手取過**曆頭**來, 掛在牆上。《金3.5b.8》王婆はさっと暦を取り, 壁に掛けた。

哩 li

助 1. 疑問文の文末に付けて疑問の語気を表す ="呢(用在疑问句末尾, 表示疑问的语气)"。北方方言, 閩語: ¶到了年時三四月裏, 退了毛, 換了个〈=個〉白獅子貓。頭年裏蔣皇親見了我, 還說: 你拿的我紅貓**哩**。我說: 合人家搭換了个白貓來了。《醒7.2a.8》昨年の3,4月頃に毛が抜けて白い獅子猫になったのよ。蔣皇親が私に会って「お前が持って行ったワシの紅い毛の猫はどうした」と尋ねたので, 私は「よその白猫と交換したわ」と答えておいたわ。¶相于廷兇兇的走到他房門口連叫: 狄大哥**哩**。《醒60.12a.8》相于廷は荒々しく彼の部屋の入り口で続け様に「狄兄さんはどうした?」と叫びました。

2. 陳述文の後に付けて確認・誇張の語気を表す("着哩"ではない) ="呢(用在陈述句末尾, 表示确认事实)"。北方方言, 過渡: ¶這顧家的洒線是如今的時興, 每套比尋常的洒線衣服貴着二兩多銀**哩**。《醒65.8b.7》その顧家の刺繡は現在の流行でして, どれも普通の刺繡服より値が銀子2両余り高くなります。

連毛 liánmáo

動 長髪にする ="带发"。北方方言: ¶一個**連毛**姑子叫海會, 原是他親戚家的丫頭, 後來出了家。《醒10.7a.6》髪の毛を伸ばした尼さんは海会と言います。もともと親戚の娘で, のち出家しまし

た。¶小的告做証見的海會是个〈＝個〉連毛的道姑,郭姑子是尼姑,常在妹子家走動。《醒12.6a.2》私の訴えに,証人となる海会は髪を伸ばした女道士で,郭姑は尼でした。いつも妹の家へ行き来していました。

連住子 liánzhùzi

動 連続する,引き続く。㌳次々と＝"连续地;接连地"＝"連住子"。山東方言:¶素姐說:都是汗病後,又心上長出丁〈＝疔〉創,連住子都死了。《醒74.12b.7》素姐は「熱病の後,心臓に急性の腫れ物ができて次々と死んだのさ」と言った。

撩 liáo

動 1. 縫う＝"缝"。北方方言,吳語:¶漓漓拉拉的使了一頭棉種油,散披倒掛的梳了个〈＝個〉雁尾,使青棉花線撩着。《醒53.6a.2》ベタベタと頭いっぱい野暮ったい綿実油を塗った髪,それもザンバラの雁尾形に結っています。そして,青い糸で縫いつけています。¶又進房來,用倒口〈＝扣〉針撩縫兒,甚是細法。《金73.1b.8》部屋へ入りますと「倒扣針」という甚だ細かな技法により縫い上げました。
2. つかまえる,つかむ＝"抓;捞"。山東方言,過渡,閩語:¶怪孩子。我叫你去來麼。誰叫你專一往街上跑,叫他撩着了。《醒57.9a.4》おかしな子だね。私がお前を行かせたかい。誰かがお前を外へ走って行かせたからやっこさんに捕まったんだとでも言うのかい。

撩斗 liáodòu

動 からかう,ちょっかいを出す＝"挑逗;勾搭"。中原方言:¶每年這會,男子人撩斗婦女,也有被婦女的男人採打吃虧了的。《醒73.7a.2》毎年この節会には,男どもが女達をからかう。また,男どもにぶたれ大変な目に遭う女達もいた。

膫子 liáozi

名 陰茎＝"人或动物雄性的生殖器(常用于骂人)"。山東方言,吳語:¶你是人家那雞巴大伯。膫子大伯。《醒89.10b.4》あんたは,ポコチン伯父さんだ!チンチン伯父さんだ!¶送給他去也只是驢膫子上畫墨線,沒處顯這道黑,只怕惹的他還屁聲嗓氣的哩。《醒67.14a.7》奴にくれてやってもただ「ロバのおちんちんに墨を塗る」ってな訳でその黒さがわからない」で,全く無駄なことですぜ。構ったら奴につべこべと言われるのがおちですよ!¶也沒見這般沒稍幹的人,在家閉着膫子坐,平白有要沒緊,來人家撞出甚麼。《金35.10b.3》あんな是非が分からない奴は見たこともないわ。家ではアレをしまってじっと座っているのにねぇ。大した用事もないのに,人の家へのこのこやって来て何にぶつかっているのかね。¶夾着你那膫子挺你的屍去。《石65.2b.9》あんたのそのおちんちんを股にでも挟んでどこかで伸びていることだね。

了弔 liǎodiào

名 戸の引き手＝"门钮;搭扣"。北京方言:¶將門帶上,使了弔扣了,回來取了一把鉄鎖鎖住,自己監了廚房,革了飯食。《醒80.2b.9》戸を閉め,戸の引き手に留め金をかけ,戻ってきて鉄の鎖で鍵を掛けた。自分は台所を監督し,(小珍珠の)食事を取り上げてしまった。

撩 liào

動 捨てる,ほうる,投げる＝"扔掉;抛;放"。北方方言,過渡:¶管寧合華歆鋤地,鋤出一錠金子。管寧只當是瓦礫一般,正眼也不曾看,用鋤撥過一邊。華歆後來鋤着,用手拾起,看是金子,然後撩在一邊。旁人就看定了他兩人的品行。《醒34.3a.10》管寧と華歆は田畑を耕し

ていたところ, 金塊を掘り起こした。管寧は瓦礫だろうと思い, まともに見ず, 鋤でそこいら辺へはねておいた。華歆はのち耕していて, 拾って見ると金塊であった。そして, そばに放っておいた。傍らの人々は, この二人の品行を見定めた。¶响馬劫人, 已被拿獲。赶路匆給, 不暇送官正法, 姑量責緄縛示眾。寫完, **撩**下晁思才, 眾人加鞭飛奔去了。《醒53.13b.2》「追い剥ぎは既に捕らえられた。我ら先を急ぐゆえ役所へ護送する暇なく, ここに縛り皆に見せおく」, このように書き終えると, 晁思才をその場に残した。皆はラバに鞭を入れ, 飛ぶように走り去った。¶姐姐, 你倒不消哩, 好便好, 不好, 我消不得一兩銀子, 雇上短盤, 這們長天, 消不得五日, 我**撩**下你, 我自己跑到家裏。《醒77.14a.5》姉さん, そんな必要ないよ！ボクの言うことを聞いてくれればいいけど, そうじゃなければボクは1両の銀子もいらないくらいの短距離の運び屋を選ぶさ。今頃だと日も長いから五日もかからないぜ！ボクは姉さんをほっぽりだして, 自分一人で家へ逃げて帰るから！¶你修得已是將到好處, 再得二三年工夫就到成佛作祖的地位, 要是**撩**下了, 這前工盡棄, 倒惱殺俺了。《醒85.12b.1》あなたは既に良い所まで修養され, あと2, 3年で成仏の地位まで得られます。それをもしほったらかしにすれば, これまでの功徳が全てなくなり, 私達としても困ったことになるのです。

同音語 "撂": ¶**撂**在水里不好。《石23.7a.5》水の中へ投げ捨てるのは良くありません。¶你眾位剝下這字紙來, 就隨手**撂**在爐裡焚了也好。《兒38.22b.5》皆さん, 紙を剥がせばそのまま炉の中へくべるのがよろしい。¶也虧他那廠〈＝敞〉快爽利, 便把手裡的手巾**撂**給跟的人, 繃着臉兒給安老爺道了喜。《兒35.28a.7》かのさっぱりとした気性のお陰で, 手の中の手ふきをお付きの下女にパッと渡し, 体裁を整えつつ安旦那様にお祝いを申します。

拎 līn

動 提げる＝"提"。北方方言, 過渡, 南方方言。《醒》では同義語"提"が優勢: ¶把唐氏的頭割在床上, 方把晁源的頭髮打開, 挽在手內, 往上**拎**了兩拎。《醒19.14b.10》唐氏の頭を寝台の上で切り落としました。そして, 晁源の髪をほどいて手につかみ, 2度ほど上へ引っぱり上げました。

鄰舍 línshè

名 隣近所＝"邻居"。江淮方言, 過渡, 客話, 閩語: ¶那一个〈＝個〉穿紫花道袍戴本色縀鏨子巾的是我家鄉的个〈＝個〉**鄰舍**, 你問他下處在那裏, …《醒27.8b.3》枯れ草色の道士服を着, 地色でネルの花模様を施した頭巾をかぶったのが, 私の故郷の近所の人です。その人が泊まっている所はどこかと尋ねると, …。¶差人極了, 只得教他將左右對門的**鄰舍**告在兵馬司裏, 強他買房。《醒82.12b.4》役人は慌てて, 仕方なく周り近所の人々を兵馬司に訴え, 役所命令で無理矢理家を買うようにさせた。¶又不許帶一件衣服兒, 只教他罄身兒出去, **鄰舍**也不好看的。《金85.10a.5》着物を1着も持たせないで, 無一物で出て行かせたら, 隣近所にもみっともないですよ！¶你既來了, 也不拜一拜街坊**鄰舍**去。《石48.4b.3》あなたがいらっしゃったからには, 隣近所へあいさつをしてはどうですか。

同義語 "鄰舍家": ¶別說我合你是**鄰舍**家, 你使了我這許些銀錢, 你就是世人,

見了打的這們个嘴臉,…《醒13.9b.2》ワシとお前は,隣同士であるのはともかく,お前はワシにこんなにも多くの銀子を使わせたんだ。お前がたとえ知らない赤の他人であっても,叩かれてこんな顔になっているのを見れば,…。¶一个〈＝個〉鄰舍家劉芳名欺他是外處人,詐了他四十兩,擡材的詐了八兩。《醒81.13a.6》隣の劉芳名は,彼女がよそ者だと騙し,40両かすめ取った。そして,棺桶担ぎは8両だまし取った。

同義語 "鄰家":¶鄰家請你趕〈＝擀〉餅,你就與他去趕趕〈＝擀擀〉不差。《醒4.10b.4》隣家がカンピンを食わせてくれるのだから,お前さんもちっとは作るのを手伝ってもよいのだぞ。¶就是有這樣一個鄰家,不住的打罵,也定是住不穩,不是叫你避他,…《醒91.4a.8》絶えず殴り罵っているお隣がいれば,落ち着いて暮らせない。その人を避けて引っ越すのではなく,…。

淋醋　lìncù

動 酢を漉(こ)す＝"醋汁一点一点滴下来"。山東方言:¶且是那極敦厚之鄉,也就如那淋醋的一般,一淋薄如一淋。《醒26.1a.8》極めて実直な温厚な村でもさながら酢を漉す如く,一漉しごとに薄くなってゆきます。¶那井木犴俯伏在地,骨軟肉酥,夾着尾巴淋醋的一般溺尿。《醒61.6b.7》かの井木犴は,たちまち地べたにひれ伏して骨や肉はグニャグニャに軟らかくなり,尻尾を巻いて酢を漉す如く小便を垂れてしまうのです。

伶俐　línglì

形 きれいさっぱり,残さない＝"干净"。山東方言:¶寄姐道:兩個媒婆媽媽子還沒喫了飯哩,打發他出去,回來把飯喫伶俐了去。《醒84.6b.6》寄姐は「お二人の仲介小母さんはまだご飯を食べていないのでしょ。その人を送り出したら戻ってきてご飯をたいらげてゆきなさいな」と言った。

領墒　língshāng

動 鍬で田畑を耕すとき主導の働きをする＝"拉犁耕地时,起主导作用"。山東方言:¶這牛從此以後,耕地,他就領墒。《醒79.3a.7》その牛は,これより後,田畑を耕すとき,主導的な働きをした。

留心　liúxīn

動 気をつける,注意する＝"注意;留神;小心"。北方方言,吳語,贛語,南方方言:¶親家只替我留心,躧訪个好學問的,僭請了他來家,管他的飯。《醒33.9a.4》あなたが私どものために良き学問を修めている人を気を付けて探してくださるなら,その方を家塾の先生として家へ来て頂き,食事は面倒見させてもらいましょう!¶舊年不留心,重了幾家。不說僭們不留神,倒像兩宅商議定了,…《石53.3a.7》去年は(お客を招待する日取りが)うっかりして何軒か重なった。相手は我々がうっかりしておったとはとらず,あんたら2軒でうまいこと相談しておいて,…。¶因是不干己事,就不曾留心去問。《兒16.19b.4》ワシとは関係が無いから,気にとめて尋ねようとはしなかったのじゃ。

流和心性　liúhé xīnxìng

[連] 優柔不断な性格,流動的な性格,大人しい性格＝"随和心性;温顺心性;温和脾气"。山東方言:¶誰知這狄希陳的流和心性,一見个油木梳,紅裙粉面的東西,就如螞蝗見血相似。《醒66.3b.4》ところが,この狄希陳の優柔不断で流され易い性格ゆえ,油髪木櫛,紅いスカートに白いおしろいの類(たぐ)を見るや,さながらヒルが血を見た如く,もはやど

うにもならなくなるのです。¶大叔既房裏娶了人,這也是人家常事,當初你大嬸原該自己拿出主意,立定不肯,大叔也只得罷了,原不該**流和心性**,輕易依他。《醒8.4a.2》息子は既に妾を入れました。これも世間ではよくあること。初め、嫁のあんたが自分で主体的に考えを出すべきで、頑として承知しなければよかった。そうすれば息子も仕方なく諦めたでしょ。そもそも優しい気持ちから軽率に従うのも良くないのです!

流水　liúshuǐ

副 すぐに＝"立刻;馬上"。山東方言。《醒》では同義語"立刻"も用いるが"流水"の方が優勢:¶外遣**流水**端果子鹹案,中上座了。《醒21.12b.1》外の間へ早く果物、料理をお持ちして、上座へご案内しなさい!¶我不是嫌你。你進了學,也**流水**該到家,祖宗父母前磕个頭兒。《醒38.11b.8》私はあんたのことが嫌いになっちゃったのじゃないのよ。あんたが上の学校へ行けば、直ちに家へ戻ってご先祖様やご両親様の前で挨拶しなくちゃいけないでしょう。¶你說他沒有棉衣裳,我**流水**的脱下棉褲棉襖來,雙手遞到你跟前,叫你給他穿去,我也只好這們着罷了。《醒79.6a.4》あの子に綿入れの着物が無いと言えば、私はすぐに綿入れのズボンや袷を脱ぎ、両手を揃えてあんたの前に届けるわ。あの子に着せてあげたらいい。仕様がない、私はこれで我慢するだけよ。

琉璃　liúli (又) liúli

名 (氷の)つらら、氷＝"冰錐(儿);冰"。北方方言:¶靴底厚的臉皮,還要帶上个棉眼罩,呵的口氣,結成大片的**琉璃**。《醒88.2a.9》長靴の底のような厚い面の皮、更に、綿の眼帯をし、はあと息を吐けば、大きなつららを作ってしまいまし

た。

参考 ガラス:¶早早的放了年下的孛,回到家中,叫人捏炮烺,買鬼臉,尋**琉璃**喇叭,踢天弄井,無所不至。《醒33.6b.9》早々に年末の休暇で家へ帰ってから、人を呼んで爆竹を鳴らしたり、鬼の面を買ったり、ガラスのラッパをほしがったり、その腕白ぶりときたら、ありとあらゆる悪さをしたものです。

碌軸　liùzhou (又) liùzhóu

名 農業用の石の地ならし、石ローラー(脱穀場の地ならし及び脱穀用)＝"碌碡"。北方方言:¶那日正在打場,將他套上**碌軸**,他也不似往時踢跳,跟了別的牛沿場行走。《醒79.3a.4》その日は丁度穀物の脱穀をする日で、碾き臼を動かすため、その牛に取り付けたが、昔のように蹴ったり跳ねたりしない。今では、他の牛の後について脱穀場に沿って歩きます。

同音語 "碌碡":¶姐姐,你老人家今日可好歹的不許再鬧到搬**碌碡**那兒咧。《兒32.32b.4》お姉様、今日はいずれにしても碾き臼をそこへ運んではダメですわよ!

櫳　lóng

量 衣服一揃いを数える＝"套"。徐復嶺1993, 326に"兗州方言n、l混读,故栊、弄不分"とする:¶只得再三與先生賠禮,將那借穿的一**櫳**衣裳,賠了先生。《醒33.14a.2》やむなく再三先生にお詫びを入れ、その貸した服を先生に弁償の意味を込めて差し上げた。

攏帳　lǒngzhàng

動 決算する、清算する＝"結帳"。北方方言。《醒》では同義語"算帳"が優勢:¶眾人見狄希陳不出**攏帳**,越發作起惡來,

罵的管罵,打家伙管打家狄〈=伙〉。《醒83.4a.4》皆は,狄希陳が出てきても褒美を出さないと見るや,益々悪行を働き始めます。罵る者は罵り,家財を打ち壊す奴は打ち壊す,というやりたい放題です。

摟吼 lǒuhǒu(又)lōuhou

動 見る="看"。山東方言:¶那一日,我又到了那裏,周大嬸子往娘家去了,他又摟吼着我頑。《醒72.10b.6》その日,私はあちらさんへ行ったのです。丁度,周さんの奥さんは実家へ帰っていました。すると,あの方は私を見つけるやふざけようとされました。

漏明兒 lòumíngr

動 かすかに見える="稍微看见一点东西;透明儿"。山東方言:¶晁夫人問說:你婆婆的眼也還漏明兒。回說:漏明兒倒好了,通常看不見。《醒49.10a.2》晁夫人は「あんたのお姑さんの目はまだ見えるのでしょうか」と尋ねると「かすかにでも見えるのならばいいのですが,たいていは見えなくなりました」と答えた。

爐 lú

動 とろ火であぶる,焙じる,火にかける="焙[bèi]"。北方方言:¶俺每日喫那爐的螃蟹,乍喫這炒的,怪中吃。我叫家裏也這們炒,只是不好。《醒58.3a.5》私は毎日とろ火であぶったカニを食っていますが,今この炒めたのを食べると,とてもおいしいね。私は,家内にもこのように炒めさせているが,おいしくないんだな。

陸 lù

動 (かぶっているものを)取る="捋;摘;卸"。山東方言:《醒》では同義語"摘;卸"が優勢:¶一邉就摘了帽子,陸了網子,脫了布衫子,口裏罵說。《醒32.8a.5》一方で帽子を取り,髪の毛を束ねている網も取り,木綿のシャツを脱ぎながら,口では罵ります。

碌軸 lùzhou ⇒ liùzhou

露撒 lùsǎ

動 発露する,流露する="流露"。山東方言:¶只知道,休叫老奶奶聽見。就是別人跟前也休露撒出一个字來。《醒15.6a.1》ただ,ワシらが知っているだけで,お母さんには聞かれないようにしてくれ。たとえ他人の前でほんの少しでも漏らしてはならんぞ!

旅旅道道 lǔlǜdàodào

形 従順である,大人しい="顺顺从从;服服贴贴"。山東方言:¶待叫你跟着,你就隨着旅旅道道的走。《醒58.6b.9》後について来ると言われれば,大人しく行くんだぜ。

同音語 "縷縷道道":¶你就不消回來見我,你就縷縷道道的去了。《醒74.6a.8》お前さんは戻ってきて私に会おうと思う事もないよ。さあ,言うとおりにして行く事だね。

綠威威 lùwēiwēi

形 かすかに緑色をしている="微微发绿"。山東方言:¶合夥砌了池塘,夏秋積上雨水,冬裏掃上雪,開春化了凍,發得那水綠微微的濃濁,頭口也在裏面飲水,人也在那裏邉汲用。《醒28.8a.3》仲間で小さな池を掘り,夏秋に雨水を溜め,冬に雪を掃き集め,春に溶かします。それは,緑色をしている濁り水です。家畜もそれを飲み,人も汲んで用います。

卵袋 luǎndài

名 陰囊="阴囊"。西南方言,吳語:¶王振只得一个〈=個〉王振,就把他的三魂六魄都做了當真的人,連王振也只得十个〈=個〉沒卵袋的公公。《醒15.1a.10》王振は,一人の王振でしかない。彼の三魂

六魄がみな本当の人間を形成していれば,王振自身を入れても10人の睾丸の無い宦官でしかない。

羅　luó
[動]（子供を）作る,かき集める＝"收罗；收得"。山東方言：¶素姐故意在他窓外放炮燿,打狗拿雞,要驚死那个孩子,又與調羹合氣,說是孩子不是他公公骨血,是別處羅了來的。《醒76.2a.6》素姐は,故意に調羹の窓の外で爆竹を鳴らしたり,イヌを殴り,ニワトリの首を絞め上げ,赤子を驚死させようとします。また,調羹と喧嘩し,赤子は義父の血を分けたのではなく,ほかの所で作ったのだと言いふらします。¶你知道你又得了兄弟了。一年羅一个,十年不愁就是十个。《醒76.4a.9》あんたにまた弟ができたのを知っているかい。1年に一人だよ。10年たてば必ずや十人になるんだよ！

囉唣　luózào
[動]騒ぐ,騒ぎたてる＝"吵闹；嘈杂"。北方言,呉語：¶真君也憑他囉唣,不去理他。《醒28.10b.10》道士様もそいつの騒ぐに任せ,一切構いませんでした。¶往後要合我說知,纔許如此。再要睡夢裏囉唣人,我還攆出你去。《醒45.11a.9》今後,私に言うのよ。それならしてもいいわ。今度,眠っているときにうるさくするようだと,私はあんたを追い出すからね！¶爭奈有些小行李在店内,誠恐一時小人囉唣。《金84.6a.2》いかんせん,私の方は少し荷物を宿に置いていますので,急に盗人などが出て大騒ぎになればと心配するのです。

[同音語]"羅皂；啰唣"：¶就是薛教授皓然了鬚眉,衣冠言動就合个古人一般,也便不好把他毆打。看來羅皂程樂宇是真。《醒35.12a.10》薛教授の髭や眉が白く

なっていて,着物や冠も古人と同じ風体です。これでは,とてもじゃないが,彼を殴ることはできない。どうやら程樂宇に因縁をつけるのが現実的なようです。¶為那個丫頭也不犯啰〈＝囉〉唣你,却是誰呢。《石75.3b.2》その女中のために,あなたにやかましく文句を言うこともないでしょう。一体,誰ですの。

絡　luò
[動]縛る＝"捆住；绑住"。呉語,閩語：¶那个覓漢尋了繩〈＝繩〉扛〈＝杠〉絡住那罈,合楊春抬到家去。《醒34.6b.4》かの作男は縄でそのカメを縛って背負い,楊春と共に家まで担いで行った。

絡越子　luò yuèzi
[連]糸を繰る・撚る＝"用越子缠绕丝或纱"。山東方言：¶爹待中往坡裏看着耕回地來,娘待中也絡出兩個越〈＝箞〉子來了。《醒45.3a.2》大旦那様は,田畑の見回りから間もなく帰っていらっしゃいますし,奥様はもうじき2巻きほど糸を巻きとってしまわれそうですよ。¶你可睡到如今還不起來。狄大娘梳完頭,已是絡出兩個越〈＝箞〉子來了。《醒45.3a.9》お嬢さん,あんたは今頃になってもまだ起きて来ないのですか。狄奥様は,髪も結い終わり,糸も既に2巻きほど巻きとってしまわれそうなんですがね！

落　luò ⇒ 落　lào（又）luò

落草　luòcǎo
[動]赤ん坊が生まれる＝"婴儿出生"。北方言：¶那僧俺婆婆來收生相公時,落草頭一日,晁奶奶賞的是二兩銀,一匹紅緞,還有一兩六的一對銀花。《醒49.5b.3》昔,私の義母が,旦那様を取り上げさせて頂いた時のことです。生まれ落ちた最初の日に晁奥様は2両の銀子,紅い緞子1匹,それから1両6銭の対に

なった銀の簪を祝儀として下さいました。¶小兒**落草**時雖帶了一塊寶玉下來。《石25.12a.3》息子が生まれた時, 玉を持って出てきたのです。¶吃了一驚,恰好這紀獻唐離懷**落草**。收生婆收裹起來,…。《兒18.5b.6》驚いていますと, 丁度かの紀獻唐が生まれたのです。産婆は包み上げて,…。

落後　luòhòu

名　後(で), 後(に) = "后来"。西南方言, 吳語, 贛語, 客話。《醒》では同義語"後來"が優勢: ¶禹明吾又**落後**指看晁大舍笑道。《醒4.7a.5》禹明吾は, 後で晁大舍を指しながら笑って言った。¶先在山子底下, **落後**在屋裡打撮。成日明睡到夜, 夜睡到明。《金25.4a.10》先には築山の洞の中で, 後には部屋の中で丸裸でいるのよ。そして, 朝から晩まで一日中なの！¶眾人扶着賈母, 王夫人, 薛姨媽, 劉姥姥, 鴛鴦, 玉釧兒上了這一支, **落後**李紈也跟上去。《石40.9b.10》皆は, 賈母, 王夫人, 薛叔母, 劉婆さん, 鴛鴦, 玉釧兒を支えてその船に乗り, その後で李紈も続いて乗った。¶**落後**還是老程師爺聽不過了。《兒28.9b.7》後には, やはり老程先生が見るに見かねたのであります。

[同義語] "落後來": ¶他也沒個親人兒, 大夥兒就把他埋在那亂葬崗子上咧。**落後來**他的兒作了官, 來找他父親來, 聽說沒了,…。《兒22.6a.5》その方は, 親戚緣者もなかったので, 皆は無緣墓地に埋めたのです。後に, その方の息子さんが役人になり, 父親を搜しに来られました。そこで, 亡くなったというのを聞くにおよび,…。

落脚貨　luòjiǎohuò

名　売れ残り品, 残りかす = "下脚货; 卖剩下的残品"。山東方言, 吳語: ¶這梭布行又沒有一些**落脚貨**, 半尺幾寸都是賣得出錢來的。《醒25.11a.7》ここの木綿生地屋には, 売れ残るものがひとつも無い。半尺幾寸ですら売れるんだから。

落雨　luò yǔ

[連] 雨が降る = "下雨"。江淮方言, 西南方言, 過渡, 南方方言: ¶一日, 微微的**落雨**, 唐氏送了小鵶兒出去。《醒19.11b.5》ある日, こぬか雨が降っていたが, 唐氏は小鵶兒が出かけるのを見送った。¶原來五更時, **落**了幾點微雨。《石59.1b.10》五更(明け方4時〜6時)に小雨が降りました。

— 同じ構造型"落雪": ¶心裡要來你這里走走, 不想天氣**落雪**。《金77.7a.6》お前の所へ来ようと思っていたら, 不意に雪模様となったのさ。

—《海》の科白箇所では"落雨"を用い"下雨"を用いない: ¶阿德保催過哉, 為仔天**落雨**, 我曉得耐要來, 教俚等仔歇, 再勿去是相罵哉。《海17.5a.11》阿德保が催促したのよ。雨になったので, あなたがお越しになると分かっていたので(召使いの阿金に)しばらく待ってもらっていたのです。(阿金に, もう帰ってよいと言ってあるので)これ以上帰らないと(私は阿金を)罵りますわ。

M

媽媽頭主子　māma tóuzhǔzi

[連] 後ろ盾もなく軟弱な輩,いくじなし,弱々しい人＝"没有势力,软弱可欺的人"。山東方言:¶看得素姐極是一個好起發,容易設騙媽媽頭主子。《醒68.2b.3》素姐のことをとても騙し易くてペテンにかけやすい軟弱な輩だと見てとりました。¶罷了。死个丫頭,也不為大事,這數也不少了。老狄是个媽媽頭主子,…。《醒81.5b.3》承知したぜ。女中に死なれたなんて大したことではないのに,この額は少なくないな。狄の旦那は,軟弱で騙し易いお人だが,…。

馬臺石　mǎtáishí

[名] 馬に乗るための踏み台＝"踏着上马的石头"。山東方言:¶上得馬臺石上,正要上馬,通像是有人從馬臺石上着力推倒在地。《醒3.3b.7》乗馬石から馬に乗ろうとした時,誰かが思いきり力を込めて突き飛ばしたかの如く,地面に倒れた。¶門外樹蔭里還安着兩塊大馬臺石。《兒39.15b.9》戸外の木陰には,二つの大きな乗馬石が置いてあります。

[同音語] "馬台石":¶適間你接我來家受供,那狐姬挾了他那張皮,坐在馬台石上。《醒3.2a.5》先ほどワシが供物を受けにこの家へ帰ってきた時,その狐姫は,あの毛皮を抱えて乗馬石の上に座っていたぞ!

馬子　mǎzi

[名] (寝室用)便器,おまる＝"馬桶"。江淮方言,過渡。"馬桶"が極めて優勢:¶只怕狄大哥在這裏頭坐馬子哩。我拱開簾子看看。《醒60.13a.10》恐らく狄兄さんはこの中でおまるにでも座っているのでしょ!私が簾をはねのけてみるわね。¶一定要使個淨桶。請問一個和尚廟,可那裡給你找馬子去。《兒9.9a.10》きっとおまるが要るのだと思ったわ!ところで,こんなお寺のどこにおまるがあるのでしょうね。

[同音語] "榪子":¶秋菊道:我不知榪子在屋裏。《金83.10a.4》秋菊は「私はおまるが部屋の中にあるなんて知らなかったのです」と言った。¶別討我把頭上的榪子蓋似的幾根屎毛摔下來。《石61.1a.5》頭の上のおまるの蓋のような黄色い髪の毛を引き抜かれてしまった後で,私にお願いしないことだね!☆《官》《邇》は教科書という性格からか"馬子;馬桶"は未収。

螞蚍　mǎpí

[名] 水ヒル,ヒル＝"水蛭"。中原方言:¶有漢子,漢了〈＝子〉管着,等漢子死了,那大老婆又像螞蚍叮腿似的。巴着南墙望的大老婆沒了,落在兒們的手里,…。《醒68.12a.5》夫がいれば夫が構ってくる。夫が亡くなれば,本妻はまるでヒルが足に食らいつくようにして離れない。待ち望んだ末にようやく本妻が亡くなるや,何と今度はその息子達の手に落ちてしまって,…。

[同音語] "麻蚍":¶這汪為露常常的綽攬了分上,自己收了銀錢,不管事體順理不順理,麻蚍叮腿一般,逼住了教宗昭寫書。《醒35.11a.6》かの汪為露は,身分を利用して金を自分の中へ取り込み,理にかなおうが,かなうまいが全くお構いなく,ヒルが足に食らいつくように,宗昭に無理矢理証文を書かせた。

同義語 "螞蝗"：¶就如螞蝗見血相似,甚麼是肯開交。《醒66.3b.5》それは、ヒルが血を見たようなもので、どうして簡単に手を引きましょうか？

買告　mǎigào

動 賄賂を使う，買収する ="买通；收买"。山東方言：¶昨晚那六十兩銀子,原恐怕他喬腔,就要拿出見物來買告,見他有个体〈＝個體〉面,不好當面褻瀆。《醒14.6a.5》昨晚、その60両の銀子は、もともと彼が思わせぶりな事をすれば現物を出して賄賂とするつもりであった。ところが、彼は体面を重んじたので、その場で出しにくかった。¶一个〈＝個〉女人家有甚麼胆〈＝膽〉氣,小的到他門上澎〈＝磅〉幾句閒話,他怕族人知道,他自然給小的百十兩銀子,買告小的。《醒47.11a.2》一人の女の分際で、どれほどの胆っ玉が据わっているのか。あっしがその家の玄関先へ行って少々余計な事を言えば、あちらさんは一族の人に知られたくないから、自ずと百両くらいはくれ、あっしを買収するだろう、と考えたのです。

蠻　mán

副 とても ="很；挺；非常"。中原方言,江淮方言,西南方言,過渡,客話：¶只見走到門首,三間高高的門樓,當中蠻闊的兩扇黑漆大門。《醒5.6b.10》ふと門前へ歩いて行きますと、3間の高い城門の楼閣は真ん中がとても広い観音開きの黒い漆塗りの正門でした。

—《海》の科白箇所では"蠻"を用い、"很"、"挺"は用いない：¶耐咪意思我也蠻明白來裡。《海11.1a.6》お前の気持ちはよくわかっているよ。

忙劫劫　mángjiéjié

形 慌ただしい，あたふたするさま ="忙忙碌碌；急急忙忙"。山東方言：¶那做秀才時候,有那舉業牽纏,倒可以過得日子,後來做了官,忙劫劫的,日子越發容易得過。《醒18.8b.4》秀才の時は、科挙の試験に合格するための勉強があったから、そのために却ってうまく日々を過ごすことができた。のち、役人になってからは慌ただしくなり、いよいよ簡単に日々を過ごせた。¶你就要還我,遲十朝半月何妨。為甚麼這們忙劫劫還不及的。《醒66.2a.5》君がボクに返そうというなら、10日や半月くらい遅れてもいいよ。なぜそんなに慌てるのだい。¶晁梁挨門謝客,忙劫劫喚了石匠,完那墳上的工程。《醒92.9a.3》晁梁は各家に参列客の礼を述べ、大急ぎで石工を呼び、その墓の建立工事を終えた。☆この他に同義語"忙匆匆"が《金》に、"忙碌碌"が《石》《兒》に見える。

毛衫　máoshān

名 赤子が着る肌着 ="嬰孩的内衣"。北方方言,吳語：¶養活下孩子,我當自家外甥似的疼他,與你送粥米,替你孩子做毛衫。《醒66.4a.10》子供が生まれたら、ワシは自分の孫のように可愛がり、風習にしたがって粥等を届けてやる！産着もこしらえてやるよ！

兒化語 "毛衫兒"：¶官哥兒穿着大紅段毛衫兒,…。《金31.12a.4》官哥は緋緞子の産着を着ています。¶教李瓶兒替官哥裁毛衫兒,…。《金34.3b.1》李瓶兒に官哥の産着を、…を作らせていた。

毛尾　máoyǐ

名 毛 ="身上的毛发"。山東方言,晋語：¶若說到念經發送,這只當去了他牛身上一根毛尾。《醒1.8a.6》もし読経や葬儀について言えば牛の体の毛を一本抜くようなものだね。¶他却矮着一葫櫨子毛尾,多梭的一雙眼睛。《醒88.9a.2》こやつは短い髭を生やし、ギラギラ光る二

つの目をキョロキョロとさせていた。

茅坑　máokēng

名 便所の糞だめ＝"糞坑"。北方方言：¶茅坑邊一根樹橛,先生每日扳了那根樹橛,在坑岸厥〈＝撅〉了屁股解手。《醒33.13b.1》肥溜めのそばに１本のサラジュがあった。先生は毎日そのサラジュを手前に引き,肥溜めのほとりでお尻を突き出して用を足していました。¶觀他做小學生時節,連先生還要捉弄他跌在茅坑,這舊性怎生解得。《醒62.7a.6》彼が小学生だった時のことを観察すると,先生すらもなぶって肥溜めにはめたのである。こういう昔の性格はどうして改められるだろうか。

茅厠　máosi

名 便所＝"厠所"。北方方言,過渡。¶房西頭一間廚房,東頭一个〈＝個〉茅厠,甚是清雅。《醒75.4b.8》母屋の西側に台所,東側に便所があり,とても静かで落ち着いています。¶眾人都笑道:別是吊在茅厠里了,快叫人去瞧瞧。《石41.9b.1》皆は笑って「ことによるとお便所の中へでも落ちたのではないか。早く人に見に行ってもらったら。」と言った。¶這麼件大喜的喜信兒來了,偏偏兒的我這個當兒要上茅厠,纔撒了泡溺,聽見,忙的我事也沒完,提上褲子,…。《兒35.27b.10》こんなめでたい知らせが来たのに,こちらは生憎お便所へ行っておしっこを始めたばかりだったのよ。声が聞こえたので,まだ終わっていないのに慌ててズボンを引き上げ,…。

同音語 "茅厮;毛厠;毛司"：¶粧做僕婦做飯的,端着個馬桶往茅厮裏跑的。《醒20.14a.8》女中や飯炊き女のふりをする者,おまるを提げて便所へ走り込む者もいる。¶黑了,失脚掉在茅厮里了。《石12.4b.3》暗がりだったので,便所の中に足を踏み外しちまった！¶只見他家使的一個大胖丫頭走來毛厠裡淨手。《金10.1a.9》ふとその家で使われている肥えた女中が便所へやってきて用を足そうとします。¶不是姑老爺一說話我就要撇文兒,難道出兵就忙的連個毛厠也顧不得上嗎。《兒35.6b.8》あなたが何か仰れば,私はすぐに揚げ足を取ろうというのではありませんが,戦いになると忙しくてお便所へ行くことすらできないと申されるのですか。¶取刀來,等我把淫婦剮做幾戳子,掠到毛司裡去。《金28.9b.5》包丁を持ってきて！私がすべたの奴を切り刻んで便所の中へ抛りこんでやる！☆《官》《邇》は教科書ゆえ,釈義「便所」の如き類の語は採用されにくいのか,未収。

卯竅　mǎoqiào

名 秘訣,こつ,ノウハウ＝"窍門"。北方方言：¶這尤聰倒也不是不肯詐騙的人。只是初入其內,拿不住卯竅,却往那裏去撰〈＝賺〉錢。《醒54.7b.7》この尤聰は,決して他人を騙し物を取らないという人物ではなかった。ただ,初めてその中へ入ったのでコツがつかめず,どこへ稼ぎに行けば良いか分からなかっただけである。

眊眊稍稍　màomaoshāoshāo

形 びくびくしている＝"眼神惊恐"。山東方言：¶狄希陳從袖中取出那兩套衣服,兩隻眼睛看了素姐,眊眊稍稍的說道。《醒65.10a.3》狄希陳は袖からかの２着の着物を取り出し,二つの目で素姐を見ながらおどおどしつつ言った。

沒的　méide

副 まさか…ではあるまい＝"难道"。山東方言。《醒》では同義語"難道"が極めて優勢：¶弔〈＝吊〉死是真,還有甚帳。沒的有償命不成。《醒9.12b.8》縊死が事

実なら何ら問題にならんでしょう。まさか命を償えとはならんでしょうよ。¶我不是個知州麼，沒的是銀子上的不成。《醒18.3b.2》ワシは知州をしておったじゃろ。それをまさか銀子を使って買い取ったとでもいうのか。¶徐大爺只見有个大肚子就是了，沒的徐大爺自家使手摸了一摸不成。《醒46.3b.7》徐旦那は，ただ腹が大きいのを見ただけにすぎん。まさか徐旦那自らの手で触ってみたのではあるまい。¶他不來我家來，我沒的請他去。《金72.9b.10》あいつはワシの家へ来ないんだ。まさかワシの方からあいつを招けるかい。¶我問你爹，你爹說：他없來，我沒的請他去。《金72.20b.4》あっしは旦那に尋ねたんだ。旦那は「奴が来ないのに，まさかワシの方から奴を招けるかい」って言っていたよ。¶我瞞着你太太和鳳丫頭來了，大雪地下，坐着這個無妨，沒的叫他們來踭〈＝踩〉雪。《石50.9b.1》ワシはお前達の奥さんや鳳ちゃんを騙してきたんだ。大雪の地面を，これに乗っているから構わないけれども，まさかあの人達に雪の中を踏ませることはないだろう。

[代] どうして＝"怎么"。山東方言。《醒》では同義語"怎麼；怎的"が極めて優勢：¶人爲僭家來，休管他貴賤，一例待了他去。這是爲僭家老的們，沒的爲他哩。《醒11.3a.5》あの人が，私らの家に来たのだから，貴賤を持ち出さず，同じ待遇にします。これは，私らの家のためであって，どうしてあの人のためになんかするものですか！¶俺有是俺的，沒的是奶奶分給俺的。《醒22.2b.10》私が持っているのは私のものです。奥様が私達に分け与えてくれたのではありませんよ！

[動] 無い：¶天下事只怕沒得銀錢。《兒19.6a.10》世の中は，金が無いと困ってしまう。☆"沒得"と"沒的"は同音語。

沒的家　méidejie

[副] …することがない＝"没；没有"。北方方言。《醒》では"沒的家＋說"型が多い：¶你老七沒的家說。你喫你那飯罷，你嚷說我待怎麼，我往後只面紅耳熱的，都是你兩口子念誦的。《醒32.11b.3》老七さん，よして下さいな！あなたらは，あなたらのご飯を食べていれば良いのであって，私にどうしろといわれるのです。今後，私が顔赤く，耳火照るのは全てあなたら夫婦が念仏をあげてくれるからですね！¶沒的家說。他作反來。那裏放着違背聖旨十滅九族。有事我就着。《醒15.5a.10》何を言うの！彼らが反逆したとでもいうのかい。なぜ聖旨に背いた一族全滅の罪になるんだい。問題が起これば私が責任を取るわ！

── "沒的家＋說"型の類義語：¶沒的家放屁。叫你那老婆也往差人屋裏睡去。《醒13.10a.8》バカなことを言うでないよ！お前のその女房を捕り手小役人の部屋へ寝に行かせ！¶沒的家小婦臭聲。看拉不上。《醒79.10a.10》バカなことを言うでないよ！見ていられないわ！¶你老人家可是沒的家扯淡。你的外甥親，如俺兩口子親麼。《醒60.13a.1》おばさん，でたらめをおっしゃるのはよして！あなたの甥っ子と親しいといっても，私ら夫婦のようには親しくないでしょ！

沒根基　méi gēnji

[熟] ろくでなし，不甲斐ない，馬の骨＝"没出息；爱贪便宜"。北京方言：¶放你家那狗臭屁。你那沒根基沒後跟的老婆生的沒有廉恥。《醒48.7b.4》何をほざいているの！ろくでなし！訳も分からない女房が生んだ恥知らず！¶也不爲

此,想来是你嫌我這妹妹家裡沒根基。《兒9.19b.6》そうではないとすると,さてはこの娘の家柄が悪いのを嫌っているのね。

反義語 "有根基":¶要尋兩个〈＝個〉又有根基又富貴又青年又俏皮的兩位姨爹,…。《石63.19a.3》家柄も良し,財産もあり,若く,且つ,粋なお婿さんを二人ほど探し求め,…。

沒好氣　méi hǎoqì

[熟]不愉快なためそれが態度に出る＝"不痛快而态度不好"。北方方言:¶薛教授正沒好氣,瞪着一雙眼,走出房來。《醒52.13b.8》薛教授は,丁度面白くなく,両目で睨みつつ部屋から出てきた。¶且說潘金蓮到房中,使性子沒好氣。明知西門慶在李瓶兒這邊,…。《金41.9a.2》さて,潘金蓮は部屋へもどりましたが,プリプリして機嫌が悪い。西門慶が李瓶兒の所にいると知ったので,…。¶又見林黛玉來問着他,越發沒好氣起來。《石30.4b.8》林黛玉に問いただされたので,益々面白くなくなりました。

沒綑　méikǔn

[動]定見が無い,成算がない,決まりがない,確かさがない,拘束するものがない＝"没边;不对路;没准儿"。山東方言,南陽方言:¶那經紀把呂祥看了兩眼,說道:只〈＝這〉駆情管不是你的。不然,你怎麼說的都是沒綑的價錢。《醒88.4b.6》仲買人は呂祥を見て「このラバはきっとお前のではなかろう。でなければ,なぜ全て途方もない値段を言うのだね」と言った。

兒化語 "沒綑兒":¶原有些真的,叫你又編了這些混話,越發沒了綑兒。《石66.1a.4》初め少しは本当かと思っていたら,こんなでたらめをでっち上げ,益々止めどがなくなっているじゃないか!

沒投仰仗　méi tóu yǎng zhàng

[成]元気の無いさま＝"无所寄托;百无聊赖的样子"。山東方言:¶那大舍沒投仰仗的不大做聲,珍哥也就沒趣了許多。《醒2.1a.10》かの晁大舍は,しょんぼりとしてモノも言わないので,珍哥も面白くなくなった。

沒頭臉　méi tóuliǎn

[熟]恥知らず,ずうずうしい,厚かましい＝"不要脸面;不要面子;不要脸"。山東方言:¶此等沒頭臉的人,你合他講甚麼理。《醒38.8b.4》そのような恥知らずの人に対して,あなたはどんな道理を説こうというのですか。

沒頭沒臉　méi tóu méi liǎn

[成]どんなところであっても,無茶苦茶,やたらに,頭となく顔となく＝"不管什么地方"。山東方言:¶只見素姐,一大瓢泔水,猛可的走來,照着相于廷劈頭劈臉一潑,潑的个相于廷沒頭沒臉的那泔水往下倘〈＝淌〉。《醒58.10a.1》素姐が,大きなひさごに入った汚水を真正面から相于廷にドバッとぶっかけると,やられた相于廷の頭や顔からその汚水がしたたり落ちている。¶一手將狄希陳採番〈＝翻〉在地,拾起一個小板凳來,沒頭沒臉的就打。《醒76.5b.5》サッと狄希陳を地べたにひっくり返し,小さな腰掛けを拾うや,頭も顔もなくやたら叩きにかかります。¶這婦人便去脚後扯過兩床被來,沒頭沒臉只顧蓋。《金5.8a.9》その女は,足の後ろから布団を2枚引っ張ってきて,めちゃくちゃに頭の上からかぶせた。¶只見薛蟠衣衫零碎,面目腫破,沒頭沒臉,遍身內外滾的似個泥猪一般。《石47.10a.7》薛蟠の着物は,ビリビリに裂け,頭や顔は腫れ上がり血が出ており,無茶苦茶に転げ回った全身泥まみれの豚のようでした。

沒顔落色　méi yán luò sè

[成] 元気が無い, 面白くない, 意気消沈である＝"没精打彩的样子"。山東方言：¶晁無晏雌了一頭子灰,沒顔落色的往家去了。《醒32.7a.9》晁無晏は頭から冷や水を浴びせられた如く,元気なく家へ帰って行った。

沒帳　méizhàng

[動] 関わり合いがない, 関係ない, 大丈夫である＝"没问题;没关系"。山東方言：¶那官沒見大官人他兩個怎麼難為你,只見你在街上撒潑〈＝潑〉,他官官相為的,你也沒帳,大官人也沒帳。《醒8.18a.4》かの役人達は,旦那さんがどんなにあなたを困らせているか知らないのです。単にあなたが街へ出てわーわー騒いでいると思うにすぎませんわ。ああいう役人達は皆庇い合うから,あなたも旦那さんも大丈夫でしょう。¶這沒帳。您這糶米幾千穀哩,一石攙不的一升,就帶出去了。《醒32.11a.3》そりゃ大丈夫だ。お前ら何千石ものコメを売っているんじゃないか！少しくらい（秕を）混ぜたって,一石に対して一升にもならないからばれないで済むぞ！¶童七道:奶奶主事,沒有差了的。只怕他内官性兒,見僭銀子上的容易,按着要起來,可怎麼處呢。童奶奶道:沒帳。…《醒71.2a.6》童七は「ワシの奥さんが采配を振るってくれれば間違いがない。ただ,あのご老公は宦官根性でワシらが銀子を揃えるのが簡単だと見るや,数の通り欲しいと言うだろ。さて,どうしたものかな」というと,童奥さんは「問題ないですわ！…」と答えた。

沒摺至　méi zhézhì

[熟] 規則正しくない, だらしがない, 折り目がない, 決まりがない, 恰好がつかない＝"没规矩"。山東方言：¶你家中的那溫克都往那裏去了。誰家一個沒摺至的新媳婦就開口罵人,雌答女壻。《醒44.14a.8》お前が家にいた頃のあの優しい性格はどこへ行ったの。どこの家に花嫁らしくもなく,口を開けば罵り,婿さんに当たり散らす人がいますか。

眉頭　méitóu

[名] 眉, まゆ根, 眉間＝"两眉附近的地方"。北方方言, 呉語, 粤語, 閩語：¶晁知州蹙了眉頭,不做聲。《醒7.12b.10》晁知州は,眉をしかめて声をたてません。¶大尹把眉頭蹙了一蹙,道:叫晁源。…《醒10.11a.8》大尹は眉をしかめて「晁源を呼べ！…」とおっしゃいました。¶素姐見打了龍氏,知道往廟裏去不成的,眉頭一蹙,計上心來。《醒56.6a.6》素姐は,龍氏がぶたれたのを見て廟へは行けないとわかりました。眉をキッとしかめますと,心に策が浮かびました。¶西門慶和月娘見他面帶憂容,眉頭不展。《金61.11a.5》西門慶と月娘は,彼女が憂鬱そうな顔,眉間にしわを寄せているのを見た。¶忽然眉頭一皺,計上心來。《石67.21b.2》突然,眉間をしかめると,策略が浮かんできたのでした。

兒化語 "眉頭兒"：¶姑娘聽了這話,追想前情,回思舊景,眉頭兒一逗,腮頰一紅,…《兒28.18a.6》娘は,その言葉を聞き,以前の情景を思い浮かべ,眉根をちょっと引くと頬がパッと赤くなり,…。

眉眼　méiyǎn

[名] 顔立ち, 目元＝"相貌;面貌;容貌"。北方方言。¶眉眼上也不是個善的,你合他處的下來呀。《醒96.4a.4》顔立ちが善人ではありませんな。あなたはその人と仲良くやってゆけますか。¶眉眼又有些像你林妹妹的。《石74.7a.7》目元がまた幾らか黛ちゃんに似ているね。¶

眉眼不露輕狂,只是眉毛睫毛重些。《兒15.11a.10》顔立ちはまあ悪くはありませんでしたが、ただ、眉毛とまつげがやや濃かった。☆《官》《涸》は"相貌(兒);面貌"を採用。いずれも"眉眼"は不採用。

— 成語"眉眼高低"(顔の表情):¶那个〈=個〉李成名的娘子一些**眉眼**高低不識,叫那晁住的娘子來問他量米做晌午飯。《醒11.4a.1》かの李成名のかみさんは人の表情も読めず、晁住のかみさんにとり入ってコメを買いお昼ご飯を作らせようとします。¶可也沒見這們个老婆,一點道理不知,又不知道甚麼**眉眼高低**,還站着不往後去哩。《醒56.6a.5》あんたのような女房はいませんよ。少しの道理もわからないのですから。何の表情も読めず、突っ立ったままで、奥へ行こうとしないのね。

— 熟語"有眉眼"(目鼻がつく,物事が大体できている):¶駱校尉又問:一切事體都收拾了不曾。狄希陳説:事體都也**有了眉眼**。《醒84.11a.5》駱校尉はさらに「全てのことは準備できたか」と尋ねますと、狄希陳は「ことは全て目鼻がつきました」と言った。

每常　měicháng

名(過去における)日頃,平素,以前="往常;往日"。北方方言:¶你**每常**說會拳棒,十來个人到不得你跟前。《醒53.14a.7》あんたは日頃武術が達者で十数人でも自分の前には寄せ付けないと言っていたね。¶小鴉兒**每常**去做生意,也便就在埠頭住下。《醒19.8b.4》小鴉兒はいつも商売をする時、埠街の端に泊まりました。¶那經濟也不跪,還似**每常**臉兒高揚。《金86.7b.10》かの経済は跪きもしません。平素と同様、顔を高慢ちきの如く、高々と上げています。¶**每常**他來請,有我們,你自然不便意。《石7.6b.4》平素あちらの招きにはいつも私達が一緒だからあんたにとっては当然ながら窮屈だったわよね。

同義語 "每日"。北方方言,呉語:¶**每日**說娶媳婦兒原來是哄我離開娘。《醒49.3a.1》以前、お嫁さんを貰ったらいいと言っていたのは、もともと僕を騙してお母さんから引き離すためだったのですか!¶**每日**爹娘還喫冰湃的酒兒,誰知今日又改了腔兒。《金29.14a.4》いつもは、旦那様と奥様は氷で冷やしたお酒を召し上がっておられたのに、今日は様子が変わったのですか。

妹子　mèizi

名 1. 妹="妹妹"。北方方言,過渡,南方方言。《醒》では同義語"妹妹"と共に"妹子"も多く使用:¶白師傅是我的**妹子**。《醒65.2b.9》白師は私の妹です。¶筭記〈=計〉得就就的,你要不就他,他一着高低把個**妹子**斷送了。《醒8.14b.9》(奴は)とっくに計算しているのです。あなたがいくら折り合いをつけようとしても、奴はどうあっても妹を葬り去ってしまおうとしているのです!¶誰想這陳師娘的公子比他**妹子**更是聰明,看得事透,認的錢真。《醒92.3b.4》ところが、この陳先生と奥様の間にもうけたご子息はその妹よりも聡明で、物事を見通し、お金に対していい加減ではありませんでした。¶你家爺好,你家媽好,你家姐和**妹子**一家兒都好。《金31.14a.11》家の旦那様も、奥様も、お姉様や妹様も皆お元気ですか。¶又問何玉玉〈=鳳〉道:姐姐,這不是**妹子**造謠言哪。**妹子**如今也有幾個字兒,請姐姐看看。《兒26.26a.8》また、何玉鳳に「お姉様、これは妹(の私)が嘘を言っているのではないでしょう。今、幾つか文字がありますか

ら,お姉様,ご覧下さいな！」と言った。☆《官》《邇》は"妹妹"を採用し,"妹子"は不採用。

2. (若い方の)女の子＝"女孩子"。北方方言,過渡,南方方言：¶寶玉…道：你妹子小,不知怎麼得罪了你,看我的分上,饒了他罷。《石64.3b.1》宝玉は…「この子は歳が小さいのだから,どういう訳でお前を怒らせたのか知らないが,私の顔に免じて許しておあげ！」と言った。

門限　ménxiàn

名 入り口の敷居＝"门槛"。北方方言：¶不止治病,即遇有甚麼劫難的時候,你把我這藥來界在門限外遘。《醒28.12b.5》単に病気を治すに留まらず,何か災難に出くわした時,ワシのこの薬を門の敷居の外に置き境界とすればよいのです。

門子　ménzi

名 戸,門＝"门"。北方方言：¶叫人騎着門子罵,說闖着門子別理他。叫人聽着,你可是賊呀,你可是忘八呢。《醒89.9b.7》戸にまたがって罵られても戸を閉めて奴に構うなっていうのかい！人に聞かれているのよ。あんたは泥棒か,意気地無しの間抜けか,ってね。¶左右是奴才臭屁股門子鑽的。《金35.4a.3》どのみち,奴隷の臭い肛門に潜りこませていたんでしょ。¶況且我們兩個也沒有爹娘哥哥兄弟在這門子里,仗着我們橫行霸道的。《石46.8a.7》それに,両親兄弟がこのお屋敷の中で,私達を笠に着て勝手気ままに振る舞っているわけではありません。

悶悶渴渴　mènmenkěkě

形 うんざりしているさま,退屈であるさま,気分がさっぱりしないさま＝"烦闷苦恼"。山東方言：¶孩子不知好歹,理他做甚麼。叫薛親家悶悶渴渴的,留他不

住,去了。《醒48.7a.5》子供だから訳が分からないんだ。薛教授はうんざりされて,留める事もできずに,帰ってしまわれたよ！

同義語 "悶悶可可"：¶先生炤鏡,見好好的把個鼻子齇了,悶悶可可的不快活。《醒33.13b.1》先生は鏡を見ますと,鼻に立派な赤い腫れ物がある。このため,気が滅入って不愉快でした。

猛割丁　měnggēdīng

副 突然,不意に＝"突然；猛然；冷不防"。北方方言。《醒》では同義語"猛可的；猛可裏；猛然；猛△丁"も用いる：¶計氏望着那養娘,稠稠的涎沫,猛割丁向臉上嘁了一口。《醒6.4b.3》計氏は,その下女に対してどろっとした唾を不意にペッと吐いた。¶覓漢照着艾前川的胸膛猛割丁拾了一頭,扯着就往縣門口吆喝道。《醒67.8b.5》作男は,艾前川の胸めがけて不意にドーンと頭をぶつけ,そのまま艾前川を引っ張って県庁の入り口へ行き,声を張り上げた。

同義語 "猛跂丁；猛可丁；猛哥丁"：¶正說着,叫我猛跂丁的走到跟前。《醒49.11b.4》丁度,話をしている所へ突然前へ出てきた。¶把那幛屛使簪子札了個眼,看了個真實不虛,猛可丁的吆喝了一聲。《醒66.11a.4》そのとばりに簪で穴を開け,正真正銘の実際の所を見た。そして,急に一声あげた。¶只怕乍聽的姐姐到了,唬一跳猛哥丁唬殺了,也是有的哩。《醒94.11a.3》いきなり奥様が来られたといわれて,ひどく驚いている者もいます。

猛骨　měnggǔ

名 銭(隠語)＝"钱(隐喻)"。北方方言：¶白姑子道：…。那猛骨,你拿在那边去了。冰輪道：我不曾動甚麼猛骨。《醒65.5b.8》白尼は「…。あの銭はどこへやっ

たのだい」と尋ねると,氷輪は「私は銭など何も触っていません」と答えた。

猛可裏　měngkěli

副 出し抜けに,突然＝"突然(间)"。北方方言：¶然後揀了一个大炮煨,縛在那狗頭上,用火點上信子,猛可裏將狗放了開去,跑不上幾步,…。《醒58.4a.5》その後,大きな爆竹を選んでそのイヌの首に結び,火を導火線につけました。急にイヌを放しますと,何歩も走らないうちに,…。

同音語 "猛可裡"：¶我仔細一看,那人却也有些面熟,只是猛可裡想不出是誰。《兒15.21a.6》よく見たところ,そやつは幾分か見覚えがある。ただ,とっさには誰だか思い出せなかった。

同義語 "猛可的；猛可；猛可地"：¶做的菜嫌他淡了,他再來不管長短,加上大把的鹽,教人猛可的誤吃一口,哮喘半日。《醒54.9b.4》作った料理は,味が薄いと言えば,お構いなしに更に沢山の塩を入れた。知らずに人がそれを誤って食べると,長い間むせび喘いだ。¶狄希陳合小玉蘭說話,不妨〈＝防〉張茂實逼在墻角裏聽,猛可的說道。《醒66.4b.4》狄希陳と小玉蘭が話をしていると,不用意にも張茂実が壁の隅に近寄って聞いていた。そして,急に言った。¶怪小淫婦兒。猛可唬我一跳,你每在門首做甚麼。《金21.15a.5》このすべためが！いきなり驚かしやがって。お前達,この玄関口で何をしていたんだ。¶你哥哥四月二十頭猛可地害急心疼起來。《金9.4b.4》あなたのお兄さんは,4月20日頃心臓が急に痛み出したのです。

覓漢　mìhàn

名 作男＝"长工；雇工"。北方方言。《醒》では同義語"長工"も使用するが,"覓漢"が優勢：¶除了這兩行人,只是嫁與人做僕婦,或嫁與覓漢做莊家,他管得你牢牢住住的。《醒8.9b.1》こういう２種類の人を除いては,単に嫁いで女中となる,或いは作男に嫁いで百姓をするだけである。そうなれば,夫たちは家というものに縛るため,しっかりと捕まえておきます。

棉襖鞋　miánwēngxié

名 （防寒用の）綿のくつ＝"棉鞋"。山東方言：¶扎括的紅絹夾襖,綠絹裙子,家常的綠布小棉襖,青布棉褲,綽藍布棉背心子,青布棉襖鞋,青紬子腦搭,打扮的好不乾淨。《醒36.9b.6》紅絹の袷,緑絹のスカート,普通の緑の木綿の袷,黒色木綿のズボン,藍色木綿の胴衣,黒色木綿の綿の入った防寒用長靴,黒絹の頭巾をこしらえた。それで,着飾ってとても綺麗になった。

面　miàn

名 かお＝"脸"。南方方言,北方方言。唐五代に"脸"が「顔」を表し始める。非会話文には基本的に"面",会話文には"脸"。南北地理面よりも書面語,口頭語の差が際立つ：¶將就洗了手面。《醒3.10b.9》いい加減に手や顔を洗う。

— 熟語,成語等の決まり文句では"面"が例外的に会話文中に使用：¶我往後只面紅耳熱的,都是你兩口子念誦的。《醒32.11b.4》今後私が顔や耳が赤くほてったら全て貴方がたご夫婦の読経のせいなのね。¶俏一遭也沒來,人生面不熟的,怎麼怪他鎖門。《醒38.9b.1》僕らは一度も来ていないんだぜ。顔も分からない赤の他人だよ。どうして彼女が戸に鍵をかけることを咎められるのだい。

— 非会話文で使用：¶吳月娘接着拂去塵土舀水淨面畢,就令丫鬟院子内放卓兒。《金72.5b.4》呉月娘は引き続き埃を

払い,水を汲んで顔を洗い終えると,女中に中庭へ机を置くように命じた。¶平兒自覺面上有了光輝,方才漸漸的好了。《石44.6b.2》平児は顔に輝きを生じ,ようやく徐々に気分も良くなったことを自ら感じた。¶十三妹提的就是眼前這個人,霎時間羞得他面起紅雲。《兒9.11b.8》十三妹が指摘したのは,目の前のその人(安公子)だったので,さっと彼女(張金鳳)の顔には赤みがさした。
— 成語など:¶官哥兒穿着大紅段毛衫兒,生的面白紅唇,甚是富態。《金31.12a.4》官哥は緋緞子の産着を着て,顔は白く,唇赤く,とてもふくよかです。¶誰想安公子面嫩心虛,又吞吞吐吐的不肯道出實話。《兒5.11a.6》ところが,安公子は世に慣れず,おずおずびくびくするし,のらりくらりと曖昧で本当のことを言おうとしません。
— "臉"に代替できない"面善;面熟"は会話文でも使用:¶問孔擧人娘子道:這一位是那一們〈=門〉親家。雖是面善,這會想不起來了。孔擧人娘子道:可道面善,這是晁親家寵夫人。《醒11.2b.9》孔挙人の奥さんに「こちらはどちらのご親戚ですか。見覚えがあるのですが,今思い出せなくて」と尋ねると,孔挙人の奥さんは「見覚えがおありですとも。こちらは晁さんのお妾さんですわ!」と答えた。¶剛攪〈=纔〉進去的那位娘子,俺好面善,請出來俺見一見。《醒51.6b.8》ちょうど中へ入ったその奥さんはワシらよく見覚えがあります。どうぞワシらの前に姿を見せて下され!¶生得着實斯文清秀,到〈=倒〉也十分面善,只是想不起那一房的,叫甚麼名字。《石24.1a.4》とても上品できりっと美しい顔立ちで,とても見覚えがあります。ただ,どの親戚なのか,名前は何なのか,思い出せま

せん。

参考

洗面 xǐ miàn 運 顔を洗う="洗臉"。南方方言,北方方言。"洗面"は非会話文で使用:¶每日也還炤常的穿衣洗面。《醒21.3a.5》毎日いつものように着物をまとい,顔を洗っています。¶計氏起來,又使冷水洗了面,緊緊的梳了個頭。《醒9.4a.9》計氏は起床すると冷水で顔を洗い,きちんと髪をときました。¶那小璉哥已是洗面梳頭,換了衣服鞋脚,另是一个模樣了。《醒57.10b.7》その小璉哥は顔を洗い髪を結い,着物や履物を換えますと,全く別人のようです。¶一面平兒伏侍鳳姐另洗了面。《石72.10a.1》一方で,平児は鳳姐の世話をし,新たに顔を洗ってあげた。
— 熟語は会話文でも使用:¶光梳頭淨洗面。《醒4.2a.3, 44.6a.10》髪を綺麗に梳かし,顔を綺麗に洗う。☆"洗面"は《金》《石》で非会話文。《兒》では,"洗面"は地の文でも用いない。ただし,四字成語,慣用語では,決まり文句ゆえに"洗面"も用いる。《官》《週》は"洗臉"を採用し,"洗面"は不採用の如く歴然と差を見せる。

面孔 miànkǒng

名 かお="臉"。呉語。《現》の例では釈義"臉"と掲示する用例が"和藹的面孔","板着面孔"とし,「顔」そのものではなく,「顔の表情」(="臉上的表情")を指す。よって,厳密には"面孔"="臉"ではない。例えば,"圓面孔","洗面孔"とは現代共通語では一般に言わないからである。
—「顔」そのものを表す:¶喪了良心,塗抹了面孔。《醒34.1b.1》良心を失わせ,顔に泥を塗りまくる。¶都把他各人的

衫襟扯起來,替他蓋了面孔。《醒58.11b.4》各々のひとえの上着を引っ張って彼らの顔にかぶせた。
―「表情」,「顔つき」としての用法:¶一副正經面孔。《兒28.28a.7》まじめくさった面持ちをしていた。☆「顔」そのものを表す場合"臉"は北方語で"面"は南方語。なお,"面孔"は南北の境界線に位置する呉語。
―《海》の科白箇所では"面孔"を用い"臉"を用いない:¶耐再叫一個,也坍坍俚臺,看俚阿有倽面孔。《海15.2a.1》もう一人呼んで彼に恥をかかせてやろう。そして,彼がどんなツラをするか見よう。

面皮　miànpí

名 顔,顔面,メンツ,面の皮 ="脸皮;脸;面子"。呉語,粤語,閩語。《醒》では同義語"臉皮"も使用:¶素姐不聽便罷,聽了不由怒起,即時紫脹了面皮。《醒68.9a.5》素姐は聞かなかったら良かったのですが,聞くと思わず怒りがこみ上げ,即座に顔面を紫色に膨らませた。¶生的長挑身材,瓜子面皮,面上稀稀有幾點白麻子兒。《金91.2a.11》すらりとした体つき,うりざね顔で,顔には薄くポツポツと痘痕があります。¶鳳姐聽說,又急又愧,登時紫漲了面皮。《石74.4b.1》鳳姐は,それを聞いて慌てるやら恥じ入るやら,俄に顔色が変わりました。¶只急得他滿頭是汗,萬慮如蔴,紫漲了面皮,倒抽口涼氣,乜的一聲。《兒5.5b.10》焦って,彼は顔中汗だく,心は麻の如く大いに乱れ,顔は紫色に腫れ上がり,すうっと息を吸うやワーンと泣きました。

乜乜斜斜　miēmiexiéxié

形 とぼけた振りをする,わざと愚かな振りをする ="痴涎拖逗"。晋語,山東方言:¶不送茶也去送茶,不送水也去送水,在那跟前乜乜斜斜的引逗他。《醒66.10b.10》茶や水など必要もないのに運んでくるのです。その目の前でわざとしなを作り誘惑したのです。

同音語 "乜乜屑屑"[miēmiexièxiè]:¶我說:你吃了可早些出去回奶奶的話,看奶奶家裏不放心。他乜乜屑屑的不動憚〈=彈〉。《醒43.9a.8》私は「食べたら早く帰って奥様に報告してよ。奥様は家で心配しているから」と言ったわ。そうすると,奴はわざととぼけて動こうとしないのよ。¶狄希陳…看見素姐,一个丘頭大惹,兩隻眼睛涎瞪着將起來,乜乜屑屑的在跟前獻那殷懃。《醒61.10a.6》狄希陳は…素姐を見て深々と挨拶をし,二つの目はニヤニヤと目の前でわざとバカな振りをしながら盛んにご機嫌をとります。

同音語 "乜乜踅踅"[miēmiexuéxué]:¶那晁住乜乜踅踅的不肯動身,只得三薄兩點,打發了打發。《醒43.5a.6》晁住はわざととぼけた振りをして,体を動かそうとしない。そこで,仕方なく早々にあしらって帰らそうとした。

同義語 "乜謑:乜謝"[miēxiè]山東方言:¶人嫌他汗氣,我聞的是香。人說他乜謑,我說是溫柔。《醒80.2a.5》あの人(希陳)の汗のにおいさえ,他の人が嫌ってもわたしには良い香りをかぐようだったわ。人は,彼は間が抜けていると言うけれども私に言わせれば優しい人なのよ。¶氣的老狄婆子…:這要是你爹這們乜謝地寧頭,我也要打。《醒52.3a.1》狄奥さんは怒って…「もしお前のお父さんがお前のように間が抜けていて頑固者なら,私でもぶっちゃうわよ!」と言った。

滅貼　miètiē

形 沈黙している,むっつりしている =

"老实服贴;沉默;势头渐弱"。北京方言：¶鎮壓了幾句,珍哥倒漸漸滅貼去了。《醒8.7a.5》何句かの言葉で鎮圧した結果,珍哥もようやく大人しく引き下がった。

抿　mǐn

動 1. 打つ,叩く＝"打;抢"。北方方言：¶看了一看,旁裏綽過一根門拴,舉起來就抿。《醒60.12a.5》少し見ますと,そばにある1本の閂をひっつかみ,振り上げて叩きにかかります。¶扯的粉碎,上遭使那紫茄子般的拳頭就抿,下遭使那兩隻稍瓜長的大脚就踢。《醒67.6b.3》粉々に引き裂き,上ではそのナスのような拳で叩き,下ではその2本のやや長いウリのような太い足で蹴ります。

2. 食べる＝"吃"。北方方言。次例の"生蔥生蒜齊抿"と"猪肉牛肉儘吞"は対を成し,"抿"と"吃"は同義(ここでは「食べる」を表す)：¶他也常是請人,人也常是回席。席上都有妓女陪酒,生蔥生蒜齊抿,猪肉牛肉儘吞。《醒93.4b.6》彼(無辺和尚)はしょっちゅう人を招きますが,相手の人もしょっちゅう答礼の宴をします。宴席ではいつも妓女が酒の相手をし,生のタマネギやニンニクも食べますし,ブタやウシの肉も全て貪り食います。

明快　míngkuai

形 明るい＝"明亮"。山東方言。《醒》では同義語"明亮"も用いる：¶等到那咎晚纔來,說有幾个哩,他明日清早叫我在家裏等他罷。我趂明快往家去,明日來回姑奶奶的話。《醒55.6a.5》とても遅くなってようやく戻ってきて言うには「(女中候補者は)何人かはいます」と。そして,その人は「明日の朝早く家で待っていてちょうだい！」と言うのです。私は「明るいうちに行って,明日戻って奥様にお返事致します」と答えました。

明早　míngzǎo

名 明日の朝＝"明天早上"。河北方言,南寧平話等：¶薛教授…：我明日也備一齋邀他家去。問說：師傅明早無事,候過寒家一齋。真君說道：貧道明早即去領齋。《醒29.11b.2》薛教授は…「私は明日お斎(とき)を準備し,あのお方を家へ招こう」。そこで,尋ねた「師匠様は明日の朝ご用事がおありでなければ拙宅へ来てお斎をお召し上がりになりませんか」真君は「それでは,拙僧,明日の朝,お斎を頂きに参りましょう」と答えた。¶他說你明早必定出門,他要且先行報復,…。你聽公公說,明日切不可出門,家中且躲避兩個月。《醒3.2a.8》奴はお前が明日の朝必ず家を出てくるから先ず報復をする。…お前はこの爺さんの言うことを聞いて,明日は絶対に家を出てはならん。家の中で2ヶ月ほど隠れているのじゃ。¶我本待不去難為你這等請得緊。你先去着。我等明早自家到那裏合狄嫂說話罷。《醒64.2a.10》行きたくないですが,あなたにこんなにせがまれてはね。あなた先に行ってください。私は,明日の朝お伺いして狄奥様とお話しましょう！¶倘不棄在小道方丈,權宿一宵,明早下山從容些。《金84.6a.1》もし宜しければ,私の方丈へ一晩お泊りなされ。明日の朝下山すればゆっくりするではござらぬか。¶二則夜里風大,等明早再去不遲。《石13.3a.1》二つ目には,夜は風が強いから明日の朝にしても遅くはないのだよ。¶我也睡去了,明早過來給姐姐道喜。《兒28.15b.10》私もこれで休みにゆきますわ。明日の朝お姉様におめでとうを申し上げにやって参ります。

明朝　míngzhāo

名 明日＝"明天"。江淮方言,西南方言,徽語,過渡,客話,閩語。《醒》では同義語"明日"が優勢：¶海會沒了師傅,又遂了做姑子的志向,果脗今日尚書府,**明朝**宰相家,走進走出。《醒8.11a.3》海会は,師匠の尼も死んで,自分が尼になる初志も遂げた。よって,今日は尚書のお屋敷,明日は宰相のお宅へと出入りした。¶分付次日早堂聽審。…。晁源與珍哥抱了頭哭道:我合你聚散死生,都只在**明朝**半日定了。《醒13.7b.2》次の日の朝の法廷で審理することを言われた。…。晁源は珍哥の首を抱きしめ「ワシとお前とは,一緒か別れか,死ぬか生きるか,明日の半日で全て決まってしまうんだ！」と泣いた。

—《海》の科白箇所では"明朝"を用い"明日；明天"を用いない：¶尤如意搭,**明朝**去末哉。《海14.5b.1》尤如意の所へは明日行けばよいでしょう。

磨牙　móyá

動 言い争う＝"費口舌；争辯；頂嘴"。北方方言,中原方言,江淮方言：¶童奶奶道：一分銀子添不上去。我的性兒你是知道的,我是合你**磨牙**費嘴的人麽。《醒55.10b.7》童夫人は「一分の銀子もこれ以上は上乗せできないよ。私の性格は,お前さん達よく知っているだろう。私はお前さん達と掛け合う人間ではないじゃないか」と言った。

饃饃　mómo

名 マントウ＝"馒头"。北方方言。現代語では一般に"馍馍"と作る。《醒》では同義語"饅頭"も用いるが,"饃饃"の方が優勢：¶晁夫人叫晁鳳媳婦拾了一大盒**饃饃**。《醒43.4b.10》晁夫人は晁鳳のかみさんに言いつけてマントウ大皿一つを買わせました。

同音語 "饝饝"：《兒》の"饝饝"の使用は「田舎者」の発話を象徴する：¶就是這早晚那去買個**饝饝**餅子去呢。《兒9.8a.2》こんなに遅くてはマントウやビンをどこへ買いに行けるんですか？

—《拍》の"饝饝"は「山東省の描写」箇所に限定：¶山東酒店,沒甚嘎飯下酒,無非是兩碟大蒜,幾个**饝饝**。《拍14.6b.5》山東の居酒屋では,別の酒の肴はありません。それは決まってニンニクの小皿二つといくつかのマントウにすぎないのです。☆《官》(p.41)に"饅頭"と"饝饝"の両者を同義語として並べるが,《週》は北京語ゆえに"饅頭"のみを有し,"饝饝"は未収。北京方言には継承されていない。

魔駝　mótuó

動 ぐずぐず引き延ばす,だらだらと引き延ばす＝"拖延；动作迟慢；磨蹭"。北方方言：¶你們休只管**魔駝**。中收拾做後晌的飯,怕短工子散的早。《醒19.6a.9》お前達,ぐずぐずするな！晚飯の準備をしろ！恐らく臨時雇いは仕事を上がるのが早いからな！

同音語 "磨它子"：¶有了,等我合他們**磨它子**,磨道〈＝到〉那兒是那兒。《兒27.12b.6》そうだわ！こんな人達に対しては,ぐずれる所までぐずぐずと引き延ばしてやろう！

抹　mǒ

動 （刀などで首を）切る＝"割；砍"。北方方言。《醒》では同義語"割；砍"も用いる：¶往時怕的是計氏行動上吊,動不動就**抹**勁。《醒1.8a.3》以前恐れていたのは,計氏がややもすると首を吊るのではないか,自分で首を切るのではないか,ということであった。¶若又似前採打,我便趂勢炤他胸前戳他兩刀,然後自己**抹**了頭,對了他的命。《醒2.5b.6》もし以前の

mǒ 一

ように踏みつけ殴るのなら,私は隙を見てあの人の胸もとめがけて２度ばかり小刀で切り込もう。命を償ってもらうわ。そして,自分の首を刎ねるだけだわ。¶昨日他妹子各人抹了脖子〈＝子〉。《石67.20b.2》昨日,あの方の妹様は,自分の首を切ってしまわれました！

抹嘴 mǒzuǐ

動 めしを食う＝"吃饭"。山東方言：¶第一不要偷饞抹嘴,第二不要鬆放了脚。《醒36.8b.3》第一に盗み食いをしてはならぬ。第二に足を休めてはならぬ。¶也只是偸買點子東西抹抹嘴。《醒38.4a.4》ただ少しのものをこっそりと買いぐいしよう！¶今日各宅眾奶奶吃酒,六姐見着他看哥兒,那裡抹嘴去。《金42.3a.10》今日,各々の奥様方が酒をお召し上がりです。六奥様もその人に坊やのおもりをさせ,そちらでご飯を食べに行かれました。

莫 mò

副 …するな(「禁止」を表す)＝"別；不要"。西南方言,湘語,贛語,南方方言。《醒》では生硬ゆえ,女性のセリフには不使用：¶千萬要把那本金剛經自己佩在身上,方可前進,切莫忘記了。《醒3.13a.2》必ずその『金剛経』を身につけておくべきじゃ。そうして初めて前へ進む事が可能じゃ。決して忘れるでないぞ！¶莫去攪混他,且看他怎麼死得。只遠遠的防閑他,不要叫他自盡。《醒21.3b.4》彼をかき乱すでない。ひとまずどういう死に方をするか見ていよう。遠くの方で他人の出入りを制限しておきなさい。また,彼に自尽させないようにな！¶那求仙學佛的人雖說下苦修行,要緊處先在戒断酒、色、財、氣。這四件之內,莫把那財字看做第三,切戒處還當看做第一。《醒34.1a.7》かの仙、佛を求道する人は苦行するのであるが,肝要なことは,まず,酒、色、財、怒を戒めるべきである。この四つのうち,財を第三位と見なしてはならぬ。切に戒めるべき第一位とみなすべきなのである。¶這一日你也莫來,直到第三日晌午前後,你整整齊齊打扮了來。《金3.2b.10》その日は,あんたは来なくてよろしい。三日目のお昼前後になって,身なりをきちんとしてお出でなさい。¶你莫送我,進去看官哥去罷。《金53.2b.4》あんたは私を見送ってくれなくてもいいよ。中へ入って官哥を見てやりなさいな！¶你且莫問,日後自然明白的。《石1.2a.7》お前は今尋ねなくても,いずれ自ずとわかるのじゃて！¶你老人家莫焦躁,不如明日請上二叔幫着再攔他一攔去罷。《兒16.10b.1》お父さん,焦ってイライラしなさんな！明日にでも二叔父さんにお手伝いをして頂き,彼女を引き留めに行ってもらったら。¶姐姐且莫傷心,妹子還有一言告。《兒26.29b.3》お姉様,悲しまないで下さい。妹の私めにはまだ一言申し上げる事があります。☆このように,《兒》は女性のセリフでも使用。

同義語 "莫要；莫得"：¶你只依我畫,莫要管。除却了陳老先生,別人也不來管那閑帳。《醒18.10b.5》ワシの言う通りに描けば良い。かまやしないから。陳老先生以外,他に誰もぐずぐず言わないよ！¶且先殺了淫婦,把這个〈＝個〉禽獸叫他醒來殺他,莫要叫他不知不覺的便宜了。《醒19.14b.8》先ず淫婦を殺してから,このけだものを叩き起こし殺してやる。眠っていて,知らない内に死ぬ,なんて得なことをさせまいぞ。¶你且莫要煩惱,待我再去查他的食品還有多少,再作商議。《醒29.5a.10》お前,そう悩む

な！もう一度彼の延命になる食品がまだどれだけあるか調べてからまた相談しよう。¶ 着到幾時。**莫要**着了。《金54.4b.6》いつまで碁を指しているんだい。もうよしておきな！¶ 老爺子,你老人家可千萬**莫要**性急。《兒16.15b.7》親父さん,絶対に焦ったりしないように！¶ 尚書在船,**莫得**驚動。《醒16.2a.10》尚書船に在り,驚かすことなかれ！

拇量　mǔliang

動 推測する,見積もる＝"估計；揣度；推測"。山東方言,閩語。《醒》では同義語"估計；姑量(＝估量)"も使用するが,"摸量；拇量"が優勢：¶ 後晌來家,到姑娘屋裏挨挨摸會子,**拇量**着,中睡覺的時節才進屋裏去,看那風犯兒的緊慢。《醒58.5b.7》夜,家へ戻り,おばさんの部屋へ行ってしばらく時間をつぶし,眠ろうとする時を見計らって部屋へ入るんだけれども,相手の態度がさほど急いでいないかを窺うんだぜ。

同音語 "摸量：模量"：¶ 摸量着讀得書的,便教他習擧業。讀不得的,或是務農,或是習甚麽手藝。《醒23.3a.5》学問をきちんとやるなら,応試の詩文を勉強させます。そして,学問ができなければ,農業または手に何か技術を学ばせます。¶ 我**摸量**着你往後沒心頑了,可惜了的撩了,爽利都給了我罷。《醒70.8a.7》あんたがこれから(この小鳥と)遊ぶ気がなくなり,放っておくのを惜しいと思ったんだ。だから,いっそのことどちらも俺にくれよ！¶ 你老人家**摸量**惜些情兒,人身上穿着恁單衣裳就打恁一下。《金48.7a.9》あなた様は様子を見て手加減してくださいよ！人がこんなに薄着をしているのに,こっぴどくぶつなんて！¶ 他**模量**着這是好人,人孝敬他些甚麽,他纔肯收你的哩。《醒96.11b.3》あの人達は,こちらが善人で何かを差し上げると思っています。だから,それでこそ,あの人達はあなたを受け入れるのです。

N

拿 ná
[動] 塩漬けにする, (味噌, 粉等を)つける =“腌制; 泡制”。山東方言: ¶將次近午, 調羹的魚也做完, 螃蟹都剁成了塊, 使油醬豆粉拿了, 等喫時現炒。《醒58.2a.3》間もなくお昼近くになり, 調羹の魚料理は作り終えた。カニはぶつ切りにし, 油, 味噌, 豆粉をつけ, 食べる時に炒めるようにします。

拿班 nábān
[動] お高くとまる, もったいをつける, 気取る =“拿腔; 裝腔作勢”。官話: ¶再說權、戴兩人拿腔作勢, 心上恨不得一時飛上山去, 口裏故意拿班, 指望郭總兵也要似狄希陳這般央及。《醒87.14b.1》さて, 權、戴の二人も虛勢を張っているが, 心の中ではすぐにでも山上へ飛んでゆきたくてたまらないのです。但し, 口では故意にお高くとまり, 郭總兵にも狄希陳と同じようにお願いさせてやりたいと考えています。
[同義語]“拿腔作勢”: 前記例句に[成]「空威張りする」がある。

拿掇 náduo
[動] 作る, 持つ =“做; 拿”。山東方言。“掇”は接尾語。董遵章1985に“拿掇”を「今方言說“拿打”」とする。《醒》にも“跳搭; 唬答”等[V+da]が多い: ¶差不多的小衣小裳, 我都拿掇的出去。《醒49.13b.10》赤子のたいていの着物は私が作りたいのです。¶好客的人常好留人喫飯, 就是差不多的兩三席酒, 都將就拿掇的出來了, 省子〈=了〉叫廚子, 倘早晚那樣方便哩。《醒55.2a.2》お客好きの人なら客を接待していつも料理を出すですしょ。それなら, たとえ大体2, 3の宴でも何とか作ってくれます。ですから料理人を呼ぶ手間が省けますし, どのみち, いろいろとても便利ですよ! ¶我就聽不上你恁說嘴。自你家的好拿掇的出來見的人。《金75.15b.1》私は, あなたがそんなへらず口をたたくのを聞いちゃおれませんわ! 自分の家の妾が(美人揃いで)よいですと, 人前に挨拶に出せますからね! ☆《石》《兒》に未收。

拿訛頭 ná étóu
[熟] ゆする, 強要する =“捉人短處進行敲詐; 勒索”。北京方言, 山東方言: ¶晁老…: …, 到了二十七, 這時節多應不來了。休要被人拿訛頭, 不是頑的。《醒7.3a.9》晁老人は…「…。27日になったぞ。今頃は恐らく戻ってくる筈なのに來ない。人にゆすられたりしているのではないか。そうならばただごとではないぞ」と言った。
[同音語]“拿鷲頭”。吳語: ¶這些街鄰光棍, 不怕他似往常臭硬澈〈=撒〉潑, 躧狗尾, 拿鷲頭, 往上平走。《醒72.7b.4》彼女の以前の暴れっぷりやゆすりたかり等, 無法な行動が今では通用しなくなりました。そうすると, 町のゴロツキが家へ平氣で上がり込んでくるようになった。

拿發 náfā
[動] 降伏する, 屈服する =“降伏; 制服”。山東方言: ¶我賭氣偏要合漢子睡兩夜。你曉得了便宜, 你還拿發着人。《醒87.11b.1》こうなれば, 腹が立ってしかたないから, どうしても男と二晩や三晩は寝てやる! 奥さんにおまかせしてうま

い汁を吸わせてやろうってのに,奥さんはまだ私を屈服させるってのかい。
同義語 "拿着"。山東方言:¶饒我那咎拿着漢子,像吸鋮〈=鉄〉石一般,要似這們个像生,我也打他幾下子。《醒64.10b.6》よしんば私に夫がいて,懲らしめる時あたかも磁石でひきつけようにも,霊前の人型のようにまるで効力無しならば,私でもぶち切れたくなりますね。

拿捏　nánie

動 1. 故意にふりをする,わざと思わせぶりにする,わざとぎこちない様子をする ＝"扭捏;举止言谈不大方;故意装出某种样子"。北方方言。《醒》では同義語"纽捏(＝扭捏)"も用いる:¶晁大舍也不似昨日拿捏官腔,童山人也不似昨日十分諸媚。《醒4.6a.6》晁大舍も昨日のもったいぶった役人口調ではなく,童山人も昨日の十分すぎるへつらいではなかった。¶只得拿捏着漫漫〈=慢慢〉的退出。《程甲84.6b.2》思わせぶりたっぷりにゆっくりと退出します。

2. 困らせる,難癖をつける ＝"要挟;刁难"。北方方言:¶日後纔不受人家的拿捏。《程甲92.5a.3》(そうすることにより)後日,他人から難癖をつけられずに済むというものです。

拿住苗　názhù miáo

[連] 苗が出揃い且つ元気良く育っている ＝"禾苗出得全且长势好,无断垄"。山東方言:¶可喜收了麥子,拿住了秋苗,完成了這一片救人的心腸,成就了這一段賑荒的美事。《醒32.5b.8》幸い,麦を収穫し,秋の苗も元気良く育っている。だから,人を救う気持ちを全うし,そして,罹災者を救うという善行もかなえられた。

那個　nǎge

代 だれ ＝"谁"。北方方言,過渡,客話:¶老爺奶奶是怎麽知道有了珍姨。是那個說的。《醒7.4b.2》両親はなぜ珍姨の存在を知っているのだろう。誰が言ったのかな。¶是那箇撒野在這裡溺尿。《金82.5a.7》どこの不届き者がこんな所でおしっこをしているの。¶支使的個小王八子,亂烘烘的不知依那個的是。《金73.9b.8》小王八の奴らは,あれこれ言われて,誰の言うことに従えば良いのかわからないのよ。¶多講。我婁某自來破除情面,不受請託,那個不知。難道獨你不曾聽得。《兒35.12a.9》ええい,黙らっしゃい!婁某がこれまで情実に負けず,人の頼み事を受けずに来たのは,誰も知らないことではござらん。まさか,お主だけが聞いておらぬはずあるまい!

同義語 "那一個":¶這會子逼死了,你們遂了心。我饒那一個。《石25.11a.5》今回,死に追いやればお前達は思いを遂げただろう。ワシはそやつらを許しはしないぞ!

那裏放着　nǎli fàngzhe

[連] なぜ,どうして ＝"怎么"。山東方言:¶我將酒請人,並無惡意。這小嬌春是我相處的,你那裏放着只管打我。《醒66.8a.9》ボクが酒で接待しているのは,別に他意はありません。この小嬌春は,ボクの同じ所の者です。それなのに,あんたはなぜやたらボクを叩くのですか。¶這能有多大點子東西,我就送不起這套衣裳與大嫂穿麼。那裏放着我收這銀子。《醒66.2a.4》ボクはこの着物を姉さんにただで贈れないとでもいうのかい。どうしてボクがこの銀子を受け取れるんだい。¶抹着个通紅的唇,裂到兩耳根,不像个廟裏的鬼哩。那裏放着買這們些東西給他。那裏放着守他這們一向纔來。《醒87.4b.5》赤い唇が両耳まで裂けてい

るなんて。それじゃ,廟の幽霊と変わらないじゃないの！また,なぜそんなにも沢山の物を買ってあげるのよ。それに,なぜそんなにもその女にずっと付き添っているの！¶兩口子合氣,是人間的常事,**那裏放着**就要跳河。《醒87.5b.2》夫婦喧嘩はこの世の常です。それなのに,なぜ川へ跳び込もうとするのですか。

類義語 "那些兒放着;那…兒放着": ¶你笑話我老,我**那些兒放着**老。《金58.11a.4》お前はワシを年寄りだと笑うが,ワシのどこが年寄りなものか！¶老娘這脚**那些兒放着**歪。《金43.6a.9》私のこの足,どこが歪んでいるのよ！¶我這紗帽**那塊兒放着**破。《金43.6a.7》ワシのその紗帽のどこが破れているのか！☆全て「反語」を表す。

那僧　nàzan

代 その頃,その時,昔 = "那时候;那会儿"。北方方言:¶我也不是拿着東西胡亂給人的。**那僧**你爺往京裏去選官,他曾賣了老計奶奶一頂珠冠,十八兩銀子。《醒30.14b.5》私も人に対してむやみに物をあげません。昔,旦那様は都へ官吏になるために行ったとき,あの人は老計奥さんの珠冠を売り,18両こしらえたのです。¶你**那僧**怎麼不回去合我說知。我替你拿賊,追他好來。《醒99.14b.10》お前達は,その時なぜ戻ってワシに知らせなかったのだ。ワシがお前達に代わって賊を捕らえるため,追いかけたのに！

同音語 "那咱;那咱": ¶你**那咱**不打我,我生兒長女的打我。《醒48.11b.1》お前は,あの頃私をぶたなかったのに,私が子供を産み育てたときのように私をぶつのね。¶你昨日早辰使他往那里去。**那咱纔**來。《金33.1b.5》あなたは,昨日の朝,あの人をどこへ行かせたのですか。あのような時間にようやく戻ってきたのですよ！¶不如**那咱**哥做會首時,還有個張主。不久還要請哥上會去。《金35.7a.4》あの頃,兄貴が会の頭になってくれていたのが良かった。まっとうな考えもして頂いていましたからね。そのうち,また兄貴を会にお招きしますから。

納　nà

動 縫う = "縫制"。北方方言:¶這个說:我**納**的好鞋底。這个說:我做的好鞋幫。《醒21.9b.4》こちらで「私は靴底を縫い付けるのが上手です」といえば,あちらで「私は靴の両側を縫いつけるのがうまいです」と言う。

奶奶　nǎinai

名 (若)奥様 = "少奶奶;太太"。北方方言,吳語:¶**奶奶**,你許的這是中等的價錢。《醒55.10b.3》奥さん,それは中等の値段でございます。¶只見蔡老娘進門望眾人:那位主家**奶奶**。《金30.7b.11》蔡産婆が入ってきた。皆を見て「どなたがご主人様の奥様でいらっしゃいますか」と尋ねます。¶你瞧,我眼花了,也沒看見**奶奶**在這里,也沒道多謝。《石29.6a.1》ほうれ,ワシは目がかすんでしまったようです。若奥様がここにいらっしゃるのに分からなくて。御礼も申し上げておりませんでした。¶這公婆自然就同父母一樣,你見誰提起爸爸,**奶奶**來也害羞來着。《兒14.4b.5》舅,姑は両親と同じものなのよ。父親や母親のことを言って恥ずかしがる人なんていないわ！¶奴才太太同大**奶奶**已經到門了。《兒17.2a.5》大奥様と若奥様が既に玄関前にご到着なさいました。

── "奶奶" + 接尾辞 "子" (身分の低い女性):¶你快家去罷,你們老**奶奶子**不濟事兒啊。《兒3.10b.2》早く家にもどるん

だ！お前のおっかさんがくたばっちまったんだぜ！
― 年配の婆さん：¶我們這里周大娘有三个〈=個〉呢,還有兩个〈=個〉周**奶奶**。《石6.4b.4》おいらのところには,周おばさんというのが三人いるんだ！それから周の奥さんというのも二人いるんだよ。

妳母　nǎimǔ

名 乳母＝"奶妈"。北方方言,粤語,閩語。《醒》では同義語"奶母;妳子"と共に使用：¶要與婆婆分開另住他漢子又不依他,賭氣的要捨了孩子與人家做**妳母**,就是五年為滿也罷。《醒49.7a.7》お姑さんと別れて住みたいが,夫が賛成しない。そこで,体面を保つために子供を捨て他人の乳母となる。たとえ,5年を年季としても構わない。

同音語 "奶母"：¶賈政看時,認得是寶玉的**奶母**之子名喚李貴。《石9.2a.6》賈政が見たところ,宝玉の乳母だった子で,名を李貴と呼ぶと分かった。¶以至你的**奶母**丫鬟,眼下都在我家。《兒19.22b.3》あなたの乳母,女中に到るまで目下全員私の家にいます！

妳膀　nǎipāng

名 乳房＝"乳房"。山東方言：¶我要赶上,我照着他**妳膀**結結實實的挺頓拳頭給他。《醒59.8b.3》ワシが追いかけて捕まえたら,奴の乳房に思いっきり鉄拳を食らわせてやる！¶鼓澎澎一个臉彈,全不似半老佳人。飽撑撑兩隻**妳膀**,還竟是少年女子。《醒72.11b.3》ふっくらした顔は,全くうば桜に似てもにつかず,豊かな両の乳房はまだ年若き女の子のよう。

― "奶膀"＋接尾辞"子"：¶又有個四十餘歲鮎魚脚的胖老婆子,也穿件新藍布衫兒,戴朵紅石榴花兒,皺〈=鼓〉着俩大**奶膀子**,腆着個大肚子。《兒28.22b.1》40歳あまりのダイコン足の肥えた女が,同じく新しい藍色木綿の上着を着て,赤いザクロの花を髪につけ,両の大きな乳房で胸は膨らみ,そして,大きな腹を突き出していた。

妳子　nǎizi

名 乳母＝"奶妈"。北方方言。《醒》では同義語"奶母"の使用は少ない。"奶媽"は未検出。"奶子;妳子"が優勢：¶胡無翳接過來抱了一會,**妳子**方才接了回去,還着實有個顧戀的光景。《醒22.18a.8》胡無翳は,しばらくの間抱きましたが,乳母がようやく抱き戻しました。しかし,なおもとっても未練たっぷりのようです。¶且說晁梁自從他落地,雖是雇了**妳子**看養,時刻都是晁夫人照管。《醒49.1a.10》さて,晁梁はこの世に生まれ落ちて以来,雇われた乳母に育ててもらってはいるのですが,四六時中いつも晁夫人が面倒をみています。¶又叫相大舅把小孩子抱到家去,尋**妳子**喂養,防備素姐陰害。《醒76.5b.10》また,相大舅に子供を家まで抱いて行ってもらい,乳母にお乳をあげさせます。これは,素姐が陰で殺めることから防ぐためです。☆《醒》は多くが"奶子"を"妳子"と作る。

同音語 "奶子"：¶和**奶子**搊到炕上,半日不省人事。《金61.17b.10》乳母と共にオンドルの上に引っ張り上げたが,長い間,意識不明だった。¶迎春正因他乳母護〈=獲〉罪。…邢夫人因說道:你這麼大了,由着你**奶子**行此事,你也不說說他。《石73.6b.10》迎春は,自分の乳母が罪を着せられてしまい,…。邢夫人は「あんたはそんなに大きくなっているのに,自分の乳母があのような事をでかしても叱らないの」と言った。☆

《石》では多くが「会話文に"奶子"、地の文に"乳母"」とする。

男子人　nánzǐrén

名　男性，男の人＝"男人"。吳語，贛語：¶俺倒不好說甚麼了，顯見的俺們為家裏沒了**男子人**欺負寡婦的一般。《醒22.13a.4》ワシらは何も言い出せないのです。家の中に男の人がいなくなったのを良い事にワシらが未亡人を苛めているように見られますのでね。

攮　nǎng

動　押す，突き飛ばす＝"推；猛推"。北方方言，過渡。次例の"推"と"攮"は同義語の対を形成：¶計氏趕將來採打，或將計氏乘機推一交，**攮**兩步。漸漸至于兩相對罵，兩相對打。《醒1.8a.2》計氏は，追いかけてきて踏みつけたり殴ったりします。また，機に乗じて計氏を押したり突き飛ばしたりします。そして，徐々に双方が罵りあい，殴りあったりするのです。¶西門慶龜頭蘸了藥，**攮**進去。《金78.4a.9》西門慶は，亀頭に媚薬をつけて押し入った。

攮包　nǎngbāo

名　役立たず，能なし(人間)＝"廢物；無用(的人)"。北方方言。《醒》では同音語"膿包"が優勢：¶沒了我合老七，別的那幾個殘溜漢子老婆都是幾个偎濃啞血的**攮包**，不消怕他的。《醒53.8a.2》ワシと老七がいなくなれば，他の何人かの残った男や女房どもは全て訳の分からない能なしばかりだから，そんな連中を恐れる必要はない！¶我要你這**攮包**雜種做甚。《醒63.13a.8》この役立たずのろくでなしに一体何ができるって言うの。¶俺那個是**攮包**，見了他，只好遞降書罷了。到好合那單奶奶做一對的。《醒81.5b.7》ワシのあれは役立たずさ。あの人に会えば仕方なく降参の白旗を揚げるだけだぜ。単奥さん(あんたの嫁さん)とならば良き一対だな。

同音語　"濃包；膿包"：¶**濃包**忘八。渾帳烏龜。《醒3.12a.2》能なしの恥知らず！バカの意気地無し！¶甚至于丈人也還有子，只是那舅子有些**膿包**，丈人死了，把丈人的家事抬个絲毫不剩。《醒26.2a.9》岳父にいたっては子供があったが，ただ，その人は少し能なしでした。岳父が死にますと，岳父の家財道具を少しも残らずことごとく担ぎ出した。¶這是兩個出尖的光棍，其外也還有幾個**膿包**，倚負這兩個兇人。《醒20.7a.5》この二人は，札付きのゴロツキである。その他にもなお幾人かの人でなしはいたが，皆この二人の悪党を頼りにしていた。

攮嗓　nǎngsang (又)nǎngsǎng

動　懸命に食べ物を口に詰め込む＝"拼命地往嘴里塞食物"。北方方言：¶你頭暈惡心是**攮嗓**的多了，沒的干胲膊事麼。《醒74.6a.10》お前の「目がくらみ吐き気がする」というのは，がつがつと食い過ぎだわ。腕のこととは関係ないんじゃない。¶烙了一大些肉合子，叫了他去，管了他一个飽。他也粧獸不折本，案着絕不作假，**攮嗓**了个夠。《醒78.14b.3》大きな肉入りの包み焼きを作って，彼を呼んで腹一杯食べさせた。彼もバカのふりをし，損をしないように，全く遠慮無しに懸命に食べ物を口に詰め込んだ。

同音語　"攮頼；攮喪"：¶小選子也會走到後面，成大瓶的酒，成碗的下飯，偷將出來，任意**攮頼**。《醒83.10a.6》小選子も奥へ行き，大瓶の酒，大碗のおかずを盗み出して思いっきり口に詰め込んだ。¶兩口子拿着饝饝就着肉，你看他**攮頼**，饞的那同院子住的老婆們過去過來《醒19.4b.6》夫婦はマントウに肉を添えて食べています。彼らの何とがっついて

— nǎo

いることでしょうか！その同じ長屋に住んでいる女房達は，羨ましくて行ったり来たりしています。¶外邊的這七个族人,一个家**攮喪**的鼾僧兒一般,都進來謝了晁夫人家去。《醒21.9b.7》外のこの7人の親戚一族は，口一杯に食べ物を押し込む大食らい坊主のように，皆入ってきて晁夫人の家へ御礼を言いにきた。

同義語 "攮"：¶狗肉蘸了濃濃的蒜汁,配着燒酒,**攮**在肚中,吃的酒醉,故粧作法,披了頭,赤了脚。《醒93.12a.6》イヌの肉を濃いニンニクの汁に浸し，焼酎と一緒に腹の中へ入れますと，酔ってわざと法術を使うふりをし，髪は振り乱れ，足も裸足です。¶比那做女兒的時節着實那彊頭別腦,甚是不同,喫雞蛋,**攮**燒酒。《醒56.3b.3》娘の時よりもうんと強情でかたくなです。これまでとは，全くちがっているのです。ニワトリの卵を食べ，焼酎をあおっているのですから。

攮業 nǎngyè

形 いたずらっぽい，腕白である ="淘氣"。山東方言。《醒》では同義語"淘氣"も使用：¶他既不放進你去,你就往我屋裏睡去。這孩子可不有些**攮業**。怎麼一個頭一日就閂了門不叫女壻進去。《醒45.2a.3》あの子がお前を部屋の中へ入れてくれないのなら，私の部屋へ来て休めばいい。この子ったら，ちょっといたずら好きなのかね。新婚初夜なのに，部屋に閂をかけて婿を入れないのかねえ。

撓頭 náotóu

動 髪の毛がばさばさに乱れる ="头发蓬乱"。北方方言：¶只見吳學周的老婆**撓**了个頭。《醒31.4b.10》呉学周のかみさんは，髪の毛をばさばさに乱しています。¶素姐自己拿着那鞋,**撓着頭**,又着褲,走到狄婆子門口,把鞋往屋裏一撩。《醒52.4b.9》素姐自身その靴を手に持ち，髪の毛をばさばさにし，ズボンを乱雑に穿きつつ，狄奥さんの部屋の入り口までやって来て靴を中へ放り込んだ。

同音語 "猱頭"：¶晁大舍約摸大家都睡着了,**猱了頭**,披了一件汗掛,靸着鞋,悄悄的溜到唐氏房門口。《醒19.8b.9》晁大舍は，皆が寝ついた頃を見計らって，髪の毛をばさばさにし，シャツをひっかけ，靴をつっかけて，こっそりと唐氏の部屋の入り口に滑り込みました。¶有一個老頭子,**猱了頭**,穿了一件破布夾襖,一雙破趿鞋,手裡提了一根布袋。《醒23.4b.2》あるお爺さんが髪の毛をばさばさにし，ぼろ綿のあわせの長上着を着，1足のぼろ靴をつっかけ，手には布袋一つ提げていました。¶他正在那人圍的圈子裏頭,光着脊梁,**猱着頭**,那裏跳搭。《醒32.8b.7》彼は丁度その人々が囲む輪の中で背中を剥き出しにし，髪の毛をばさばさにしてそこで暴れ回っています。¶身穿五彩灑綫**猱頭**獅子補子員＜＝圓＞領,四指大寬萌金茄楠香帶。《金31.5a.7》体に五色の刺繍でばさばさのたてがみの獅子の紋章をつけた丸襟の官服に，4本指の幅がある金色の伽楠香の帯を身につけています。

惱巴巴 nǎobābā

形 悩んでいる，怒っている ="惱怒"。山東方言：¶你回來路上歡歡喜喜的,你如何便**惱巴巴**起來。《醒2.1b.1》あんたは，戻ってくる時，喜々としていたのに，どうして急に悩み出したの。¶已將日落時節,素姐**惱巴巴**不曾吃飯。《醒95.11a.6》既に日が暮れる頃ですが，素姐は怒りのあまり，ご飯を食べようとしていません。

腦門　nǎomén

名 ひたい＝"前額；額头"。北方方言，贛語：¶朝廷的法度，丟在腦門後邊。《醒62.1b.10》朝廷のご法度などは，頭の後ろの方に放り去ります。¶也沒聽見人叫奶奶甚麼，總然是撩在腦門後頭去了。《醒86.4a.3》人が，奥さんのことをどうだとか聞いた事がありません。好き放題に頭の後ろの方へほうり去っていますよ。

— "腦門"＋接尾辞"子"：¶忽見黑金剛郝武把手拍了拍腦門子，嘆了口氣，向眾人說道。《兒21.21b.5》突然，黑金剛郝武が手でひたいを叩き，ため息をついて皆に言った。

鬧熱　nàorè

形 騒がしい，賑やかである＝"热闹"。南方方言。現代方言においては"热闹"が北方系語彙で，"闹热"が南方系語彙。"闹热"の地理的上限は揚子江流域：¶那旱石橋上，到〈＝倒〉是个鬧熱所在。《醒15.9a.1》その石でできた陸橋の付近は賑やかな所でした。

—《石》には"熱鬧；鬧熱"双方見えるが，北京語色が強い《紅楼夢》後四十回には"熱鬧"のみが見え，"鬧熱"は見えない：¶三市六街人鬧熱，鳳城佳節賞元宵。《金46.4a.5》三市六街，人は賑やか，鳳城佳節，元宵を賞す。¶當下人雖不全，在家庭間小宴數來，也算是鬧熱的了。《石53.13a.6》この時，全員揃ってはいなかったが，家庭の小宴では賑やかなほうにみなされた。☆《程甲》では同一箇所を"熱鬧"にしている。《金》《醒》《石》も北方官話資料ゆえ，"熱鬧"の方が優勢。《兒》にも"鬧熱"は未収。《邇》は"熱鬧"を採用し，"鬧熱"を不採用。この現象は《紅楼夢》後40回と同様である。19世紀の北京語を表すゆえ首肯できる。《官》(p.23)は"熱鬧//鬧熱"と提示するゆえ，同一意義と捉えているようであるが，"鬧熱"の方を「南方語」だと明示する。

—《海》は科白箇所(呉語)を"鬧熱"，地の文を"熱鬧"に区別し使用：¶才是朋友，才是客人，俚咑也算鬧熱點好白相。《海14.4a.1》それこそ，皆さまお友だち，お客様です。あの人たちもさぞ賑やかで面白いのでしょう。

餒餒　něiněi

形 怖がっているさま，おびえている＝"惧怕的样子；胆怯的样子"。山東方言：¶你因甚麼見了他便有些餒餒的。別說他不過是一個少眼沒鼻子的東西。《醒95.2a.2》どうしてあんな人を見て怯えているのですか。あの人は，目が一つ欠け，鼻が無いやつにすぎないのですよ！

內裡　nèilǐ

名 内側＝"里边；里面"。北方方言，徽語，贛語，閩語。《醒》では同義語"裏邊；裏面"が極めて優勢：¶內裡有了六七分的厭心，外邊也便去了二三分的畏敬。《醒1.7b.6》心の内に6，7分厭う気持ちができました。そして，心の外にも畏敬の念が2，3分減少しました。¶內裡一個晁邦邦說：七叔，你前日…。《醒22.3b.3》その中の一人である晁邦邦が「七おじき，あんた先日…」と言った。¶飲食都是小厮內裡拿出來吃。《金18.7a.10》飲食の類は，全て小者の部屋から持ち出してきて食べます。¶外面自有褚一官帶了人張羅着預備吃的，內裡褚大娘子也指使着一羣鐮頭脚的婆兒調抹桌〈＝桌〉凳。《兒20.11a.7》外では褚一官が手下を連れ食事の準備を世話しています。中では褚夫人が大勢のがさつな女達に机や椅子を整えさせ，拭かせてい

ました。

同音語 "内里"：¶舊年我病了,却是傷寒,內里飲食停滯。《石51.10b.4》昨年,ボクが病気になったのは,傷寒(体が冷えることによって発熱する病気)だったが,体の中に食べ物が停滞していたんだ。

恁(地)　nèn(di)

代 このよう,そのよう,あのよう＝"这么;这样;那么;那样"。北方方言,過渡,南方方言。《醒》では同義語"這樣;那樣;這等;那等"が"恁"よりもやや優勢。"恁"の後は一般に単音節形容詞が位置する：¶晁夫人知道兒子當真做了這事,又見他病將起來,只怕是報應得恁快,慌做一團。《醒16.12a.8》晁夫人は,息子が本当にこんな事をしでかしたのだと知った。それで息子が病気になり,応報がかくも早く出たのかしらと慌てふためいた。¶你看這兩個私窠子麼。在家裏就像巡攔一般,巡的恁謹。《醒19.7a.10》お前達この売女めらが！家の中はまるで目明かしが見回るように厳しいな！¶你們都喫了不曾。怎便收拾得恁快。《醒22.9a.5》皆さん方,お腹いっぱいに召し上がりましたか。どうしてそんなにも早く後始末にとりかかるんですか。¶你怎的這咱還不梳頭收拾。上房請你說話。你怎猱的眼恁紅紅的。《金41.10a.7》お前は,どうして今頃になっても髪を梳かないんだい。奥ではお前に話があるんだよ。どうして目のふちがそんなにも真っ赤なんだい。

同義語 "恁般"：¶這嫡妻一來也是命限該盡,往日恁般折挫,偏不生氣害病,晦氣將到身上。《醒82.6b.1》この本妻は,一つには命運が尽きるべき時期であった。その昔,どんなにひどく虐待されても,その怒りで病になることはなかっ

た。今,不運が身に到ろうとしている。¶你看,今日福至心靈,恁般造化。《金90.5a.5》ほうれ,今では「福到って心働く」で,あんなに幸せですわ！¶明日請你爺兒三位借樁事兒分起先去,然後我再作恁般個行逕來。《兒16.21b.6》明日,あなた方三人に用事ということにして,先に行ってもらいます。その後に私はこのようにしようと考えているのです。

同義語 "恁樣"：¶從割舍不的拿着棒椎狠打恁樣一頓。《醒96.1b.8》棍棒であんなにひどくぶつなんて私にはできませんよ！¶這揑辣骨待死,越發頓恁樣茶上去了。《金24.9b.5》この淫売は今に死ぬよ。こんな茶を入れたりして！¶怪道叫怡紅院,原來匾上是恁樣四個字。《石26.4a.3》道理で怡紅院と言うんだな。元は扁額の4字からきているんだ。

同義語 "恁的"：¶這個和尚倒來得恁的了得。《兒6.15a.7》この坊主がこんなにも腕がたつとは！

恁答　nènda

代 そいつ,それ＝"那东西"。山東方言：¶快把恁答拿到吊遠子去。《醒7.2b.8》早くそいつを遠くへ持って行ってよ！☆"恁答"は《金》《石》《兒》に未収。

妮子　nīzi

名 女の子,女の子供＝"女子;女孩儿;姑娘"。北方方言：¶罷,退親纏好哩。我還不待要那小薛妮子哩。住房子的小菊姐,不標致呀。《醒33.8b.7》いいんだ。婚約なんて取り消された方がいい！ボクはあの薛の小娘なんていらない！そんな子よりも,部屋を借りてくれている小菊姐の方が美人だい！¶纏得十四五的妮子,如何就這們等的。《醒72.3a.10》ようやく14,5歳になったばかりの子供じゃないか！どうしてそんなふうなん

だい。¶西門慶叫春梅到房中，…收用了這妮子。《金10.8b.9》西門慶は、春梅を部屋の中へ呼び入れ、…その子に手をつけたのです。¶這妮子那裡曉得，他那個大爺投着這等義方的嚴父，仁厚的慈母，内助的賢妻，也不知修了幾聲〈＝生〉纔修得到此。《兒34.12b.8》この少女は何も分かっちゃいない。若旦那様が、正道を教える厳格な父親，仁徳厚い慈母のもとに生をうけ，内助の功がある賢妻に恵まれたのは，何世も生まれ変わりして修行し，ようやくここまで漕ぎつけたのです。

膩耐 nìnài ⇒ 油脂膩耐 yóuzhī nìnài

年時 niánshi

名 昨年＝"去年"。北方方言。《醒》では同義語"去年"よりも"年時"の方が優勢：¶到了**年時**三四月裏，退了毛。《醒7.2a.6》去年の3、4月になって毛が抜けちゃいました。¶有**年時**王招宣府中當的皮襖，你穿就是了。《金74.1b.7》去年，王招宣のお屋敷から質入れした毛皮の上着があるから，お前はそれを着ればいいさ！☆《石》《兒》にこの種の用法は未収。

類義語 "年時個"（年の初め）：¶今年**年時個**，我們山裡可就出了一隻磣大的老虎。《兒22.7a.9》今年初め，近くの山に1頭のでっかいトラが出たのじゃ。

念誦 niànsong

動 ブツブツ唱える＝"念叨"。北方方言。《醒》では"念誦"が極めて優勢：¶只許你**念誦**，不許我念誦罷。《醒75.9a.8》キミだけが何かしら唱えて，ボクは唱えてはいけないのかい。¶你就有這們些瓜兒多子兒少的**念誦**我。《醒77.14a.4》お前ったら，あれこれと私にブツブツ文句を言うのね。¶素姐梳洗完畢，在佛前叩了首，口裏喃喃喏喏的**念誦**。《醒86.

11b.8》素姐は，髪の毛を梳き，顔を洗い終えると仏前で叩頭しました。そして，口ではなにやらブツブツと唱えております。¶此時那位婁主政只樂的不住口的**念誦**。《兒35.20b.4》このとき，その妻主事は嬉しくて絶え間なくつぶやいていた。

娘 niáng

名 母親＝"母亲；妈"。北方方言，過渡。《醒》では同義語"媽"も用いる：¶狄希陳雌牙裂嘴，把兩隻手望着他**娘**舞哩。《醒33.7b.4》狄希陳は，歯を見せて笑い，両手を母親に向かって振り回しています。¶沒**娘**沒老子，在他叔手裏從小養活，趕着周大叔就叫爹、叫**娘**的。《醒72.9b.5》父母が亡くなったので，彼の手で小さい頃より養育されました。それで，周大叔をお父さん，お母さんと呼んでいるのです。¶說他家小姐今纔五個月兒，也和咱家孩子同歲，我嫌他沒**娘**。《金41.6b.8》あそこの娘は，今は5ヶ月になったばかりで，うちの子と同い年だというんだ。でもね，ワシは，その子が母親無しというのが嫌だったんだ。¶若不叫你們賣，沒有個看着老子**娘**餓死的理。《石19.10a.2》もしあなた達に売られなければ，両親が飢え死にするのを私が見ることになったのではなかったの。¶出去給你們作合，想來你**娘**也沒甚麼不肯的。《兒12.19b.10》ワシがお前達を夫婦にさせてやろう。お母さんも別に反対しないと思うよ。¶我何不認他作個乾**娘**，就叫他**娘**。《兒22.23a.3》私が養女になって，あの人を「お母さん！」と呼べばいいのだわ。

娘舅 niángjiù

名 叔父＝"舅父"。東北方言，江淮方言，西南方言，徽語，呉語，閩語。《醒》では同義語"母舅；舅舅"が優勢：¶一个〈＝個〉

— niáng

姓劉的,乃是梁生的娘舅。《醒5.6a.3》一人は劉と申し,梁生の母方の叔父です。

娘老子　niánglǎozi

名　父母＝"父母"。北方言,吳語。《醒》では同義語"爹娘"が極めて優勢。"娘老子"の使用も多い：¶省得他後日抱怨娘老子。《醒36.11a.1》後になって,両親に恨みを抱かれないように。¶那個沒個娘老子,就是石頭猺剌里迸出來,也有個窩巢兒。《金25.4b.10》誰にでもおとっつぁんやおっかさんはいるでしょ。たとえ石の隅っこから飛び出てきても巣穴はあるものよ。¶不知道他娘老子挣〈＝掙〉下多少錢与〈＝與〉他們,这広〈＝這麼〉開心兒。《石75.6b.3》両親が稼いだ錢をいくら息子らにあげていたのかは知りません。しかし,(ここでばくちを打ち)こんなに(お金を使って)気晴らしをするなんてね！

同音語　"孃老子"：¶兩箇且是不善,都要五兩銀子,孃老子就在外頭等着要銀子。《金95.9a.2》(奉公に出す少女の)二人とも確かに良くないね。どちらも5両の銀子で売るからと,両親が外で待っていてすぐに(5両の)銀子が欲しいという。

娘母子　niángmǔzǐ

名　母親＝"母亲"。北方言：¶素姐屋裏說到：…。我沒見娘母子的汗巾送給兒做表記。《醒52.2b.4》素姐は家の中から「…。わたしゃお母さんのしごきを息子にあげて記念にするなんて聞いた事もないですよ」と言った。

娘兒們　niángrmen

名　女,女の人＝"女人"。北方言。《醒》では同義語"女人；婦女；婦人"が極めて優勢。"娘兒們；婦女人家；婦人家；女人家"も使用：¶你矮坐着怕怎麼,俺娘兒們好說話。《醒71.4b.3》小さい腰掛けにお座りなさい。怖がらなくてもいいよ。座っていれば女同士,話がしやすいよ。¶當舖禮的利錢兒,俺娘兒們家裏做伴兒過着。你一個做官的人,不時少不了人上京。《醒84.2a.9》質屋で儲けた利益分は,私達女が家で仲良く連れ添って過ごすのにあてればよいのです。あなたのほうは,お役人となって度々人を上京させることもあるでしょう。¶好歹一家一計,幫扶着你娘兒們過日子,休要教人笑話。《金79.20b.10》いずれにせよ一家なんだから。奥さん達を助けて日々仲良く暮らし,人の笑いものにならないようにな！¶往年娘兒們雖多,終不似今年自己骨肉齊全的好。《石76.1b.5》以前は女の者も多うございました。けれども,今年のように肉親がすべて揃ったのとは違いますわ！¶你娘兒們且見見這個人再講。《兒7.10b.7》あんた達はこの人に会ってからにしてよ！

— 「単数」を表す：¶客官,方纔走的那個娘兒們,是一路來的麼。《兒5.8a.3》お客さん,先ほど出て行ったあの女性はお連れの方ですか。

娘子　niángzi

名　妻＝"妻子；太太"。北方言,吳語。《醒》では同義語"妻房、妻室、妻子"も使用：¶也只道是甚麼外邊的女人,有甚不平,却來上落,誰知就是晁大舍的娘子,立住了有上萬的人。《醒8.17a.6》外でどんな女性が何の不平があって罵っているのかと思ったら,何と晁大舍のかみさんでした。とても多くの人が立ち止まって見ています。¶晁大舍到了晚上,李成名娘子出去同他漢子睡了,晁大舍將晁住娘子打發了打發,各自去安歇。《醒19.8b.7》晁大舍は,夜になると李成名のかみさんが出て行って夫と一緒に

寝たのを見届けた。そこで,晁住のかみさんも追い払うようにして,寝に行かせた。¶問那常功道:前邊這位嫂子是誰家的。常功道:是大街上狄相公的娘子。《醒69.1b.9》常功に「このご婦人はどこのお家の方かな」と尋ねると,常功は「大通りの狄坊ちゃんの奥様です！」と答えた。¶這位娘子乃是我同僚正官之妻。《金84.9a.9》こちらの奥さんは,ワシと同僚の長官の妻です。¶他在後一代〈＝帶〉住着,他娘子却在家。《石6.4a.9》その人らは,この裏手に住んでおる。かみさんが家におるはずじゃ。¶到了他的娘子,你就等到一百年,也未必來的了。《兒8.15a.8》あの人のおかみさんに到っては,あんたが百年待っても来るわけないわ！

児化語 "娘子兒":¶房里還有一個生小姐的娘子哩。《金88.12a.5》家にはお嬢さんを生んだ別の奥さんがいるのよ！

您　nín

名 お前,お前さん達＝"你;你们"。北方方言:¶(楊太醫)…對晁住說道:您大爺這病,成了八九分病了。《醒2.9a.7》(楊医者は)…晁住に向かって「お前さんのご主人のこの病は既に8,9分の所まで来ている」と言った。

— 意味が複数を表す:¶您各人自家燕窩兒壘的一般,慢慢的收拾罷。《醒22.6b.4》あなた方それぞれ自分自身が,燕が巣を作るようにゆっくりと整理整頓して下さいね。

— 形が複数を表す:¶晁夫人道:您們都是賣地給俺的麼。《醒22.12b.1》晁夫人は「皆さんは全員私どもに田畑を売ったのですね」と言った。

扭別　niǔbié

動 拘禁する,縛る＝"拘押;捆扎"。山東方言:¶晁老被差人扭別住了,出去迎接不得。《醒17.8b.5》晁閣下は下役人に拘禁されていたので(訪問客があっても)出迎えができない。

扭別　niǔbie(又)niǔbiè

形 ひねくれている,従順でない＝"別扭;难对付;不顺从"。山東方言。但し,《汉语方言大词典》(p.3303),《現代漢語方言大詞典》(p.2094)等によれば,同音語"拗別"と作れば呉語:¶你以後順腦順頭的,不要扭別,你凡事都順從着《醒58.6b.7》あんたは今後従順にして,逆らってはいけません。全てのことに言うことをきくのです。

同音語 "拗別"[niùbiè(又)niùbie]:¶幸得晁源還不十分合他拗別。《醒18.11a.10》幸い,晁源はまださほど彼とは険悪な仲ではなかった。¶你也辨不出口中的滋味是甚麼東西。且是與主人拗別,分付叫白煑,他必定就是醋燒,叫他燒,他却是白煑。《醒54.10a.3》口の中の味から何であるかは判断できません。ただ,主人と仲たがいをしたため,水煮を言いつけられると奴は必ずや濃い味をつけて強火で煮るし,また,逆のことを言いつけられると奴は塩分を入れず単なる水煮とするのです。¶他的主意定了。你待拗別的過他哩。你就強留下他,他也作蹬的叫你不肯安生。《醒68.10b.4》あの人の考えは決まっているのに,お前はあの人に逆らおうとするのかい。もしお前があの人を無理に家に残しておけば,騒ぎたてられてお前を安心して暮らせないようにするだろう。

濃包;膿包　nóngbāo ⇒ 攮包　nǎngbāo

濃濟　nóngji

動 何とか暮らす,我慢する,何とか間に合わせる＝"將就;凑合;勉强对付"。山東方言:¶你可是不會閃人的。偺濃濟着住幾日,早進城去是本等。《醒19.7a.8》

旦那様は誰にでも優しいでしょ。それよりも何とか数日がまんして,早く城内へ帰るのが本来の道理というものですよ。¶煞後更得祁禹狄的一派縁法,你便濃濟些的字,差不多些的文章,他也便將就容納你了。《醒33.4a.7》後に祁禹狄のような縁を得れば,いい加減な字であっても,まあまあの文章ならば,彼らも我慢して受け入れてくれるだろう。¶陳先生的女兒嫁的是兵房書手,家中過活,亦是濃濟而已。《醒92.3b.2》陳先生の娘が嫁いだのは,役所兵房の書記官でしたが,家の暮らし向きは何とかやって行けるにすぎなかった。

[同音語] "膿着:濃着:嚷着:能着":¶你來在俺家,你識我見,大家膿着些兒罷了。《金91.12b.5》お前がこの家に来たのだから,お互いによく分かり合えて,皆で何とか暮らすのがいいよ。¶你知我見的,將就濃着些兒罷了,平白撑着頭兒逞甚麼强。《金41.9b.5》お互いに分かり合って,何とかこらえるのがいいわ。むやみに頭をもたげて強がることもないよ。¶要使甚麼,横竪有二姐姐的東西,能着些兒搭着就使了。《石57.12a.4》もし何か要るものがあれば,どうせ二お嬢様(迎春)の品物がありますわ。少しだけ我慢して何とか使えばいいのよ。☆《紅・戚》の同一箇所では"能着"を"嚷着"とする。

[同義語] "濃;農;農口":¶大家外邊濃幾年,令親陞轉,舍親也或是遇赦,或是起用的時候了。《醒84.13a.10》私の家族が,外地で何年間か何とか暮らしていれば,ご親戚が栄転され,また,私の親族が或いは恩赦に逢う,或いは重要な部署に起用されることもあるでしょう。¶裏邊小衣括裳,我陪上幾件兒,農着過了門,慢慢的你們可揀着心愛的做。《醒75.

15b.1》中にはこまごまとした着物を私が幾つか用意しましょう。何とか嫁いで,それからゆっくりとあんた方が好きなものを選んでこしらえて行けばいいではないですか!¶薛教授赴青州到過了任,那王府官的營生,且那衡府又是天下有名的淡薄去處,只好農口而已。《醒25.4a.9》薛教授は青州に着任しました。かの皇族の仕事です。その衡府は,また天下に貧乏で有名な所でした。ゆえに,仕方なく何とか暮らしていけるにすぎないのでした。

—《海》の科白箇所では"嚷"を用い,"將就:對付"等を用いない:¶一日日嚷下去,終究勿是道理。《海12.6b.6》毎日いいかげんに暮らすと,結局のところろくでもないことになる。

弄 nòng

[量] 衣服一揃いを数える="套"。徐復岭1993"兗州方言n、l混读,故栊、弄不分"とする:¶童奶奶合調羹看了這一弄衣服,約也費銀二兩有餘。《醒79.9a.1》童奥さんと調羹は,この一揃いの衣服を見て,おおよそだが十分に2両以上の銀子がかかっていると思った。

努劤拔力 nǔ jīn bá lì

[成] 力をふりしぼる,骨折る="使劲出力"。山東方言:¶數九的天不與綿衣裳穿,我看拉不上,努劤拔力的替他做了衣裳。《醒79.9a.8》最も寒い時に綿入れの服も着せないのだから。わたしゃ見かねて,一所懸命に服をこしらえてあげたんだよ!

女客 nǔkè

[名] 女性,女子="女的;女人"。吳語,贛語:¶就充了一次送飯的女客。《醒44.13b.3》最初に送られてきた食事係の女となります。¶邢夫人等一干女客,先在裡面久候。《石75.12a.10》邢夫人達の婦

人客は，皆内側の間で久しく待っていました。

拿　nuò

動 にぎる＝"握"。山東方言：¶楊春**拿**了七八**拿**錢放在那覓漢袖裏。《醒34.6b.9》楊春は，7，8錢ほどを掴んでその作男の袖の中に入れた。☆この例文の最初の"**拿**"は動詞で，2番目の"**拿**"は量詞。

量 片手で握るくらいのものを数える＝"把"。山東方言：¶給了我七八**拿**錢，夠十來兩銀子。《醒34.7a.5》7，8錢ほどくれました。これは充分10両余りの銀子になります。¶兩個媒婆對他娘說道：…。虱子臭蟲成**拿**家咬他老人家，他老人家知道捻殺個兒麼。寄姐吃喝道：罷。老婆子沒的浪聲。我怎麼來就有成**拿**的臭蟲虱子咬我《醒84.6b.3》二人の縁談とりもち女は，その子の母親に「…。両手いっぱい程のシラミやナンキン虫がそのお方を咬んでも，その中の1匹ですらひねり殺せないんですの」と言うと，寄姐は「やめて！へらず口をたたいたりするのは！私がなぜ両手いっぱい程のシラミやナンキン虫に咬まれなきゃならないの！」とどなりつけた。☆"成**拿**"の"成"は，「量詞の前に置いて一定の数量単位になっている事を表し，数量の多い事を強調する」働きをなす。

O

熰 ǒu

動 くすぶる, (湿って)煙る ="烟大火小的燃烧"。北方方言, 粵語: ¶只見窗前門前都豎着秋楷〈＝秸〉,點着火待着不着的熰,知是素姐因狄婆子打了他,又恨打的狄希陳不曾快暢,所以放火燒害。《醒48.9a.3》窓や戸の前には, コーリャンの茎が立てかけられて燻っています。素姐が狄奥さんにぶたれ, また, 狄希陳を得心するまでぶてなかった事を怨んでの放火殺人未遂だと判明しました。

P

怕不　pàbu

副 恐らく, ことによると ＝"也许；恐怕"。江淮方言(湖北省廣済)。《醒》では同義語"也許；恐怕"も使用：¶相棟宇道：這可是怎麼剝。他劉姐也會不。狄員外道：**怕不**也會哩。《醒58.3a.10》相棟宇は「これは,どのようにカニの殻を剥くのですか。劉姐でもできますか」と尋ねますと,狄員外は「恐らくできるでしょう」と答えた。¶薛如卞問說：這監夠幾日了。素姐道：**怕不**也有十來个日子。《醒63.11a.5》薛如卞は「今度の収監はどれくらいの日数になるの」とたずねますと,素姐は「おそらく十数日にはなるだろうね」と答えた。¶**怕不**就是春梅來了,也不止的。《金89.8b.11》恐らく春梅が来たのかもしれませんわ。¶如此用了工夫,再過幾年,**怕不**是大阮小阮了。《石78.11b.9》このように勉強していれば,もう何年か経つと恐らくは「大阮,小阮」(晋の阮籍とその甥の阮咸)のようになるでしょうね。¶倒虧他的老成見識,說道：這三千金通共也不過二百斤,**怕不**帶去了。《兒9.4a.2》彼の年の功から,この3千両は全部で200斤くらいの目方になるから,恐らく持って行けるだろう,と言うのよ。

同義語 "**怕不的；怕不得**"：¶那喜溜溜、水汪汪的一雙眼,合你通沒二樣,**怕不的**他那鞋你也穿的。《醒19.6a.6》その愛くるしい,輝いている二つの瞳はあんたと少しも変わらないわ。恐らく彼女の靴は,あんたも履けるわ！¶秦繼樓問：待合俺說甚麼。李九強說：**怕不的**是為楊春的事哩。《醒34.11a.2》秦継楼は「ワシに話とは何かな」と尋ねますと,李九強は「恐らく楊春の件でしょう」と答えた。¶這陳哥**怕不的**大嫂也管不下他來哩。這得一位利害嫂子像娘管爹似的,纔管出個好人來哩。《醒41.1b.6》この陳お坊ちゃんは,恐らく若奥様がいらっしゃっても抑えきれないでしょう。あたかも奥様が旦那様を手なずけられたように,厳しい若奥様を得られてこそ,しつけられて良い人物になるのです。¶嫁了他,**怕不的**也沒見個天日兒。《金76.24a.3》あの人に嫁いで,恐らくお天道様もご覧になっていないのね。¶若如此,**怕不得**這會子正出汗呢。《紅・戚22.21a.1》もしそうしていれば,恐らく今頃は冷や汗を流していたでしょうよ。

怕懼　pàjù

名 恐れるもの,恐怖 ＝ "惧怕；害怕"。山東方言,呉語等。"懼怕"ならば基本的辞書類には収録。"怕懼"の逆序語"懼怕"が常用されるが,多く動詞用。一方,"怕懼"は多く名詞用：¶誰知那些惡物聞見了嚴列星兩口子這等的報應,一些也沒有**怕懼**,傷天害理的依舊傷天害理。《醒28.6b.5》ところが,それらの愚か者は,厳列星夫婦のこのような報いを聞いても少しも恐れない。無道なことをする者はこれまで通り無道をした。¶投信打己他兩个巴掌,叫他有**怕懼**。《醒57.5b.1》いっそのことあの子を2,3発ひっぱたいて,少し怖がらせるようにするのよ！¶那些舖裏的總甲火夫,就是小鬼見了閻羅大王也沒有這等**怕懼**。《醒82.5a.6》それらの店の中の召し取り役人,下級役人達は,小鬼がたとえ閻魔大

王に会ってもこれほどまでには怖がりません。¶我不看你剛才還有點**怕懼兒**,不敢撒謊,…《石67.20b.8》お前が先ほど少々怖がって嘘を言おうとしなかったのに免じて,…☆《金》《兒》《官》《週》に"怕懼""懼怕"いずれも未収。

帕子　pàzi

[名] 頭などに巻く手ぬぐい・布 ="头巾"。西南方言。《醒》では同義語"頭巾"が極めて優勢:¶計氏取了一個**帕子**裏了頭,穿了一雙羔皮裏的段靴,加上了一件半臂,單叉褲子。《醒2.2b.5》計氏は頭巾を取って頭に巻き,裏地が子羊皮の緞子の靴を履き,上は袖無しを着,下はひとえのズボン下です。

拍　pāi

[動] 開く,離す ="掰开;使张开"。吳語:¶智姐往素姐手裏奪那棒椎,那裏奪的下。**拍**他那扯着褲腰的手,那裏**拍**得開。《醒66.8b.10》智姐は素姐の手からその棒を奪おうとしたが,奪えなかった。それで,素姐が腰を引っ張っている手を離させようとしたが,これも離せられなかった。¶斷然要把兩隻腿緊緊夾攏,不可**拍**開,把那絹子墊在臀下。《醒72.4a.2》両足は固く閉じて,決して開いてはいけないよ。そして,その絹布をお尻の下に敷くのさ。

排年什季　páinián shíjì

[連] 一年四季 ="一年四季"。山東方言等:¶這武城縣各里的里老收頭,**排年什季**,感激晁夫人母子的恩德,攢了分資。《醒90.6a.1》この武城県各村の里長,出納長の役人達は1年四季を通じ晁夫人親子の恩徳に感謝していたので,資金も集まった。

派　pǎi

[量] 大小便の回数 ="泡,量词,用于屎和尿"。山東方言等。《醒》では同義語"泡"が優勢:¶你要荅應的好,孩子滿月,我賞你們。要荅應得不好,一个人嘴裡抹一**派**狗尿〈＝屎〉。《醒21.10a.4》お前達,お世話を良くしてくれれば,赤ん坊が1ヶ月になったら私は褒美をあげる。ただ,もしお世話が良くなければ,一人づつ口にイヌの糞を塗りつけるよ。
— 現代共通語と同一用法の量詞"泡":¶一个婦人拿了一把鐵鍬,除了一**泡**孩子的屎,從門裏撩將出來。《醒29.12a.2》ある女が鉄のへらで子供の便をすくい取り,戸の中から放り投げた。¶偏偏兒的我這個當兒要上茅厠,纔撒了**泡**溺。《兒35.27b.10》あいにくこの時にお手洗いへ行って用を足していました。

攀扯　pānchě

[動] 引っ張る ="拉;拉扯"。洛陽方言,貴陽方言:¶却說那刑房書手張瑞風,起先那縣官叫他往監裏提牢,就是牽瘸驢上窟窿橋的一樣,推故告假,**攀扯**輪班,再三着極。《醒43.2b.4》さて,刑房の書記官張瑞風は,先に県の役人から牢獄管理の役を申しつけられました。それは「足の悪いロバを引いて穴だらけの橋にさしかかる」ごとく躊躇し,休暇を取る口実で断っていました。ところが,順番が回ってきたので,何度も慌てふためいています。¶但他那等榮耀,我們不便去**攀扯**,至今故越發生疏難認了。《石2.5a.1》その方々は,あのように栄華にしておいでです。私達もお引き立てにあずかりたくも,今やいよいよ疎遠になり,もはや知らない仲なのです!

[同義語] "攀":¶他兄弟何九〈＝十〉乞賊**攀**着,見拿在提刑院老爹手裡問。**攀**他是窩主。《金76.16a.2》奴の弟の何十が泥棒に引っ張り込まれて,現在,提刑院の旦那の手で尋問されるのです。引っ張り込んだのは,強盗に宿を貸している野

郎なんです！
一 巻き添えにする：¶那兩名強盜還攀扯他，教我每人打了二十，夾了一夾。《金76.18b.4》あの二人の強盗は、なおもあいつを巻き込もうとしたので、どいつにも20叩き、挟み締め上げました。¶今日一旦反面無恩，夾打小廝攀扯人，又不容這里領贓。《金95.9b.7》今日では、恩を仇にして小者をぶち、挟み締め上げ、人を巻き添えにし、盗品も渡そうとしないのです。

胖　pāng
動 むくむ，身体が腫れ膨らむ＝"浮肿"。北方方言，南方方言：¶兩個尸首漸漸的發腫起來，及到做完了衣服，胖得穿着甚是煩難，雖勉強穿了衣服，…。《醒20.4a.7》2体の死体はだんだんと膨れてきました。服が出来上がる頃には、着せるのにとても難儀でした。無理矢理服を着せましたが、…。
同音語 "膀"：¶這玉簪兒走上，登時把那付奴臉膀的有房梁高。《金91.11b.8》玉簪兒は逃げ切ると、たちまち自分の奴隷づらを家の梁の高さほどに膨れあがらせた。
同義語 "胖脹"：¶你要只進一進來，跌折雙腿，叫強人割一萬塊子，弔在湖裏泡的胖脹的。《醒74.8a.3》もし一歩でも入って来たなら、足2本ともへし折ってやる！そして、暴漢に細かく切り刻ませて、湖の中へ落とし、水ぶくれにさせてやる！

旁手　pángshǒu
名 そば，傍ら＝"旁边；邻近"。山東方言。《醒》では同義語"旁遄"が極めて優勢：¶將尸裹了，就在那邵強仁的旁手，也掘了一个淺淺的坑，草草埋了。《醒13.12b.7》死体をムシロで簀巻きにして、邵強仁の近くに浅い穴を掘り、そそく

さと埋めたのです。
同音語 "旁首"：¶籌躕〈＝躊躇〉了半會，真君從他的旁首擦出去了。《醒28.11a.7》少しの間躊躇しましたが、真君は彼のそばから体をかすめるように出て行った。

抛撒　pāosǎ
動 （投げ捨てるようにして）まき散らす＝"挥霍；浪费"。北方方言：¶要不拿出綱紀來，信着他胡行亂做，就不成个人家。抛撒了家業，或是淘碌壞了大官人。《醒2.4b.2》もしも規律を持ち出さずに、旦那さんのでたらめな行為を野放しにしておいたら、家が家でなくなります。旦那さんは、家の財産を使い果たす、或いは女に溺れて体を壊してしまいますわ！¶九月重陽國子監門口，冰雹霹靂，劈死抛撒米麵廚子尤聰的報兒哩。《醒54.13b.3》9月重陽、国子監の玄関前、冰雹霹靂が、コメやコムギをまき散らした料理人尤聡を撃ち殺したという瓦版だよ！¶還要舊時原價。就是清水這碗里傾倒那碗内也抛撒些兒。《金86.2a.11》更に、旧来からの元値が欲しいのです。お水ですらこちらの碗からあちらの碗へ傾け空ければ、少しはこぼれてしまうというものですから。

刨黃　páohuáng
動 とことん尋ねる＝"寻根问底"。山東方言：¶這事白姑子一定曉的就裏的始末，你還到他那裏刨黃。《醒65.2b.4》このことは、白姑子が内実をきっと知っています。白姑子のもとへ行って根掘り葉掘り尋ねることね。

跑躁　pǎozào
動 いらだつ，イライラする，焦る＝"急躁；烦躁"。山東方言，西南方言：¶晁夫人越發跑躁得異樣。《醒36.13b.1》晁夫人は、いらだっていよいよ病状が異常な

ほどになった。
同音語 "炮燥"：¶何常〈＝嘗〉不穿着。見你一惱,我一炮燥就脫了。《石20.8b.3》どうして着ないことがありますか。ただ,あなたが立腹するや私は焦って体が熱くなったので脱いだのです！

炮焿　pàozhang
名　爆竹＝"爆竹"。北方方言,呉語,南方方言。《醒》では同義語"爆竹"は見検出：¶早早的放了年下的孛,回到家中,叫人捍打炮焿,買鬼臉,尋琉璃喇叭,踢天弄井,無所不至。《醒33.6b.9》早々に年末の休暇となり,家へ帰ってくると人に爆竹を作らせ,お面や瑠璃ラッパを買わせたりと腕白坊主そのもので,ありとあらゆる悪さをした。¶偺把他綁上个炮焿震他下子試試,看怎麼着。《醒58.5a.3》そいつに爆竹をくくりつけてパンパンパンとやろう。どうなるか見たいんだ！
同音語 "炮燀"：¶素姐故意在他窗外放炮燀,打狗拿雞,要驚死那个孩子。《醒76.2a.5》素姐はわざとその赤ん坊のいる窓の外で爆竹を鳴らし,イヌを叩き,ニワトリの首を絞め,その赤子を驚死させようとした。¶玳安與王經穿着自新衣裳,新靴新帽在門首,踢健子兒放炮燀。《金78.3a.5》玳安と王経は,新しい着物,新しい靴と帽子をつけ,玄関先で羽根蹴りをしたり,爆竹を鳴らしたりしています。¶他提炮燀來,偺們也把煙火放了,解解酒。《石54.12a.6》この子が爆竹の事を言い出したけれど,ワシらも花火を上げ,酔い覚ましとしようじゃないかえ。¶空長了一個好模様兒,竟是個沒藥性的炮燀。《石77.14a.4》ご立派になっておられるようでも,本当に火薬の無い爆竹のように,ただの見せかけですわね。☆他に"炮仗"とも作る。

陪送　péisòng
動　花嫁について一緒に嫁がせる＝"娘家給新娘陪嫁"。北方方言：¶他見我使的小玉兒,我全鋪全盖的陪送他出去,這是誰家肯的。《醒84.7a.5》私が使っている小玉児については,掛け布団や敷布団もつけてお嫁に行かせてやったよ。これはどこの家でここまでしてくれるのかね。
名　花嫁道具＝"嫁妝"。北方方言：¶他是我的个後娘,恨不得叫我死了,省了他的陪送。《醒62.5b.4》その人は,私の継母なのです。私に死んでもらいたいのです。そうなれば,花嫁道具を節約できますからね。

配房　pèifáng
名　中門を入って正面の建物の前方・左右両脇にある建物＝"厢房"。北方方言。《醒》では同義語"廂房"が極めて優勢：¶門口建了精緻的一座牌功〈＝坊〉,内中建了五間正殿,東西各三間配房,正殿兩頭各建了道房兩間。《醒90.12b.5》玄関口に精緻な牌坊が建ち,中側に５つの正殿が建っている。東西に各３つの離れがあり,正殿の両端に各々道房が二つ建ててある。¶中間也是一個穿堂大門,門裡一座照壁,對着照壁,正中一帶正房,東西兩路配房。《兒4.2a.5》中には母屋を通り抜ける通用門があります。その内側に目隠し塀があり,その塀の向こう側正面が母屋で,東西両脇に客用の部屋があります。

碰頭打滾　pèngtóu dǎgǔn
[連]　もがき暴れる形容。七転八倒の苦しみの動作を指す＝"極其痛苦難以忍耐時而产生的动作"。山東方言：¶只見麻從吾合他老婆的肚裏扯腸子,揪心肝,疼得碰頭打滾的叫喚。《醒27.12b.6》麻從吾とその女房の腹の中では,腸,心臓,肝

臓を引っ張ったので,痛くてもがき苦しんでいます。¶持了藥跑得回去。那娘子正在那裏磕頭打滾。《醒28.11b.7》薬を持って走って帰った。かの女房は丁度ひどくもがき苦しんでいる。¶韓蘆兩口子…奔到狄希陳家,磕頭打滾,澈潑罵人。《醒80.9a.3》韓芦夫婦は…狄希陳の家へ駆けてゆき,頭をぶつけ転がり,泣きわめいた。

披砍　pīkǎn

動 取り除ける,のけ者にする＝"剔除；抛開"。山東方言：¶他三個是秀才,俺沒的是白丁麼。脫不了都是門生,偏只披砍俺。《醒40.2a.7》彼ら3人は科挙試験合格の秀才でボクだけが出世の見込みの無い平民というのか。どうせ皆門下生だろ。よりによってボクをのけ者にして。

劈拉　pīla

動 両足が(八の字のように)開く＝"兩腿分開"。山東方言。《醒》では同義語"拉巴；喇叭"も使用：¶你劈拉着腿去坐崖頭掙不的錢麼。《醒67.6a.9》お前は崖の上にでも座って両足を開いていれば銭を稼げないことはなかろうて。¶只叫他叫出那爛桃小科〈＝窠〉子來,剝了褲子,劈拉開腿,叫列位看個分明,我纔饒他。《醒72.5a.3》この人にかの腐れ桃のすべたを呼び出してズボンを剝ぎ両足を開かせて皆にはっきり見て貰うなら,俺は許してやる。¶嚷到相主事跟前,追論前事,二罪並擧,三十個板子,把腿打的劈拉着待了好幾日。《醒78.14b.1》わめいて相主事の前へ駆けてきた。前の件にまでさかのぼって,二つの罪を一緒に取り上げ,刑罰の棒で30叩きにした。ぶたれて(相旺の)腿(もも)は裂け,治るのに何日もかかった。

劈頭子　pītóuzi

動 とっさに頭(または顔)をめがけて真っ向から動作を加える。転 当初から,のっけから,頭から＝"一開頭；一開始"。山東方言,呉語：¶這夥子斫〈＝砍〉頭的們也只覺狠了點子,劈頭子沒給人句好話。《醒22.1b.7》その死に損ない達も少し腹が立ったでしょうが,最初からけんか腰なのだから。¶哭喪着臉个狄臉,走到人跟前,劈頭子就是呃的一声〈＝聲〉：這裏有个狄監生在那裏住。《醒77.7b.3》サルのような泣きべそ顔で人に駆けより,いきなり「あのう」と言い,「ここに狄監生がいるんだけど,どこに住んでいるのかね」と失礼なことをやったのです。¶丟盔撩的跑到京裏,進的門去,劈頭子撞見大舅,問了聲,說大嫂又回來了。《醒85.7b.8》鎧も甲も放り投げて京へ逃げて行き,門に入るやのっけから大舅に出くわし,尋ねたところ,奥様が戻ってこられたと告げられたのです。

皮纏　píchán

動 うるさく付きまとう,まとわりつく＝"糾纏；纏磨"。山東方言：¶合那刑房張瑞風明鋪夜蓋的皮纏,敢是那刑房不進去,就合那禁子們鬼混,通身不成道理。《醒43.8a.8》その刑房の張瑞風と夜昼体裁も構わず乱れているのです。刑房が来ない日には獄卒達とふざけ,まったくなっていない。¶我已送他在監裏了。只管來皮纏則甚。《醒60.11a.9》私は既に奴を収監しちゃったのよ。それなのに,いくらでもつきまとって何をするの。¶叫老韓到家,叫了他媽媽子來,裏遭守着狄奶奶。他也渾身不會土遁的。這皮纏了半日,各人也肚子餓了。《醒80.14b.10》老韓を呼んで家へ行き,そのばあやを呼ぶのだよ。中で狄奥さんに付き添っ

ているから。あの人恐らく地に潜って逃げることはないでしょ。長いことまとわりついて皆も腹が減っちゃった。

皮狐　píhú

名　キツネ＝"狐狸"。山東方言。《醒》では同義語"狐狸"も用いる：¶心生一个巧計,説那皮狐常是盗人家的錢物,人不敢言喘。不免粧了一个皮狐,壓在他的身上,壓得他頭昏腦悶。《醒92.12b.8》心の中で一つのうまい策略を考えた。かのキツネが人の金品を盗む時,人はものも言えなくなるという。キツネになりすまし,母親の上に乗っかれば,母は目がくらむだろう。¶原來素姐這輩子是人,那輩子原是皮狐。那皮狐的屁放將出來,不拘甚麼龍虎豺狼,…。《醒95.4a.9》もともと素姐は,今世は人間であるが前世はキツネであった。そのキツネの屁が放たれると,いかなる竜虎豺狼(りょうこさいろう)であろうとも,…。

皮賊　pízéi

名　悪さをする奴,やんちゃな奴＝"皮脸不听话"。北方方言：¶氣的老狄婆子說道：這們皮賊似的,怎麼怪的媳婦子打。《醒52.2b.10》狄奥さんが怒って「何という悪い奴なのか。道理でお嫁さんに打たれるのだよ」と言った。

偏生　piānshēng

副　事もあろうに,折悪しく＝"偏偏"。北方方言,過渡,閩語。《醒》では同義語"偏偏"も用いる：¶不知因甚緣故,科裏的揭帖偏生不帖〈＝貼〉出來,只得尋了門路。《醒17.6a.7》どういう訳か科内での掲示が折悪しく張り出されないので,仕方なくつてを求めた。¶誰知這素姐偏生不是別人家的女兒,却是那執鼓掌板道學薛先生的小姐。《醒68.2b.7》ところが,この素姐は,事もあろうに他の家の娘ではなく,厳格な道学薛先生のお嬢さんでした。

—　主語に前置：¶偏生那條角帶再三揪拔不開,員〈＝圓〉領的那个結又着忙不能解脱,亂闠闠〈＝哄哄〉剝脱了衣裳。《醒97.10a.1》あいにくその帯飾りは再三引っ張りましたが抜けず,丸襟の結び目の方は慌てふためいていて解けない。てんやわんやで着物をはぎ取った。¶偏生我又病了。《紅・戚73.6b.7》あいにく私はまた病気になってしまいました。☆《石》の同一箇所では"偏生"に斜線を引き,"偏偏的"に書き換える。¶帶上銀子同着他的奶公華忠南來。偏生的華忠又途中患病。《兒4.1a.5》銀子を持ち,乳母の夫華忠と共に南へやって参りました。しかし,あいにく華忠は途中で病にかかりました。

偏手　piānshǒu

動　不当な金＝"不正当的收入"。北方方言：¶原來兩个媒婆已是先與冉家講定了是二十四兩,分外多少的,都是兩个媒人的偏手。《醒55.11b.10》元々二人の仲介婆は,既に冉家と24両で取り決めていた。この他に多少とも上乗せできれば,それら全て二人の仲介婆の取り分だった。

偏拉　piānla

動　ひけらかす,誇示する＝"夸耀；显示"。"偏"はアテ字である。北方方言：¶這臘嘴養活了二三年,養活的好不熟化。情管在酒席上偏拉,叫老公知道,要的去了。《醒70.8a.4》そのシメは,2,3年飼ってよく馴れていたわ。きっと酒の席で誇らしげに言ったからご老公様に知れ,持って行かれたのね。☆原文では"偏"字の下に"上声"の注記が入る。

撇清　piēqīng

動　潔白を装う,潔白なふりをする＝"清白；假装正经"。北方方言,呉語：¶惟

有這懼内的道理到處無異。怎麽太尊與他三个如此撇清。吾誰欺。欺天乎。《醒91.13b.8》ただ妻を恐れる道理はどこでも同じでございます。なぜ知事閣下や彼ら三人がこのように潔白のふりをするのでしょうか。「吾れ誰を欺かん。天を欺かん乎。」でございます。¶他却在女人面前撇清捉厥,倒似那真正良人更是喬腔作怪。《醒73.6b.7》彼女は,同性の前では潔白を装い,本当の妻よりも更に気取るのです。¶硬到底纔好乾淨。假撇清。《金21.4b.8》最後まで強硬姿勢を崩さなければ良かったのよ。善人ぶってさ!

平撲撲　píngpūpū
形　平らである＝"平"。山東方言:¶這白姑子串百家門見得多,知得廣,單單的拿起一錠黑的來看,平撲撲黑的面子,死紉紉沒个蜂眼的底兒。《醒64.9b.3》この白尼は,様々な家を訪問し,見聞も広く世間を知っている。ただ単に黒色の銀錠を一つだけ持ち上げてみると,平らで真っ黒なオモテ面,蜂の目の紋様が無いウラ面であった。☆"平撲撲"を"平撲塌"とすれば貶義語。

坡裏　pōli
名　田畑＝"庄稼地里"。山東方言,中原方言等。「坂道」ではない:¶爹待中往坡裏看着耕回地来,娘待中也絡出兩個越〈＝篗〉子來了。《醒45.3a.2》大旦那様は,田畑の見回りから帰っていらっしゃいますし,奥様は二巻きほど糸を巻き取ってしまわれますよ。
同義語　"坡上":¶你依了他還好。若說是日色見在,如何便要歇手,他把生活故意不替你做完,或把田禾散在坡上。《醒31.12b.5》彼らのなすがままにしていれば良いのですが,もし「お天道様がまだ空にある,それなのに,なぜ仕事を終えるのか」と言おうものなら,彼らは仕事を故意にやり終えようとはせず,農作物を田畑にばらまいてしまいます。

婆娘　póniáng
名　1. 既婚の若い女性＝"已婚的青年妇女"。北方方言,吳語,湘語。「既婚女性」だが「高貴な女性」ではない:¶只年十一月裏,計氏來他大門上,看晁大官人去大圍。因此見了他一面,還合街上幾個婆娘到跟前站着,說了一會話,都散了〈＝了〉。《醒10.5b.2》前年の11月,計氏は家の正門へ来て晁源が狩りに行くのを見ていた。だから,その折り,一度計氏に会っている。更に,様子を見ていた町の何人かの女達がそばまで行き,少し話をしてから別れた。¶這些囚婦見珍哥如此勢焰,自從他進監以來,那殘茶剩飯,眾婆娘喫個不了。《醒14.7a.4》これら囚人女は珍哥がこのように勢い盛んなのを見てとった。彼女が監獄へ入ってきてからというもの,その飲食物の余り物を自分達では食べきれないほどになった。¶原來西門慶家中磨槍備劍,帶了淫器包兒來,安心要鏖戰這婆娘。《金78.9b.6》西門慶は,家で槍や剣の手入れをし,淫器の包みを持ってきては,この女とじっくり激闘しようと考えています。¶孫家的婆娘媳婦等人已待過晚飯,打發回家去了。《石80.10b.5》孫家の女房達が夕食を頂いて帰って行きました。¶大爺進來了。嚇的眾婆娘忽的一聲,往後藏之不迭。《石13.6b.7》「お殿様がお見えになりました!」これに驚いて婦人達は奥へサッと隠れました。
2. 妻＝"妻子"。北方方言,吳語,湘語,贛語。次例は「晁思才の妻が…それぞれの女房達を引き連れて乗り込んで行った」というくだり:¶老婆心疼住了,邀

了那一班蝦兵蟹將,帶了各人的**婆娘**,瘸的瘸,瞎的瞎,尋了幾個頭口,豺狗陣一般赶將出去。《醒20.9a.8》女房は,胸の痛みが止んだのでエビやカニのような烏合の軍勢を招き集め,各人の女房を引き連れています。足が不自由な人や盲目の衆などもろともといったありさま。何頭かの乗るロバを準備し,山犬の一行よろしく急いで行きました。

婆婆　pópo

名　老婦人,お婆さん＝"老大娘;老太太;老太婆"。北方方言,過渡:¶原是一个寡婦**婆婆**,有五十年紀,白白胖胖的个婆娘。《醒12.10a.9》一人の寡婦で歳は50になる,色が白くてよく肥えている女です。¶一個**婆婆**,年記〈＝紀〉七旬之上,頭綰兩這雪鬢,挽一窩絲。《金100.7b.5》一人のお婆さんは,年の頃70を超え,両側の白髪となった鬢を上にぐるぐる巻きに束ねています。

――"婆婆"(姑):¶如今連他正經**婆婆**大太太都嫌了他。《石65.9b.5》今では,あちらの本来のお姑様である大奥様ですら嫌っておられます。¶祝贊着那十三妹姑娘增福延壽,將來得個好**婆婆**,好女婿。《兒12.21b.8》十三妹の增福長寿と将来良きお姑さん,良きお婿さんが見つかりますようにって祈るのよ!

破　pò

動　惜しまない,顧みない,捨てる＝"豁出;拼上"。北方方言。多くは"着"を伴う:¶一頓打死,料想也沒有這裏與你討命的人。我**破**着不回你山東去,打死沒帳。《醒95.4b.2》お前をぶちのめしても,ここには助けを呼ぶ人もいないしね!わたしゃお前をどうあっても山東へは帰さないから!ぶち殺しても平気なんだよ!¶明日我咒罵了樣兒與他聽,**破**着我一條性命,自慰尋不着主兒哩。《金25.5b.9》そのうち,私はそいつに同じ内容のことを呪い罵るわ!私のこの命を捨ててでもその張本人を搜し出してやる!¶芳官被人欺侮,偺們也沒趣,須得大家**破**着大鬧一場,方爭過氣來。《石60.5b.1》芳官が人に虐められたんだよ!当然私達も面白くないわ!みんなで命に換えてでも大騒ぎをやらなきゃ気が済まないわ!¶我可也就講不得他兩家的情義,只得**破**着我這條身心性命,合他們大作一場了。《兒26.15b.10》私もそんな両家の情けや義理なんて構ってやいられない!この命を賭けてここの人達と思いっきり張り合ってやるわ!

――"破死拉活"("拼命"):¶你不來家,不着我**破死拉活**把攔着這點子家事,邪神野鬼都要分一股子哩。《醒76.4a.8》あんたが家へ戻らなければ,わたしゃ命を捨ててでもこれぐらいの家の財産を一手に引き受けていたのに!悪魔邪鬼の輩が財産を分捕ろうとしたのよ!

破調　pòdiào

動　免れる,免除する＝"免除;去掉"。山東方言:¶央禹明吾轉說,若肯把珍哥**破調**了不出見官,情愿再出一百兩銀子相謝。《醒12.8b.10》禹明吾に言ってくれるように頼んでみた。もし珍哥が出廷しなくて済むようなら,更に百両のお礼をします,と。

破罐　pòguàn

名　身持ちの悪い女,ふしだらな女＝"破鞋;乱搞男女关系的女人"。北方方言。《醒》では同義語"破鞋"は未検出:¶文書上面寫道:…。今嫁與,魏三封。昨日晚,方過門。嫌**破罐**,不成親。《醒72.7a.6》書面には次のように書かれてある:…。今,魏三封に嫁ぎ,昨夜敷居をまたいだばかり。されど処女に非じと嫌われ,結婚成り立たず。

撲捋　pūla

動 なでる,さする ="抚摸;摩擦"。北方方言:¶夫妻没有隔宿怨,只因腰帶金剛鑽,走到身上三**撲捋**,殺人冤仇解一半。《醒63.1b.10》夫婦の間に宵越しの恨みは無い。ただ腰に堅い錐を持ち,体に近づき3度なでれば殺人の恨みも半分は解ける。

撲撒　pūsā

動 なでる,マッサージする ="抚摸;按摩"。山東方言:¶素姐叫那白姑子順着毛一頓**撲撒**,漸漸回嗔作喜。狄希陳也漸漸轉魄還魂。《醒64.11a.6》素姐はその白尼僧になでられるようにひとしきり嬉しいことを言われましたので,徐々に怒りが収まりました。それで,狄希陳もだんだんと気を持ち直しました。¶你睡下,等我替你心口内**撲撒撲撒**,管情就好了。《金75.18b.6》横になればいいさ。ワシがお前のみぞおちをさすってやろう。きっとじきによくなるぞ。

鋪陳　pūchén

名 1. 布団・枕などの寝具 ="铺盖"。晋語,西南方言,吳語,閩語。《醒》では同義語"被褥;鋪蓋;卧具"も用いる:¶一面先着人送了酒飯往監中與珍哥食用。又送進許多**鋪陳**,該替換的衣服進去。《醒14.1b.1》一方では,先ず人を使いにやり酒や飯を収監中の珍哥が食べるようにと届けさせた。また,多くの寝具を届け,着替えの服をも差し入れた。¶札括兩輛騾車,裝載珍哥、高四嫂并那些婦女,并吃用的米麪、**鋪陳**等物。《醒12.8b.5》2台のラバのクルマを飾り付け,珍哥,高四嫂並びにそれらの女,また,食用としてのコメ,コムギ粉,寝具などの物を積み込んだ。¶打發後花園西院乾淨,預備**鋪陳**,炕中籠下炭火。《金71.6b.5》奥の庭の西院を綺麗にして,寝具の準備をし,オンドルには炭火を用意しておくように!

2. 飾り付け,調度品:¶總然室宇精美,**鋪陳**華麗,亦斷斷不肯在這里了。《石5.2a.7》たとえ部屋が精巧で並べられたものがとても華やかであっても,決してここには居たくないのでした。

動(調度品を)並べる:¶如今天已和暖,不用十分修飾,只不過略略的**鋪陳**了,便可他二人起坐。《石55.2a.7》今では気候も暖かくなり,特に飾り立てる必要もなく,ただ少々調度品を並べただけで,彼ら二人の部屋として休息するには十分であった。

鋪襯　pūchèn ⇒ bǔchèn

鋪搭　pūda

動 でたらめ・たわごとを言う ="胡说"。山東方言:¶慣的个漢子那嘴就像扇車似的,像汗鱉似的胡**鋪搭**。《醒59.8a.7》甘やかしたから男の口が唐箕(みの)のように速く,また,熱にうなされたようにペラペラとたわ言を言うのよ。

鋪拉　pūla

動 構う,世話をする,気を遣う ="照管;料理;看顾"。山東方言。《醒》では同義語"看顧;料理;照顧;照管;照看;照料"のうち,前四者が極めて優勢:¶就是他兩人,俺忖量着去,可以為他,俺就為他,若為不得他,俺顧**鋪拉**自己,俺沒的還用着他哩。《醒14.9b.8》彼ら二人には,事の成り行きを見させてもらう。成り行き次第で,彼らを救う等のことはしてやる。もしできなければ無理だな。自分の身がかわいいからな。我々にとって,彼らはもはや何ら役に立たないんだ。¶虧不盡我使了三百錢。那管門的其實是**鋪拉**自家,可替俺說話。《醒71.1b.3》私が300錢使ったために,その門番が本当に私に気を遣ってくれて,私達のために話

をしてくれたのでしょ。

鋪謀　pūmóu

名 計画, もくろみ, あて ＝"计划；打算"。山東方言：¶ 不好,事體決撒了。我且不合你說,俺還得安排另**鋪謀**哩。不是可二兩銀就打發下來了麼。《醒81.5b.1》ダメだ！事は破綻したぞ！ワシはとりあえずあんたには言えん！ワシはこれから別のもくろみを準備しなくてはな！２両ばかりの銀子でうまくできるとでも考えているのかい。¶ 我猜老虔婆和淫婦**鋪謀**定計,叫了去,不知怎的撮弄陪着不是。《金21.14b.7》やり手婆と淫婦が策略をめぐらしたんだ。呼びに行って,どういうことか知らないけれども,詫びを入れよと仕向けたんだ。

鋪排　pūpái

動 1. 手配する, 配置する ＝"布置；安排"。北方方言：¶ 他就不進學,這事也說不響了。那咨徐大爺替他**鋪排**的,好不嚴實哩。《醒47.10b.6》奴が県の秀才に進学していなくとも,もはや何を言ってもダメだ。その頃,徐旦那様は奴のために段取りを整えていたんだ。それはとても厳格なものだったのだ。¶ 雖這們說,你焦的中甚用。焦出病來,纔是苦惱哩。車到沒路處,天老爺自然給人**鋪排**。《醒83.14a.9》そうは言っても,焦ったところで何の役に立つのかねえ。焦って病気にでもなれば,それこそ困ってしまいますわ！クルマが到ると悪路無しと言います。これは,天の神様が自ずと手配してくれているのです。¶ 就**鋪排**在藕香榭的水亭子上,借着水'音更好聽。《石40.9b.3》藕香榭の水亭に並べなさい。そうすれば,水の音を背にもっと良い音色になるだろうよ。☆《官》に"安排∥**鋪排**"とし,この両者は完全に同義語とする。

2. 大げさにする, 派手にする, 見栄を張る ＝"铺张"。北方方言：¶ 辦何姑娘這椿事,無論怎樣**鋪排**也用不了。《兒23.18a.10》何(か)お嬢様の今回の事をおこなうのに,金やモノをどれくらい派手にしても使いきれません。

鋪騰　pūténg

動 浪費する, 派手にする ＝"浪费；铺张"。山東方言：¶ 你平日雖是大**鋪騰**,也還到不的這們闊綽。《醒4.7a.6》あんたは平素からよく浪費するが,ここまで太っ腹にはならないからな。

同音語："鋪滕"：¶ 這不也還免得些罪孽。却又大大的**鋪滕**,却下…。《醒26.9a.8》(モノを大切に使うならば)そういう罪も少しは逃れることができよう。しかし(そういう女中たちは)大いに浪費するのである。本来なら,…。

Q

七大八小 qī dà bā xiǎo

[成] 1. 人が多い事を指す="众多(的)妻妾"。北方方言:¶狄親家房中又沒有七大八小,膝下又沒有三窩兩塊,只有一男一女。《醒44.6a.7》狄さんの家には妻や妾がそんなにたくさんいるのではありません。また、腹違いの子などもなく、一男一女がいるだけです。¶後來又搭識上了個來歷不明的歪婦,做了七大八小,新來乍到,這劉振白餓眼見了瓜皮,就當一景。《醒82.6a.9》後に来歴不明のうさんくさい女と知り合い、妾としました。この新しく来た女は、劉振白にとって「飢えた目にはウリの皮でも食べたくなる」というものです。

2. 大きなものや小さなものがある="有大有小"。北方方言:¶怎禁的賊人膽虛,一雙眼先不肯與他做主,眊眊稍稍,七大八小起來。《醒88.5b.2》いかんせん、賊の胆はびくびくというやつで、両目が先ず自由に動かなくなり、まともに見えず、大小不揃いになってきました。

砌 qī

[動] 装丁する="用线装订"。北方方言,過渡:¶砌了一本做,叫大孛生起个影格,丟把與你,憑他倒下畫,竪下畫。《醒33.6b.5》手本通りに書いた字を1冊に装丁して、大きい方(年上)の学生に習字の手本用に渡します。この結果、逆さまに書こうが、縦に書こうがお構いなしです。¶某年月日將檀弓一本裁壞,以致補砌,某年月日時用剔牙垢,割破嘴唇下片。某年月日被人盜賣與周六秀才,得錢二百文。《醒79.2a.3》某年某月日、《檀弓》1冊を裂いてしまい、綴じ補修する。某年某月日,爪楊枝を用い歯垢を剔りしとき、唇の下を破る。某年某月日、人に物を盗まれ周六秀才に対して売り飛ばされた。そやつは200文の錢を得た。☆"砌"表記では語音[qiè]の項も参照。

同音語 "緝":¶那一件是兩个口的鴛鴦紫遍地金順袋兒,都緝着廻絞〈=紋〉錦繡。《金79.3a.10》その一つは、口が二つある鴛鴦型の紫地に金糸を織り込んだ巾着ですが、そこに稲妻型の綺麗な刺繡が縫ってあります。

欺 qī

[動] 損なう、傷つける、支障をきたす="损伤;妨碍"。山東方言:¶所以淤濟的這兩个婆娘米麥盈倉,衣裳滿櫃,要廂房就送稻草,夾箔幛就是秫秸稭,怕冷炕欺了師傅的騷屄〈=屄〉,…。《醒85.11b.10》よって、この二人の女の倉には米麦が満ち、箪笥には衣装が溢れています。台所にはすぐ稲藁が届けられ、部屋のしきりにはキビガラが届けられる。火が入っていない炕(オンドル)にはお師匠さんの淫らな女の体を損ねることの無いように、…。

同音語 "緝":¶你就是他的老婆,可已是長過天疱頑癬,緝瞎了眼,蝕弔〈=吊〉了鼻子。《醒95.2a.7》お前さんがあの人の妻だと言うのかい。天疱瘡にかかって目をつぶし、鼻を腐って落ちているんだよ。

欺瞞夾帳 qīmán jiāzhàng

[熟] (帳簿を)ごまかす、騙す="欺骗蒙混"。山東方言:¶但只這些歪憋心腸,晁近仁一些也沒有:但是晁婦人托他做些事件,竭力盡心,絕不肯有甚苟且。那一

年托他煮粥糶米,賑濟貧民,他沒有一毫**欺瞞夾帳**。《醒53.2a.6》このような悪辣な心は,晁近仁には些かもありません。また,凡そ晁夫人が彼に物事を任せると力の限り尽くし,どんな不正もしません。その年,彼に粥をこしらえ,コメを売って貧民救済の件を任せましたが,少しのごまかしもしませんでした。¶這是眾人眾事之事,萬一有甚差池,他眾人們只說我裏頭有甚麼**欺瞞夾帳**。《醒64.9a.10》これは皆さんのことです。万一もし何かありますと,私が中で何かごまかしていると皆さんに言われてしまいます!

同音語 "歧瞞夾帳":¶我分外你每人再加二錢銀子你兩個吃酒。要是不成,這驢錢我認。你休想幹那**歧瞞夾帳**的營生。《醒55.11b.1》私は,別にお前さん方に2銭づつ銀子を加算して酒代にでもと思っておるんじゃ。もしうまくゆかないと,お前さんたちのロバ代を請け合うだけだ。うまくごまかそうなんて気は起こしなさんな!

期程 qīchéng

名 時間,期間="时间"。山東方言:¶這六十日不過兩个月**期程**,怎麼倒不容易。《醒61.8a.2》60日ならば2ヶ月の期間にすぎません。そんなことはお安いことです。¶韋美各處替他打聽,只沒有真實的信音,將近半月**期程**。《醒86.13a.8》韋美は,各方面に彼女のために尋ねてあげたが,確かな知らせもなく,ほぼ半月の期間が過ぎた。¶儕家裏筭計,來回不過八九個月的**期程**,儕這一來,眼看就磨磨了七個月,回去就快着走,也得四五個月。《醒96.4b.9》私ども,家で計算しましたところ往復で8,9ヶ月の期間にすぎません。今度の往路はゆっくりしていましたから,まもなく7ヶ月になり

ます。帰りは急いでも4,5ヶ月はかかります。¶後來晁思才兩口子消不的半年**期程**,你一頓,我一頓,作祟的孩子看看至死。《醒57.8a.7》のち,晁思才夫婦が半年もたたないうちに,交替でその子供をもう少しで死ぬところまで叩きいじめました。¶那消數日**期程**,軍情事務緊急,兵牌來催促。《金99.9a.7》数日が過ぎ,軍事情勢は緊急事態に陥り,兵士が催促に来た。

緝 qī

動 下を向く,前の方を低くする="(向前)低"。山東方言:¶那船還要打山洞裏點着火把走,七八百里地,那船**緝**着頭往下下,這叫是三峽。《醒85.10a.4》その船は山の洞窟から松明をつけて7,8百里の距離を行くのですが,その船が先の方を低くして下っている,ここを「三峽」と呼ぶのです。

齊 qí

介 …から="从;自"。北方方言,西南方言,贛語:¶且講甚麼天理哩,良心哩。我**齊**明日不許己你們飯吃,我就看着你們吃那天理合那良心。《醒15.6b.6》何が天の理だ。何が人の良心だ。ワシは明日からお前達に飯を食わせないからな!お前達が天の理と人の良心を食って生活するのを見ていてやるぜ!

— "齊頭"(初めから):¶縣官把他的卷子**齊頭**看了一遍,笑道:你今年幾歲了。《醒37.5a.2》県の役人は,彼の答案用紙を最初から見て笑いながら「今年いくつになるのかね」と尋ねた。

— 場所を示す"在":¶我只是不合你過,你**齊**這裏住下船,寫休書給我,差人送的我家去就罷了。《醒87.4b.9》わたしゃあんたと一緒にいられないわ。ここで停めて下船し,離縁状を書いて頂戴。人を遣わして私を実家まで送り届けてもらう

だけだわ！

動 一緒になる＝"集合"。北方方言：¶惠希仁道：…。請奶奶出來,齊在个去處,屈尊狄奶奶這一宿兒,明日好打到,掛牌聽審。《醒80.14a.4》恵希仁は「…。狄奥さん(ここでは寄姐)に出て来て貰い,我々と一緒に1泊してもらう。翌日には報告し取り調べとなる」と言った。

齊割扎　qígēzhā

形 刀などでばっさり切ったさま,整っている＝"整整齐齐"。山東方言,北京方言：¶我認的是報應瘡,治不好的,我沒下藥來。果不其然,不消十日,齊割扎的把个頭來爛弔一澶。《醒66.10a.10》私は,業報瘡だからうまく治せないと分かったので,薬は出さなかった。果たして10日も経たないうちに,ばっさりと頭が腐って傍らに落ちた。

齊口　qíkǒu

動 家畜の乳歯から永久歯に生え代わる(成年になった証し)＝"牲口长齐四对门牙(表明已到成年)"。山東方言：¶牛群中有个纔齊口的犍牛,突然跑到楊司徒轎前,跪着不起。《醒79.2a.6》ウシの群れの中から,歯がようやく生え揃い成年になったばかりのオス牛が急に楊司徒のかごの前まで走ってきて,跪いたまま起き上がろうとしません。

齊整　qízhěng

形 美しい,きれい＝"漂亮；美丽；好看"。北方方言,過渡,南方方言。《醒》では同義語"好看；標致"が優勢。"齊整"も多く使用するも「人の容貌」に限定していない：¶你叫人收拾一付齊整些的攢盒,拿兩大尊酒,一盒子點心,一盒雜色的果子,且先與他過節。《醒3.11a.4》人を呼んで,綺麗な仕切り付きの箱を用意してくれ！大樽の酒2樽,点心1箱,色とりどりの果物1箱を持って先に祝日を祝うよう届けるんだ。¶生得也甚是齊整,穿的也甚是濟楚。《醒37.7b.1》とても美人で,着物もなかなかこざっぱりしている。¶西門慶注目停視,比初見時節兒越發齊整《金59.5a.6》西門慶は目を凝らしてじっと見つめていましたが,最初に見たときよりずっときれいだと感じた。¶今年十三歲,因長得齊整,老太太很疼。《石56.9b.9》今年13歳です。端正なお顔立ちですので,大奥様はとても可愛がっておいでです。¶人人都說我們那夜叉婆齊整,如今我看來,…。《石65.4a.6》皆は私のあの夜叉女房のことをべっぴんだと言うけれども,今,ワシからみれば,…。¶十來件大紅衣裳,映着大雪,好不齊整。《石51.4b.9》十何枚もの緋色の衣装が大雪に映えて,とても綺麗でしたわ！¶好一個齊整風箏,不知誰家放斷了綫的。《石70.8b.1》何と綺麗な凧でしょう！どこのお屋敷であげて糸を切ったものかしらね。— "齊整"が「衣服,(物の)並べ方」などを示し,"整齐"(整っている)を示す：¶這是甚麼所在。如何這等齊整。這個標致婦人却是何人。《醒14.2a.8》ここは何という場所かな。なぜこんなにも整頓されているのか。この美しい婦人はどういう方なのか。¶千萬看他老人家分上,只是叫晁大哥凡百的成禮,替爻愛出齊整殯〈＝殯〉,往後把這打罵的事,別要行了。《醒9.8b.8》何卒,こちらのご老人の顔を立てて下さい。晁兄貴を呼んで様々な儀式を行い,ご令嬢のためにきちんとした出棺をするのです。それから,今後はそのようにわめき罵ることはよした方がいいですね。¶遠遠望見綠槐影里一座庵院,蓋造得十分齊整。《金89.6a.10》遠くエンジュの森かげに,庵が一つ見えています。それはとても立派な建

物です。☆《兒》の"齊整"は釈義が"整齊"(整っている)であり,"漂亮"(美しい)ではない。

碁子　qízǐ
名　小麦粉による菱形の薄片＝"对饺子皮被擀之前的面团的称呼法"。"碁"は現代共通語では"棋"と作る。山東方言：¶尤聪一向跟尤一聘經南過北,所以這煮飯做菜之事也有幾分通路,所以賣涼粉,切碁〈＝棋〉子,都是他的所長。《醒54.8b.7》尤聰はこれまで尤一聘とともにあちこち巡りました。したがって,その料理の腕前にも幾分か通じております。それで,リャンフェンを売ったり,棋子という小麦粉による菱形の薄片を切ったりしますが,いずれも彼の得意分野です。

臍屎　qíshǐ
名　胎便,赤ん坊が生後初めてする大便＝"初生婴儿排泄的黑色粪便"。北方方言：¶孩子阿〈＝屙〉的臍屎怎麼不黑。《醒21.9a.5》子供がする初めてのうんこはどうして黒くないことがありましょうか。

起　qǐ
介　…から＝"从"。北方方言。《醒》では全て同音語"齊"字を使用⇒"齊"項参照。

助　…に比べて,…よりも(形容詞の後に置き比較を表す)＝"过:(文言の介詞)于"。山東方言：¶狄大娘,你還自家去走走。這是姐姐的喜事,還有甚麼大起這个的哩。《醒59.3b.2》狄奧様,やはりあちらに行かれるのがいいです。これは,お嬢さんの祝い事で,この他にどんな大きな行事がありますか。¶我合狄大哥是同窗,我大起他,還是你大伯人家哩。《醒66.8a.10》僕と狄君とは同窓生ですが,僕の方が年上なので,あなたの伯父さんになるのです！

同義語　"強起；強如；比…強"：¶姓龍的怎麼。強起你媽十萬八倍子,你媽只好拿着幾個臭錢降人罷了。《醒48.7b.8》龍って言う名前がどうしたっていうの。あんたのお母さんより10万8千倍もましだわ！あんたのお母さんなんか,仕方なく幾らかの腐れ錢を持って人を屈服させているにすぎないのよ！¶這雖不是甚麼好人,也還強如眾人毒狠。《醒53.1b.5》これでは別に何らの善人でもないのです。それでも(彼だけはさほど悪事を働いた訳ではないのだから)皆のむごさよりはましです。¶況又是个南僧,到底比那真空寺的和尚強十萬八千倍。《醒30.11a.1》しかも,南方の僧であり,その真空寺の和尚たちよりも10万8千倍もまさっている。

起動　qǐdòng
動　手間をかける,手数をかける＝"劳驾；烦劳"。呉語,閩語：¶礼房說：…,走的好不緊哩。晁鳳說：起動到家請坐吃茶。《醒46.12b.7》礼房は「…,急いでいたのです」と言うと,晁鳳は「お手間をかけました。家へ入ってお茶でもどうですか」と言った。¶叫過小涉淇,小河漢兩個跟了出去。狄希陳道：起動二位千山萬水的將幫了他來。《醒96.5b.1》女中の小涉淇と小河漢の二人を一緒に来させた。狄希陳は「お二人には遠い所までご面倒をお掛けしました」と言った。

起發　qǐfā
動　騙し取る＝"诈取；骗取"。山東方言：¶又說要搭金橋、銀橋,起發了一疋黃絹,一疋白絹。《醒30.8a.8》「金橋」「銀橋」を建てるのに必要だと,一匹の黄絹・白絹も騙し取られた。¶這魏氏不曾做慣,也還顧那廉耻,先是沒有那副口嘴,起發的人。有留幾十文香錢的,也不曉得嫌低爭少,憑人留下。《醒42.7a.1》この魏氏は,

占術をやり慣れていないが,今や恥も顧みてはいられない。先ずそういう占いの文言(﹅﹅)も知らないし,人を騙せるような人ではない。何十文かの線香代を置いて行く者がいてもその多寡を争う事もない。¶看得素姐極是一個好**起發**,容易設騙的媽媽頭主子。《醒68.2b.3》素姐のことを極めて騙しやすい,欺きやすい人物だと見た。

起蓋 qǐgài

動 (家を)建てる ="建造；盖(房屋)"。西南方言,吳語,閩語:¶依舊將那泥像兩个人輕輕的請進廟去站在神位上邊,閧動了遠近的人,**起蓋**了絕大的廟宇。《醒28.6a.4》その二つの泥塑像は,元通り静かにその廟へ入り,神位座へ戻った。この結果,遠くの人々までを驚かせ,大きな評判となり,廟は大きなものに建てかえられた。

同義語"起":¶侯小槐說:從來是墙,汪生員買到手裏,才起上了屋。《醒35.6a.7》侯小槐は「そこは以前塀でしたが,汪生員が買い自分の手に入れてから家を建てたのです」と言った。

起騍 qǐkè

動 ロバやウマなどが発情する ="驴马发情"。北方方言:¶再有那一樣搖拉邪貨,心裏遇即與那打圍的猪,走草的狗,**起騍**的驢馬一樣,口裏說着那王道的假言。《醒36.2a.10》それからひどいあばずれがいます。そやつらの心の中は家畜小屋のブタ,発情したイヌ,ロバ,ウマと変わりがありません。口ではわがまま,ありもしないことを言っているのです。

起爲頭 qǐwéitóu

名 初め,最初 ="起头；开头；开始；当初"。山東方言。《醒》では同義語"當初；起頭"が極めて優勢。次の第2例は"起爲頭"と"後來"が呼応:¶這夥子斫⟨=砍⟩頭的們也只覺狠了點子劈頭子沒給人句好話。我**起爲頭**也恨的我不知怎麼樣的,教我慢慢兒的想,僭也有不是。《醒22.1b.8》こういう死に損ない達もさすがにむごいと思ったのだろうが,とっさには一言の良い言葉も出なかったのだからな!私も初め腹が立ってどうすれば良いかわからなかった。でもゆっくりと考えたら,私達にも良くない点はあったんだ。¶**起爲頭**他也能呀能的,後來也叫我降伏了。《醒96.4a.5》初め,大きな顔をしていたわ。でも,後で私に屈服させられたのよ。¶我**起爲頭**能呀能的,如今叫你降伏了。我叫你奶奶來,叫你媽媽來。降伏了我。《醒96.10b.4》わたしゃ初めは大きな面をしていたが,今ではあんたに屈服させられただと。私がいつ奥様,お母様って呼んだっていうの。私を屈服させただと。

掐把 qiāba

動 束縛する,抑えつける,締め付ける ="管束；约束；压制"。北方方言。《醒》では同義語"管束；束縛；約束；拘管"なども用いる:¶昨日袁萬里沒了,說他該下木頭銀,二百兩三百兩**掐把**着,要連他的夫人合七八歲的个孩子管家,都是呈呈着。《醒9.10a.3》昨日,袁万里が亡くなると,そやつ(晁大舍)は借金したままになっている材木代の銀子が200両だ,300両だと難癖をつけてきた。そやつの妻と7,8歳の子供,番頭ですら,いずれも文書で訴え出ようとするのです。¶好漢子,你出來麼。我沒的似俺哥,你**掐把**我。《醒58.10a.4》立派な男だね。出てきなよ!ボクは兄さんのようには行かないぜ!あんた,ボクを押さえつけるっていうのか。¶人該受僭**掐把**的去處,僭就要變下臉來**掐把**人个夠。《醒15.

— qiǎng

6b.8》人がワシの刑罰の締めつけを受けなきゃならない時,ワシは怒りで顔を真っ赤にし,十二分に締めつけてやるんじゃ。

掐着指頭筭　qiāzhe zhǐtóu suàn
[連]指を折って数える＝"扳指头算"。北方方言：¶任直掐着指頭筭了一筭,說道：景泰三年生的,是幾月。《醒47.6a.4》任直は指を折って数えながら「景泰3年にお生まれですが,何月ですか」と尋ねた。¶人只說是天爺偏心,那年發水留下的,都是幾家方便主子。我掐着指頭筭,那留下的,都不是小主子們歪哩。《醒34.6a.8》人は皆「お天道様も不公平だ！」と言っています。先年,大水が出て,皆流されてしまい,残ったのは全て懷具合の良いご主人ばかりです。私は,指折り数えたのですが,流されずに残ったのは,全てケチの悪いやつではないのです。
同音語 "掐着指頭算"：¶趕到該着月份兒了,大家都在那兒掐指頭算着盼他養。《兒39.19a.1》産月になると皆はそこで指折り数えて産まれるのを待ち望んだのじゃ。
同義語 "掐指；掐指算來"：¶一面掐指尋紋,把筭〈＝算〉子搖了一搖。《金91.7a.1》指で数をかぞえ,ソロバンをはじいた。¶掐指算來,至早也得半月的工夫,賈珍方能來到。《石63.16a.4》指を折って数えると,早くとも半月しなければ賈珍は到着しない。

洽浹　qiàjiā
[形]和やかな＝"和气"。山東方言：¶雖然也还勉强接待,相見時大模大樣,冷冷落落,全不是向日洽浹的模樣。《醒1.7a.3》無理して接待するが,いざ会うと威張り散らし冷淡である。以前の和やかな姿とは全く異なっている。

腔巴骨子　qiāngbagǔzi
[名]様子,さま＝"样儿；样子；模样"。山東方言：¶狄希陳暁的那臉蠟滓似的焦黃,戰戰的打牙巴骨,回不上話來。素姐見他這等腔巴骨子,動了疑心,越發逼拷。《醒52.2a.2》狄希陳はビックリして顔が蝋の残りかすのようにキツネ色になった。顎がブルブル,ガタガタと震え,返事ができない。素姐は,彼のこのような姿を見て疑念を起こし,いよいよ拷問にかけるのであった。

腔款　qiāngkuǎn
[名]話しぶり,口調＝"腔调"。山東方言：¶見了狄員外,把那艾回子可惡的腔款學說了一遍。《醒67.15b.5》狄員外に会うと,かの艾回子の憎たらしい口ぶりを一通り申し上げた。

腔兒　qiāngr
[名]1. 様子,さま＝"样儿；样子；模样"。山東方言,吳語。《醒》では同義語"模樣；樣子"も用いる：¶這腔兒躁殺我了丫頭子,出去,你請進那管家來自己看看。《醒4.10b.5》本当にイライラしてくるわ！ねえ,お前,外へ行って,その遣いの人に入ってもらって自分で見てもらいましょう。¶西門慶道：我去了誰имか你。月娘笑道：你看暁的那腔兒,你去我不妨事。《金75.28b.11》西門慶は「ワシが行けば誰がお前の面倒を見るのだ」と言うと,月娘は笑って「まあ,その驚きようったら！あなたがあちらへ行っても私はだいじょうぶですよ」と答えた。
2. 調子：¶這會子又這麼個腔兒,我又看不上。《石68.12a.7》今そういう調子で言うのなら,私は見損ないますよ。

搶　qiǎng
[動]逆らう＝"方向相對；逆；相背；抢白"。山東方言,徐州方言。《醒》では同義語"違背；違悖"が優勢：¶你只休搶着他

的性子,一會家喬起來,也下老實難服事的。《醒19.5b.7》あんた、あの人の性格に逆らうのはおよし！一旦、カッとなられたら、とても仕えるのは難しいよ！

喬 qiáo

動 癇癪を起こす、怒りやすい＝"发火；生气；易怒"。山東方言。《醒》では同義語"生氣；發怒"が優勢。¶你不休搶着他的性子,一會家喬起來,也下老實難服事的。《醒19.5b.8》あんた、あの人の性格に逆らうのはおよし！一旦、カッとなられたら、仕えるのはとても難しいよ！¶你既收了他許多東西,又買了房子。今日又圖謀他老婆,就着官兒也看喬了。《金20.6b.7》あちらの沢山の品物を取ったり、家を買ったりしましたね。今ではその家の女房までをも取ろうと図るんですから、相手の男の人も怒りますよ！

喬腔作怪 qiáo qiāng zuò guài

[成] 奇妙な叫び声をあげる＝"怪声怪气"。山東方言：¶伍小川还喬腔作怪的,約了三日去完銀,若再遲延,定脫裏了官,拿出家屬去監比。《醒11.8b.7》伍小川はまだ奇妙な声をあげ威張っていたが、3日以内に銀子を完納する事、これ以上遅延すると上の役人に報告し、家族を引っ張り牢屋へ入れると約束させた。

喬聲怪氣 qiáo shēng guài qì

[成] 素っ頓狂な叫び声、変な叫び＝"怪声怪气"。山東方言：¶把狄希陳的雙手栙〈＝拶〉上,叫他供招。栙得狄希陳喬聲怪氣的叫喚。《醒63.5b.3》狄希陳のもろ手に指締め具をつけ、白状させようとした。指締めされた狄希陳は素っ頓狂な声をあげ喚いている。

且是 qiěshì

副 本当に、確かに、まさしく＝"真是；确实；正是"。北方方言。¶見晁源棄了自己的結髮,同了娼妓來到任中,曉得他不止是个狂徒,且是沒有倫理的人了。《醒16.7b.1》晁源が髪結いの妻を捨て、娼妓の妾と一緒に転任地へ来たのを見て、狂人の如き奴だというだけでなく、倫理観の全く無い男だとみた。¶這深更半夜,大驚小怪的敲門,又難為那老季,又叫起來,且是叫唐氏好做避我。《醒19.13b.9》こんな夜更けに大騒ぎして戸を叩いたら老季の奴を困らせてしまう。それに、奴を起こしたら全くうちのかみさん〈唐氏〉に、逃げ隠れしろって言っているようなものだ。¶在家且是孝順,要一點忤逆的氣兒也是沒有的。《醒25.9a.4》家にあっては、とても孝行息子で、みじんの逆らう気持ちもなかった。¶但遠在七八千里路外,怎能得他來到跟前,且是連次吃虧以後,眾人又都看透了他的本事。《醒94.7a.6》しかし、遠く7、8千里の向こうに居る。どうして奴を目の前に連れてこれるだろうか。何度もしくじってからは、皆も彼女が大したことのない人間だと見抜いてしまった。¶湊的同心結,且是好看。到明日你也替我穿恁條箍兒戴。《金83.4a.11》(一つ一つ)つながっていて同心結びなのね。本当に綺麗だわ。いずれ私にもこんなはちまきを作って頂戴！¶且是連一點剛性也沒有,連那些毛丫頭的氣都受的。《石35.9b.6》(宝玉様は)本当に少しの意気地もないわ。若い女中ふぜいに怒られても全て耐えておられるそうよ！¶那阿巧纔得十二歲,且是乖覺。《兒32.28b.2》阿巧は12歳になったばかりですが、確かに利口です。

砌 qiè

動 笑い者にする、嘲笑する＝"拿人开玩笑；寻开心；嘲笑"。黄粛秋校注本1981は"誚"[qiào]の転音だとする。山東方

言：¶駱校尉…說道：我倒說你是好，你姑夫倒砌起我來了。狄希陳道：…。我説個笑話兒，怎麼就是砌你。《醒83.8b.10》駱校尉は…「わしはあんたの事を好意で言ってあげているのに、皮肉を言うのかね」と言うと狄希陳は「…。私は笑い話をしただけです。皮肉ではありません」と答えた。

趄　qiè

動　傾斜する＝"倾斜"。北方方言：¶龍氏抬頭看了一看，見不是風犯，低着頭，趄着肩膀，往廚屋只一鑽。《醒52.13b.9》龍氏は頭を上げてちょっと見ますと，状況が悪いとわかったので，頭を低く垂れ，肩を斜めにしつつ台所へ一目散に逃げ込みました。

親眷　qīnjuàn

名　親戚＝"亲戚"。北方方言，吳語。《醒》では，同義語"親戚"が優勢。"親眷"も同様に多く使用：¶却說梁生，胡旦因有勢要**親眷**，晁家父子通以貴客介賓相待，萬分欽敬。《醒8.3a.8》さて，梁生，胡旦には親戚に権力者がいるので，晁父子も貴賓待遇の如く極めて敬服していた。¶喬大戶娘子並喬大戶許多**親眷**，靈前祭畢。《金80.5b.8》喬大戶の奥さんと喬大戶，多くの親戚は霊前でお詣りをすませました。¶獨自己孤單無個**親眷**，不免又去垂淚。《石49.2a.9》自分自身だけは寄る辺なく，家族が全く無いので，どうしてもまた涙を流してしまうのでした。¶便是張老夫妻，初意也不過指望帶女兒投奔一個小本經紀的**親眷**，不想無意中得這等一門親家。《兒22.18b.1》張老夫婦は初め娘を連れて商売人の親戚のもとへ身を投じようぐらいしか考えていなかった。ところが，図らずもこんな立派な親戚ができたのです。

勤力　qínlì

形　勤勉である＝"勤快；勤劳"。中原方言，江淮方言：¶這吳妳子雖是个醜婦，後來妳的小全哥甚是白胖標緻。又疼愛孩子，又**勤力**，絕不像人家似的死拍拍的看着个孩子。《醒49.14a.3》その吳乳母は美人ではないが，この乳母の乳で育った小全哥はのちにとても色白で太った美男子となる。また，子供をよく可愛がり，勤勉な働き者で，他の怠け者の乳母とは全く異なっていた。

寢　qǐn

動　停める，やめにする，休む＝"停止；平息"。"寢"の本義は"躺着休息"（横になって休む）である。徐復岭1993によれば，現代山東方言の兗州，曲阜方言に継承：¶見寢了這事，大失所望。《醒84.9a.6》このことをやめにしたと知り，大いに失望した。

青光當　qīngguāngdāng

形　青々としたさま＝"颜色青青的（含有贬义）"。山東方言：¶我也想來，一則是个徒夫老婆，提掇着醜聽拉拉的。一則甚麼模樣。**青光當**的搽着一臉粉，頭上擦着那綿種油觸鼻子的薰人。《醒49.9a.5》私も考えていたんだよ。一つは囚人の女房だろ，身請け出せば醜聞もひどいんじゃないの。それに，何という恰好だい。顔全体に青くおしろいを塗って，髪の毛には綿実油を鼻につんとくるほどつけているしね。☆"甚麼模様"とたしなめているのは白粉を「青々と塗る」からであり，決して「薄く塗る」からではない。

清光當　qīngguāngdāng

形　まばらである＝"很稀；不粘稠"。山東方言：¶教他各人都擠出妳來，用茶鍾盛着，使重湯頓過，齅得那個白淨老婆的妳有些羶〈＝腥〉氣，又**清光當**的。《醒49.

8a.10》各々に乳を搾り出させ、それを茶碗に入れそれを別の容器に入れて温め、においをかいだ。その色白女の乳は少々生臭く、薄かった。

清鍋冷灶　qīngguō lěngzào

[熟] ひっそりとしている、物寂しい、寂しい＝"冷冷清清"。北方方言：¶走到計氏院内,只見**清鍋冷灶**,一物也無。《醒3.8a.9》計氏の屋敷の方へ歩いてゆきますと、ひっそりしていて何一つ無い。

同義語 "清灰冷火;清灰冷竈"：¶再說狄希陳回一〈＝到〉明水,竟到家門,**清灰冷火**,塵土滿院,止有一家住房佃戶看守,其餘房屋盡行關鎖。《醒77.9a.10》さて、狄希陳は明水県へ戻ってきて、自分の家へ着きますとひっそりしていて、どの玄関もほこりで一杯です。ただ、1軒、家を借りてくれている小作人が番をしているだけで、その他の家屋は全て鍵がかかっています。¶連夜往家來了。及至到了家,**清灰冷火**的鎖着門,問了聲,說大嫂往京裏去了。《醒85.7b.4》夜を徹して戻ってきました。家へ着くとひっそりしていて、玄関には鍵がかかっています。尋ねますと、奥さんは京(ミ)へ行ったと言います。¶那新娶我的一二年,晁老七合晁溥年下也來了兩遭。俺過的窮日子,**清灰冷竈**的,連鍾涼水也沒給他們喫。《醒22.1b.10》結婚してすぐの1、2年は、晁老七と晁溥はお正月にも2度ほどやって来ましたが、私達は貧乏な暮らしをしていたので、物寂しく何もなかったのよ。湯飲み1杯の冷水すらも差し上げることができなかったのです。

輕省　qīngsheng

[形] 気楽である、力を省いている、手間を省いている＝"轻松"。北方方言：¶尖尖的報了个象房草豆商人這在諸商欠中,還算最為**輕省**,造化好的,還能撰〈＝賺〉錢。《醒71.10b.3》ついに「象の飼料商人」に任ぜられた。これは様々な商売のうち、まずまず最も気楽で、運が良ければ、更に金儲けができる商売です。¶因想這件生意到〈＝倒〉還**輕省**熱鬧。《石4.2a.9》この商売はまずまず気楽で面白いと考えた。

情　qíng

[動] (財産などを)受け継ぐ＝"赌受;继承;承受"。現代語では"赌"と作る。山東方言、山西方言：¶把他六家子的銀子,每家子減下兩來,糧食也每家子減下一石來。把這六兩銀子,合這六石糧食,我**情**四分,二官兒**情**兩分。《醒22.11a.3》6家庭の銀子をどの家も1両減らし、穀物も1石づつ減らす。そして、この6両の銀子と6石の穀物のうちからワシが四分取り、二官児が二分取る。¶一年羅一个,十年不愁就是十个。你來了好,我只在你手裡**情**囫圇家事,有人分我一點,只合你筭帳。《醒76.4a.10》1年に一人子供を作れば、10年で必ず10人になるわ！あんたが帰って来て丁度良かった！あんたの手に家の財産を受け継ぐんだよ！誰かが少しでも分けてくれと私に言ったら、あんたに落とし前をつけてもらうからね。

[副] 構わず、平気で、どんどん＝"尽管"。中原方言：¶人想不到的事,他**情**想的到。《醒89.10a.5》普通の人が考えもできない事をあの人はお構いなしにやってのけるのさ。

情管　qíngguǎn

[副] きっと、絶対に＝"一定"。山東方言：¶這**情管**是小珍的手段。你平日雖是打鋪騰,也還到不的這們闊綽。《醒4.7a.5》これはきっと珍ちゃんの手管ですな。あんたはいつも大盤振る舞いをしてい

るが,これほどまでは金を使わんだろうからな。¶小青梅這奴才慣替人家做牽頭,情管是个和尚粧就姑子來家。《醒12.13a.10》小青梅の奴は,よく不義密通などの男女の仲を取り持っていたので,きっとお坊様の服装でもって尼として家へ入れたんだ!¶心忙頭暈,情管是餓困了,我打和〈=荷〉包雞子,你起來吃幾个,情管就好了,偺早到家。《醒38.12a.10》気分がすぐれず,目眩がするのはきっとお腹が空いているからでしょ。私がニワトリの卵の白身で黄身を包む料理をこしらえますから,起きて何個かお食べ下さい。必ずすぐに良くなります。そして,早く家へ帰りましょう。

情知　qíngzhī

動 はっきり知っている,明らかに知っている＝"明知"。北方方言。《醒》では同義語"明知"も用いる:¶這若是俺那兒這們敗壞我,我情知合他活不成。《醒2.4a.1》もしうちの夫が私にこんなひどいことをしたら,私は確実に生かしちゃおきません。¶我就有肉,情知割給狗吃,我也做不成那股湯。《醒52.13b.3》たとえ私に肉があったとしても,削り取ってイヌに食わしちゃうわ!そんな人肉汁なんて作る訳ないでしょ!¶狄希陳看見那學師的臉上血紅的一个鼻子,情知這番捉弄不着,惹出事來了。《醒62.9b.9》狄希陳は,かの先生の顔に血のような真っ赤な鼻を見るや,今回のいたずらは失敗し,失態を招いたとハッキリ分かった。¶情知是誰,是韓二。那廝見他哥不在家,…。《金38.3a.4》誰ですって。韓二です!あいつは,今,兄貴が家にいないのをよいことに,…。¶寶玉看了仍不解。待要問時,情知他必不肯洩漏。《石5.6a.4》宝玉は読んでもやはり何のこと

かわかりません。そこで,その人(仙女)に尋ねようともしましたが,(内容を)漏らしてくれないのは分かりきっています。¶我的十三妹姐姐,情知是誰呢。《兒29.13a.6》十三妹お姉様,一体どなただとお思いですか。

擎架　qíngjià

名 引き受ける＝"支撑;承担"。山東方言:¶要說叫我擺个東道請他二位吃三盃,我這倒還也擎架的起。成千家開口,甚麼土拉塊麼。《醒34.8b.5》もし,彼らお二方に対して3杯の酒をご馳走せよと言われれば,私は引き受けられる。しかし,何千両もと言われれば,そりゃ無理だ。金は土くれではないのだから。

罄淨　qìngjìng

動 すっからかんにする,すっかりなくなる＝"精光;毫无剩余"。北方方言。補語としての使用が多い。《醒》では同義語"精光"が極めて優勢:¶晁大舍把他尹妹夫的產業,使得一半價錢,且又七準八折,買〈=賣〉了个罄淨。《醒12.9b.1》晁大舍は自分の妹が嫁いだ尹家の財産を半分ほど使ってしまい,更に,家財をやたら安値に割り引いてすっかり売り飛ばした。¶這要叫我拆房,我只是合他對命,把毛撏的罄淨,啃了鼻子摳眼。《醒35.8b.3》ワシの家を壊すならワシは奴と命をかけて対決するぞ!奴の毛もきれいさっぱりむしり取り,奴の鼻をかじり取り,目玉をくり抜いてくれようぞ!¶其餘但是略有半分姿色,或是穿戴的齊整,盡被把衣裳剝得罄淨。《醒73.9a.1》その他のやや美人または身成りのいい女はことごとく着物を剥ぎ取られた。¶你一盞我一鍾,須臾竹葉穿心,桃花上臉,把一錫瓶酒吃的罄淨。《金78.24b.2》あんたも1杯,私も1杯ということで,やがて竹葉は心臓を穿ち,桃花は顔

に出て，錫徳利１本の酒をきれいに飲んでしまった。¶拿筷子拌了崗尖的一碗,就着辣鹹菜,呼嚕嚕噶吱吱,不上半刻,吃了個磬淨。《兒16.14b.6》箸を取ってかき混ぜると,辛い漬け物を添えてバリバリ,ザザザーと半刻もしない内にきれいに平らげた。

同音語 "罄盡"韻尾[-g]の脱落したもの：¶他的弟姪兒男,廕〈=蔭〉官封爵的,都一个个追奪了,也殺了个磬盡。《醒15.2a.3》彼の一族の男達,官や爵に封ぜられた者は,全てひとりひとり位を剥奪され,ことごとく殺された。¶也是把那紙贖搜括得磬盡,將自己的公費都捐出來放在裏邊。《醒31.6b.7》その賠償金もことごとくかき集め,また,自分の公費も皆義捐金に入れた。¶吃巡邏的當土賊拿到該坊節級處,一頓拷打,使的磬盡。《金93.6a.3》巡邏にその土地の泥棒と見なされ,その町の牢獄へ引っ張られ,ぶたれ,締め上げられ,更に持ち物をすっかり取られた。⇒"精打光"

窮拉拉　qiónglālā

形 とても貧しいさま,ひどく貧乏なさま="很穷"。北方方言：¶我不快着做了衣裳帶回家去,你爺兒兩个窮拉拉的,當了我的使了,我只好告丁官兒罷了。《醒9.2b.9》私は早く着物をこしらえて家へ持って帰ります。お父さんら二人ともとても貧しいでしょうが,私のものを質に入れて使ったら,私は裁判に訴えて出ますからね！

窮腮乞臉　qióng sāi qǐ liǎn

[成] 貧相,貧乏な相="人的穷相"。山東方言：¶就是那兩個兒子,也都不是那窮腮乞臉的模樣。《醒25.6b.2》二人の男児はともに貧相ではない。

窮酸乞臉　qióng suān qǐ liǎn

[成] 貧相,貧乏な相="人的穷相"。山東方言：¶珍哥道：若黑越越的窮酸乞臉,倒不要他了。《醒8.13b.6》珍哥は「もし真っ黒で貧相な顔だったら,誰もほしがりませんよ」と言った。

屈持　qūchí

形 つらい,くやしい="委屈"。山東方言：¶童奶奶道：…。這食店裏的東西豈是乾淨的。離家在外的人,萬一屈持在心,這當頑的哩。《醒55.1b.4》童夫人は「…。店屋物なんて清潔なものですか。また,家から遠く離れているので,万一のことがあれば冗談事ではすまないですよ」と言った。

同音語 "曲持"：¶若敢把娘子曲持壞了一點兒,相公回來,把我們看做狗畜生,不是人養的。《醒14.11b.10》もし奥様に少しでも辛い思いをさせたら,相公が戻ってきた時にワシらを犬畜生だ,人でなしとみなして下さってもいいです。

屈處　qūchù

動 つらい思いをさせる="委屈"。山東方言：¶我先到俺家收拾收拾,請狄奶奶到我那裏屈處三日罷。《醒78.3a.6》ワシは先に家へ戻って部屋を片付ける。奥さんには我慢してもらってワシの所で３日ほど泊まってもらおう。

煐黑　qūhēi

形 真っ黒な="漆黑;极黑;很黑"。北方方言,湘語。《醒》では同音語"漆黑"(旧読音[qùhēi])表記は無い：¶拆開看時,裏面却是半張雪白的連四紙,翠藍的花邉,煐黑的楷書字,大大硃紅標判,方方的一顆印。《醒7.10a.4》破って開けてみますと,中には半分の真っ白な手すきの紙で濃紺の縁取り模様があります。そこに真っ黒な楷書体文字がびっしり。太字で告示として朱書きされていて,四角い印鑑の印影があります。¶你只画一个白白胖胖,齊齊整整,煐黑的三

花長鬍便是。《醒18.10b.3》お前はかっぷくの良い体, きちんと揃っている真っ黒な道化役者のような長いヒゲを描けばそれでよい。¶奶奶, 俺小叔阿〈＝屙〉了一大些煷黑的粘屎, 春姨叫請奶奶看看去哩。《醒21.9a.5》奥様, お坊ちゃまが大きくて真っ黒なうんこをされました。春姉さんが奥様に見に来て欲しいとのことです！

同音語 "漆黑"（旧 読 音[qùhēi]）：¶你看, 賊小奴才, 油手把我這鞋弄的恁漆黑的。《金28.10a.7》ほら, ごらんよ。あのガキは油まみれの手で私の靴をこんなに真っ黒にしちゃったよ！¶果然黑地里摸入榮府, 趁掩門時鑽入穿堂, 果見漆黑無一人。《石12.2a.5》実際, 暗闇の中を栄国邸に手探りで入り, 戸を閉めるのに乗じて穿堂に潜り込んだ。やはり真っ暗で誰一人としていない。¶來了。你老人家別忙啊, 這個夾道子還帶是漆黑, 也得一步兒一步兒的慢慢兒的上啊。《兒7.5a.10》あい, 今行くよ！そう慌てなさんな！この狭い通りは真っ暗なのよ。一歩一歩ゆっくりと上がらなきゃいけないのよ！

蛐蟮　qūshan

名 ミミズ＝"蚯蚓"。山東方言：¶他只見了寸把長的蜈蚣, 就如那蛐蟮見了雞群一樣。《醒62.1b.3》そいつが１寸程のムカデを見ると, あたかもミミズが鶏の群れに出会ったのと同じようになるのです。

取齊　qǔqí

動 集まる＝"会合：聚集"。北方方言：¶約定大家俱要粧扮得齊整些。像個模様。卯時俱到教場中取齊發脚。《醒1.10a.3》約束していた皆は綺麗に扮装して様になっていた。皆朝６時教場に集まって狩猟の前祝いをした。

全灶　quánzào

名 全てできる料理人＝"全能的厨师"。山東方言：¶有些甚麼事件, 也還都是狄奶奶上前。狄爺, 你尋个全灶罷。《醒55.1b.10》何かというと, 狄奥様が全ておやりになるんでしょ。狄旦那様, お料理が一通りできる人を探したらどうですか。¶再説呂祥雖是如了他的意思, 增了工食, 且又預支了半年。他心裏必〈＝畢〉竟不曾滿足, 只恨不曾與他娶得全灶為妻, 在人面前發狠。《醒85.4b.6》さて, 呂祥は彼の思い通り給金を増額してもらった。且つ, 半年分先払いもしてもらっている。ところが, 彼の心はこれに満足せず「料理女を娶らせてくれなかった！」と恨んで, 人前でも恨み言を言うのです。

權當　quándàng

動 …とみなす＝"当作"。北方方言：¶素姐心裏還指望狄希陳晚上進房, …, 借他的皮肉咬他兩口, 權當那相大妗子的心肝。《醒60.7b.9》素姐は心の中で狄希陳が夜部屋へ入ってくるのを期待していた。…。というのも, 彼の体を噛むことで, 相おばさんの心臓や肝臓に見たてて腹いせができるからだ。¶可憐諸般的刑具受過, 無可招成, 果然晚間依舊送在那前日的監内, 曉夜在那凳上, 權當匣床。《醒63.5b.9》可哀想に様々な拷問を受けても白状するすべがない。案の定, 夜いつも通り先日の牢屋に送られ, 夜通し小さな腰掛けの上で足かせをされた。

同音語 "全当"：¶我常説給管事的, 不要派他差使, 全当一个死的就完了。《石7.10a.3》私はいつも執事達に言っているのですよ。あの人に使いをさせてはなりません, と。もはや死んでしまっていると思えば, それで良いのですから。

R

嚷嚷刮刮　rāngrangguāguā
形　やかましく騒いでいるさま，人に大声で言いふらしているさま，わめいているさま＝"吵吵嚷嚷"。山東方言。¶打哩他嫌少不肯去,在外頭嚷嚷刮刮的。這如今做了官,…。《醒27.9b.10》もしも奴が少ないと文句を言って立ち去ろうとせず，表でわあわあ騒がれればどうなるか。今，ワシは役人にもなっていることでもあるし，…。

讓　ràng
動　吹き出す，姿を現す，吐く＝"冒出；吐"。山東方言：¶流水跑到那裏看了一看,瘡口像螃蟹似的往外讓沫哩,裂着瓢那大嘴,怪哭。《醒66.11b.1》すぐにそこへ駆けつけて，診ましたが，傷口がまるで蟹のように外へ向かって泡を吹いている。本人は瓢箪を割ったような大きな口をあけて，ひどく泣いています。

饒　ráo
接　(たとえ)…であっても＝"虽然；尽管；即使"。北方方言：¶昨日要是第二个人,看見您家這們大門戶,饒使你家一大些銀子,還耽閣了忠則盡哩。《醒2.10b.7》昨日もしも他の人(ヤブ医者)がお前の家は大金もちだと知って，たとえ大金を使わされたとしても，病気治癒どころか命すら落とすところだったんだよ！¶天生天合的一對,五百年撞着的冤家,饒你走到焰摩天,他也脚下滕〈＝騰〉雲須赶上。《醒61.6a.1》天生天合の一対，500年目にばったり出遭った仇同士です。そなたがたとえ焰摩天へ逃げ込んでも，彼女は雲に乗って必ずや追いかけてくるでしょう。¶饒你這般管教他,真是沒有一刻的閑空工夫,沒有一些快樂的腸肚,他還要忙里偷閑,…。《醒62.7a.3》たとえ彼をどんなにしつけ取り締まり，一寸の暇も些かの楽しみすら無かろうとも，彼はそれでも忙しい中から暇を見つけ出しては，…。¶我饒替娘尋出鞋來,還要打我。《金28.4a.11》私が奥様の靴を捜し出してきてあげたのに，それでもまだ私をぶつのですか。¶饒这広〈＝這麼〉樣,我还听〈＝還聽〉見常說你們不知過日子。《石62.16b.6》たとえそういうようであっても，お前達は日々の暮らしぶりというものがわかっちゃいないと，私はいつも聞いているよ。

同義語　"饒是"：¶饒是那等攔他,他還是把一肚子話可桶兒的都倒出來。《兒25.11a.9》そのように，引き留めに入ったものの，彼は腹の中の思いを全て出してしまった。¶那賊冷不防着這一箭,只疼得他咬着牙不敢則聲,饒是那等不敢則聲,也由不得嗳喲出來。《兒31.15b.2》かの泥棒は,不意にこの矢を受けて，痛くても声をたててはいけないと我慢した。しかし，とてもじゃないが我慢できずつい「ぎゃっ！」と声を出してしまった。¶老弟,你只看饒是愚兄這麼個老坯兒,還吃海馬周三那一合兒。《兒32.15a.4》なあ，学海さんよ。ワシのような年季の入った熟練者でさえ，海馬周三に一撃やられてしまったんじゃ！

遶　rào
動　…じゅう，ぐるぐる回る，めぐる＝"遍；満"。北方方言：¶生了一個白胖旺跳的娃娃。喜的晁夫人遶屋裏打磨磨,姜夫

人也喜不自勝。《醒49.5a.10》白くて丸々とした元気な赤ん坊を産みました。晁夫人は喜んで部屋の中をぐるぐる回っています。姜夫人もとても喜んでいます。
— "繞地裡"…じゅう,あちこち:¶原來是你偷拿了我的鞋去了,教我打着丫頭繞地裡尋。《金28.6a.7》何と,あんたが私の靴を盗んで持って行っちゃったんだ。こっちは少女をぶたせ,あちこち回り搜させたんだからね！

惹發　rěfā
動　怒らせる ＝ "使某人发脾气"。湘語:¶這理刑衛門是甚麼去處,這内官子的性兒,你惹發了他,你還待收的住哩。《醒70.12a.2》理刑庁という役所はどういう所か分かっているのかね。それに宦官の性格だったら,怒らせてごらん,収拾がつかなくなるよ。

熱呼辣(的)　rèhūlà(de)
形　未練が残って仕方がない,胸や顔が熱くなる ＝ "难割难舍;舍不的"。北方方言。《醒》では同義語"難割難離;難舍難離;舍不得"も用いる:¶晁夫人送下他,教他關上門,然後自己回到房中。晁夫人雖是強了他去了,心裏也未免熱呼辣的。《醒49.4a.5》晁夫人は彼(晁梁)を送り出し,戸を閉めさせ,自分の部屋へ戻ってきた。晁夫人は彼を無理に追い出したが,心の中には熱いものがこみ上げて来て仕方なかった。

熱化　rèhua
動　親密になる ＝ "亲热"。北方方言。《醒》では同義語"親熱"が極めて優勢:¶從這日以後唐氏漸漸的也就合晁大舍熱化了,進來出去,只管行走,也不似常時掩掩藏藏的。《醒19.6b.2》この日以降,唐氏は徐々に晁大舍と親密になった。行ったり来たりしている間に,平気でオモテを歩くようになり,以前のようにこそこそ隠れたりはしなくなった。☆"熱化"は"熟化"の誤刻とも考えられる。⇒"熟化"

熱嘴　rèzuǐ
形　(言葉上)親密である,心温かい ＝ "口头上亲热"。山東方言:¶素姐聽見狄周這一場熱嘴,也不免的喜歡,口裏也還罵着道。《醒85.7a.1》素姐は,狄周のこの度の熱心な口調に,喜びを禁じ得ませんでした,ただ,口ではまだ罵って言います。

人客　rénkè
名　客 ＝ "客人"。南方方言。"人客"は広域で用いるが,概して南方。この分岐線が呉語である。《醒》では同義語"客人"の方が優勢:¶只因來得人客太多,不能周備。《醒90.8b.10》来た客があまりにも多いので,(料理が)行き届きません。¶只怕大節下一時有个人客驀將來,他每沒處搞撓。《金78.12a.3》お正月,急にお客様が見えると,あの人達では手に負えないわね。¶雖然我們寶玉淘氣古怪,有時見了人客,規矩礼〈＝禮〉數更比大人有礼〈＝禮〉。《石56.11a.3》私達の所の宝玉様はイタズラ好きで変わり者ですが,お客様の前では大人の方よりも礼儀正しいのでございます。
兒化語　"人客兒":¶或遇有個人客兒來,蒸恁一碟兒上去,也不枉辜負了哥的盛情。《金34.5a.9》或いは客が来た時,一皿蒸して出すのです。こうすれば,兄貴のご好意を無にすることにはならんでしょう！☆《兒》《邐》に"客人"を採用するが,"人客"は不採用。《官》は"客"のみを使用。

人事　rénshì
名　贈り物 ＝ "礼物"。北方方言,呉語,閩語。《醒》では同義語"禮物"が優勢:¶他

適縫也送了俺那四樣人事,俺拇量着,也得甚麼禮酬他。《醒4.5a.1》彼は先ほど私達に4種類の品を持ってきたが,どれくらいのお礼のお返しをしなきゃいけないの。¶素姐又看那汗巾,說道:這汗巾,我却沒說,是他分外的人事。《醒96.8b.1》素姐は,またその長布を見ながら「この長布は,私は言っていないわ。あいつの格別の贈り物なのね」と言った。¶這來旺兒私己帶了人事,悄悄送了孫雪娥兩方綾汗巾,兩雙裝花膝褲。《金25.4a.7》こちら来旺は密かに贈り物を持ち帰り,こっそりと孫雪娥に綾絹の長布2本,模様入りの二組の脚絆を送りました。¶老爺…又給他父女帶去些人事,把何姑娘那張彈弓仍交給媳婦屋裡懸掛。《兒23.18a.1》大旦那様は…鄧九公父娘に少し贈り物を持って行ってあげよう,また,何玉鳳の弓を息子の嫁に渡して部屋の中に掛けさせようと考えた。

兒化語 "人事兒":¶西門慶這邉有喪事,跟隨韓姨父那邉來上祭,討了一分孝去,送了許多人事兒。《金65.1b.8》西門慶の家では不幸事があったので,孟玉楼の弟が韓姨父にくっついて弔問に来た。そして,自分も喪に服し,多くの贈り物をした。

日裡 rìli

名 昼間 = "白天"。北方方言,徽語,過渡,客話。《醒》では同義語"白日"が極めて優勢。"日裏;日裡"もよく用いる:¶日裡即如凶神一般,合老婆騎在馬上,雄赳赳的,如似〈=何〉就病的這等快。《醒2.5b.10》昼間,凶神のように妾と一緒に馬に乗って威勢よかったのに,なぜ急に病気になったの。

同音語 "日里":¶甚至日里也是約伴持械而行。《程甲102.5b.6》甚だしきに到っては,昼間でも仲間達を連れ武器を持って行くというのです。☆"白日裡;大白日裡"は《石》に見えるが,"日裡"は見えない。

─《海》の科白箇所では"日裡"を用い"白日;白天"を用いない:¶三班毛兒戲末,日裡十一點鐘一班,夜頭兩班,五點鐘做起。《海18.12b.10》女芝居は3座あるのですが,昼の部が11時に1座,夜の部は2座です。5時開演です。

日頭 rìtóu

名 **1.** 日々,日数,日にち = "日子;天数;日期"。晋語。軽声語"日頭"[rìtou]は「太陽」を示し,非軽声語[rìtóu]は釈義1.及び2.になる。《汉语拼音词汇》では[rìtou]に〈方〉符号を付し,[rìtóu]の方は未収:¶風飡雨宿,走了二十八个日頭。《醒5.5b.2》旅の憂き目を重ねながら28日間歩き続けた。¶日光撚指,不覺又是二十个日頭。《醒95.9b.7》時の経つのは早いもので,瞬く間に20日経った。

─《金》では南方人の補作と目される第55回に釈義"天数;日期"の"日頭"がいくつか見える:¶明日起身也纔夠到哩,還得几个日頭。《金55.2a.2》明日出発すればようやく間に合うんだ。でも,あと何日もない。¶不多几个日頭,就到東平州清河縣地面。《金55.12b.2》何日も経たないうちに東平州清河県に到着しました。

2. 生活,生計 = "生活;生计;日子"。中原方言,呉語,粤語,閩語:¶算計往後過好日頭的道理。《醒100.12b.5》今後,安穏に日々を送れると思います。☆《石》《兒》《邇》に"日頭"は「太陽」のみで,「日にち」などの意義項は無い。但し,《石》に"半日頭"(="半天"),"今日頭"(="今天")は見える。《官》にはいずれの釈義の"日頭"も未収。

日頭　rìtou

名　太陽＝"太阳"。北方方言，過渡，南方方言。《醒》では同義語"日輪"よりも"日頭"が極めて優勢：¶那前年，到了蔣皇親家，就是看見了俺那个白獅猫跑了來，映着日頭，就是血點般紅，希記〈＝詫〉的極了。《醒7.1b.3》その前年，蔣皇親の家へ行ったとき，白い獅子猫が走ってきたとたん，太陽の光に当たって血の色のように赤くなり，とても不思議に見えたわ！¶晁梁放倒頭鼾鼾的睡到日頭大高的，姜家來送早飯，方纔起來。《醒49.4a.9》晁梁は，頭を横にするやぐうぐうと太陽が高く昇るまで眠りこけた。姜家から朝食が届けられ，ようやく起床した。¶今日日頭打西出來，稀罕往俺這屋裡來走一走兒。《金75.18a.6》今日はお日様が西から出るんじゃないの。私のこの部屋へお出ましとは珍しいわねえ。¶怪道人都管着日頭叫太阳〈＝陽〉呢。《石31.9a.9》道理で皆はお日様を太陽と言うのですね。¶他便等不及出去，就站在當院子日頭地裡，從姑娘當日怎替父的要報仇說起，…。《兒21.21a.10》彼は外へ出るまでもなく，中庭の日のよく当たる所に立って，玉鳳が当時どのように父の仇を討とうとしたことから說き起こし，…。

日西　rìxī

名　日没まぎわ，日が落ちる頃＝"太阳將要落下"。山東方言：¶狄員外家裡叫人做了飯預備着，從那日西時便就在大門上走進走出，又叫兩個覓漢應將上去等。《醒41.3a.3》狄員外は，家でご飯を作らせ，いろいろ準備をしています。日暮れ時より表玄関を出たり入ったりしていましたが，二人の作男を迎えにやらせ，自分は家で待っています。¶老七，你昨日日西騎着騾子，跨着鍊，帶着插盛，走的那兇勢，你今日怎麼來這們秧秧蹌蹌的。《醒53.14a.3》老七さん，あんたは昨日の日暮れ時，ラバに乗って鎖を腰にぶらさげ，（持ち逃げされた）品を取り戻すための袋を持ち，すごい勢いだったね。それなのに，今日はどうしてそんなにしょんぼりしているのかね。¶一个留戀着不肯動身，一个拴縛着不肯放走。將已日西時分，孫氏料得女兒心裏的勾當，把預備下的酒菜，搬在卓上，煖了酒，讓周龍皋坐。《醒72.12a.8》一人（男）は女に未練があって立とうとしない。もう一人（女）は男の心を縛って放そうとしない。既に日暮れとなり，孫氏は娘の心を推し量り，支度した酒や料理を卓上に運びました。酒を温め，周龍皋に座を勧めます。¶侯巡撫只坐到日西時分，酒過數巡。《金76.7b.5》侯巡撫は日暮れ頃まで，そうして座っていました。酒も数巡勺を重ねました。

同義語　"日頭西"：¶隔着門說了兩句話，仍回前面來了。沒到日頭西，也就上床睡了。《醒2.12a.2》戸を隔てて二言三言言葉を交わしたが，これまで通り表へ戻ってきて，日が西へ傾く前に寝台へ上がって寝た。

日逐　rìzhú

名　毎日，常時＝"每天；天天"。晋語，呉語，閩語。"日逐"は現代語では呉語など南方語系に見える。歴史的には《石》《兒》《三俠五義》には見られず，宋元明時代の通語。清代北方語では既に用いなくなった。《醒》では同義語"每日"が極めて優勢：¶日逐都與魏運運了家去。《醒41.9a.6》毎日魏運に家まで運ばせた。¶素姐…日逐在街門等候，或是有敲路庄板的經過，即便自己跑出街上以辨是可〈＝否〉。《醒76.11b.3》素姐は…毎日おもてに面した玄関で待っていた。ま

た,板を叩く音が通り過ぎると直ちに自ら表通りへ走り出て(盲目の占い師かどうか)確かめた。¶禁不得那渾家日**逐**在耳邊頭咭咭聒聒,疑起心來。《醒88.1b.10》妻が毎日耳元でブツブツ言うのに辛抱しきれなくなって,疑念がわいてきた。¶晁梁將近五旬年紀,日**逐**守着母親。《醒93.3a.6》晁梁はまもなく50歳になろうとしていた。そして,日々母親を看護していた。¶日**逐**使張勝、李安打聽拿住武松正犯,告報府中。《金88.2a.1》毎日,張勝、李安に犯人武松を捕らえたかを聞き出し,邸へ報告させています。☆《醒》には"日逐"が散見するが,清代中期以降の《石》《兒》《官》《週》には未収。
— 《海》の科白箇所では"日逐"を用い"逐日"を用いない:¶小村搭吳松橋兩家頭勿曉得做倽,日**逐**一淘來咉。《海12.6a.4》小村は吳松橋と二人で何をしているのかわかりませんが,毎日一緒です。

狨腔　róngqiāng

名　醜態＝"丑态"。山東方言。《醒》では同義語"醜態"も使用:¶他平日假粧了老成,把那眼睛瞇了鼻子,口裏說着蠻不蠻侉不侉的官話,做作那道學的**狨腔**。《醒35.9a.1》あの人(汪為露)は,平生おとなしいふりをして目先しか見ていない。言葉は南方人のようでもないし,北方人のようでもない役人口調で話している。そして,道学の醜態をさらしている。

揉蹉　róucuo

動　1. 手で揉む＝"用手来回擦或搓"。北方方言。現代語では一般に"揉搓"と作る:¶你可是喜的往上跳,碰的頭腫得像沒攬的柿子一般,疼得叫我替你**揉蹉**,可就沒的來,又扯上那一遭有客哩。《醒21.12a.9》あんたは喜びのあまり跳び上

がって頭をぶつけ,腫れてしまったのがあたかも渋抜きしていない柿のようだったね。痛がって,私に揉ませたじゃないか。こちらへ来られなかったのは,その時客人があったからだとべらべら言い訳などして!
同音語"揉搓":¶兩手摟着他脖項,極力**揉搓**左右偎擦,塵柄儘沒至根。《金79.9a.9》両手は彼の首に回し,力の限りしごき,左右ぴったりと擦り合い,一物は根元まで沈みました。
2. 苦痛を与える,ひどい目に遭わせる,いじめる,さいなむ＝"折磨；磨练"。北方方言。同音語"揉搓":¶強如出去被他**揉搓**着,还〈＝還〉得拿出錢來呢。《石56.8a.1》表へ出て行ってあの人達にもみくちゃにされ,更にお金まで取られるなんてねぇ!¶可得把他**揉搓**到了家業,我纔放他呢。《兒31.27b.3》じゃが,奴らをギリギリまで思い知らせてやるまで,ワシは放してやらんぞ!

汝　rǔ

動　詰め込む,塞ぐ＝"塞；放；插"。北方方言,過渡:¶素姐伶俐,爽俐把兩隻手望着狄希陳眼上一**汝**,說:你看我那手待怎麼。《醒98.3b.7》素姐は機敏にもさっと両手を狄希陳の前へ突き出して「ほうれ,私のこの手をどうしようというんだい」と言った。
同義語"汝唆"。接尾辞"唆"[suo]などが付接:¶臨那斷氣,等不將他來,只見他極的眼像牛一般,情管待合他說甚麼,如今有點子東西,不知**汝唆**在那裡迷糊門了。《醒41.8a.8》汪為露が息を引き取るに際し,いくら待ってもそいつ(息子)は帰ってきません。ふと彼の眼は焦ってウシのように大きくなった。恐らく息子に何かを言おうとしていたのです。現在でも,少しの金めのものがある

から,どこか秘密の場所に詰め込んだままになっているのです。☆この他に"攜送;塞索;掖索"とも作る。

軟骨農 ruǎngunóng
形 ふやけたように柔らかい＝"很软"。北方言：¶古怪。這**軟骨農**的是甚麼東西。《醒52.4a.6》おかしいわね！この柔らかいものは何なの。

若不着 ruòbuzháo
接 もしも…でなければ＝"如果不是;要不是"。山東方言：¶**若不着**這一封攬餞的書去,可不就像陰了信的炮樟一般罷了。《醒15.6b.1》もしもその1通の効果的な書簡がなければ,あたかも滲みた導火線のように立ち消えてしまうだけです。

S

撒活 sāhuó

[動] 馬や騾馬を休ませ餌をやる＝"给牲口松鞍喂食"。北方方言：¶到了龍山,大家住下吃飯,撒活頭口,獨他連飯也不喫。《醒38.1a.10》龍山に到着すると皆はそこで食事をし,馬や騾馬に餌をやった。ただ,一人その男はご飯も食べようとしない。

撒極 sājí

[動] 無理難題を言う＝"放刁撒泼"。山東方言：¶如今打發他往家去,他撒極不走,只待去走走纔罷。《醒78.5b.6》今じゃ奥さんを家へ帰す段となったが,無理ばかり言って帰らない。少しお参りしてから帰るとさ。

撒津 sājīn

[動] （子供が）勝手な事をする＝"撒野;没管教;逃学"。山東方言：¶狄員外説:這先生同不的汪先生,利害多着哩。你還像在汪先生手裏撒津。…《醒33.11b.6》狄員外は「その先生は,汪先生と違い随分厳しいぞ。お前はまだ汪先生の時のようになまけているのか。…」と言った。

撒拉 sālā

[動] 引きずる,つっかける＝"拖着"。北方方言：¶我見那姓龍的撒拉着半片鞋,搖拉着兩隻蹄膀,倒是沒後跟的哩。《醒48.7b.6》あの龍という奴が片方の靴をつっかけながら,2本のバカ足を歪めて歩いているのを見たんだ。素性がよくない証しさ！

参考
撒潑 sāpō
[動] むちゃくちゃにわめき騒ぎ立てる＝"蛮横耍赖"：¶三句甜,兩句苦,把計氏勸得不出街上撒潑了。《醒9.1a.8》なだめたり,すかしたりしつつ,計氏に大通りで泣きわめかないよう説得した。¶家兄從來本分,不似武松撒潑。《金1.14a.10》兄はこれまで自分の本分を守ってきました。この武松のように,荒くれのお騒がせ者ではありません。
兒化語 "撒潑兒"：¶你剛纔不見他那等撞頭打滾撒潑兒,一徑使你爹來知道,管就把我翻倒底下。《金75.25b.11》あんた,先ほど,あの人があのように頭をぶつけて転げ回って騒いだのを見たわよね。その魂胆は,旦那様がお帰りになったら知らせて,きっと私を地面にひっくり返させるつもりだわ！
同音語 "澈溰"：¶大門内一個年少婦女澈溰,也只道是甚麼外边的女人。《醒8.17a.5》表門の中で若い女がわめき騒いでいるので（道行く人は）どこか他の所から来た女だと思った。

撒騷放屁 sāsāo fàngpì

[熟] 口に任せてでたらめを言う＝"胡说八道"。山東方言：¶何如。我說不該招惹他。沒的舍〔＝捨〕了四頃地,好幾十石糧食,四五十兩銀子,惹的人家撒騷放屁的。《醒32.13b.4》どうですか。私は彼らを構っちゃいけないと申し上げました。それなのに4頃(けい)の田畑,何十石もの穀物,4,50両の銀子をお贈りになられましたね。この結果,彼らは好き放題なことを言っているじゃありませんか！¶你休要撒騷放屁的,尋我第二頓鞭子。《醒52.2b.5》勝手にでたらめを言うのはおよし！次の鞭が待っている

よ！¶整日發作,還只指望交相主事放他出去誰知相主事拿定主意,只是不理,憑他撒騷放屁,只當耳邊之風。《醒77.12a.10》1日中,怒り狂ったが,それでもなお相主事に外出の許しを求めた。ところが,相主事は考えは決まっていて,全く相手にしない。彼女に好き放題に言わせ,自分はどこ吹く風とばかりに受け流した。

洒潑　sǎpō
動　浪費する,粗末に扱う ＝"抛撒；揮霍"。山東方言。《醒》では同義語"抛撒；揮霍；揮洒"も使用：¶連這清水都有神祇司管,定你這个人,量你的福分厚薄,每日該用水幾斗,或用水幾升,用夠就罷了,若還洒潑過了定住的額數,都是要折祿減筭,罪過也非同小可。《醒28.7b.1》この清水でさえも天地の神様が司っている。あなたという人を易断し,福分の厚薄を測れば,毎日の水を何斗或いは何升使わねばならないか分かる。使い足りればそれでよいが,もし一定の量以上浪費すれば全て福分が差し引かれる。この罪はただごとではない。¶這一年受他的那氣,叫他洒潑的那東西,雖是雷劈了他,僭容他這們等的,也是僭的罪過。《醒55.3b.2》この1年,奴（料理人尤聡）のために随分嫌な思いをさせられ,台所の物も粗末に扱われてきました。この結果,雷様が彼をぶちのめしたとはいえ,私達が奴のそういうムダ遣いも許してきたので,これも私達の罪なのです。

同音語　"撒潑；澈潑"：¶方知尤聰因他欺心膽大,撒潑米麪,所以干天之怒,特遣雷部誅他。《醒54.13a.5》尤聡は大胆にも良心に恥じることをしでかした。すなわち,コメやコムギ粉を粗末にしたので,天の神様の怒りに触れ,特に雷様

を遣わして奴を殺したのだとようやく分かった。¶裏邊有了奶奶當家,米麪肉菜都有奶奶掌管,誰該吃,誰不吃,都有奶奶主意,不許澈潑了東西。《醒54.9b.1》家の中には奥様がおられ,家事を切り盛りしている。コメ,コムギ粉,肉,野菜全て奥様が管理し,誰がこれらを食べるべきで,誰が食べないかは全て奥様の考えによる。したがって,物を粗末に扱うことは許されない。

撒拉溜佟　sǎlāliūchǐ
形　溢れ出しているさま ＝"过满溢出的样子"。山東方言：¶年前兩次跟了師生們到省城,聽他做得那茶飯撒拉溜佟,淘了他多少的氣。《醒54.11b.7》先年2度師匠とその弟子のお供をして一緒に省城へ行き,料理には材料をふんだんに使ったと聞いている。それで（狄員外は）いささか腹だたしかった。

撒漫　sǎmàn
動　金遣いが荒い,浪費する ＝"乱花錢"。北方方言：¶這兩個盜婆筭計素姐也還不十分着極,只是聞得白姑子起發那許多銀錢,料定素姐是個肯撒漫的女人,緊走緊跟,慢走慢跟。《醒68.4b.1》この二人の泥棒尼は,素姐がさほど焦らないのを見てとった。そして,白尼があんなにも多くの金を騙し取ったと聞きつけ,素姐は金遣いの荒い女だと考えた。そこで,相手が早く歩くならば早く後を追い,ゆっくり歩くならばゆっくり追うことにした。¶眾人見花子虛乃是內臣家勤兒,手裡使錢撒漫,都亂撮合他在院中請表子。《金10.7b.7》皆は花子虛が宦官の家の妓楼の遊客で,金遣いも荒いと見たので,やたら花子虛をおだてあげ,女郎部屋で娼妓を呼ばせた。¶襲人又本是个手中撒漫的,況與香菱素相交好。《石62.17b.2》襲人はもともと気

前が良いほうであり、しかも香菱とは平素から仲も良かった。

三不知　sānbuzhī

副 **1.** どうしたことか，思いがけなく，突然に＝"不知怎的"。山東方言，河南方言：¶問他向日所為的事，他再也不信，說是旁人哄他。正好好的，三不知又變壞了。《醒25.9b.5》彼に少し前の（悪い）行為を尋ねてもどうしても信じようとはせず，傍らの人が自分を騙しているのだと言い張るのです。また，良い時期があったと思いきや，どうした訳か悪くなってしまっているのです。¶次日走三十里，早到便于迎賀。誰知他三不知沒有影了。《醒38.11a.10》次の日，30里行っとけば，早く着き，歓迎してもらうには便利です。ところが，彼はどうしたことか姿が見えなくなりました。¶屠戶悄悄的穿了衣裳，着了可脚的鞋，拿了那打猪的梃杖，三不知開出門來，撞了个滿懷。《醒35.9a.9》屠殺屋は，こっそりと着物を着て，足がぴったりと合う靴を履き，猟用の鉄の棒を持ち，突然戸を開けて出ますと真っ向からぶつかりました。¶你每三個怎的三不知不和我說就走了。《金43.2a.4》お前さん達3人は，どうしたことかワシに声もかけずに帰っちまったな。¶誰知你三不知的把陪房丫頭也摸索上了。《石80.5b.6》ところが，お前はいつの間にやら介添え女中にまでも手を出したな。

2. 全く知らない：¶不想月娘正在金蓮房中坐着，這經濟三不知，恰進角門就叫：可意人在家不在。《金82.1b.11》図らずも，月娘がちょうど金蓮の部屋で腰掛けていると，こちら経済はまったく知らず，くぐり門を入ってすぐ「僕のお気に入りさんはご在宅ですか」と叫んだ。

三層大，兩層小　sān céng dà, liǎng céng xiǎo

[熟] いろいろ複雑で難しいことが多い＝"情况复杂，矛盾重重"。山東方言：¶儹路上打夥子說說笑笑的頑不好牙。只是狄員外喬喬的，你三層大，兩層小，只怕自家主不下來。《醒68.7b.7》私達は，道中，仲間同士お喋りしたりしてとても楽しいですわ。ただ狄員外様が根性悪いお方ですから，いろいろ複雑で難しいことが多く，おそらく奥さん自身で決められないのではないかしら。¶大人家的營生，三層大，兩層小，知道怎樣的。《金37.6b.11》ご大家の暮らし向きは，中がいろいろ複雑で難しいことが多く，どうなっているか分からないわ！

散誕　sàndàn

形 野放図である，好き勝手にしている，のんびりしている＝"閑散；散淡"。吳語：¶再說素姐嫁在狄家十有餘年，無拘無束，沒收沒管，散誕慣了的野性。《醒77.10b.3》さて，素姐が狄家に嫁いで十有余年，全く何ら縛られる事もなく好き勝手放題に慣れてしまった，野放図な女である。

嗓根頭子　sǎnggēntóuzi

名 喉，喉の穴＝"喉咙；喉咙眼"。山東方言。《醒》では同義語"嗓子眼；嗓子"も使用：¶照着嗓根頭子扎殺在轎裏，說是你个欺心。《醒78.2b.10》この喉を突いて籠の中で死ぬ！お前らが良心に恥じる事をしたって言ってやるからね！

顙　sǎng

動 力を込めて押す＝"（用力）猛推"。北方方言，過渡，南方方言。《醒》では同義語"推；攮"も使用：¶那街上擠住的人，封皮似的，擠得透麼。叫我一隻手顙着，一隻手推着，到了他門上，可不是計氏在大門裏頭，手裏拿着刀子，一片聲只待合

忘八淫婦對命哩。《醒10.6a.4》その通りはたくさんの人で,封印された紙のように完全に身動きがとれません。私は突き飛ばされたり押されたりしながら,彼女の玄関の所まで来ました。計氏は正門の内側で手に包丁を持ち,恥知らずのすべたととことんやってやると,声を張り上げています。¶那把門的問了來麼,知道是姓丁的兩口子來了,把那跟的人捎了頷子往外一頯,足足的頯了夠二十步遠。《醒27.7a.6》その門番が,素性を尋ねたところ,丁という姓の夫婦が来たと分かった。それで,お付きの者の首をつかんで外へ突き飛ばした結果,優に20歩ほど遠くへ飛ばされて行った。⇒"攮"

同義語 "推搡":¶那和尚更不答話,把他推推搡搡推到廊下。《兒5.18a.9》かの坊主は返事もせず,彼を廊下までぐいぐいと押して行った。¶單單的要用着我這等一個推不轉搡不動的尹其明。《兒18.2b.7》よりによって,私のようなてこでも動かない尹其明を使者としてよこそうとしたのでしょうか。

頯子眼　sǎngziyǎn

名 喉,喉の穴="喉咙;喉咙眼"。北方方言。《醒》では同義語"嗓子;嗓根頭子"も使用:¶我要沒吃了你的豆腐,這頯子眼長碗大的疔瘡。你要讓〈＝没讓〉我吃小豆腐,你嘴上也長碗大的疔瘡。《醒49.11b.7》私があんたの小豆腐を食べなかったら,この喉に碗ほどの出来物ができるよ！逆に,あんたが私に小豆腐を食べさせなかったら,あんたの口に碗ほどの出来物ができるよ！

騷子　sāozi

名 轉変な輩,怪しいごろつき,良からぬスパイ(もと貶モンゴル人)="流氓"。北方方言:¶那裏來的這村杭子。只怕是个騷子,緝事的不該拿他廠衛裏去麼。《醒77.7b.6》どこから来た田舎者なんだ。恐らくは外から来た間者であろう。そんな奴は,捕り方が奴を捕えて東廠(警察機関の如き官署)へ連れて行くべきだろうが！

類義語 "騷達子":¶他一般的他拿着雪褂子,故意粧出個小騷達子來。《石49.7b.10》この人は普通に雪羽織も羽織ってわざと蒙古人の小者の格好をしていらっしゃるわ！

嫂嫂　sǎosao

名 1. 兄嫁="嫂子"。《醒》では同義語"嫂子"の方が優勢:¶仔細認看,果真是他嫂嫂賽東窗,一點不差。《醒28.5a.6》よく見ますと,果たして彼の兄嫁の賽東窓に間違いありません。¶我叫他送結狀來與内姪,嫂嫂你相看就是了。《醒37.4a.2》私は彼に保証人になる文書を届けさせ,甥に渡すように言います。ねえさんが会うのなら,会えばよいです。¶及至過了門,事奉翁姑,即如自己的父母。待屺姒娌,即如待自己的嫂嫂一般,夫妻和睦,真是如鼓瑟琴。《醒59.9b.2》嫁いでからは,舅,姑によく仕えました。さながら自分の両親に対するごとく。家庭内の妻達に対しても自分自身の兄嫁に対するよう。夫婦は仲睦まじく,本当に「瑟や琴を打ち鳴らす如く」夫婦円満です。

2. 比較的年齢が若い既婚女性="年紀不大的已婚妇女":¶平安兒道:嫂嫂,俺毎笑笑兒也噴。…平安道:我笑嫂子三日沒吃飯,眼前花。《金23.8b.3》平安は「お姉さん,私達は笑うだけでも叱られるんですか」と言った。…平安は「私は,姉さんが3日飯を食わないで,目が霞んでしまったのを笑っているのです」と言った。☆《官》では"嫂子"を用い,

"嫂嫂"は用いていない。

臊不搭　sàobudā
[形] 恥ずかしい，きまりが悪い＝"羞慚"。山東方言。《醒》では同義語"害羞"が極めて優勢。"羞慚；羞愧；臊不搭"も使用。"臊"は"操"とも作るが本来は"臊"と作る：¶自己也甚没顔面,**臊不搭**的,大家都去了。《醒11.10a.10》自分自身の顔が立たないので恥じ入り，皆その場を立ち去りました。

殺　shā
[動] （縄で）力をこめて縛る＝"用力捆綁"。北方方言，過渡。《醒》では同義語"綁；縛；捆；緔；勒"も使用：¶到下處,叫人挑着紗燈,把皮襖疊了一疊,**殺**在騾上,騎着家來,見了狄員外,把那艾回子可惡的腔款學説了一遍。《醒67.15b.4》宿に着くと，薄布の張った提灯を持たせ，毛皮の裏地がついた中国服を折りたたみ，それをラバにきつく縛りつけ，乗って家へ帰ってきた。狄員外に会うと，艾前川の憎たらしい言い草をそのまま一通り伝えた。

[同音語] "摋"：¶自己上去攬着根繩子綰拿扣兒,用手**摋**了又**摋**,用脚端了又端。《兒17.8a.4》自分自身で縄でくくって結び目をこしらえ，手できつく縛り，足で踏みつけた。¶甩了大衣,盤上辮子,又在短衣上**摋**緊了腰,…《兒17.6b.6》長上着を脱ぎ，弁髪を巻き上げ，上着の裾を腰の所できつく縛りますと，…。

殺縛　shāfù
[動] 1. 拘束する，制約する，抑える＝"約束"。山東方言。《醒》では同義語"拘管；拘束"が極めて優勢。"約束；殺縛"も使用：¶重則趕逐,輕則責罰,豈不是教婦初來,**殺縛**他的悍性。《醒91.5a.8》重ければ追放，軽ければ鞭の責めを行うと，女が初めて来たとき教えておけば良い

のです。そうすれば，女の凶暴な性格を抑えることになったはずではないでしょうか。

2. 教え諭す，懲らしめる＝"教訓"。山東方言。《醒》では同義語"教訓；教誨"が極めて優勢：¶誰知祝〈＝被〉人這等狠打了一頓,又被人如此**殺縛**了一場,流水就遞降書,疾〈＝急〉忙就陪笑臉。《醒95.8b.4》ところが，こんなにもこっぴどくぶたれ，また，このようにひとしきり懲らしめられては，すぐさま白旗を掲げ，早くも追従笑いをします。

煞老實　shàlǎoshi
[副] 懸命に，一所懸命に＝"拼命地"。山東方言：¶童奶奶説到援納京官,省得把寄姐遠到外任,**煞老實**的擅掇。《醒83.3b.4》童奥さんは，金を献納し都で官吏になる事により寄姐を遠く外地へやるのも免れると，懸命に勧めた。

煞實　shàshi (又) shàshí
[動] 1. 力を尽くす＝"尽力"。山東方言。《醒》では同義語"儘力；盡力"も使用：¶自此以後,**煞實**與珍哥置辦年節。《醒6.7b.1》これより以降，珍哥にできる限り新年の準備をしてあげた。¶因没有子女,凡那修橋補路,愛老濟貧的事,**煞實**肯做。《醒27.4a.4》子供がありませんでしたので，橋や道路の修理，お年寄りや貧しい人の救済活動はできる限り行いました。¶手裏使那窓拴,肩臂上**煞實**亂打。《醒65.11a.1》手には窓のかんぬきを持ち，肩や腕のあたりに力をこめてやたら殴りかかります。

2. 確実である，確かである＝"確実"。山東方言。《醒》では同義語"實在"よりも"煞實"が優勢：¶再説那村里還有一個小戸農夫,也**煞實**可敬。《醒23.11a.3》さて，その村には更に一人の貧しい農夫がいました。しかも，確かに尊敬に価

します。¶細端詳他那模樣,眼耳鼻舌身,煞實的不醜。叫了他丈夫來到。《醒28.8b.5》詳細に彼女の姿をしげしげと見ると,目,耳,鼻,舌,体は確かに醜くはない。彼女の夫を呼んで来てもらった。¶那一日等真君不見回去,煞實的喜了个夠。《醒29.2b.7》その日,真君が帰宅しないので本当に喜んだ。☆1. 2. いずれも《金》《石》《兒》に未収。

篩(鑼)　shāi(luó)

動 (ドラを)たたく ="敲(锣)"。北方方言,過渡。《醒》では同義語"打;敲"が優勢:¶只因使了人的幾兩銀子,憑人在那裏扯了旗號,打鼓篩鑼的招搖于市。《醒94.2a.7》こちらが何両かの銀子を渡せば,名前の書いた旗を振り,市で楽器を打ち鳴らすなど,おおっぴらに騒いでも好きにさせてくれる。

篩糠　shāikāng

動 ぶるぶる震える="身体发抖"。北方方言:¶這在家裡可我們一個大身量的漢子,叫他唬的只篩糠抖戰。《醒41.2a.8》家の中ではとても大きな体の男が,彼女に脅されてぶるぶる震えていた。¶兩個賽罵的時節,狄賓梁兩口子句句聽的真切,氣的老狄婆子篩糠抖戰。《醒48.8a.8》二人が競って罵っている時,狄賓梁夫婦は一言一句はっきりと聞きますと,狄奥さんは怒りでぶるぶる震えました。¶只嚇得他體似篩糠,淚流滿面。《兒2.17b.4》ただ,安奥様はそういう事情を経験していませんから,驚きのあまり体はぶるぶる震え,顔じゅう涙を流しています。

搧　shān

動 (手のひらで)たたく,ぶつ ="(用手掌)打"。北方方言,過渡,南方方言:¶看見是那掌櫃的拾了不還,把那掌櫃的一頂細纓子帽扯得粉碎,一部極長的鬍鬚大綹採將下來,大巴掌搧到臉上。《醒23.11b.3》かの番頭が拾っても返さないので,その番頭の細い房のついた帽子をびりびりに引き裂き,長いヒゲを大きな束にしてむしり取り,平手で顔を叩いた。¶我為甚麼纔搧了他兩巴掌來。《醒78.5a.1》ワシが何故そいつをバシンと2発ほどひっぱたいたと思う?¶只道有人掏他的崽兒來了,便横沖了出來,一翅膀正搧在那騾子的眼睛上。《兒5.13a.5》人間が自分の子供を取りに来たと思い,飛び出して翼でちょうどロバの目をバシンとはたいた。

同音語 "扇":¶晚上再悄悄的送給你去,早晚好穿。不然,風扇了事大。《石57.13a.7》朝晚着られるように,晚になればこっそりあなたに届けるわ。さもないと,風に当たって病気になったら一大事だわ。

同義語 "搧打":¶燈光下兩手按着他雪白的屁股,只顧搧打。《金75.6a.8》明かりの下,両手でその女の真っ白な尻を押さえ,ひたすら打ち込むのであります。☆《金》では"搧鈸"(バチを叩く),"搧打"が多い。

閃　shǎn

動 (人間を)後に残す,捨てる,放る ="甩下(人);丢下(人)"。北方方言:¶李成名媳婦還多着我,再要挂搭上他,可說了有存孝,不顧彥章。你可是不會閃人的。《醒19.7a.8》李成名のかみさんは私のことを邪魔だと思っていますわ。それなのに,更にあの人に手を出したなら,嫉妬で私ら騒ぎたてますよ。また,旦那様はどの人にも優しいでしょ。¶我的没救的姐姐,有仁義好性兒的姐姐,你怎的閃了我去了。《金62.19a.10》助けてあげられないお姉さん,心優しいお姉

さん, お前さんはどうして俺を放っぽり出して行ってしまったのか！

善　shàn

形　軽い, きつくない, 穏やかである＝"軽;不厉害;温順;不猛烈"。北方方言：¶選子道：誰沒説呀。京裏説的善麼, 奶奶, 你待不走哩麼。《醒85.10a.9》選子は「誰に聞いたのですって。京（きゃ）ではみな口にしていますぜ。奥さん, 旦那さんの任地へ行かないつもりですか。」と言った。¶早時我和春梅在眼前扶助了, 不然, 好輕身子兒, 這一交和你善哩。《金79.10b.9》幸いなことに, 私と春梅とで前へ近づいて助けました。さもないと, とっても重い体でしょ。ひっくり返ったら, 軽傷ではすみませんわ！¶他買了好的來, 買辦豈肯合他善開交, 又説他使壞心, 要奪這買辦了。《石56.2a.3》人がよい物を買ってくると, 買い出し係はどうして軽く受け流せましょうか。そいつは悪い奴だ, 自分達買い出し係の仕事を奪おうとしている, と言うでしょう。

善便　shànbiàn

形　…し易い, …しがちである＝"軽易"。山東方言。《醒》では同義語"輕易"が極めて優勢：¶人是苦蟲。要不給他兩下子, 他肯善便拿出來麼。《醒65.14b.4》人はつらい目に合わなければだめなのね。もし2, 3発ぶってやったら奴は（本物の顧繡を）持ち出してくる気かねえ。

同音語　"善變"：¶揀儘後頭坐空房收拾的裏頭乾乾淨淨的, 請進你去住着。你一定也不肯善變進去, 我使幾个人攙進你去, 尋把嚴實些的鎖兒, 把門鎖上。《醒95.6b.8》一番奥にある空いている部屋を片付けたら, 中は清潔ですからそこに住めばいいわ。気に入らなくても, 何人かであんたを担ぎ入れ, 頑丈なカギをかけさせておくわ！

同義語　"善善"：¶他若善善的過來理辨, 倒也只怕被他支吾過去了。《醒14.4b.6》奴がもしやすやすとやってきて弁解すれば, うまく言い逃れられていたでしょう。¶平白地要強分人的東西, 那人家善善的肯分與他便罷, 若稍有些作難, …。《醒57.1a.9》みすみすただで人の財産を分けるよう強要するのです。その人がやすやすと分け与えたならば, それでよいのですが, もし少しでも難癖をつけると, …。¶你怎麼問他要得回來, 他就肯善善的還與你不成。《醒97.1a.9》お前達, どうして奴らから取り返せたのだ。奴らはおとなしく返してくれたのか。

善茬兒　shànchár

名　あしらい易い人, 対処し易い人, 手ごわくない人＝"容易対付的人"。北方方言。《醒》では同義語"好惹的"が否定の場面でよく使用。"善茬兒"も全てが否定文に使用：¶那人不是善茬兒, 人不中敬, 屄不中弄, 只怕躔慣你的性兒, 倒回來欺侮你。《醒96.4a.7》あの人はお人好しではないです。「人は尊敬されてはならぬ, 陰茎はいじくってはならぬ」って言うでしょ, つまり, 人間には卑しい根性があって, 他人が尊敬すると益々威張る, というものです。ただ, 自分を踏みつけおとしめてばかりいると, 逆にバカにされることになりますよ。¶那媳婦不是善茬兒, 容他做這个《醒7.3b.4》ワシのあの嫁は, そんなお人よしではないぞ。息子がそういうことをするのを容認するかい。

同音語　"善查"：¶他也不免有些鬼怕惡人, 席上有他内姪連趙完在内, 那个主子一團性氣, 料得也不是个善查。《醒39.4a.8》彼（汪爲露）も些か「幽霊が悪人を恐れる」ようなところがあり, 宴席には彼

の(妻の)甥に当たる連趙完も入っていて,宴の主人である狄員外の性格についても始末におえないと見てとった。
同義語 "善的(兒)": ¶眉眼上也不是个善的,你合他處的下來呀。《醒96.4a.4》目もとが善人ではないね。あんたは彼女とうまくやってゆけるのかい。¶張飛、胡敬德剃了鬍子,都也不是善的兒。《醒95.7b.6》張飛,胡敬德がヒゲを剃ったところで,いずれもあしらい易い人物にはならない。
類似語 "善茬兒"(釈義は同一): ¶晁相公,你見的真,大爺也拇量那老婆不是善茬兒,故此叫相公替他上了穀價。《醒10.13b.1》晁お坊ちゃん,あんたの観察は正しいですよ。我々の旦那もあの女はどうも始末が悪いと感じておられます。ですから,お坊ちゃんに罰銀(穀物に相当する)を納めさせたのです。☆字形が類似。

善靜　shànjìng
形 優しい,律儀である,誠実である＝"温和亲切;朴厚"。北方方言: ¶我看奶奶善靜,不論錢,只管替孩子尋好主ငu。《醒84.5b.8》私は,奥様はお優しい方だと思います。お金に糸目はつけませんから,子供のために良きお婿さんをお願いします。¶我打聽的你自從我到了,你纔覺善靜了些。你常時沒打他呀。《醒97.8b.2》私がここへ来てから,あんたは優しくなったと聞いたわ。あんたも普段はあの人をぶっていたんでしょ。

善善(的)　shànshàn(de)
副 おとなしく,律儀に,誠実に＝"好好地"。山東方言: ¶狄希陳喫了一驚道:你怎麼問他要得回來。他就肯善善的還與你不成。《醒97.1a.9》狄希陳は驚いて「お前はどうやって奴らから取り戻せたのだ。奴らはおとなしく返してくれたのだ

か」と尋ねた。

晌飯　shǎngfàn
名 昼飯,昼ごはん＝"午饭;中饭"。北方方言。《醒》では同義語"午飯"も使用: ¶你先不吃,怎麼請狄姐夫吃哩。我回去,薛親家自己來送晌飯,您就吃了。《醒44.13b.7》あんたが先に食べないで,どうして狄の婿殿に食べていただけましょうか。私は帰りますから。薛さん自らお昼ご飯も届けて下さるので,それもあんたら二人が食べればいいわ！¶我剛只出來,孩子說裏叫我吃晌飯哩,我剛只吃飯回來,你就去了。《醒71.2b.6》ワシは出かけようとしたところ,子供が家でお昼ご飯を食べるように言うのじゃ。そこで,ワシがご飯を食べ終わってこの部署に戻った所へお前が行ってしまったのじゃ！¶你光着呼子頭,這們赤白大晌午沒得晒哩,快進家去吃了晌飯,下下涼走。《醒8.16a.2》あんたは,つるつる頭で,こんな真昼間からお日様に当たっているなんて！早く家へ入ってお昼ごはんを食べ,涼んでからお行き！⇒"晌午飯"

晌覺　shǎngjiào
名 昼寝＝"午觉"。北方方言。《醒》では同義語"午覺"が未検出: ¶一日夏天,先生白日睡个晌覺,約摸先生睡濃的時候,他把那染指甲的鳳仙花敲了一塊,加了些白礬。《醒33.13a.6》ある夏の日,先生が昼寝をしていると,ぐっすり寝入った頃を見計らって,そいつはその指の爪を染めるための鳳仙花の花をつぶし一塊にし,ミョウバンを少々加えた。

晌午　shǎngwu
名 正午,昼＝"中午"。北方方言。《醒》では同義語"中午;晌火"は未検出。"晌午"が極めて優勢: ¶買了一碗吃到肚裏,又等了個不耐煩,晌午大轉了,只不見三個

出來。《醒22.16a.2》(餅菓子を) 1 碗買って食べると、再び面倒くさそうに待った。お昼も大きく過ぎたが、3 人は出てこない。¶狄員外甚是不安,每日晌午同狄希陳多往食店舖裏吃飯。《醒55.1b.1》狄員外はとてもすまなく思っているので、毎日正午には狄希陳と料理屋へ行って食事をします。¶我清早到任,我只趕晌午,我差皂隷快手把滿城的銀匠都拿到衙門來,每人二十板。《醒87.3b.2》僕が朝早く役所へ行き、お昼までに下役人に指図して全城内の銀細工職人を全て役所へ捕えさせてやる！そして、どいつにも刑罰の板たたきを20発くらわせるんだ！¶每日飯食晌午還不拿出來。《金85.5a.7》毎日の食事もお昼になってもまだ持ってきません。¶至晌午,賈母便先回來歇息了。《石8.1a.8》正午になると、賈母は帰ってお休みになります。¶這一陣應酬大家散後,那天已將近晌午。《兒21.7b.4》そういう対応があって、皆が帰ってしまうと既にお昼近くになった。

晌午飯　shǎngwǔfàn

名　昼飯＝"午饭"。北方方言。《醒》では同義語"午飯"が極めて優勢。"中飯；晌午飯"も使用：¶叫那晁住的娘子來問他量米做晌午飯。《醒11.4a.2》昼ご飯を作るにあたり、晁住のかみさんにコメをどれくらい炊くのか、尋ねてもらおうとした。¶這天多耽了,你去,等着吃晌午飯。《醒55.5b.10》おや、こんな頃かね。お前さん、今行くのかい。お昼ご飯を食べてからにしなさいな！

上覆　shàngfù

動　申し上げる＝"奉告；回报；告诉"。吳語：¶珍哥說:⋯。你替我上覆奶奶。你說我只沒的甚麼補報奶奶。《醒51.12a.2》珍哥は「⋯。あんたは奥様に申し上げてね。私は奥様に何のご恩返しもしていないってね」と言った。

上蓋　shànggài

名　上着＝"外衣；罩衫；上衣"。官話：¶全副行李搭上腰裏的銀錢,上蓋衣裳,都剝脱了个精光。《醒54.11a.9》全ての荷物、腰の錢、上に着ている服まですっかり剥ぎ取られた。

上緊　shàngjǐn

動　力を入れる、拍車をかける、一所懸命にする、やっきになる＝"上劲；来劲；劲头儿大"。北方方言、閩語：¶我猜你這衣裳情管是放在張茂寔〈＝實〉家,我若要的不大上緊,你一定就與了別人。《醒65.14b.5》この着物はきっと張茂実の家に置いてあると思ったわ。私がもしこんなに躍起にならなければ、あんたはきっと他の誰かにあげていただろうね。¶傻瓜,你摟着他女兒,你不替他上緊誰上緊。《金67.9a.5》バカ野郎！あんたはあの人の赤ん坊を抱いているのだから。あんたがあの人の為に一所懸命にならなければ、誰が一所懸命になるのかね。

副　急いで、至急＝"加紧；赶快；抓紧"。北方方言、吳語、客話：¶童奶奶叫人把那飯從新熱了熱,讓他兩個喫完,囑付兩個上緊尋人。《醒84.7b.6》童奥さんはご飯を新たに温めるよう言いつけ、二人に食べさせると、至急探すよう申しつけた。¶好哥哥,你上緊快去救奴之命。《金85.1b.10》お兄さん、あんた早く行って私の命を救ってよ！¶姑老爺一面在外頭上緊的給我們找廟,一天找不着,我們在這裡住一天。《兒23.16a.8》叔父さんが外で至急私達に廟を探して下さるのね。だから、見つかるまで私達はここに住むのね。

上落　shàngluò

[動]　責める，叱る＝"责备；责难；申斥"。中原方言：¶大門內一個年少婦女澈溌，也只道是甚麼外邊的女人，有甚不平，却來**上落**，誰知就是晁大舍的娘子。《醒8.17a.5》表門の中で若い女が荒れ騒ぎたてているので，一体どこの外地から来た女か，どんな不満があり責めているのかと思っていた所，何と晁大舍の妻だった。

上色　shàngsè

[形]　上等な，高級な＝"上等；高级"。北方方言。《醒》では同義語"上等"が極めて優勢：¶寄姐將那買來送禮的物件，儘揀好的，…**上色**鮮明尺頭，滿滿的揀了兩大皮箱。《醒87.2a.4》寄姐は買ってくれた品物の中で良いもの，例えば，…上等で色鮮やかな布地を選ぶと，二つの大きな皮の箱にいっぱいまで入れた。¶里面兩套**上色**段子織金衣服，大小五件頭面，一雙二珠環兒。《金78.13a.10》中には，金糸の上等の緞子の着物二揃い，大小の髪飾りが5個，二つの硬玉の耳環が1対です。¶又命周家的從包袱里取出四疋**上色**尺頭，…。《石68.3a.3》また，周のかみさんに言いつけて，風呂敷包みの中から極上の反物4匹を取り出し，…。¶只見包着二百兩同泰號硃〈＝朱〉印**上色**葉金。《兒9.4a.7》200両の同泰号の朱印のある上等の金の延べ棒が包まれています。

稍瓜　shāoguā

[名]　シロウリ＝"菜瓜"。北方方言：¶上邉使那紫茄子般的拳頭就抿，下邉使那兩隻**稍瓜**長的大脚就踢，口裏那說不出口聽不入耳的那話就罵。《醒67.6b.4》上の方では，その紫色のナスのような拳で殴りかかり，下の方では，2本のシロウリのような長く大きな脚で蹴ります。

そして，口では言い表せない，また，耳に入れられないようなひどい言葉で罵ります。

燒个笊籬頭子　shāo ge zhàolitóuzi

[熟]　揚げざるを焼く（人が早く死ぬように祈る一儀式）。"个"は，繁体字では"個；箇"。山東方言：¶你這們望俺爹死，虧他氣殺了，他要不氣殺爹，你也一定就**燒个**〈＝個〉**笊籬頭子**了。《醒60.7a.3》あなたは，お父さんが死ぬのをそんなにも願っているのですね。もしも怒りで死なせなければ，あなたはきっと「揚げざるを焼く」という呪いの儀式をするのでしょうね。

韶道　sháodao

[動]　けじめなく喋る，分別なく喋る＝"唠叨；啰唆"。北方方言：¶這大舅真是**韶道**，雇個主文代筆的人，就許他這們些銀子。《醒85.1a.6》義兄は本当によく喋るなあ。主文代筆の人を雇うだけなのに，その人にこれほど多くの銀子を与える約束をするのですよ！¶**韶道**呀。人為你報不平，惹得這們等的，還有甚麼喜處，用着這們笑。《醒97.11a.4》おしゃべり！人があんたのために肩をもってくれているのに，そんなにからかってどうするの。何がおかしくてそんなに笑う必要があるの。

同音語　"韶刀；韶刀兒"：¶西門慶道：怪狗才，忒**韶刀**了。《金35.17b.2》西門慶は「このイヌめが！くどくど言いすぎだ！」と言った。¶賈芸聽他**韶刀**的不堪，便起身告辭。《石24.4b.9》賈芸はその人のペラペラと喋りまくるのに耐えられなくなり，立ち上がって暇を告げます。¶不爭你送與他一半，交他招**韶刀兒**問你下落。《金81.4b.11》もし，あんたが（銀子を）あの人に半分届けたら，くどくどと最後までその顛末を尋ねられる

よ！

韶韶擺擺　sháoshaobǎibǎi
形　訳がわからない，馬鹿な＝"糊塗"。山東方言：¶今日是這裏姐姐的喜事，恐怕他韶韶擺擺的不省事，叫接他且往家去。《醒59.2a.1》今日はここのお嬢さんのめでたい日です。訳も分からない事をやられては困るので，実家へ引き取ってもらうように，って。

哨　shào
動　からかう，なぶる，騙す＝"嘲讽；戏弄；哄弄；逗弄"。山東方言：¶狄希陳說：我不合你打虎，你哨起我來了。《醒58.8b.2》狄希陳は「オレはお前ともう謎解きはしないぜ。オレをなぶってばかりいやがる」と言った。

哨狗　shàogǒu
動　犬を仕向ける・犬をけしかける＝"挑唆狗；唆使狗"。山東方言：¶今日鼓弄，明日挑唆，把俺那老斫〈＝砍〉頭的挑唆轉了，叫他像哨狗的一般望着狂咬。《醒21.11a.6》毎日けしかけられたのですよ。その結果，うちの老いた死に損ないも焚き付けられて，けしかけられた犬のように吠え立てたのです。

哨哄　shàohǒng
動　欺く，ごまかす，騙す＝"哄騙"。山東方言：¶有那等愚人信他哨哄，一些聽他不出。《醒42.7b.5》そういう愚かな人々は，そいつのペテンを信じてしまい，聞いても全く見抜けません。

同義語　"哨"：¶晁源听了他幾句哨話，便認要一毛不拔的。《醒13.6b.4》晁源は彼らの人を欺く言葉を聞くと「1銭も出すものか」と思った。

誰个　shéigè（又）shuígè
代　誰，誰か＝"谁；哪（一）个"。北方言，呉語。"个"は，繁体字では"個；箇"。《醒》では同義語"誰"が極めて優勢：¶等了又一大會，茅厠門仍舊不開，查係誰个〈＝個〉在内，人人不少，單只不見了一个狄希陳。《醒33.14b.9》しばらくの間，待ったが便所の戸は依然として開かない。誰が中にいるのか調べた所，全員そろっている。ただ一人，狄希陳がいなかった。

同義語　"誰人"：¶這頭口閑一日，就空吃草料，誰人包認。《醒5.1b.10》このラバは1日遊ばせておくと，無駄に餌を食べさせることになるんですぜ。いったい誰が弁償してくれるのかね。¶兩個姑子，又不是在我手走起，一向在你家行動，這武城手掌大城，大家小戶，誰人不識得是兩個姑子。《醒13.3b.1》二人の尼さんは，私の手引によって行き来したのではないぞ。ずっとあんたの家で行動していたんだろ。この武城という手のひらほどの町では，どの家でも二人の尼さんを知らない者はないよ。¶這東西是我自己掘出來的，又沒有外人看見我藏過了不說，誰人曉得。《醒34.5b.5》この物は私自身で掘り出したんだ。それに，他人が見ていないのだから，私が隠して何も言わなければ誰が知るかね。¶這箇物是誰人的。你既不知我有奸，這根簪兒怎落在我手裡。《金92.6b.5》この品は誰のものでしょう。あなたは僕とできていないと言うのならば，この簪がどうして僕の手の中にあるのですか。¶襲人笑道：誰這會子叫門。誰人開去。《紅・戚30.12a.7》襲人は笑って「どなた様が今頃戸を叩いているのかね。誰が開けてやるものか！」と言った。☆《石》では同一箇所を"叫人開去"とする。¶不想被河臺大人参了一本，誰人不說冤枉。《兒11.13b.9》はからずも河川工事の総督に弾劾されたことは，冤罪であると誰もが申しております。

誰們　shéimen(又)shuímen

[代]　誰, どのような人々 ="哪一些人; 什麼人"。北方方言。《醒》では同義語"什麼人; 甚麼人; 甚人"が優勢: ¶今日去那頭鋪床的都是誰們。《醒59.3a.7》今日, その床敷きに行く人は誰々かね。

伸腿　shēntuǐ

[動]　くたばる, 死ぬ ="人死; 死亡"。北方方言: ¶你看多少人家名門大族的娘子, 漢子方伸了腿就走作了。《醒43.9b.7》どれだけ多くの名門豪族の奥さん達が, 夫がくたばったとたんに態度を変えているか！¶最放不下的七爺, 七八十了, 待得幾時老頭子伸了腿, 他那家事, 十停得的八停子給我, 我要沒了, 這股財帛是瞎了的。《醒53.6b.9》最も安心できない七爺は, 7, 80歳になっている。いつかこの老いぼれがくたばれば, 奴の財産の10のうち8までワシにくれるんじゃ。しかし, ワシが先に死んでしまえば, その財産も台無しになってしまう。¶他要上弔, 合他同時伸頭。他待跳河, 合他同時伸腿。《醒89.9a.4》彼女が首を吊るなら, 彼女と同時に首を吊り, また, 彼女が川へ飛び込み自殺をするならば, 彼女と同時にくたばるつもりです。

一 "伸腿" + 接尾辞 "子": ¶誰不知我這媳婦比兒子還強十倍。如今伸腿子去了, 可見這長房内絶滅無人了。《石13.3a.8》私のこの嫁は, 息子よりも10倍も偉いと誰もが知っています。それが今では死んでしまいました。もはや, この私の家には誰もいなくなったのと同じです。

☆⇒"挺脚"

身量　shēnliang

[名]　背丈, 背の高さ ="个儿; 身材"。北方方言。《醒》では同義語"身材"が極めて優勢: ¶他的身量又大, 氣力又強, 清晨後向〈=晌〉, 輕輕的就似抱孩子一般。《醒56.10a.6》彼女(調羹)は背丈が高くて, 力も強いので, 朝な夕なに軽々と赤子を抱くかのよう(に姑を抱いてゆくの)でした。¶宮直的老婆顧氏, 綽號叫是蛇太君, 極高的个身量, 極肥極大的个身材。《醒89.11a.8》宮直の女房顧氏はあだ名を「蛇太君」という。非常に背が高く, 極めて肥えた大きな体をしている。¶你惹大的身量, 兩日通沒大好吃甚麼兒, 如何禁的。《金79.13b.7》あなたのような大きな体格をしていて, 2, 3日何も食べなかったら, どうして持ちこたえられますか。¶上頭的刴子刴上。你的身量比我高些。《石51.5b.9》上の方の留め金を留めて頂戴！あんたの背は私よりも高いのだから。¶不禁便問了問那姑娘的歳數兒, 身量兒, 然後繼問到模樣兒。《兒12.8b.4》思わず, その娘の年齢, 背丈を尋ね, その後ようやく顔立ちを尋ねました。

身命　shēnmìng

[名]　着物, いでたち ="衣服; 装扮"。呉語: ¶既到兒子任内, 豈可不穿什衣裳。又都收拾了身命。《醒27.6b.10》息子の任地へ着いたからには, それなりの着物も着なければならず, 服装も全て準備した。

嬸子　shěnzi

[名]　おば(父の弟の妻) ="婶母; 叔父的妻子"。北方方言。《醒》では同義語"嬸母"よりも"嬸子"が優勢: ¶唐家的姑娘人材不大出衆, 這還不如原舊姓計的嬸子哩, 這是不消提的了。《醒18.7a.10》唐家の娘は器量が人並み優れません。これでは元の計ねえさんの方がましです。この事は言う必要もないでしょう。¶誰家肯使這加長衣着布賞人來。老魏説: 你替我謝謝你鄒嬸子。《醒49.11b.3》どこの家でこの長い反物を褒美にくれるの

ですか。魏義母さんは、あんたからも鄒おばさんにお礼を言っておいて下さいね、と言った。¶ 你嬸子，俺妯娌兩个可好來，你就這們狠麼。《醒60.3b.4》おねえさん、私達女の者は仲が良かったじゃない。それなのに、あんたはこんなにもひどいのね。¶ 我叔叔嬸子只要吃酒賭錢。《石74.13b.9》私の叔父、叔母は、ただ、酒を飲み、賭け事をする人間です。

甚　shèn

代　何＝"什么"。北方方言。《醒》では同義語"什麼；甚麼"が極めて優勢：¶ 你兩家都是甚麼人家．成甚体面。《醒8.17a.8》あんた方両家の人はどういう人達。どんな体面をなしているの。¶ 有甚难為處，一央一個肯，那怕你住上一年。《醒13.8b.8》どんな困ることがあるのでしょうか。一方が懇願し、もう一方が同意します。たとえ1年泊まったとしても良いのです。¶ 是甚緣故。《醒13.10a.5》どういう訳なの。¶ 如今他已是死了．這裡無人，咱和他有甚瓜葛。《金81.4b.10》今じゃ、あの人は死んじまったんだ。ここには誰もいないし、ましてや私達とあの人とは、どんな関わり合いがあるって言うの。¶ 金蓮道：只怕你一時想起甚心上人兒來是的。《金67.17b.10》金蓮は「恐らくあんたは誰か意中の人を思い出したようね」と言った。¶ 劉姥姥道：也沒甚說的，不過是來瞧瞧姑太太姑奶奶。《石6.8b.6》劉婆さんは「別に申し上げることはありません。ただ、大奥様、若奥様のお顔を伺いに参っただけです」と言った。¶ 我且聽聽他端的說出甚麼人來，有甚對正，再合他講。《兒18.4a.6》この人が一体どんな人のことを持ち出してくるのか、ひと先ず聞こうじゃないか。そして、証拠を見てから話をしよう！

同義語　"甚的"：¶ 可也不知是甚的緣故，晁住也不想想他的老婆往鄉裏來了一向。《醒19.6b.8》どういう訳かわかりませんが、晁住も自分の妻がこのところずっと郷里へ帰って来ていないのを気にしていない。¶ 又前進了幾步，仔細再看，不是人却是甚的。《醒28.5a.9》また何歩か前進し、詳しくもう1度見ると、人間です。もし、そうでなければ一体何というのでしょうか。¶ 教你早動身，你不理，今教別人成了，你還說甚的。《金18.5a.10》あなた様には早く行動に移すよう申し上げたのに、無視されたでしょ。今では他の人とできちゃって、あなた様は今さら何をおっしゃるのですか。¶ 我們既有印契在手裡，無論他典到甚的人家，可以取得回來的。《兒33.13a.5》私達の手許に不動産売買契約書があるのですから、どこへ抵当に入れようとも取り戻せます。

滲涼　shènliáng

形　骨身にこたえるように寒い＝"彻骨的涼"。山東方言，関中方言：¶ 狄希陳覺得通身滲涼，署可禁受。《醒97.10a.5》狄希陳は全身とても寒く感じましたが、何とか我慢しています。

滲滲　shènshèn

形　ひどく怖がっているさま、ひどく怯えているさま＝"很怕；很可怕"。山東方言。もと"瘆"で、"慎；沁；森；甚"等とも書く。《醒》では類義語"可怕；怕"が優勢：¶ 我不知怎麼，只見了他，身上滲滲的。《醒45.1a.10》僕はどういう訳か分からないけれども、あの子を見れば体がぞっとするのです。

生活　shēnghuó

名　(肉体労働、手工業、裁縫などの)仕事＝"活儿"。晋語，江淮方言，徽語，呉語：¶ 總朕看中兩個漢子，也只賴象磕

〈＝嗑〉瓜子罷了。且是生活重大,只怕連自己的老公也還不得摟了睡個整覺哩。《醒8.9b.3》たとえ二人の男を見て気に入っても「ゾウがウリの種をかじる」ようなもので,腹の足しにはなりません。ただ,仕事がきついので,自分自身の亭主にすらも抱かれてぐっすり眠れないのではと思うのです。¶你依了他還好。若說是日色見在,如何便要歇手,他把生活故意不替你做完,或把田禾散在坡上。《醒31.12b.5》彼らのなすがままにしていればまだ良いのですが,もし「お天道様がまだ空にある,それなのになぜ仕事を終えるのか」と言おうものなら,彼らは仕事を故意にやり終えようとはせず,農作物を田畑にばらまいてしまいます。¶又走過對門看着匠人做生活去。《金77.15a.1》また向かいへ行き,職人が仕事をするのを見ています。¶便大家叫他作小捨兒,專做些粗笨的生活。《石80.3a.6》皆はその子を「小捨児」と呼んで,専ら荒仕事をさせていた。¶無法,只得就這條路上我母女苟且圖個生活。《兒25.3a.10》仕方なく,この道(即ち,剣の道)で私達母子はとりあえず仕事を求めたのです。

生理 shēnglǐ

名 商売,あきない＝"生意"。呉語,閩語。《醒》では同義語"生意;買賣"が優勢:¶其人作何生理。《醒27.3a.8》その人はどんな商売をしているの。¶這張茂寶〈＝實〉每日在那鎮中閒坐,百物的行情都被看在眼內,所以也要做這一行生理,收拾了幾百銀子。《醒63.3a.8》この張茂実は毎日その町の中で仕事もせず,ぶらぶらしていた。そして,様々な現場の相場を見ては脳裏に焼き付けた。だからこそ,この商売をしようと考え,何百両かの銀子を準備した。¶我是山東兗州府人,姓吳久慣販頭口生理。《醒88.4b.8》ワシは山東兗州府の者で,姓を呉と言い,久しく家畜を売る商売をしていた。¶在廣成寺前居住,賣蒸餅兒生理。不料生意淺薄。《金57.10a.7》広成寺の前に住み,蒸餅を売って生計をたてていました。ただ,はからずも商いは儲けが薄かったです。¶老漢前者丟下一個兒子,二十二歲,尚未娶妻,專一狗油,不幹生理。《金58.20b.6》ワシの先妻が息子を一人残しましてな。ただ,22歳になるのに嫁もなく,専らぶらぶらしていて仕事をしないのです。¶士隱乃讀書之人,不慣生理稼穡等事,勉〈＝勉〉強支持了一二年,越覺窮下下去。《石1.10a.5》士隠は読書人だったので,商売や百姓などの仕事には慣れていません。何とか1,2年はもちましたが,いよいよ困窮してきました。

生疼 shēngténg

形 とても痛い＝"很疼;非常疼"。北方方言:¶他便坦肰吃。狠〈＝恨〉的蔡舉人牙頂生疼。《醒51.2a.7》彼は平然として,ただ食べるばかりです。いまいましくて蔡挙人は歯茎がとても痛くなりました。¶鳳姐道:我乏的身子生疼的了不得,還攔住你揉搓。《石14.5b.9》鳳姐は「私は疲れて体が痛くてたまらないのよ!それなのに,更にあなたに揉みくちゃにされているのですわ」と言った。¶怎麼這麼蠢哪。拉的人肐膊生疼。《兒27.14a.3》どうしてそう無茶するの。そんなに引っ張ったら腕がとても痛いじゃないか!

生頭 shēngtóu

名 赤の他人＝"生人"。山東方言:¶本鄉本土的人,不勝似使這邊的生頭。《醒88.11b.6》同郷人でもあるから,この辺の赤の他人よりはましだろうて。

生意　shēngyi

[名] 商売＝"买卖"。北方方言,過渡,南方方言。"生意"は現代語では一般語語彙。しかし,"買賣"は更に普遍的。《醒》では同義語"買賣"と同様に"生意"も多く使用：¶張茂實道：我不成材,讀書無成,做了生意。《醒65.12b.4》私は非才で学問もうまく遂げられなかったので商売をしたのです。¶且做的生意甚是活動。《醒70.2a.9》しかも行った商売もとてもうまくいった。¶原來不當官身衣飯,別無生意,只靠老婆賺錢。《金98.10a.3》もともと官吏になって生活する訳でもなく,別に商売するでも無く,ただただ女房を頼って金儲けをしているだけです。¶只見門前歇着些生意擔子,也有賣喫的,也有賣頑耍物件的。《石6.4b.1》門前には幾つかの物売りの荷が置いてあり,食べ物売りやおもちゃ売りもいます。¶館地難找,便學了這椿償相禮生的生意糊口。《兒28.5a.3》家庭教師の口がなかなか見つからないので,こういう婚礼の司会進行役を習得して何とか暮らしています。
——《海》は,呉語箇所全て"生意"を用いる：¶耐看陸裡一樣生意末俚會做嗄。《海14.5a.9》どのような商売ならあの男にできるかね。☆一方,"買賣"は呉語箇所に用いられていない。《官》には"買賣"と"生意"の両方を採用するが,《週》には"買賣"を採用し"生意"を不採用。よって,"生意"は広域に分布するが,やや南方語系語彙である事がわかる。

生帳子貨　shēng zhàng zǐ huò

[成] (正体不明の)知らない人＝"陌生的人"。山東方言：¶這生帳子貨,僑可不知他的手段快性不快性。《醒55.6b.5》これらの人については,料理をテキパキとこなせる腕前かは分かりません。

聲口　shēngkǒu

[名] 声,音,音声＝"语气；声音"。西南方言,閩語。《醒》では同義語"聲音"が優勢：¶漸漸的宗昭風聲大是不雅,巡按有个動本參論的聲口。《醒35.11b.2》徐々に宗昭の風評が大きくなり,見苦しいことになった。監察官の所には上奏文を作成し,罪状を調べさせて裁きを受けよという声が出てきた。

聲嗓　shēngsǎng

[名] 声,音,語気＝"声音；嗓音；腔调"。山東方言,晋語：¶那京師的人聽見這个聲嗓,詫異的就極〈＝急〉了。《醒77.7b.4》その京(きゃ)の人は,そいつの話し方を聞いて,とてもいぶかった。

[同音語] "聲頼"：¶送飯來的遲些,大家便歇了手坐在地上。饒你不做活也罷了,還要言三語四的聲頼。《醒26.10b.4》ご飯を届けるのが遅れると,皆は手を休めて地べたに座っているのです。仕事をしないのはまだしも,さらに,あれこれと批判する声も出てきます。

失妳　shīnǎi

[動] 母乳が出ない状態で赤子を育てる＝"失去母亲乳汁的哺育"。山東方言：¶從做夢日起,晝夜像那失妳的孩子一般,不住聲唉哼,飯也不吃,黑瘦的似鬼一般。《醒90.11a.10》(晁梁は)夢を見た日から,昼夜あたかも母乳が足りないままで育った子供のように,絶えずウーンウーンと唸って,ご飯すら食べません。黒く痩せ細って,まるで幽霊のようです。

失張倒怪　shī zhāng dǎo guài

[成] 驚き慌ててどうしてよいか分からない,驚き慌ててておろおろするばかり＝"惊恐慌张"。山東方言：¶我知道外邊甚麼事,你失張倒怪的。《醒98.9b.1》私が外の何を知っているというんだい。あ

んた, 何をそんなに驚いているの。
━ 近似音語"失驚打怪"：¶都是他**失驚打怪**叫我起來,乞帳鉤子抓下來了。《金73.17b.6》奴が驚き慌てて私を呼び起こしましたから,(金の耳輪が)帳の鉤に引っかかって落ちたのです！¶又有一個先去悄悄的知會伏侍的小廝門〈=們〉,不要**失驚打怪**。《石75.6b.7》また,一人先に行って向こうで控えている若者達に,びっくりして大騒ぎせぬようこっそり知らせておきます。

濕溚溚　shīdādā
形　びっしょり濡れたさま,じっとり湿ったさま＝"湿渌渌"。山東方言,山西方言：¶珍哥依方吃了。將有半頓飯時,覺得**濕溚溚**的,摸了一把,弄了一手紫的血。《醒4.13b.4》珍哥は処方箋通り服用しました。ご飯を半分ほど食べた頃に,下の方がじっとり湿ってきました。さっとひとなですると,黒紫の血が手全体についています。
同音語　"濕荅荅"：¶怎的夜夜乾卜卜的,今晚裡面有些**濕荅荅**的。《金53.7a.2》毎晩いつも乾いていやがるのに,どうしたことか今夜は中がぐっしょり濡れていやがる！
同義語　"淫瀝瀝"：¶那條褲子**淫瀝瀝**的塌在身上,可叫人怎麼受呢。《兒11.8b.5》あのズボンもじっとりと湿って体にべとついているのよ！そんなの,耐えられますか。

拾　shí
動　**1.** 買う＝"买(烧饼、馒头等)"。山東方言。[shí]の語音ならば,どのような漢字でも良い。"拾"の表記からは想像不可能な釈義である。山東省では"拾"("买")の省内方言点を桓台"拾药〈中药〉/拾两个馍馍来"とする：¶自己跑到江家池上,下了兩碗涼粉,**拾**了十個燒餅。《醒37.9a.2》自分は江家池まで駆けて行き2碗のリャンフェンを頼み,10個のシャオピンを買った。¶**拾**了一大盒饊饊,一大盒雜樣的果子,又八大碗嘎飯,…。《醒43.4b.9》大きな箱いっぱいのマントウ,大きな箱一杯の様々な果物,また,大碗の料理8碗…を買った。¶**拾**了兩碗,還**拾**的點心,打發的他吃了。《醒43.9a.7》2碗ほど買いましたが,更に点心も買い,奴に食べさせました。☆この釈義の"拾"は《金》《石》《兒》に未収。
2. 体当たりする,ぶつかる,突き進む,潜り込む＝"碰、撞、钻、扑"。北方方言。徐州では同音語"实"(＝"碰；撞"：¶一头**实**到南墙上「大きな壁にぶつからないと考えを直そうとしない」)を使用。次例の最初の"拾"が釈義"碰；撞",2番目の"拾"は釈義"跌"：¶望着晁思才心坎上一頭**拾**將去,把個晁思才**拾**了個仰百叉地下蹬挃。《醒20.10a.4》晁思才の心臓めがけて頭から突進した。それで,晁思才は仰向來けにひっくり返り,もがいています。¶寄姐不曾隄〈=提〉防,被素姐照着胸前一頭**拾**來,磕了個仰拍叉。《醒95.3b.8》寄姐は不意をつかれた。素姐が頭から寄姐の胸に突進した結果,寄姐は仰向けにぶっ倒れた。¶忽然見一個黑影子,從橋底下鑽出來,向西門慶**拾**。《金79.8a.3》突然,一つの黒影が橋の下から飛び出して来て,西門慶めがけて突進した。¶他…,便大撒潑性,**拾**頭打滾,尋死覓活。《石80.7b.5》その子は…ひどくがむしゃらな性分を発揮し,頭をぶつけ転げ回り,死ぬの生きるのと大騒ぎした。¶何玉鳳…,蓮步細碎的趕到安太太跟前,雙膝跪倒,兩手雙闗,把太太的腰胯抱住,果然一頭**拾**在懷裡。《兒26.31b.8》何玉鳳は…しゃなりと安夫人の前に駆け寄り,両膝で跪き,両手

で夫人の懐に抱えこむようにして顔を夫人の胸に潜り込ませました。¶說了半日,女兒只是拾頭撞腦要尋死。《兒7.12b.10》長時間説得されたのですが,ただ,娘は頭をぶつけ泣きわめいて死のうとしたのです。

拾掇 shíduo

[動] 片付ける,整理する＝"收拾；整理"。北方方言。"拾掇"は北方の広域に及ぶ：¶我到家拾掇坐屋,接俺妹子家去。《醒8.15a.5》ワシは家へ帰って部屋を整理し,妹を引き取って家へ戻ります。¶既是請先生,還得旋蓋書房哩,就仗賴沈把總你來拾掇拾掇罷。《醒33.10a.2》(程楽宇)先生を招くからには,もう一度新しく私塾を建てねばなりません。そうなったら,沈棟梁,あんたに来て請け負ってもらわねばなりません。¶我把這重裡間替你拾掇拾掇。《醒49.4b.4》私はこの重なった奥の部屋をお前達の為に整理してやるよ。¶金蓮道:你別要管他丢着罷。亦發等他每來拾掇。《金23.9b.6》金蓮は「あんたはあいつらに構わないで放っておきなさい。あいつらが来てから片付けさせます」と言った。¶我費了這麽幾天的事,纔給你老人家拾掇出這個地方兒來。《兒39.25b.4》私は何日間か費やして旦那様の為にここの場所を片付けたのですよ。

食 shí

[動] 食べる＝"吃"。南方方言。《醒》では釈義「食べる」の"食"はごく少ない。非会話文の中でも生硬な箇所での使用で,一般には"喫"を用いる。《金》《石》《兒》でも「食べる」の"食"をごく少ないが用いている。それも極めて生硬な場面。北方では生硬感が強い：¶話説太監王振雖然作了些彌天的大惡,誤國欺君,辱官禍世,難道說是不該食他的肉,寝他

的皮麽。《醒15.1a.8》さて,宦官の王振は,極悪非道の大罪を犯し,国を誤らせ君を欺き官を辱め,世に大禍をもたらした。それでも,奴の肉を食らい,奴の皮に寝てはいけないとでも言うのでしょうか。¶寝則同房,食則共卓。《醒94.11a.9》寝るときも同じ寝台,食べるときも同じ机であった。¶我見你今年還沒食這個哩。《金52.14b.3》ワシは今年まだこれを食べておりませんぜ！¶眾人看畢,都說：這是食螃蟹絶唱。這些小題目原要寓大意。《石38.18b.6》皆は詩を読み終わると「これはカニを食す時の傑作ですね。これらの小さな題目には大きな意味を込めるべきです」と言った。
— 熟語"且食蛤蜊"「何も知らない」であるがゆえに清末の《兒》に"食"を使用：¶公子…便端起杯來又飲了一口,道：且食蛤蜊。隨即喝乾了那杯。《兒30.9b.1》公子は…盃を挙げ一口飲んで「何も知らないのだな！」と言い,その盃を飲み干しました。☆この例は熟語用のため特殊。

實落 shíluo

[形] **1.** 誠実である,まじめである,まともである＝"诚实；不虚伪"。北方方言,呉語,閩語。北京方言では"實落"(實牢),方言音[shílou]とする：¶你倒把那痛哭的心腸似宗兄一般實落說了。《醒41.12a.3》キミが慟哭した意図を宗兄のように正直に話しなさいよ。

[同義語] "實辣辣"：¶教一個人把他實辣辣打與他幾十板子,教他忍疼,他也懼怕些。《金73.19a.1》一人数十回ずつこいつ(秋菊)を刑罰用の板でこっぴどくぶたせるのです。こいつに痛さをこらえさせれば,ちっとは怖く思うでしょうよ。
2. 確かな＝"确切"。北方方言,呉語,閩語：¶有了這三件實落的工夫,便是那扳

高接貴的成仙得道之期。《醒33.4b.2》この三つの適切なやり方がうまくいってようやく高官に取り付き貴人に接するという「仙術成り,得道の日が来る」のである。

實秘秘　shímìmì

形　固い,ぴったりして堅いさま ="緊緊密密"。山東方言:¶走到他門上,只見**實秘秘**的關着門。《醒4.10a.1》戸の所へ駆けつけてゆくと,そこは固く閉められていた。

實拍拍　shípāipāi

形　固い,堅いさま ="堅硬;僵硬;不松軟"。山東方言。《醒》では貶義:¶都說是幾年的新活洛,通不似往年的肉鬆,甜淡好喫,新到的就苦鹹,肉就**實拍拍**的,通不像似新魚。《醒58.3a.2》ここ何年かのはしりの活洛魚は,昔のように肉が柔らかく甘くてあっさりしていて美味しいものではありません。新しく到着したのは苦く,塩辛く,肉は固く,全くはしりの魚らしくありません。

使　shǐ

動　疲れる ="累"。北方方言。《醒》では"使的慌"(とても疲れる)の形で使用:¶會了第二句,叫那帶了前頭那一句讀,誰知前頭那句已是忘了提與他前頭那句,第二句又不記的。先生說:我**使**的慌了,你且拿下去想想,待我還惺還惺再教。《醒33.11a.5》第２句ができれば,前の第１句を読ませます。ところが,前の句は既に忘れてしまっています。そこで,彼に前の句を言わせると,今度は第２句が覚えられない。先生は「ワシは非常に疲れた。お前は持って行ってよくよく考えなさい。ワシが休憩して元気を回復したらまた教えてやろう」と言った。¶你是少兒呀,少女呀,你墮這个業。有活我情願自己做,**使**的慌,不使的慌,你別要管我。《醒54.2b.3》あんたは男の子,それとも女の子かね。あんたはこの稼業を怠けるのかい。仕事があれば,私なら喜んで自分でやります。私が疲れていようがいまいが,私のことは構わないでよ！¶你黑夜做夜作**使**乏了也怎的,大白日打睡瞌睡。《金91.11b.2》あんたは,夜中に仕事をしていて疲れちまったのかね。真っ昼間に居眠りしたりして！

使得　shǐde

形　よろしい ="可以;行;好了"。粵語,閩語:¶這也**使得**。你便跟他一跟。《醒22.15a.3》それもよかろう。君が奴らと一緒に行ってくれるかい。¶一丈青說道:無功消受,怎生**使得**。《金90.7b.6》一丈青は笑って「お役に立っていないのに,いただけるなんて,かたじけないです！」と言った。¶好容易尋了出來,必定要挨次喫一遍纔**使得**。《石41.2a.1》やっとこさ捜し出して来たのですから,是非順に１回ずつ飲んで戴かないといけません！¶姑娘向來大刀闊斧,於這些小事不大留心,便道:也**使得**。《兒21.27b.10》娘はこれまで大きな事に対して英断を下して来たので,こんな些細な事については気にも留めず「それでもいいわよ！」と言った。¶四泉,你如何這等愛厚,恐**使不得**。《金49.8a.11》四泉殿,そなたはなぜかくも手厚いもてなしをするのですか。いけませんな！

参考

動　**1.**…になる ="引起一定的結果":¶你爹教那學,**使得**那口角子上焦黃的屎末子。《醒27.9b.1》お父さんは,口の周りを黄色い汚い唾でいっぱいにしてまで生徒に教えてきたんだ。
2. 使える ="可以使用":¶這顏神鎮燒的磁夜壺,通沒有他**使得**。《醒72.10b.9》そ

の顏神鎭製の磁器尿瓶では全く用をなさないのです。

使低嘴　shǐ dīzuǐ

[熟] 悪口を言う＝"说坏话"。山東方言：¶珍哥這樣一個溌〈＝潑〉貨,只晃大舍吐出了幾句像人的話來,也未免得的隔墻撩肐膊丟開手,只是慢慢截短拳,**使低嘴**,行狡計罷了。《醒8.7a.8》珍哥はこんなひどいあばずれですが,晃大舍からいくつか人間らしい言葉が吐かれますと「壁を隔てて腕を振る」というもので,どうしても引き下がるだけです。ただ,「ゆっくりと時機を待って闇討ちしてやる」,と悪態をつき,計略にはめてやろうと考えているのです。

使性傍氣　shǐ xìng bàng qì

[成] 癇癪を起こす,怒る＝"发脾气"。山東方言：¶孔夫子在陳,剛絕得兩三日糧,那從者也都病了,連這等一个剛毅不屈的仲由老官尚且努唇脹〈＝張〉嘴,**使性傍氣**,嘴舌先生。《醒33.1b.5》孔子が陳の国におられた時, 2, 3日分の食糧が足りなくなることがあった。従者が皆病気になった時,意志強固な仲由老官(子路)でさえ口をとがらせ,癇癪を起こし,孔子に文句を言った。

[同音語] "使性謗氣；使性碙氣；使性棒氣；使性弄氣"：¶狄希陳**使性謗氣**,一頓穿上襖褲,繫上襪子,也只說他穿完衣服,要往書房裏去。《醒33.12b.2》狄希陳はふくれっ面で,袷の服やズボン,靴下を身につけた。着物を着終われば教室の方へ行くという。¶薛三省娘子再三攛掇着到了婆婆屋裏,**使性碙氣**的磕了兩个頭,回自己的房裏來了,喫了晚飯,睡了一夜。《醒56.6b.2》薛三省のかみさんは,彼女(素姐)に再三勸めて姑の部屋へ行かせ,ふくれっつらをしながらも2回ばかりぬかずいて挨拶させ,自分の部屋へ戻って行かせた。そして,晚ご飯を食べ,その晚は眠ってしまいました。¶他一時喜快,你慢了些,他說你已而不當慢條思〈＝斯〉理的。他一時喜慢,他又說你**使性棒氣**,沒好沒歹的。《醒91.2a.7》彼女が速いのを喜ぶ時,もし,ゆっくりやれば「ぼんやり屋,のんびり屋」と言われる。彼女がゆっくりを喜ぶ時,カッカとせっかちにやれば「考えが無い人ね！」と,また叱られる。¶他又氣不憤,**使性謗氣**,牽家打活,在廚房内打小鸎,罵蘭香。《金91.12a.5》その人はまたプンプン怒って,器物に当たり散らし,台所内では小鸎や蘭香をぶち,罵ります。¶在家中時常就和丫鬟們**使性弄氣**,輕罵重打的。《石79.7b.1》家の中でいつも下女達に対して癇癪を起こし,それは,軽ければ罵詈雑言,重ければぶつというものでした。

事體　shìtǐ

[名] ことがら＝"事情；事儿"。徽語,吳語。《醒》では同義語"事情；事兒"が優勢。"事體"も多く使用：¶自己收了銀錢,不管**事體**順理不順理,麻虮丁〈＝叮〉腿一般,逼住了教宗昭寫書。《醒35.11a.6》自分自身金を受け取ると,ものごとが理屈にあっていようがいまいが,大きなアリが太ももに食らいつくように決して放そうとはしない。このようにして,宗昭に手紙を書くのを迫るのです。¶大凡**事體**,只怕起初難做。《醒69.11b.9》凡そ全てのことは,最初にやるのが難しい。¶監生纔曉得**事體**有些難處,略略着了些忙。《醒94.5a.6》宦官はようやく事が少々難しいとわかり,少し慌てました。¶不該我說,你年幼,**事體**上還不大十分曆練。《金79.24a.7》私が言うべきではありませんが,あなたは歲がゆかず,

物事の経験が余り無いのです。¶薛蟠便把湘蓮前後事體說了一遍。《石67.8b.1》薛蟠は湘蓮の前後の事情を一通り話した。¶失些東西倒是小事,尚復成何事體。《兒31.20b.10》物を失うのはむしろ小事じゃ。それよりも,なぜこのような事件が起こったのか,じゃよ。¶事體却不小,幸喜還不礙。《兒3.3b.6》事はかなり大ごとになっています。しかし,幸い,まだ何とかなります！
— 《海》の科白箇所では"事體"を用い"事情;事兒"は用いない:¶耐今朝無撥倸事體末,我搭耐去坐馬車,阿好。《海11.4b.4》あなた今日用事がないなら,ご一緒に馬車に乗りませんか。

事務　shìwù

名　ことがら＝"事情"。呉語。《醒》では同義語"事情;事兒;事體"が優勢:¶晁大舍次早起身,便日日料理打圍的事務,要比那一起富家子弟分外齊整,不肯與他們一樣。《醒1.11a.5》晁大舍は,次の朝早く起床し,それからというものは毎日狩の準備をしています。それらの金持ちの子弟と比べてもことのほか身なりが整っており,また,彼らと同じようでは嫌でした。¶一个女人當家,況且又不曉得當家事務,該進十个,不得五个到家。該出五个,出了十个不夠。《醒94.7b.5》女が家を切り盛りするのですが,それも,切り盛りの事情についてわかっていないのです。10人入れなければならないのならば,5人家へ来たのではだめで,逆に,5人出さねばならない所へ10人出してもやはり良くないのです。¶我自有用你處,待事務畢了,我再與你十來兩銀子做本錢。《金9.6b.10》ワシはお前に手伝って欲しいんだ。事が終われば,更に10両ほどお前にやる。元手にすればいいから。¶周瑞家的等人皆各有事務,作這些事便是不得已了。《石77.4b.3》周瑞のかみさん達は皆各々自分達の仕事があるので,これらの事(司棋を家から出てゆかせる事)をするのもやむを得なかった。¶無奈他又住在這山旮旯子裡,外間事務一概不知。《兒18.21a.2》いかんせん,この人はこんな山の辺鄙な片隅に住んでいたので,外界の事柄は全く知らないのです。

是百的　shìbǎide

副　絶対に,必ず＝"务必"。山東方言:¶爹這們病重,你且是百的別要做聲。《醒76.4b.3》お父さんはこんなにも病気が重いのだよ。お前は大声をどうあっても出さないでくれ。¶狄希陳道:我好生躲避着他,要是他禁住我,你是百的快着搭救。《醒97.9a.3》狄希陳は「私はあいつから逃げたいんだ。もしあいつが私を閉じ込めたらお前は是が非でもすぐに助けてくれ」と言った。¶這天漸漸的冷上來了,是百的望奶奶扎括扎括我的衣裳。《醒51.12a.4》気候もだんだんと寒くなってきたから,私の着物を是非こしらえてくれるよう奥様にお願いしますよ。

收煞　shōushā

名　結末＝"收尾;結束"。閩語:¶陸好善道:再有這人沒良心。你只被他欺負下來了,他待有個收煞哩。《醒82.2b.8》陸好善は「そいつは良心が無いのだな。お前はそいつにやられたのだな。ただ,そいつもいずれ困るだろうよ」と言った。

手臂　shǒubì

名　腕＝"胳膊"。呉語,粤語。《醒》では同義語"胳膊"も使用:¶他叫那賣蛋的人把兩隻手臂抄了一个圈,安在馬臺石頂上。《醒62.7b.6》彼はその卵売りの人に丸く腕を組ませ,馬に乗る踏み台石の上に置かせた。

手尾　shǒuwěi

名 不倫,男女間の不正常な関係＝"男女不正当关系"。江淮方言,湘語：¶所以那全班女子弟,連珍哥,倒有一大半是與晁住有手尾的。《醒43.1a.9》したがって,その女芝居の者どもは,珍哥もろとも大半が晁住と男女の関係があった。

首尾　shǒuwěi

名 仕事＝"(经办的)事情"。官話方言,湘語：¶臨買他的時,講價錢,打夾帳,都是他的首尾。《醒6.6a.2》女を買う時に値段を決めたり,仲介役を務めるのは全て彼(晁住)が取り仕切っている。

受虧　shòukuī

動 損をする,ひどいめに遭う＝"吃亏;受到亏损"。河南方言,閩語。《醒》では同義語"喫虧"が極めて優勢：¶所以呂祥雖是被驛丞打了三十,倒也還不受以下人的大虧。《醒88.10a.6》したがって,呂祥は駅丞による仕置き棒で30発叩かれましたが,それより下の役人によるひどい目にはまだ遭っていません。

瘦怯　shòuqiè

形 痩せこけている,やつれている＝"瘦削;瘦弱"。山東方言：¶家丁莊客,那管老的、少的、長的、矮的、肥胖的、瘦怯的,盡出來脅肩諂笑。《醒1.12a.9》家僕,小作人,年寄りや若者,のっぽ,背の低い人,太った人,痩せた人など全部出てきて,肩をすくめ追従笑いをし,前へ争って進み,旦那様に群がり取り囲みます。

── ABB型"瘦怯怯"：¶看看這四個人之中,一個是**瘦怯怯**的書生,一個是嬌滴滴的女子。《兒9.5b.9》この4人を見てみますと,一人はひ弱そうな書生,もう一人は初々しい愛嬌のある若い女の子です。

書房　shūfang

名 学校,私塾＝"学校;私塾"。北方方言,粵語,閩語：¶這个晁秀才愛子更是甚于婦人,十日內倒有九日不讀書。這一日还不曾走到書房,不住的丫頭送茶,小厮遞果,未晚迎接回家。《醒1.3a.3》この晁秀才は,息子を愛する点において妻よりもずっと強い。ただ,息子の方は10日のうち9日間は勉強しないこともある。その日はまだ私塾へ着いていないうちから,ひっきりなしに下女にお茶を,小者におやつを届けさせ,また,暗くならないうちに帰宅のお迎えをさせた。¶僥倖進了个學,自己書旨也還不明,句讀也還不辨,住起幾間書房,貼出一个開學的招子,就要教道學生,不論麼好歹,來的就收,自己又照管不來。《醒26.2b.2》運よく,秀才に合格しますと,自分自身,本の意味もろくに分からず,句読もまだあやふやなのに,幾つかの部屋がある私塾に住み始めた。そして,「開学」の広告を貼りだし,生徒に教えようとする。どのような者でも,来た者はすぐ受け入れようとするのですが,自分自身では生徒の世話,管理はできるはずもない。

[同形異義語]「書斎」：¶送得晁老去了,走到邢皋門的書房,正見他桌上攤了一本十七史,一邊放了碟花笋乾,一碟鷹爪蝦米,拿了一碗酒,一边看書,一边呷下酒。《醒16.4b.4》晁老人を見送ると,邢皋門の書斎へやって来た。丁度,彼は机の上に『十七史』の書を広げ,皿にある刻んだ干しタケノコ,タカのつめの形をした干しむきエビを置き,手には湯飲み茶碗につがれた酒を持ち,本を読みながら酒をあおっている。¶寄姐說狄希陳做官事忙,久已不在家中睡覺,打發出外邊書房去了。《醒95.8b.9》寄姐が言う

には,狄希陳が役人になり仕事が多忙のため,既に長い間奥の部屋で眠っておらず,表側の書斎の方で過ごしていると言う事であります。
類義語 "書舍;書堂(私塾,家塾,書斎)":¶悄悄開了宅門,進來與寄姐宿歇。睡到天色黎明,又翹蹄捻腳,偷出外邊書舍,連吃飯也不進裏邊。《醒95.9b.5》そっと家の玄関を開け,入ってきて寄姐と眠ります。夜明け近くまで眠ると,再びこっそりと表側の書斎へ抜け出して来ます。ご飯すらも中へ入って食べようとしません。¶但這教言〈=書〉又要曉得纔好。你只是自己開館,不要叫人請去。若是自己開的書堂,人家要送孝生來到,好的我便收他,不好的我委曲將言辭去。《醒33.5b.1》およそ教師というものは,良く分かっていなければならぬ。ただ私塾を設けて生徒を教えるなら,どんな生徒にでも来て貰うのではいけない。もし,自分で開いた私塾ならば,人が学生を寄越して来ても,良いのは受け入れ,良くないのは遠回しに断るべきだ。¶那个小厮走到書堂上,叫道:學匠,喚你到前邊大家吃些飯罷,省得又要另外打發。《醒16.6b.4》その小者は,家塾へやって来て「先生,表の方へ来て皆と一緒にご飯を食べてください。新たにまた食事の世話をする手間が省けますから!」と言った。

舒攤 shūtan

形 心地よい,調子が良い="舒服;舒适"。北方方言:¶你哥雖是我的長子,淘氣長孽,我六十歲沒過个舒攤日子。《醒90.10a.5》お前のお兄さんというのは,私の長男なんだけれども,きかん坊でね。私が60歳になるこのかた心配しない日々はなかったよ!

舒直立 shūzhílì

動 逆立ちする="倒立;拿頂"。北方方言:¶你有飯吃也罷,沒有飯吃也罷。衣裳你冷也罷,熱也罷,與我絕不相干。憑你張跟斗,舒直立,都不與老娘相干,請你自便。《醒95.6b.4》あんたに食べるご飯や着る服があろうと無かろうと,私とは関係有りません。たとえ,あんたがもんどり打とうと逆立ちしようと,いずれも私とは関係ないですから,お好きなように!

熟化 shúhua(又)shúhuà

動 1. 熟知している,よく理解している,慣れる,親密になる="熟;熟悉"。北方方言:¶狄婆子說:這也就瑣碎少有的事。陳兒,你還往我屋裏睡去罷。他明日情管就合我熟化了。《醒45.7b.1》狄奥さんは「こんな面倒くさい,おかしなことがあるのね!陳ちゃんや,お前は私の部屋へ来て寝なさい。あの子はそのうちきっと私にも慣れるでしょうよ!」と言った。¶那大爺纔坐下,瞅着那麼怪腦胴的,被我摳了他一陣,這會子熟化了,也吃飽了。《兒15.17a.9》若樣はようやく腰かけ,とても恥ずかしそうにしているのよ。私がそれを見かけて,ひとしきり注意してあげたわ。今では慣れちゃったね。そして,お腹の方も一杯になったわ。
同音語 "熟滑;熟話;就滑":¶奶奶長,奶奶短,倒像是整日守着的也沒有這樣熟滑,就是自己的兒媳婦也沒有這樣親熱。《醒40.10b.4》奥様,奥様と言って,まるで一日中仕えている者でもこんなに親しくはなく,また,たとえ自分の息子の嫁ですら,こんなに親しくはない。¶龍氏說道:怕怎麼。誰家的坐家閨女起初就怎麼樣的來。再待幾日,熟滑下來,只怕你留下他住下,他還不住下哩。《醒45.

6a.4》龍氏が「どうってことないですわ！どこの家の嫁入り前の娘でも初めはどうだと言うのですか。もう2，3日して慣れてくれば，恐らくあなたがあの子をこの家に泊まらせようとしてもあの子は泊まりませんよ！」と言った。¶別說沒曾見你,連耳朵裏聽也沒聽見有你。你新來乍到的,**熟**話也沒曾**熟**話,你就這們喬腔怪態的。《醒95.5a.1》あんたを見たことがないばかりか,この耳ですらあんたの名前を聞いたことがないわ。急にやって来て,よく知っているかだって,あんたは何て変なことを言うんだい！¶婦人嘗與他浸潤,他有甚不是,在西門慶面前替他說方便,以此婦人往來**就**〈＝**熟**〉滑。《金8.3a.6》女はそいつ（玳安）にちょっとした小遣い等を握らせていました。また,そいつに何か間違いがあっても西門慶の前でうまくとりくろってやったりしています。したがって,女とそいつの間は親密になっています。☆"就滑"は類似語。

2. (動物などを飼育して)馴らす＝"馴化；馴順"。北方方言：¶童七道：承官兒,你不希罕銀子罷了,你沒的不希罕會花哨的臘嘴麼。是養活**熟**化的。《醒70.7a.10》童七は「承さんや,あんたが銀子をありがたがらないのはまああいいとしても,まさか綺麗な羽のシメを欲しくないなんてことはあるまいね。飼い馴らしてあるんだぜ！」と言った。¶童奶奶道：這臘嘴養活了二三年,養活的好不**熟**化。《醒70.8a.4》童奥さんは「このシメは2，3年飼ってきましたが,とても馴れています」と言った。

秫秫　shúshú

名　コウリャン＝"高粱"。北方方言：¶該與他的工糧,定住了要那麥子菉豆,其次纔是穀黍,再其次冤冤屈屈的要石把黃豆。若要搭些**秫秫**黑豆在內,他說：…。《醒26.10a.7》彼ら自身に与えられるべき報酬の食糧は,ムギ,リョクトウに決めています。それが無理だと,ようやくアワ,キビです。更にそれも無理だと,仕方なしに1石ほどのダイズを要求します。もし,コウリャン,クロダイズが中に入っていれば,彼らは（「こんなもの食えるか！」と）ひどく文句を言います。¶挨次種完了綿花**秫秫**,黍稷穀粱,種了稻秧,已是四月半後天氣。又忙劫劫打草苫,擤繩索,收拾割麥。《醒24.4a.1》順々に綿花,コウリャン,もちアワ,アワを植え終え,そして,イネの苗を植えた。既に4月半ば過ぎの気候です。そして,慌てて藁のムシロを作り,縄や紐をない,ムギ刈りの準備をします。

同音語　"秫秫"：¶惟獨這尤聰令正,他除那舊規的勾當幹盡了不算,常把囤裏的糧食,不拘大米,小麥,綠豆,**秫秫**、黃豆、白豆,得空就偷。《醒54.5b.5》ただ,この尤聡の奥方様は,その古いしきたりのこと（厨房内での盗み）をことごとくやり尽くしたのはさておき,しょっちゅう厨房外の穀物倉庫の中のもの,つまり,コメ,コムギ,リョクトウ,コウリャン,ダイズ,ハクトウの種類を問わず,隙を見ては盗みます。

數落　shǔluo

動　(他人の欠点・過失を)責める,叱る＝"责备；申斥"。北方方言。《醒》では同義語"數說；數落"が極めて優勢：¶他知道了,叫了眾人去**數落**哩。《醒22.3b.7》あの人が知ったので,皆を呼んで責め立てるのよ。¶這們可惡。我着人叫了他來,**數落**他那臉。《醒49.10b.8》何とひどい！わたしゃ人をやって奴を呼んでくるわ！そして,そいつの顔めがけて叱りとばしてやる！¶珍太太,狄太爺。可

憐不見的饒了我,不似**數落**賊的一般罷。《醒79.6a.9》珍奧様！狄旦那様！哀れな私を許して下さい！それから,賊を責めるのと同じような拷問はなさらないで下さい！¶今日吃徐知府當堂對眾同僚官史,儘力**數落**了我一頓,可不氣殺我也。《金92.10a.2》今日,徐知事が法廷で同僚役人を前にして,ワシはこっぴどくやりこめられたのじゃ。それで,ワシは腹が立って仕方がないのじゃ！¶**數落**一場,又哭不爭氣的。《石33.7a.5》ひとしきり責め,また,「意気地無しだね！」と泣いた。¶半跪半坐的把他一摟摟在懷裡,兒呀肉的哭起來。一面哭着,一面**數落**道。《兒20.3a.8》半ば跪いて,懐に抱くと「私の愛しい娘よ！」と泣き始めた。泣きながら,一方では小言を言いました。

數算　shǔsuan

動 数え上げる＝"計算(数目)"。北方方言。《醒》では同義語"算"が極めて優勢：¶今日幸得諸般匠人都肯來助力,所以不致冲了麥子。從頭一一**數算**,各匠俱到,只有那學匠不曾來助忙。《醒16.6b.1》「今日は幸いにも多くの職人が応援に来てくれたね。だから,ムギが水に流されずに済んだのです！」と言って,初めから一人一人数えると,各職人は皆来ていた。ただ,私塾教師のみが応援に来ていなかった。

刷括　shuāguā

動 1. 搾り取る,略奪する,搾取する＝"搜括"。山東方言。《醒》では同義語"搜括;刷括"が優勢：¶鄭伯龍道：虧你打聽這事,上了本,還了的哩。一个封王的符節,你擦在水裏,這是什麽頑。用銀子儹**刷括**。那鄭伯龍把自家見有的銀子,銀酒器,首飾,婆子合兒婦的珠箍,**刷括**了淨,湊了八百兩銀子,把事按住了。《醒9.10b.

2》鄭伯龍は「聞くところでは,あんたがこの件を上奏するのだな。これは大変なことだぞ！王に封ずる符節を川の中に落としただと！それは冗談ごとじゃない！この場合,銀子で窮地をのがれるのさ！」と言った。かの鄭伯龍は自分の現在持っている銀子,銀の酒器,首飾り,妻や息子の嫁の真珠の額環を悉くかき集めて800両の銀子にした。それで,この件を抑え込んだ。☆最初の"刷括"は"出脱""罪を逃れる",次の"刷括"は"搜括""搾り取る,略奪する"。¶過了幾時,又說沒有飯吃,將城裏房子又作了五十兩銀典與別人居住。**刷括**得家中乾乾淨淨,串通了个媒婆,兩下說合,嫁了一个賣葛布的江西客人。《醒53.11b.1》何日間か過ぎますと,食べるご飯が無くなったと称し,町にある家を50両で貸し,他の人に住んで貰う。このように種々かすめ取った結果,家の中をすっからかんにした。そして,とりもち女に頼み縁談を纏めて貰い,葛布売りの江西旅商人に嫁いだ。

2. 工面する,手だてする,講じる＝"籌措"。山東方言：¶晁源道：既與人打官司,難道不收拾个舖蓋,不**刷括**个路費。沒的列位們都帶着鍋走哩。《醒12.7b.1》晁源は「裁判沙汰になったからには,(裁判する役所が遠いので)布団を準備しない訳にはゆかない。旅費も工面しなきゃならん。まさか皆さんは鍋を持ち歩いているのではありますまい！」と言った。¶狄員外看着沈木匠**刷括**梁棟,戶闥,門窗。《醒33.10a.7》狄員外は,沈大工が梁や棟木,戸,門,窓などの木材を工面したのを見ていた。¶你起〈＝趁〉這个空,火速的**刷括**三十多兩銀子,跑到布政司裏納了司吏,就可以免納農民。《醒42.13a.9》こうなれば,早いこと30両

余りの銀子を手だてして布政司へ行くんだ。そして,官吏になるために献納すれば,農民になるのを免れることができる！¶先講開:我的幾件絹片子,我可不許你當我的,你就別處流水**刷括**了給他。《醒67.6a.2》私達は先に話を付けておきます。私の絹ものを質に入れるのは許さないわ。あんたは他の所で金をさっさと工面してあちらさんに返すのよ！¶你愁沒盤纏,我替你算計,家裏也還**刷括**出四五百銀子來,問相太爺要五百兩,這不有一千兩的數兒。《醒84.1b.2》あなたは旅費が無いと言って困っていますが,私があなたのために何とかしましょう。家ではまだ4,5百両の銀子を集めて来られます。そして,相旦那様に5百両借りれば,1千両になるではありませんか！¶狄希陳連忙答應,道:你請二位回後頭坐去,我努力**刷括**給二位去。《醒96.6a.10》狄希陳はあわてて「お二人には奥の間へ戻りお掛けになってもらってくれ。何とか(旅費を)工面してお二方に差し上げよう」と答えた。

耍　shuǎ

動 遊ぶ,戯れる ="玩;玩耍"。北方方言,過渡,南方方言。《醒》では同義語"玩;頑"が優勢:¶陸好善大膽,把狄奶奶留在家裏住了三四日,**耍**〈=耍耍〉皇姑寺、高梁橋,沿地裏風。《醒78.11a.4》陸好善は大胆だね！狄奥さんを家の中へ3,4日引き留め,皇姑寺、高梁橋や沿道の風景を見て遊ばせたのだから！¶漢子要與他**耍耍**〈=耍耍〉,粧腔捏訣:我身上不大自在,我又這會子怕見如此,我又怕勞了你的身體。《醒36.3a.1》男がその女と遊ぼうとすると,わざともったいぶって「私は体が余りすぐれないのです。それに,今回,このようなことを人に見られるのが怖いわ。また,あなたも体が疲

れるでしょ！」と言うのです。¶叫兩個妓者,咱每替他煖房,**耍**一日。《金61.14a.5》二人の芸者を呼んで俺達はあの人のために引っ越し祝いをして,皆で1日遊ぼうぜ！¶張太太道:他倆可不得閑兒**耍**呀,忙了這幾日了。《兒36.6b.7》張金鳳の母親は「あの子達二人は遊んでいる暇など無いわ。ここ何日間かは忙しいのだから！」と言った。☆《兒》では田舎言葉を用いる人物(ここでは張太太)が"玩"を用いず"耍"を用いる。

― 共通語の用法(なぶる,からかう ="戯弄;耍弄"):¶不要誤他的事,何苦**耍**他。《石6.4a.8》この人の用事を邪魔しちゃいかん。何でこの人をなぶるんじゃ。¶你何苦**耍**他作甚麼。《兒14.9a.5》お前,この方をからかってどうしようというんだ。

耍子　shuǎzi

動 遊ぶ ="玩儿;玩耍"。四川方言,江蘇方言,杭州方言。《醒》では同義語"玩;頑;玩耍"が極めて優勢:¶分付家人收拾了燈,與珍哥看牌,搶滿,嬴〈=頑〉銅錢**耍子**。《醒4.1b.6》家の使用人に灯りを準備するよう言いつけ,珍哥と共に麻雀,さいころ,銅錢を使った遊びもした。¶二人說:若說起錢來,也甚惶恐,十壺的錢還不夠別舖的五壺價錢哩。他老人家只不好說是捨酒,故意要幾文錢**耍子**罷了。《醒23.6a.8》二人は「もし,金のことを言うのならばとても恐縮しています！徳利10本分のお金は,他の店の5本分の値段にもならぬ。あのご老人はただで施すと言いにくいので,故意にいくらでもない金を貰って遊び事としているのじゃ！」と言った。¶狄希陳合寄姐坐在炕上看牌,下別棋**耍子**。《醒75.8a.6》狄希陳と寄姐はオンドルの上で麻雀や将棋をして遊びました。¶許下

明日家中擺酒,使人請他同三官兒娘子去看燈**耍子**。《金78.11a.1》そのうち家で酒席を設けて、王三官の奥さんと一緒に灯籠見物に来るよう、使いを寄越す、と請け合いました。¶ 你我樂得高坐他化自在天,看這樁兒女英雄公案,霎時好**耍子**也。《兒·緣起首回》我々はこの他化自在天で、この児女英雄伝の事の次第をしばし見物しようぞ。

兒化語 "**耍子兒**":¶ 他起來了,且在房裡打鞦韆**耍子兒**哩。《金92.12b.4》あちら様は起きて部屋の中でブランコ遊びをしておられます。

爽利　shuǎnglì

副 いっそのこと、あっさりと＝"干脆;索性"。北方方言,吳語:¶ 一客不煩二主,俺們既做莊家,難道不使個頭口。**爽利**每人分個牛與我們,一發成全了奶奶這件好事。《醒22.10a.6》ものはついでって言いますがね。ワシらは百姓をしているのだから、家畜を使わないことはありません。いっそのこと、どの人間にも牛を分けて下さって、いよいよ奥さんのこの良い行いを完璧なものにしましょうぞ！¶ 螫好人不過意思罷了,有甚紅腫。你近前來,我**爽利**教你連那些微微的麻癢都好了罷。《醒29.9a.9》(蜂が)善人をほんのしるし程度に刺したにすぎません。何が赤く腫れているものか！近くへ来なさい！私がその微かな痒みさえもさっぱりと取り除いてしんぜよう。¶ 左右爹也是沒了,**爽利**放倒身,大做一做怕怎的。《金85.8a.5》どのみち旦那様が亡くなったのだから、いっそのことずばり大きくやっても怖いことはないですよ。

同音語 "**爽俐**":¶ 要是這個,還得我到跟前替你處處。你家去**爽俐**狠狠給他三十兩,打發他个喜歡。《醒34.10b.8》もしこのことなら、ワシは奴らをここへ来させ、お前のために何とかしてやろう。お前は家へ戻って、きっぱりと奴らに30両あげ、奴らを喜ばしたらいいんだ！¶ 絕不看个眼色,冒冒失失的撩一撩蜂,惹的个鬨鬨的一聲,蜇了个八活七死。既是惹了這等下賤,**爽俐**硬幫到底,別要跌了下巴,這也不枉了做个悍潑婆娘。《醒95.8a.9》決して相手の能力を窺うこともせず、軽率にも蜂の巣を挑発したかの如くです。ブーンの音が来たかと思うと死ぬ程刺された。こんなにもさいなまされては、いっそのこととことんやってやり、あごを出して降参してはいけない。それでこそ、じゃじゃ馬なかみさんになれるのである。

同形異義語 "**爽利**"="爽快;利落"(きっぱりしている、あっさりしている、はっきりしている):¶ 長老見他應得不**爽利**,喚入方丈與他十兩白金,又度牒。《金73.13a.1》長老は、彼がはっきりした返事をしないのを見ると、方丈へ呼び入れ、10両の白金(銀)を渡し、受戒の証書である度牒もくれてやると言った。¶ 史湘雲笑着說:這个簡斷**爽利**,合了我的脾氣。《石62.7b.3》史湘雲は笑って「これは簡単でテキパキしていて、私の気性に合っているわ！」と言った。¶ 那推車的又是老頭子,倒夠着八十多週歲咧,推也推不動,沒的慪的慌,還沒我走着**爽利**咧。《兒21.3a.6》かの車を押すのはお年寄りで、優に80歳あまりです。だから、押しても車が動かないのです。もう腹が立って、そういうことなら私は歩いた方がましです！

水飯　shuǐfàn

名 粥＝"粥"。河北方言等。《醒》では同義語 "稀飯;粥;粥米;湯;稀粥湯;粘粥;米湯" も用いる:¶ 先與你講論飯食,晌

午要吃饝饝蒜麪,清早後晌俱要吃菉豆水飯。《醒31.12b.3》先ず食事のことをあれこれ言う。例えば,お昼には,マントウ,ニンニクうどん,朝と夕にはともにリョクトウ入りの粥を食べたいと申すのです。¶溜到外頭央賣火燒老子的兒小麻子買的金猪蹄,華猪頭,薏酒,豆腐,鮮芹菜,拾的火燒,做的菉豆老米水飯,留狄希陳們吃。《醒75.4b.3》外のシャオピン売りの息子の小麻子に頼んで金華ブタの蹄,華州ブタの頭,ハトムギ酒,豆腐,新鮮なセリを買って来てもらい,シャオピンを掛け買いし,リョクトウ入りの古米粥を作り,狄希陳達を引き留めて食べさせます。¶當日三個吃至掌燈時候,還等着後邊拿出綠荳白米水飯來吃了纔去。《金52.16a.3》その日,三人は灯ともし頃まで飲み,そして,奥からリョクトウ入りの白米の粥を持ってきたので食べ終えると,ようやく帰った。

順 shùn

動 移動する,道を開ける ＝"挪:移動;让开路"。西南方言:¶打那裏經過,頭裏拿板子的說:順着,順着。《醒32.8b.9》そこを通りかかった時に,一行の先導棒を持った者が「道をあけろ！道をあけろ！」と言った。

順溜 shùnliu

形 すらすらと運ぶ,順調に行く ＝"順当"。北方方言,吳語。《现》(第6版)に〈口〉符号を付す。《醒》では同義語"順利"も使用:¶傅惠道:這做事要箇順溜,方纔要這文書,被靳時韶天殺的千方百計的留難,果然就忘記了銀子來。《醒22.15b.2》傅惠は「事をなすにはすんなりテキパキとやらねばならん。先ほど,この文書を要求した時,靳時韶の死に損ないによる周到なあら探しにやられたんだ！この結果,(礼金の)銀子を忘

たのさ！」と言った。¶誰知天下之事,樂極了便要生悲,順溜得極了就有些煩悩,大約如此。《醒8.4b.10》ところが,天下の物事は,楽極まれば悲しみ生ずと言って,物事が順調にゆきそれが極まれば,悩みが発生する。世の中の仕組みは大体がこのようになっている。¶若人家買賣不順溜,田宅不興旺者,常與人開財門,發利市。《金12.16b.3》もし商売が順調にゆかぬ,または田畑家屋が隆盛にならぬ時,(呪術によって)いつも人様のために財運を開き,商売繁盛をしてあげます。¶那個月不打飢荒,何曾順順溜溜的得過一遭兒。《石36.3a.6》どの月にしてもごたごたを起こし,お給金をすんなりと得たことはかつて一度もございませんでした。

同形異義語 流れに従う:¶一隻隻蕩漾中流,順溜而下。《兒22.4a.10》(船は)一隻一隻,中流へと向かい,流れに乗って下ります。☆四字成語"順溜而下"(流れに乗って下る)。

順腦順頭 shùn nǎo shùn tóu

[成] 言うことを聞く,おとなしく逆らわない,従順にする ＝"順順从从"。山東方言:¶你以後順腦順頭的,不要扭別,你凡事都順從着,別要違悖了他的意旨。《醒58.6b.7》あんたは今後,従順になることだね。全てのことに言うことを聞き,奥さんの気持ちに従うべきだよ！

說舌頭 shuō shétou

[熟] (告げ口などをして)騒ぎを起こさせる,引っかき回す ＝"搬弄是非"。山東方言:¶晁夫人道:你沒的賣給我哩。你只別嘴大舌長的管閒事,說舌頭,那怕你一日一遍看哩。《醒49.14a.1》晁夫人は「あんたは(お嫁さんを)私に売ってはいないのよ。ガタガタと余計な事を言ってごたごたを引き起こさなければあんた

はたとえ毎日でも会いに来ていいよ！」と言った。¶第一不饞,第二不盗,第三不淫,第四愛惜物件,第五勤事主母,第六不說舌頭,第七不裏應外合,第八不倚勢作嬌。《醒56.8a.10》第1に,口がいやしくない。第2に,盗みを働かない。第3に,淫らなことをしない。第4に,物を大切にする。第5に,女主人によく仕える。第6に,告げ口で騒ぎを起こさせない。第7に,内外呼応しない。第8に,勢力をかさにきて甘えない。

同義語 "説舌": ¶經濟道:是非終日有,不聽自然無。怪不的説舌的奴才,到明日得了好。《金83.11a.4》経済は「いざこざは1日中起こるが,聞かなければ自ずと何も無いんだよ。道理で告げ口女郎はそのうちいいめを見ることになるぜ！」と言った。¶只有秋桐一時撞見了,便去説舌告訴鳳姐。《紅・戚69.5a.3》ただ秋桐だけは一時その場に出くわしますと,すぐさま鳳姐に言いつけに行きます。☆《石》は同一箇所の"説舌"を"傳舌"とする。

説嘴　shuōzuǐ

動 言い争いをする ="争辯"。北方言。《醒》では同義語"強辯"も使用: ¶這程大姐怕的是魏三封要打倒,今已打過倒,這塊悶痞已經割過。再怕的是百眾皆知,壞了體面,不好説嘴降人,如今已是人所皆知,不消顧忌。《醒72.7b.2》程大姐が恐れたのは,魏三封との結婚が破談になることでしたが,破談となった今,この嫌なごろつきは取り除かれた。更に,恐れたのは,皆が知るところとなり,体面をつぶし,言い争ったとき人を抑えにくくなることですが,現在では既に皆が知るところとなり,何らはばかる事もなくなった。¶婦人道:怪搗鬼牢拉的,別要説嘴,與我禁聲。《金82.9b.1》婦

女は「ペテン師の大泥棒,つべこべ言うな！黙ったらどうなの！」と言った。¶將來等姑娘長大不認識我的時候,好給他看看,看他合我説嘴。《兒19.19b.6》将来,お嬢ちゃんが大きくなって私の事を知らないと言った時,それを見せて,私にどのように抗弁するか見てみたい。

説作　shuōzuò

動 他人の事をとやかく言う="谈论别人的是非"。山東方言: ¶俺婆婆在世時,嘴頭子可是不達時務,好枉口拔舌的説作人。《醒69.11a.3》私のお義母さんが生きていた時,他人に対して訳が分からない口から出まかせばかり飛ばしていたわ。

搠　shuò

動 立たせる,直立させる="竖立"。山東方言,中原方言: ¶你可請問奶奶,把這兩個發放在那裏存站。只管這裏搠着也不是事。《醒91.7a.7》お前は奥さんに尋ねてくれ。この二人をあそこへ何時までも立たせておいても具合が悪いだろうに,と。

斯稱　sīchèn

動 似合う,ぴったりだ,(互いに)釣り合う="相称;合适"。山東方言: ¶我給你一兩銀子,你好把這皮襖脱下,我叫人送還他去。你穿着又不斯稱,還叫番子手當賊拿哩。《醒67.14a.1》ワシはお前に1両の銀子をやるから,その毛皮のついた上着を脱ぐがいい。ワシが誰かに言いつけて返させる。お前がそれを着ていても似合わないからな。おまけに目明かしからは泥棒扱いされるぞ！

斯認　sīrèn

動 判別する,分かる="相认;认识"。山東方言: ¶素姐瞎塌了个眼,又沒了鼻子,風塵黑瘦的,不似了昔日的形象。調羹倒還斯認。《醒77.6a.4》素姐は,片方の

目が潰れ,鼻も無くなっている。長旅で埃まみれになり,日に焼け痩せこけている姿に昔の面影は無い。ただ,調羹は素姐のことを何とか判別できた。

撕撓　sīnao
形（隠し事があって）はっきりしない＝"难于弄清楚;隐秘不清白"。"斯撓"とも作る。山東方言：¶就是小珍珠,情管不知有甚麼撕撓帳,家反宅亂的把個丫頭吊殺了。《醒82.3a.10》小珍珠ですよ。きっと何か事情があったんです。それで,家の中で揉め事が起こり女中が首を吊ったんです。
同音語"斯撓"動（食べ物が）腐る＝"食物变质发霉"。山東方言。同音語"斯撓"：¶响皮肉五荒〈＝黄〉六月裏還放好幾日斯撓不了。《醒87.10a.8》豚の皮の揚げ物は気候が非常に暑い時期に何日も放っておいても腐りっこないんだよ。

絲絲兩氣　sī sī liǎng qì
[成]微かな息,呼吸が弱々しく力が無い＝"呼吸微弱,没有气力"。山東方言：¶晁夫人一个兒子絲絲兩氣的病在床上,一个丈夫不日又要去坐天牢。《醒17.6a.1》晁夫人は,息子が微かな息をして病に伏せており,夫の方は数日のうちに天子牢に入れられることを知った。

死不殘　sǐ bù cán
[連]生気がない,役にたたない＝"不中用;半死半活"。山東方言：¶俺這們年小的人,還不會生个孩子,沒見死不殘的老頭子會生孩子哩。《醒76.3b.3》私のような若い者でも子供が産めないのに,全く生気がない老いぼれでも子供を産ませることができるのね！

死乞白賴　sǐ qǐ bái lài
[成]ごねる,纏わりつく＝"纠缠別人"。北方方言,西南方言：¶這可虧了他三个死乞白賴的拉住我,不教我打他,說他紅了眼。《醒32.10a.10》彼ら三人が必死に纏わりついて私を引き止めるので,奴を打ちのめせませんでしたが,先方はあんたを妬んでいると言っていました。

死拍拍　sǐpāipāi
形 活気がない,生気がない,すっかり死んでいる。融通性が無いさま＝"死板;不灵活;死死;一定"。山東方言：¶你看麼。那死拍拍的個銀人,中做甚麼。這人可是活寶哩。《醒19.6a.1》何を言うの！そんな死んだような銀人間なんて何になるの。こちらは活きた宝物よ！¶這燒香,一為積福,一為看景逍遙,要死拍拍猴着頂轎,那就俗殺人罷了,都騎的通是騾馬。《醒68.7a.7》このお燒香は,一には積徳のため,もう一つは景色を見て自由に歩くため,じっと駕籠の中でうずくまっているようでは,それは誰でもやるようなことです。私どもは皆ラバやウマに乗(ってお詣りす)るのですよ！¶指望你到官兒跟前說句美言,反倒証得死拍拍的,有點活泛氣兒哩。《醒13.9a.1》役所へ(証人として)出た時,うまい言葉を使ってもらおうと期待していたのに,融通がきかないんだな！少しくらい機転を利かせてくれてもいいのに！

死聲淘氣　sǐshēng táoqì
[連]野卑な言葉,悪意のある言葉,怒りの様子＝"怪气的说话;非常生气的样子"。山東方言：¶說走就走,不消和他說,除惹的他弟兄們死聲淘氣的,帶着個老婆,還墜脚哩。《醒86.5b.2》行くなら今すぐにゆくよ！奴らに言う必要はないわ！弟達が変な事を言うに決まっているし,(下男の)女房連中を連れてゆくとなれば,足手まといになるから！

死手　sǐshǒu
名 奥儀,コツ＝"窍门"。山東方言：¶兄

臨上京的時節,我還到貴庄與兄送行,還有許多死手都傳授給兄。《醒50.12a.6》貴兄が上京する時には,私も貴兄の所へ行ってお見送りしますよ。私にはまだ多くの奥儀があるので全て貴兄に伝授します。

死紂紂　sǐzhòuzhòu

[形] 生気が無い,変化が無い,硬直しているさま＝"死板板"。山東方言：¶這白姑子串百家門見得多,知得廣,單單的拿起一錠黑的來看,平撲撲黑的面子,死紂紂沒个蜂眼的底兒。《醒64.9b.3》この白尼は様々な家を訪問し,見聞も広く世間を知っている。黒色の銀錠を一つ持ち上げて調べてみると,平らで真っ黒なオモテ面,ウラ面の方は何の変哲もなく,銀錠の証しである蜂の目の紋様も無い。

四脚拉叉　sìjiǎo lāchà

[熟] 仰向けに大の字になって寝る＝"仰面朝天,四肢伸開"。山東方言：¶因那晚暴熱得異樣,叫了徒弟陳鶴翔將那張醉翁椅子抬到閣下大殿當中簷下,跣剝得精光,四脚拉叉睡在上面。《醒29.2b.9》その晩は異常なほど暑くなったので,弟子の陳鶴翔を呼んで酔翁椅子を高殿の大殿中央の軒下まで担いでこさせ,素っ裸となって,その上で大の字になり寝た。¶縛在那頭上,用火點上信子,猛可裏將狗放了開去,跑不上幾步,變〈＝砰/嘣〉的一聲,把个狗震的四脚拉叉,倒在地下。《醒58.4a.6》そのイヌの首に縛り付け,火を導火線につけるとすばやくイヌを放した。何歩も歩かないうちにバーンと音がすると,イヌは仰向けになって地面にひっくり返っていた。

松栢斗子　sōngbǎidǒuzi

[名] マツカサ＝"松球;松果"。山東方言：¶阿弥陀佛。我的活千歲上天堂的奶奶。俺山裏沒香,我早起後晌焚着松栢斗子替奶奶念佛。《醒49.13b.8》南無阿弥陀仏！ご長寿を全うされた後,極楽往生される奥様！私の所は,山ですから線香が無いので朝夕に松ぼっくりを焚いて奥様に念仏を唱えます！

送粥米　sòng zhōumǐ

[連] (出産後)粥などを届ける＝"生产后娘家和亲戚送给他鸡蛋、小米等东西"。山東方言：¶姜、晁兩門親戚,來送粥米的,如流水一般。《醒49.6a.2》姜,晁両家の親戚が風習に従い,粥を届けに来るのですが,それは,あたかも流水の如くひっきりなしです。¶你長大出嫁的時節,我與你打簪環,做鋪蓋,買梳頭匣子,我當自家閨女一般,接三換九。養活下孩子,我當自家外甥似的疼他,與你送粥米,替你孩子做毛衫。《醒66.4a.10》お前が大きくなってお嫁に行く時,僕はお前に玉環などの髪飾りを作ってやるし,布団も作り,髪を梳く櫛を入れる小箱も買ってやる。自分の家の娘のように贈り物を持って訪問もする。子供ができたら,自分の甥のように可愛がって風習に従い,粥を届け,赤子の服も作ってやる。¶昨兒上頭給親戚家送粥米去。《石61.2a.7》昨日もご主人様の方で出産後の風習に従い,親戚の家へ粥をお届けなさいました。

搜　sōu

[動] 腐る＝"蚀落;逐渐腐坏;搜根"。山東方言：¶晁住說道：他說俺大爺看着壯實,裡頭是空空的,通像那墙搜了根的一般。《醒2.9b.4》晁住は「その医者の言うことには,旦那様は見た所丈夫そうだが中身は空だ。塀の根元が腐っているのと同じだ」と言った。

素子　sùzi

名（錫・磁器製の）酒を入れる小さな壷＝"装酒的器皿（像瓶子，底大，颈细长）"。北方方言。現代語では一般に"嗉子"と作る：¶你叫人拿盤點心，四碟菜，再給他**素子**酒，叫他喫着，分付人們別要難為他。《醒70.7a.6》お前は人を呼んで菓子の盆，小皿の料理4皿を持ってこさせ，それに酒を徳利1本をつけて彼（童七）に飲ませるようになさい。そして，人々に彼を困らせるなと言いなさい！¶這酒我吃不了，咱兩個嗦了這**素子**酒罷。《金50.4b.9》この酒は，僕には飲みきれないから，二人でこの徳利をあけようぜ！

兒化語　"素兒"：¶一小銀**素兒**葡萄酒。《金27.9b.7》葡萄酒を入れた銀の小瓶が1本あります。

宿歇　sùxiē

動　寝る＝"住宿；过夜"。北方方言。《醒》では同義語"過夜；住夜"も使用：¶一面擺上飯來，一面叫人收拾書房與胡旦**宿歇**。《醒5.6a.8》料理を机上に並べつつ，胡旦に泊ってもらうよう家の者に書斎を片付けさせた。¶我昨晚回來即刻就叫人放出，仍送進房裏**宿歇**去了。《醒14.6b.7》私は昨晚戻って来てすぐに（珍哥の）頭と手足の枷（かせ）を外させ，部屋へ帰し寝て貰った。¶那日連李成名媳婦也要算計在裏邊**宿歇**，恰好那晚上李成名被蝎子螫了一口，痛得殺狠地動的叫喚。《醒19.13a.7》その日，李成名のかみさんすらもその部屋の中へ入って寝る算段だった。ところが，丁度その夜，李成名はサソリに刺され，痛くて地面を転げ回る大騒ぎをやらかした。¶周相公的方略：叫狄希陳夜晚不要在自己的船上**宿歇**，叫且與他同床，免人暗算。《醒99.12b.4》周相公の策略とは，狄希陳に夜は彼自身の船で寝るのを禁じた。

そして，自分と寝台を共にすれば素姐による暗殺から免れるというものである。¶不說西門慶在玉樓房中**宿歇**不題。《金21.17a.2》西門慶が玉楼の部屋で夜を過ごしたことはそこまでにしましょう。

唆撥　suōbō

動　そそのかす，けしかける＝"唆使；挑拨"。山東方言。《醒》では同義語"挑唆"が極めて優勢。"慫恿"も多く使用：¶那百姓們勢眾了，還說老爺向日在那裏難為他們，都是這些鄉官〈＝宦〉舉人**唆撥**的。《醒7.11b.6》その百姓達は大勢です。それに，旦那様が以前そこで彼らを困らせておられたのは全て紳士挙人が旦那様をそそのかしたからだと言うのです。¶狄希陳指了這个為由，時刻在薛如卞，相于廷兩个面前**唆撥**。《醒40.1b.10》狄希陳は，この理由を取り立てて，しょっちゅう薛如卞，相于廷の二人の前でけしかけます。

梭羅　suōluo

動　だらりと垂れ下がる，垂れる＝"耷拉着；拖着"。山東方言。現代語では山東方言に近似音語"梭拉"と作る。《醒》では同義語"託拉""拖拉"も使用：¶穿着領借的青布衫，**梭羅**着地。《醒84.4b.3》借りた黒色の木綿の服はだらりと地に着いて垂れ下がっています。☆"梭羅"は《金》《石》《兒》に未収。

梭梭　suōsuō

形　筋肉がピクピクと動くさま＝"肌肉连续跳动；突突颤动"。山東方言：¶恰好這一日身上的肉倒不跳，止那右眼**梭梭**的跳得有二指高。他心裏害怕，說道：…。《醒60.10a.4》（災厄の予兆として，体に身震いのピクつきがある。）丁度，その日は，体の方の肉はピクピク動かなかったが，ただ，右目の筋肉が人差し指

の高さほどピクピク動いた。彼は心の中で怖くなり,(「なぜこんなにピクつくのか！」と)つぶやいた。
類似語 "挼挼":¶腰肢兒漸漸大,肚腹中挼挼跳,茶飯兒怕待吃。《金85.1a.11》腰のあたりが徐々に大きくなり,お腹の中はピクピク動いて,食事もとりたくないの！☆字形が類似,釈義は同一。

梭天模地　　suō tiān mō dì
[成]あちこち跳びはねる ＝ "上下窜跳"。山東方言：¶素姐忘記了是猴,只道當真成了自己的老公,朝鞭暮朴〈＝撲〉,打得個猴精梭天模〈＝摸〉地的着極。《醒76.10a.2》素姐は,相手が猿である事を忘れ,自分の本当の夫だと思い込み,朝に夕に鞭で引っぱたいた。ぶたれて,猿は上へ下へと苛立ってあちこち跳びはねた。

睃拉　　suōla
[動]見る ＝ "看；瞧"。山東方言。"睃"に接尾辞 "拉" が付接した形：¶這怎麼是挑頭子。睃拉他不上,誰怎麼他來。怪不的說你教壞了孩子呢。《醒52.13b.7》これがどうしてそそのかして,いざこざを起こさせることになるの。夫が気に入らないのは,誰のせいなの。道理であなたが子供を悪く育てたと言われるのね！¶俺爹睃拉我不上,我也沒臉在家住着,我待回去看看俺婆婆哩。《醒56.6a.7》お父さんが私を気に入らないのなら,私もこの家に住めるカオはないわ。私は家に戻って,お義母さんの面倒をみますから。¶說他又極疼你,又極愛你,你只睃拉他不上,却是怎麼。《醒59.7a.8》あの人はあなたをとても可愛がり,とても愛しているのに,あなたはあの人を気に入らないのね。これはどうしてなの。
同義語 "看拉":¶二來,也禁不的我們爺和他擠眉弄眼的。我看拉不上,那一日趕着他往舖子裏去,…。《醒55.2b.7》二つには,夫(童七)が彼女に目配せするようになった。私はそれが気に入らなくて,ある日,夫を店の方へ追いやったその間に…。¶你那老子挺了脚,你媽跟的人走了,我倒看拉不上,將了你來養活。《醒57.6a.8》お前の父親は死んじまった。お前の母親は別の男と逃げた。それをワシは見ていられなくて,お前を育ててやろうと言うんじゃ！

縮嗒　　suōda
[動]泣きじゃくる ＝ "抽泣"。山東方言：¶禽〈＝噙〉着淚縮嗒着向着薛如卞,薛如兼。《醒60.6b.4》眼に涙を一杯溜め,薛如卞,薛如兼の方に向かって泣きじゃくっています。
同音語 "縮搭":¶春鶯起先見了只是笑,後來也縮搭縮搭的哭起來了。《醒49.3a.6》春鶯は初め笑っていたが,後にはひくひくと泣きじゃくり始めた。☆"縮嗒(縮搭)" は《金》《石》《兒》に未収。

瑣碎　　suǒsuì
[形]うるさい,煩わしい,くどい ＝ "烦扰；啰唆"。山東方言,江淮方言：¶以致那闈門的瑣碎事体,叫人說不出口。《醒6.6a.5》寝所の中でのこまごました事は,口には出せない事態になっていた。

鎖匙　　suǒchí
[名]カギ ＝ "钥匙"。過渡,南方方言。《醒》では同義語 "鑰匙" が極めて優勢：¶只見一个人長身闊膀,…,好似西洋賈胡一般,走來要尉遲敬德配一把鎖匙。《醒34.2a.1》背が高く,肩幅のがっしりした,…,まるで西洋商人のような人が一人やって来ると尉遲敬德に合い鍵を作ってくれるよう頼んだ。

T

塌　tā
動 しみとおる，浸みて湿る＝"(衣服被褥等)浸湿"。北方方言：¶看那陳師娘幾根白髮，蓬得滿頭，臉上汗出如泥，泥上又汗，弄成黑貓烏嘴。穿着汗**塌**〈＝溻〉透衫褲，青夏布上雪白的鋪着一層蟣虱。《醒92.8a.2》陳先生の奥さんに何本かの白髮が見えたが，頭全体がぼさぼさ，顔から流れる汗は汚水の如し。その上から更に汗をかくので黒ネコかカラスの嘴のよう。汗が浸みて透けた肌着や下ズボンを身につけているが，黒い夏服の上には真っ白いシラミが層を成す。¶那條褲子濕漉漉的**塌**在身上，可叫人怎麼受呢。《兒11.8b.5》あのズボンもじっとりと湿って体にべとついているのよ！そんなの，耐えられますか。

塌趿　tāta
動 垂れ下がる＝"耷拉"。山東方言：¶臥榻中，睡着一个病夫，**塌趿**着兩隻眼，咭咭咕咕。《醒2.8a.1》寝台の上に一人の病人が横たわり，両目を垂れてしばたたかせている。¶那貓不怎麼樣，**塌趿**着眼睡覺。《醒7.1a.10》その猫は別にどうということはありません。目をだらりと下げて眠っています。☆両例とも"塌趿"の賓語は"眼"。

榻　tà
動 印鑑を押す＝"加盖印章"。山東方言：¶張庫吏到：…。我炤票内的數目收了，登了收簿，將你票上的名字**榻**〈＝搨〉了銷訖的印。《醒11.11a.1》張庫吏は「…。ワシは領収書の数字により帳簿に記入登録するん，あんたの書類の名前の所に領収印を押すんじょ」と言った。

踏脚　tàjiǎo
名 足踏み台＝"踏板"。吳語：¶不乾不淨的兀禿素菜，坐着斗成一塊半截沒**踏脚**的柳木椅子的山轎，擡不到紅門，…。《醒69.7a.5》汚らしい冷めた野菜を食べると，足踏み台の無い柳の椅子が付いた山籠に乗せられ，紅門まで担がれないうちに…。

動 人を騙す＝"骗人；诳人"。山東方言：¶姜副使對着晁鳳說道：你多拜上奶奶。這**踏脚**的營生，將來哄不住人。《醒46.7a.3》姜副使は晁鳳に対して「お前は奥さんに申し上げてくれ。こんな嘘見え見えの話では人を騙せないよ，とな」と言った。

踏猛子　tà měngzi
[熟] もぐる，潜水する＝"潜水"。山東方言：¶東看西看，無門可出，只有亭後一个開窗，得了个空子，猛可的一跳，金命水命，就跳在湖中，**踏猛子**赴水逃走。《醒66.8a.3》あちこち見たが，逃げ出せる戸が無い。ただ亭の後方に一つ開いている窗がある。隙に乗じてそこからさっとひとっ飛び，命からがら湖の中に跳び込んだ。潜水して泳いで逃げたのだ。¶誰知這薛教授的夫人更是個難捉鼻的人，石頭上**踏**了兩個**猛子**，白當踏不進去。《醒68.4a.8》ところが，この薛教授夫人は，更に手ごわい相手だった。それは，さながら石の上に跳び込む如く，どうしても跳び込めなかった。

胎孩　tāihái
形 心地よい，すがすがしい＝"舒坦；自然；可爱"。北方方言：¶在那酒爐上點起燈來，拿到跟前看了一看，只見唐氏手裏

還替晁源拿着那件物事睡得那樣胎孩。《醒19.14b.7》その酒を置く土の台のあたりで灯りをともし、近くへ持ってきて見ると、唐氏はまだ手の中に晁源のそのモノを持ちながらとても心地よく眠っている。

太醫　tàiyī

名 医者＝"医生"。山東方言，西南方言，呉語。《醒》では同義語"醫官；醫人"が優勢。"太醫"はもと官名，宋元以降は一般の医者に対する敬称。"醫生"はもとへりくだった自称：¶北老,你也不是**太醫**,你通似神仙了。真是妙藥。《醒4.13b.10》北さんや，あんたはもはやお医者なんてものじゃない！まるで仙人のようだね！これは本当に妙薬だ！¶害的是乾血癆,吃汪**太醫**藥只是不效,必竟醫治不好,死了。《醒80.4b.4》かかったのは乾性結核だったんです。汪先生の薬を飲んだのですが，効きませんでした。医療では治せなくて死んだのです。¶請了兩个**太醫**調理,不過是庸醫而已,那裏會治得好人。《醒90.13a.9》二人の医者を呼び診て貰いましたが，やぶ医者でしたので，どうして治すことができましょうか。¶娘原是氣惱上起的病,爹請了**太醫**來,看每日服藥,已是好到七八分了。《金62.4b.7》奥様のはもともと癇癪により起こった病です。旦那様が医者を呼んで，毎日薬を服用されましたから，既に7，8分くらいは良くなっていらっしゃいます。¶王**太醫**和張**太醫**每常來了,也並沒個送錢的。《石51.9b.7》お医者の王先生と張先生はいつも来て戴いています。ですから，その都度お金は渡していません。☆《石》では一般に"大夫"を用いるが，名前の如き固有名詞を前置すると"太醫"の方を用いる。

彈掙　tánzhēng

動 がんばる，(腕前を)比べる，もがく，勝負する＝"挣扎；較量；动弹"。山東方言。《醒》では同義語"掙；掙歪；較量"も使用：¶他就似閻王。你就是小鬼。你可也要**彈掙彈掙**。怎們就這麼等的。《醒60.13b.6》あの子は閻魔様のようね。あんたはその配下の小鬼だわ！あんたはもっと頑張るべきよ！どうしてそんなふうになっちゃったの？

探業　tànyè

動 分に安んじる，言うことをきく＝"安分；听话"。山東方言，徐州方言。《醒》では同義語"安分"が極めて優勢，"聽話；探業"も使用：¶你要不十分**探業**,我當臭屎似的丟着你,你穿衣,我也不管,你吃飯,我也不管。《醒95.2b.3》お前が余り言うことを聞かなければ，私は糞のようにお前を棄てちゃうわよ！お前が着物を着るにしても，ご飯をたべるにしても，私はもう構わないから！

湯　tāng

名 ゆ＝"白开水；热水"。南方方言，過渡，山東方言。《醒》では同義語・類義語"滾水；滾湯；湯；熱水；溫湯；溫水；水（"翻滚的**水**"第66回)"も使用。一般に単音節語"湯"は既に「食べ物の煮汁」を表す：¶在爐上**湯**内燠熱了。《醒23.5b.8》炉の湯の中で燗をした。¶水飯要吃那精硬的生米,兩个碗扣住,逼得一點**湯**也沒纔吃。《醒26.10b.5》粥はとても硬い生ゴメからのものを食いたいという。二つの碗を伏せ合わせ，したんで一滴の汁気も切ってしまってからでないと食べない。¶土兵起來燒**湯**,武二洗漱了。《金9.6a.9》従卒は起きると湯をわかした。武二はそれで顔を洗い，口をすすぐだ。¶迎春又燒些熱**湯**護着,也連衣服假睡了。《金54.14b.5》迎春はまた湯をわか

していたが,服を着たまま仮眠していた。☆《金》では《水滸》の名残のある章回または南方人の補作とされる章回に出現。¶趕着叫人來舀了面**湯**,催寶玉起來盥漱。《石77.16a.5》急いで人に洗面用の湯を汲んで来させ、宝玉を起こして顔を洗わせた。¶麝月道:這難為你想着。他素日又不要**湯**婆子。《石51.6a.3》麝月は「まあご親切にも思い出してくれたわね!でも、あの方は昔から湯たんぽはいらないのよ!」と言った。☆《石》では単音節語"湯"(ゆ)だけでは会話文に用いない。

同義語 "湯水":¶便叫人取些熱**湯**水,又叫擰個熱手巾來。《兒20.1a.8》人に熱い湯を取りに行かせ、また、熱い手ふきを用意させた。¶跑堂兒的提着開水壺來,又給了他些**湯**水喝。公子纔胡擄忙亂的吃了一頓飯。《兒3.15a.1》旅籠の小僧は湯を入れたやかんを持って来てお湯を飲ませた。坊ちゃんはようやく大急ぎで食事をとりました。☆単音節語"湯"では「ゆ」を表さない。

湯湯　tāngtāng

副 いとも簡単に="(背诵诗文)非常熟练的样子"。山東方言:¶別人拿上書去,**湯湯**的背了。號上書,正了字,好不省事。《醒33.13a.2》他の人は本を持って行くと、いとも簡単に暗記します。本に筆で印をつけ、字形を正しく書きますので、指導の手間は全然かかりません。

兒化語 "湯湯兒":¶老爺,這雖是个傷手瘡,長的去處不好,**湯湯**兒就成了臁瘡,叫那皮靴熏壞了。《醒67.3a.5》旦那樣,これはすねのできものですが、できた場所が悪いのです。どうかすると下腿潰瘍になりやすく、革靴によって蒸れて悪くなったのです。¶這不又有這等好靠山。這京官**湯湯**兒就遇着恩典,虵封兩代,去世的親家公、親家母都受七品的封。《醒83.3a.7》これは、こんなにも良い後ろ盾があることになるのです。この京官になれば、朝廷の恩典に巡り合えれば、ごく簡単に親子二代封爵、亡くなられた実の両親ともに七品の位を受けられるのです。

動 ちょっとぶつかる、叩く="碰(一)碰;碰触"。山東方言:¶老七,你終是有年紀老練的人,可不這天爺近來更矮,**湯**兒就是現報。《醒57.2b.10》老七さん、あんたは年を取った老練な人です。神様はごく近い所で良く見ておいでです。ちょっと袖触れ合うのも、それは果報というものです。

— 単音節語"湯":¶**湯**他這幾下兒,打水不渾的,只像鬪猴兒一般。《金83.3b.1》奴をちょっと叩いただけでは「水をかき回しても濁らず」というもので、軽い、軽い。さながら、サルをからかっているようなものですよ!

堂客　tángkè

名 既婚婦人="已婚的妇女;女宾;女人"。北方方言,過渡,客話。《醒》では同義語"婦女;婦人"も使用:¶晁家既然計氏沒了,便沒有**堂客**去吊孝,也自罷休。《醒11.2a.3》晁家では、計氏が亡くなっていても弔問するご婦人方はおりません。よって、自ずと無しです。¶凡係親朋都來弔祭,各家親朋**堂客**也盡都出來弔喪。《醒18.11b.1》およそ親戚友人は皆弔意を表しに来ました。各家の親戚友人のご婦人方もことごとく弔問にやって来ました。¶狄家照了**堂客**一例相待,那時又有相家大妗子合崔家三姨相陪。《醒68.3a.1》狄家では、(道婆を)一般のご婦人方と同様に接待した。その時、相家の大妗子と崔家の三姨も同席した。¶主人家倒也問他那位**堂客**的去向。他說:

堂客是我的渾家,在大王廟看戲未來,要從廟中起身。《醒86.8b.9》主(ある)は彼にそのご婦人の行方を尋ねた。彼は「女性というのは私の女房です。大王廟で芝居を見ており,まだ帰っていません。それで,廟から出発するつもりです」と言った。¶眾人亂着後邊堂客吃酒,可憐這婦人忍氣不過,…。《金26.16a.8》皆は奥の女性達と騒がしく酒を飲んでいるのに,可哀想にもこの女は腹立ちがおさまらず,…。¶家里頗過得,素習又最厭惡堂客。《石4.4b.6》家も十分金持ちです。そして,日頃からご婦人を毛嫌い(つまり,男色好み)しておられます。

掏換 tāohuan

動 (入手困難なものを)探し求める,手だてを尽くして入手する ="(设法)寻求某种东西;寻觅;寻找"。北方方言。《醒》では類義語"查訪;察訪;尋覓;尋找;找尋"がよく使用:¶小的掏換的真了,想道:一个女人家有甚麼膽氣。《醒47.10b.10》私は確かに尋ね調べました。そして「女の分際でどれほどの度胸があろうか!」と考えたのです。

掏摸 tāomo

動 まさぐる ="摸取"。中原方言:¶兒子合媳婦同謀,等夜間母親睡熟,從褲腰裏掏摸。《醒92.4a.10》息子夫婦は共に夜母親が熟睡するのを待って下ズボンの中を探って(銀子を)奪おうとした。

淘碌 táolu

動 (性生活が過ぎ)体が衰弱する,体を壊す ="(色欲)損人"。北方方言:¶差不多罷,休要淘碌壞了他。《醒2.9b.4》まあ大体良かろう。ただ,夜の生活をほどほどにしておかないと,体を壊してしまうよ!¶這法只是不好,罷麼。就不為他,可沒的僧每日黑夜淘碌,死不了人麼。《醒58.6b.3》この法は良くないね。だ

めだな。彼女は平気だろうが,毎日夜の生活が過ぎると俺が死んでしまうのではないかね。¶每日被那娼婦淘碌空了的身了〈=子〉,又是一頓早辰〈=晨〉的燒酒,在那七層卓上左旋右轉,風磨〈=魔〉了的一般。《醒93.12b.4》毎日そういう遊女と夜の生活が過ぎ,体を空虚にしてしまっており,また,朝の焼酎が入っていますから,道士はその七層の壇の上で左右にぐらぐらとふらつき,まさに気が触れたごとくであります。¶你也省可里與他藥吃,他飲食先阻住了,肚腹中有甚麼兒,只顧拿藥淘碌他。《金61.25a.1》あなたはあの人に薬ばかりあんまり飲ませないでください。あの人は食べ物が受け付けないので,お腹の中には何も無いのですよ。それなのに薬漬けにすれば,彼女の体をダメにしてしまいますわ!☆この《金》の例は,体を壊す原因が「夜の生活」ではないことを表す。

同音語 "淘渌":¶我是不是,說了一聲也是好的,恐怕他家裡粉頭淘渌壞了你身子。《金12.12a.10》私は一言いったのよ。恐らくあそこの芸者は夜の生活であなたの体をこわす,とね。

淘氣 táoqì

動 怒らせる,腹をたてる ="生气;惹气"。晋語、江淮方言、吳語。《醒》では同義語"生氣;受氣"が極めて優勢:¶親家說那裡話。沒的為孩子們淘氣,偺老妯娌們斷了往來罷《醒48.12b.3》奥様,何をおっしゃいますやら!まさか子供達のせいで腹を立て,私達年寄り女同士の付き合いを無くすとでもおっしゃるのですか。¶這東西那得來。昨日張大哥定做了兩套,是天藍縐紗地子,淘了多少氣,費了多少事,還為這个多住了好幾日,纔得了兩套。《醒65.9a.10》この品物はどのよ

うにして手に入れたと思っているんですか。昨日,張兄貴が二揃いあつらえたんだ。青色のチヂミの地でさあ。どれだけ手がかかり,どれだけ面倒だったか。しかも,このために何日も泊まり込んで,そうして,ようやく二揃い手に入れたんだ！¶ 你辦了東道,或在我們自己船上,狄友蘇的老媽不肯過來。或是辦在狄友蘇船上,我們的兩个又不肯過去,這不反增一番的淘氣。《醒87.12b.2》あなたが宴席を設けるに当たり,我々自身の船で行うと狄友蘇の奥さんはやって来ない。狄友蘇の船上で設ければ,我々のあの二人は行かないだろう。これでは,(双方)益々怒らせてしまうのではないかね。¶ 我纔精〈＝清〉爽些了,沒的淘氣。《石61.10a.10》私はようやく少し気分が良くなったのだから,癇癪を起こすこともないわ！

忒 tè

副 甚だしく,余りにも…すぎる＝"太;过于"。北方方言,過渡,南方方言：¶ 你若是管待得不周備,我倒是不去的。因你管待得忒周備了,所以我不忍負了你的美意,誤了你的兒子。《醒23.10a.3》あなたがもし手厚くもてなしてくれなかったら,私はむしろ立ち去らなかった。あなたが余りにも手厚くして下さるので,私が先生ではあなたのご子息を誤らせてしまうことに忍びないのです。¶ 這事大爺再合老爺商議,別要忒冒失了。《醒15.6a.6》このことは,若旦那様がもう一度大旦那様と相談された方が良いでしょう。余りにも慎重さを欠いています。¶ 這天忒晚了,我爽利明日早起來過去拜他罷。《醒54.3a.8》今日は余りにも遅いので,いっそのこと明日早く起きて行って彼らに挨拶をしよう！¶ 你說的是。李三哥,你幹事忒慌速些了。《金79.26a.10》あんたの言う通りだ。李三兄貴,お前,やることが余りにも慌てすぎだよ！¶ 聰明忒過,則不如意事常有,不如意事常有,則思慮太過。《紅・戚10.11b.2》聡明さが余りにも過ぎますと,不如意な事が常に発生するものです。不如意な事が常に発生しますと,とかく考えすぎるようになります。☆《石》の同一箇所では"忒"を同音語"特"に改めている。北京方言音[tuī]は[tè]の変読音である。歴史的には,"忒"は他德切。この入声韻[-k]の消失により[tè]と読音されるべきである。¶ 要提起人家大師傅來,忒好咧。《兒7.14b.3》和尚さんのことについて言うなら,そりゃ,とてもいい人だわさ！

— 《海》の科白箇所では"忒"を用い"太"を用いない：¶ 從前相好年紀忒大哉,叫得來做倌。《海15.1b.6》昔の馴染みは年をとりましたな。そんなのを呼んでどうしますか。

同義語 "忒煞"：¶ 誰知這件財字的東西,忒煞作怪,冥漠之中差了一个財神掌管。《醒34.1b.3》ところが,この財という字には実に奇怪なことがある。朦朧とした中に財神が派遣されていて各々の人間の財を掌握している点である。☆"忒煞"は北方語資料には見えない。《醒》でも1例のみ。逆に呉語系資料に多く見える。

— 《海》の科白箇所では同音語"忒倷"を使用：¶ 耐說實夫規矩,也勿好,忒倷做人家哉。《海28.5a.7》あなたは実夫が折り目正しいと言うけれども,素人を馴染みにするのはよくないね！¶ 俚哚瑞生阿哥末也忒倷好哉。《海30.4a.9》あの瑞生さんはとてもよくしてくれるのよ。¶ 難末俚哚哥瑞生阿哥末也忒倷個要好哉。《海31.3a.9》いま,あの瑞生さん

はとてもよくしてくれているのよ。

疼顧　ténggù

動　可愛がる，慈しみの情を持つ，可愛がって世話する＝"疼爱；照顾"。北方方言。《醒》では同義語"疼愛"が極めて優勢：¶這樣**疼顧**下遴的主人，以後心裡遴再不要起那不好念頭咒罵他。《醒29.11a.5》下じもの者に対してもこんなに慈しむ主人は，他にいませんぞ。今後，心の中で二度と良くない考えを起こし，罵ってはいけませぬ！¶姑娘，奶奶這樣**疼顧**我們，我們再要不體上情，…《石56.8b.10》お嬢様，奥様方がこんなにも私達のことを思ってくださるのですから，私達がそれ以上にお情けを感じなければ，…。¶他倆就算你的乾兒子，你將來多**疼顧**他們點兒。《兒39.23b.2》あの子ら二人はお前様の義理の息子になるのでな。将来，あの子らをせいぜい可愛がってほしいのじゃ！

疼護　ténghu

動　大切にする，惜しむ，可愛がる＝"爱惜"。北方方言。《醒》では同義語"愛惜"も使用：¶狄員外雖是**疼護**兒子，想道：斷乎有因，待自己到他家裡問他个始末根因。《醒62.12b.5》狄員外は息子を可愛がっているが，思案して「襲われたのには原因があるはず。ワシが自分で先方の家へ行って，あちらに事の顛末を尋ねてみよう！」と言った。

騰那　téngnuó

動　**1.**（金を）工面する，（位置を）動かす＝"挪用（金钱）；挪动（位置）"。官話方言：¶既中了舉，你還可別處**騰那**〈＝挪〉，這个當是作興我的罷了。《醒35.10b.4》挙人に合格したのだから，お前は他の所で金を工面できるだろう。これはお前が私に資金援助してくれたものとしておこう！

2. 同音語　"滕那"逃れる，脱する＝"逃脱；摆脱"。山東方言：¶水調了吃在肚内，不惟充不得冀飢，結澀了腸胃，有十个死十个，再沒有**滕那**〈＝騰挪〉。《醒27.2b.4》（枯れた茅※を）水に混ぜて腹へ入れた。しかし，これでは腹を満たせないばかりか，胃腸を凝結させ，10人のうち10人が死んでしまい，死から逃れる者は誰もいない。

剔撥　tībō

動　指示し教える，指し示す，指導する＝"指点；指导"。北方方言，贛語。《醒》では同義語"指點"も使用：¶這兩個學生將來是兩個大器，正該請一個極好的明師**剔撥**他方好。《醒23.9b.9》この二人の学生は将来大人物になる。よって，とびきり良い高名な先生を招いて彼らを指導して戴くのが良い。

同音語　"提拔；提補"：¶我輩還望四泉各上司處美言**提拔**，足見厚愛之至。《金65.4a.4》私達は，四泉殿に上司へよしなにおっしゃって下されば，ありがたき幸せであります。¶鄧九公道：是呀，是呀。得虧你**提補**我。《兒15.8b.5》鄧九公は「そうだとも！お前，よく言ってくれたな！」と言った。

梯己　tīji

名　私財，個人の蓄え，へそくり，チップ，礼金＝"私人财物；私人积蓄"。北京方言：¶又要自己的齋裏的舊例，家人又要小包，兒子又要**梯己**，鱉的些新秀才叫苦連天，典田賣地。《醒25.7b.4》（単訓導は）自分の教室の旧例を要求し，取り次ぎの召使，息子への礼金さえも要求する。この結果，新しく秀才となった者は困窮極まり田畑を質入れしたり売ったりした。

副　こっそりと，秘かに＝"私下"。北京方言：¶他還嫌肚子不飽，又與孫蘭姬房

中梯己喫了一个小麪。《醒38.6b.5》彼は満腹にならないので,孫蘭姫の部屋で素うどんを食べた。

形 親密な,込み入った＝"亲密"。北京方言:¶又讓他兩個進自己房去,扯着手,三人坐着床沿説梯己親密的話兒。《醒96.4a.3》彼女ら二人を自分の部屋へ招き入れ,手を引いて三人で寝台のへりに腰掛けながら込み入った話をした。

踢蹬　tīdeng

動 掻き回す,さいなむ,苦しめる＝"折磨;折腾"。山東方言:¶至於喪間,素姐怎生踢蹬,相家怎生説話,事體怎生消繳。《醒59.13b.5》葬儀の間,素姐はどのように手を焼かせ,相家ではどのように対応し,事態はどのように処理されてゆくのだろうか。

提溜　túliu ⇒ dīliu

蹄膀　típáng

名 足(人間の足の借用語)＝"(借指人的)脚"。山東方言。《醒》では同義語"蹄子"も使用:¶我見那姓龍的撒拉着半片鞋,搖拉着兩隻蹄膀,倒是沒後跟的哩。《醒48.7b.7》あの龍という奴が片方の靴をつっかけながら,2本のバカ足を歪めて歩いているのを見たんだ。素性がよくない証しさ!

替　tì

介 …に,…と＝"向;同"。山東方言,西南方言,吳語,贛語:¶有罪責罰的時節,這吳推官大了膽替他説分上。《醒91.10a.1》有罪で処罰する時,その呉推官は大胆にも彼女達の為に情けをかけようとします。¶那小玉蘭沒口的只替相老娘念佛。《醒60.7b.7》かの小玉蘭はひっきりなしに相おばさんに対して念仏を唱えます。¶眾人就如拾了幾萬黃金,也沒有如此歡喜,先替相主事,後替狄希陳磕了千百個頭,念了八萬四千聲佛,往外就走。《醒83.7a.1》皆はもし何万もの黄金を拾ったとしても,こんなにも喜ばない。まず,相主事に,そして,狄希陳に何千何百もの叩頭の礼をし,8万4千回も念仏を唱え,外に出て行きます。¶拿着老公的銀子養活了他這們些年,不報老公的恩,當着太太的壽日頂撞老公,叫老公生氣,他來替老公合太太磕頭,認賠老公的銀子。《醒70.13a.1》旦那様の銀子を使わせて戴きこんなにも長い年月を生きてきました。それなのに,旦那様のご恩に報いるどころか,旦那様のお母様の誕生日というおめでたい日にたてついて怒らせるなんて,と申しています。それで,その男の女房がやって来て旦那様とお母様に土下座して詫び,旦那様の銀子を弁償したいと申し出ておるのです。¶乖乖的替你媳婦賠個不是,拉了他家去,我就喜歡了。《紅・戚44.13a.5》おとなしくお前のお嫁さんに詫びを入れ,自分の家へ連れ戻すことだね。そうすれば,ワシも嬉しいというもんじゃ!☆《石》では,同一箇所の"替"に斜線を引き"給"とする。

添　tiān

動 子供を産む＝"生育;生;生产"。北方方言,吳語。《醒》では同義語"生産;生下"も用いる:¶我那日聽見説了聲添了姪兒,把俺兩口子喜的就像風〈＝瘋〉了的一般。《醒21.11b.7》ワシはその日,赤ん坊のご誕生を伺いまして,ワシら夫婦は嬉しくて気が狂わんばかりでした。¶小夫人昨日二月十六日,添了一位小姐。我來的那日,剛是第二日了。《醒25.5a.1》ご側女様に昨日2月16日,お嬢様がお生まれになりました。私が参りましたその日は,丁度その翌日になったばかりでした。¶只是不敢來親近問,

添了哥哥不曾。《金76.15b.7》ただ,近くへ来ていても尋ねにくくてね。赤ん坊は生まれましたか。¶自幼亦係賈母教養,後來添了寶玉,賈妃乃長姊,寶玉為弱弟。《石17·18.19a.7》幼い頃から賈母のもとで育てられました。後に宝玉が生まれ,賈妃は長子のお姉様,宝玉は末っ子の弟になったのです。

田雞　tiánjī
名 カエル(食用)＝"(食用的)青蛙"。北方方言,吳語,贛語,客話,粤語:¶你還有七百隻田雞不曾吃盡,你從此忌了田雞,這食品不盡,也還好稍延。《醒29.5b.2》お前はまだ700匹のカエルを食べ尽くしてはいない。これからカエルを断つのだ。カエルを食べ尽くさない限り,まだ何とか延命できるかもしれないぞ！¶一個螃蟹與田雞結為弟兄,賭跳過水溝兒去,便是大哥。《金21.13a.2》カニとカエルが義兄弟のちぎりを結んで,溝を跳び越えた方が兄貴になるのだと,賭けた。

填还　tiánhuan
動 1. 前世の借りを返す＝"償还前欠債;報答;报酬"。"还"は,繁体字では"還"。北方方言:¶好好的替你狄大爺尋个好妃〈＝竈〉上的,補報他那幾碗粥,要不然,這教〈＝叫〉是無功受祿,你就那世裏也要填还哩。《醒55.5b.9》狄旦那樣のためにちゃんとした飯炊き女を見つけてちょうだい。そうしたら,あんたは粥を頂いたご恩返しになるわ。そうじゃなきゃ,これは「功なくして禄を食(は)む」ことになり,あんたは来世でこの埋め合わせをしなければならなくなるのよ！
同音語 "填還":¶你說有兒有女的哩,你就不怕男盜女娼,變驢變馬。你填還的人家了麼。《醒70.10a.9》お前には息子や娘がいると申しておったな。お前のせいで,男の子は泥棒に,女の子は遊女になる,また,ロバやウマに生まれ変わっても良いのか。お前は人に借りを返したと言えるのか。
2. 同音語 "填還"経済的に援助する,与える＝"贴补;给予"。北方方言:¶把那數十年積趲的東西差不多都填還了他。《醒27.6a.10》その数十年にわたり貯めてきたものをほとんど全て彼にあげた。¶傻狗…罵道:不填還人的東西。《兒5.13b.6》傻狗は…「この恩知らずめが！」と罵った。☆《兒》での釈義は「恩返しをする,恩返しをして利益を与える」となる。

腆　tiǎn
動 厚かましくする,図々しくする＝"不顧羞恥;厚着脸皮;不知羞"。北方方言:¶那晁老也就腆着臉把兩隻脚伸將出來,憑他們脫將下來,換了新靴,方纔縮進脚去。《醒17.12a.8》かの晁老は厚かましい顔で,(「脱靴の儀式」のために)両足を伸ばした。彼ら(曹銘ら)に靴を脱がされるままにし,新しい靴に履き替えると,ようやく足を引っ込めた。
同音語 "捺":¶人說這狄友蘇的婆子,倒也罷了。只怕說是薛如卞合薛如兼的姐姐,他爹做了場老教官,兩个兄弟捺着面,戴着頂頭巾,積泊的个姐姐這們等。《醒68.11b.9》人は,これは狄友蘇のかみさんだ,なんて言っていますよ。でも,それでもいいでしょう。ただね,あれは薛如卞と薛如兼の姉さんだよ,しかもその父親が道学の老教官をしていた人だ,二人の兄弟も厚かましくも,頭巾をかぶっているぞ！実に徳のあるお姉様だこと,と言われてしまうのです！
類義語 "腆"(突き出る):¶若騎着匹馬

tiáo 一

或騎了頭騾子,把那个屁臉腆得高高的,又不帶个眼罩,撞着你竟走。《醒26.4b.6》ウマやラバに乗れば,かのまぬけづらを突きだして威張り,目隠しをつけているのでもないのに,ぶつかるようにして走り去ってしまうのです。¶皷〈＝鼓〉着倆大奶膀子,腆着個大肚子。《兒28.22b.1》二つの豊かな乳房を持ち,大きな腹が突き出ています。

調貼 tiáotiē

[形] 従順である,素直である＝"服貼;听话;服从"。山東方言。《醒》では同義語"聽話"も使用：¶你纔說他媳婦不大調貼,是怎麼。《醒40.12a.6》あなたは,先ほどあの嫁は余り従順でないと言っていましたが,一体どういうことですか。¶這媳婦兒有些不調貼,別要叫那姑子說着了可。《醒45.2a.7》この嫁は言う事を聞かないところがあるわね！あの尼が言い当てたようにならないことを願いますわ！

[同音語] "條貼"：¶狄希陳條條貼貼的坐在地上,就如被張天師的符咒禁住了的一般,氣也不敢聲喘。《醒60.10b.8》狄希陳は従順にも地べたに座っている。あたかも張天師の護符・呪文によって縛りをかけられたかの如く,息すらも大きくできていないのです。

挑三活四 tiǎo sān huó sì

[成] そそのかしていざこざを起こさせる,(告げ口等をして)騒ぎを起こさせる,引っかき回す＝"搬弄口舌;挑撥是非"。北方方言：¶明白是詐他的錢,挑三活四的。《醒81.6a.1》明らかなのは,奴の金を騙し取り,人をそそのかしていることだ。

[同音語] "挑三豁四；挑三窩四；調三窩四"：¶你知不道他淺深,就拿着他兩个當那挑三豁四的渾帳人待他,這不屈了

人。《醒96.11b.8》あんたは,あの人達の事を知らないのでしょ。あの人達二人を「人をそそのかす下らない人物」くらいにしか見ていないでしょ。それじゃ人を不当に扱うことになってしまいますよ！¶這們个攪家不良,挑三豁四,丈二長的舌頭,誰家着的他罷。《醒57.12b.10》こんなにも家庭をかき回す不良で,人をそそのかし,二丈もの長さの舌を持っているのです。どこの家でその人を落ち着かせる事ができるというのですか。¶不是背地里咬舌根,就是挑三窩四的。《石71.12a.2》陰で減らず口をたたくか,さもなければ,どうのこうのと人のあら探しをするのです。¶鳳姐兒…罵賈蓉：…。成日家調三窩四,幹出這些沒臉面,…。《石68.7b.2》鳳姐兒は…賈蓉を「…。一日中,人をおだてて回り,こんなみっともないことをやらかして,…」と罵った。

挑頭子 tiǎo tóuzi

[連] そそのかしていざこざをおこさせる＝"挑起事端"。山東方言：¶這沒要緊的話,不對他孛也罷了,緊仔睃拉他不上,又挑頭子。《醒52.13b.7》こんな大した事がない話,あの人に言わなければ良かったのに！元々気に入らない話なのに,更に,そそのかしていざこざを起こさせる元になるのです！

跳搭 tiàoda

[動] 跳ぶ,跳びはねる＝"跳"。北方方言。現代語では"跳打;跳跶;跳答"とも作る。《現代漢語方言大詞典》(p.4829)では近似音語"跳登"(釈義"蹦跳")の方言点を徐州とする：¶猱着頭,那裏跳搭。《醒32.8b.8》髪の毛はざんばらで,そこで跳びはねています。¶頭長身大的學生,戴着回回鼻跳搭,極的个老子像猴似的。《醒33.7a.8》体も大きな学生になってい

るのに，子供がつける「鼻が大きいお面」をかぶって跳びはねているとはね！お父さんは困り果てて，まるでサルのように顔が真っ赤だよ。
同音語 "跳達：跳蹋"：¶魏三封在門前**跳達**着。《醒72.4b.1》魏三封は玄関前で跳びはねています。¶在家**跳蹋**會子也不中用的。《石6.2b.6》家で地団駄踏んでいても何の役にも立ちませんぞ！☆《金》《兒》に未収。

聽挷聲　tīng bāngshēng

[熟]（新婚夫婦の寝室を）盗み聞きする="听房"。山東方言：¶誰知他還有一件的隱惡。每到了定更以後，悄悄的走到那住鄰街屋的小姓人家**聽**人家**挷聲**。《醒35.9a.3》ところが，彼には更に一つの隠れた悪い癖がありました。夜7時から9時頃以降になりますと，いつもこっそりとその隣近所の若い夫婦の家へ行き，寝室に聞き耳をたてているのです。¶素姐坐着，把床使屁股混了一混〈=晃了一晃〉，說道：我看這床響呀不，我好來**聽挷聲**。《醒59.7a.2》素姐は腰掛け，尻で寝台を揺らして「この寝台がギシギシ鳴るかどうか見ているのよ。新婚夫婦の寝室を盗み聞きするのにいいからね」と言った。

聽說　tīngshuō

動 言うことを聞く，言うことに従う="服从；听话"。北方方言。《醒》では同義語 "聽話"も使用：¶童奶奶道：也是个不**聽說**的孩子。他見不的我麽，只傳言送語的。《醒75.14a.7》童奥さんは「きかん坊の子供のようね。あの人は，私に会わないで，ことずけだけをするのかねえ」と言った。¶你要**聽說**，傗娘明日早來替你送飯。要姐姐不**聽說**，明日傗娘不來了，三日可也不來接你《醒44.15a.6》お嬢さんがもし言う事を聞けば明日早くご飯を届けに来ます。もし言う事を聞かないのならば明日奥様はもう来ませんし，3日目の里帰りも迎えに来ません。¶宝釵〈=寶〉釵忙笑道：你也太听〈=聽〉說了。這是他好意送你。《石57.13a.3》宝釵は慌てて笑い「あなたは余りにも言う事を聞きすぎですわ！これは，あちらが好意で下さったのですから」と言った。¶你們這般孩子也忒不**聽說**。《兒15.1b.9》お前らどいつもこいつもワシの言う事を聞かん奴らじゃな！
同義語 "聽說聽道"：¶第一不要偷饞抹嘴，第二不要鬆放了脚，你若**聽說聽道**，我常來看你。如你不肯爭氣，我也只當捨你一般。《醒36.8b.4》第1はつまみ食いをしてはならん。第2は纏足を緩めてはならん。もし，お前が言うことを良く聞いたら，私はいつでも会いに来てやるよ。もし，お前が頑張ろうとしなければ，私は全く見限ったも同然になるからね！
— 共通語の用法の"聽說"（聞く）：¶吳推官**聽說**丈人來望，甚是喜歡。《醒91.7a.6》呉推官は岳父が見に来たという知らせを聞いて本当に喜びました。

停泊　tíngbō

動 死体を安置する="安放尸体"。山東方言：¶家有長子哩，是你家的長兒媳婦，停在後頭，明日出殯〈=殯〉，也不好走。開了正房，快打掃安**停泊**床。快叫媳婦子們來抬尸。果然抬到正房明間，**停泊**端正。《醒9.7a.2》「あんたは家の長男だ。それに，あんたの家の長男の嫁だよ。奥の部屋へ遺体を置いたら明日の出棺のさいにうまく出せないんじゃないか。母屋を開放して急いで掃除させ，そこへ遺体を安置させるよう，早く女連中を呼んで遺体を担がせなさい！」果たして，母屋の外の間へ担いできちんと

安置させた。

挺　tǐng

動　ぶつ，叩く＝"打；揍"。東北方言，中原方言，吳語：¶他母親説：…。你敢把他當着那老婆着實挺他一頓，把那老婆也給他的个無體面，叫他再沒臉兒去纏好。《醒40.4b.6》彼(希陳)の母親は(狄員外に)「…。あんたはあの子をその女(孫蘭姬)の前で思い切りぶてばいいのです。その女にもメンツが立たなくなるように，2度と会わせる顔がなくなるようにすればいいのです」と言った。

挺脚　tǐngjiǎo

動　死ぬ，おだぶつになる，くたばる＝"死亡"。山東方言。その状態が実現している表現が多いため，時態助詞"了"または"着"が"挺"に付接される。《醒》では同義語"伸腿"も用いる：¶怎如早些閉了口眼，趂着好風好水的時節挺了脚快活。《醒15.13a.7》どうして早く口や目を閉じてしまわないのかねえ。気持ちの良い風や水の頃にくたばっちまうのがいいわ。¶晁源只知道挺了脚不管去了，還虧不盡送在這等一个嚴密所在，還作的那業，無所不為。《醒51.13a.3》晁源はただくたばるだけだと知って，余計なことはしないが，(珍哥の方は)こんなに厳しい場所へ送り込まれていながら，なおも行う悪業はあらゆることに及んでいる。

―"挺脚"＋接尾辞"子"：¶挺着脚子去了，還留下這們个禍害，可怎麼處。《醒43.8b.6》お陀仏になっちまっても，まだこんなに災いを残すなんて，どうしたものかね。

同義語　"伸脚子"：¶今日伸着脚子，空有家私，眼看着就無人陪侍。《金80.10b.2》今ではあの人(西門慶)も亡くなり，無駄に財産だけが残っているようなも

のだわ！ただ，見ているだけで，誰も高官達の接待相手をする人もいない。

異義語　"挺脚"(足を伸ばす)：¶今日是个望日，主人公要出去行香，主人婆要參神拜佛，且別挺着脚睡覺，早些起去。《醒91.11a.8》今日は陰暦十五日です。主人は焼香して拝みに行くし，その妻は神仏を参拝するのよ。足を伸ばして寝ていないで，早く起きて(身支度の世話をしに)行きなさい！☆⇒"伸腿"

挺尸　tǐngshī

動　死んだように眠る＝"像死了一样(骂人的话)"。北方方言，吳語，湘語：¶我為他沒叫請二位師傅進來，請了他頓小小的棒椎兒，動不的，睡着覺挺尸哩。《醒96.3b.5》あの人がお二方に部屋へ入ってくるようお呼びしなかったので，少しばかりお仕置棒をお見舞いしたの。だから，今，動くこともできないわ。死んだように眠っています！¶一個個黑日白夜挺尸挺不夠。《石73.2b.2》どいつもこいつも昼も夜も死んだように眠っておきながら，まだ寝足りないっていうのかい。

通脚　tōngjiǎo

動　二人で一つの布団に眠る＝"两人睡在一个被窝"。北方方言：¶素姐跟了侯，張兩个道婆，吃齋念佛，講道看經，說因果，講古記，合老尼通着脚，講頌了半夜，方纔睡熟。《醒86.11b.5》素姐は侯，張二人の尼僧の後につきます。そして，お斎(とき)を戴き，念仏を唱え，説諭，読経をし，因果論を説き，昔語りをします。老尼僧と共に一つの布団に入りながら，夜中まで唱え，ようやく眠ります。

通路　tōnglù

動　一通りの腕がある，一応理解する，大体分かる＝"明白；懂得"。山東方言：¶尤聰一向跟尤一聘經南過北，所以這

弄飯做菜之事也有幾分通路，所以賣涼粉，切棋子，都是他的所長。《醒54.8b.7》尤聡はこれまで尤一聘とともにあちこち巡りました。したがって，そういう料理の腕前にも幾分か通じております。それで，リャンフェンや棋子という小麦粉による菱形の薄片を作って売ったりしますが，いずれも彼の得意分野です。

桶 tǒng

動 **1.** 動かす，あちこちやる ＝"捅；挪动；移动"。過渡，西南方言：¶晁大官兒，你消停，別把話桶得緊了，收不進去。《醒8.14a.9》晁さん，ちょっと待ってください！そんなに話をあちこちやりなさんな。収拾がつきませんや！ **2.**（子供を）作る ＝"弄；生(孩子)"。山東省南部，江蘇省北部。《醒》，《金》では 貶 極めて下品な表現：¶素姐指着狄希陳道：你只敢出去。我要那〈＝挪〉一步兒，我改了姓薛，不是薛振桶下來的閨女。《醒52.6a.1》素姐は狄希陳を指差し「あんた，部屋から出て行ってみろ！私が一歩動けば薛の姓を改めるわ！薛振の（産ませた）娘ではなくなるよ！¶爺兒兩个夥着買了个老婆亂穿靴，這們幾个月，從新又自己佔護着做小老婆。桶下孩子來，我看怎麼認。《醒56.9a.6》親父と息子が二人して一人の女房を買い，関係を持っているのだから。この何か月は新たに自分が妾として占有しているのだからね。子供でもできたら，私はどう認知すればいいのかね！そんなの認めませんよ。¶你知道有孩子沒有孩子。待桶下孩子來再辨不遲。《醒56.9b.2》あんたは，子供ができているかどうか知っているのかい。子供ができてから議論しても遅くはないわ！

同義語 "桶出；桶答"：¶緊自家中沒錢，昨日俺房下那個平白又桶出個孩兒來。《金67.19a.4》うちの台所は火の車なんですが，昨日うちの家内にまた子供ができちゃったんですよ！¶你如今不禁下他來，到明日又教他上頭腦上臉的，一時桶出個孩子，當誰的。《金72.5a.7》あんた，今，あいつをくいとめておかないと，そのうちあいつに大きな顔をされて，不意に子供でもできたら，何様になるのかね。¶你要是自己桶答下來的，拿着你就當个兒，拿着我就當个媳婦兒。《醒56.12b.4》あんたがここで産まれたのならば，あんたがここの息子で，わたしがその嫁となるのだよ！

偷伴 tōubàn

副 こっそりと，秘かに ＝"偷偷地"。山東方言：¶且是懼怕寄姐疑心遷怒，不過是背地裏偷伴溫存。《醒79.4b.8》且つ，寄姐が疑いを起こし怒るのではないかと恐れたため，目立たないように陰で優しく思いやった。

偷嘴 tōuzuǐ

動 盗み食いする，つまみ食いする ＝"偷吃"。北方方言：¶你挽起那眼上的屄毛仔細看看，我的丫頭是偷嘴的。《醒48.5b.2》お前のその目の上の毛をたくし上げ，じっくり見なさいよ。私の小間使いが盗み食いしたとでもいうのかい。¶拈不得針，拿不動綾，只會偷嘴吃。《石52.9b.8》(お前の手は) 針仕事はできないし，糸もつむげない，ただ，つまみ食いが上手にできるだけだね！

投 tóu

動 迎え酒をする ＝"酒醉后，醒时再喝一点"。山東方言：¶我投他一投，起去與他進城看病。《醒4.11b.10》ワシは迎え酒をちょっとやってから起き上がって一緒に城内へ診察に行こう。

頭　tóu

介 (…に)なって,(…の)前に＝"等到;赶"。北方方言:¶這都是跟他來的曲九州,李成名這般人幹的營生。頭你們出來的兩日前遭,把我與晁鳳叫到跟前,他寫了首狀,叫我們兩个到厰衛裏去首你們,受那一百兩銀子的賞。《醒16.10a.10》これらは全てあの人(晁源)と一緒にやってきた曲九州,李成名の輩がやったこと。お前さん達が出てくる二日前に私と晁鳳をそばへ呼んで,あの人は告訴狀を書き,我々二人に役所へ行ってお前さん方を告発するよう言いつけた。その時,百両の銀子を褒美として受け取らせようとしたのです。¶道人頭五更就挑了擔來,鋪陳道場,懸掛佛像。《金8.10b.5》寺男が五更(午前4時～6時)までには經箱を擔いできて,法事の場所設定をし,仏像も壁に掛けた。¶頭起身兩日前,就偶然遇見這丫頭,意欲買了就進京的。《石4.3b.10》出発する2,3日前,偶然にもこの娘を見かけ,妾として買って京(ミャコ)へ行こうとした。¶璉二爺又往平安州去了,頭兩天就起了身的。《石67.8a.7》璉旦那は,また平安州へ行かれたのさ。二日前に出発したよ。

同音語 "投(到)":¶你還說叫我管教他。我還是常時的我,他還是常時的他哩麽。投到娶這私窠子以前,已是與了我兩三遭下馬威。《醒2.4a.9》私にあの人をよく躾けろというのかい。私はいつも通りの私だけれども,あの人はもはや同じではないわ。あの娼婦を娶る前からもう私に2,3度脅しをかけてきたのよ。¶不知什麼人走了風,投到俺每去京中,他又早使了錢。《金72.6b.1》誰が漏らしたのだろうか。我々が京(ミャコ)へ行くまでに,あの人はとっくに金を使って(交渉して)くれていたんだ。

頭口　tóukǒu

名 (ラバ,ロバなどの)役畜,家畜＝"牲口"。北方方言。《醒》では同義語"牲口"の同音語"生口"も使用するが,"頭口"の方が優勢:¶眾人騎上頭口,去了。《醒8.4b.3》皆はロバなどに乗ってゆきました。¶央他同晁書媳婦合兩個媒婆備了四個頭口,跟了兩個覓漢,晁書也騎了一個騾子,跟了同去。《醒18.5a.8》その人に頼み,晁書夫婦と二人の口入れ屋の婆さんと一緒に4頭のラバを準備した。そして,二人の作男の後につき,晁書もラバに乗り一緒について行った。¶果然家裏的頭口都來迎接。《醒37.12b.10》果たして,家から出迎えの馬,ロバが来ました。¶連忙使小厮來興兒騎頭口往門外請西門慶來家。《金26.16b.6》慌てて小者の来興にロバに乗らせ,外出中の西門慶に帰宅するよう命令したのです。¶這兩條腿兒的頭口,可比不得四條腿兒的頭口。《兒14.6a.1》この2本足の家畜ってぇのは,4本足の家畜のような訳には行きませんぜ! ☆《石》《官》《邇》には同義語"牲口"を採用し,"頭口"は見えない。《兒》よりもあとの北京語では"牲口"に傾いたようである。

頭攔　tóulán

名 小麦粉を挽いて最初に篩(ふる)にかけた粉＝"用石磨磨面时,第一次罗出的面粉"。山東方言:¶尤聰的老婆便漸漸拿出手段,揀那頭攔的白麪纔偷,市價一分一斤,只做了半分就賣。《醒54.6b.3》尤聰のかみさんは段々と本性を現した。たとえば,その最初の篩にかけた上等の小麦粉を盗み,市価一斤一分をたったの半額で売ったのです。

頭裏　tóuli

名 前,前方＝"前面"。山東方言,呉語。「時間・順序」を示す「前」:¶你且請坐,

還有話哩。你**頭**裏說的那些罪惡,不知也有輕重麼。難道都是一樣的。《醒64.4b.2》まあ少しお掛け下さい。まだお話がありますの。あんたが先に仰ったこと,つまり,罪惡にも輕重があるのかどうかです。まさか皆おなじではないでしょうね。¶ 我還承望作⟨＝你⟩死在我後頭,仗賴你發送我,誰知你白當的死在我**頭**裏去了。《醒20.3b.1》私は、お前が私の後に死ぬものと願っておった。お前が私を野辺送りしてくれると。ところが、お前はあいにく私よりも先に死んでしまった！

|同音語| "頭里；頭裡"：¶ **頭**里吃了些蒜,這回子倒反帳兒,惡泛泛起來了。《金52.11b.8》先ほど、ニンニクをちょっと食べたからか、今胸焼けがして、むかむかしてきた。¶ 平兒道：就是**頭**里那小丫頭的話。《石67.15b.10》平兒は「先ほどあの小女中の話なんです」と言った。¶ **頭**裡兩個排軍打着兩個大紅燈籠,後邊又是兩個小廝打着兩個燈籠。《金41.6a.1》前には二人の軍卒が大きな赤提灯を二つ持ち、後ろにはまた二人の小者が提灯を二つ持っています。¶ 那老和尚便說：你們這時候還要過崗子,…。這山上俩月**頭**裡出了一個山猫兒。《兒5.14b.7》その老和尚は「お前さん達は今から山越えするのか。…この山には、2ヶ月ほど前に1頭のトラが出たのじゃぞ！」と言った。¶ 太太還記得老爺來的**頭**裡,叫了奴才娘兒兩個去細問姑娘小時候的事情。《兒20.20a.7》奥様はまだ覚えていらっしゃるでしょうか。大旦那様がこちらへ来られるに当たり、私と娘の二人に玉鳳お嬢様の幼少の頃を詳細に尋ねられました。

—— 空間を示す「前」：¶ 狄希陳**頭**裏走,他騎着馬後面慢跟,却好都是同路。《醒37.11b.2》狄希陳は先に出発しました。彼女(孫蘭姫)の方はウマに乗り、後からゆっくりとついて行きます。二人ともちょうど同じ道でした。

—— 空間を示す「前」の同音語 "頭里；頭裡"：¶ 若不是老太太在**頭**里,早叫过他去了。《石65.9b.6》もしも大奥様が前面に出て可愛がっていらっしゃらなければ、とっくに呼び戻しておられますよ！¶ 這個當兒,便有許多僕婦伺候褚大娘子上車,先往**頭**裡去。《兒27.25a.8》この時、多くの下女が褚のかみさんに仕えて車に乗り込み、先に前の方へ行きます。

|異義語| "齊頭裏；從頭裏；從頭裡" は一語「先ほど(から)」：¶ 晁邦邦說：我齊**頭**裏不是為這个忖着,我怕他麼。《醒32.8b.5》晁邦邦は「ワシは先ほどからそのこと(晁夫人の善行)を考えておった。でもな、ワシが奴を恐れるとでも言うのかい。」と言った。¶ 珍哥說道：不消去查,是你秋胡戲,從**頭**裡就號啕痛了。《醒3.9b.7》珍哥は「調べに行くことはないわ。あんたの『秋胡戲』、つまり『奥さん』が先ほどから『慟哭』しているのよ」と言った。¶ 高四嫂道：我從**頭**裏要出去看看,為使着手拐那兩個繭,沒得去。《醒8.17b.4》高四嫂は「私は、先ほどから出て行ってみようと思っていたわ。ただ、繭を繰っていたので両手がふさがり、出られなかったのよ！」と言った。¶ 你回來的甚好。從**頭**裡一个蝎了⟨＝子⟩在這席子上爬,我害怕,又不敢出去掏火。《醒19.9b.1》あんた、ちょうど帰って来てくれて良かったわ！先ほどから1匹のサソリがござの上を這っていたの。怖かったわ！かといって、火をともす勇気もなかったわ！¶ 狄希陳把那右眼拍了兩下,說道：這隻怪屄眼,從**頭**裏只管

跳。《醒40.5b.9》狄希陳は右目を2度ほど叩いて「この片方の目が先ほどからピクピクし通しなんだ！」と言った。¶薛教授道:我從頭裡聽見叫喚,原來是他打丫頭。《醒48.6a.6》薛先生は「ワシは先ほどから誰かのわめき声が聞こえていたが,なんとあの子が下女をぶっていたのか！」と言った。¶我從頭裏聽見你像生氣似的,可是疼的我那心裏説:緊仔這幾日…。《醒96.11a.5》私は先ほどから傍で聞いていたら,あんた,怒っているようだったね。けれども私は心の中で可哀そうに「この何日間かは…」と思っていたわ。¶你合銀姐的轎子沒來,從頭裡不知誰回了去了。《金44.2a.3》あんたと銀姐の駕籠は来ていませんね。先ほどから誰か知らないが,帰って行ってしまいましたよ。

頭面　tóumian

图 (指輪·腕輪などの)装身具＝"首飾"。河北方言,南方方言。《醒》では同義語"首飾"も使用:¶倒像那計家的苦主一般,揪拔了頭面,卸剝了衣裳,長吁短氣,怪惱。《醒11.3b.8》まるでその計家は殺人事件被害者の家族のよう。指輪や腕輪を抜き取り,着物を剥ぎ取り,長いため息をついてとても怒っている。¶雖是日子累了,還有親戚們,務必圖个體面好看,插戴,下茶,頭面,財裏〈＝禮〉都要齊整,別要苟簡了。《醒75.13b.2》日にちがかかるかもしれないが,親戚の人たちもいるし,是非体面を重んじてほしい。結納の腕輪,茶,着物,装身具,干し果物,結納の金品はすべてきちんと揃え,決しておろそかにはしないでほしい。¶你看你咬的我這鼻子,摳我這眼。我可稱的穿這衣服,戴這頭面。《醒85.9b.1》ほら,噛み切られた私の鼻,えぐり取られた私の眼を御覧！私がこんな着物を着,飾り物をつけても釣り合うとでも思っているのかい。¶你若依了我,頭面、衣服你揀着用。《金22.3a.1》お前がワシの言うことを聞いてくれたら,装身具や着物はお前が好きに選んで使えばよいぞ！¶旺兒媳婦笑道:那一位太太奶奶的頭面衣服折變了不勾〈＝夠〉過〈＝過〉一輩子的。《石72.8b.3》旺児のかみさんは笑って「どの大奥様や若奥様の頭飾りや着物でも,売り払ったら一生涯食うに困らないでしょう！」と言った。¶既這樣,那衣服頭面更容易了。《兒23.19a.1》そういうことでしたら,服や飾り物はもっと簡単ですわ！

頭腦　tóunǎo

图 **1.** 夫＝"対象:配偶"。現代方言では官話区域内のごく少ない地域。ただし,近世語ではよく使用:¶再冬聽見素姐在裏邊錯了頭腦,也便知道在外邊察訪。《醒77.7a.9》再冬は,素姐が中で夫を取り逃がしてしまったのを聞いていたので,外で尋ねまわすのがよいとわかった。¶雪蛾收淚謝薛嫂,只望早晚尋個好頭腦,我去自有飯吃罷。《金94.9b.10》雪蛾は涙を拭き薛嫂にお礼を述べた。そして,「早くいい人を見つけて下さい。私は日々ご飯が食べられればそれで満足です」と言った。☆《金》には見えるが,清代中期以降の《石》《兒》にこの種の"頭腦"は見えない。他方,呉語系語彙が多い明代の《古今小説》《拍》に見える。**2.** 頭腦酒(寒いときに飲んで体を温め元気にする汁の多い食べ物)＝"头脑酒(一种滋补饮食)"。晋語,西南方言,贛語:¶有留他不坐的,便是兩杯頭腦。《醒35.4b.4》ゆっくりと腰掛けない人には,頭脳酒を2,3杯振舞った。¶王六兒安排些雞子、肉圓子,做了個頭腦,與他扶頭。《金98.9a.9》王六児はニワトリの卵

肉団子を用意し,頭脳酒を作り,彼をしゃきんとしてあげた。☆単なる「酒」ではない。

[同義語] "頭腦酒;頭腦湯":¶到次日,西門慶早起,約會何千戶來到,吃了**頭腦酒**,起身同往郊外送侯巡撫去了。《金76.15a.2》次の日,西門慶は朝早く起きると,約束の何千戶が来ていたので,頭脳酒を振舞い,一緒に郊外まで侯巡撫を見送りに出発した。¶吃了粥,又拿上一盞肉員⟨=圓⟩子、餛飩、雞蛋、**頭腦湯**,金匙,銀廂雕漆茶鍾。《金71.10b.6》粥を食べ終わると,更に肉団子,ワンタン,鶏卵,頭脳酒が出ました。それらは,金の匙のそばにある銀で縁取った彫刻のある漆器茶碗に入れてあります。☆《石》《兒》《官》《邇》にこの種の"頭腦"は見えない。

頭年　tóunián

[名] 去年,ある年の前年 = "去年;上一年"。北方方言,吳語,贛語。《醒》では同義語"頭年(裡)"が極めて優勢:¶從**頭年**十月初一為始,直到來年五月初一為止,通共七个月,也只用了二千七百六十七石米。《醒32.5b.4》前年10月1日から翌年5月1日まで全部で7ヶ月間,2767石のコメを使っただけです。¶**頭年**裏我去接趙醫官,到了南門裏頭,撞見个人。《醒67.13a.2》昨年,ワシは趙医師を迎えに行って,南門の内側でばったりと人に会った。

頭上抹下　tóu shàng mǒ xià

[成] 初めて,最初 = "初次;第一次"。北京方言:¶後响女壻進屋裏來,順條順理的,**頭上抹下**,要取吉利。《醒44.14b.2》夜,お婿さんが部屋へ入ってきたら,何でも従順にするのだよ。初夜なのだからね。縁起を担がなきゃ。

[同音語] "頭上末下":¶恰似俺每把這椿事放在頭里一般,**頭上末下**就讓不得這一夜兒。《金19.13a.8》あたかも私達がこの度の事を根に持っているようじゃないですか。初めから一晩も(李瓶児の部屋へ)行かないのだから!¶舅爺**頭上末下的來**,留在偺們這裡吃了飯再去罷。《程甲91.5b.7》舅爺は,初めていらしたのですから,ゆっくりしてご飯を食べて行ってもらいなさい!

頭信　tóuxin

[副] 思いっきり,思い切って,むしろ,いっそのこと = "索性;干脆"。北方方言。《醒》では同義語"索性;干脆"よりも"爽利"(="爽俐")が極めて優勢:¶他就展爪,偺**頭信**狠他一下子,已他个翻不的身。《醒15.5b.7》奴らは策略を弄してくるだろう。だから,思いきってあいつらを懲らしめ,動けなくしてやるんだ!¶要後响回來,**頭信**叫他來再過這一宿也罷。《醒40.15a.2》夜,戻って来るならば,いっそのこと彼女に来て貰って,もう一晩泊まるのもいいわ!¶就是出殯,沒的這兩三千錢就夠了麼。**頭信**我使了,我在另去刷刮。《醒41.6b.4》よしんば出棺するにしても,この3千両の銀子があれば充分でしょ。むしろ,私が使いたいね。出棺には私が別に金を工面しますよ!

[同音語] "投信;投性":¶若另尋將來,果然強似他,**投信**不消救他出來,叫他住在監裏,十朝半月進去合他睡睡。《醒18.4b.4》もし,ほかに探した結果,彼女(珍哥)よりましならば,むしろ彼女を牢から救い出すこともなかろう。彼女には,牢獄に入って貰っていて,1ヵ月のうち10日から半月の間,ワシが牢獄へ寝に行けばいいんだ。¶休慣了他,**投信**打己他兩个巴掌,叫他有怕懼。《醒57.5b.1》あの子を甘やかせちゃいけないよ!思い

切って、あの子に平手打ちを食らわし、怖がらせたらいい！¶放着這戌時極好,可不生下來,**投性**等十六日子時罷。這子時比戌時好許多哩。《醒21.4a.9》この戌の刻になればとても良いのです。もし、それで生まれなければ、むしろ16日の子の刻です。子の刻は戌の刻のときよりも余程良いのです！

突突摸摸 tūtumōmō ⇒ 都抹 dūmo

圖書 túshu

名 印鑑＝"图章"。吳語。"图书"は現代語の基本的辞書類で一般語語彙。しかし、一方で、明らかに普通話の"图章"が存在する。《醒》では同義語"圖章"は不使用：¶買尺頭,打銀帶,叫裁縫,鑲茶盞,叫香匠作香,刻**圖書**,釘蝶頭革帶,做朝祭服,色色完備。《醒1.6a.3》布地を買ったり、銀の帯をこしらえたり、裁縫屋を呼んだり、湯飲みに縁取りをしたり、職人に香、印鑑、紗帽という文官がかぶる帽子につける紐を作らせたり、出仕や祭祀用の服などもいろいろと揃えた。¶書房裏要了一个知生紅單帖,央掌書房的長隨使了一个禁闥近臣的**圖書**,鈐了名字。《醒5.13a.3》書斎から自分の案内状を出して貰いたいと願い出て、書斎係の下僕に「禁闥近臣」の印を押してもらった。¶後來越發替宗昭刊了**圖書**,凡有公事,也不來與宗昭通會。《醒35.11a.8》のち、いよいよ宗昭に代わる印鑑を作り、全ての公式行事に宗昭を通さなくてもよいようにした。¶後來爽利替宗舉人刻了**圖書**,竟自己替宗舉人寫了假書,每日到縣裡投遞。《醒39.8a.1》後、あっさりと宗挙人のために印鑑を彫り、自分自身宗挙人に代わって偽の手紙を書いて毎日県庁まで届けた。¶將書謄付錦箋,彌封停當,御了**圖書**。《金67.5a.8》手紙を錦便箋に清書させ、封をし、判を押した。¶寫明年月,用了**圖書**,收好。《兒3.17b.7》年月もはっきりと書き、印鑑を使い、きちんとしまいこんだ。

同義語 "戳子"：¶後頭還打着虎臣兩個字的**圖書**,合他那名鎮江湖的本頭領戳子。《兒38.8b.3》後ろの方に「虎臣」という二文字の印鑑と「名は江湖を鎮む」の大きな印が押してあった。☆《官》に"圖書"は無い。

土粉 tǔfěn

名 塀の壁を塗るのに用いる白色土＝"粉刷墻壁的白垩土"。中原方言、晋語：¶這晃無晏只見他東瓜似的搽了一臉**土粉**,抹了一嘴紅土胭脂,灘灘拉拉的使了一頭棉種油,散披倒掛的梳了个雁尾,使青棉花綫撩着。《醒53.5b.10》かの晃無晏は、彼女がトウガンのように顔いっぱい粗末な白粉をぬりたくり、口いっぱい赤い粗末な口紅を塗り、更に、ザンバラ髪全体に綿実油を塗って、雁尾型に結ってぶら下げ、青い綿花の糸で結い上げているのを見た。

土拉塊 tǔlākuài

名 土くれ、土塊＝"土块"。北方方言：¶要說叫我擺个東道請他二位吃三盃,我這倒還也擎架的起。成千家開口,甚麽**土拉塊**麼。《醒34.8b.5》もし、彼らお二方に対して三杯の酒をご馳走せよと言われれば、私は引き受けられる。しかし、千両もと言われれば、そりゃ無理だ。金は土くれではないのだから。

團弄 tuánnong

動 こねて丸くする、揉んで円形にする＝"用手掌揉、搓,使成圓形"。北方方言：¶一边推,一边搖晃,就合**團弄**爛泥的一般。《醒4.10b.7》押したり揺り動かしたりした。それはまるでドロドロの泥をこねて丸めたようなものです。¶何小姐道:別動他,等我給你**團弄**上就好了。

《兒34.16a.3》何玉鳳は「そのままにして。私がうまく丸めてさしあげますわ！」と言った。
同音語 "搏弄"：¶誓海盟山，搏弄得千般旖旎。《金4.2a.6》海や山に誓いつつ，いじりあそびすれば（女を）非常になまめかしくさせた。

團臍　tuánqí

名 メス蟹（「女」の比喩）＝"母螃蟹（这里指女人）"。山東方言：¶這個昏大官人，偏偏叫他在京守着一夥團臍過日。《醒6.6a.3》このバカ旦那様はよりによって奴（晁住）をメス蟹達と京(きゃう)で留守番させた。

團頭聚面　tuántóu jùmiàn

[連]一家が集まっていること＝"（亲近）相聚在一起"。山東方言：¶合家俱到那園中石凳上坐下，擺上幾碟精致〈＝緻〉下酒小菜，旁邊生了火爐，有數是裏就的一尊酒，團頭聚面的說說笑笑。《醒24.7a.3》一家は皆その庭の石の腰かけに座りました。幾皿かの見事な料理が並べられ，そばにコンロで火を熾(おこ)しています。節度あるのは，量った一樽の酒で，しゃべったり，笑ったりの団らんです。

退磨　tuìmo

動 こすって洗う＝"擦洗"。山東方言。《醒》では同義語"打磨"も使用：¶雖然使肥皂擦洗，胰子退磨，也還告了兩个多月的假，不敢出門。《醒62.10a.6》石けんでこすって洗ってもダメで，なお２ヶ月余りの休みを申し出るありさま。その間は外出する勇気もありません。

脫剝　tuōbō

動 脱ぎ捨てる，剥ぎ取る＝"脫掉；剥去"。山東方言，山西方言。《醒》では同義語"剝去"も使用：¶我們趂這有月色的時候，掘開他的墳，把那首飾衣服脫剝了他的，也值个把銀子。《醒28.3b.10》この月明かりのあるうちに奴の墓を掘り起こし，その首飾りや着物を剥ぎ取れば，いくらかの銀子にはなる。¶夏駉丞只是不理，帶到駉裡，叫人寫了公文，說他攔街辱罵，脫剝了衣裳，扯羅駉丞的員〈＝圓〉領。《醒32.10a.2》夏駅丞は，ただ構うことなく駅所へ連れて行き，公文書を人に書かせた。往来の邪魔をし，着物を脱ぎ捨て駅丞の襟首を引っ張った，と。¶事完回到房中，脫剝了那首飾衣服，怒狠狠坐在房中。《醒68.9b.7》会の行事が終わって部屋へ戻ってくると，身に着けた飾り物や着物を脱ぎ捨て，怒って自分の部屋の中にとじこもっている。

脫不了　tuōbuliǎo

副 どうせ，どっちみち＝"反正；横竖"。山東方言：¶脫不了珍哥也去哩，又有女人們服侍你老人家。《醒12.8a.7》どうせ珍哥も行くんだし，小間使いの女どももいてあんたをお世話させます。☆《金》《兒》の"脫不了"は"免不了"（免れない）を示す。
同義語 "脫不"：¶偺又沒打殺他的人，脫不是害病死的，給他二兩銀子燒痛錢丟開手。《醒80.3b.6》私がぶち殺したのではない。どのみち病気で死ぬ人なの！２両の銀子をやって冥福を祈るための紙錢を焼き，それで手を引けばいんだ！

脫服　tuōfú

動 喪が明けたので喪服を脱ぐ＝"带孝期满,脱去孝服"。山東方言,粵語。《醒》では同義語"脫孝"は未検出：¶到了三年，晁知州將待脫服，晁夫人一來也為他生了兒子，二則又為他脫服，到正三月天氣，與春鶯做了一套石青綢紗衫。《醒36.10a.4》３年経ち，晁知事の喪が明けようとしていた。晁夫人は，一つには春鶯

が息子を生んでくれたため、二つには喪が明けるため、ちょうど3月頃、春鶯に石青のちりめん肌着を作ってあげた。☆《兒》では同義語"脱孝"の方を用いる。

脱氣　tuōqì

動　腰砕けになる、気を抜く、がっかりする、気落ちする、だらしなくする、意気地無くする＝"泄气"。山東方言。《醒》では同義語"泄氣"も使用：¶好**脱氣**的小厮、你倒忒也不做假哩。《醒44.4b.9》（子供が贈り物を頂き、母親が）だらしない子ね！お前は遠慮もしないのかね！

拖拉　tuōlā

動　引きずる＝"拖着"。北京方言、山東方言：¶**拖拉**着一條舊月白羅裙、拉拉着兩隻舊鞋。《醒9.5b.6》着古した白い薄絹のスカートを引きずり、穿き古した靴をつっかけている。

同音語　"托拉"：¶光着脚，**托拉**脚繩、一溜烟飛跑。《醒89.12b.8》足は裸足で足布を引きずり、さっさと逃げて行った。

拖羅　tuōluo

量　束になっているものを数える＝"缕；束；嘟嚕"。山東方言。現代語では一般に"嘟嚕"と作る。山東方言では"嘟嚕"の同音語"獨魯；嘟嫛"とも作る。《醒》では"拖羅"と作る：¶頼子纏着一**拖羅**紅帯子。《醒9.5b.9》首にはひと束の赤い帯を巻きつけています。

— 近似音語"嘟嚕"[dūlu]：¶這蜂兒最可惡的、一**嘟嚕**上只咬破兩三個兒、那破的水滴到好的頭上、連這一**嘟嚕**都要爛的。《石67.13b.5》この蜂が最も憎むべき奴です。（ブドウ）一房の中、実2, 3粒を食い破っただけで、その破れた汁が良い実の上に落ちて、一房全部が腐ってしまうのです。¶又望他胸前一看、只見帯着撬猪也似的一大**嘟嚕**、因用手撥弄着看了一看、…。《兒15.10b.6》彼女の胸のあたりを見やれば、ブタを去勢する人の腰には多くの道具がかかっているというように、たくさんの物をぶら下げています。手で触ってよくよく見れば、…。

W

窪跨臉 wākuàliǎn

名 真ん中がくぼんだ顔＝"前額突出，鼻梁上部深凹的脸"。山東方言：¶晁夫人看得那個黑的雖是顏色不甚白淨，也還不似那烏木形骸，皂角色頭髮，**窪跨臉**，骨撾腮，塌鼻乎，半籃脚。《醒49.8a.3》晁夫人が見たところ，その色黒の方は肌が甚だ白いとは言えないが，黒檀のような黒い体ではなく，すすけた褐色の髪の毛，中窪みの顔，顴骨が出ていてへこんだ鼻，纏足をしていない足をしていた。

窪塌 wātā

動 くぼむ，へこむ＝"凹陷"。山東方言：¶次日兩個媒婆又領了個十二歲的丫頭來到…，蕎麪顏色的臉兒，**窪塌**着鼻子，扁扁的個大嘴，兩個支蒙燈碗耳躱，…。《醒84.4b.2》翌日，二人の口利き女は，また12歳の女の子を連れてやって来た。…蕎粉のような色の顔，ぺちゃんこの鼻，平たくて大きな口，二つのピンと立った灯明碗ほどの大きさの耳，…。

歪憋 wāibie

形 ひねくれている，強情っぱりである，分からず屋である＝"蛮不讲理；不讲道理"。山東方言：¶誰知那天地的心腸就如人家的父母一樣，有那樣**歪憋**兒子，分明是一世不成人的，…《醒31.6a.1》ところが，かの天地の心根は世の両親と同じで，そういう悪い息子で，明らかに生涯まっとうな人間になれないとわかっていても，…。¶他那拗性**歪憋**，說的話又甚是可惡，胡知縣受他不得，打發他出來。《醒54.11a.3》彼(尤聡)のそういうひねくれた悪い性格，更に，話す言葉もたてついてばかりで甚だ憎むべきです。胡知県は耐えられなくなり，彼を追い出した。¶孫舉人問知所以，甚是喜歡，便以尚書自任，隨就**歪憋**起來。《醒98.4a.10》孫挙人はその訳を尋ね，とても喜びました。そして，尚書様であることを自ら任じ，それにつれて(傲り高ぶりが出るなど)すぐ人間がおかしくなりました。

歪拉骨 wāilagǔ

名 卑しい女，下賎な女，尻軽女(女性への蔑称)＝"有不正经；泼辣"。北方方言。《醒》では同義語"潑婦；潑悍；潑貨"も用いる：¶若不是老白透漏消息，就是純陽老祖也參不透這个玄機。只是這个**歪拉骨**也惡毒得緊。《醒65.8a.3》もし，老白が事情を漏らさなければ，陰陽師の元祖呂仙人様でさえもこの天機は看破できなかっただろう。ただただこのすべたは，本当にあくどい！

同音語 "**歪剌骨**(兒)；**歪辣骨**"[wǎilagǔ]：¶你要不信，你去看看，他如今正敲着那**歪剌骨**鞋幫子念佛哩。《醒2.10a.6》もし信じないのならば自分で見に行くがいい。あいつ(計氏)は今丁度そのすべたの靴の横を叩きながら念仏を唱えているよ！¶放你家那臭私窠子、淫婦**歪剌骨**，接萬人的大開門、驢子狗臭屁。《醒11.4a.8》あんたの家のバカ娼婦！淫売！誰にでも足を大きく開く売女！ろくでなし！¶這樣怪行貨，**歪剌骨**，可是有槽道的。《金53.11a.5》何という奴。ひどい人！何と節度のない人でしょう！¶怪**歪辣骨**待死，越發頓恁樣茶上去了。《金24.9b.5》このあばずれ女，死にたいのか

い。いよいよこんなまずいお茶を入れやがって！¶你這挃刺骨可死成了。《金28.3b.8》お前というあばずれ女は殺されちまうよ！¶強如鄭家那賊小淫婦，挃刺骨兒只躲滑兒再不肯唱。《金32.8a.4》鄭家のあのすべたよりはましだぜ。あばずれめが！ずるけてばかりいやがって！全然歌おうとしないんだぜ！

同義語 "挃辢" [wǎila]：¶不是價，另有話說。我待叫你還尋兩个灶上的丫頭，要好的，那挃辢髒丫頭不消題。《醒55.4b.6》違います。別の件です。私はあんたに二人の飯炊き女を探して欲しいんです。それも，いい子をですよ。変な汚い子ならいりません。

挃 wǎi

動 掘る，まさぐる ＝ "挖"。山東方言，遼寧方言：¶我就浪的荒了，使手挃也不要你。《醒87.11a.5》私が男を求めて我慢できず，自分の手でまさぐるようになっても，あんたなんか嫌ですよ。

挃拉 wǎila

形 （纏足のため）足が曲がっている，歪んでいる ＝ "鞋脚歪斜不正"。北方方言：¶我見那姓龍的撒拉着半片鞋，挃拉着兩隻蹄膀，倒是沒後跟的哩。《醒48.7b.6》その龍って奴が片方の足を引きずり，2本のバカ足を歪めて歩いているのを見たんだ。素性が良くない証しさ！¶張茂實見狄希陳被他丈母打得鼻青眼腫，手折腿瘸，従裡挃拉着走將出來。《醒62.13a.7》張茂実は，狄希陳が張義母によってぶたれて鼻や目は青く腫れ上がり，手は折れ，足はひきずりながら，中からよろよろと歩いて来るのを見た。

— 重疊型；¶大尹叫本宅的家人媳婦盡都出來，一個家挃挃拉拉來到。《醒20.14b.10》大尹（＝知県）はこの屋敷の使用人の妻達にことごとく出頭するよう命じると，皆よろよろとやって来た。

外公 wàigōng

名 外祖父 ＝ "外祖父"。北方方言，呉語，湘語，粤語，閩語：¶也不管甚麼父兄叔伯，也不管甚麼舅舅外公，動不動，…。《醒26.4a.4》相手が父兄，伯父であろうと，また，母方の叔父や祖父であろうと，ややもすれば，…。

外婆 wàipó

名 外祖母 ＝ "外祖母"。北方方言，徽語，過渡，南方方言：¶你外婆勸勸，連把外婆也頂撞起來。《醒44.8a.3》外祖母が諌めると，今度は外祖母にすら口答えをする始末です。

晩夕 wǎnxī

名 夜 ＝ "晩上"。中原方言，蘭銀方言，西南方言。《醒》では同義語 "晩上；晩間；夜間；夜裡；夜晩；夜晩間" が優勢：¶兩個差人去，約定晩夕回話。《醒10.3b.2》二人の下役人は立ち去った。夜返事を申述べると約束したのです。¶東門裏當舖秦家接孫蘭姫去游湖，狄希陳就約了孫蘭姫，叫他晩夕下船的時節就到他下處甚便。《醒40.3b.9》東門の中の質屋の秦家では，孫蘭姫を迎えて湖を遊覧した。狄希陳は孫蘭姫に夜，下船した時に彼の泊まっている宿に来てもらうと甚だ便利が良いのだが，と約束した。¶預備晩夕要與西門慶雲雨之歡。《金73.1b.8》夜には西門慶と雲雨の歓びをしようと準備しています。

枉口拔舌 wǎng kǒu bá shé

[成] もめ事を引き起こす，中傷・デマを飛ばす ＝ "造謡生事；撥弄是非"。北方方言：¶好禹大哥，我沒的因小女沒了，就枉口拔舌的篡他。《醒9.9b.6》禹さんや，ワシは娘を亡くしたからと言って勝手にでたらめを言って奴をでっち上げているんじゃないよ。¶這小厮便要胡說，

也幾時瞧來,平白枉口拔舌的。《金75.15b.7》こいつは嘘ばっかり。いつ見たっていうの。でっち上げよ！

同義語 "枉口嚼舌"：¶見鬼的小忘八羔子。這一定是狄家小陳子的枉口嚼舌。《醒62.12a.5》おかしなことを言うおバカさんだね！これはきっと狄家の小せがれ陳ちゃんの口から出まかせだ！

旺跳　wàngtiào

形 元気である,活力がある,健康である＝"强健；身体健康"。山東方言：¶我下意不的這們个旺跳的俊孩兒捨了。《醒49.13b.5》私は,あの人がこんなに元気で美人の子を棄てるなんて,放っておけないんだよ。

旺相　wàngxiàng

形 元気である,活力がある,愉快である＝"有精神；身体健康"。山東方言,吳語：¶公公屢屢夢中責備,五更頭尋思起來,未免也有些良心發見,所以近來也甚雁頭鴟勞嘴的,不大旺相。《醒4.1b.4》祖父が夢の中でこまごまとした事まで責めたてたので,五更(午前4時～6時)頃思いをめぐらせ,いささかなりとも良心の呵責を感じるようになったものだから,近頃では瘦せぎすになって,余り元気がないのです。

偎儂　wēinong

形 意気地がない,無能である＝"怯懦；软弱；无能"。山東方言。"偎依；偎濃",基本的な辞書類に見えない。北京語にも見えない。但し,《山》(p.448)に同音語"偎脓"(釈義"办事能力差,效率低")が見える。《醒》では"偎儂；偎濃；五濃；伍濃"等を使用：¶幸得他不像別的偎儂孩子。《醒79.5a.7》幸い彼女は他の意気地がない子供とは違うようです。

同音語 "伍濃；偎濃"：¶我惱那伍濃昏君沒點剛性兒。《醒96.11a.2》能なし君主は気骨が無いから困るわ！¶堂翁嗔仁兄伍濃不濟。《醒98.1b.2》長官は貴兄が役立たずだと腹を立てておられるのです。

── "偎濃咂血"(意気地がない,無能である)：¶都是幾个偎濃咂血的攛包,不消怕他的。《醒53.8a.2》皆無能な輩ですぜ。そんなの,恐れるに足りないね。☆この例の"偎濃咂血"は《山》(p.448)の"偎脓杀血"(＝"办事能力差,效率低")に相当する。

── "腲膿血"(びくびくする人,意気地のない人)：¶不是腲膿血搠不出來鷙老婆。《金2.3a.1》あんなびくびくして,つつけば首を引っ込める女房とは(わたしゃ)訳が違うんだよ！☆黃肅秋校注に"偎儂"を"伍农"と同じとする。ただ,"偎儂、偎濃"は形容詞で,"五濃"は名「意気地のない人,無能の輩」の場合が多い。

── "五濃"は名詞：¶天底下怎麼就生這們个惡婦,又生這們个五濃。《醒60.13b.5》世の中にどうしてこんな毒婦が生まれるのだろう！また,こんな意気地なし(の男)が生まれるのだろう。☆名詞"惡婦"と対比させている。

── "五濃"の同音語"污農"：¶只罵道：你這污農頭忘八羔子。…《醒66.9b.2》単に「このろくでなしの馬鹿野郎！…。」と罵るだけです。☆《石》,《兒》にいずれも未収。《官》《遍》に"偎濃""偎儂""伍濃"も未収。現代語では類似音語"窩囊"(びくびくした),"窩囊廢"(意気地のない人)が相当する。

偎貼　wēitiē

動 ぴったり寄り添う,へつらう＝"偎依；巴结"。晋語：¶那老侯老張又是兩個會首,又少專功走來照管。偎貼了劉嫂子做了一處,又兼狄希陳是感激他的人。《醒69.3a.4》老侯,老張の二人は会首な

ので, 素姐の所へ来て世話を焼くことは少なくなっています。しかし, 素姐は劉嫂子に寄り添い一緒にいた。そして, 狄希陳は劉嫂子に感謝していた。

未曾　wèicéng

副　"已然"の否定, …していない(いまだ嘗て…していない) = "没(有)"。吳語, 閩語, 粤語:¶這蕭北川治療胎前產後, 真是手到病除。經他治的, 一百個極少也活九十九人。只是有件毛病不好, 往人家去, 未曾看病, 先要吃酒, 掇了个酒盃。《醒4.9b.6》この蕭北川は産前産後の治療が非常に上手で, 100人中99人までが良くなった。ただ, 一つ欠点がある。それは, 往診すると診察する前, 患者宅で先に酒を飲もうと盃を持つ点である。

—生硬な文に使用:¶有今在官監生晁源未曾援例之先嘗與氏宿歇, 後來漸久情濃, 兩願嫁娶。《醒13.2a.4》今, 官吏監生晁源有り。援納金にて官吏就任前, 氏と同宿, 後次第に情濃くして二人は嫁取り嫁入りを願う仲となれり。☆訴状ゆえに生硬になる。¶原來西門慶一倒頭, 棺材尚未曾預備。《金79.22a.3》西門慶は死んだのですが, 棺桶はまだ準備できていませんでした。¶甚至於賈璉眉來眼去, 私相偷期約的, 只懼賈赦之威未曾到手。《石69.5b.2》甚だしきは, 賈璉に流し目を送り, 逢い引きの約束をする者もあった。ただ, 賈赦の威を恐れ, 賈璉は誰にも手をつけてはいない。¶故此他未曾開口, 先向西間排插後面叫了聲安公子。《兒8.2a.1》したがって, 彼女が口を開かない前に, 先に西側の板壁仕切りの裏手へ向かって「安公子！」と呼んだ。

—"…未？":疑問文の文末に使用:¶回到蕭家, 敲門進去, 窗楞上拴了馬, 問說:那蕭老爹醒未。《醒4.11a.4》蕭家へ戻ると戸を叩いて入り, 窓枠にウマをつなぎ「蕭旦那はお目覚めになったかい。」と尋ねました。☆同構造の"…沒曾？；…未曾？"は未検出。"…不曾？"は多い。

—"…不曾？":疑問文の文末に使用(旧白話に多い):¶一脚跨進門去, 還說道:兩個睡得好自在。醒了不曾。《醒20.1b.3》戸口をまたぎ入り「お二人さんは気楽にお眠りだねえ。目覚めたかい」と言った。

溫克　wēnkè

形　優しい, 穏やかである = "溫和；溫柔"。山東方言:¶你家中的那溫克都往那裏去了。《醒44.14a.7》あんたの中にあったあの優しさはどこへ行ってしまったの。

—"溫克性兒"は名詞:¶好個溫克性兒, 年紀還小哩, 不上二十四五。《金10.6b.7》とても優しそうな感じの方で, 歳もまだ若く, 24, 5にもなっていらっしゃらないくらいですわ！

蚊虫　wénchóng

名　蚊 = "蚊子"。北方方言, 徽語, 吳語, 贛語, 粤語, 閩語:¶狄希陳蚊虫聲也不敢做, 憑他像縛死猪的一般, 縛得堅堅問問的。《醒60.11b.9》狄希陳は蚊の鳴き声のような小さな音もたてられません。括られて死んだブタのように, じっとしています。

問　wèn

介　…から = "向"。北方方言, 吳語, 湘語:¶有人說道:四十八个錢的穀, 只問人要十二个錢, 何不連這幾个錢也不要, 爽利濟了貧。《醒44.3b.1》ある人が「48錢のコメをたったの12錢でいいというなら, どうしてそんないくばくかの錢なんかいらないと言って, タダにして貧

民救済をしないのですか」と言った。

翁婆　wēngpó
名　舅姑夫の父母＝"丈夫的父母"。山東方言：¶久聞的狄大嫂甚是賢德,孝順翁婆,愛敬丈夫。《醒64.5b.4》奥様はかねがねいたいそう賢明で徳があり,舅姑には孝を尽くし,夫を敬愛していらっしゃると伺っています。

鞓鞋　wēngxié
名　綿靴,防寒靴＝"棉鞋"。北方方言：¶做了一個昭君臥兔,七錢銀做了一雙羊皮裡天青紵絲可脚的鞓鞋。《醒1.11a.8》「昭君臥兎」という女性用の頭巾を作らせた。また,7銭の銀子を使い,羊皮で中側が紺色の緞子で足にぴったりの防寒長靴を作らせた。¶素姐起來梳洗完備,穿了一件白絲紬小掛〈＝褂〉,…,白洒綾秋羅膝褌,大紅連面的緞子鞓鞋。《醒68.12b.7》素姐は起床して髪を結い,顔を洗い,白絹の肌着を着て,…,足に刺繍入りの白い薄絹の脚絆をつけ,真っ赤な緞子の長靴を履いています。¶青衲襖,腰繫孝巾,脚靸腿绷鞓鞋。《金65.6a.11》身には青い衲襖(刺繍のある着物)を着て,腰には孝帯を締め,足には綿靴を履いています。

同義語　"棉鞓鞋；鞓靴"：¶綽藍布棉背心子,青布棉鞓鞋,青綢子腦搭,打扮的好不乾淨。《醒36.9b.6》藍色の木綿の袖無し,青色木綿の綿の入った長靴や青絹の頭巾を作ってあげた。このようにして着飾るととても美しくなった。¶身穿紫窄衫,銷金裏肚,脚上覇蹄腿絣幹黃鞓靴。《金90.1b.11》身には紫の胴が狭い単衣,金を散らした腹掛け,足には皮の脚絆,綿の入った黄色い靴を履いています。

窩別　wōbie
形　気分が晴れない,気がむしゃくしゃする,意のままにならない＝"別扭；不舒暢"。北方方言：¶晁源要了紙筆,放在枕頭旁邊,要與他父親做本稿,窩別了一日,不曾寫出一个字來,極得那臉一造紅,一造白的。《醒17.11a.9》晁源は紙と筆を取り寄せ,枕元に置き,父親に草稿を作って渡そうとした。1日もがいたが,1字すらも書き出せなく,焦って顔は赤くなったり白くなったりした。

臥單　wòdān
名　敷布,布団カバー＝"被単；床単"。北方方言,客話：¶這小郎君等不的雨住,披着一條茜紅毯子臥單在身上。《金83.2a.8》この若君は,雨が止むのを待てず,赤い毛織りの敷布を身に羽織った。

── "持臥單"([熟]互いに協力する)：¶那大丫頭小柳青,小丫頭小夏景,年紀也都不小,都大家一夥子持了臥單,教那禁子牢頭人人都要躧狗尾。《醒43.1b.7》上の下女小柳青と下の下女小夏景は年齢がともに小さくはない。皆グルになり互いに協力し,その獄卒たち全員におこぼれ頂戴されてしまいます。¶情管爺兒們新近持了臥單,教打夥子就穿靴。《醒86.4b.8》きっと男どもは近頃互いに協力し,グルになっているんだろうて。

齷齪　wòchuò
形　汚い＝"骯臟；不干淨"。北方方言,呉語,西南方言,閩語。《醒》では同義語"臢；腌(＝"腌臢"[āza])"も用いるが"齷齪"が優勢：¶素姐待做,便叫小玉蘭上竈做飯,做的半生半熟,齷齪的又喫不下口,不待做,買些燒餅點心,塞在自己肚裡,也不管狄希陳喫飯不曾。《醒76.7a.5》素姐自らが食事の支度をする場合,小玉蘭に台所へ立たせてご飯を作らせた。しかし,不慣れで,汚くて食べられない。素姐が支度しない場合,シャオピン等の点心を買って自分の腹だけ満た

し,狄希陳が食べたかどうかはお構いなしです。¶即刻起身赴縣,尋着了素姐。又去尋看再冬,焦黄一个齷齪臉,蓬着个頭,稀爛的一隻腿,枷在縣前。《醒89.5b.7》すぐ県庁へ出向き,素姐を見つけた。更に再冬を見つけたが,枯れ草色になったうす汚い顔,髪の毛はざんばら,とろけたように爛れた1本の足は県庁前に枷(カセ)で繋がれている。¶那臢臉彈子,倒沒的齷齪了我這手。《金73.18a.10》こいつはこんなにも汚い顔ですよ。私の手が汚れてしまいますわ!

— 重疊型(AliAB型)"齷哩齷齪": ¶再要不齷哩齷齪的,這也叫是做哩。《醒55.6b.4》それに,(飯炊き女中ですから)本人自身が見るからに汚らしいなんていうのもダメですからね。¶弄成黑猫烏嘴,穿着汗塌透的衫褲,青夏布上雪白的鋪着一層蟣虱,床上齷離齷齪,差不多些像了狗窩。《醒92.8a.3》黒ネコかカラスの嘴のように汚くなっている。汗が浸み透った肌着やズボンを身につけているが,黒い夏服の上には真っ白なシラミが層を成す。寝台の上はとても汚い。これではほとんどイヌの寝ぐらと変わらない。

— 重疊型(AABB型)"齷齷齪齪": ¶若齷齷齪齪的,走到跟前,看了那脏模樣也吃不下他那東西去。《醒55.4a.1》もし汚いというならば,料理をそばまで持ってきたその汚い恰好を見るだけで,喉を通らなくなります。¶沒的這屋裡齷齷齪齪的,他每都在這裡不方便。《金62.10b.9》この部屋は汚いです。また,あの人達が皆ここにいるので,都合が良くないわ!☆《邇》に"腌臢;腌臟;臟"を採用するが,"齷齪"は不採用。

— 《海》の科白箇所では"齷齪"を用い"髒"を用いない: ¶耐請罷,勿弄齷齪仔衣裳。《海13.4b.4》よいから。衣装を汚さないようにな。

烏樓樓 wūlóulóu

形 (目が)くるくる動くさま,きょろきょろするさま="眼睛转动很快"。山東方言: ¶他烏樓樓的睜着眼,東一眼西一眼的看人,炤着晁夫人的臉合鼻子,碧清的一泡尿雌將上去。《醒21.9a.7》その子は目を見開きキョロキョロさせて周囲の人を見つつ,晁夫人の顔や鼻をめがけてきれいな碧色のおしっこを飛ばした。

五積六受 wǔjī liùshòu

[熟] とても気分が悪い,しっくりしない,不安でどきどきする,居ても立ってもいられない="浑身难受;不得劲儿"。北方方言: ¶這五積六受的甚麼模樣。可是叫親家笑話。《醒59.5b.3》とても気分が悪いのよ。何てざまだい。まったく親戚の人に笑われているでしょうよ。☆"五積六獸;五積六受;五脊六獸"とも作る。

— "五脊五獸" 連 宮殿式建物の五つの峰と四隅に飾る獣の五つの頭: ¶原來五間大廳毬門蓋造,五脊五獸,重檐滴水,多是菱花格廂。《金72.12a.7》五部屋続きの大広間で,毬型の入り口には五つの獣の像が立ち並び,二重の軒に格子は全て菱形模様です。

五膿、伍濃、污膿 wǔnong、wūnong
⇒ **偎儂** wēinong

伍弄 wǔnòng

動 いい加減に行う="凑合;敷衍;糊弄;将就"。山東方言: ¶宋主事情願與他買棺裝裏,建醮念經,伍弄着出了殯。《醒71.13a.6》宋主事は童七の為に棺桶を買い入棺し,読経等の法事を行い,何とか出棺した。

同音語 "侮弄": ¶薛如卞道:…。你只見景生情,別要跟着姐姐胡做,得瞞就瞞

得哄就哄,**侮弄**着他走一遭回來就罷。《醒77.3b.6》薛如卞は「…。お前は臨機応変に,姉さんにバカな事をさせないようにするんだ。騙せる時は騙し,おだてる時はおだてて,何とかうまくやって,一っ走りしてくるんだな」と言った。

舞弄　wǔnòng
動　弄ぶ,振り回す＝"耍弄;揮动"。吳語：¶拿了根槓子,沿塲**舞弄**,不歇口用白椀呷那燒酒。《醒86.8a.1》手には棒を持ち舞台のへりで弄び,口には休まず白い椀で焼酎を飲んでいる。

舞旋　wǔxuán
動　愚弄する,弄ぶ＝"玩弄;折騰;舞弄"。山東方言：¶惟狄希陳一个字也不認得,把着口教,他眼又不看着字,兩隻手在袖子裏不知**舞旋**的是甚麼,教了一二十遍,如教木頭的一般。《醒33.10b.7》ただ狄希陳だけが1字すらも分からない。口移しで教えても彼の目は字を見ておらず,両手は袖の中へ入れ何かを弄んでいるよう。10回,20回と教えても,さながら丸太にでも教えているようなものだ。¶寄姐仍把狄希陳蒯脊梁,搗胸膛,紐大腿裏子,使針札〈＝扎〉肐膊,口咬妳膀,諸般刑罰,**舞旋**了一夜。《醒79.11b.5》寄姐はなおも狄希陳の背中を引っ掻き,胸ぐらを叩き,太股の内側をつねり,針で腕を刺し,乳首を嚙むのです。このように,様々な刑罰を行って,一晩中悩ませます。

— ABB型"舞旋旋"：¶小鐵棍兒笑嘻嘻在根前**舞旋旋**的,且拉着經濟問姑夫要炮燀放。《金24.3b.3》小鉄棍はにこにこしながら前でとびはねている。そして,経済を引っ張って花火を上げて欲しいとせがんだ。

同音語　"伍旋"：¶及至拉過襖來,又提不着襖領,**伍旋**了半日,方纔穿了上下衣裳。《醒95.12a.3》袷の上着を引っ張ってきたが,襟がどこなのかわからない。長い間いじくり回して,ようやく上下の着物を着た。

兀禿　wùtū
形　(食べ物・飲み物が)熱くも冷たくもない＝"不冷不熱"。北方方言：¶不着卵竅的亂話說了幾句,不冷不熱的**兀禿**茶呷了兩鍾,大家走散。《醒99.3a.3》何の意味もない言葉を発し,冷めた茶を2杯ほど飲んで皆は散じた。

杌子　wùzi
名　背もたれの無い方形の小さな腰掛け＝"凳子"。北方方言,過渡,閩語。《醒》では同義語"杌;杌凳;板凳"も使用。時に"杌子"も使用：¶那些時扶着个**杌子**還動的《醒30.13b.3》その時は小さな腰掛けを支えにしてまだ動けました。¶武松讓哥嫂上首坐了,他便掇**杌子**打橫。《金2.2a.6》武松は兄とその妻を上座に勧め,自分は腰掛けを持ってきて脇に腰を下ろしています。¶賈母忙命拿幾個小**杌子**來。《石43.2a.10》賈母は急いで幾つかの腰掛けを持ってくるように言いつけた。¶他父女,夫妻就在木牀上坐下,穿紅的女子便去靠牕戶**杌子**上坐下。《兒7.11a.4》父娘,夫婦は木の寝台に腰かけ,赤い服の女は窓際の椅子に座った。

兒化語　"杌兒;杌子兒"：¶李瓶兒拿**杌兒**在旁邊坐下。《金38.9b.7》李瓶児は腰掛けを持ってきて傍らに座った。¶他穿好了花兒,便坐在那小**杌子兒**上啐着煙灰兒。《兒38.2b.1》彼女は花を挿し終わり,腰かけに座りながらタバコを吸っています。

同義語　"杌凳;杌橙"：¶素姐因廟中唱戲,筭計要看這半日,回到下處,明日起身回家。叫呂祥問住持的道士賃了一根

机凳,好躧了觀看。《醒86.7a.10》素姐は,廟の中で芝居があるのでその半日は見物してから宿へ戻り,翌日発って家へ帰ろうともくろみます。そこで,呂祥に住職の道士から小さな腰掛けを借りて貰った。それは,踏み台にして見るのに好都合なのです。¶安太太順手就把他拉在挨炕一個机橙〈=凳〉上坐下。《兒12.4a.6》安夫人はその手で彼女をオンドル近くの背の低い椅子に引っ張って座らせた。

児化語 "杌橙兒":¶叫過花鈴兒來,要扶了他自己杌橙兒去揭起那層絹幕來。《兒29.14b.8》花鈴児を呼んで助けてもらいつつ,彼女自身が腰かけに座ろうとしたとき,その絹の幕を取りのけました。☆《官》に"凳子",《邇》に同音語"櫈子"は収録するが,"杌子"などは未収。"杌子"は方言である。

物件　wùjiàn

名 もの,品物="东西"。北方方言。現代語では「道具類」を指す。《醒》では同義語"東西(兒);物事"も使用:¶那官府有死了人的,他用的都是沙板,不要這等薄皮物件,所以不用當行,也不怕他白白拿去。《醒33.3a.4》役所で死人が出ると,全て杉の板を棺材として用い,そういう薄いものは用いない。したがって,そのような棺桶の製作を引き受けることもない。この結果,ただで持って行かれる心配もない。¶狄希陳在袖中捏那孫蘭姬撩來的物件,裡邉又有軟的,又有硬的,猜不着是甚麼東西。《醒50.6b.7》狄希陳は袖の中で孫蘭姫が残してくれたものをつまんでみた。中身は柔らかい所も硬い所もあり,それがどういう物かは見当がつかなかった。¶老魏同魏三封開了他的箱櫃,凡是魏家下去的東西盡情留下。凡是他家賠〈=陪〉來的物件,一件也不留。《醒72.3b.5》老魏と魏三封は,彼女の箱を開けると,凡そ魏家が結納として贈った品はことごとく残しました。ただ,彼女の実家がこしらえた嫁入り道具は,一つたりとて残しません。¶見官哥兒的戲耍物件都還在根前,恐怕李瓶兒看見,思想煩惱。《金59.21b.11》官哥の遊ぶおもちゃがまだ全て眼前にあったので,李瓶児がそれを見て思い悩むのではと心配した。¶雖有幾樣男人物件,都是小孩子的東西。《石74.10a.8》幾つかの男の品がありましたが,どれも子供のものばかりです。

児化語 "物件兒":¶王姑子道:…。只是用着一件物件兒難尋。月娘道:什麽物件兒。《金40.2a.1》王尼は「…ただ,探しても見つかりにくい物があります」と言いますと,月娘は「どんな物かね」と尋ねます。

物事　wùshì

名 もの="东西"。吳語,閩語:¶晁住將晁夫人囑付的話一一說了,又將晁夫人稍〈=捎〉去的物事一一交付明白。《醒8.6a.7》晁住は晁夫人の言いつけを一つ一つ申します。また,晁夫人がことづけた品を一つ一つ渡します。¶張看沒有別人,探出半截身,去袖裡取出一件物事往狄希陳懷裡一撩。《醒50.6b.1》誰もいないのを確認すると,半身になり袖の中からある物を取りだし,狄希陳の懐にぽんと投げた。¶晁老叫人拾得起來,包來放在袖內。可煞作怪,這幾件物事沒有一个人曉得的。《醒17.11a.2》晁老は拾わせ包んで袖の中に入れた。実に不思議なことに,この幾つかの物は誰も知らないのです。¶此是月姐稍〈=捎〉與爹的物事。《金67.6a.2》これは月姐が旦那様に贈るものです!¶雨村歡喜自不必說,乃封百金贈封肅,外謝甄家娘子許

多**物事**,令其好生養贍。《石2.3b.1》雨村が喜んだのは言うまでもない。そこで,百金を封粛に贈った。他に,甄家の妻へも多くの品物を送り,体を大切にして貰おうと考えた。¶這驢兒日行五百里,但遇着歹人,或者異怪**物事**,他便咆哮不止,真真是個神物。《兒8.11b.1》このロバは,日に五百里も歩けるのよ。それに,悪い輩や異常なものに出くわせば,唸り声をあげてやまないのよ!本当に珍重なものなの。

[兒化語]"**物事兒**":¶你既要鞋,拿一件**物事兒**,我換與你。《金28.6b.6》あんたが(捜し物の)靴を欲しいのなら別の品を持ってきてよ。交換してあげるからさ!

——《海》の科白箇所では"物事"を用い"東西"を用いない:¶問聲俚看,還要俙**物事**,就添來咪帳浪末哉。《海12.3a.10》更にどのような品物がほしいのか,彼女に聴いてみて,もし要るものがあれば帳面に書き足して下さるとよい。

物業　wùyè

[名] 資産,財産 = "家产;家业"。山東方言,呉語,粤語。《醒》では同義語"產業;家事;家私"も使用:¶只有這个姪兒,儹就有幾千幾萬兩的**物業**,人只好使眼瞟咱兩眼罷了,正眼也不敢看儹。《醒21.12a.2》このお坊ちゃんさえおれば,ワシらにたとえ何千何万両の財産があっても,他人は横目を使うだけにすぎないかもしれませんが,まともにはワシらを見られないですぞ!¶我想儹攬的**物業**也忒多了。如今不知那些結着大爺的緣法,一應的差徭都免了儹的。《醒22.2a.10》私は思うんだが,うちの抱える財産はとても沢山あるのよ。それに,今ではどういう訳か県知事旦那様とご縁を結び,全ての差役(賦役)を免除して下さっているのです。¶你說的甚麼話。我一个錢賣己你,清早寫了文書,後晌就是你的**物業**。你掘幾千幾萬,也就不與我相幹了《醒34.5a.9》何をおっしゃいます!私は銭であなた様にお売りしました。朝,証文を書けば夕方にはあなた様の財産です。したがって,あなた様が何千何万両を掘り当てても私とは関係ありません!

[同音語] "**屋業**":¶晁無晏那夥子人待來搶你的**屋業**,我左攔右攔的不叫他們動手。《醒32.13a.4》晁無晏の奴らがお前らの家財を奪おうとしていた時,奴らが手を下さないようワシがあれこれ阻止してやったのじゃぞ!¶老公看顧你一場,你合我裏頭住,就合爺娘分給孩兒們**屋業**孩兒們守着,爹娘心裏喜歡。《醒71.8a.7》(この家は)ご老公様がお世話下さって,我々がその中に住んでいます。これは,両親から子供へと引き継いだ家産です。それを我々が守ってゆけば両親も喜ぶことでしょう。

X

稀 xī
副 とても＝"表示程度深,用在单音节形容词前"。北方言,江淮方言,西南方言,吳語:¶背了傳桶裏偸買酒吃,吃得稀醉。《醒54.10a.9》人に見られないように役所にある伝声筒を利用してこっそり酒を買って,べろんべろんに酔うまで飲むのです。

稀稜掙 xīléngzhēng
形 まばらである＝"稀疏"。山東方言:¶那丫頭纔留了頭,者大瓜留着個頂搭,焦黃稀稜掙幾根頭髮,扎着夠棗兒大的個薄揪。《醒84.4a.10》その少女はようやく髪の毛を伸ばしたばかりで,頂きに髪をとどめ,赤茶けたまばらな髪の毛をナツメの大きさの揚卷に束ねている。

稀哩麻哩 xīlimáli
形 愚かである＝"糊里糊涂;稀里馬虎"。山東方言:¶也只稀哩麻哩的勾當,生下甚麼。《醒55.10a.2》そんなことは,いいかげんにしていましたので,子供は一人も産んでいません。

稀流薄盪 xīliú bódàng
[連]（スープ,粥などが）とてもうすい,薄い液体のさま＝"（粥、汤等）很稀"。北方方言:¶城裡邊有一座極大的高橋,一个半老的人,挑了一担〈＝擔〉黃呼呼稀流薄盪的一担〈＝擔〉大糞,要過橋來。《醒62.8a.4》城内に非常に大きな高い橋がありました。一人の半ば年老いた人が黃色のどろどろした下肥を天秤棒で一荷担いできて,橋を渡ろうとしています。

媳婦兒 xífur
名 妻＝"妻子"。北方方言。"媳婦"は,兒化すれば身分の賎しくない人の妻,息子の嫁:¶別也沒有甚麼該拿訛頭的事。我只風裏言風裏語的,一像家裏取了个唱的,如今通不理媳婦兒,把媳婦兒一氣一个死。一似那唱的也來了,沒敢叫偺知道。《醒7.3b.1》別に何も弱みにつけ込んで財物をゆすられることはないです。ただ,私は噂に聞いたのですが,妓女を一人娶ったようなんですね。今じゃ正妻のお嫁さんを全く構わないどころか,怒りのあまり憤死させようとしていて,その妓女が来たことも我々によう知らせないのです。¶沒倒家說。要沖撞了媳婦兒就割舌頭,要沖撞了婆婆可該割甚麼的是呢。《醒69.11a.5》何を言っているの。嫁と衝突して舌を切られるなら,逆に,姑にたてつけば一体何を切られることになるの。¶媳婦兒心中不喜,求丈人在面前勸他。《醒91.7b.10》妻が心中不快でして,お父上から直接妻をなだめて下さるようお願いいたします!¶也是個人家媳婦兒養頭次娃兒。《金50.11a.10》ある家のお嫁さんが初めて赤子を産んだのです。¶就說媳婦兒也罷,也有這樣當面鼓,對面鑼的說親的嗎。《兒9.19a.2》たとえお嫁さんについて言ったにせよ,こんな風に「面と向かって」縁談を持ちかけるものかな？— 非兒化語"媳婦"（使用人の妻）:¶那个來請計氏的家人媳婦,將計氏的話一五一十學與珍哥。《醒2.6a.6》計氏を招きに来た下男の妻は,計氏の（夫とは何の関わりもないという）言葉を一から十

まで全て珍哥に伝えた。¶晁書**媳婦**在那廂房吃着飯,聽見舅爺合夫人說的話,心裏道:苦哉,苦哉。《醒18.7a.5》晁書のかみさんはその離れでご飯を食べていた。義兄と夫人とが話をしているのを聞き,心の中で「困った!困った!」と思った。¶是一位老爺,一位奶奶,一位小夫人,一個使女,兩房家人**媳婦**,三個管家,是河南衛輝人,姓薛,原任兗州府學的教授。《醒25.1b.4》あの人達は,旦那様,その奥様,ご側女様,一人の下女,2家族の使用人とその女房,三人の執事です。河南衛輝府の人で,姓を薛と申します。もと兗州府学の教授を務めておられました。¶如今那住兒**媳婦**和他婆婆,仗着是媽媽,…《石73.12a.4》今では(下男)住児のお嫁さんとその姑とが乳母であるのを頼みとして,…¶隨緣兒**媳婦**,隔了兩三年不見,身量也長成了。《兒20.7a.8》随縁児の嫁は2,3年会わないうちに背も高くなりました。

— 非兒化語"**媳婦**"(「既婚女性」)に対する通称):¶你可急急收拾,同了**媳婦**計氏隨往任中,乘便也好求幹功名,不可有悞。《醒6.3a.9》お前は大急ぎで準備し,嫁の計氏と共に任地へ行き,機会を捉えて功名を求めるのが良い。ゆめゆめ遅れてはならぬぞ!¶怎麼得那老娘娘子在家,叫他看看好清門靜戶的根基**媳婦**纔好。《醒12.13a.3》お父様やお母様が家にいらっしゃったら,ご立派な家柄のお嫁さんをお見せしたいわ!¶一連娶三個**媳婦**都吃他扒了。《金33.11a.11》続け様,息子に貰った三人の嫁は,全てこやつによって犯されたのです。¶這時候忽然又給説起**媳婦**來。《兒9.19a.1》今,急にお嫁さんについて言うとはね。

— "**媳婦**"+接尾辞"子"(使用人の妻,身分の低い嫁):¶誰肯對俺說。這是**媳**婦子們背地插插,我綽見點影兒。《醒7.3b.3》誰が私達に言ってくれますか。これは,使用人の女房達が陰でぺちゃくちゃ言っているのです。¶珍哥自從計氏附在身上采拔了那一頓,終日淹頭搭腦,甚不旺相,又着了這一驚,真是三魂去了兩魄,就是那些**媳婦**子丫頭們也都唬的沒了魂。《醒12.6b.6》珍哥は,計氏の幽体が体に乗り移ってひどい目に遭ったあの時以来,1日中しょんぼりし,全く元気がない。そして,今度また不成仏の霊によって驚かされ,本当にびっくり仰天腰をぬかした。使用人の女房や若い下女達も驚いて気もそぞろになっている。¶晁老道:你不要聽人的胡説。叫**媳婦**子讓二位媒婆東屋裏喫飯。《醒18.3b.5》晁老は「お前は人のでたらめを聞いてはいかん!」と言った。そこで,使用人の女房達を呼んで二人の縁談の仲介女に東の間で食事をしてもらうよう言いつけた。¶你就是來旺兒**媳婦**子從新又出世來了,我也不怕你。《金72.3a.3》お前がたとえ来旺児の女房の生まれ変わりでも,わたしゃ怖くないよ!¶不防和一個年輕的小**媳婦**子撞了個對面。《石16.4b.2》不意に一人の若い嫁っ子に正面からぶつかったんだ。¶隨緣兒**媳婦**,隔了兩三年不見,身量也長成了,又開了臉,打扮得一個小**媳婦**子模様,尤其意想不到,覺得詫異。《兒20.7a.9》随縁児の嫁は2,3年会わないうちに背も高くなりました。顔や首のむだ毛も綺麗に抜き取り,身繕いがすっかり若妻らしくなっています。この事が意外にも奇妙に感じられたのです。

洗刮　xǐguā

動 洗う,洗濯する ="梳洗:洗"。中原方言:¶拿了狄員外的一腰洗白夏褲,又叫狄周來伺候先生**洗刮**換上。《醒33.15a.9》

(相于廷が)狄員外の洗濯した白い夏用の下ズボンを手に持ち,また,狄周も呼び寄せ,先生の世話をさせ,洗って穿き替えてもらった。

洗換 xǐhuàn

名 月経＝"月经"。山東方言。《醒》では同義語"月信"も使用:¶珍哥従去打圍一月之前,便就不来**洗換**了,却有了五個月身孕。《醒4.8a.4》珍哥は狩りをしに行く1ヶ月前から月経が来なくなった。実は妊娠5ヶ月になるのだ。¶我問他来,果然半年没**洗換**,身上懐着喜事哩。《金90.5a.6》私はあの人に尋ねたんですわ。やはり半年ほど月のものがないの。要するに,できちゃったのよ!

動 (衣服を)洗って着替える:¶到第七日道場圓滿,設了一个監牢,把素姐**洗壞**〈＝換〉了濃粧,脱了艶服,粧了一个囚犯坐在牢中。《醒64.12b.10》7日目を迎え,法事は滞りなく終わった。そこで,牢獄をしつらえ,素姐に厚化粧を落とさせ,派手な服装を脱いで貰い,囚人の身支度で牢獄の中に入らせた。

洗浴 xǐyù

動 入浴する,風呂へ入る＝"洗澡"。徽語,呉語,贛語,客話,閩語。《醒》では同義語"洗澡"も使用:¶傍晩,計氏**洗了浴**,點了盤香,哭了一打場。《醒9.4a.7》夕方,計氏は入浴し終えると渦巻き線香に火をつけ,ひとしきり大泣きしました。¶他到了十二月十五日酉時,候燒湯**洗了浴**,換了新衣。《醒22.7b.6》彼は12月15日酉の刻,湯が沸くのを待って沐浴をし終え,新しい着物に着替えます。¶教秋菊熱下水要**洗浴**。《金29.11b.7》秋菊にお湯を沸かせて入浴しようとなさいました。¶姑娘脱孝回來,舅太太便催着他洗頭**洗浴**。《兒24.13a.2》娘は喪服を脱いで戻ってきますと,伯母さんは彼女

に髪を洗い湯浴みするよう促しました。

喜洽 xǐqià

形 表情がにこやかである,和らいだ顔である,和らいでいる＝"和颜悦色"。山東方言:¶這鄭就吾極不知趣,這們个**喜洽**和氣的姐兒,也虧你放的下臉來哩。《醒38.9b.5》この鄭就吾は思いやりがないな。こんなにも愛想の良い女だ。お前もにこにこしたらどうだ。¶前向同張大嫂来庵裏與菩薩燒香,好个活動的人,見了人又**喜洽**,又謙和,可是一位好善的女人。《醒64.1b.2》以前,張奥さんとご一緒に手前どもの尼寺にお越しになり,菩薩様にお焼香して下さいました。とっても活発な方です。人に会えばニコニコなさり,また,謙虚です。本当に善行をよく行う女性です。¶後来我接着往他家走,周大叔為人極**喜洽**,見了好合人頑。《醒72.10a.10》その後,私は引き続いてその方の家へ行かせてもらっています。周さんはお人柄がとても温厚で,人に会えばよく冗談をおっしゃいます。

同音語 "喜狎":¶見我去,恰似會了幾遍,好不喜狎。《金78.11b.7》私に会うと,まるで何度か会ったかの如く,とてもにこにこしてくれたわ。

躧訪 xǐfǎng ⇒ cǎifǎng

躧狗尾 xǐ gǒuwěi ⇒ cǎi gǒuwěi

係 xì

動 …です,…である＝"是;为"。客話,粤語:¶將三十歳生子晁源,因**係**獨子,異常珍愛。《醒1.2b.8》30歳でもうけた子の晁源を一人っ子のため,異常なほど溺愛しました。¶三奶奶,這羅萬把石穀不**係**小事,如何不托孫子,倒托兩个家人。《醒32.6b.4》三奥さん,この1万石ほどの穀物を売り出すのは小事ではあり

ませんぜ！それなのに，なぜ身内の孫に託さないで，逆に二人の使用人なんかに託すのですか。¶我如此一條猛漢,這樣貧困,在此打鐵為生,口也糊他不足。你既**係**財神,何不相濟。《醒34.2a.5》ワシはかくなる豪傑じゃが，ここで鍛冶屋をしておる。しかし，ひどい貧乏で食うにも困るありさまじゃ。お前さんが福の神ならば，どうして助けてくれないんじゃ。¶要羅織月娘出官,恩將仇報,此**係**後事,表過不題。《金31.4a.10》月娘を罪無き罪に陥れようと自首させました。恩を仇で返したのですが，これは後の事で，今は述べません。¶小的聞得老爺補陞此任,亦**係**賈府王府之力。《石4.5a.7》私はお殿様がこの任務に補されたのも賈，王両家の力だと伺っておりまする。

細佻　xìtiao

形　すらりと引き締まって美しい，スリムである＝"身长；身材细长；苗条"。北京方言，山東方言。《醒》では同義語"苗條"は未検出：¶紫堂色的面皮,人物也還在下等。**細了佻**的體段,身材倒可居上中。《醒25.6b.4》赤黒き顔，人物はまだ下等にあり。細長き体は上の中に居るべし。

同音語　"細挑"：¶那賈芸口里和寶玉說着話,眼睛却溜湫兩丫鬟,**細挑**身材,容長臉面。《石26.4b.6》賈芸は宝玉と話をしながら，目はその小女中のすらりとした体つき，おも長の顔へと見やった。
── "細佻" ＋ 接尾辞 "子"：¶那漢子黃白淨**細了佻子**,約有二十八年紀,說是山東臨清州人,名字叫是張樸茂。《醒84.4a.2》その夫は色白で体がひょろ長く，年の頃27, 8歳で，山東臨清州の人だという。名は張樸茂という。

瞎　xiā

動　紛失する，遺失する＝"失掉；损失；糟蹋"。北方方言：¶見後來事犯,纔把銀子散與我們,這不成了糟鼻子不喫酒,何濟于事。可惜**瞎**了許多銀子。《醒17.8a.4》後で事件が発覚したのを見て，ようやく銀子を我々にばらまいたのです。これは「いかにも飲んべえらしいザクロ鼻をしているくせに飲まない」つまり，全くの見かけ倒しというもの，何の役に立つものですか。残念なことに多くの銀子を無駄になくしてしまいますよ。¶這們可惡。不是你自己見了周奶奶,這股財帛不**瞎**了。《醒49.12a.10》何と憎たらしい！あんた自身が周奥さんに会わなければ，その財はなくなっていたでしょうよ。¶最放不下的七爺,七八十了,待得幾時老頭子伸了腿,他那家事,十停得的八停子給我,我要沒了,這股財帛是**瞎**了的。《醒53.6b.10》最も安心できる七爺が7, 80歳になるんだ。あの老いぼれがくたばると，奴の財産のうち十中八九はワシのものじゃ。でもな，ワシが先に死ねば，その財産は遺失することになるなあ。¶你老人家少要替人生氣,看氣着你老人家身子,值錢多着哩。**瞎**了銀子,可沒人賠你老人家的,不可惜。《醒83.5a.10》あなた様は，他人のためにお怒りになるのはおよし下さい。怒ってあなた様のお体にさし障りができたりしたら，随分銭がかかります！銭をかけた所で，誰もあなた様に弁償できません。そんなの惜しいです。

瞎頭子　xiātóuzi

名　1. やみくもなこと，藪から棒のことがら，見境ないこと，めったやたらなこと＝"没头没脑；无头无绪"。山東方言。多く副詞的修飾用（"白白地"）：¶留着這幾錢銀子,年下買瓜子課〈＝嗑〉也是

好的,瞎頭子丢了錢。《醒6.12a.5》いくらか銀子を残しておき,お正月にウリの種でも買って食べた方がましだわ!訳もわからず錢を失ったりして!¶只怕你沒這們的本事,可惜了瞎頭子傳己你。《醒58.5b.4》ただ,キミには腕が無いから教えても無駄になるかな。

2. 嘘,でたらめ="虚妄"。山東方言:¶這様瞎頭子的營生,那裏去與他緝捕。《醒26.7a.4》このような見境も無いデタラメ事件を出されてもな。だったら,どこへ捕らえに行けばいいのかね。

瞎帳　xiāzhàng

名 無駄な事,全く効果の無い事="毫无功效的事情"。山東方言。明代では《醒》以外でも使用:¶我們這裏打路庄板的先生真是瞎帳,這是江右來的,必定是有些意思的高人。《醒61.2b.9》このあたりで占いをする先生は,全くでたらめだが江西から来たというのなら,きっとよく当たる達人に違いない。

下變　xiàbiàn

動 心を鬼にする,むごい事をする="不忍心;舍不得"。山東方言:¶我們不能庇護他罷了,反把他往死路裏推將出去,這阿彌陀佛,我却下變不得。《醒15.3b.7》私達が彼らをかくまうことができないのならばそれはそれで仕方ないでしょう。しかし,逆に,彼らを死地へ追いやるのは,罰当たりなことです。私は心を鬼にすることはできません!

下狠　xiàhěn

動 むごい気持ちを出す,意地悪くする="下狠心"。晋語:¶上完了紙價,他倒俐亮。仗賴二位哥下狠催着他,鱉他鱉兒,出出僭那氣。《醒10.13b.4》(土地を返してやると売却して)罰銀を納め終えて奴は逆にすっきりするだろう。お二方の兄貴にお願いがあるんだ。奴をきつくせかせて,息が詰まる程困らせてくれ!そうすれば,ワシの鬱憤も少しは晴れるというものだ!¶他進御本,我不怕他,我只怕他有巡道這一狀。他若下狠己你一下子,什麼銀錢是按的下來,什麼分上是說的下來。《醒11.5a.1》奴らが皇帝へ上奏してもワシは恐れない。ただ,ワシが恐れるのは,奴に巡道の告發狀があることだ。奴らがもしお前を告訴すれば,ワシの錢なんかで抑えつけられるかい。また,どんな情にからめて説得できるかい。どれもできないよ。¶狄奶奶下狠的打時,他二位還着實的勸哩。《醒80.13b.6》狄奥様が心を鬼にしてぶった時,あのお二方はきっちりとなだめて下さったのです!¶他或有時不在,魏氏與侯小槐偸做些勾當,他回來偏生曉得,把魏氏下狠的凌虐,後來連話也不敢與小槐私說一聲。《醒42.8a.8》奴が時に不在だと,魏氏は侯小槐とこっそり何やらよからぬこと(情事)をする。奴が戻ってきて,間の悪いことにばれると,魏氏をこっぴどく虐げます。したがって,彼女は後に侯小槐に一言の言葉すらもかける勇気がなくなりました。

— 分離型"下△△狠":¶僭姉妹的情長,別人下這們狠罷了,僭是一路的人,你也下意的。《醒98.11b.2》私達姉妹の情は深いでしょ。他人が意地悪くむごい事をするのはしょうがない。けれども我々は同じ仲間よね。それを見捨てるなんて,あんたできるかい。

— 重疊型"下下狠":¶我再下下狠,把銀匠的老婆,銀匠的丫頭子,都拿到衙門來,捞的尿屎一齊阿〈=屙〉。《醒87.3b.4》ワシが更にちょっときつくやれば,銀細工職人の女房とその娘もろとも役所へ連れて来て,指を挟む酷刑によって

小水も糞便も一斉に漏らすほどにもできるんだぞ！

下老實 xià lǎoshi

[熟] **1.** とても，非常に＝"十分；非常"。山東方言：¶你只休搶着他的性子，一會家喬起來，也下老實難服事的。《醒19.5b.7》あんた，あの人の性格に逆らうのはおよし！一旦，カッとなられたら，とても仕えるのは難しいよ！¶雖是空罈，有鬼在内，誰知那兩个罈都下老實的重。《醒27.12a.7》空のカメではあるが，中には亡霊がいる。よって，その２つのカメはとても重いのだが，この事は誰も知らない。¶虧了大的丫頭子，今年十二了，下老寔〈＝實〉知道好歹，家裏合他奶奶做伴兒。《醒49.10a.4》幸い大きい方の女の子が今年12歳で，とても分別が分かっているので家では奥様のお供をしてくれているのです。

2. 一所懸命になる，懸命に力を尽くす＝"拼命地"。山東方言：¶他老人家倒也粧聾作啞的罷了。倒是各人自己的心神下老實不依起來，更覺得難為人子〈＝了〉。《醒23.8b.2》(誰かが良心に恥じる事をすると)あの方は，耳も口もきけない振りをするのです。そうなれば，皆自分の心の中で是が非でも承知できなくなり，愈々困る事になるのです。

下攀 xiàpān

[動] こらえる，心を鬼にする，思い切れる＝"忍心；舍得"。山東方言。"下攀的"は"下攀不的"の反義語：¶老爺作難，全是為他也有好處在偺身上，怎麼下攀的這个心。《醒14.9b.9》大旦那様がお困りなのは，彼らが多くの良いこともしてくれたからです。どうしてそう心を鬼にできますか。

[類似語] "下變不得"：¶我們不能庇護他罷了，反把他往死路裏推將出去，這阿彌陀佛，我却下變不得。《醒15.3b.7》私達が彼らをかくまうことができないのならばそれはそれで仕方ないでしょう。しかし，逆に，彼らを死地へ追いやるのは，罰当たりなことです。私は心を鬼にすることはできません！

[同義語] "下般"：¶月娘見他唬的那等腔兒，心中又下般不的。《金26.16b.9》月娘はその子が余りにもひどく恐れている様子を見て，心中，見放すこともできなくなりました。¶緊叫人疼的魂兒也沒了，還要那等撥弄人，虧你也下般的。《金75.19a.6》魂が抜けるほど痛めつけさせ，更に思うように弄ぼうとしているのね。あなたのせいでどれだけ耐えねばならないか！

下意 xiàyì

[形] 薄情である，むごい＝"忍心"。山東方言。《醒》では同義語"忍心"も使用：¶他養活着咱一家子這麼些年，咱還席也該養活他，下意的送二兩銀子，也不叫他住二日，就打發他家去。《醒27.9a.8》あの人達は僕ら一家を長い年月養ってくれました。そのお返しから言っても今度はあの人達を養ってあげるべきです。それなのに，薄情にも２両の銀子をあげただけで，2,3日すらも泊まってもらわないで，すぐに追っ払うなんて！¶大嫂，你怎麼來。他合你有那輩子冤仇，下意的這們咒他。《醒75.2b.10》奥さん，一体どうしたんですか。旦那様と奥さんの間には前世の怨恨があるのかもしれませんが，薄情にもご自分の夫をこんなにも罵ったりして！

[動] こらえる，心を鬼にする＝"忍心"。山東方言。《醒》では同義語"忍心"も用いる：¶寄姐禁不起他小心下意，極其奉承，也就漸漸的合他成了一股。《醒95.9a.10》寄姐は，(素姐が)言葉に気をつけて

こらえ、お世辞を言うので、徐々にうちとけてゆきました。¶俺姉妹的情長,別人下這們狠罷了,俺是一路的人,你也下意的。《醒98.11b.3》私達姉妹の情は深いでしょ。他人が意地悪くするのはしょうがないけれども、我々は同じ仲間よね。それを見捨てるなんて、あんたできるかい。¶我見你老人家剛纔慘惶,我到下意不去。《金95.7b.10》あなた様が先ほどとても狼狽しておられたのが、私にはかえって我慢できなかったのです。

嗄飯　xiàfàn

名 おかず、副食品＝"菜肴;副食品"。北方方言、徽語、呉語：¶恰好孫蘭姫正在家裏,料他今日必定要他家,定了小菜做了四碗嗄飯,包了扁食,專在那裏等他,流水的打發他吃了。《醒38.6b.4》うまい具合に孫蘭姫は家にいた。彼女は、彼(希陳)が今日必ず自分の家へやってくると思い、簡単な酒の肴を事前に準備し、4碗のおかずを作り、餃子も作った。そして、そこで彼を待ち、来るなりすぐに食べさせた。¶那知珍哥棄舊迎新,絕無往日之意,不疼不熱的話說了幾句,把那送的嗄飯揀了兩碗,煖了壺酒,讓晁住吃了。《醒43.5a.5》ところが、珍哥は古いものを棄て新しいものに乗り換えていた。昔の気持ちは微塵も無い。淡々と情のこもらない言葉で、その届けられた料理を2碗選び出し、酒を燗して晁住に食べさせた。¶登時四盤四碗拿來,卓上擺了許多嗄飯,吃不了。《金35.13b.3》ただちに4皿、4碗が運ばれてきました。卓上には多くのおかずが並べられ、食べきれないほどです。

同音語 "下飯":¶玳安拿了一大壺酒,幾碟下飯,在前邊鋪子裡還和傅夥計、陳經濟同吃。《金64.1a.8》玳安は大きな德利の酒と幾皿かのおかずを持ってきて、前の店で傅番頭と陳経済とで飲んでいます。

先兒　xiānr

名 先生＝"先生"。北方方言。《醒》では同義語"先生"も用いる：¶叫掌案的先兒寫个票兒,連那銅杭杭子兑个清數,連人發給理刑周百戶,叫他照數替我嚴限的追。《醒70.11b.4》文書係を呼んで証票を書いて貰え！あの銅の代物をはっきりと数の分だけ支払わせ、人間もろとも理刑の周百戸へ送り、額面通り期限を切って追求させろ！¶薛内相道:却是那快耍笑的應先兒麼。《金58.4a.7》薛内相は「何と、冗談のうまい応先生でしたか?!」と言った。¶那兩個女先兒回說:…。《石54.5a.7》その二人の女講釈師は「…。」と答えた。

掀騰　xiānténg

動 公然と言い出す、騒ぎ立てる＝"張扬;闹腾"。山東方言：¶倒也虧不盡你把這事早掀騰了,要待閨女過了門,可怎麼處。《醒46.6b.9》お前がこの事を早めに公にしてくれたお陰だよ。ワシの娘が結婚してからではどうしようもないからな。

涎不痴　xiánbuchī

形 煮え切らない、ぼさーっとしている＝"不爽快;傻里傻气的"。山東方言：¶你這們涎不痴的,別說狄大嫂是个快性人,受不的這們頓碌,就是我也受不的。《醒64.10b.5》本当にはっきりしない人ですね。狄奥様のようなテキパキした気性の人は、こんなぐずぐずしたのには耐えられないのです。それどころか、たとえ私でも無理ですね。

涎瞪　xiándèng

動 ニヤニヤした目で見る、にやけてじっと見る＝"嬉皮笑脸地瞪大眼睛;不庄重地盯着看"。山東方言：¶晁無晏涎

瞪着一雙賊眼,望着晁近仁兩个說道。《醒32.7b.4》晁無晏はにやけて狡猾な目で晁近仁ら二人に向かって言った。¶狄希陳…看見素姐,一个丘頭大惹,兩隻眼睛涎瞪將起來,乜乜屑屑的在跟前獻那殷懃。《醒61.10a.6》狄希陳は…素姐を見て深々と挨拶をし,両目はにやけてわざとバカな振りをしながら盛んにご機嫌をとります。

涎眉鄧眼　xián méi dèng yǎn
[成] 目を細めて流し目に見る(人をバカにしたさま) = "涎眼"。山東方言:¶珍哥…涎眉鄧眼,沒志氣的東西。沒有下唇,就不該攬着簫吹。《醒3.10a.9》珍哥は「笑わせるよ!人をバカにして!意気地なし!下唇が無かったら笛を吹かなきゃいいのよ!」と言った。

涎眼　xiányǎn
[形] にやけてじっと見ているさま = "眼睛痴迷不庄重貌"。山東方言:¶他就帶着香袋子,我聞的就合躥了屎的一樣。來到那涎眼的,恨不得打他一頓巴掌。《醒80.2a.7》彼が匂い袋をつけていると,それは大便を踏んだのと同じ匂いに感じるのよ。また,にやけてぽさーっとしていると1発バチンと殴ってやりたくなるわ。

閑帳　xiánzhàng
[名] 余計なこと,自分と関係ないこと = "閑事"。山東方言,吳語。《醒》では同義語"閑事"も用いる:¶因狄周不管他的閑帳,不說他的短長,只是狄周是个好人,二人甚為相厚。《醒54.12a.6》狄周はそいつ(尤聰)の余計なことなどに構いもしないし,そいつの是非も論じない。狄周は根が善人だったので,二人はとても仲がよかった。¶妹妹,你只別管閑帳,與你不相干。《醒97.8a.10》ねえ,あんたは余計な事に首をつっこまないで

ね。あんたとは関係ないのだから。¶小人在他家,每月二兩銀子顧〈=雇〉着,小人只開鋪子,並不知他閑帳。《金9.9a.7》私はあの人の家で毎月2両の銀子で雇われて,単に店を開いているだけにすぎません。したがって,他の事は別に知りません。

撏　xián
[動] (毛を)むしる,(毛を)引っ張る = "取;拔"。北方方言,過渡,南方方言。《醒》では同義語"拔"も使用:¶他那做戲子粧旦的時節,不拘什麼人,撏他的毛,搗他的孤拐,揣他的眼,懇〈=啃〉他的鼻子,淫婦窮〈=窯〉子長。《醒8.5b.8》彼女が一座で娘役をしていた時,どんな人からでも毛をむしり取られ,ほおをつつかれ,目玉を指でこねられ,鼻をかじられ,すべたと罵られたのです。¶把奴才兩個鬏〈=鬢〉與我撏了,趕將出去,再不許進門。《金12.8a.8》奴隷の二つの鬢を引っこ抜いて追い出せ!二度とこの門をくぐることは許さん!¶我把你這鬍子還撏了呢。《石29.4b.7》ワシはお前様のヒゲを引き抜いてやりますぞ!

跣剝　xiǎnbō
[動] 脱ぐ,剥ぐ = "脱;剥"。山東方言。《醒》では同義語"脱"が優勢:¶因那晚暴熱得異樣,叫了徒弟陳鶴翔將那張醉翁椅子抬到閣下大殿當中簷下,跣剝得精光,四脚拉叉睡在上面。《醒29.2b.9》その夜は異常に暑く,弟子の陳鶴翔を呼び,その醉翁椅子を大殿中央の軒下へ担いで行かせ,自分は真っ裸で大の字になり,寝ています。¶把這小妮子跣剝去了身上衣服,拿馬鞭子下手打了二三十下。《金8.2b.4》その少女の着物を剥ぎ取り,ウマの鞭で2,30発ほど叩きました。

|同音語| "旋剝": ¶與我旋剝了衣服。《金12.7b.10》着物を剥ぎ取れ！

獻淺　xiànqiǎn

|動| （人の歓心を買うため）まめまめしくてごきげんを取る = "討好; 拍马屁; 献殷勤"。山東方言, 徐州方言。《醒》では同義語"獻勤;獻殷勤"も使用: ¶這一定有多嘴獻淺的人對那強人說我在大門前看他起身, 與街坊婦人說話。《醒2.5b.2》これはきっとお節介焼きのご機嫌取りがあの強盗どもに, 私が正面玄関前で奴らの出発を見, 近所の女達と話をしていた, と言ったのだわ！ ¶他走動走不動, 累你腿事。我倒不疼, 要你獻淺。你好好與我快走開去。《醒69.1b.5》(素姐は言う。)奴が歩けるか歩けないか, お前に何か煩わせたとでも言うのかい。私は, 奴のことなんか可哀想だとは思わないわ！ご機嫌取りなんかして！おとなしくとっとと失せろ！ ¶沒見獻淺的臭老婆。不來打發我穿衣裳, 且亂轟他哩。《醒73.10a.8》ご機嫌取りをするバカ女なんて見たこともないよ！私が着物を着る手伝いは何もしないで, 逆に, こいつ(希陳)のために仰仰しくも騒ぎ立てるのだから！

|同義語| "獻勤;獻殷勤;獻懃": ¶若半點稍〈=捎〉得不停當, 合你兩口子算帳。不消獻勤, 合你珍姨說。《醒8.4a.10》もし, 少しでもことづけの品物がうまく渡してくれていなければ, あんたら夫婦に弁償してもらいます。そして, これらは珍姉さんにご機嫌取りのために言うことはならないですよ！ ¶那個提牢的刑房書辦張瑞風見珍哥標致, 每日假獻殷勤, 着實有個算計之意。《醒14.7a.6》その刑房書記張瑞風は珍哥の美貌に見とれ, 毎日嘘のご機嫌取りをしています。これは, 確実に下心があるのです。 ¶你看, 獻懃的小婦奴才, 你慢慢走, 慌怎的。《金30.9a.10》ほら, あのご機嫌とりのすべためが！気をつけて歩けばよいのに, 何を慌てているのかしらね。

相幫　xiāngbāng

|動| 助ける, 援助する, 手伝う = "幫助; 幫忙"。晋語, 西南方言, 徽語, 吳語, 客話, 閩語。《醒》では同義語"幫助"が極めて優勢: ¶牡丹雖好, 全憑綠葉扶持, 你如今已是七十多的老婆子, 十來歲的孩子, 只怕也還用着我老七相幫, 就使鐵箍子箍住了頭麼。《醒32.13a.8》「牡丹の花は綺麗でもすべて緑の葉によって支えられている」というものですぜ。あんたは既に70余りのお婆さんだ。10歳くらいの子供を, この老七が手助けするっていうのが心配で, 鉄のたがを子供の頭にはめたのですかい。 ¶雖不能時常在此, 或遇開壇誦經, 親友上祭之日, 亦扎掙過來, 相幫尤氏料理。《石64.2b.7》(熙鳳の病気は完治していないので)いつもここにいることはできませんが, 或いは祭壇を開きお経を上げ, 親戚友人がお詣りに来る日には無理にでもやって来て, 尤氏を手伝って切り盛りします。

相外　xiāngwài

|動| 他人行儀になる = "見外; 当做外"。山東方言: ¶單完道:…。既是童奶奶分付, 俺們不敢相外, 擾三鍾。《醒81.3a.8》単完は「…。童奥さんの言いつけなら, ワシらは他人行儀にできないな。2, 3杯くらい相伴しましょうかな」と言った。

相應　xiāngying

|形| （価格が）手頃な, 安い = "便宜; 合适; 适当"。北方方言。《普通话基础方言基本词汇集》第 5 卷(p.4731) "[-n]と[-ng]の混同"によれば, 官話区域内においても[-n]と[-ng]の区別が無い地域が多

い。武漢,成都などの西南官話などで[-n]の"相因"の方を用いる。《醒》では同義語"適當"も使用するが,"便宜"が極めて優勢。"相應"もよく使用:¶遇着有甚麼相應的房産,叫他來說。《醒25.12b.5》どこか手頃な屋敷があれば教えてくれるように仲介屋に言っておきますよ。¶自己揀着相應的買。《醒68.5a.8》自分で手頃なものを選んで買います。¶我替你老人家用心踏着,有人家相應好女子兒,就來説。《金97.8b.7》私は,あな様のために念入りに調べてみましょう。恰好の娘さんがいれば,申し上げに参ります。☆《官》《邇》に"相應;相因"は未収。同義語"便宜;合式"(同音語"合適")は採用。

香亮　xiāngliang

[形] 評判がいい,人気がある,もてる,受ける＝"受欢迎;吃香"。山東方言:¶論如今的地,倒也香亮。俺那裏去美〈＝弄〉這原價。實說,俺有了原價,那裏買不出地來,又好費事的贖地哩。《醒22.13a.7》現在の土地は評判がよく値が上がっています。私達はどこへ行ってこの原価分の錢を工面するのですか。実を言えば,私達にそういう錢があれば,どこの土地でも買えます。厄介なことをしてまで買い戻しません！¶這劉振白素性是个狼心狗肺的人,與人也沒有久長好的,估〈＝佔〉護的那个婆娘不過香亮了幾日,漸漸的也就作踐起來,打罵有餘,衣食不足。《醒82.7a.3》劉振白はもともと狼の心,犬の肺を持つ男。他人と長くは仲良くやれない。囲った女も何日間かは寵愛を受けるが,徐々に踏みつけられ始めている。即ち,殴る,罵るは余りあるが,衣食の方が不足がちになってきた。

降發　xiángfa

[動] 制圧する,力で抑えつける,おとなしくさせる＝"降伏;制伏"。山東方言。《醒》では同義語"降伏"が優勢:¶要不就是後娘。要是親娘,可也捨不的這們降發那兒,那兒可不依那親娘這們降發。就是前窩裡這們大兒也不依那後娘這們降發。情管只是漢子。《醒41.2b.2》もしかして後妻ですかね。実の母親なら自分の息子をそんなに力で抑えつけるようなことは,忍びないですわ。その男の人も実の母親に力でやられて,そのまま従ってばかりいませんよ。先妻の子だとしても,あんなに大きくなっているのです。後妻にあんなに力で抑えつけられませんわ。きっと夫ですよ！¶你漢子家裏,我三茶六飯的養活了將一个月,他就沒合你說家裏有我。我就不能降發你那主子,我可也打的你這奴才。《醒95.5a.10》あんたの夫を家でね,お茶だ,ご飯だと１ヶ月近く養生させてあげたんだよ。その人は,家に私がいることを言わなかったのかい。私はあんたのご主人様をやりこめられないけれども,あんたのような奴隷をぶつのは訳ないわ！

[同音語] "降罰":¶姐夫,你且替我出去,叫姐姐看着你生氣待怎麼。這裏姐姐待不眼下就過門了。要這們降罰二哥,我看你疼不疼。《醒59.2b.7》旦那様,ひとまずお部屋の外へ出て行って下さいな。若奥様は,旦那様を見かけると怒ってどうもこうもないのです。こちらのお姉さん(巧姐)はもうすぐ嫁がれるのでしょう。もし,こんな風に嫁が夫をやりこめたら,近く夫になる弟さんのこと気の毒に思いませんか。

响飽　xiǎngbǎo

[形] とても満腹になっている＝"极饱;

很飽"。北方方言：¶在學道前五葷舖内拾的燒餅,大米水飯,粉皮合菜,黃瓜調麵勋,吃得响飽,要撑到西湖裏去。《醒37.9b.2》学道前の総菜屋で買ったシャオピン,コメの粥,はるさめ料理,キュウリ入りの麺をたらふく食べた後,西湖へと漕いで行こうとした。¶那騾子的脚價每頭不過八錢,路上飯食,白日的飯,是照數打發,不過一分銀吃的响飽,晚間至貴不過二分。《醒56.1b.7》そのラバの賃料が一頭たったの八錢でした。道中の食事は,昼の分は全額支払ってもたった1分の銀子で腹一杯食べることができた。夜は高くとも2分でこと足ります。

响皮肉　xiǎngpíròu

名　ブタの皮の揚げ物＝"油炸猪肉皮"。西南方言：¶連春元叫人送了吃用之物,臘肉、响皮肉、羊羔酒、米、麵、炒的碁子、焦餅。《醒38.4b.6》連春元は人に食べ物を届けさせました。それは,塩漬けの肉の干物,ブタの皮の揚げ物,羊羔酒,コメ,うどん,炒めた菱形のシャオピン,普通のシャオピンです。

响頭　xiǎngtóu

名　ぬかずく時の音＝"磕头时,前额触地发出响声"。山東方言,西南方言：¶把老侯兩個讓到上面,兩把椅子坐着,素姐在下面四雙八拜,叩了一十六個响頭。《醒69.5a.1》老侯ら二人を上座に座って貰い,素姐は下で四双八拝を行い,計16回ぬかずきました。

响許　xiǎngxǔ

動　滿足させる＝"許諾得心滿意足"。山東方言：¶你就响許他萬兩黃金,他也只是性命要緊。《醒66.5a.1》たとえ何万両もの黃金を約束したとしても,その女は命の方がもっと大事でした。

向火　xiànghuǒ

動　火に当たる＝"烤火"。北方方言,吳語,湘語。《醒》では同義語"烤火"も使用：¶又將他跟從的人都安置在照廳裏喫酒向火。《醒14.4a.5》従者は皆客間へ通され,火に当たりながら酒を飲むよう案内された。¶西門慶見雪晴天有風色甚冷,留他前邊書房中向火。《金77.11b.11》西門慶は,雪は止んで晴れたが,風がとても冷たいので,その男を表の書斎へ招き火に当たらせた。

項頸　xiàngjǐng

名　首＝"脖子"。江淮方言,徽語,吳語：¶看了書,還挺着項頸強說。《醒16.8a.9》手紙を読み終えると,首を伸ばしふんぞり返ってやっとこさ言った。

同義語　"脖頸兒;脖兒"：¶何小姐…:…。這樣冷天,依我說,你莫如擱下這把劍,倒帶上條領子兒,也省得風吹了脖頸兒。公子聽了,…,不曾帶得領子,還光着脖兒呢,又忙着去帶領子。《兒31.19b.2》何小姐が…「…。こんなに寒いのだから私の言う事を聞いて下さいな。先ず,刀を置いて襟をつけた方がいいですわ。風に当たると首のあたりが寒いでしょうから！」と言うと,公子はそれを聞くや…まだ襟をつけていなくて,首は裸のままだったので,慌てて襟をつけに行った。

像意　xiàngyì

動　滿足する,自分の気持ちに合う,うってつけである,意にかなう＝"滿意"。西南方言,吳語：¶請你薛爺只管來,且在隔壁店中住下,從容待我陪伴了慢慢的自己尋那像意的房子。我在這裏專等。《醒25.5b.7》薛先生に来て戴いて,ひとまず隣の旅籠のほうにでも泊まって貰い,私もお供させて戴くから,ご自分で気に入った家をゆっくりと搜せば

いい。ワシはこちらでお待ちしていると申し上げてくれ！

消繳　xiāojiǎo

動 解決する,処理する＝"解决;处理"。山東方言：¶他撒骚放屁,理他做甚麼。把這件衣裳丟給他,就完事了。這可那裏消繳哩。《醒67.15b.7》(狄員外は言う。)あいつがでたらめをしても,何ら構うことなんかありゃしない。その着物(皮衣)をそいつに渡してやれば事は終わっていたんだ。これはどのあたりでケリをつければいいかな。¶正是如此。你請進去,這事都在我身上,待我與你消繳。《醒98.13b.3》そういう事なら,どうぞお入り下さい。この事は全て私にお任せなさい。私が何とかして差し上げましょう。¶你漢子恆是問不的他死罪,打死了人還有消繳的日子兒。《金26.5a.4》お前の亭主はどのみち死刑にはなりません！たとえ人をぶち殺しても,なおうまく解決する手段もあるわさ。

同音語 "銷繳"：¶你進了學,也流水該到家,祖宗父母前磕个頭兒。況且家裏擺下酒,親戚們等着賀你,你不去,這事怎麼銷繳。《醒38.11b.10》あなたが上の学校へ入学すれば,すぐに故郷の家へ戻り,ご先祖様やご両親の前で叩頭しなければならないわ。それに,家では酒席を用意しているし,親戚の人々もあなたをお祝いしようと待っているわ。あなたが戻らなかったら,これら行事はどうするおつもり。¶你出去見他,看是那裏的狀。一定是察院批兵馬司,這事也容易銷繳。《醒80.11b.9》あなた出て行って会ってみなさいな。誰が訴えたのか見るのです。きっと察院が兵馬司へ判定を下したのよ。それなら簡単に解決できますよ。¶你且先說明了,再請罪不遲。萬一得的罪大,不是可以賠禮銷繳得的,

賠過禮就不便了。《醒91.6a.10》先に説明しなさい。それから詫びても遅くはないです。万一,罪が大きければ,詫びて解決できるなんて無理ですよ。詫びを入れても具合が悪いです。¶你不出來見俺每,這事情也要銷繳。《金69.13b.7》あんたが出てきて,ワシたちに会ってくれたから,今回のことも解決できようというのさ。

消停　xiāoting

動 待つ＝"稍等;等等;歇;停止"。北方方言。現代語の釈義は"(1)安静;安稳。(2)停止;歇"とするが,《醒》の釈義は多くが"停止;歇"を示す：¶要不你再消停托生,待我再替你誦幾卷經。《醒30.12b.2》何だったら生まれ変わるのをもう少し待って,私があんたのために更に何巻かお経を上げてからにしたら。¶大妗子且消停着,他沒分付(＝吩咐)哩。《醒60.13b.9》おばさん,ちょっと待ってください。家内の言いつけがまだですから。¶(珍哥)聲叫人掀那計氏棺材。晁大舍道：你且消停,這事也還沒了哩。《醒11.4b.9》(珍哥は)声を張り上げて人に計氏の棺桶の蓋を開けるようにいいつける。晁大舍は「ちょっと待ってくれ！今度のことはまだ終わっちゃいないんだ！」と言った。¶晁鳳說：淳叔,你看看,且消停,等我到家再問聲奶奶去,省得做下不是,惹的奶奶心裏不自在。《醒32.12a.10》晁鳳は「淳さん,あんた,ちょっと見てて。そして,しばらく休んでいて！私は家へ行ってもう一度奥さんに尋ねて来る。後で間違いをしでかしたのが発覚して,奥さんの気持ちを不快にさせたくないからね！」と言った。¶素姐道：你且消停說罷,我這會子待中氣破肚子呀。《醒86.4b.4》素姐は「お前,しばらく喋るのを待ちなさいよ。私は,今,

怒りで腹の皮が裂けそうなんだ！」と言った。¶安太太又說:你們親家兩個索性等**消停消停**再說話罷。《兒12.15a.7》安夫人は「あなた方お二人は少々待ってからお話すれば」と言った。¶姑娘道: 這事不好勞動。如今明日且不出殯,我家老太太也不葬在這里。**消停**幾日,我便要扶柩回鄉。《兒21.20b.1》娘は「今回は皆さんを煩わせることはしないわ。今すぐには母の棺を出してこの地に葬らないの。何日か待って私が故郷へ運んで行くのよ」と言った。

— "消停"は現代北京語では釈義"从容;安静;清静"しか示さない。《石》でも釈義"從容;安静"を示す:¶再慢慢的着人去收拾,豈不**消停**些。《石4.7b.7》それからゆっくりと人をやって片付けさせた方が落ち着くのではないかね！¶**消消停停**的就有個青紅皂白了。《石34.9b.6》もっと静かに話をされても黒白はハッキリわかることですわ！

嚻 xiāo

形 (生地などが)薄い ="薄"[báo]。山東方言,過渡,中原方言,江淮方言:¶那天又暖和了,你把那糊窗戶的**嚻**紗着上二疋,叫下人看着,也還有體面。《醒8.6b.7》季節が暖かくなってきたんだよ。その窓用の薄い紗で2匹貼れば,家の使用人に見られても体裁がいいんじゃないか！¶要是大紅的,就是十兩來出頭的銀子哩。只這十來年,偺這裏人們還知道穿件**嚻**絹片子。《醒65.9a.1》もしもいいものだったら,10両以上はします。ただ,この10年来,ここの人々でも安物の薄い絹地を着るというのは分かってきました。¶我就去不成,也不要那**嚻**紗片子。《金35.4a.11》(「三日の祝い」に)私は行けないのですから(品物だけ送ることになります),そんな粗悪な紗の布き

れなんかいりませんわ！(却って笑われます)

小豆腐 xiǎodòufu

名 大豆の粉をのり状に煮たものに野菜の葉や茎を煮込んだ食べ物 = "用黄豆粉或小米面和蔬菜做成的糊狀食物"。北方方言:¶我要沒吃了你的豆腐,這顆子眼長碗大的疔瘡。你要讓〈= 沒讓〉我吃**小豆腐**,你嘴上也長碗大的疔瘡。《醒49.11b.7》私があんたの小豆腐を食べなければ,この喉に碗ほどの大きなでき物ができるだろう。あんたが私に小豆腐を食べさせなければ,あんたの口に碗ほどの大きなでき物ができるだろ！

小家局 xiǎojiājú

名 貧乏たらしい人,みみっちい人,けちくさい人 = "小家子气"。山東方言,呉語:¶這有甚麼難省。這樣人,到了一个地方,必定先要打聽城裡鄉宦是誰。富家是誰,某公子好客,某公子**小家局**。《醒4.4b.9》まだわからないのかね。こんな奴はどこへ行っても決まって先ず「町の郷紳は誰か,金持ちは誰か,どこの若様の羽振りが良いか,どこのお坊っちゃんはけちくさいか」と聞くんだよ。

小厮 xiǎosī

名 1. 男の子,男の子供 = "男孩子;男孩儿"。山東方言,江淮方言,呉語:¶把那藥送了下去,即時肚裏响了兩聲,開了產門,易易的生下一个白胖的**小厮**〈= 廝〉。《醒28.11b.9》その薬を飲みますと,たちまち腹が2度ほど鳴り,産道が開いて易々と色白で丸々とした男児を産み落としました。¶狄婆子說狄希陳道:你這個扯謊的**小厮**。《醒41.1a.10》狄夫人は,狄希陳を叱って「この嘘つき小僧！」と言いました。

2. 若い雑役夫:¶一日,晁源與了他七八兩銀子,故意說是到大門上去失落了,

打小厮,罵家人。《醒19.10b.6》ある日,晁源は彼女に7,8両の銀子を与え,わざと「正門付近で落としたんだ!」と言って,小者をぶち,使用人を罵った。¶後邊又是兩個小厮打着兩個燈籠,喝的路走。《金41.6a.2》(先頭には軍卒が…)後ろには二人の小者が二つの提灯を持ち,先払いしながら行きます。¶于是眾小厮退遠獅子以外。《石75.6a.9》そこで,多くの小者達が石獅子の外まで下がります。¶他我平日只看他認得兩個字,使着比個尋常小厮清楚些。《兒33.16a.10》あいつは,普段から字を少々知っているが,普通の小者よりも物事を幾らか分かっているにすぎん,とワシは見とるのじゃ。

曉得 xiǎode

動 分かっている,知っている＝"知道"。"曉得"は現代語の基本的辞書類で(方言ではなく)一般語語彙。しかし,この語彙の分布は江淮区域をはじめ,西南官話,粤語など,概して南方区域。"曉得"は"曉的"とも作る。《醒》では"曉得"と"知道"の使用差は見られない:¶你怎麼便曉得是小鴉兒媳婦。《醒20.2a.6》お前はなぜ小鴉児のかみさんだと分かるのかね。¶外邊這們亂烘烘,我家裏一點兒也不曉得。《醒32.10a.6》外でそんな大騒動があったのかい。家の中では少しも分からなかったよ。¶他不曉得宗舉人臨去還來辭了知縣,他又拿了假書來遞。查將出來,方曉得都是他的假書。《醒39.8a.4》奴は宗挙人が旅立つにあたり,知県に挨拶に来た事を知らないので,また偽書を提出した。調査した結果,全て奴の偽書だと分かった。¶劉婆道:小奴才,你曉得甚的。《金53.12b.8》劉婆は「このあまっちょ!お前なんかに何が分かるもんか!」と言った。¶昨日他大娘使了大官兒到庵里,我纔曉得的。《金62.3b.5》昨日,大奥様が若い衆を尼寺へ寄越された,それで私はようやく知ったのです!¶寶玉笑道:夜里失了盗也不曉得,你瞧瞧褲子上。《石28.12a.6》宝玉は笑って「夜,泥棒に入られても分からないね。ごらん,ズボンの所を!」と言った。¶你這等一位高明的人,難道連那瑤草無塵根的這句話也不曉得。《兒9.19b.7》あんたのような聡明な人なら,まさか「瑤草に塵根無し」(神仙世界では汚れた浮き世は無い)の言葉すら知らない訳はないでしょう。☆《金》では南方人の補作とされる第53回〜57回に"曉得"が23例も使用。一方,同義語"知道"は同じこれらの章回に2例しか用いられていない。この他の章回では"知道"の使用頻度が高いにもかかわらず。《石》ではほとんどが"知道"を用い,"曉得"はごく少ない。《邇》は"知道"を採用するが,"曉得"は未収。《官》は"知道"と"曉得"の差異を「"知道"は北方語で,"曉得"は全国で用いる」という。確かに,東北,山東,北京など北方方面は一般にすべて"知道"を使用。

―《海》の科白箇所では"曉得"を用い"知道"を用いない:¶我就曉得耐到倪搭來,跟來耐背後。《海14.2b.3》あなたが私の所へ来るとわかったわ。後から付けて来たのよ。

歇涼 xiēliáng

動 涼を取る,涼む＝"乘涼"。北方方言,湘語,贛語,客話,閩語。《醒》では同義語"乘涼"も使用:¶讓到家,歇了涼去。您這裏反亂,那兩个姑子正還在禹明吾家喫飯哩。《醒9.2a.8》家へ入って涼んでから行くように勧めたんだ。お前達がここで騒いでいた時,あの二人の尼さんはまだ禹明吾の家でご飯を食べていた

のさ。¶他合狄大哥頑哩,進去**歇歇涼**走。《醒37.8b.2》彼女は狄兄さんとふざけているのですよ。さあ,中に入って少し涼んでから行きましょう!

蝎虎　xiēhǔ

名　ヤモリ＝"壁虎"。北方方言:¶虧不盡一个**蝎虎**在墙上釘着。《醒19.9b.7》ちょうどうまい具合に1匹のヤモリが壁に貼り付いていた。¶蠍子是至毒的东西,那**蝎虎**在他身邊周圍走過一圈,那蠍子走到圈邊,即忙退縮回去,登時就枯乾得成了空殼。《醒62.1b.7》サソリは(人間を)毒殺に至らしめる恐ろしいやつであるが,かのヤモリがそいつの回りを1周したところに,サソリが歩いて行くと,すぐさま縮んで干からびて殻だけになってしまうのです。

脇肢　xiézhī

名　脇の下から腰の上の所＝"从腋下到腰上部位"。山東方言。《醒》では同義語"胳肢窩"も使用:¶話說晁家有個家人,叫是李成名,**脇肢**裡夾着這張狐皮,正走出門去,要送到皮匠裏硝熟了。《醒3.1a.5》さて,晁家に使用人の李成名がいた。脇の下にキツネの皮を挟み,ちょうど正門を出て皮なめし屋へなめして貰うために届けようとしていた。⇒"胳肢窩"

鞋脚　xiéjiǎo

名　靴下,靴と靴下＝"袜子;鞋袜"。山東方言,四川方言:¶薛家收了禮,回了枕頂,男女**鞋脚**。《醒33.7b.1》薛家は祝いを受け取りましたが,そのお返しに枕,男女の靴を送ってきました。¶素姐見無計可施,喜得他不來纏帳,也便罷了,只得關了門,換了**鞋脚**,穿了小衣裳。《醒45.10a.4》素姐は施す策が何もない。幸い,彼が絡んで来なかったので,それはまあ良かった。そこで,仕方なく戸を閉め,靴下と靴を換え,肌着を身につけた。¶薛三槐媳婦看着素姐收拾,梳了頭,換了**鞋脚**,一脚蹬在尿盆子裏頭。《醒59.2a.3》薛三槐のかみさんは,素姐が身支度をし,髪を梳き,履き物を換える世話をしていた。その時,片脚をおまるの中に踏み入れてしまった。¶西門慶分付置**鞋脚**穿。《金67.16b.5》西門慶は履き物でも買えば,と言いつけた。¶大衣裳呢,都交給裁縫做去了,幾件裡衣兒合些**鞋脚**不好交出去,我那裡是一天不斷的事。《兒24.5a.2》上着は全部仕立屋に渡して作らせるようにしたのですが,下着や靴,靴下は外の人に作って貰うよう出せないでしょ。それに,私の所ではひっきりなしに用事もありますから。

血瀝瀝　xiělìlì

形　**1.** 酷い,残酷である＝"残酷"。山東方言:¶他却惡人先要做,大罵纂舌頭的,**血瀝瀝**咒這管家們。《醒78.11a.10》彼は,他の人がした事について大いに罵り酷く呪った。

2. (誓いが)強い,固い。山東方言:¶李驛丞指天畫地,**血瀝瀝**的發咒。《醒88.14a.8》李駅丞は大きな身振り手振りで固く誓いを立てた。

心影　xīnyǐng

形　すっきりしない,気にかかる,心にわだかまりがある＝"怀疑;不放心"。山東方言,関中方言:¶他前日黑夜那個夢,我極**心影**。《醒45.6a.1》ワシは,あの子が先日の夜見たというあの夢だが,とても心にひっかかっているんじゃ。¶你摸在旁裏只管站着,不怕我**心影**麼。《醒71.4b.4》あんたがボサーッと傍らで突っ立っていると,私も気分がすっきりしないんだよ!

行動　xíngdòng

副　ややもすると＝"动不动"。官話方言:¶狄希陳道:你**行動**就是哨我,我也

不合你做這个。《醒58.9a.1》狄希陳は「お前は(言葉の尻取り遊びで)よくボクを笑い者にするけれど、(お前がいくら誘っても)もうそんな遊びはやらんぞ」と言った。

行景　xíngjǐng

名 様子, 光景, 情況 ＝"情景"。山東方言：¶計氏說道：待我自己出去看看, 果是怎樣个行景。《醒2.2b.5》計氏は「私自身で出て行って見てみるわ。(猟に出かけるなんて)実際どんな様子なのかを」と言った。¶這等行景不敢怠慢, 都送茶盒與他。《金39.1b.6》このような光景を見ては, おろそかにもできず, 皆茶の箱を届けます。¶這里賈母喜的逢人便告訴, 也有一個寶玉, 也都一般行景。《石56.11b.1》こちら賈母は、会う人ごとに大喜びで「もう一人そっくりの宝玉がいるのだよ」と仰います。

醒鄧鄧　xǐngdèngdèng

形 醒めている, 眠れないさま ＝"清醒；不敢入睡的样子"。山東方言：¶晁無晏說：那麼, 我說他那儻是假肚子, 抱的人家孩子養活, 攪得他醒鄧鄧的。《醒47.10b.7》晁無晏さんが言うには「それではワシの考えを話してやろう。あの時は偽の妊娠だったんだ, 抱いているのは人の子供を養っているんだと言うのさ。こうやって騒げば, あいつらは眠ることすらままならないぜ」と。

幸得　xìngde

副 幸いにも ＝"幸亏"。西南方言, 湘語, 贛語, 閩語。《醒》では同義語"幸而；幸喜；虧不盡；虧了"が優勢。"幸得"も多く使用：¶幸得把那麥子收拾完了, 方纔大雨傾將下來。《醒16.6a.10》幸いにも麦をかたづけ終わるとようやく大雨となり, 濡れずにすんだ。¶那婦人幸得遇了个好人, 送在个尼姑菴裏寄住, 告了狀, 正在嚴限緝拿。《醒88.6a.3》その女性は幸いにもある善き人に逢って尼寺に送り届けられそこで暮らし始めた。そして、告訴状を提出したが、今ちょうど期限付きの逮捕状が出ている。¶我如今又好了, 幸得我姐姐嫁在守備府中, 又娶了親事。《金98.2a.11》俺も今では(銭回りが)また良くなった。俺の姉が守備府に嫁いだので、また俺も嫁を貰ったのさ。¶幸得儞們有福, 生在當今之世, 大舜之正裔, 聖虞之功德仁孝,…《石63.13a.10》幸い, 我々は今の世に生まれ, 大舜の正裔におわします聖天子のご功徳ご仁德は,…。¶幸得他有那過人的天分, 領畧得到。《兒19.8a.5》幸い, その人には他の人より優れた天分があり, 理解することができました。

同音語 "幸的"：¶幸得狄希陳白日周旋人事, 晚間赴席餞行, 幸的無甚工夫領他的盛愛。《醒85.13b.2》幸いにも狄希陳は, 昼間つけ届けの応対, 夜は送別の宴に赴いて家にはいません。したがって、幸運にも妻の大いなる虐待という愛を受ける暇もないのです。¶幸的他若好了, 把棺材就捨與人, 也不值甚麼。《金62.9a.11》幸いにも彼女が健康になれば、準備した棺桶を人に施したところで何でもありませんわ！

同義語 "幸"：¶眾會友幸還不認得是他, 大家混過去了。《醒74.13b.1》幸い友人達は彼女を知らなかったので、皆はうまくごまかした。

性氣　xìngqì

名 性質, 気性 ＝"性格；脾气"。北京方言, 河北方言。《醒》では同義語"性格；性兒；性子"も使用：¶所以這輩子托生又高了一等, 與人家做正經娘子。性氣不好, 凌虐丈夫, 轉世還該托生狐狸。《醒30.12a.8》だから、今世は位が一つ高く

なって転生し,正妻になれた。ところが,性格が悪く夫を虐待したため,また転生してキツネにされるところだった。¶家裏人都曉的,只為他**性氣**不好,沒一個人敢合他說。《醒44.8a.10》家の人は皆知っていましたが,妻の気性がよくないので,誰も彼女には隠して何も言いません。¶待那夫狄希陳果然就好了十分三四,一時間**性氣**起來,或是瞪起眼睛,或是抬起手脚。《醒65.1a.8》夫の狄希陳に対する態度が十中三,四分は良くなった。ところが,一時カッとなり,或いは目を剥き,また或いは手や足を挙げるようになる。¶比是你有恁**性氣**,不該出來,往人家求衣食唱與人家聽。《金75.11b.3》お前さんにそのような気性があるなら,表へ出てきて人様の家へ行き,着物や食べ物を貰うために人様に歌をうたって聴かせることはないわ!¶金桂不發作**性氣**,有時歡喜,便殺雞鴨將肉賞人吃。《石80.7b.7》金桂は癇癪を起こさないこともある。機嫌が良いときにはニワトリやアヒルを殺し,その肉を人に食べさせた(自分は骨の部分を食べる)。¶這位姑娘雖是細針密縷的一個心思,却是海闊天空的一個**性氣**,平日在一切瑣屑小節上本就不大經心。《兒26.16a.7》この娘は,きめの細かい心根であったが,同時に,何事にもこだわらない性格でもあった。したがって,平素は一切細かいことは余り意に介さない。

興頭 xìngtou

名 喜び,気乗り ="兴致"。山東方言,吳語,閩語:¶晁大舍送客回來,剛剛跨進大門,恍似被人劈面一掌,通身打了一個冷噤,只道是日間勞碌,也就上床睡了。誰知此夜睡後,沒**興頭**的事日漸生來。《醒1.14a.10》晁大舍は客を送り戻って来た。丁度表門を入った時,誰かに正面から叩かれたような感じを受け,全身身震いした。これは,昼間から男女の営みが過ぎるからだと考え,すぐ床に就いた。ところが,この夜を境に,面白くない出来事が段々と起きてきた。¶晁大舍與珍哥沒一些**興頭**,淡淡的吃了幾大盃,也就罷了。《醒2.1b.7》晁大舍と珍哥は面白くなく,ただ淡々とお酒を大きな盃で何杯か飲んだだけでした。¶你若正這件事做得**興頭**,忽然鑽出个人來,像那九良星打攪蔡興宗造洛陽橋的一般灰一灰心,懈一懈志,前功盡棄。《醒32.6a.9》もし丁度この事業に打ち込んでいる時,突然誰かが出現して,あたかもかの九良星が蔡興宗の洛陽橋建設を邪魔したように,心を消沈させ,志を阻喪させたならば,これまでの功績は全て水泡に帰すことになる。¶不特狄,薛兩家甚無顏面,就是素姐也自覺沒有**興頭**,只恨丈夫兄弟不肯與他出頭洩〈=泄〉憤,恨得誓不俱生。《醒74.11b.9》狄,薛両家は甚だメンツが潰れたのですが,素姐すらも面白くない。夫や弟達が自分のために出頭して憤りを晴らしてくれないからだと恨み,このまま共に生きることはせぬと心に誓った。¶素姐這追趕**興頭**也未免漸漸的懶散。又見那黃河一望無濟〈=際〉,焦黃的泥水,山大的浪頭,掀天潑地而來,又未免有十來分害怕。《醒86.5b.10》素姐は追跡する気乗りも段々と萎えた。それに,黄河の一望果てしなき大きさ,焦げ茶色の泥水,山のような波が天を突き地を逆巻くように押し寄せてくるので,とても怖くなった。¶不要學你家老子做箇西班出身。雖有**興頭**却没十分尊重。《金57.5a.4》お前の親父のように武官になるのを真似するでないぞ!面白いことはある

が,(文官とは違い)尊敬されないからな！¶鳳姐聽了這話,便發了**興頭**,說道.《石15.6b.8》鳳姐はこの話を聞き,興味が湧いてきて,言った。¶公子正在**興頭**上,吃這一擋,便有些不豫色然。《兒30.3a.6》公子はちょうど興に乗っている所へがつんと食らって,些か不機嫌になった。¶這纔是八百年難遇的第一件**興頭**事。《兒32.21a.4》これは,千載一遇の最高の喜び事なんじゃ。

——"**興頭**"+接尾辞"子":¶就待合我睡覺,可也好講,這們降發人,還有甚麼**興頭**子合他睡覺。《醒43.3b.1》私と寝たいのなら,そう言えばいいのに。こんなに人を脅しつけて！何を好きこのんであいつと寝なきゃいけないの。

形 思い通りになる,調子が良い,盛んである,旺盛である ="興隆;興盛;興旺"。北方方言,呉語,閩語:¶薛教授見得生意**興頭**,這樣魚米所在,一心要在這裏入了籍,不回河南去了。常與狄員外商議。《醒25.12b.2》薛教授は,商売がうまく行き,このように魚やコメがよく取れる土地柄をみてとり,ひたすらここで戸籍を入れ,故郷の河南へは戻るまいと思った。¶時人大約勢利,見他又領了陳公的本錢仍開銀舖,都來與他把盞煖舖,依舊**興頭**。《醒71.9b.9》世の中の人はだいたい地位や財産に傾くものです。彼が再び陳公の元手により銀細工店を再開したのを見てとると,皆やって来て祝杯をあげてくれ,前のように盛況になった。¶大凡親戚們氣運,約略相同,童七買賣**興頭**,誰知童奶奶的父親駱佳才也好時運。《醒70.3a.2》およそ親戚の運気は大体同じというものです。童七の商売は流行っていたが,童奧さんの父親である駱佳才も盛運期でした。¶算來除翻過本兒來到〈=倒〉反贏了,心中只是**興頭**起來。《石75.8a.5》(賭場の次の一番が終わり)計算してみると,元の分を超えています。逆に,勝っていたので,とても喜んでいた。¶況大家又都是一心一計,這去番官〈=這番去官〉,比起前番的上任,轉覺得**興頭**熱鬧。《兒14.1b.2》しかも皆は一つの心にまとまっていますから,今度の官職を辞し,京へ帰るのは先の赴任に比べて却って愉快でした。

同義語 "興":¶如今二娘與了他本錢,開了好不**興**的大藥舖。《金18.6b.9》今じゃ二娘は彼に元手を与え,とても流行っている薬屋の店を営んでいるのですよ！

——"**興頭**"得意になる:¶你別**興頭**,才學着辦事,倒先學會了這把戲。《石16.10a.6》得意になるのはまだ早いぞ！今やっと仕事を見習う段階なのに,まず先にこういう芝居をするのを覚えおったな！

虛頭 xūtóu

名 真実でない事,実がない事,偽り ="不実在的部分"。山東方言,中原方言,江淮方言,呉語:¶這都是治生由衷之言,敢有一字**虛頭**奉承,那真真禽獸狗畜生,不是人了。《醒14.4a.9》これらは全て衷心からの言であって,一字一句たりとも真実の無いお世辞があれば,それは正真正銘の禽獸,犬畜生です。人間ではありません！¶眾媒婆都見過了禮,說了些長套話,又**虛頭**奉承了一頓。《醒18.5b.5》双方の仲人女は対面して挨拶を交わしますと,長々とお決まりの言葉を言い,また,真実味の無いお世辞をひとしきり述べました。¶在漢子跟前**虛頭**奉承,假粧老實,故作勤儉,哄得那昏君老者就是狄希陳認字一般。《醒36.2b.9》夫の前では,嘘のご機嫌を取り,

真面目を装い,勤勉倹約をおこなう。この結果,かのぼけた老君主は騙されて,狄希陳が字を覚えるのと同じで,全く分かっていないのである。¶你虛頭願心說過道過罷了。《金74.6b.3》あんたの偽りの願掛けなんて,単に口先で言っているにすぎないわ!

暄 xuān

形 柔らかい,ふわふわして柔らかい= "松软;不实"。北方方言:¶丟丟秀秀的個美人,誰知那手就合木頭一般,打的那狄希陳半邊臉就似那猴定〈=腚〉一般通紅,發麪饝饝一般暄〈=喧〉腫。《醒48.8a.5》優しく愛らしい美人ですが,その手はさながら棍棒のよう,狄希陳を殴った結果,顔半分がサルの尻の如く真っ赤になり,発酵したマントウのように柔らかく腫れ上がっている。

旋 xuàn

副 すぐに,その場で= "立刻;临时;当场"。山東方言:¶該用着念佛的去處,偺旋燒那香,遲了甚來。《醒15.6b.9》念仏を唱えなければならない時は,線香もすぐにでもあげてやる。遅れる事はないぞ。

翌 xué

動 包む,くるむ= "裏;包"。賓語に "頭" が多い。山東方言:¶尋事討口牙,家裏嚷罵,還怕沒有憑據,拿手帕翌了頭,穿了領布衫,…。《醒36.2a.4》揉め事を探しては喚き罵ると言う。その証拠が無いのでは,と頭を頭巾でくるみ,木綿の着物を着て…。¶次日剛只黎明,寄姐早起,使首帕翌了頭,出到外面。《醒97.7b.3》翌日の明け方,寄姐は早起きし,頭を頭巾でくるんで外へ出て行った。

學 xué

動 (見聞したことを他人に)伝える= "传话;转述;告诉"。北方方言,過渡,南方方言:¶他還嫌那屄嘴閒得慌,將那日晁夫人分付話,稍帶的銀珠尺頭,一五一十向着珍哥、晁大舍學個不了。《醒8.5a.9》彼女は,そのへらず口をペラペラたたけないのを不満に思い,その日晁夫人が言いつけた話や自分が携帯してきた銀子,真珠,布など,1から10まで全て珍哥,晁大舍に喋った。¶晁住說:誰沒說。只是不好對着奶奶學那話。《醒43.8a.10》晁住は「誰が言わないことがありますか。ただ,奥様には申し上げにくいのです」と言った。¶只怕他一時使將小厮來看見,到家學了,又是一場兒。《金86.1b.5》あの人が急に小者を使って調べに来させ,そいつに見られ,家へ戻って報告されたら,また揉めちゃいますよ。

同義語 "學舌":¶便是舅舅看不見,別人看見了,又當奇事新鮮話兒去學舌討好兒。《石19.14a.2》たとえ叔父様に見られなくとも,他の人が目にとめたりしたらまた珍しい話として言いふらされますわ。☆《石》では一般に "學舌" と作る。

尋趁 xúnchèn

動 わざと落ち度を捜して責める,叱責する= "(故意)找茬儿;斥责(别人)"。北京方言,西南方言,吳語:¶珍哥雖也是與晁住尋趁了幾句,不肯與他着實變臉,只是望着晁大舍沉鄧鄧的嚷,血瀝瀝的咒。《醒8.6b.1》珍哥は晁住をとがめたてたが,彼にはさほど顔色を変えることはなかった。ただ,晁大舍に対してはひどく大声でわめき,憎々しげにのろいの言葉を発した。¶只是那旺氣叫那些光棍打去了一半,從此在家中大小身上,倒也沒工夫十分尋趁,專心致志只在狄希陳身上用工。《醒75.1a.9》(素姐の)の激しい気性が,かのごろつきらに半ばぶちのめされたため,それ以降は家の中に居て,出歩くこともなくおとな

しくしていた。家の中の大人や子供に対しては無茶苦茶に暴れることもなかったが、代わりに、専らその心は狄希陳に腹いせを行おうと狙っていた。¶往時雖也常常反目，還不已甚。自此之後，寄姐便也改了心性，減了恩情，但是**尋趁**小珍珠，必定要連帶着狄希陳罵成一塊《醒79.6b.10》かつてもしょっちゅう反目していたものの、まだそれほどまででもなかった。しかし、これより以降、寄姐は心を変えた。恩情が減り、凡そ小珍珠を咎め立てするときは必ずや狄希陳をも一緒にして罵るのです。¶沒的招是惹非。得他不來**尋趁**，咱家念佛。《金81.7a.2》（来保は言った。）面倒なことを引き起こしますよ。幸い、あちらさんが言いがかりをつけて来ないから、私達の家はありがたいんじゃないですか。

|同音語| "尋嗔"：¶早都不知作什麼的，這會子**尋嗔**我。《石29.4a.9》先に何をするのか前もって言ってほしい。今頃ボクのあら探しをしてどうするの！

|同音異義語| "尋趁"（"掙錢"「金儲けの算段をする」）：¶我只得靠着這把刀、這張彈弓，**尋趁**些沒主兒的銀錢用度。《兒8.10a.3》私は仕方なくこの刀とこの弓によって持ち主の無い銀子を求めては生活費に使わせて貰っているのよ！

Y

丫頭子　yātóuzi

名 小間使いの女の子, 若い女中・下女 ＝"丫头；丫鬟"。北方方言。《醒》では同義語"丫環(＝"丫鬟")；丫頭"も使用：¶ 我正勒着帶子梳頭, 叫丫頭子出去買菜。《醒40.11b.4》私はちょうど帯をしめて髪を梳いていたのですが, 下女に野菜を買いにやらせたのです。¶ 也是前日一箇張媽子領了兩箇郷裡丫頭子來。《金95.8b.11》先日も張婆さんが二人の田舎の少女を連れてきたのよ。¶ 原是上半日打發小丫頭子送了家去的。《石60.11a.5》もとは, 午前, 少女に(茯苓のエキスを)あんたの家へ届けさせたのです。

壓沈　yāchén

形 重い, 重くなるさま ＝"沉重"。山東方言。《醒》では同義語"沉重"が優勢：¶ 說不上二千地, 半个月就到了, 九月天往南首裏走, 那裏放着就炒〈＝吵〉着要綿衣裳, 你是待拿着壓沉哩麼。《醒85.9b.9》2000里の距離もないから, 半月で着くわよ。9月には南方へ出かけるんだ。なぜ綿入れが要るなどとやかましく言うんだい。そんなのを持っていたら重いだけじゃないか！

壓量　yāliàng

動 圧力をかける, 圧迫する ＝"压；制"。山東方言：¶ 我問你：你拿裏的門路兒尋了老太太的分上壓量我。《醒70.10a.10》ワシはお前に尋ねるが, お前はどのつてでワシの母親に助けを求め, ワシに圧力をかける事ができたのだ。

牙巴骨　yábagǔ

名 あご(の骨) ＝"上頜和下頜[hé]；牙关"。山東方言, 西北方言, 西南方言, 湘語：¶ 他就焦黃了个臉, 通沒了人色, 從褲襠裏灘灘拉拉的流尿, 打的那牙巴骨瓜搭瓜搭的怪响。《醒64.9b.9》彼はもう顔がキツネ色になり, 全く顔色ない。ついにはズボンの中からタラタラと尿が流れ出し, 顎の骨はカチカチと変な音をたてています。

同音語 "牙把骨"：¶ 一同請到晁大舍臥房裏面, 不曾坐定, 只見鄭醫官打得牙把骨一片聲响, 身上戰做一團, 人都也曉得他是瘧疾舉發, 到〈＝倒〉都無甚詫異。《醒17.2a.3》一緒に晁大舍の寝室に入って貰った。まだきちんと座らないうちに, 鄭医官はあごをカチカチと音をたて, 体を震わせた。皆は鄭医官自身の瘧疾(おこり)が発症したと思い, さほど何もいぶかりません。¶ 打起牙把骨來, 可就不成事了。《兒28.21b.1》あごに張り手を食らわすことになれば, 本当に体裁が悪いです。

同義語 "牙叉骨；牙查骨；牙茬骨"：¶ 俺自己幾口子還把牙叉骨弔得高高的打梆子哩。《醒57.3b.6》ワシの何人かの家族が, (空腹のため)あごを高々と挙げて拍子木を打つように歯をカチカチとならしているんです。¶ 坐監候選, 也將及一年, 他那一家子牙查骨喫的, 也都是小女這一頃地裏的。《醒9.9a.10》(今)国子監に居て官吏候補として一年になります。この一家が食べていけるのも皆娘のその一頃(けい)の土地から出たものです。¶ 老公得了總分兒, 小的這們條大漢, 只圖替老公做乾奴才, 張着一家子的牙茬骨喝風罷。《醒70.11a.7》ご老公様が全て自分の取り分にされてしまって

は、こんな大男の私めは、ただご老公様のためだけに奴隷として働き、一家の者は口をあけて風でも食らうしかございません。¶等他的長俊了,我們不知在那里曬在牙茬骨去了。《金37.7a.1》あの子が立派に成長しても、どこに私達の骨が晒されることやら。

烟塵　yānchén

[名] 煙や埃＝"尘土；灰尘"。呉語、粤語、閩語。《醒》では同義語"塵土；灰塵"も使用：¶夢見我在空野去處自家一个行走,忽然烟塵憤〈＝噴〉天,回頭看了看,只見無數的人馬,…。《醒85.13a.1》夢で私は荒野を一人で歩いていたわ。突然砂塵が空高く舞い上がったかと、振り向いて見れば無数の人馬が…。

烟扛扛　yānkángkáng

[形] 煙霧が立ち上るさま、煙霧が多くはっきり見えないさま＝"烟腾腾"。山東方言：¶這家伙也不消要他的,值幾个錢的東西。燒了烟扛扛的,叫人大驚小怪。《醒72.6b.3》そんなもの（嫁入り道具）もいらないだろう。いくらの値打ちにもならない代物さ。焼いたら煙がもうもうと立ち上がって、皆を驚かせてしまうことになるぜ！

淹　yān

[形] ひからびた＝"失水的；干瘪；不鲜的"。山東方言：¶把兩個道婆雌得一頭灰,夾着兩片淹屄跑了。《醒68.4a.5》二人の道婆は、あたかも頭から灰を被せられたように、干からびた陰門を挟みながら逃げた。¶我怕幾兩銀子極極的花費了,兩个果子淹淹了。《醒71.3a.5》何両かの銀子はすぐに使ってしまうのではないかと思うのです。そして、幾つかの果物も干からびてしまいますよ。

淹薺獠菜　yānjì liáocài

[連] 汚らしい様子＝"衣服破旧"。山東方言：¶偺因甚往他班裡去借。淹薺獠菜的,臟死人罷了。《醒1.11a.9》（猟に行く衣装を）なぜ芝居小屋から借りるのだい。使い古しで汚らしいったらありゃしない。

淹頭搭腦　yān tóu dā nǎo

[成] しょげかえったさま、精彩がないさま、頭を垂れて元気のないさま＝"垂头丧气"。北方方言：¶只消心月狐放一个屁,那井木犴俯伏在地,骨軟肉酥,夾着尾巴淋醋的一般溺尿,嘵這們一遭,淹頭搭腦,沒魂少魄的,待四五日還過不來。《醒61.6b.8》ただ「心月狐」というキツネが屁を一つ放つだけで、かの「井木犴」という野犬は地面にひれ伏して骨肉から力が抜けぐったり、尻尾を巻いて小便を垂れてしまう。この驚きでがっくりと魂は抜け、4,5日過ぎてもまだ回復できないのです。

淹心　yānxīn

[動] 悲しむ、心を痛める、悩む＝"伤心；难过；悲伤"。北方方言：¶依着我不該饒他。你要不治他个淹心,以後就再不消出去,你要出去,除非披上領甲。《醒74.4a.6》（道婆は言う。）私ら思いますに、奴らを許してはいけません。もし、奴らをこっぴどく懲らしめないと、あなた方は今後2度と外へ出て行けなくなります。それでも出かけるというなら、鎧を着けないといけないですね！

淹淹纏纏　yānyanchánchán

[形] 意気があがらず振るわないさま＝"萎靡不振"。山東方言：¶片雲醒轉來,記得真真切切的這夢,告訴了長老合無齊都曉得了,從此即淹淹纏纏的再不曾壯起,却只不曾睡倒,每日也還炤常的穿衣洗面。《醒21.3a.4》片雲は目を覚ますと、はっきりとこの夢を覚えており、長老と無齊にこの夢のことを言いまし

た。このときより体力は衰えてゆき2度と壮健にはなりません。ただ，寝込むこともなく，毎日いつも通り着替えて，顔も洗います。¶他知道小奶奶懷着孕，他說怎麼得托生來做兒子，好報奶奶。一到家就沒得精神，每日淹淹纏纏的。《醒22.7a.9》彼は，若奥様のご懐妊を知ると，どうあっても転生して息子となり奥様にご恩返しをしたいと言っていました。家に戻るなり，元気がなくなり，日を追うごとに衰弱していったのです。——"淹纏" 動 病気にとりつかれる，長く患う：¶或有家内沒有人，不便來，或有害病淹纏，欲來竟不能來的。《石53.13a.1》家の中に人がいなくなるので来にくい，或いは病気に取り付かれており，来たいのだが来られないと言う者もいます。

䭴妳頭 yānnǎitóu
名 しぼんだ乳房＝"萎缩的奶头"。山東方言：¶這郭氏領了九歲的一个兒子小葛條，一个七歲女兒小嬌姐，還夾了一个屁股，搭拉着兩个䭴妳頭，嫁了晁無晏。《醒53.5b.10》この郭氏は，9歳の男の子小葛条，7歳の女の子小嬌姐を連れ，自分自身は一つのお尻を持ち，二つのしぼんだ乳房をだらりとぶら下げて晁無晏に嫁いだ。

嚴實 yánshi
形 きっちりしている，ぴったりしている＝"严密"。北方方言。《醒》では同義語"嚴密"が優勢：¶尋把嚴實些的鎖兒，把門鎖上。《醒95.6b.9》頑丈な錠前で戸に鍵をかけてしまうよ。¶那咎徐大爺替他鋪排的，好不嚴實哩，你怎麼弄他。《醒47.10b.6》あの時，徐旦那があの子の為に手配していたんだ。とても手が出せないようにきちんとな。お前はあの子をどうするつもりだ。☆"嚴實"は《金》

《石》《兒》に未収。

鹽鱉戶 yánbiēhù
名 コウモリ＝"蝙蝠"。北方方言：¶就如那鹽鱉戶一般，見了麒麟，說我是飛鳥。見了鳳凰，說我是走獸。《醒8.9b.2》さながらコウモリのように，麒麟に逢えば私は鳥だと言い，鳳凰に逢えば私は獣だといえばよい。

眼烏珠 yǎnwūzhū
名 ひとみ，目玉＝"眼珠；眼珠子"。徽語，吳語。《醒》では同義語"眼珠子"が極めて優勢：¶把四个眼烏珠，都一个个自己摳將出來。《醒27.13a.6》（幽霊のため）4つの目玉を一つ一つ自分でほじくり出した。

罨 yǎn
動 役所に賄賂する＝"贿赂官府"。山東方言：¶但俗語說得好：天大的官司倒將來，使那磨大的銀子罨將去。《醒9.13b.10》諺にもうまく言っているではないか「天ほど大きな裁判沙汰も臼ほど大きな銀子で役所に賄賂せよ」とね。

雁頭鴟勞嘴 yàntóu chī láo zuǐ
[熟] 骨と皮のように痩せたさま＝"骨瘦如柴"。山東方言：¶公公屢屢夢中責備，五更頭尋思起來，未免也有些良心發見，所以近來也甚雁頭鴟勞嘴的，不大旺相。《醒4.1b.4》祖父が夢の中でこまごまとした事まで責め立てたので，晁大舎は五更（朝4時〜6時）頃思いをめぐらせ，いささかなりとも良心の呵責を感じるようになったものだから，近頃では痩せぎすになって，余り元気がないのです。

厭氣 yànqi
形 厭悪している，嫌悪感がある＝"讨厌；厌恶；厌烦"。北方方言。《醒》では同義語"厭惡；厭煩"も使用：¶你休只管狂氣，我待打殺那後娘孩子，我自家另生

哩。厭氣殺人。沒的人是傻子麼。《醒40.5a.10》気が狂ったような言い方はよして！私はあの子が継子(ﾏﾏｺ)だからぶち殺そうとしているとでも思っているのですか。それから,私が新たに自分の子を産むとでも思っているのですか。本当に嫌になっちゃう！私もバカじゃないんだから！¶往往一進城去就得十日半月的住着,媳婦兩個又不好怪厭氣的一盪一盪的只是跟着來回的跑。《兒40.22a.8》1度上京すると10日や半月はあちらで泊まるのです。嫁の私達二人とも上京ごとに一緒について行くのはとても面倒です。

央央蹌蹌　yāngyangqiàngqiàng

形 （病気を）何とか持ちこたえるさま,元気が無くよろよろしているさま,ふらふらしているさま＝"弱而无力,勉強支持"。北方方言：¶你肚子大大的是有病麼。你這央央蹌蹌的是怎麼。《醒57.9a.5》お前のお腹は膨れちゃって病気かい。そのひどいざまはどうしたっていうの。¶替茂寔〈＝實〉戴上巾帽,穿了衣裳,叫人抬了打毀存剩的器皿,央央蹌蹌的同智姐走了回去。《醒66.9a.7》（ぶたれた）張茂実に帽子をかぶせ,着物も着せてやった。張茂実は人を呼んで壊されて残った器や皿を担がせ,ほうほうの体で智姐と一緒に帰って行った。

同音語 "秧秧蹌蹌"：¶老七,你昨日日西騎着騾子,跨着鍊,帶着盛插,走的那兒勢,你今日怎麼來這們秧秧蹌蹌的。《醒53.14a.4》老七さん,あんたは昨日,日が西へ傾く頃,ラバにまたがり,鎌を腰に,布袋を持ち,凄まじい勢いだったのに。今日のあんたはなぜそんなにしょげ返っているのかね。

羊鼻梁　yángbíliáng

名 ヒツジの鼻のように長く大きいさま＝"鼻梁中間高起的鼻形"。山東方言：¶再搭上一个回回婆娘琅璫着个東瓜青白臉,番〈＝翻〉撅着个赤剝紫紅唇,高着个羊鼻梁,凸着兩个狗顴骨,三聲緊,兩聲慢,數說个無了無休。《醒67.6a.6》更に,回族の女房がトウガンに似た青白い顔をうつむき加減に膨らませ,口紅のとれた赤黒い唇をそらせ,ヒツジのような大鼻を高く上げ,両方の下品な顴骨を突き出しています。そして,早口でまくし立てたり,やんわり口だったりして,べらべらと止めどなく責め立てます。

陽溝　yánggōu

名 （中庭から外へ排水する）地上に見えた排水溝＝"(庭院中向外排水的)露天水沟"。北方方言,呉語：¶還有恐怕喂了猪,便宜了主人,都倒在陽溝裏面流了出去。《醒26.9b.6》（残飯について）更に,ブタのエサにされては,ご主人様を喜ばすだけだと思い,全て排水溝の中へ逆さにあけて流してしまいます。¶陽溝里翻了船,後十年也不知道。《金52.9b.8》溝の中で船がひっくり返っても,今後十年経ったところで,わからないぜ！¶老爺依然大敗虧輸,盤上的白子兒不差甚麼沒了,說道：不想陽溝裡也會翻船。《兒34.5a.10》大旦那様は,依然として大敗し,盤上の白い碁石はほとんどなくなりました。そこで「思いがけず,『溝の中でも船がひっくり返る事がある』というもので,いつどこで失敗するかわからない！」とおっしゃいました。

同音語 "洋溝"：¶不提防魯華又是一拳,仰八叉跌了一交,險不倒栽入洋溝里。《金19.8a.9》不意に魯華からげんこつ1発で,仰向けにひっくり返り,もう少しで溝の中へ倒れ込むところでした。

―"陰溝"暗渠：¶我便說沒爹這里燈籠送俺每,蔣胖子弔在**陰溝**裡,缺臭了你了。《金77.6b.8》私はそこで言ってやりました。旦那様の所が提灯を持ち,私達を送って下さらなかったら,デブの蒋が下水溝に落ちたように,臭い目には遭わせてあげなかったのに,ってね。

仰百叉　yǎngbaichā

名　仰向けにふんぞり返ること,大の字に寝ること＝"仰八脚儿"。北方方言：¶季春江出其不意,望着晁思才心坎上一頭拾將去,把個晁思才拾了個**仰百叉**地下蹬搓。《醒20.10a.4》季春江は意表をついて晁思才の心臓をめがけて頭から突進した。それで晁思才は仰向けにひっくり返り,地面で地団駄ふんでいる。
同音語 "仰拍叉；仰八叉"：¶寄姐不曾隄〈＝提〉防,被素姐照着胸前一頭拾來,磕了個**仰拍叉**。《醒95.3b.8》寄姐は不意をつかれて素姐に胸を頭からぶつかられ,仰向けに倒れた。¶不提防魯華又是一拳,**仰八叉**跌了一交。《金19.8a.8》不意に魯華からげんこつ１発で仰向けにひっくり返りました。

仰塵　yǎngchén

名　天井＝"頂棚；(用紙糊的)天花板"。北方方言：¶連夜傳裱背匠,糊**仰塵**,糊窗戶,傳泥水匠,收拾火炕。《醒7.5b.10》連夜にわたり表具師に天井から窓までも張り替えさせ,左官屋にはオンドルをきちんと修理させた。¶因汪為露原做卧房的三間是紙糊的墻,磚鋪的地,木頭做的**仰塵**,方格子的窗牖,侯小槐隨同魏氏仍在裏邉做房。《醒42.4a.3》汪為露が寝室とした三間続きの部屋は紙の貼った壁で,煉瓦が敷いてある土間,板が張ってある天井,格子のある窓でした。侯小槐は魏氏と共にそこで生活しました。¶晁夫人叫了木匠收拾第三層正房,油洗窗門,方磚鋪地,糊墻壁,札〈＝扎〉**仰塵**。《醒49.2a.2》晁夫人は大工を呼んで第三棟の家を修理させた。窓や戸は張り替えさせ,油を塗り,土間の煉瓦も敷き直し,壁紙や天井板も張り替えさせた。

養漢　yǎnghàn

動　間男を作る＝"妇女跟人私通"。北方方言：¶俺雖是沒根基,登台子,**養漢**送客,俺只揀着像模様人接。《醒12.12b.10》わたしゃ家柄も良くなく,舞台に立ち,男の客も取った。でもね,わたしゃ,少しはましな男を選んだよ！¶脱不了偺兩個都在大爺跟前失了德行的人,偺再齊頭子來挨一頓,丢在監裡,叫俺老婆**養漢**,掙着供牢食。《醒22.4a.7》どうせワシら二人とも大旦那の前でメンツを失った人間だ。また二人揃って叩かれ,監獄へぶち込まれたら,ワシの女房に男を作らせ,牢獄での飯代を稼がせてやる！¶你這話,我是決不依的。你死了,我必要嫁人。再不然,也須**養漢**。《醒36.3b.4》あんたのその話,私は決して従えません！あんたが死んだら私は必ず人に嫁ぎます。さもなくばきっと男を作ります！¶說他與你們做牽頭,和他娘同**養漢**。《金85.9a.9》あの子があなた方の手引きをし,あの子の奥さんと共に間男したというらしいんです。
― 接尾辞"兒；子"の付接：¶他是會**養漢兒**。我就猜沒別人,就知道是玳安這賊囚根子。《金78.17b.11》奴は男を作るのがうまいのさ。私は,これを仕組んだのは,他でもなく,玳安の大悪党だとわかったのさ。¶但凡世上**養漢子**的婆娘,饒他男子漢十八分精細,咬斷鐵的漢子,…。《金25.6a.2》凡そ,世の中で間男をするかみさんというものは,夫がどんなにしっかりしていても,たとえ鉄を噛

み切るような男であっても，…。

吆天喝地　yāo tiān hè dì

[成] 大声で叫ぶ＝"大声喊叫"。山東方言：¶狄員外正在極躁,只見狄希陳戴了一个回回鼻子,拿了一根木斫的闕刀,赶了一隻鹿尾的黄狗,**吆天喝地**的跑將過來。《醒33.7a.5》狄員外がちょうどイライラして焦っている所へ,狄希陳が「回回鼻子」(鼻デカ面)のお面をつけ,手には木を切るなぎなたを持ち,鹿のように短い尾の赤イヌを追いかけ,大声で叫びながら駆けてきた。

遙地裏　yáodìli

[名] 到るところ,各地＝"到处；各处"。山東方言。《醒》では同義語"各處；到處"も使用：¶我見他着實病重了,**遙地裡**尋了他兒來,叫他買幾定布買付板預備他。《醒41.7b.2》私は,あの人の病気が重くなったので,あの人の息子さんをあちこち捜して,布と棺材を買いまさかの準備をしておくようにさせたのです。¶素姐同呂祥都不知去向,**遙地裏**被人無所不猜,再没有想到是赶狄希陳的船隻。《醒88.3b.4》素姐が呂祥とどこへ行ったかわかりません。あちこちで人々は推測したが不明です。しかも,狄希陳の船を追いかけて行ったとは思いもよりません。¶又兼小濃袋自己也願情待去,要跟着**遙地裏**走走,看看景致。《醒94.11a.6》しかも小濃袋自身も行きたがっています。(素姐に)くっついて行けばあちこち見物できるからです。

[同音語] "搖地裏；一地里；一地哩；一地裡"：¶家裏又有兩个不知好歹的孩子,**搖地裏**對了人家告訟,説他家有一罈銀錢,那日覓漢與他抬了回家,多有人看見。《醒34.7b.2》家には二人のまだ年端の行かない子供がいて,「家に一カメの銀錢がある」とあちこちで吹聽してしまった,しかも,その日,作男が彼の家にカメを担いで帰ったのを多くの人が目撃した。¶如今要尋個夥計,做些買賣,**一地里**沒尋處。《金98.2b.1》今では適当な番頭を捜して,少し商売をやりたいんだが,どこにも全然見つからないんだ。¶賞翠花兒的薛嫂兒提着花廂兒,**一地哩**尋西門慶不着。《金7.1a.7》翡翠の装飾品を売る薛嫂は,花簪の箱を提げて,西門慶を到るところ搜しましたが,見つかりません。¶月娘使小玉叫取雪蛾,**一地裡**尋不着。《金25.6a.10》月娘は,小玉に雪蛾を呼ばせましたが,どこにも見つかりません。

咬群　yǎoqún

[動] いつも回りの人ともめ事を起こす＝"跟人闹纠纷"。北方方言：¶一堂和尚,叫你這个俗人在裏遷**咬群**。《醒12.3b.2》一堂の和尚さんの中に一人の俗人が入ることにより,もめ事を起こしてしまうことになるからです。

[兒化語] "咬群兒"：¶西門慶道：你不知這淫婦,單管**咬群兒**。《金21.17a.1》西門慶は「お前はこのすべたを知らないんだ。しょっちゅう周囲ともめ事を起こしてばかりいやがるんだ！」と言った。

[同音語] "咬羣"：¶最難得的不搬挑舌頭,不合人成羣打夥,抵熟盗生,只是慣會**咬羣**,是人都與他合不上來,惹得那僕婦養娘,…。《醒49.14a.6》最も得難いのは,他人の欠点をあげつらったりしないことや,人とぐるになって食べ物を盗まない点です。ただ,しょっちゅう回りの人ともめ事を起こすので,皆は彼女とウマが合わず,女中や使用人の女房ともんちゃくを起こし,…。¶醎〈＝鹹〉尿淡話,**咬羣**的骡子似的。《石58.7a.2》つべこべ言いやがって！それじゃ仲間もわからず噛みつくラバだよ！☆"羣"は異体

字。

爺 yé

名 父親＝"父亲"。北方方言,過渡,南方方言。《醒》では同義語"父親;爹;爹爹"も使用:¶晁夫人道:前日爺出殯〈＝殯〉時既然沒來穿孝,這小口越發不敢勞動。《醒20.8a.10》晁夫人は「先日,夫の出棺の時にすら喪服を着なかったのですから,今回若い息子の場合はいよいよそんなご面倒はお願いできません！」と言った。¶若不是也帶他來與姥姥磕頭,他爺說天氣寒冷,怕風冒着他。《金96.3a.10》もし,連れて来ればお婆様にご挨拶させるのですが,夫が,今日は寒いので風邪を引くといけないと申しますので！☆この"他爺"は「自分の子供の父親」を指す。

― "爺兒"（親子）＋数量詞:¶人家爺兒三個呢。《兒9.16b.5》こちらの親子三人はどうなの。¶姑娘,偺爺兒倆可沒剩下的話。《兒19.9b.9》十三妹,ワシら親子二人には隠しごとは無いんじゃよ！

野鵲 yěquè(又) yěqiào

名 カササギ＝"喜鹊"。北方方言:¶兩好合一好,你要似這們等的,我管那甚麼鷂鷹野鵲的,我還拿出那本事來罷。《醒65.2a.2》双方が相手に対して親しみを抱いていると本当に親密になるっていうのに。あんたがそんな風ならタカやカササギが襲ってきても構うもんか！あたしの腕を見せてくれるわ！

夜來 yèlái

名 1. 昨日＝"昨天"。北方方言。《醒》では同義語"昨;昨日"が極めて優勢:¶虧了俺那老婆倒還想着,說:你忘了麼。你夜來喜的往上跳,是屋子頂碰的。罷,罷。老天爺。《醒21.11b.10》私の女房は「あんた,忘れちまったのかい。あんたは昨日喜びのあまり飛び上がって天井にぶつかったんだよ！」と言って,思い出させてくれました。いや,そんなことはいいのですよ。ああ！神様！¶奶奶可也查訪查訪,就聽他的說話。他夜來到了這裏,我為奶奶差了他來,我流水的叫張老婆子煖了壺酒,就把那菜,我沒動着,…。《醒43.9a.5》奥様が少しお調べになれば分かることです。それでも奴の言うことを聞きますか。奴は昨日ここへ来ました。私は,奥様が奴を寄越したのだと思いましたから,早速,張さんの女房を呼んで酒の燗をして貰いました。その料理もまだ手をつけていないのを（与え）…。

2. 夜間＝"夜里;夜间"。呉語:¶那新夫人的父母親戚也都在內,問那烏大王的去向。那新夫人備細將夜來的事告訴了眾人。《醒62.4a.4》その新夫人の両親や親戚も全てその場にいた中で,烏大王の行方を尋ねた。そうすると,かの新夫人は詳しくその夜の出来事を皆に話して聞かせた。¶難道日裏說了話,夜來又好變臉。《醒87.12b.4》まさか昼間話をしていて,夜になり急に態度を変えられまい。¶做娘的問道:這東西是那里的。李安把夜來事說了一遍。《金100.2a.10》母親が「こんなものどうしたの」と尋ねますと,李安は夕べのことを一通り話しました。¶夜來合上眼,只見他小妹子手捧鴛鴦寶劍前來說。《石69.6b.1》夜,目を閉じると,自分の妹が手に鴛鴦の宝剣を捧げて歩み寄って来て言うのです。¶那位姨奶奶又送了些零星吃食來,褚大娘子便都交給人收拾去,等着夜來再要。《兒20.17a.3》その若奥さんはまたこまごました食べ物を届けましたが,褚のかみさんは,夜になってからにしましょう,と人にしまわせました。

夜猫子　yèmāozi

名　フクロウ＝"猫头鹰"。北方方言,客話,江淮方言,西南方言:¶等到如今哩,夜猫子似的,從八秋兒梳了頭。《醒45.3a.1》今頃まで寝てはいません。フクロウみたいにね。(他の人たちは)とっくの昔に髪を梳いていますよ！¶那老樹上半截剩了一個权杈活着,下半截都空了,裡頭住了一窩老梟,大江以南叫作猫頭鴟,大江以北叫作夜猫子,深山裡面隨處都有。這山裡等閑無人行走,那夜猫子白日裡又不出窩。《兒5.13a.2》かの老木は,上半分が葉をつけた枝も残っていたが,下の方は幹ががらんどうになっていて,その中に１羽のフクロウが巣を作って棲んでいた。このようなフクロウは長江より南では「猫頭鴟」,北では「夜猫子」と呼び,深山幽谷にはどこにでもいる。ここの山は人がほとんど通らないので,「夜猫子」は昼間に巣を出ることはない。

一班一輩　yībān yíbèi

[連]　同世代の者,家柄が同じ＝"同輩;門户相当"。官話:¶偺别要扳大頭子,還是一班一輩的人家,偺好展爪。《醒72.10a.2》わたしらは,金持ちにへつらうのは嫌だね。やはり,家柄が釣り合っているお家だと,小細工もし易いものだわさ！

一別氣　yībiéqì

副　一気に,一息に＝"一憋气[yībiēqì];一口气"。山東方言:¶這狄希陳一別氣跑了二十七八里路,跑的劦軟骨折,得劉嫂子說了分上,騎着騾。《醒69.2b.9》かの狄希陳は一気に27,8里の道のりを走り通して,もう筋はふやけ骨は折れんばかりにくたくただったが,幸い,劉奥さんのお陰でラバに乗れた。☆"一別氣"は当て字のため,実際は"一憋气"の語音で使用。

一答　yīdā

副　一緒に＝"一块儿;一处;一起"。中原方言,晋語,蘭銀方言,吳語:¶一个男子漢養女弔〈＝吊〉婦也是常事,就該這們下狠的凌逼麼。這是前生的冤業,今生裏撞成一答了。《醒75.7b.8》男にとって,妾を作ったり,捨てたりするのはよくあることです。それなのに,こんなにもひどい仕打ちを受けねばならないのか。これは,前世からの宿業で,それが今世でぶつかって一つになったのだろう。¶金蓮和孟玉樓一答兒下轎。《金35.20a.7》金蓮と孟玉楼は一緒に駕籠から降りた。

— 語尾"里;哩;裡"の付接:¶你也磨,都教小厮帶出來,一答兒里磨了罷。《金58.19b.3》あなたも鏡を磨くのなら小者に全部部屋から持ち出させ,一緒に磨かせましょう。¶咱三個一答兒哩好做。《金29.1b.8》私達三人一緒だとやりやすいのよ。¶如何跟着他一答兒裡走。《金42.4a.9》どうして奴と一緒に歩いているのかね。¶亦發和吹打的一答裡吃罷。《金46.1b.7》いっそ楽師達と一緒に食べさせましょう。

同音語　"一搭兒;一搭兒里;一搭兒裡":¶六頂轎子一搭兒起身。《金41.1a.10》6挺の駕籠で一緒に出発します。¶你每坐着多一搭兒里擺茶。《金32.3b.6》お掛けになって,皆で一緒にお茶を頂きましょう。¶就晩夕一搭兒裡坐坐。《金42.3b.4》晩には一緒に陪席だよ！

一大些　yīdàxiē

数量　大変多くの,多くの＝"很多;許多"。北方方言。《醒》では同義語"許多"が極めて優勢:¶那書辦道:這銀子少着一大些哩。《醒23.12a.9》その書記は「この銀子は随分少ないぞ！」と言った。¶素姐說:同去的人多多着哩。侯師傅、張

師傅、周嫂子、秦嫂子、唐嫂子,一大些人哩。《醒74.10a.2》素姐は「一緒に行った人は多いよ。侯尼、張尼、周姉さん、秦姉さん、唐姉さん、そりゃもう随分多いのだから！」と言った。¶童奶奶後來知道,從新稱羊肉,買韭菜,烙了一大些肉合子,叫他去,管了他一个飽。《醒78.14b.2》童奥さんは後で(食べたがっていたのを)知ったので、新たにヒツジ肉、ニラを買い、沢山の肉入りピンを焼き、彼に腹いっぱい食べさせた。¶到〈=倒〉被寶玉賴了他一大些不是,氣的他一五一十告訴我媽。《石59.3a.7》かえって宝玉様から随分と間違いを責められたようよ。それで癇癪を起こし、全部私の母さんに言ったのよ。

一遞…日 yīdì…rì
[熟]日每交互に,日毎に代わる代わる＝"轮流做"。江淮方言:¶後來武鄉宦家煮了粥,晁近仁合晁邦邦辭了回來,晁夫人又叫他一遞五日幫着晁書們糶穀。《醒32.7b.1》のち、武郷宦の家で粥を煮ることになり、晁近仁と晁邦邦を(粥小屋から)戻らせた。晁夫人は五日交替で晁書達にコメを売るのを手伝わせた。¶取了他個名字,叫惠元,與惠秀、惠祥一遞三日上竈。《金77.13b.8》この女に惠元と名付け,惠秀、惠祥と共に三日に１度炊事勤めをさせます。

一遞一… yīdì yī…
[熟]交替で,交互に,代わる代わる＝"轮流进行"。江淮方言,北方方言:¶脱不了俺兩个人,怎麼行令。俺打虎罷。我說你打,你說我打,一遞一个家說。《醒58.8a.3》どうせ僕ら二人だよ。どうやって罰盃をしようか。そうだ、謎かけをしよう。僕が出して兄さんが解く。兄さんが出して僕が解く、というように一人づつ交替でやろう！¶見書童兒唱的好,拉着他手兒,兩個一遞一口吃酒。《金36.6a.7》書童の歌のうまいのを見て,彼の手を取り、二人で互いに口移しで酒を飲みました。¶西門慶令春鴻和書童兩個在旁,一遞一個歌唱南曲。《金61.16a.9》西門慶は春鴻と書童の二人を傍らに侍らせ、お互いに交替で南曲を歌わせた。

一堆 yīduī
[副] 一緒に＝"一起;一块儿"。山東方言,西南方言,徽語,吳語,閩語:¶人道他在洪井衙衙娶了童銀的閨女小寄姐,合調羹一堆住着。《醒77.8a.5》あいつは洪井胡同で童銀細工職人の娘寄姐を娶り、調羹とも一緒に住んでいるって、わたしゃ聞いているよ。¶你老要起夜,有我的馬桶呢,你跟我一堆兒撒不好喂。《兒16.21a.4》あんたが夜中に起きなすっても、私のおまるがありますから、一緒にそれを使えばいいでしょ！
[同形異義語]"一堆":¶一堆喜的搶進前來。《金56.5b.3》喜び一杯でおもてへやってくる。

一家貨 yījiāhuò
[副] すぐに＝"一下子;仓促之间"。山東方言,東北方言:¶如今這一家貨又急忙賣不出去,人家又討錢,差不多撰三四個銀就發脱了。《醒6.9b.5》今ではこのようなモノはすぐに売れないですな。しかしながら、借金取りが金を取りに来るのだから大体3,4両くらい儲けがあればすぐに手放しますよ！

一溜雷 yīliùléi
[名] 一緒の仲間＝"同伙;同类的"。山東方言:¶若與他一溜雷發狂胡做,倒也是個相知,却又溫恭禮智,言不妄發,身不妄動的人。《醒16.7a.7》もし彼が同じ部類の仲間としてバカなことをするなら、却って友人になっていただろう。しかし、礼儀正しく、バカな発言や妄動は

まったく無かったのです！

同音語 "一流雷"：¶一个是半勤，一个就是八兩，上在天秤，平平的不差分來毫去，你也說不得我頭禿，我也笑不得你眼瞎，真是同調一流雷的朋友。《醒91.10b.1》成語「半斤八両」にもあるように，一方は半斤で，もう一方は八両の如く，天秤に載せると寸毫の差もない。向こうがこちらの禿を笑えないし，こちらが相手側の盲目を笑えないように，全く同じような仲間であった。

同義語 "一溜子"：¶暴殄天物，是說他作賤東西，拋撒米麵。狄周的字是說他助着尤厨子為惡，合他一溜子庇護他。《醒56.3a.8》暴殄天物とは，尤料理人がコメや麺をないがしろにして投げ捨てていることだ。狄周の背中にある文字は，尤料理人の悪を手助けし，同じ部類の仲間として庇ったということさ！

一盻心　yī pàn xīn

[熟] ひたむきに，ひたすら，一心不乱に，一心に＝"一心一意；专心致志"。山東方言：¶把這經資先與他們一半，好叫他們糴米買柴的安了家，纔好一盻心的念經。《醒64.8b.4》このお経のお金は先に彼女らに半分でも渡してあげますと，コメや薪を買うのに都合よくなり，そうすれば一心不乱に読経してくれます。

一起　yīqǐ

副 これまで＝"向来；一向；原来"。山東方言：¶姑子又不是從我手招了來的，一起在你家裏走動，誰不認的。《醒12.13b.5》尼さんは，私が呼んだのではないけれども，これまで家に出入りしているのは誰もが知っています。

一湯的　yītāngde

副 すぐに，さっと＝"一下子"。山東方言：¶這呂祥…，又筭回家，狄希陳怕他唆撥，必定仍還與他銀子，所以都一湯的大鋪大騰地用了。《醒88.8a.10》呂祥は…家へ戻るつもりだったが，狄希陳をそそのかせば，きっと銀子を出すだろうと思い，(今持っている金を)すぐさま派手に使ってしまった。

一條腿　yī tiáo tuǐ

[熟] 一つの心，同じ心，同じ足＝"一条心"。山東方言：¶你大妗子的兄弟，叫你大舅大酒大肉的只合他一條腿，不合你妗子一條腿。《醒44.8b.3》妻の兄弟達は夫から酒や肉の大盤振る舞いをされて，夫の方と同じ仲間になった。それで，妻の方とは疎遠になりました。¶老身知道，他與我那冤家一條腿兒。《金78.22a.11》わたしゃ，分かっています。あの子はうちのあいつと同じ仲間だからね。

一歇　yīxiē

名 少しの間(比較的短い時間を表す)，しばらくの間＝"一会(儿)"。西南方言，吳語，贛語，閩語：¶一日間，四五个樂工身上穿了絕齊整的色衣，跟了從人，往東走去。過了一歇，只見前遵鼓樂喧天抬了幾个彩樓。《醒26.5a.4》ある日，4，5人の楽工がとても派手な色の着物を身にまとい，従者を連れて東の方へ歩いて行きました。しばらくすると，ふと前方には楽器を打ち鳴らす音がとどろき渡り，五色で飾った幾つかのみこしが担がれて来ました。¶狄希陳想了一歇，說道：別的我倒也都不為難，只女這个人的替身，…。《醒61.7b.6》狄希陳はしばらくの間考えて「他のことはまあ大丈夫ですが，この女の身代わりがねぇ。…」と言った。¶康節沉吟了一歇，說道。《醒79.1b.2》康節はしばらく考え，そして言った。¶等了一歇，拿雨脚慢了些，大步雲飛來家。《金6.6a.11》しばらく待ちますと，雨足もゆるんだので，大急ぎで帰っ

てきました。

[同音語] "一些兒": ¶我替娘後邊捲裹脚去來,一些兒沒在根前,你就弄下碴兒了。《金29.14a.2》私(春梅)が奥様のために奥へ纏足の布を巻きに行っていて,誰もいなかった少しの隙に,お前はもうみっともないことをやらかしたのね！

[同義語] "一會": ¶又歇了一會,親戚街鄰絡繹的都來弔孝,要那孝子回禮,那裏有那孝子踪影。《醒60.11a.6》少し経ってから親戚や近所の人々が陸続と弔問にやって来た。孝行息子の狄希陳が挨拶しなければならないが,彼のどこに孝行息子の片鱗がありましょうか。

—《海》の科白箇所では"一歇"を用い"一會"を用いない：¶耐等一歇。《海11.6a.2》ちょっと待っていて！¶洪老爺為倥一歇要去哉嗄。《海12.2a.5》洪様はなぜすぐに帰ろうとなさったの。

一總裏　yīzǒngli

[副] 全部一緒に＝"一起；全部"。山東方言。¶我變轉了一百兩銀子,放着一總裏交,怕零碎放在手邊使了。《醒71.2a.2》家産を売って百両作りました。全部になってからお支払いしようとしましたのは,端(はし)を手元に置いておくと使ってしまうかもしれませんので。

衣衫　yīshān

[名] 衣服,着物＝"衣服"。中原方言,江淮方言,西南方言,呉語,贛語。《醒》では同義語"衣服；衣裳"が極めて優勢：¶偏我的衣衫也沒人敬了。《醒67.12a.5》ワシに対しては,着物にすら敬ってくれない！¶見夜深了,不免解卸衣衫,挨身上床倘(＝躺)下。《金82.10a.4》夜も更けました。(金蓮は)着衣のまま寝台に上がり,身を横たえます。¶湘雲和寶釵回房打點衣衫。《石75.4a.3》湘雲と宝釵は部屋へ戻り,衣装を準備します。

伊　yī

[代] その人＝"其人；那人"。過渡,客話,閩語。"伊"は生硬。次例は「役所へ提出する訴状」ゆえに生硬な用語が多い。例えば"如此(＝這様)、在此(＝在這裡)、何不(＝為什麼不)"等：¶在張仙廟讀書,因托道人楊玄擇并賊徒凌沖霄看守書房,供伊飯食一年有餘。《醒26.6b.5》張仙廟にて学問していましたところ,道士の楊玄択とその悪い弟子凌沖霄に家塾の留守番を託し,彼らに1年余り食事を供しました。¶已知是西門慶家出來的,周旋委屈,在伊父案前將各犯用刑研審,追出臟物數目。《金91.2b.4》(雪娥が)西門慶の家を出てくるまでの詳しい経緯が分かりました。(李衙内の)父が各犯人を刑法によって審理し,盗品をいちいち吐き出させたのです。¶據伊侄賈蘭回稱出場時迷失,現在各處尋訪。《程72 119.14b.4》その者の甥賈蘭の申し出に拠りますと,試験場を出た時に失踪し,現在各地を捜索中であります。

姨娘　yíniang (又) yíniáng

[名] おば＝"姨母；姨妈；母亲的姐妹"。北方方言,過渡,客話,閩語：¶你這位娘子別要胡說。他是我的外甥,我是他的姨娘。《醒77.6b.4》この奥さん,デタラメを言わないで下さい！彼女は私の姪で,私は彼女の叔母です。¶我平白在他家做甚麼。還是我姨娘在他家緊隔壁住。《金79.12b.10》私があいつの家で何をしたと言うの。私の叔母があの家のすぐ隣に住んでいたのよ！¶老娘才睡了覺。他兩個雖小,到底是姨娘家。《石63.18a.5》外祖母様が今しがたお休みになられました。こちらのお二人は,若いとは申せ,つまるところ叔母様のお家ですよ！☆《官》では"姨母"を用い,"姨娘"

は採用していない。

胰子 yízi

名 石けん＝"肥皂"。北方方言,過渡,客話,閩語。《醒》では同義語"肥皂"も使用: ¶雖然使肥皂擦洗,胰子退磨,還告了兩个多月的假,不敢出門。《醒62.10a.6》石けんを用いてこすって洗っても,なお2ヶ月余りの休暇をとり,外出する勇気がなかった。¶早有兩個小小子端出一盆洗臉水,手巾,胰子,又是兩碗漱口水,放下。《兒14.17b.7》とっくに二人の若い丁稚がお盆に洗面水,手ぬぐい,石けんをのせて持ってきました。そして,2碗のうがい用の水を持ってきて置きました。

疑疑思思 yíyisīsī

動 "疑思"逡巡する＝"犹豫"。山東方言: ¶周相公再三的勸着姑夫,不肯做呈子,姑夫也疑疑思思的,只是那書辦催的緊。《醒98.9b.8》周相公は何度も旦那様をなだめて書類の提出をしないと言っています。旦那様も迷っています。ただ,書記の人はきつく催促しているのです。☆"疑思"のAABB型。

已就 yíjiù

副 きっと,間違いなく＝"一定;肯定"。北方方言: ¶那些媒婆知道晁夫人回來了,珍哥已就出不來了,每日陣進陣出,俱來與晁大舍提親。《醒18.1b.10》その縁談の取り持ち女連中は,晁夫人が戻ってきて珍哥はきっと牢獄から出て来られないと知るや,毎日入れ替わり立ち替わり晁大舍に縁談を持ってきた。¶昨日我若去得再遲一步,已就不看見他了。他已是穿了衣裳。《醒41.1a.6》昨日,あっしがもう一足行くのが遅ければ,きっと彼女に会えなかったです。彼女は既に着替えておりました。¶俺姐夫已就不是人了,你只合他一般見識,是待

怎麼。《醒63.10a.5》義兄さんはきっと人間ではなくなったのです。だから,あなたはそんな人と同じ見識でどうしますか。

同形異義語: 既に: ¶玉鳳姐姐救了我兩家性命,在公婆現在這番情義,已就算報過他來了,只是媳婦合我父母今生怎的答報。《兒23.19b.1》玉鳳お姉様は私達両家の命を救ってくれました。そして,お義父さま,お義母さまにおかれましては,既にお姉様に対しての恩返しはされました。ただ,嫁の私と私の両親は今世どのようにしてご恩に報えば良いのやら。

以先 yǐxiān

名 以前＝"以前;先前"。北方方言,吳語,客話。《醒》では同義語"以前;先前"も使用: ¶僭同着對了街坊上講講。俺雖是新搬來不久,以先的事,列位街坊不必說了。《醒8.16b.1》私は街の皆さんの前でお話しておきたいのです。私はここに引っ越して来てまだ長くありませんので,昔の事は街の皆さんに申すこともないでしょう。

倚兒不當 yǐ'ér bùdāng

[熟] 少しも気に掛けない,少しも注意を払わない,無頓着である,ぼんやりしている,うわの空である＝"漫不经心"。官話方言: ¶我好生躲避着他,要是他禁住我,你是百的快着搭救,再別似那一日倚兒不當的,叫他打個不數。《醒97.9a.3》僕は彼女からうまく逃げようと思うが,もし,捕まったら助けてくれ！先日のように,少しも注意を払わなかったために彼女に数え切れないくらい叩かれたが,そういうことのないようにな！

同音語 "已而不登": ¶我倒看體面,不好說長道短的。你看這狄爺,他倒已而不登的起來,可是个甚麼腔兒。《醒81.1a.8》

メンツを立ててやるんだ。つべこべ言うでないぞ！見ろ,狄旦那様は「魂が抜けた」ようになっておられる。旦那様,どうなされましたか。

蟻羊　yǐyáng

名　アリ＝"蚂蚁"。山東方言。《醒》では同義語"螞蟻兒"も使用：¶無千大萬的醜老婆隊裏,突有一个妖嬈佳麗的女娘在內,引惹的那人就似蟻羊一般。《醒56.7a.3》何千何万という醜い女房連中の中に突然現れた妖嬌佳麗な美女に,人々はアリの如く惹きつけられた。

義合　yìhé

形　仲睦まじい,仲がよい,昵懇の,団結している＝"和睦;团结"。山東方言。《醒》では同義語"和睦"が極めて優勢：¶您打夥子義義合合的,他為您勢眾,還懼怕些兒。您再要窩子裏反起來,還夠不着外人掏把的哩。《醒22.12a.4》あなた方が仲睦まじく暮らしていれば,あなた方の人数も多いのですから,更に何を恐れるのですか。それなのに,内輪もめをしていれば,他人につけこまれかねませんよ！

義和　yìhé

動　相談する,討議する＝"商量;商议"。山東方言。《醒》では同義語"商量;商議"が極めて優勢：¶你放了手,俏們往那裡去來。俏還義和着要炤別人哩。《醒22.4b.8》手を放してくれ！皆でそこへ行こう！俺たちだけでよく相談して,あちらさんを相手に交渉しなくてはならないからな！

意思　yìsi

名　1. ほんの気持ち,寸志＝"表示一点心意"。北方方言：¶你兩个全以自家要緊,不要悞了正事。他兩个不過意思罷了,脫不了到道裏。《醒37.11b.9》君たち二人(如卞と于廷)は自分自身のことが肝心で,本筋を誤ってはいかん。彼ら二人(希陳と如兼)には,ほんの気持ち程度でいい。どうせ,(次の試験の)道学には進めないだろうから。¶今兒既來了,瞧瞧我們,是他的好意思,也不可簡慢了他。《石6.10a.7》今,こうして私達に会いに来たのは,あの人の気持ちよ。ですから,あの人を粗末にあしらってはなりません。

2. 意味：¶西門慶…道：…。早知他不聽,我今日不留他。伯爵道:哥到辜負的意思。《金64.8b.1》西門慶は…「…。とっくに聞かないとわかっていたので,ワシはあの人たちを引き止めなかったのだ！」と申しますと,伯爵は「兄貴,それはご好意に背くって意味ですよ」と言った。

營生　yíngsheng

名　仕事,職業＝"事情;工作;职业"。北方方言。《醒》では同義語"事;事情"を極めて多く使用するが,"營生"も多く使用：¶你背着俺幹的不知甚麼營生。《醒38.4a.3》あんたは僕らに隠れて何かしていたんだろう！¶切切不可幹這樣營生。《醒94.3b.9》決してそんなことをしてはいけません！¶我離了爹門,到原籍徐州家裏,閑着沒營生。《金90.3b.2》私は旦那様の家を離れてから原籍の徐州の家へ帰ったのですが,暇で仕事がありませんでした。¶你說你背地幹的那營生兒,只說人不知道。《金24.10a.10》あんたが陰でやっている事は,他人が知らないとでも思っているんでしょ。¶幹出這些沒臉面,沒王法,敗家破業的營生。《石68.7b.3》こんな恥さらしで,ひどい,身代を潰すようなことをしでかすなんて！¶以至買好名兒戴高帽兒的那些營生,我都不會作。《兒8.6b.4》それで良い評判を得ようとか,ご機嫌を取ろ

うとかいうやりかたは、私にはできないのよ！☆《官》(p.56)に"事情//營生"(*a piece of business; work*)の如く、両者は同列に並べるゆえ、同義語扱いとする。しかし、《邇》には"事情"を採用し、"營生"を不採用とするなど、差がある。

硬幫　yìngbang

形（態度が）毅然としている、（態度が）強硬である＝"态度强硬；坚强；坚硬"。北方方言：¶這駉丞可也**硬幫**。嘗〈＝當〉時沒聽的駉〈＝驛〉丞敢打人。《醒32.10b.3》その駅丞も毅然とした方だねえ。ふだん、駅丞が人をぶったなんて聞いた事がないのにねえ。¶既是惹了這等下賤，爽俐**硬幫**到底，別要跌了下巴，這也不枉了做个悍潑婆娘。《醒95.8a.9》こんなにもひどくやられたからには、いっそのこと最後まで強硬に出てメンツを失わない。それでこそじゃじゃ馬の名に恥じないのである。

— ABB型"**硬幫幫**"（物が）石のように硬い：¶我的親親，昨夜孟三兒那冤家打開了我毎，害得咱**硬幫幫**，撐起了一宿。《金53.5b.2》ねえ、昨晩は孟の三番目が僕らをうっちゃったものだから、僕のアレが硬く一晩中突っ張っちゃったんです！¶弄的那些和尚們的懷中，個個是**硬幫幫**的。《金57.10a.9》そういった和尚達の腹の下の一つ一つを硬くさせたのです。¶賈瑞拉了自己的褲子，**硬幫幫**的就想頂入。《石12.3b.2》賈瑞は自分のズボンを引き下げ、石のように硬くなったもので衝き入ろうとした。

硬掙　yìngzheng

形　気骨がある、根性がある、芯が強い＝"坚强；有骨气"。北方方言、呉語、粤語：¶張夥計，你撥兩個**硬掙**些的人，給我帶上他俩，就這麼個模樣兒買瓦去。《兒32.3b.2》張さん、あんたが二人ほどしっかりした人を選んで、その（後ろ手に縛られた）格好をしたまま瓦を買いに行かせてくれ。

— "硬掙"＋接尾辞"子"。**名**　気骨のある人：¶可該拿出那做大的體段來給人幹好事，纔是你做族長的道理。沒要緊聽人挑，挑出來做**硬掙子**待怎麼。《醒53.4a.1》あなた自身が奮闘して人様のために良い事をするべきです。それでこそ族長としての道理です。何でもない些細な事なのに、人のみこしに乗って英雄気取りなんて、どういうつもりですか。

同形異義語　"硬正"＝"硬而有韌性"（丈夫である）：¶那是什麼**硬正**仗腰子的。《石9.8a.8》それがどんなしっかりした後ろ盾だというのだ⁉

應心　yìngxīn

名　気に入る、合意する＝"称心；可心；合意"。山東方言：¶又説狄希陳道：…。你就使一百銀子，典二十畝地，也與他尋一件**應心**的與他。《醒65.11a.8》また狄希陳に「…。あんたはたとえ100両の銀子を使い20畝の田畑を質入れしてでも、彼女（素姐）の気に入るの（顧繡の着物）を探せばいいでしょうに」と言った。

油光水滑　yóuguāng shuǐhuá

[**熟**]すれっからしである、世慣れている、腹黒く口がうまい＝"油滑；不誠懇"。北方方言：¶因臨清是馬〈＝碼〉頭所在，有那班**油光水滑**的光棍，真是天高皇帝遠，曉得怕些甚麼。《醒12.3b.7》臨清は波止場があるので、極悪非道のごろつきが多くいて、まさに「天高く皇帝遠し」の如く、何も恐れるものがない有様です。

— 一般的釈義「よく磨きがかかりつるつるしている」：¶下面也沒榻板，那後面的背板，一扇到底，抹的**油光水滑**，像

是常有人出入的樣子。《兒7.4b.8》(タンスの中は)下は引き出しの仕切り横板が無い。後ろ側の裏板は1枚戸の奥行きで、よく擦(⸮)れてつるつるしている。ここはいつも人が出入りしているようである。

油氣　yóuqì

名　(今にも死にそうな)微かな息＝"(將死的人的)微弱呼吸"。北方方言：¶薛教授到了後遹,素姐還把那丫頭三敲六問的打哩。薛教授見那丫頭打的渾身是血,只有一口**油氣**。《醒48.6a.10》薛教授が奥へ行くと素姐はまだその若い女中を無茶苦茶に殴っていた。薛教授が見たところ、その女中は叩かれて全身血だらけで、虫の息だった。¶後來晁思才兩口子消不的半年期程,你一頓,我一頓,作祟的孩子看看至死,止有一口**油氣**,又提留着个痞包肚子。《醒57.8a.8》後に、晁思才夫婦は半年も経たないうちにかわるがわるに殴る蹴るの悪さをし、その子をまもなく死に追いやるありさまです。ただ微かに息があるだけ。しかも、腹に硬い塊ができる病を患いました。

同音語　"由氣"：¶那日珍哥打得止剩了一口**由氣**,萬無生理,誰知他過了一月,復舊如初。《醒51.10a.7》その日、珍哥は殴られて、ただ虫の息だけ、生きる望みは全くない。ところが、1ヶ月過ぎますと、彼女は元通りに回復しました。

兒化語　"油氣兒"：¶使手摸了摸口,冰涼的嘴,一些**油氣兒**也沒了。《醒9.5a.8》手で口を触ってみると、氷のように冷たい。微かな息もありません。

同音語　"遊氣兒"：¶他餓的只有一口**遊氣兒**,那屋裡倘⟨＝躺⟩着不是。《金76.13b.4》あの子なら、腹が空いていて僅かに微かな息があるだけで、あっちの部屋で横になっています！

油脂膩耐　yóuzhī nìnài

[連]油汚れ、垢だらけ＝"油垢的样子"。山東方言：¶這人瞎隻眼,少一个鼻頭,合一个鬼頭蛤蟆,眼**油脂膩耐**的个漢子,下到我家。《醒86.12a.2》その人は片目で鼻が一つ欠けていました。そして、狡猾で陰険そうな、垢で汚ならしい男と一緒に私の家へ来たのです。

游游衍衍　yóuyouyǎnyǎn

形　ブラブラしている＝"磨蹭"。山東方言：¶或綑了挑在半路,**游游衍衍**,等那日色一落,都說。《醒31.12b.6》(麦を)或いは束ねて担ぎ、途中の道でゆっくりブラブラとしている。そして、日が沈むのを待って口々に言う。

有要沒緊　yǒu yào méi jǐn

[成]慌てない、気に掛けない、大したことがない＝"不着急;不经心"。山東方言：¶他又不肯來偺家吃飯,只買飯吃,豈是常⟨＝長⟩遠的麼。我且**有要沒緊**,慢慢的仔細尋罷了。《醒55.6a.7》あの方は私の家にご飯を食べに来ようとはせず、外で買って食べているんだ。こんな状態が長いこと続く訳ないだろ。私の方は慌てなくていい。(飯炊き女は)ゆっくりと注意深く探してくれればいいんだ。¶一個僧家是佛家弟子,你**有要沒緊**恁誷他怎的。《金88.9b.4》お坊様というのは、仏様のお弟子です。何でもないことなのにお坊様を誷(⸮)ってどうするのですか。¶我又沒甚麼差使,**有要沒緊**跑些甚麼。《石60.11a.7》私は別に何の使いの用事もないし、また、大した用件もないのに走り回るのもどうかねえ。¶管安家這些**有要沒緊**的閑事…。《兒23.1b.2》安一家のこのような大した重要でもない余計なことに構う…。

迂板　yūbǎn

形 融通が利かない＝"死板"。山東方言：¶這個**迂板**老頭巾家裏,是叫這兩個盜婆進得去的。《醒68.2b.8》このコワモテの融通の利かない家では,二人の泥棒道婆は家の中に入って行けないのであった。

餘外　yúwài

名 この他＝"除此以外；另外"。北方方言：¶又兼劉振白那喬腔歪性,只知道自己,**餘外**也不曉得有甚麼父母妻子,動不起生筆〈＝捶〉實砸。《醒82.6a.6》しかも劉振白はもったいぶった変な性格で,ただ自分を知っているだけ,その他の者を全く知らない。相手に父母や妻子があろうが,全くお構いなし。ややもすると殴る蹴るの有様です。¶郭總兵果然便服方巾,跟了四名隨從,連周相公也扮了家人在内,**餘外**又跟八個士卒同行。《醒99.7a.9》郭総兵は果たして平服に方巾といういでたち。4人の従者を従えている。周相公も使用人の服装をしてそこにいる。その他には8人の従卒が同行している。¶送了上頭兩小篓〈＝簍〉子茯苓霜,**餘外**給了門上人一篓〈＝簍〉作門礼〈＝禮〉。《石60.11a.2》ご主人様に茯苓霜を二籠届けられ,そのほかに,門番の人達にもお裾分けを下さったのよ。¶上面託着兩盞碗沏茶,**餘外**兩個折盅,還提着一壺開水。《兒14.17b.8》(盆の)上には蓋付きの茶碗に茶を入れてくる。(小僧は)この他に,湯冷まし用の茶器とお湯の入ったやかんを提げています。

> |参考|
> ### 在外　zàiwài　**動** 別である,含まれていない,範囲外である＝"不包括；另外"：¶又包了横街上一個娼婦小班鳩在船上作伴,住一日是五錢銀子,按着日子算,衣裳**在外**,回來路上的空日子也是按了日子筭的,都一一收拾商量停當。《醒14.11a.8》横街の娼婦小班鳩を連れ,船で供をさせた。1日5錢の日当で支払う計算になるが,衣装代は別です。帰路の何にもない暇な日々も日数計算です。これらのことをいちいちきちんと相談して決めた。¶這是家里的舊例,人所共知的,別的偷着的**在外**。《石56.6b.6》これは,家の昔からのしきたりで,皆が知っていることです。(庭園で採れるもので)他に盗んだものは,範囲外ですけれどもね。☆副詞用法"买了两斤肉,**在外**还要买只鸡"の場合は呉語,客話,閩語等の方言に継承。しかし,ここは動詞用法のため[参考]扱いとした。

與　yǔ

介 …の為に(…する)＝"替；为；给"。山西方言。《醒》では会話文での"與"の使用頻度は地の文の約半分。なお,《醒》では"與"と"給"の並存現象も見られる：¶我叫人**與**你鬆了夾棍,你却要實說。《醒47.10a.4》ワシはお前の挟み棒をゆるめてやる。だから,真実を話すのだ。¶這敢是你那一輩子**與**人家做妾,整夜的伺候那大老婆,站傷了。《醒40.8b.6》恐らくあなた様の前世は妾でしたね。一晩中,本妻さんのお世話を立ちっぱなしでおこなって足を痛めたのです。¶別說我不肯養漢,我處心待**與**儓晃家爭口氣。《醒43.9b.7》わたしゃ,もう間男はしない。それだけじゃなく,この晃家のために体面を考え,がんばると心に決めたわ！¶左右**與**我押到他房中,取我那三百兩銀子來。《金26.3b.3》お前ら,奴の部屋へ連れて行き,ワシのあの銀子300両を取ってこい！

原道　yuándào

副　もともと,何と＝"原来"。山東方言：¶那快手合主人家豈有不怕本官上司,倒奉承你這兩個外來的窮老。**原道**他真是个太爺太奶奶,三頓飯食,雞魚酒肉,極其奉承。《醒27.10b.4》その捕り手や宿の主人は,自分の上司の命令も恐れず,逆に,よく知らない貧乏夫婦にゴマをすることがありますか。宿の主は,もともと本当のご両親だと思い,3度の食事にニワトリ,魚,酒,肉を出して大いにご機嫌取りをしたのです。

原舊　yuánjiù

名　もと(の),もともと＝"固有;本来;原来;原先"。北方方言,呉語。《醒》では同義語"原来"が極めて優勢：¶我把随身的衣服與鞋鞋脚脚的收拾出來,另在一間房子住着,你把這**原舊**的臥房封鎖住了。《醒41.5b.8》私は身の回りの着物や靴などを整理して別の部屋で生活しています。(銀子管理のため)あんたは,元の寝室に鍵をかけたらいいんです。¶唬的龍氏只要求死,不望求生。又虧有人救。畢竟還尋了那**原舊**弄猴的花子方纔收捕了他去。《醒76.10b.1》びっくりして龍氏はただ死を求め,生を求めずという有様。しかし,これもまた人々のお陰で救われた。あの元の乞食の猿回しを探し出し,サルをようやく捕らえて連れて帰って貰った。¶你看這們些年天老爺保護着,那一年不救活幾萬人,又沒跌落下**原舊**的本錢去。《醒90.10a.10》この何年間かは,天の神様が私達を加護してくださっている。どの年も(資金を出して)幾万人もの人々を救っているけれども,もとからある元金はなくなっていないのだから。¶但是婦人本錢置買的貨物都留下,把他**原舊**的藥材,藥碾,藥篩,箱籠之物,即時催他搬去。《金19.10a.9》凡そ女の元手で購入した品は全て残し,彼がもともと持っていた薬材,薬研,薬篩,衣装箱という品はその男に即時に運んで行かせた。

原起　yuánqǐ

名　最初,もと＝"起初;原本"。呉語：¶薛三槐娘子説：。我還只説姐夫在屋裏,這咱晚還没起來哩。**原起**是如此。《醒45.2b.9》薛三槐のかみさんは「…。私は若旦那さんがへやの中にいると思っていました。こんな時間になってもまだ起きて来ない。最初からこんなようでは困ります！」と言った。☆山東方言では"以起儿"と称す。

圓成　yuánchéng

動　仲裁をする,口を利く,とりなす＝"調解;从中说和;成全"。山東方言,山西方言。《醒》では同義語"說和;成全"も用いる：¶你這也不用那十分大好的,得個半瓶醋兒就罷了。講了一年多少束修〈＝脩〉。是誰**圓成**的。《醒85.2a.10》(顧問については)そんなに上出来の人は必要ないよ。「生かじり」でいいんだ。1年どれくらいの給金と決めたの。誰が間でとりまとめてくれたの。¶却從張太太吃白齋而來,纔得**圓成**了這個合歡盃。《兒37.33b.7》(ことの起こりは)張金鳳の母親が精進料理しか食べなくなった時からであって,今,ようやくこの「合歓の盃」をとりまとめることができたのです。

同音語　"員成"：¶他那一路上的人恐怕晁大舍使性子,又恐怕旁邊人有不幫十〈＝襯〉的,打破頭屑,做張做智的**員成**着,做了五十兩銀子,賣了。《醒6.10a.5》その仲間の人は,晁大舍が癇癪を起こし,また,傍らの人々も助けてくれなくなるかもしれない,更に,中に入って商売をぶち壊されるのを心配した。そこ

圓汎　yuánfàn（又）yuánfàn

形 丸い＝"圓的"。北方方言：¶如今回到自己首領衙宇,還不如在自己明水鎮上家中菜園裏那所書房,要掉掉屁股,也不能掉的圓汎。《醒97.4a.10》今,自分の夫の役所公邸へと戻った。しかし,自分の故郷明水鎮の屋敷の中に菜園があるあの書斎の方がいい。お尻を振り回そうにも,ここでは大きく回すことができないから。

同音語 "員汎"：¶試了試手段,煎豆腐也有滋味,捍薄餅也能員汎,做水飯,插粘粥,烙火燒,都也通路。《醒54.8b.9》先ずはその料理のお手並み拝見になり,煎豆腐もおいしいし,薄餅もうまく丸く作れる,うす粥,かた粥,烙火燒にもよく通じている。

圓眼　yuányǎn

名 リュウガン＝"桂圓；龙眼"。江淮方言,西南方言,呉語,客話,粤語。《醒》では同義語"龍眼"も使用：¶取開藥廂〈＝箱〉,撮了一劑湯藥,叫拿到後遶用水二鐘,煎八分。又取出圓眼大的丸藥一丸,說用溫黃酒研開,用煎藥乘熱送下。《醒4.12b.5》薬箱を開け,湯薬をつまんだ。これを奥へ持って行き,水2杯で8分まで煎じなさいと言った。また,竜眼大の丸薬1粒を取りだし,「温かい老酒で溶かし,煎じ薬で熱いうちに飲むように」と説明した。¶只見那寶相手裏拿了个盒底,裏面盛了五穀,栗子,棗兒,荔枝,圓眼,口裏念道。《醒44.11a.2》(挙式を司る)賓相は手に箱を持っている。その中には五穀,栗,ナツメ,荔枝,竜眼が盛られている。口の中で何やらつぶやいた。

同音語 "圜眼"：¶可奈舊年間,有一個皮匠,生得有八尺多長,一雙圜眼,兩道濃眉,高顴大鼻,有二十四五年紀。《醒19.1b.1》(晁大舎にとっては)生憎なことに,昨年来,ある靴底の皮張り職人がいる。その人は八尺余りの身の丈,二つの竜眼のような丸い目,2本の太い眉,高い顴骨,大きな鼻で,歳は24,5歳でした。

怨悵　yuànchàng

動 不満に思う,恨みに思う,かこつ＝"抱怨；怨恨；责备"。呉語,粤語：¶晁夫人甚是怨悵。《醒6.5a.3》晁夫人は甚だ恨み言を言った。¶我想這些人還不肯干休,畢竟還要城裏去打搶,守着大爺近近的,犯到手裏,叫他自去送死,沒得怨悵。《醒20.11a.4》奴らはこれでおとなしく引き下がろうとはしないだろう。更に,城内の家へ行って強奪するだろうが,知県様がお近くにおられて,その中へ跳び込んで行くようなものだ。奴らに自殺行為をやらせれば,恨みもなかろう！¶小献宝〈＝獻寳〉是影也不見。只有一个魏氏,年紀又不甚老成,也怪不得他那怨悵。《醒39.13b.4》小献宝の姿は影も形も見えない。ただ一人魏氏がいるだけで,歳もまだ若い。したがって,汪為露に対して恨むのも仕方のない事である。

同音語 "怨暢"：¶我說跟着王家小厮,到明日有一欠。今日如何撞到這網里,怨暢不的人。《金52.6a.4》王家の若僧にくっついていれば,そのうち処罰を受けることになるって言っていましたよ。今,その網に引っかかっても人を恨むことはできませんぜ！

願謂　yuànwèi

動 (神仏に)願い事をする＝"祷告"。山東方言：¶光只俺兩口子,這一日不知替嫂子念多少佛,願謂姪兒多少。《醒32.11b.

約摸　yuēmo

[動] 大体の見積もりを立てる, 大体の見通しを立てる ＝ "大概估計"。北方方言, 呉語, 粤語：¶晁大舍**約摸**大家都睡着了, 猱了頭, 披了一件汗褂, 靸着鞋, …。《醒19.8b.8》晁大舍はおよそ皆が寝ついたと見当をつけ, 髪はざんばら, 肌着を羽織って, くつをつっかけ, …。¶那晁夫人看一看, 丈夫完完全全的得了冠帶閑住, 兒子病得九分九厘, 謝天地保護好了, **約摸**自己廂〈＝箱〉內不消愁得沒的用度。《醒18.1b.3》かの晁夫人は, 夫が円満に退官し, 息子の病は九分九厘(治る)見込みのないところを天地の神様のご加護で良くなり, 自分は生活の出費に悩むこともないと考えていた。

[同音語] "約莫"：¶休要那去, 同傅夥計大門首看顧。我**約莫**到月儘就來家了。《金84.1b.2》どこかへぶらつきに行くというのはやめ, 傅番頭と共に表門の番をしておくのです。私(月娘)は月の終わりに帰宅する予定ですからね。

[副] およそ, 大体 ＝ "大约；大概"。北方方言, 呉語, 粤語。《醒》では同義語 "大約；大概" が優勢：¶**約摸**有八十多了, 還壯實着哩。《醒23.6a.2》大体八十歳余りです。まだまだお元気です。

[同音語] "約莫"：¶月娘道：你替他熬粥

下來。**約莫**等飯時前後, 還不見進來。《金79.3a.5》月娘は「あんたはあの人に粥を作っておいてね」と言った。そして, 大体, ご飯時分まで待っていたが, それでも(西門慶は)入って来ませんでした。¶走了**約莫**有一個時辰, 早已遠遠的望着一帶柳樹林子。《兒10.13a.1》約2時間ほど歩いたら, 早くも遠くに柳の林が見えました。

匀扯　yúnche

[動] ならす, 平均する ＝ "平均；拉平；扯平"。山東方言：¶這幾年, 學生送的束脩, 進了學送的謝禮, 與人扛幫作証, 受賄講和, 攙奪經紀, 詐騙拿訛, **匀扯**來, 那一日沒有兩數銀子進門。《醒41.5a.9》この何年間かは, 学生が届けた塾の月謝, 進学した学生が届けた謝礼金, 人と徒党を組んで証人となった示談や賄賂, 仲買からの強奪, 騙したり脅したりして取ったもの, 均(ﾅﾗ)してみるとどの日も何両かの銀子が入ってきたはずだ。

[同義語] "匀滾"：¶送了四十兩銀子, 晁大官兒收了。論平價, 這木頭**匀滾**着也值五六兩一根。《醒9.10a.2》40両の銀子を届け, 晁大官は受け取った。適正価格から言えばこの材木は平均して1本5,6両である。

[類義語] "匀襯"(均整が取れている)：¶穿着雙藕色小鞋子, 顏色配合得十分**匀襯**。《兒15.10a.10》1足の赤味がかった薄灰色の靴を履き(ズボンとの)色合いがとても均整がとれています。

Z

扎縛　zāfù

動 1. 荷造りする,梱包する ＝"扎;捆扎"。山東方言,呉語：¶那日,曹快手還邀了許些他的狐羣狗黨的朋友,**扎縛**了个彩樓,安了个果盒,拿了雙皂靴,要與晁老脫靴遭愛。《醒17.12a.7》その日,曹捕り手役人が多くの悪党友人を招いて五色で飾った楼台を作らせた。彼は茶菓子入れの小箱を置き,1足の靴を持ち,晁老知事に退職記念としてその靴を脱がせて城に納めます(大衆に好かれていて引き留める気持ちを表す)。¶薛教授見無雨大得緊,曉得是要發水了,大家**扎縛**衣裳,尋了梯子,一等水到,合家都爬在院子內那株大槐樹上。《醒29.13b.8》薛教授は,大雨なので洪水が起こると思い,皆に着物を荷造りさせ,梯子(はしご)を見つけておき,洪水になったら一家で中庭の大きな槐(えんじゅ)の木に登ろうと考えた。

2. 巻く,巻き付ける ＝"纏裹"。山東方言,呉語：¶收拾了行李,輻了頭口兒**扎縛**了車輛。《醒13.6a.10》荷物を準備し,ロバも用意し,車に繫ぎつけました。¶那唐氏自從與晁源有了話說,他那些精神豐采自是發露出來,梳得那頭比常日更是光鮮,**扎縛**得雙脚比往日更加窄小,雖是粗布衣服,漿洗得甚是潔淨。《醒19.10b.3》唐氏は晁源との一件があってからは,気持ちや態度に自ずと現れ出てきた。梳いた髪の毛は以前より輝き艷があり,捲いた2本のてん足も昔より一層小さくなった。着物は粗布だが,洗濯してとても清潔になっている。¶籌計往那裏下手,又尋下了刀瘡藥并**剳縛**的布絹,拿了一把風快的裁刀,要到那場園裏遶一座土地廟內,那裏僻靜無人,可以動手。《醒36.13a.4》(股の肉を切り取るのを)どこで実行しようかと考えた。また,刀瘡の薬と縛る布絹を準備し,よく切れる裁断用包丁を持ち,園の中の土地廟の中へ行った。そこはひっそりと誰もいなくて実行するには恰好の場所です。

扎刮　zāgua

動 1. 化粧する,表面を飾る,身支度する ＝"裝飾;打扮"。北方方言：¶狄員外又與他**扎刮**衣裳,到故衣鋪內與他買了一付沒大舊的布鋪陳,問童七換了一付烏銀耳墜。《醒55.12b.5》狄員外は,彼女のために着物をつくってやり,また,古着屋へ行き,さほど古くない木綿の布団を1組買って与えた。そして,童七にいぶし銀の耳飾りを作ってもらった。[同音語]"扎括;札刮;紮裹"：¶你**扎括**我起來,我也待往你姐姐家鋪床去哩。《醒59.4a.7》私の化粧・身支度を手伝っておくれ!私も床敷きの儀式に行くから。¶俺家裡那个常時過好日子時節,有衣裳儘着教他**扎括**,我一嗔也布嗔。《醒2.4b.5》昔,うちの家が良い暮らしをしていた頃は,着物があれば他の女(妾)に存分着飾らせてやっても,私は一言の文句さえ言わなかった。¶買到家來,過了一宿,次早把這兩件奇物叫虎哥拿着,童奶奶**札刮**齊整,雇了个驢,騎到陳公的外宅門首。《醒71.7a.2》家に買ってきて一夜を過ごし,翌朝,この二つの珍奇な物を虎哥に持たせた。童奥さんは化粧を整えると,ロバを雇い,陳公の外庭門前へ

やって来た。¶你們兩親家,一個疼媳婦兒,一個疼女孩兒罷了,我放着我的女孩兒不會縈裹。我替你們白出的是甚麼苦力。《兒24.5a.7》あなた方両家にとって,一人は可愛い嫁のため,一人は可愛い娘のためなのだから。私は,自分の娘に何もしてあげられないというのに,あなた達のためにただで力を貸せって言うのかい。

2. 整理する,準備する,処理する＝"准備;整理;料理"。山東方言:¶這天漸漸的冷上來了,是百的望奶奶**扎刮扎刮**我的衣裳。《醒51.12a.4》気候もだんだんと寒くなってきたから,奥様に私の着物を是非こしらえてくれるようお願いしますよ。

同音語 "札刮":¶有撒下的孩子麼。只怕沒本事兒**札刮**呀。《醒72.9b.3》お子さんはいるのかい。そうならば,うまく対処できる自信がないね。¶**札括**兩輛騾車,裝載珍哥、高四嫂并那些婦女,并喫用的米麪,舖陳等物。《醒12.8b.4》2輛のラバの車を準備させた。そこへ珍哥,高四嫂及び女達を乗せ,食料としてのコメ,麺,布団なども積み込んだ。

偺 zán

代 私＝"我"。北方方言。《醒》では第一人称の単数,複数を表す:¶淹薺醶菜的,賍死人罷了,偺自己做齊整的,脫不了也還有這幾日工夫哩。《醒1.11a.3》(衣装を借りるのは)汚くて臭いぜ！恐らしく不潔だよ！自分できちんとしたのを作ればいい。どうせまだ何日か間があるから。¶偺長話短說,真也罷,假也罷,你說實要多少銀。《醒6.9b.1》簡単に言おう。本当でも嘘でもいい。いったい,いくらで売ってくれるんだ。

— 複数を表す(一般語語彙の用法):¶你不知道,見偺進去,且不出來接偺,慌不迭的且鎖門,這不訕人麼。《醒38.9b.6》あんたは知らなかったのかね。我々(客)が入って来たのを見て,出迎えるどころか大慌てで戸に鍵を掛けるなんて！あれ,バカにしているんじゃないのかい。

同音語 "咱":¶到那日咱這邊使人接他去。《金95.14a.8》その日には,私らの所からあの人を迎えにやらないとね。¶別逼扣他,說結了,咱好給他張羅事情。《兒27.6b.6》(金鳳の母親は)あの人を責めてはいかんよ！話をうまく纏めたら,私らは色々とお世話をしてあげなければならないのよ。

糟鼻子 zāobízi

名 ザクロ鼻,赤鼻(「酒豪」を指す)＝"酒糟鼻"。山東方言:¶莫信直中直,須防人不仁,拿天平來,我把這銀子兌兌,別要**糟鼻子**不喫酒,枉耽虛名的。《醒96.8a.5》「信ずる莫(な)かれ直中の直,須(すべから)く防ぐべし人の不仁」と言うでしょ。天秤(びん)を持ってきてよ。私はこの銀子を量ってみるわ。「赤いザクロ鼻は酒を飲まずして枉(ま)げて虛名に耽る」ってなことにならないようにね！¶那和尚生得濃眉大眼,赤紅臉,**糟鼻子**,一嘴巴子硬觸觸的鬍子查〈＝楂/苴〉兒。《兒5.16a.5》その和尚は濃い眉,赤ら顏,ザクロ鼻,口の周りには硬いヒゲであった。

鑿骨搗髓 záo gǔ dǎo suǐ

成 辛辣である,言葉に刺(とげ)がある,毒々しいこと,非情極まること＝"刻毒"。山東方言:¶學匠,喚你到前邊大家吃些飯罷,省得又要另外打發。惹的那个先生**鑿骨搗髓**的臭罵了一場,即刻收拾了書箱去了。《醒16.6b.5》「学匠,おもての方へ来て皆で一緒にご飯にしますよ。あんただけ別にする手間が省けるように！」と。この結果,かの先生はこっぴ

どく罵ってすぐさま本箱を片付けてよそへ行ってしまった。

早起　zǎoqi

名 (やや早い)朝＝"早晨"。北方方言,過渡,閩語。：¶只是薛夫人**早起**後晌,行起坐臥,再三教訓,無般不勸。《醒48.11b.10》ただ、薛夫人は早朝から晩まで立ち振る舞いを再三言い聞かせ、諫めないところはなかった。¶俺山裏沒香,我**早起**後晌焚着松栢斗子替奶奶念佛。《醒49.13b.8》私らの山里では線香がありませんので、私らは朝に夕に松かさを燃して奥様の為に念仏を上げさせて貰います。¶**早起**我就看見那螃蟹了,一斤只好秤兩个三个。《石39.3b.10》朝、私あのカニを見たのですが、1斤で2匹か3匹にしかならないでしょう。¶他到了重陽這日,**早起**吃了些東西,纔交巳正,便換了隨常衣裳。《兒35.21b.8》彼は重陽の節句の日になって、朝、何がしかのものを食べ、巳の刻(午前9時～11時)になりますと普段着に着替えました。
— 「早く起きる」：¶這們**早起**待怎麼。你在我脚頭再睡會子《醒49.4a.8》こんなに早く起きてどうしたの。私の足もとでもうちょっと寝たらどう。¶十一月十五日,吳推官**早起**,要同太守各廟行香。《醒91.10b.5》11月15日、吳推官は早く起き、太守と一緒に各廟をお詣りしようとしています。

造子　zàozi

名 しばらくの間＝"一会儿"。山東方言。《醒》では同義語"一會;造子:一回"も用いるが、"一會子"が極めて優勢：¶差了薛三省娘子送的晚飯,讓着狄希陳吃了兩个火燒,一碗水飯,摸摸了**造子**出去了。《醒44.15a.2》薛三省のかみさんに晩飯を届けさせ、狄希陳に二つの火焼と粥一碗を勧め食べさせた。狄希陳はしばらく部屋の中にいて、そして、出て行った。¶相妗子又說素姐先到洪井衚衕,寄姐合調羹不肯相認,混混了**造子**,來了。又撞到當舖,又怎麼待往皇姑寺,沒得去,上弔澂潑。《醒78.14a.3》相妗子は、素姐が先ず洪井胡同へ行ったこと、寄姐と調羹は「知らない」としばらくはごまかしたこと、質屋へ行き、そして、皇姑寺へ行こうとして行けずに首を吊り騒ぎ立てた事を述べた。¶情管劉振白管了**造子**事,狄爺合童奶奶沒致謝,所以纔挑唆他告狀,這事再沒走滾。《醒81.9a.4》きっと劉振白がやらかした事です。狄旦那と童奧さんは奴にお礼をたんまりしなかったから、奴が訴え出ろとそそのかしたんです。これはもはや疑いがない！

同音語 "遭子;糙子"：¶他好合孫蘭姬再多混**遭子**。《醒40.14b.3》あの子は孫蘭姫ちゃんともっと一緒に過ごしたいのよ！¶一個姐姐的大喜,都叫他們頑**糙子**。《醒44.4b.3》お姉さんの結婚ですから、皆で一度遊びに来て貰いたいですわ！

燥不搭　zàobudā ⇒ sàobudā

躁　zào

形 いらいらする,落ち着きが無い＝"燥"。湘語,贛語,粵語：¶婆子道:這腔兒**躁**殺我了。丫頭子,出去。《醒4.10b.5》夫人は「なんという事！いらいらするね。お姉さん、あんた出て行って(言ってくださいよ)」と言った。

竈火　zàohuo

名 かまど＝"灶"。北方方言。《醒》では"竈火"の釈義を"廚房"(台所)と称しても文意は通じる：¶老魏炕上坐着,他媳婦在**竈火**裏插豆腐。《醒49.11a.9》老魏はオンドルの上に腰掛けていましたが、お嫁さんの方は竈で小豆腐を炊いてい

ました。

竈突 zàotū

名 煙道＝"锅台与烟囱的连接处"。山東方言：¶那些婆娘曉得要去拿他，扯着家人媳婦叫嫂子的，拉着丫頭叫好姐姐的，鑽竈突的，躲在卓子底下的，…《醒20.14a.5》女連中は、役人が捕らえに来たと知ると、使用人のかみさんにすがって「お嫂さん！」と呼ぶ者、女中の手を引っ張って「お姉さん、お助けを！」と叫ぶ者、また、竈の煙道にもぐり込む者、卓の下に隠れる者、…。

怎生 zěnshēng

代 どのように、いかに＝"怎么；怎样"。河北方言、閩語。《醒》では同義語"怎；怎麼；怎生"が極めて優勢：¶但只這个養道士和尚的污名，怎生消受《醒9.1b.8》ただ、この道士や和尚と通じていたという汚名は、どうして甘んじて受けられようか。¶看官。你道這夥婆娘都是怎生模樣。《醒20.14b.2》皆さん！これらの女はどういう恰好だと思われますか。¶這等愁悶的心腸，不知不覺像死的一般，睡熟去了，還好過得。如今青醒白醒，這萬箭攢心，怎生消遣。《醒30.10a.6》こんなに鬱々とした気持ちでは、知らないうちに死んでいるようなものだ。よく眠れればまだ何とか過ごせるのだが、今では全く眠れない。何万もの矢が我が心を射った状態で、これではどのようにしてしのげるだろうか。¶就知是孟玉樓簪子。怎生落在他袖中，想必他也和玉樓有些首尾。《金82.8a.10》すぐに孟玉楼の簪（かんざし）だとわかった。どうしてあの人の袖の中にあるのか。きっとあの人と玉楼との間には何らかの怪しい関係があるのだわ。¶那賈璉越看越愛，越瞧越喜，不知要怎生奉承這二姐。《石65.1b.1》賈璉は、見れば見るほど愛しく

なってしまったので、どのようにしてこの二姐の機嫌を取れば良いか分からないほどだった。¶況又是官宦人家的千金，怎生有這般的本領。《兒8.11a.1》それに、官吏の家柄の大事なお嬢さんでしょう。どうしてそんなに武術の腕がおありなんですか。

扎煞 zhāsha（又）zhāshā

動 （手などを）広げる、（枝が）広がる、（毛が）立つ＝"伸展开；(毛发)竖起"。北方方言：¶不料按院審到珍哥跟前，二目暴睜，雙眉直豎，把幾根黄鬚扎煞起來，用驚堂木在案上拍了兩下，怪聲叫道。《醒51.12b.3》思いがけず、按院は珍哥の前に来て、双目を見開き、双眉をまっすぐに立て、何本かのヒゲを立たせ驚堂木にて机の上を2度叩いた。そして、奇怪な声で叫んだ。¶把薛如卞、薛如兼拆辣的一溜煙飛跑。素姐扎煞兩隻爛手，撬着个筐大的頭，騎着左鄰陳寔（＝實）的門大罵。《醒89.7b.7》薛如卞、薛如兼は辱めを受けてさっと走り去った。素姐は2本の爛れた手を出し、竹籠のように大きく乱れた頭で左隣の陳実の玄関の門に馬乗りになってひどく罵った。

同音語 "揸沙；扎撒；扎撝；支煞"：¶且說平安兒被責，來到外邊。打内刺扒着腿兒走那屋裡，拶的把人揸沙着。《金35.11a.1》さて、平安兒は拷問で責められ、外側の部屋へやって来ました。そして、家の中からは四つんばいになって部屋へ戻りましたが、指を締めつけられ、腕はだらりと垂れたままです。¶不如趁空兒留下這一分，省得到了跟前扎撒着手。《石47.7a.4》（お金は）今の内にその分を残しておくのが良いです。そうすれば、その場になってにっちもさっちも行かないというようなことにならなくて済みますから。☆"扎煞手"は熟語。¶他只

顧上頭扎撒着兩隻手攔眾人,不放〈＝防〉下面不知被那個一靴子脚踹在他小脚兒上。《兒28.10a.9》その子は,構わず上の方では両手を広げて皆に立ちふさがった。ところが,思いがけず,下の方では誰かに足を踏みつけられた。¶或〈＝我〉只見了他,口裏裝做好漢,強着說話,這身上不由的寒毛支煞,心裏怯怯的。《醒52.5b.2》私はあの子を見ると,口では豪傑を装って強い事を言っていても,体は自ずと恐怖の鳥肌が立って気持ちもおどおどしてしまうのよ。

同音異義語 "札殺"(突き刺す):¶素姐說:你只敢去。你要往家一步兒,我拔下釵子來,照着嗓根頭子札殺在轎裏,說是你兩个欺心。《醒78.2b.10》素姐は「あんたらは戻るっていうのかい。もし,家の方角に1步でも行きゃあ,あたしは簪を抜いてこの喉めがけて一突き,この駕籠の中で死ぬ!あんたら二人があたしをバカにしたって言うよ!」と申します。

扎實　zhāshi
形 安定している,強固である＝"牢固;穩固"。山東方言:¶陸秀才還嫌他做的不甚扎實,與他改得鉄案一般,竟把個媳婦休將回去。《醒98.5b.9》陸秀才は,作った文章(離縁状)が毅然としていないのが気に入らないで,自分で改め強固な案にし,嫁とは離縁し実家へ帰らせたのです。

扎手　zhāshǒu
形 手を焼く,厄介である,扱いにくい＝"棘手;不好惹;不好対付"。北京方言,山東方言,遼寧方言,晋語,贛語:¶見世報,杭杭子的腔,您怕這一百兩銀子扎手麼。《醒15.6a.5》馬鹿だな!愚か者の言い草だ!お前たちは百両の銀子に困惑しているのか。

同音語 "札手":¶張瑞風…:好个札手的人。剛才不是倚這們些人也撑不動他。《醒43.7a.6》張瑞風は…「何とやりにくい奴!先程は俺達大勢でないと奴を追い出せなかったところだ」と言った。

挓　zhā
動 広がる,伸ばす＝"张开;分开"。江淮方言,山東方言:¶不由的鼻子挓呀挓的,嘴裂呀裂的,心裏喜歡,口嘴止不住只是待笑。《醒82.4b.5》思わず鼻は広がり,口元は緩み,心は嬉しくて笑いが止まらない。

扎挣　zházheng
動 無理をして持ちこたえる,無理に我慢する,もがく,あがく＝"挣扎"。北方方言:¶我扎挣着起去,叫他們掛上燈。《醒3.10b.7》ワシは無理をしてでも起きて,奴らに提灯をぶら下げさせよう。¶狄希陳被智姐的母親林嫂子痛打了一頓,頭一日還扎挣得起,到了第二三日,那被傷的所在發起腫來,甚是苦楚。《醒63.1a.7》狄希陳は,智姐の母親林さんにひとしきりひどくぶちのめされた。初日はまだ無理をして起きられたが,2,3日目になって傷を受けた所が腫れてきてとてもつらい。¶凍得我體僵麻,心膽戰,實難扎挣。《金93.2b.11》寒くて私の体は痺れ,心も震え,本当に持ちこたえられません。¶也有對他說不得的事,也只好强扎挣着罷了。《石64.8a.3》あの人に言えない事もありますの。それで仕方なく無理して持ちこたえるしかありませんわ!¶如今交給你,你扎挣起來上炕去,給我緊緊的守着他。《兒6.8b.3》今,あんたに(お金を)渡したから,何とか起き上がってオンドルの上へ登って,しっかりと番をしていてよ!

同音語 "札挣;閘閘":¶又將息了幾日,恐家中沒人,札挣着都進了城。《醒36.13b.

6》更に何日間か(荘園で)養生したが，城内の家には人がいないのではと案じ，無理やり(皆と共に)城内へ入り家へ戻った。¶初時李瓶兒閒閑着梳頭洗臉還自己下炕來，坐淨桶。《金62.1a.8》初めのうち，李瓶兒はまだ何とか頑張って髪梳きや洗面に自分でオンドルを下りて，おまるに腰掛けたものでした。¶前兩遭娘還閒閑，俺毎搊扶着下來。《金62.7a.8》この前の2,3度，奥様はまだ頑張っていらっしゃいました。私達も肩を貸してオンドルから下りてもらったものです。☆《邇》《官》にも見える。しかし，"扎挣"の逆序語"挣扎"はこれらに見られない。

札　zhá(又)zhā

[量] 親指と中指の指先の長さの距離＝"张开的拇指与中指两指之间的最大的距离"。北方方言：¶狄希陳取出那炮焾來，有一札長，小雞蛋子粗，札〈＝扎〉着頭子，放的就似銃那一般怪響。《醒58.3b.7》狄希陳が爆竹を取り出してきたのは，親指と中指を広げたような長さ，小さなニワトリの卵ほどの太さで，導火線がついている。鳴らすと鉄砲を打ったような大きな音がする。

[同音語] "窄"：¶將那白生生腿兒横抱膝上纏脚，換剛三寸，恰半窄，大紅平底睡鞋兒。《金52.1b.2》その白い足を膝の上に横にして抱えながら，纏足の布を巻いています。やっと2寸，丁度親指と中指を広げた半分の長さの真っ赤な平底の就寝用の睡靴に履き替えました。

煠　zhá

[動] (野菜等を)湯に通す，さっとゆでる＝"焯"。北方方言，過渡，南方方言：¶最可恨的，不論猪肉，羊肉，雞肉，鴨肉，一應鮮菜，乾菜，都要使滚湯煠過，去了原湯。《醒54.9b.10》最も残念なのは，ブタ肉にせよ，ヒツジ肉にせよ，鶏肉，アヒル肉にせよ，生野菜だろうと干し野菜だろうと，全て熱湯に通し，もとの煮汁は捨ててしまうことである。

[同義語] "焯"[chāo]の同音語"綽"：¶把那米剛在水裏面綽一綽就撩將出來。《醒26.9b.1》そのコメを湯の中にさっと入れたとたんに取り出してしまうのだ。

乍大　zhàdà

[動] 勝手気ままにする，好きにする＝"放纵；放肆"。山東方言。《醒》では同義語"放肆；放縱"が優勢：¶小砍頭的。我乍大了，你可叫我怎麼一時間做小服低的。《醒98.11a.3》死に損ない！わたしゃ，これまで好きにしてきたんだ。お前は，私にどうしても一寸の間でもへりくだっていろって言うのかい。¶狄奶奶乍大了，小不下去，必定弄出來。《醒78.6b.5》狄奥さんはこれまで好き勝手にして来たのよ。そんな貧乏人のような事はできないですわ。だから，きっと問題を起こすでしょ。

乍生子　zhàshēngzi

[形] 見知らない＝"陌生"。山東方言：¶自己當面酌議，從小大的，同不的乍生子新女婿。《醒75.13a.2》自分で面と向かって話して貰います。小さい時から知っているから。全く知らない婿ではありませんので。

窄憋憋　zhǎibiēbiē

[形] 狭い＝"狭窄"。北方方言。《醒》では
[反]：¶窄憋憋的去處，看咱哥合嫂子聽見，悄悄的睡罷。《醒28.2b.7》ここは狭い所だから兄夫婦に聞こえるよ。静かに寝よう。¶我怕他降下他去不成。可是他舅舅說的：你那官衙裏頭窄憋憋的，一定不是合堂上就合那廂裏鄰着，逐日吵吵〈＝吵吵〉閙閙，…。《醒84.2b.8》私は，うちの子(寄姐)は奥さん(素姐)とケンカ

しても負ける事はないと思うのですが,でも,兄さんが言うには,役所の公邸は狭苦しい所で,きっと裁判所の長官か,そうでなければ地方府の長官と隣り合わせだから,嫁妾がケンカして毎日ギャーギャーと騒がしければ,…。¶看是甚麼顯宦哩麼,住着个**窄憋憋**的首領衙裏,叫你腰還伸不開哩。《醒85.12a.8》どんな高位の官になるのですか。狭苦しい首領公邸に住んで,腰を伸ばそうにも無理ですよ!

同音語 "窄偪偪;窄別別;窄巴巴":¶衙内**窄偪偪**的个去處,添上這個些人,怎麼住的開。《醒7.6a.3》役所内の官舎は狭苦しい所ですから,こんな人達が加わったらどうやって一緒に暮らしてゆけるんですか。¶住着**窄別別**的點房子,下了茶來也沒處盛。衣裳首飾陸續隨時製辦,也不在這一時。《醒75.14a.2》私達は狭苦しい家に住んでいるのだから,婚約の茶を贈って貰っても飾る場所もないのよ。衣裳や首飾りも徐々にその時その時に作ればいいのであって,1度にはいらないでしょう。¶只見**窄巴巴**的三間小屋子,掀起裡間簾子進去,…。《兒12.2b.1》狭い3間の小部屋があり,奥の簾(す)を上げて入って行きますと,…。

窄逐　zhǎizhú

形 (期限が)短い="(期限)短"。山東方言:¶你狄爺的憑限**窄逐**,還要打家裏祭過祖去,這起身也急。《醒84.7b.7》狄さんの任地に行く日の期限はもうすぐよ。それに,実家へ戻って祖先を祀ってからだから出発も急がなきゃ。

沾　zhān

副 少し,やや="稍微;有点儿"。山東方言。この例の"沾"は"沾"である:¶狄員外說…。可是一些什麼沒有,新燒酒三盃。秦繼樓說:這酒燒的,不**沾**〈="沾"〉早些。狄員外說:這是幾甕嘗酒酵子,那幾日狠〈=很〉暖和,我怕他過了,開開,還正好。《醒34.12b.5》狄員外が「…。何もござらんが,新しい焼酎で一献やろうかと」というと,秦継楼は「その焼酎ですが,少し早くはないですか」と答えた。狄員外は「このカメの麹ですが,このところ何日かは暖かいので,できすぎては困ると思い,開けてみると,丁度良いできですよ」と言った。☆影印本,活字本共に"沽"[gū]とするが,意味的に"沾"である。

展爪　zhǎnzhǎo

動 威張り散らす,威風を示す="施威:使手脚;逞强"。山東方言:¶老鄢說道:…。他要做桀紂,你就動干戈。他高大爺先不敢在你手裡**展爪**。《醒2.4b.10》老鄢は「…。相手が桀や紂のようにするのならば,こちらも腕力で行く。(高の)ご主人でもあんたの手の中では強くは出なかったのだから」と言った。

斬眉多梭眼　zhǎnméi duō suōyǎn

[熟] 眉毛や眼をしきりに動かす(心根がよくないさま)="挤眉弄眼"。山東方言:¶總然就是尋妾,也只尋清門靜戸人家女兒才是,怎麼尋個登臺的戲子老婆。**斬眉多梭眼**的,甚是不成模樣。《醒8.4a.4》たとえ妾を入れるのでも良い家のお嬢さんにすべきです。なぜ舞台に立つ芝居女を妾にしたのかね。眉毛や眼をしきりに動かして,本当にぶざまだわ!

佔護　zhànhu

動 占拠する,占める="占据;占有"。山東方言。《醒》では多く"占護"を"佔護"と作る:¶爺兒兩个夥着買了个老婆亂穿靴,這們幾个月,從新又自己**佔**〈=占〉護着做小老婆。《醒56.9a.6》父子二人がぐるになって女を買い入れ,ともに関係することこの何ヶ月もだよ。それな

のに,今度は新しく自分で独占して妻にするのだわ！¶這劉振白素性是个狼心狗肺的人,與人也沒有久長好的,估護的那个婆娘不過香亮了幾日,漸漸的也就作踐起來。《醒82.7a.2》この劉振白は生来狼の心,犬の肺を持った男。他人とは長くは仲の良い関係が続かない。囲った妾にしても,いい日が何日かあるだけで,徐々にないがしろにしてゆくのです。

張智　zhāngzhì

名 さま,態度,様子,姿態="模樣;樣子;姿態;行為"。北京方言,吳語。《醒》では同義語"模樣;模樣兒;模樣子"を使用するも,"模樣"が極めて優勢：¶誰知那心慌膽怯了的人另是一个張智。《醒52.3b.3》ところが,完全に怖じ気づいた人にとっては全く別の様であった。

同音語 "張致"：¶你還不往屋裡勻勻那臉去,揉的悢紅紅的,等住回人來看着,什麼張致。《金43.7a.2》あなたはまだ部屋へ顔を直しに行かないの。こすって眼がとても赤くなっているわ。人に見られたら,様にならないわよ！

── 釈義 "拿架子;裝腔作勢"（もったいぶる,さまをつける,大きな顔をする）：¶我好意教你來吃酒兒,你怎的張致不來。《金33.4a.2》私は好意であなたに酒を飲みに来なさいと言ったのに,あなたはなぜもったいぶって来なかったの。¶金桂見婆婆如此說丈夫,越發得了意,更粧〈=裝〉出些張致來。《石79.8b.1》金桂は,姑がこのように夫を叱るのを見て益々我が意を得たりと,一層高飛車に出るのであった。¶便是九師傅你合褚家姐姐夫妻二位,也該說個明白。怎的大家作這許多張致,是甚麼意思。《兒19.9b.3》九師匠や褚のお姉さん夫婦たちからもハッキリと仰って欲しいわ。どうして皆さん,こんな手の込んだ大仰なことをなさるんですか。これって,一体どういうことですの。

長嗓黃　zhǎng sǎnghuáng

[連] 喉にでき物ができる="（喉嚨上）生了嗓黃"。山東方言：¶您兩个是折了腿,出不來呀,是長了嗓黃,言語不的。《醒94.10b.2》お前さんら二人とも足が折れて,出て来られないのかい。喉にでき物ができて喋られないのかい。

脹飽　zhàngbǎo

動 腹が張る(満腹で腹が張ってたまらない事を指す)="撐得慌"。山東方言：¶肚子脹飽,又使被子蒙了頭,被底下又氣息,那砍頭的又怪鋪騰酒氣,…。《醒4.13a.3》腹が張っているの。布団を頭からかぶり,布団の下で息をしていたんだけれど,あのバカがお酒のにおいをプンプンさせるものだから,…。¶到了初九日侵早,小珍哥頭也不疼,身也不熱,肚也不脹飽,下遺惡路也都通行,吃飯也不口苦。《醒5.1b.1》9日の早朝になって,若い珍哥は頭痛もしなくなり,体の熱も引いて,お腹も張ってこず,下の方も通じるようになった。ご飯を食べるのもまずくはない。

招承　zhāochéng

動 犯行を認める,自白する,白状する="招认;承认"。山東方言：¶你們背後算計甚麼。好話不避人,為甚麼支出小玉蘭去了,您都擦眼抹淚的。你招承就罷了,不招承,我合你成不的。《醒76.5b.1》あんた達,陰で何をやらかしているの。「良き話は人を避けず」じゃないか。なぜ小玉蘭を下がらせ,皆で涙を拭いていたの。あんた,白状すればいいけど,でなきゃ私ら今後うまく行きっこないよ！¶呂祥送監。關行繡江縣查問,查得呂祥招承的說話,一些也不差。回了關

― zháo

文。《醒88.7a.5》呂祥は監獄に収監され,繍江県で査問された結果,呂祥の自白に少しの間違いもないという文書が戻ってきた。

|同音語|"招成":¶可憐諸般的刑具受過,無可**招成**,果然晚間依舊送在那前日的監内,曉夜在那凳上,權當匣床。《醒63.5b.8》可哀相に様々な刑具で拷問されても,白状するすべがない。案の定,夜,いつも通り先日の牢屋に送られたように,夜通し小さな腰かけの上で足かせをさせられていた。

招对 zhāoduì

|動| 照合する,証拠を付き合わせる="对正"。山東方言:¶忘八,淫婦,出來。我們大家同了四鄰八舍**招对**個明白,若果然不是個姑子,真是和尚道士,豈止休逐。《醒13.3b.3》恥知らず!すべた!出てきなさい!近隣の皆さんに証拠を突き合わせ明白にしよう!もし,尼僧ではなく,本当に和尚や道士ならば,離縁放逐されても結構です。¶二叔是通州香嚴寺梁和尚脱生的,他那裏坐化,這裏落草,那模樣合梁和尚再無二樣,這都是有**招对**的。《醒46.4b.6》弟さんには,通州香嚴寺の梁和尚が転生されました。梁和尚はその寺で得度し落ち着かれたのです。その姿恰好たるや梁和尚とっそっくりです。こういうことが皆証拠です!¶你拿兩套仇家的灑綾往家裏看去,女人知道甚麼仇家顧家。你只說是顧家,誰合你**招对**麼。《醒65.9b.4》仇家の着物を2着持って帰って見せたらいい。女の人は,何が仇家のものか顧家のものか分からないでしょ。顧家製だと言いさえすれば,誰が本物と突き合わせるのでしょうか。

招子 zhāozi

|名| 看板,広告="启示;告示;广告"。晋語:¶住起幾間書房,貼出一個開學的**招子**,就要教道學生,不論甚麼好歹,來的就收。《醒26.2b.3》教える場所を設定すると,開学の広告を貼り出し,学生を教え導くのであるが,それら学生の資質の良し悪しに拘らず来た者は受け入れたのです。

着 zhāo

|動| 置く,設置する="放;搁;装"。北方方言,呉語:¶說他鹹了,以後不拘甚物,一些鹽也不**着**,淡得你惡心。《醒54.9b.5》塩辛いと言えば,以後どんなものにでも少しの塩も入れない。それで,食べると味が薄くて胸が悪くなる。¶偺是漢子,怕沒處去麼。脱不〈=脱不了〉偺是女人。那咨我又年小,又不大十分醜,那裏**着**不的我。《醒74.3b.10》私が男ならば,行く所がなかったかもしれません。どのみち私は女でしょ。その頃私は歳も若く,そんなに醜くもなかった。どこでも私を置いてくれましたよ!¶大凡世上各様的器皿,諸般的頭畜,一花一草之微,…,與人都有一定的緣法,絲毫**着**不得勉強,容不得人力。《醒79.1a.7》凡そ世の各種食器や家畜の類,一草木の微に到るまで,…,全て一定の縁があるのであって,少しの無理強いや人の力も入れられないものである。¶哥,你好漢,還起的早,若**着**我,成不的。《金67.2b.3》兄貴,あんたはえらいなあ。こんなに早く起きて。もし,ワシだったらできませんや!

着 zhāo

|動| あげる,補足する="给;补足"。過渡:¶素姐道:仗賴二位帶挈我,**着**上十兩銀子,我也同去走走。《醒68.8a.1》素姐は「お二人が連れて行って下さるようお願いします。10両出しても私は一緒に行きます!」と言った。

|同音語| "找"。現代語では一般に"找"と作る：¶要是偺相厚的人，叫他照着眾人本利找上銀子，偺就合眾人說着，就帶挈的他去了。《醒68.7b.2》もし，私達と親しい人なら，皆の入り前に合わせて銀子を足して頂きますと，(泰山参詣の会の) 皆さんに説明した上で連れ立って行けるようにします。¶典出去的幾畝地，幾間房子，找上二兩銀子扁在腰裏。《醒57.3a.8》抵当に入れた幾畝かの田畑や家屋の銀子，これに2両ほどの銀子を足して腰にしまいこんだのです。¶遲半年三個月找銀子。若快時他就張致了。《金16.4a.8》半年ほど遅らせてから銀子を足してやろう。もし，早く足してやったら，奴は(こちらの足元を見て) もったいぶりやがるんだ。

|同義語| "找補"：賈璉道：已經完了，難道還找補不成。《石47.4a.9》賈璉は「既に終わっているのに，まさかなおも昔の事を持ち出して補いをつけようとはなさるまいて！」と言った。¶大爺接過茶去，他又退了兩步，這纔找補着請了方纔沒得請的那個安。《兒35.7b.4》若様は茶を受け取って，2歩ほどさがってから，先ほどやりかけた挨拶を行います。

着主　zháozhǔ
|動| 婿捜しをする ="女子找婆家"。北方方言。現代語では一般に"找主儿"と作る：¶你這位娘子別要胡說。…我為他年小無靠的，勸他嫁夫着主的去了。《醒77.6b.5》奥さん，バカな事を言わないで下さい！…。私はこの人が歳も若いし身よりもないから，彼女に婿捜しを勧めたのです。

炤　zhào
|動| (相手の攻撃に) 受けて立つ ="抵挡；招架"。山東方言。《醒》では同義語"招架"が極めて優勢：¶要是中合他炤，陳嫂子肯抄着手，陳哥肯關着這門。《醒89.9b.1》もし奴(素姐)と本当に(大喧嘩の)一戦を交える気なら，陳嫂さんは手をこまぬき，陳兄さんは戸を閉めているかね。(何事も我慢さ)

|同音語| "照不過；照不住" (かなわない，相手にできない="挡不住")：¶你又是個單身，照他這眾人不過。《醒20.11a.1》あんたは一人だし，大勢の連中にはかなわないだろう。¶我們有十來个人，手裏又都有兵器，他總然就是个人，難道照不過他。《醒28.5b.2》我々は10人くらいいる。手には武器も持っている。奴も結局のところ人間だろうから，まさか奴にかなわないこともなかろうて。¶噴道媳婦這們个主子都照不住他，被他降伏了。《醒7.5b.9》道理で嫁は家の主であってもその女にかなわず，負かされたんだな！¶只怕你這半夥子婆娘還照不住他哩。《醒72.10a.8》あんたのような未亡人の女でも相手にしきれないですわ！¶怕尋一個还照不住我一齊尋上兩個，這不坎上愁帽子麼。《醒91.8b.2》一人でもかなわないのに，1度に二人もよ。これこそが憂いの帽子をかぶるというものだわ！

炤一帳　zhào yī zhàng
[連] 一戦やる ="打一仗"。山東方言：¶叫他兩个去炤一帳，偺可賣个哈哈笑兒。《醒89.9b.6》彼女ら二人に1戦やらせて，ワシらはここでそれを笑って見てりゃいいのさ！

照物兒　zhàowùr
|名| 証拠品 ="証据；凭据"。山東方言：¶承恩道：你給我件照物兒，我往你家自己取去。《醒70.7b.3》承恩は「何か証拠になる物をくれたら，ボクはアンタの家へ自分で取りに行くよ」と言った。

遮護　zhēhù

動 覆い隠す，かばう ="遮蔽；遮掩；遮"。天津方言，山東方言。《醒》では同義語"遮蔽；遮庇；遮護"も用いるが，"遮蓋"が極めて優勢：¶這事老大人自己曉得罷了，以後還望老大人與經歷**遮護**。《醒98.1b.7》これはあなた様自身でご存知でいらっしゃれば済むことです。どうぞ今後もお守りしてくださるようお願い致します！

遮囂　zhēxiāo

動 言葉でごまかす，恥をうまく隠す ="遮羞"。山東方言：¶嫂子可是沒的說，窮叔**遮囂**罷了。《醒21.12a.5》嫂さん，言わんでくれ！貧乏叔父さんの恥を隠したに過ぎないのじゃ！

折挫　zhécuò

動 いじめる，虐げる，痛めつける ="折磨"。山東方言。《醒》では同義語"折墮；折毒；折磨"も使用：¶若論狄希陳的心裏，見小珍珠這个風流俊俏的模樣，就是無雙小姐說王仙客的一般，恁般**折挫**，丰韻未全消，却也實安着一點苟且之心。《醒79.10b.6》もし，狄希陳の心の中を言うならば，小珍珠のような風流で美人の姿を見て劉無双小姐と王仙客の如く「かく虐げられても豊韻未だ全消せず」です。ただ，狄希陳にも少し邪な気はありました。¶這嫡妻一來也是命限該盡，往日恁般**折挫**，偏不生氣害病，晦氣將到身上，偏偏的生起氣來。《醒82.6b.1》この本妻は，一つには命運尽きるべしでした。昔，(夫の振白から)かくも虐げられても怒りで病気になることはなかったのです。不運がまさに身の上に到らんとし，どっと怒りがこみ上げてきました。¶你吹彈得破的薄臉，不足三寸的金蓮，你禁得這般**折挫**。《醒88.2a.10》あなたは，吹けば破ける薄皮の顔で，また，

3寸に足りない小さな足をして，そういう厳しさに耐えられますか。¶只恨你與他有些舊仇舊恨，**折挫**你。《金94.9b.8》お前とあの人の間には昔の怨恨があるので，お前さんを痛めつけるのさ！¶不能照看，反到〈=倒〉**折挫**，天長地久，如何是好。《石58.8a.6》面倒が見られないばかりでなく，逆にいじめようとしているのだよ。これも永遠に変わらなければ，どうすれば良いのかね。

折墮　zhéduò

動 痛めつける，虐げる，虐める ="折磨"。北方方言。現代方言では，近似音語"折登；折蹬；折腾；折倒；折搗"とも作る。《醒》では同義語"折挫；折磨"と共に"折墮"もよく使用：¶因你這般**折墮**，你從無暴怨之言。《醒40.8b.7》そのように虐げられても恨みごとは全く仰いませんでした。¶有這們混帳孩子。死心踢地的受他**折墮**哩。《醒52.5a.10》バカな子だよ！じっとして虐げられているなんて！¶丈夫就是天哩，痴男懼婦，賢女敬夫，**折墮**漢子的有好人麼。《醒69.2b.3》夫は天ですわ！バカな夫は妻を恐れ，賢女は夫を敬います。夫を痛めつけるのは立派な人とは言えません。¶扯着劉振白手，告訴小寄姐**折墮**他的女兒。《醒80.9b.2》今度は，劉振白の手を引っ張り，小寄姐が韓廬の娘を虐待すると(韓廬が振白に)訴えた。

同音語 "折毒"[zhédu]：¶**折毒**孩子，打罵丫頭，無惡不作。《醒73.1a.6》(先妻の)子を虐待し，女中を殴るわ罵るわ，悪業の限りを尽くした。☆《金》《石》《兒》に同音語，近似音語"折墮；折掇；折倒；折到"は未収。

折乾　zhégān

動 お金で代替する ="把婚姻的財礼折成現銀"。北方方言：¶狄希陳…：…至于

過聘,或是制辦,或是折乾,你二位討个明示。《醒75.13a.10》狄希陳は…「…。結納については,当方で作るのかそれとも現金の銀子にするのか,お前さん達で明示してくれ」と言った。

這們 zhèmen

[代] このような,そんなに＝"这么;这样"。北方方言。《醒》では同義語"這般;這等;這們"が極めて優勢:¶這若是俺那兒這們敗壞我,我情知合他活不成。《醒2.4a.1》もし,うちのあの人が私にそんなひどいことをしたら,私は絶対に生かしておかないですわ!¶後來他往京裏廷試,沒盤纏,我饒這們窮了,還把先母的一頂珠冠換了三十八兩銀子,我一分也沒留下。《醒9.9a.7》のち,彼は京へ廷試を受けに行くのですが,旅費がない。そこで,私はこんなに貧乏になっていても,死んだ母親の真珠の冠を38両の銀子に換え,(彼にあげました)私は1文も自分のものとはしていません!¶晁鳳說:要是這們,俺也就有些不是。《醒30.14b.9》晁鳳は「もしそういうことでしたら,私らにも少しいけない所がありましたね!」と言った。¶已是叫薛三省媳婦着實的囑咐了他。必欲還是這們,這是怎麼。《醒45.2b.8》既に薛三省のかみさんによく言いきかせてもらったんだけれど,それでも依然としてそのようなら,これはどうしたものですかね。¶休要斷了這們親路,奴也沒親沒故,到明日娘好的日子,奴往家里走走去。《金89.12b.7》こんな親しい間柄を斷たないようにしましょ。私も親や親戚がありません。そのうち,奥様の良き日にはお宅へお伺いしますわ!¶他病人不過是這們說,那里就得這田地呢。《紅·戚11.6b.9》この病人はこんなふうにおっしゃるだけですわ。どうしてそこまで

ひどくなるものですか。☆《石》では,同一箇所の"這們"を"這麼"と作る。《週》に"這麼"と共に"這們;這們着"を採用する。しかし,《官》に"這們"の方は未收。

這向 zhèxiàng

[名] これらの日々,このところ＝"这些日子;这程子"。山東方言,西南方言,呉語。《醒》では同義語"近來"も使用:¶晁大舍道:老爺,老奶奶這向好麼。《醒14.9b.1》晁大舍は「お父さん,お母さん,ご機嫌いかがでしたか」と言った。¶他這向專常出去,近日多常是整夜不回。《醒38.11b.1》彼はこの所いつも出かけているけれども,最近はずっと一晩中帰って来ていない。¶張師傅,拜揖。這向張師傅好麼。《醒43.6a.7》張さん,こんにちは。この所,ご機嫌いかがでしたか。¶路上沒着雨麼。你老人家這向身上安呀。《醒69.6b.5》途中,雨に遭わなかったですか。この所,お元気でしたか。

|同義語| "這一向":¶金蓮道:他來了這一向,俺每就沒見他老婆怎生這等。《金76.23b.10》金蓮は「あの人が来てこのかた,私達はあの人の女房がどんなものか見た事がないわ!」と言った。¶原來這一向因鳳姐病了,李紈、探春料理家務,不得閑暇。《石70.1b.4》實際,このところ,鳳姐が病気のため,李紈,探春が家事を切り盛りしていますので,暇なんてありません。¶再說他也歇馬兩三年了,這一向總沒見他稍<＝捎>個書子來。《兒17.8b.6》それから,奴は引退して2,3年経つ。このところ,奴の便りがないな。

這僭晚 zhèzanwǎn

[名] 今どき(時間等がとても遅いことを指す)＝"很晚;这么晚;极晚"。北方方言:¶晁梁還不懂的,還只說是教他媳婦

自己在新房睡哩。到了後晌,他還在晁夫人炕上磨磨。晁夫人道:**這偺晚**的了。偺各人收拾睡覺。小和尚,你也往你屋裏去罷。《醒49.2b.6》晁梁はまだよく分かっていない。花嫁だけが新しい部屋で眠ると考えているのであろう。夜になっても彼はまだ晁夫人のオンドルの上でのそのそしている。晁夫人は「もうこんなに遅いわ!皆片付けて寝ますよ!小和尚さんや,お前も自分の部屋へ行きなさい!」と言った。

同音語 "這昝晚;這咱;這咱晚;這早晚":¶不叫狄大娘心裏不自在麼。我還只說姐夫在屋裏,**這昝晚**還沒起來哩。《醒45.2b.9》これでは狄奥さんの気持ちも伸びやかにならないでしょ!私はてっきりお婿さんも一緒に部屋の中にいるものとばかり思っていましたわ。こんなに遅くなってもまだ起きて来ないの!¶平安道:**這咱哩**。從昨日爹看看都打掃乾淨了。《金58.19a.1》平安は「今現在です。昨日から旦那様がご覧になって,きれいに掃除させました」と言った。¶月娘…問道:你今日往那裡,**這咱纔來**。西門慶無得說:我在應二哥家留坐,到**這咱晚**。《金78.11b.4》月娘は…「あなた 今日はどちらへ行かれたのですか。今頃になってようやくお帰りになって!」と尋ねますと,西門慶はうまく答えられなくて「オレは応二くんの家で引き留められて,今頃になっちまったんだ!」と答えた。¶毎日在紫石街王婆家茶房裏坐的,**這早晚**多定只在那里。《金4.6b.7》毎日,紫石街の王婆の茶店にいるよ。今時分なら恐らくそこだろう。¶林黛玉…說道:**這早晚**就跑過來作什麼。《紅·戚21.2b.4》林黛玉は…「今頃走ってきて,何をなさろうっていうの。」と言いました。☆《石》では"這早晚"の箇所を

"這麼早"と作る。¶華忠說:大約這早晚也就好回來了。大爺你此時還問他作甚麼。《兒14.12b.10》華忠は「大体,今頃なら戻って来てますよ。若様,今,彼の事を尋ねなすってどうするんですか。」と言った。

着 zhe

助 確定の語気を示す="表示确定语气"。北方方言:¶大尹道:你就把那嚷的事說詳細**着**。《醒10.5a.9》大尹は「お前はその騒ぎがあった事情を詳細に話すのじゃ」と言った。

着哩 zheli

助 とても…です,実に…です(形容詞に"着"をつけ,更に文末に"哩"を置き「性質・状態の程度が最高である」という誇張する語気を示す)="…着呢"。北方方言:¶那計老頭子爺兒兩個不是善的兒,外頭發的話很大**着哩**。《醒8.7a.2》かの計老人とその息子の二人はお人好しではないぞ。奴らが外で言っているのはとても大それたことだぜ!¶這說起來話長**着哩**。他正妻是計氏。《醒18.6b.2》これは,話せば長くなるな。奴の正妻は計氏なのさ。¶約模有八十多了,還壯實**着哩**。《醒23.6a.2》大体80歳余りです。でも,丈夫そのものですよ!

—"多+着哩"が多い:¶呆奴才。便宜你多**着哩**。你指着這個為由,沿門抄化,你還不撰多少哩。《醒10.8b.5》バカもん!お前達に随分好都合ではないか!この理由で各家に喜捨を募れば,どれくらい稼げるか!¶狄希陳說:磐起頭了,標致多**着哩**。穿的也極齊整。《醒37.7b.9》髪を巻き上げていて,随分美人だった!着ている衣裳もとっても良かった!¶快拿了衣裳,裹脚,鞋接他去。快走。不相模樣多**着哩**。《醒73.9a.10》早く着物,纏足用の細長い布,くつを

持ってあの子を迎えにお行き！恰好が悪いったらありゃしない！
同義語 "着呢；着咧"：¶你給我老老實實的頑一會子,睡你的覺去,好多着呢。《石10.1b.7》お前はおとなしく遊んで,そして,寝ておくれ。そうしてくれるととてもいいのさ！¶那張老道：甚麼話。那說書說古的,菩薩降妖捉怪的多着呢。《兒8.8a.10》かの張爺さんは「とんでもない！講釈師の講談話では菩薩様が妖怪を退治するなんてのは結構多くありますぞ」と言った。¶又一個老些的道：我們德州這地方兒古怪事兒多着咧。《兒22.6b.10》また,少し年配の人が「ワシらの徳州という所には不思議な話がたくさんごぜえます」と言った。☆《石》《兒》では一般に"着哩"は未収。なお,《兒》は田舎の人が話すセリフに"着咧"を用いる。

真个 zhēngè
副 本当に,確かに＝"的确；实在；确实；真的"。"个"は,繁体字では"個；箇"である。北方方言,呉語,贛語：¶是真个麼。大晌午,什麼和尚道士敢打這裡大拉拉的出去。《醒8.12b.8》本当かい。真っ昼間から和尚や道士様がここから平然と出てきたなんて！¶真个麼。幾時起身。俺怎麼通不見說起呢。《醒68.10b.9》本当ですか。いつ発つんですか。私に全く言ってくれないのですよ！¶就是那一等真个尋死的,也不過自恃了有強兄惡父,狠弟兇兒。《醒30.3a.8》たとえ本当に死を求める者がいても,単に強悪父兄やその子息のせいであるにすぎない。
同音語 "真個"：¶是怎麼另娶哩。真個麼。是多咎的事。《醒86.3a.1》どのようにして別に娶ったのだい。本当かい。それはいつの事だい。¶桂姐道：姑夫,你真個回了,你哄我哩。《金44.2a.4》桂姐は「お兄さん,あなた本当に帰したの。あなた,私を騙しているのね！」と言った。¶紫鵑…笑道：姨太太真個倚老賣老的起來。《石57.15a.10》紫鵑は…笑って「姨太太は本当に年寄り風を吹かせなさいますわね！」と言った。¶鳳姐冷笑道：我也是一場痴心白使了。我真個的還等錢作什麼。《石72.8a.3》鳳姐は冷笑して「私もバカな妄想ばかりしているのね。私は本当にお金を欲しくなんてないのよ！」と言った。¶即或有事,這也是命中造定,真個的,叫姐姐管我們一輩子不成。《兒9.17a.7》たとえ何らかの事件が起こっても,それは運命です。本当ですわ。お姉様に我々を一生面倒見て貰う訳にはゆきませんから！

争 zhēng
形 足りない,不足している,差がある＝"差；欠；欠缺"。北方方言,過渡,南方方言。《醒》では同義語"差"が極めて優勢：¶指着孫蘭姬道：模樣生的也合這孩了〈＝子〉爭不多。《醒40.9a.8》孫蘭姬を指して「容貌もこの子とあまり変わりないですよ」と言った。¶娘子人材無比的好,只爭年紀大些。小媳婦不敢擅便。《金91.8a.1》奥さんの器量好しは比較にならない程ですが,ちと年齢が大きいのです。したがいまして,私が自分勝手にはできかねます。

争競 zhēngjing
動 計算して比較する,気に掛ける,論争する,言い争う＝"計較；争论"。北方方言。《醒》では同義語"計較；爭論"も使用：¶許他一年給他一兩二錢工食。呂祥也不敢爭競。《醒88.12b.2》年1両2錢の給金を遣ることにした。呂祥も文句は言わなかった。¶合龍氏一反一正的爭競。《醒94.10b.1》こうして龍氏と言い争いになりました。¶如此週流,又無爭競,

亦不〈＝没〉有典賣諸敝〈＝弊〉。《石13.2a.3》このようにして順番に行えば競い合うこともありませんし、また、人手に売るという弊害もないでしょうよ。¶那陀頭一時氣忿,把婦人用刀砍死,胖大和尚見砍了婦人,兩下爭競,用棍將陀頭〈＝頭陀〉顖門打傷,致命氣絶。《兒11.6a.5》その行者は一時怒りに任せ女を斬り殺した。肥えた和尚は斬り殺された女を見ると、言い争った末、行者の頭を棍棒で叩き割り息絶えさせた。

[同音語]"爭兢;曾兢":¶你一言,我一語,爭兢不了。《醒92.11a.6》お互い、言えば返すという具合に、言い争いは止みそうにもない。¶薛嫂也沒曾兢,兌了銀子,寫了文書,晚夕過去。《金94.10b.7》薛嫂も別に値については争わず、銀子を受け取り証文を書きますと、晩にはそちらへ行きます。☆《大安》本の"曾兢"を《崇禎》本では"爭兢"と作る。

爭嘴 zhēngzuǐ

[動] 食べ物(の多少)を争う＝"在吃东西上争多论少"。北方方言,呉語:¶俺還說他。你這們爭嘴,不害羞麼。他說:君子爭禮,小人爭嘴。情上惱人呢。《醒78.13b.8》私、あいつに言ってやりましたわ。「あんたはそんなに食べ物で争うなんて、恥ずかしくないの」。そうすると、あいつは「君子は礼を争い、小人は口を争う、って言うのさ。腹が立つよ！」と言い返すんです。¶待了一會,打發相旺吃了酒飯。因他是好爭嘴的人,敬意買的點心熟食,讓他飽飡〈＝餐〉。《醒82.4a.5》しばらくして相旺に酒飯を振る舞った。というのも、彼は食いしん坊なので点心や調理済みの食べ物をうんと買って腹一杯食べさせたのです。¶許過羊羔酒,响皮肉與寄姐嘗,又忘記不曾稍〈＝捎〉到。怕人說是爭嘴,口裏不好說

出,心裏只是暗惱。《醒87.1b.6》羊羔酒や響皮肉を持ち帰って寄姐に食べさせてやると約束しておきながら、狄希陳は持ち帰るのを忘れてしまった。しかし、このことを指摘すると、皆に食いしん坊だと思われるので口には言い出しにくい。それで、心の中では秘かに怒っているのです。

正經 zhèngjing

[形] まともである、正当である＝"实在;的确;真正"。北方方言,過渡,閩語。《醒》では同義語"真正"も使用:¶這是一條正經大路,怕他岔去那裡不成。《醒4.9a.3》これが正当な医療の大道です。まさか外れることはありますまい。¶我替晁親家籌計,還該另取个正經親家婆,親家們好相處。《醒11.2b.3》私は晁家のために思うんですが、別にまっとうなお嫁さんを貰われるべきです。そうすれば、親戚付き合いもしやすいのに。¶他不說是奶奶正經,他怨奶奶瑣碎。《醒54.9b.2》彼(尤聡)は奥様が正しいとは言わず、逆に、些細な事にガタガタ言う、と恨んでいる。¶金蓮道:俺的小肉兒,正經使着他死了一般,懶待動旦。《金20.2b.2》金蓮は「うちの小娘は、まともな用事に対しては死んだように体をじっとし動くのがおっくうなのよ」と言った。¶那纔正經沒臉,連姨娘也真沒臉。《石55.5a.2》それでは確かに顔が立ちません。たとえ側室様であっても、本当に顔が立ちませんから！¶他也不管,還是一副正經面孔望了眾人。《兒21.9b.4》彼女(張夫人)はお構いなしに、やはり真面目な面持ちで皆を見渡した。

[同音語]"正景":¶如意道:正景有孩子還死了哩。《金72.2b.10》如意は「本当に子供ができたら、やはり死んでしまいますわ！」と言った。

掙　zhèng

[動] 1. ぼんやりする、ぽかんとする、唖然とする＝"发呆；发愣"。北方方言。《醒》では重疊語"掙掙"の方が優勢：¶又是怎麼着被人摳屁眼，怎麼被人剝鞋。廟到〈＝倒〉沒去得成，倒把俺婆婆氣了个掙。不是我氣的極了打了兩個嘴巴。《醒2.3b.6》何かと人に尻の穴をほじくられ、靴を脱がされるなんて言うのです。それで、廟へは行けませんでした。義母は腹が立って唖然とするばかり。私は、余りにも腹が立ち、(夫を) 2、3発ぶっちゃいました。

2. 広げる＝"撑开；使张开"。山東方言：¶取出一頂貂皮帽套，又大冠冕，大厚的毛，連鴨蛋也藏住了，一團寶色的紫貂，拿在手裏抖了一抖，兩隻手掙着，自己先迎面看了一看。《醒84.10a.8》一頂のテン皮の帽子を取り出した。それは大きく立派で、ふさふさした毛でアヒルの卵も隠れるほど。宝石のような黒テンのものだ。手でひと振るいし、両手で広げて自分の正面から眺めた。

掙頭科腦　zhèng tóu kē nǎo

[成] ぼんやりするさま、ぽかんとするさま、頭の働きが鈍いさま＝"发愣的样子"。山東方言：¶你可筭計該怎麼款待，該怎麼打發，掙頭科腦，倒像待阿〈＝屙〉屎似的。《醒81.2b.7》あんたはどのように歓待し、そして、引き取ってもらうか計略を練ってくれねばならんのです。ただぼんやりと、まるで用足しでもしているかのようにじっとしているのだから！

掙搲　zhèngwǎi

[動] もがく＝"挣扎"。山東方言：¶他母親又在睡夢中着實掙搲。《醒92.13a.10》彼の母親は夢の中でとってももがいた。

掙掙　zhèngzhèng

[形] ぼんやりしているさま、ぽかんとしているさま＝"呆呆"。北方方言。《醒》では同義語"呆呆"も良く用いるが、"掙掙"はそれ以上に優勢：¶晁梁還掙掙的脫衣裳，摘網子，要上炕哩。《醒49.2b.7》晁梁は、なおもぼんやりしながら着物を脱ぎ、髪の網を取り、オンドルに上ろうとする。¶小玉蘭回家，把前後的話通長學了，給了素姐一个悶氣。掙掙的待了半會子。《醒60.7b.3》小玉蘭は家へ戻り、後先の事を全て素姐に伝えた。この結果、素姐は息が詰まったような感じで、しばらくの間ぼんやりしていた。¶把个剃頭的罵的掙掙的說，…。《醒64.1b.10》床屋さんは罵られ、唖然としていたが、…と言い返します。¶相大妗子沒理他，拉着往外去訖。氣的个素姐掙掙的，一聲也沒言語。《醒60.13b.10》相伯母さんは、彼女に構わず引っ張って外へ出た。素姐は怒りのあまりぽかんとして一声もない。

[同音語] "睜睜；怔怔"：¶那小玉真個拿錫盆舀了水，與他洗了手。吳銀兒眾人都看他睜睜的，不敢言語。《金32.4a.2》小玉は本当に錫の鉢に水を汲んできて彼女(桂姐)に手を洗わせます。吳銀兒達はぽかんとして一声もありません。¶把這申二姐罵的睜睜的，敢怒而不敢言。《金75.11a.10》申二姐は罵られ、怒りで口をあんぐりあけていますが、怒っていてもそれを声には出せません。¶恰正是晴雯說這話之時，他怔怔的只當是晴雯打了他一下。《石73.2b.4》丁度、晴雯がこの言葉を発した時、その子はぽかんとしていて、晴雯が自分をぶったのだと思いこんだのです。

証見　zhèngjiàn

[名] 証人，証拠，証明＝"证人；证明；见

証"。北方方言, 闽語。《醒》では同義語"証明；見証"が未検出：¶小的告做証〈＝證〉見的海會是个連毛的道姑,郭姑子是尼姑,常在妹子家走動。《醒12.6a.1》私が証人として立てた海会は、髪の毛を伸ばした道教の尼僧で、郭姑子は仏教の尼僧ですから、この二人はしょっちゅう妹の家に出入りしています。¶你看這小厮,倒好叫你做証見。《醒27.9a.10》お前って奴はいい証人になれるよ！¶你是甚麼杭杭子,奉那裏差,打着廩給,撥着人夫的走路。我是証見,列位爺們替我到官跟前出首出首,只當救我的狗命。《醒87.4a.3》バカが、命(🈟)を受けて赴任するので官府から食糧や人夫を調達して貰いながら行くなんてとんでもない！私が証人です！皆さん、私の代わりに役所へ訴えて、このつまらない命を助けてください！¶西門慶寫了柬帖,叫來興兒做証見,揣着狀子,押着來旺兒,往提刑院去。《金26.4b.3》西門慶は手紙を書き、来興を証人に立て、訴状をもたせて来旺を提刑院へ護送させた。¶經濟還拿着這根簪子做証見,認玉樓是姐,要暗中成事。《金82.10b.1》経済はまだその簪を証拠に、玉楼を姉さんだと主張し、秘かに事を成そうとします。¶撂在那里,告訴我,拿了磁瓦子去交收是証見。《石76.4a.9》どこへ捨てちゃったのか言ってほしいのよ！碗のかけらを持ってきて渡し、証拠にするのですわ！

支調　zhīdiào

[動] 1.言い訳する、ごまかす、何とかとりつくろう＝"支吾；推説"。山東方言：¶你把人使了毒藥,叫人要死不活,你却支調來家,勒揞不去。《醒67.7b.6》あんたは若旦那様に毒薬を使ったね。そりゃあもう死ぬの生きるのって大騒ぎさ。と

ころが、あんたはうまくとりつくろって家へ帰り、意地悪をしているのか診察に来ないのだから。 2. 指図する、命令する＝"打发；支使"。山東方言：¶支調了劉振白回去,惠希仁合単完説知所以。《醒81.5b.2》劉振白を帰らせると、恵希仁は単完にわけを言った。

支蒙　zhīmeng

[動] （耳などを）ぴんと立てる、（葉などが左右に）広がる＝"竖(起)；张开"。北方方言：¶次日兩個媒婆又領了個十二歲的丫頭來到,那丫頭纔留了頭,⋯⋯。蕎麪顔色的臉兒,窪塌着鼻子,扁扁的個大嘴,兩個支蒙燈碗耳躲,脚喜的還不甚大,剛只有半截稍瓜長短。《醒84.4b.2》翌日、二人の口利き女は、また12歳の女の子を連れてやって来た。その子はやっと髪の毛が長くなったばかり。⋯⋯。そば粉のような色の顔、ぺちゃんこの鼻、平たくて大きな口、二つのピンと立った灯明碗ほどの大きさの耳。足は幸いさほど大きくはなく、半分に切ったウリの長さしかない。

支煞　zhīshā

[動] 開く＝"扎煞"。山東方言：¶我只見了他,口裏粧做好漢,強着説話,這身上不由的寒毛支煞,心裏怯怯的。《醒52.5b.2》私はあの子を見ると、口では豪傑を装って強い事を言っていても、体は自ずと恐怖の鳥肌が立って気持ちもおどおどしてしまうのよ。

支手舞脚　zhī shǒu wǔ jiǎo

[成] （殴ったり蹴ったりして）手を出す、自由勝手に振る舞うさま＝"动手动脚"。山東方言：¶連那些狼虎家人,妖精僕婦,也都沒个敢上前支手舞脚的。《醒9.6b.2》それらの狼や虎のような使用人、妖怪のような女中達ですら前へ出て殴った

芝麻鹽　zhīmayán

名 擦って粉にしたゴマを炒りこれに塩を加えたもの＝"将芝麻炒熟磨碎加盐拌匀的(一种食品)"。北方方言：¶也有送盒麪的，也有送盒芝麻鹽的，也有送十來个雞子的，也有送一个猪肚兩个猪肘的。晁夫人都一一的收了。《醒21.8a.8》麺や擦りゴマを箱で届ける者，十いくつのニワトリの卵を届ける者，一つのブタの胃，二つのブタの肘を届ける者がいる。晁夫人は一つ一つ皆受け取った。

知不道　zhībudào

動 知らない＝"不知道"。北方方言：¶一個孩子知不道好歹，罵句罷了，也許他回口麼。誰知不道我是姓龍的。《醒48.10b.7》あの子は訳も分からず一言罵っただけでしょ。いちいち口答えすることもないですわ。私が龍という姓だと誰が知らないものですか。皆知っていますよ。¶老侯兩個說：他既是知不道好歹，惹得奶奶心裏不自在，俏沒的看得上麼。《醒69.7b.3》老侯ら二人は「彼女は物の道理が分かっていらっしゃらない。それで，山の神様のご機嫌を損ねてしまいました。こうなっては，我々も尊重してもらえないですね。」と言った。¶你知不道他淺深，就拿着他兩个當那挑三豁四的渾帳人待他，這不屈了人。《醒96.11b.8》あんたはあの方々の偉さを知らないのよ！あのお二方を一悶着起こさせるろくでなしくらいにしか考えていないでしょ。それは大変な濡れ衣だわ！
同音語　"知不到"：¶瞎話。我怎麼就知不到他合你們睡覺哩。《醒43.3b.4》でたらめをお言い！奴がお前達と寝たとは，私が知らないとでも言うのかい。

知會　zhīhui

動 (口頭で)知らせる＝"口头通知"。北方方言。《醒》では同義語"告訴；告訟"が極めて優勢：¶這是會同功曹，奉了天旨，知會了地藏菩薩，牒轉了南北二斗星君，方纔註簿施行，怎麼那移。《醒29.5a.6》これは功曹神が集まり，天旨を奉じ，地藏菩薩に知らせ，南北二斗星君にも公文書で通報してから名簿に注記した上で，ようやく施行するのです。どうして移し替えることができますか。¶小姪知會。拿着銀錢出離了杏庵門首。《金93.5b.10》「わたくしめ，よくわかりました！」と言い，銀子を持ち杏庵の玄関先を後にしました。¶彼時李紈已遣人知會過後門上的人及各處丫鬟回避。《石51.9a.4》その時，李紈は人を遣って裏門の者及び各部屋の女中達に避けるよう知らせておいた。¶一時晋升家的，隨緣兒媳婦也換了件乾淨衣裳，知會了外面的人，跟了大爺過去。《兒12.9b.3》急に，晋升のかみさん，隨緣兒の嫁もこざっぱりした衣裳に着替えた。そして，外の人に知らせ若旦那様について行かせました。

直當　zhídang

動 …する値打ちがある，…に値する，使うに充分である＝"值得；犯得着；用得上"。北方方言。《醒》では同義語"值得；值的"も使用：¶這直當的買二畝地種。你給我的那點子，當的什麽事。《醒34.7a.1》これは二畝の田畑を買うに十分な額だ。先ほど，あんたがワシにくれたあれぽっちじゃ何の足しにもならん！

直橛兒　zhíjuér

形 まっすぐに伸びている，ぴんと伸びている，身動きしない＝"挺直"。山東方言：¶晁大舍也直橛兒似的跪着說。《醒11.6b.2》晁大舍もじっと身じろぎもせず跪いています。¶那薛嫂兒慌的直橛

兒跪在地下。《金95.10b.4》その薛嫂は慌てて背筋を伸ばし,地面に跪き,言いました。
<u>同義語</u> "直蹶蹶;直橛橛":¶興兒**直蹶蹶**的跪起來回道。《石67.18a.8》興兒はピンとした姿勢で跪き,返答した。¶大爺**直橛橛**的跪着給老爺磕頭陪〈＝賠〉不是呢。《兒40.44a.5》若樣が身じろぎせず跪いて大旦那様に叩頭し,詫びを入れています!

直蹶子 zhíjuézi
形 足を大きく広げるさま,大股になるさま＝"放开腿"。山東方言:¶那皮狐的屁放將出來,不拘什麼龍虎豺狼,聞見氣亮,只往腦子裏鑽,熏的寄姐丢了鞭子,**直蹶子**就跑。《醒95.4a.7》かのキツネの屁が放たれると,どんな竜虎豺狼(リュウコキサイロウ)であろうと,そのにおいをかげば,脳の中に入り神経が麻痺してしまう。この結果,寄姐は燻(いぶ)されて鞭を放り出し,大股で逃げ出した。

直拍拍 zhípāipāi
形 真っ直ぐに突っ立つさま＝"笔直⑫"。山東方言:¶惟素姐**直拍拍**的站着,薛夫人逼着,方與狄婆子合他大妗子三姨磕了幾个頭。《醒59.6b.2》ただ素姐一人だけ真っ直ぐ突っ立ったままだったのを薛夫人にせっつかれてようやく狄夫人や叔母さん達に何度か叩頭した。

直勢 zhíshi
形〈性格が〉正直で率直である,きっぱりしている,竹を割ったようである＝"直爽;坦率;耿直"。山東方言。現代語では,山東方言に同音語"直實"と作る。《醒》では,同義語"耿直"も用いる:¶想到對門禹明吾的奶母老夏為人**直勢**,又有些見識。《醒18.5a.7》向かいの禹明吾の乳母老夏が正直でいっぱしの見識もあることに思い至った。☆"直勢;直實"

は《金》《石》《兒》に未収。

執板 zhíbǎn
形 頑固である,融通が利かない＝"固执;死板"。山東方言:¶因他凡事**執板**,狷介忤俗,邑中的輕薄後生都以怪物名之。《醒92.1a.7》彼は凡そ全ての事において頑固だった上に,狷介で俗に逆らう気性だったので,村の軽薄な若者達は怪物の異名を付けた。
<u>同義語</u> "執鼓掌板":¶誰知這素姐偏生不是別人家的女兒,却是那**執鼓掌板**道學薛先生的小姐。《醒68.2b.8》ところが,この素姐は,よりによって他の家の娘ではなく,頑固一徹の道学薛先生のお嬢さんであった。

中 zhōng

1.形 よい＝"好:行"。北方方言:¶狄婆子道:我村,我喫不慣這海魚,我只說俺這湖裏的鮮魚**中**喫。…相棟宇說:俺每日喫那爐的螃蟹,乍喫這炒的,怪**中**喫。我叫家裏也這們炒,只是不好。《醒58.3a.3》狄奥さんは「私なんか田舎育ちだから海の魚は食べ慣れていません。私はこの湖の鮮魚の方がおいしいと思うわ」と言った。…相棟宇は「私は毎日蒸したカニを食べています。炒めたカニを食べるのは(今季)初めてじゃが,実にうまい。私は家でもこのように炒めさせるが,おいしくないんじゃ!」と言った。¶一個人喫川炒雞,說極**中**喫。旁裏一個小廝插口道:雞裏炒上幾十個栗子黄兒,還更**中**喫哩。《醒83.8b.7》ある人が炒めたニワトリを食って,とてもうまいと言った。そばで一人の小者が口を挟んで「ニワトリに炒めた栗を何十個かいれるともっとうまいよ!」と言ったんだ。¶我早知你這王八,砍了頭是個債椿,就瞎了眼也不嫁你,這**中**看不**中**吃的王八。《金19.9b.3》私は,あんたと

いう忘八が借金だらけの人だと早くに分かっていたら,たとえ私の目が見えなくなろうとも,あんたなんかには嫁がなかったのに！この見てくれは良くても味のまずい忘八めが！¶春梅道:中,有時道使時道,沒的把俺娘兒兩個別變了罷。《金11.4a.11》春梅は「いいわ。機会があればそれを逃さないことね。私と奥様に対して文句を言わないで欲しいわ！」と言った。

2. …し終える,…に適する ＝"V 好；V 完"。北方方言:¶一面洗藥銚,切生姜,尋紅棗,每貼又加上人参一錢二分。將藥煎中,打發晁大舍吃將下去。《醒2.9b.7》薬を煎じる湯沸かしを洗い,生姜を切り,紅ナツメを取り,どの貼にも人参1銭2分を加えた。ころよく煎じると晁大舍に飲ませた。¶狄婆子道:既在城裏不遠,你再說會子話去。問說:做了中飯沒。做中了拿來吃。《醒40.9b.4》狄奥さんは(尼姑に)「家が城内で近いのなら,もう少し話をして行きなさいな！」と言い,そして(狄周のかみさんに)「ご飯はできたかい。できたなら持ってきて！食べますから」と申されます。

中飯　zhōngfàn

名　昼食 ＝"午饭；午餐"。北方方言,過渡。《醒》では同義語"午飯"が極めて優勢:¶行到半路,喫了中飯,餵〈＝喂〉了頭口。《醒12.9b.4》道のりの半分ほど行った所で昼食を食べ,ラバには飼い葉を食わせた。☆⇒"晌午飯"

周札　zhōuzhā

動　着る,着飾る ＝"穿衣打扮；围上"。山東方言:¶寄姐…說道:…。小寄姐不識高低,沒替珍太太做出棉祅棉褲,自家就先周札上了。《醒79.6a.8》寄姐は…「…。私は訳も分からず珍奥方様に綿入れをお作りしませんで,自分のを先にしてし

まいました」と言った。

謅　zhōu

形　頑固である,強情である,意地っ張りである ＝"固执"。山東方言,徐州方言:¶謅孩子。那裏的氣,快別要胡說。《醒44.14b.1》意地っ張りな子だよ！なぜ腹を立てるんだい。ざれ言はおやめ！¶好謅。你怎麼知文解字做秀才來。《醒49.3b.2》何と強情っ張りの子だよ！お前は文字を知っている秀才様なのだろうが。

主跟　zhǔgēn

名　靴や靴下をこしらえる時のかかとの部分 ＝"(做鞋和袜子的)脚后跟处"。山東方言,河北方言:¶小鴉兒,你把這雙鞋與我ей個主跟。《醒19.8a.1》小鴉兒,ワシのこの靴にかかとをつけてくれ！

主腰　zhǔyāo

名　腹掛け,腰巻き ＝"围腰儿；肚兜；裹肚"。北方方言:¶四錢五分銀買了一疋油綠梭布,四錢八分銀買了一疋平機白布,做了一件主腰,一件背搭,夾襖夾袴〈＝褲〉從新拆洗,絮了棉套,製做停當。《醒79.8b.9》4銭5分で油緑色の手織り木綿を1匹買い,また,4銭8分で平織り白布を1匹買い,腰巻き,チョッキを作った。袷の上下は新たにほどいて洗い,綿入れとして作った。

兒化語　"主腰兒"：¶內中有個十八九歲的小爺,穿一件土黄布主腰兒。《兒34.23a.10》その中に18, 9歳の坊ちゃんが黄土色の腰巻きを付けています。

——"主腰" + 接尾辞"子"：¶童奶奶吆喝道:別這等沒要緊的伴嘴伴舌〈＝拌嘴拌舌〉,夫妻們傷了和氣。我還有个舊主腰子且叫他穿着。另買了布來,慢慢的與他另做不遲。《醒79.6b.4》童奥さんは大声で「そんなつまらないことをつべこべ言うんじゃない！夫婦仲が悪くなるじゃないか！私に古い腰巻きがあるか

ら,とりあえず,それを着けさせておけばいい。そして,別に布を買ってゆっくりとあの子に作ってあげても遅くはないのだから」と怒鳴りつけた。
同音語 "袿腰子": ¶婦人叫西門慶：達達,你取我的袿腰子墊在你腰底下。這西門慶便向床頭取過他大紅綾抹胸兒。《金73.20a.7》女は西門慶に「お父様,私の腹掛けを取ってあなたの腰の下に敷いて！」と言った。そこで,西門慶は寝台の端から真っ赤な腹掛けを取ってきた。☆この例の"抹胸兒"とは同義語。

拄墙 zhǔqiáng
名 頼る・依拠する人物や物,拠り所,頼り＝"依靠"。山東方言：¶他在旁哩〈＝裏〉當着那兩个老私窠子,雄糾糾的逼着問我要,若是你在跟前,我還有些拄墙,壯壯膽兒。《醒96.12b.8》あいつ(素姐)は傍らからあの二人のすべたばばあの前で威勢よくも僕に(銭をやれって)強要するんだ。もし,お前が側についていてくれれば,僕だって頼れる所があり,勇気を奮えただろう。

住住 zhùzhù
形 **1.** ぴったりとしている,隙間が無い＝"严严"。山東方言。《醒》では同義語"嚴嚴"も使用：¶他怕我使了他的家當,格住你不叫見我,難為俺那賊強人殺的也寧〈＝擰〉成一股子,瞒得我住住的,不叫我知道。《醒68.5b.6》あいつは,私が家のお金を使うのを心配してあたしをあなた方に会わせないのよ。あの死に損ないも一緒になって,周到にあたしを騙して教えてくれないんだ！
2. きついさま,強いさま,しっかりしている,確かなさま＝"牢牢;死死"。山東方言。《醒》では同義語"牢牢"が極めて優勢：¶狄希陳這一夜雖比不得那當真的枒床,在這根窄凳上綑得住住的,也甚是苦楚了一夜。《醒60.12a.2》狄希陳は,その夜,本当の拷問寝台とは比較にならないですが,狭い腰かけにぐるぐる巻きにきつく縛られ,とても苦しい一夜になりました。

筯 zhù
名 はし＝"筷子"。北方方言,過渡,南方方言。《醒》では"筷子"よりも"筯"の方が優勢。会話文でも"筯"を使用。現代語では一般に"箸"字を用いるが,《醒》では"筯"字を使用：¶再取一雙筯來。《醒29.8b.2》もう１膳箸を持ってきてくれ。
兒化語 "筯兒": ¶那和尚在旁陪坐舉筯兒纔待讓月娘眾人吃時,忽見…。《金89.7b.7》かの和尚は傍らに腰かけ,箸をとって月娘達に食事を勧めようとしていた矢先,…。
— "筯" ＋ 接尾辞 "子": ¶我吃上筯子就算開了齋了,還用叫姑爺,姑奶奶這麼花錢費事。《兒29.23b.10》私は箸をつけるだけで精進落としをしたという事なのよ。何も旦那様,奥様にこんなに大層な散財をして頂く事はありません！☆《兒》では田舎人の象徴である張太太しか用いない。
同音語 "箸;箸子": ¶劉姥姥拿起箸來,只覺不聽使,又說道。《石40.7a.5》劉お婆さんは箸を持ち上げようとして,これが言うことをきかないので,また,申しました。¶劉姥姥便伸箸子要夾,那里夾的起來。《石40.7a.9》劉お婆さんは,箸を伸ばして挟もうとしますが,どうしても挟み上げられません。
—《醒》の"快〈＝筷〉子"はごく少ない：¶一乍見了這个奇物,快〈＝筷〉子也不敢近他一近。《醒88.13a.8》この不思議な物を一見すると,箸さえ敢えて近づけようとしない。
—《石》の会話文では"快子"を用いる：

¶賈母又說:誰這會子又把那個快〈=筷〉子拿了出來。《石40.7b.3》賈母はまた「誰じゃ。この時にまたその箸を持ちだしたのは!」とお叱りになられました。☆《兒》で"筷子"への交替完了。なぜなら会話文、非会話文にかかわらず"筷子"を用いている。

撾撓 zhuānáo

[動] **1.** 喧嘩をする="争斗;打架"。北方方言:¶晁思才就**撾撓**,晁無晏就招架。晁思才就要拉着聲冤。《醒22.4a.5》晁思才が喧嘩をしかけてきたので、晁無晏は受けて立った。晁思才は(役所へ)引っ張って行き無実の罪だと申し立てようとした。

2. (間に合うよう)急いで(準備を)する="准备;赶着做"。北方方言。《醒》では同義語"準備"も使用:¶癱、勞、氣蠱、噎,閻王請到的客,這勞疾甚麼指望有好的日子。只怕一時間**撾撓**不及,甚麼衣裳之類,你替我怎麼籌計。甚麼木頭也該替我預備。《醒53.6b.5》中風、労咳、怒りによる病、喉の詰まりというこの四つは閻魔様が招く客だ。この労咳は、もはやどれだけ希望があるというのか。急に葬儀の準備もできないのではな。死に装束の類をお前が用意するんだ。棺桶も準備してくれないと困る!¶小人家的飯食,我到〈=倒〉都做過來。只怕大人家的食性不同,又大人家的事多,一頓擺上許多菜,我只怕**撾撓**不上來。《醒55.7b.6》貧乏人の家の食事は、私は全て経験があります。けれども、ご大家の食事は好みも異なります。また、食事の種類も多いとなれば、1度に多くの料理を間に合うようにできないかもしれません!¶月娘道:留雪姐在家罷。只怕大節下一時有個人客驀將來,他每沒處**撾撓**。《金78.12a.4》月娘は「雪ちゃんは家に残しましょう。お正月で急に誰か客でもあれば、あの子達だけでは料理の準備もできないでしょうから!」と言った。

同音語 "抓撓":¶二人在那裡打點,只見安公子也跑來幫着**抓撓**。《兒9.8b.1》二人は丁度そこで準備していました。ふと安公子が走って来てこまごました手伝いをしました。

轉來 zhuǎnlái

[動] 戻ってくる、帰ってくる="回来"。吳語,南方方言。《醒》では同義語"回來"が優勢:¶侯、張兩個道婆心裏其實是要**轉來**,故意又要推托。《醒96.2b.4》侯、張二人の道婆は心の中では本当に戻りたかったが、故意に辞退しようとした。¶寶玉不知有何話,扎着兩隻泥手,笑嘻嘻的**轉來**問什麼。《石62.18a.6》宝玉は、何のことか分からなかったので泥まみれの両手を組みながら、にこにこと戻ってきて「何かな」と尋ねた。

—《海》の科白箇所では"轉來"を用い"回來"を用いない:¶要一歇**轉來**㗂。《海12.4b.8》すぐに帰ってくるよ。

—「V+轉來」の補語構造:¶此時,珍哥纔交十九歲,頭次生產,血流個不住,人也昏暈去了。等他醒了**轉來**,慢慢的調理,倒也是不妨的。《醒4.8a.9》この時、珍哥はやっと19歳になったばかり。初めての出産で出血も止まらず、気絶してしまった。しかし、意識が戻ってからゆっくりと養生すれば、それで差し支えなかった。¶只怕連自己的老公也還不得摟了睡個整覺覺哩。尋思一遭**轉來**,怎如得做姑子快活。《醒8.9b.4》自分自身の夫ですらゆっくりと抱かれて寝るなんてできないわ!いろいろ考えたけれども、尼さんになった方が楽しいんじゃない。¶這纔扭**轉**頭**來**留心看那掛的字畫。《兒24.16b.3》この時、首を回し注意深

くその掛けられた書画を見た。☆《兒》では「Ｖ＋轉來」の補語構造が多い。

轉去　zhuǎnqù

動 戻ってゆく、帰って行く＝"回去"。吳語，閩語：¶白白胖胖的小厮，吃了清早飯，他的父親恐怕路上被人哄去，每次都是送他到了學堂門口，方得自己**轉去**。《醒31.3b.8》肌が白く丸々と太った男の子でした。朝ご飯を食べ終えると、父親は道中で誘拐されるのではと思い、いつも塾の玄関先まで見送ってようやく帰って行くのです。

—《海》の科白箇所では"轉去"を用い"回去"を用いない：¶我只當耐**轉去**哉。《海12.4a.12》私は、あなたはお帰りになったと思っていましたわ。

同音異議語　"轉去"体の向きを変える：¶正在為難，又不好**轉去**勸他。《兒16.1b.5》ちょうど困っているところじゃったが、しかしまた、あの子を諫めにくかったのじゃ。

撰　zhuàn

動（金を）かせぐ＝"挣"。北方方言，過渡，南方方言：¶又不肯自己舍着身同爹娘在這裏，恐怕堵擋不住，將身子陷在通州城裏。又不肯依父親棄了官，恐怕萬一沒事，不得**撰**錢與他使。《醒7.8b.2》自分自身を犠牲にして両親と共にここにいるのは望まない。エセン軍からは防ぎきれず通州の城内で攻め落とされてしまうかもしれないからです。さりとて，父親が官を棄てるのも望まない。それは、万一、動乱など何事もなければ、彼は自分自身使う金を父親が稼げなくなるのを恐れたからだ。¶起初師徒齊去**撰**錢還好，都去了幾遭，那房裏有斗把米豆，麻從吾拿了回家去與自己的老婆兒子吃了。幾件衣裳，拿去當了他的。單單剩了一床棉被，又奪了蓋在自己身上。致得那道士的師徒不敢一齊走出，定要留下一个看家。少了一人**撰**錢，反多了一人喫飯。《醒26.6a.3》初め、師とその弟子は二人でお金を稼いでいたが、それでよかったので、いつも二人で出かけた。留守のその部屋にはコメや大豆が１斗ばかりあり、それを麻從吾は家へ持ち帰って自分の女房や子供に食わせた。そして、彼らの着物を幾つか持ち帰って質に入れた。僅かに掛け布団だけが１枚残ったが、それも奪い、自分のものにした。この結果、道士とその弟子は一緒に出かけなくなり、一人は家に残って留守番をするようになった。そうすると、一人分の稼ぎが減り、逆に、一人分の食い扶持が増えることになる。¶你看老公糊塗。要不是使銅，這銀匠生活也**撰**錢麼。每年老公也使了二百兩的銀子。《醒70.11a.1》おや、ご老公様、おとぼけになって！もし銅を使わなければ、この銀細工職人の仕事はどうやって稼ぐのですか。毎年、ご老公様に200両の銀子をお支払いしているのですぜ！¶我這一班戲，通共也使了三千兩本錢，今纔教成，還未**撰**得幾百兩銀子回來。若去了正旦，就如去了全班一樣。《醒1.9a.2》ワシの一座は全部で３千両もの元手を使ったんだ！今ようやく教えを仕込んだばかり、まだ幾百両の銀子も稼いでいないんですぜ。もし、正旦を引っこ抜かれたら、全一座を取られちまったのと同じだわさ！¶我就做官不**撰**錢，那家裏的銀錢也夠我過的。《醒75.11a.6》私がたとえ官吏になって儲からなくても、家には生活してゆける金は十分ある。¶世上這媒人們原来只一味圖**撰**錢，不顧人死活。《金7.2b.8》世の中の仲人達はもともと銭儲けだけを考え、人が死のうが生きようがお構いなしなので

zhuāng 一

す。

同音語 "轉"：¶恰好他還禁了三十七兩五錢銀子,十個九個媒人都是如此轉錢養家。《金86.4a.9》丁度その人は37両5錢の銀子をかすめ取ったのですが,10人のうち9人までの仲人婆はこのような錢儲けで暮らしているのです。

— 現代語の表記"賺"：¶賺錢也罷,不賺錢也罷。《石48.1b.2》金が儲かればそれはそれで良いけれども,たとえ儲からなくとも良いのです。¶切切莫被那賣甜醬高醋的過逼賺了你的錢去。《兒27.2a.2》決して甘味噌や上等の酢を売り過ぎて,いたずらに金儲けをしてはいけません。

— "撰" = "获得利润"：¶敝處本土的人,只曉得種幾畝地就完了他的本事,這撰錢的營生是一些也不會的。即如舍下開這個客店,不是徒在飯裏邊撰錢,只為歇那些頭口撰他的糞來上地。賤賤的飯食草料,只剛賣本錢,哄那赶脚的住下。《醒25.4a.1》この土地の人は単に幾らかの田畑を耕すだけで,それで終わっています。こんな儲けの仕事は全然出来ません。拙宅がこの旅籠をやっているのは,ただ料理で利潤を上げているのではなく,旅人が家畜を休ませる時の糞で儲け,畑に肥料としてやるためです。貧しい料理やまぐさは元が取れればよいので,御者にうまく言って泊まってもらうんです。

莊 zhuāng

動 きちんとする,整わせる,揃わせる = "弄整齐"。山東方言,江淮方言：¶鎮壓了幾句,珍哥倒漸漸減貼去了。可見人家丈夫,若莊起身來,在那規矩法度內行動,任你什麼惡妻悍妾也難說沒些嚴憚。《醒8.7a.5》幾つかの言葉で鎮圧すると,珍哥も徐々におとなしくなった。してみると,一家の夫が体面をきちんとし,規則法度内で行動すれば,どんな悪妻悍妾もいささかも謹み恐れて従わないものとは言い難い。

粧 zhuāng

動 演技する,仕立てる = "扮演"。山東方言等：¶情管是個和尚粧就姑子來家。《醒12.13a.10》きっと和尚が尼を装って家へ来させたのだ。

粧幌子 zhuāng huǎngzi

[熟] 恥をかく,ぼろを出す,醜態を晒す = "出丑"。山東方言：¶叫他好生安分,不要替死的粧幌子,我還諸物的照管他。《醒43.8b.9》よく分をわきまえ,死んだ息子の面汚しはやめておくように！そうすりゃ,私はまだ色んな物で面倒をみてあげようと思っているのよ！¶是見今坐東廠的陳公哩。這可是替老公粧幌子哩麼。《醒71.8b.2》今,東廠のお偉方となっておられる陳公様だよ！これではご老公様の恥になってしまうじゃないか！¶空長了一個好模樣兒,竟是個沒藥性的爆竹,只好粧幌子罷。《石77.14a.4》見てくれはいいんだけれども,結局は火薬のない爆竹だわ。恰好をつくろうだけなのね。

— 現代語の表記"裝幌子"：¶已是出醜,平白又領了來家做甚麼,沒的沾辱了家門,與死的裝幌子。《金90.11a.11》既に醜態をさらした者を訳もなく家へ連れ戻してどうするの。家名に傷をつけるか,死んで恥をかくことになるのですよ！

粧腔捏訣 zhuāngqiāng niējué

[連] わざとひけらかす,もったいぶって自慢する = "故作姿态逞能"。山東方言：¶漢子要與他要要〈＝耍耍〉,粧腔捏訣我身上不大自在,我又這會子怕見如此,我又怕勞了你的身體。《醒36.3a.1》男が

— zhuó

その女と遊ぼうとすると，わざともったいぶって「私は体が余りすぐれないのです。それに，今回，このようなことを人に見られるのが怖いわ。また，あなたの体も疲れるでしょ！」と言うのです。

粧喬布跳　zhuāng qiáo bù tiào
[成] もったいぶる，わざとらしい，格好をつける＝"装模作样"。山東方言：¶我又並沒曾將猪毛繩綑住了你，你為甚麼這們粧喬布跳的。《醒3.12a.5》私は別に豚毛の縄でお前さんを縛り付けているのではないんだ。それなのに，なぜそんなに素直じゃなく格好をつけるのかね。

壯　zhuàng
[形]（縄，紐などが）強靱でなかなか切れない，丈夫である＝"韧性大"。膠遼方言，客話，閩語：¶摸得那錢在他母親腰裏圍着，錢繩又壯，極力拉扯不斷，不能上去，又不能褪將下來。《醒92.14a.2》探った結果，錢は母親の腰に巻き付けられている。錢を括っている縄が強靱で力を込めて引っ張っても切れず，上に引き抜くことも下へ引き抜くこともできない。

惴　zhuì　⇒　chuài
墜　zhuì
[動] 尾行する，後をつける＝"紧跟；跟随"。北方方言，閩語：¶你交下，快着來，我先墜着童氏，者〈＝省〉的被得躱了。《醒81.7a.1》お前は引き渡すがいい。早く戻って来いよ。ワシは先に童氏を監視しておくからな。どこかへ隠れられないためにさ！
[同音語]"綴"：¶你京裏另娶不另娶，可是累我腿哩，怕我洩了陶，使人綴住我，連我的衣裳都不給了。《醒86.2b.8》京(きゃう)で別にお嫁さんを娶ろうが娶るまいが，私に関わりがないんです。ところが，私めに内実がばらされるのを恐れて，人に私の後をつけさせ，そして，私に着物すらくれないのですぜ！¶你從大路綴下他去，看看他落那座店，再詢一詢怎麼個方向兒。《兒21.15a.7》大通りから奴らを尾行して，どの宿に泊まるのか，どんな成り行きかを調べてきてくれ！
— "墜脚"足手まといになるもの，厄介者：¶說走就走，不消和他說，除惹的他弟兄們死聲淘氣的，帶着個老婆，還墜脚哩。《醒86.5b.2》行くなら今すぐにゆくよ！奴らに言う必要はないわ！弟達が変な事を言うに決まっているし，（下男の）女房連中を連れてゆくとなれば，足手まといになるわ！

苣實　zhuóshi
[形] 1.（身体が）丈夫である，頑健である＝"身体健壮；结实"。北方方言。¶若不是手脚不能動彈，倒也還是个萬〈＝苣〉實婆娘。《醒59.5a.7》もし手足が充分に動かせれば，まだまだ体が元気な奥さんです。
2. 確固たるものがある，毅然としている＝"(言语、动作)力量大；分量重"。北方方言：¶薛如卞有了這等苣實的保結。《醒37.4b.2》薛如卞はこういうきちんとした保証人ができた。¶次日，那書辦做成了招稿，先送與晁大舍看了，將那要緊的去處，都做得寬皮說話，還有一兩處苣實些的，晁大舍俱央他改了，謄真送了進去。《醒13.1b.6》次の日，かの書記が供述書を作成し，先に晁大舍に届けて見せた。肝心な所は全てうわべだけの話にしてある。しかし，まだ1，2箇所厳しい所があるので，晁大舍は頼んで改めてもらい，清書して（役所へ）送り届けてもらった。¶做了他的妻妾，纔好下手報仇，叫他沒處逃，沒處躱，言語不得，哭

笑不得,經不得官,動不得府,白日黑夜,風流活受,這仇報的苗實。《醒30.13a.1》あの人の妻や妾になってこそ仇を討つのに都合が良いのです。あの人は逃げようにも逃げられず、隠れようにも隠れられず、話すことも、泣くことも笑うこともできない。役所へ訴え、役所を動かすこともできない。昼夜、男女間の生き地獄を味わわせてこそ、この仇を思いっきり討てるのです！¶這是你前世種下的深仇,今世做了你的渾家,叫你無處可逃,纔好報復着苗寔(＝實)。《醒100.8b.8》これは、そなたが前世で播かれた深い仇の因縁でな。今世、そなたの妻となって、逃げる所が無くなるようにしておるのじゃ。それでこそ、報復が確固たるものになるじゃろう！

同音語 "着實": ¶若再不實說,着實夾。《醒12.12b.1》もし、本当のことを言わなければ、きつく締め上げろ！¶着實痛哭一場。《30.5b.2》ひとしきりひどく泣いた。¶今日我着實撩逗他一番,不怕他不上帳兒。《金28.5a.9》今日、俺は手抜かりなく彼女を誘惑しよう。彼女はきっとうんと言うだろう。¶喝令：堵起嘴來,着實打死。《石33.4b.5》「口を塞いで、しかとぶちのめせ！」と命令した。¶聽了這話,心里便暗暗的着實敬服這位先生。《兒19.8a.6》この話を聞いて、心の中ではしかとこの先生を敬服いたしました。

着　zhuó

動 (服を)着る,(靴を)履く＝"穿"。過渡,客話,粤語。《醒》では会話文に同義語"穿"を用い、"着"は地の文に使用：他到了十二月十五日酉時,候燒湯洗了浴,換了新衣,外面就着了奶奶與他做的油綠紬道袍。《醒22.7b.7》彼は12月15日の酉の刻、湯が沸いてから沐浴を終え、新しい着物に着替えた。外側には、奥様が彼に作ってあげた深緑色の絹の道士服を身にまとった。¶屠戶悄悄的穿了衣裳,着了可脚的鞋,拿了那打猪的梃杖,三不知開出門來,撞了个滿懷。《醒35.9a.9》屠殺屋はこっそりと服を身につけ、足にぴったりの履き物を履き、ブタを殺す時に使う鉄の棒を手に持った。そして、戸を開けたところで、いきなり真っ向からぶつかった。¶上穿白綾對衿襖兒…,下着紅羅裙子打扮的粉粧玉琢。《金15.8a.5》上は裏地のついた向かい襟の白綾絹の服、…、下は赤い薄絹の裙子で、真っ白におしろいを塗っています。¶上穿着丁香色…對衿衫兒,下着白碾光絹一尺寬…裙子。《金34.17b.2》上は丁香色の…向かい襟のひとえ上着、下は1尺幅の白絹に…という裙子です。¶由賈母有封誥者,皆按品級着朝服,先坐八人大轎。《石53.7a.3》賈母のように皇帝から称号を与えられた者は、皆位階により正装し、8人がきの大駕籠に乗ります。

着相　zhuóxiàng

動 度を超す,行き過ぎる＝"过火"。山東方言：¶合人頑也要差不多的就罷,豈可頑得這般着相。《醒62.13b.1》人に冗談を言うにもいい加減にしないといかん。そのような冗談にもほどがある。

子　zǐ

助 完了態を表す＝"了"。吳語：¶狄希陳伸出頭去看子一看,往裏就跑。《醒40.6a.4》狄希陳は首を伸ばして見るや、部屋の中へ走ってきた。¶如見子活佛一般。《金57.6a.3》さながら活き仏を見ている如きありさまです。¶那馬見子只一驚躲,西門慶在馬上打了個冷戰。《金79.8a.3》その馬は見かけるや驚いて跳ね上がったが、西門慶の方は馬上で

身震いした。¶你是全不與我。我不去,你與子我,我纔叫去。《金27.4b.9》あんたは私に何もくれないのね。それなら,私は行かないわ。あなたが私にくれたら呼びに行くわ!

— 文末の語気助詞"了":¶還合街上幾個婆娘到跟前站着,說了一會話,都散子。《醒10.5b.2》通りの何人かの女達のそばまで行き,少し話をして,そして別れた。¶姐夫來子。連忙讓坐兒與他坐。《金23.6a.4》「お兄さん,いらっしゃい!」と言うと,慌てて座を勧めた。¶白不訃出塊臕肉來。甚可嗟嘆人子。《金58.21a.6》全然塩漬けの肉などありつけません!なげかわしい限りです!

— 接続詞"省得"の"得"に"子"を用いる:¶就是差不多的兩三席酒,都將就拿掇的出來了,省子叫廚子,俺早晚那樣方便哩。《醒55.2a.2》たとえ2,3の宴会料理でも何とか作ってくれますので,料理人を呼ぶ手間が省けますし,どのみち,何かととても便利ですよ!

— "子"="着":¶尼姑生來頭皮光,拖子和尚夜夜忙。《金57.10b.11》尼は生来頭皮がつるつるで,和尚を引っ張り込んでは,夜な夜な忙しい。

— 《海》の科白箇所では"仔"を用い"着"を用いない:¶倒好像是倪要喫醋,瞞仔倪。《海14.2b.9》あたかも私が焼きもちを焼いているようだわ。私をごまかすなんてね。

— 同様に,《海》の科白箇所では"仔"を用い"了"を用いない:¶耐末倒也無倽要緊,別人聽見仔阿要發極嗄。《海14.6a.7》あなたにとっては大したことがないのでしょうけれども,他の人が聞けば慌てるでしょうに。

仔 zǐ

接 もしも…ならば="只要…;如果…"。山東方言。《醒》では多く"仔"の後に"敢"が位置:¶你仔敢開。放他進來了,我合你筭帳。《醒45.1b.4》もし戸を開けてみろ!奴を入れたら,お前にその分の落とし前をつけてやる!¶好小厮。你仔敢哭,我就一頓結果了你。你好好的拿那讀過書來認字我看。《醒33.7b.5》この子ったら!お前がもし泣くなら,お前を一回で始末してやる!勉強した本をちゃんと持ってきて私に字を覚えたか見せてご覧!

仔本 zǐběn

形 丁度である,ぴったりである="合适"。山東方言:¶倒是他孀子仔本,俺把他綁上个炮煨震他下子試試,看怎麼着。《醒58.5a.3》あの人(素姐)が丁度いいじゃない。爆竹を縛り付けてドカンと試しましょうや。どうなるか見たいからな。

仔麼 zǐme

代 なぜ,どうして="怎么"。関中方言,山東方言:¶仔麼有這樣事。《醒12.5b.9》どうしてこんなことがあろうか!¶仔麼不依。我不知道你京裏的淺深罷了。《醒55.11a.7》なぜダメなのかね。私は北京のことは詳しく知らないよ。¶他名的温屁股。一日沒屁股也成不的。你每常仔麼挨他的,今日如何又躲起來了。《金76.23a.9》(琪安が画童に)あの人は,名の知れた「温ケツ」だ。1日でもケツがなくてはダメなんだ。お前はいつもあの人にくっついているのに,今日はなぜ逃げ隠れするんだ。☆《石》《兒》に未収。後2者の作品では"怎麼;怎生"などを用いる。

自家 zìjiā

名 自分自身="自己"。北方方言,過渡,南方方言。《醒》では同義語"自己"も使用:¶晁秀才本來原也通得,又有座師的

zǒng 一

先容,發落出來,高高取中一名知縣。晁秀才自家固是歡喜,侍郎也甚有光彩。《醒1.4a.5》晁秀才は出題文にもともと通じている。更に、試験主查の紹介もあり、結果を発表されると高々と第1位の知県に合格した。晁秀才自身自ずと喜んだが、侍郎も甚だ顔が立ったというものである。¶大家的墳,你自家賣樹使,別説宅裡三奶奶不依,我也不依。《醒22.3b.8》俺達皆の墓だぜ!あんた一人で墓地の材木を売って使ったんじゃ、お屋敷の三奥さんでなくとも、俺だって納得しないぞ!¶走進房去,把自家一件鸚哥綠潞紬綿襖,一件油綠綾機背心,紫綾綿褲,都一齊脫將下來。《醒79.5b.2》部屋に入って行くと、自分の鸚鵡緑の潞絹織りの綿入れ、油緑綾絹の短い胴衣、紫綾絹の綿入れのズボンなど全てを脱いでしまった。¶死了爹,你老人家死水兒,自家盤纏又與俺們做甚。《金81.7b.5》旦那様が亡くなって、あなた様は寄る辺のない身なのに、自分の旅費を私達に与えてどうするのですか。¶自家雖是興利節用為綱,然亦不可太嗇。《石56.7a.5》自分達は利益を増やし支出を減らす事に重きを置くのですが、余りにもケチケチするのもいけません!¶沒緣故。我自家心裡的事,我自家知道。《兒21.8a.10》(精進料理を食すのは)訳なんてございません。あたし自身の心の中のことですから、あたし自身がよく分かっています!

同義語 "自己各兒":¶改了也是造孽。我自己各兒造孽倒有其限,這是我為人家姑娘許的。《兒21.10a.6》途中で言い改めたりすると罰当たりな事になります。私自身、罰が当たるのはまだ良いのですが、これはお嬢様の為に願掛けしたのでございますよ。

―《海》の科白箇所では"自家"を用い"自己"を用いない:¶趙先生,耐也自家勿好。《海14.3b.5》趙さん、あなた自身も良くないのですよ!

總裏 zǒngli

副 全部,一緒にして,合わせて="全部;一并"。北方方言:¶晁夫人又接道:…。我總裏是四頃地,該怎麼搭配着分,您自家分去。《醒22.5b.6》晁夫人は「…。私の所は全部で4頃(以)です。どのように配分するかは皆さんでお願いします」と言った。

走草 zǒucǎo

動 牝イヌが発情する="母狗发情"。北方方言:¶心裏邈即與那打圈的猪,走草的狗,起騾的驢馬一樣,口裏說着那王道的假言。《醒36.2a.10》心の中では家畜小屋のブタ、発情したイヌ、ロバ、ウマと変わりがありません。口ではわがままな、ありもしないことを言っているのです。¶遇廟燒香,逢寺拜佛,合煽了一羣淫婦,就如走草的母狗一般。《醒73.1a.8》廟があれば参って焼香し、寺があれば行って参拝する。それは、一群の淫婦をあおりたて、あたかも発情したメスイヌの如くです。

走動 zǒudòng

動 大小便をする="排泄粪便;大小便"。北方方言。《醒》では同義語"拉屎"も使用:¶這兩房媳婦輪流在婆婆房中作伴,每人十日,周而復始。冬裏與婆婆烘被窩,烤衣服,篦頭修腳,拿虱子,捉臭蟲,走動攙扶,坐臥看視。《醒52.10a.7》この二人の嫁は交代で姑のお世話をした。一人10日ずつの交代です。冬には姑のために布団や着物を暖め、髪を結い、足の手入れをし、シラミやナンキンムシを取り、大小便の時には手を貸し、寝起きを介護します。¶沒法兒,我弊〈=

憋）到出了場纔**走動**的。《兒35.6b.5》仕方ありません。私は試験会場を出てようやく用便をしたのです！

— 一般語語彙の用法：¶我這兩日身子有些不快,不曾出去**走動**。《金85.7a.8》私,この2,3日,体が少し具合悪く,外へ出かけていないのよ！¶因此連別處也不大輕易**走動**了。《石72.1a.7》このため,他の所へすら余り軽々しく行き来しなくなった。

走滾 zǒugǔn

動 恰好・気・態度が変わる＝"变样；改变"。山東方言。《醒》では同義語"改變"も使用：¶若賠了,傾家不算,徒罪充軍,這是再沒有**走滾**。《醒42.13a.8》もし償わされれば,家財が傾くのは言うに及ばず,徒刑でやられて兵役にかり出される。これではもはや逃れられない。¶只是我們討的,一個一個,再沒**走滾**。《醒50.2b.5》ただ,私達に(援納で廩膳生の身分を)求められれば,そりゃ確実で,もはや反古にすることはありません。¶如今又像家裏一般朝打暮罵,叫他一日十二个時辰沒一个時辰的自在,漢子們的心腸,你留戀着還怕他有**走滾**哩,…。《醒79.12a.7》今では朝から晩まで,元の家にいたのと同じように殴られたり蹴られたりで,一日中,片時も休まらない。殿方っていうのは,女側が男の心変わりを心配するものなのに,…。¶情管劉振白管了造子事,狄爺合童奶奶沒致謝他致謝,所以纔挑唆他告狀,這事再沒**走滾**。《醒81.9a.4》きっと劉振白がやらかした事です。狄旦那と童奧さんは奴にお礼をたんまりしなかったから,奴が訴え出ろとそそのかしたんです。これはもはや疑いがない！¶這蝴蝶就合你老人家一般,有些毬子心腸,滾上滾下的**走滾**。《金52.17a.11》この蝶々は

なた様と同じですわ。毬のような性格も多少あって,上がったり下がったり,心が急に変わるのだから。

走水 zǒushuǐ

名 買い付け人＝"专管跑外进货的人"。中原方言,閩語：¶薛三槐兩個輪着：一個掌櫃,一個**走水**。《醒25.11b.10》薛三槐達二人は交代で,一人が店の番頭になり,もう一人が買い付け人になる。

走作 zǒuzuò

動 態度が変わる＝"改变态度"。北方方言,吳語：¶叫人說：你看多少人家名門大族的娘子,漢子方伸了腿就**走作**了。這晁源的小老婆雖是唱的,又問了死罪,你看他這們正氣。《醒43.9b.8》「世間では多くの名門大家の奥様方は,夫が亡くなればすぐに態度を変えます。でも,晁源の妾は妓女で,しかも死罪判決になっているけれども,あんなにも良い気風を持っている！」って人から言われるようにね。

纂 zuǎn

動 でっち上げる,(嘘で)話を作る＝"编造；捏造"。北方方言：¶好禹大哥,我沒因小女沒了,就柱口拔舌的**纂**他。《醒9.9b.6》禹さん,ワシは娘を亡くしたからと言って勝手にでたらめを言って奴をでっち上げているんじゃないよ！¶慣性的个漢子那嘴就像扇車似的,像汗繁似的胡鋪搭,叫他甚麼言語沒**纂**着我。《醒59.8a.7》甘やかしたから男の口が唐箕のように速く,また,熱にうなされたようにペラペラとたわ言を言うのよ。

同義語 "**纂**捏；**纂**作；**纂**舌頭"：¶把一個相旺大管家乾嚥了一頓涶〈＝唾〉沫,心中懷恨,便從此以後在相大妗子與相進士娘子面前時時**纂**捏是非。《醒77.2a.2》(ご馳走してもらえると思い込んでいた食いしん坊の)相旺という大番頭は

生つばだけを飲まされる結果となり，心に恨みを抱き，これより以降，相大妗子と相進士夫人の前でしょっちゅうもめ事をねつ造するようになった。¶纂作的還說不夠，編虎兒，編笑話兒，這不可惡麼。《醒59.8a.7》作り話ばかり言うのよ！でも，まだ，言い足りないようで，私に対するあてこすりのなぞなぞや笑い話をするの。これって憎たらしくないですか。¶若是這姐娌兩个也像別人家咬漢子纂舌頭，攪家合氣，你就每日三牲五鼎，錦繡綾羅，供養那婆婆，那老人家心裏不自在。《醒52.9b.9》もし，この兄嫁と弟嫁の二人が他の家のように夫をそそのかし，でたらめをでっち上げ，家をかき乱し，仲違いをしていれば，毎日ウシ・ブタ・ヒツジ等の肉が入った大きな鼎を並べた豪華な食事をし，且つ，錦織りと刺繡の入った綾絹という豪華な着物を着ていようと姑の心は一向に晴れない。¶他却惡人先要做，大罵纂舌頭的，血瀝瀝咒這管家們。《醒78.11a.10》彼(寧承古)は，逆に先に罵ったと憎み，大罵してでっち上げだと，家の使用人達を恐ろしく呪いました。¶一箇尿不出來的毛奴才，平空把我纂一篇舌頭。《金12.9a.10》小便すら一人では出せない小僧っ子が，わけもなく私の事をデタラメ言うなんて！¶那個是不知道，就纂我恁一偏〈＝篇〉舌頭。《金25.5b.8》そいつは知らないのだわ！それなのに，私の事でデタラメをでっち上げたのよ！

[名] 女性の髻($_{き}$)＝"妇女的发髻"。北方方言：¶狄婆子道：你哥污的兩眼，神頭鬼腦的打着兩个纂，插着白紙旗，是你幹的營生。《醒58.13a.4》狄奥さんは「(寝ている間に)両目に墨を塗り，変てこりんな髻を結い，白旗の紙の旗を挿したのは，お前の仕業だろう」と言った。

攥　zuàn

[動] 握る＝"握"。山東方言：¶素姐住了罵，說道：你好讓呀。人的兩隻桫爛了的手，你使力氣攥人的。《醒89.11b.10》素姐は罵るのをやめ「あんた，中へどうぞだっていうのかい。両手は締め上げられて爛れているのに，あんた力一杯握ったりして！」と言った。

嘴搶地　zuǐ qiāngdì

[熟] どすんと転ぶ＝"摔了一交，弄了一嘴土；跌了很重的一跤"。河北方言，山東方言：¶狄希陳不及防備，被素姐颼的一个漏風巴掌，兜定一脚，踢了一个嘴搶地。《醒64.10a.4》狄希陳は，よける間もなく素姐に平手打ちされ，もんどり打ってどすんと転びました。

嘴舌　zuǐshé

[動] 反駁する，口答えする，不平を言う＝"反驳；顶嘴；啰唆"。北方方言：¶連這等一个剛毅不屈的仲由老官尚且努唇脹嘴，使性傍氣，嘴舌先生。《醒33.1b.5》その剛毅不屈の仲由でさえ膨れっ面させ，怒って先生(孔子)に不平を言った。¶素姐見得勢洶洶，倒有幾分害怕，憑這些人的嘴舌，倒也忍氣吞聲。《醒73.8b.1》素姐は物凄い勢いを見て，少し怖くなり，こ奴らの余計な口にも我慢して黙っていた。

嘴頭子　zuǐtóuzi

[名] ⟨方⟩口＝"嘴"。北方方言，中原方言，蘭銀方言，西南方言，晋語：¶俺婆婆在世時，嘴頭子可是不達時務，好枉口拔舌的說作人。《醒69.11a.3》私のお義母さんが生きていた時，他人に対して訳が分からない事ばかり言ってよくデマを飛ばしていたわ。

撙當　zǔndāng

[動] 制限する＝"限制"。山東方言：¶小女見了就生氣，要說打他，我就敢說誓，

實是一下兒也沒打。要是衣服飯食，可是撙當他來。緊仔不中他意。《81.8a.7》娘がその子(女中)を見れば腹を立てるんです。ただ、私は誓ってもよいですが、本当はその子を全然ぶたなかった。着物や食事がほしいのならその子にいくらでもという訳にはゆかなかった。もともと娘は気に入らない事があったのです。

左道 zuǒdào

動 他人の事をとやかく言う，陰で批判する = "唠叨；背地里批评"。山東方言：¶是那个天殺的左道我哩。我想再沒別人，就是狄周那砍頭的。《醒40.5b.9》どこぞの死に損ないがオレの事を悪く言っているのかな。オレが思うに，他でもない，狄周のクソ野郎だ。☆黃肅秋校注本では"左道"を字形の酷似した"在道"と作る。

左近 zuǒjìn

名 付近，近所 = "附近；邻近"。北方方言，粤語。《醒》では同義語"附近"も使用：¶一幹人眾又起身前進。進了臨清城門，就在直前左近所在，尋了下處。《醒13.7a.6》一行は出発し，臨清の城門を入り，すぐ前で近くにある旅籠を探した。¶俗這左近一定有低人，看來買丫頭買竈上的，他必定還破你。《醒84.7b.2》私らの近所に変な輩がいるわ！女中や飯炊き女を買おうとすると，そいつは必ず破談にするのよ！¶伯爵道：我那邊左近住一個小後生，倒也是舊人家出身。《金77.12b.3》伯爵は「ワシの近くに一人の若者が住んでいましてね，やはり旧家の出身ですぜ」と言った。

同義語 "左近邊"：¶大尹見了數，俱教交付夫人，又叫人快往左近邊叫一個收生婦人來。《醒20.15a.2》知県は一つ一つ数え，(晁)夫人に渡すよう命じた。そし

て，早く人をやって，近くに住んでいる産婆を呼んで来るように命じた。

左右 zuǒyòu

副 どうせ，どのみち = "反正；横竖"。北方方言。《醒》では同義語"脱不了"を多く使用：¶晁夫人說：晁書，晁鳳左右都是閑人，叫他自己耀罷，不要誤了你們的正事。《醒32.6b.6》晁夫人は「晁書，晁鳳はどうせ暇なのだから，彼ら自身にコメを売らせます。あなたがたの全うな仕事の邪魔をしちゃいけませんから」と言った。¶既如此，就依你們娘兒們的話，左右是家裡白坐着，再走一遭就是了。《兒1.6b.8》そういうことならお前達女子供の言葉に従ってみるか。ワシもどうせ家で遊んで暮しているのだから。もう一度出かけてみることにするか。

作 zuò

動 受け入れてくれる = "容得下："。山東方言：¶你孤兒寡婦的，誰還作你。《醒53.7a.1》(無晏は言う。) お前ら孤兒と寡婦を誰が受け入れてくれるのか。¶俺這北京城裏的神光棍老婆眼裏不作他。《醒95.7a.9》この北京城内で少しやり手の私には(アンタの生母など)眼中に無いのだよ。

作蹬 zuòdeng

動 踏みにじる，痛めつける，虐げる，虐める，けなす = "折腾；糟蹋；闹腾"。山東方言。"作登"とも作る。《醒》では同義語"作踐；作賤"が優勢。時に"作蹬"も使用：¶他也作蹬的叫你不肯安生。《醒68.10b.4》あれはお前を安穏と生きられない程痛めつけるだろう。

作急 zuòjí

形 早い = "尽快"。北方方言：¶吳學周説：…。你可問別的學生，自從吃了早飯曾來學裏不曾。不作急的外邊去尋，沒要

緊且在這裏胡嚷。《醒31.4a.9》呉学周は「…。あんたが尋ねている学生が,朝ご飯を食べてここへ来たかどうか。早く外へ行って探せばどうですか。こんな所で騒いでどうするのですか。」と言った。

作假 zuòjiǎ

動 わざと遠慮する＝"故作客气;虚让"。北方方言。《醒》では同義語"脱不了"を多く使用：¶蕭北川道:大官人,你進去炤管病人吃藥,叫管家伺候,我自己吃酒。這是何処,我難道有作假的不成。《醒4.12b.9》蕭北川は「ご主人,ご自分で中へ入って病人に薬を飲ませてあげなさい。こちらはお家の方にお世話していただいて,ワシは自分で酒を頂きますよ。ここはどこのお屋敷だとお思いですか。ワシが遠慮しますかいな」と言った。

作賤 zuòjian（又）zuójian

動 だめにする,台無しにする,いじめる,蹂躙する＝"糟蹋;欺侮"。北方方言,過渡,南方方言：¶不惟没一些怕惧,反倒千勢百様,倒把個活菩薩作賤起來。《醒3.9a.4》少しも恐れることなく,逆に,様々な事で活き菩薩様をないがしろにし始めた。¶伍聖道這兩个狗合的也作賤的我們夠了。《醒11.9a.8》伍聖道ら二人のろくでなしは,俺達をひどく踏みにじりやがった。¶其里老什排都曉得大尹與他做主,不敢上門作賤。《醒21.1b.2》その里老や10戸の長も大尹が夫人のために肩を持つのが分かっているから,やってきて夫人を踏みにじるようなことはできません。¶幸得縣官上東昌臨清與府道拜節事忙,夫人又時時的解勸。差人因是熟識的裁縫,也還不十分作賤。《醒36.7b.2》幸い県官は,府知事らへの新年の挨拶のため東昌,臨清へ行き多忙で,また,夫人もしょっちゅうなだめていた。使いの役人も昵懇の仕立て屋だったので(取り立ての催促も)さほどひどい事もなかった。¶後來也還指了清陽溝,溝水流上他門去,作賤了幾番。《醒41.9a.10》のち,どぶを綺麗に掃除すると称して,どぶの水を彼の玄関の所へ流すなどのいやがらせをした。

同音語 "作踐"：¶所有奴的屍首在街暴露日久,風吹雨灑,雞犬作踐無人領埋。《金88.5b.2》私の死体は,街路で晒されたままなんです。風雨に曝され,イヌやトリにもないがしろにされ,誰も引き取って埋葬してくれません。¶寶玉…笑道:我們正該作踐他們,為君父生色。《石63.13b.3》宝玉は…笑って「私達はああいう連中を踏みつけてやり,君主や父祖のために家名を上げるべきなんだよ！」と言った。¶我這妹子要不虧那没臉的女人從中多事,早已遭那凶僧作踐,我便來救,也是晚了。《兒8.18b.10》あの恥知らずの女が余計なお節介をしなかったなら,あなたはとっくにあの極悪坊主にひどい目に遭わされてしまって,私がたとえ助けに来ても後の祭りになっていたわ。

作難 zuònán

動 困惑する,迷惑する＝"为难"。山東方言：¶晁大舎…：……。若是進去了,就便出不來了,那時才是小珍子作難哩。《醒6.5b.4》晁大舎は…「…。もし官舎の中へ入ってしまえば,役所の規則があって簡単には外へは出られないよ。そうなれば,珍ちゃんも困ってしまうのだな」と言った。¶媒婆提親,這魏才一説就許,再也不曾作难〈＝難〉,擇了吉日,娶了過門。《醒39.2a.6》縁談を取り持つ仲介女が縁談を持ってきたとき,親の魏才は一言で承諾し,少しも困らせるよう

な事を言わず,吉日を選んで嫁がせた。

作索 zuòsuo

動 痛めつける＝"折磨；糟蹋；作践；侮辱"。山東方言。《醒》では同義語"作賤；作踐；折磨"が優勢：¶那起初進來,身上也還乾淨,模樣也還看的。如今作索像鬼似的,他還理你哩。《醒43.3b.5》当初,ここ牢獄へ入った時はまだ体も清らかで,恰好もまだ見られたわ。今では痛めつけられて,私らはオバケのようになってしまったから,あの人はあんたの方を構うのよ！

同音語 "作祟"：¶後來晁思才兩口子消不的半年期程,你一頓,我一頓,作祟的孩子看看至死,止有一口油氣,又提留着个痞包肚子。《醒57.8a.8》後に,晁思才夫婦は半年も経たないうちにかわるがわるに殴る蹴るの悪さをし,その子をまもなく死に追いやるありさまです。ただ微かに息があるだけ。しかも,腹に硬い塊ができる病を患いました。

作興 zuòxīng(又)zuòxīng(又)zuóxīng

動 資金援助する＝"资助；补助"。山東方言。"作興"は,現代語では方言語彙で釈義"抬举；宠爱"(引き立てる,持ち上げる)を示す。《醒》では「引き立てる」よりも更に具体的に「資金援助する」を多く示す：¶把這二千頭,我們爺兒兩個分了,就作興了梁家,胡家兩个外甥,也是我們做外公做舅舅的一場。《醒5.10a.2》この2千両をワシら二人で分け,梁家と胡家の二人の甥に援助してやろう。これも我々叔父としての役割を果たすことにもなる。¶毎人作興了千把銀子。《醒15.2b.4》どちらの人も千両の銀子を援助してもらった。¶意思要作興他些燈火之資。《醒16.3a.5》意図は,彼に学問の資金を援助しようというものだった。¶既中了舉,你還可別處騰那〈＝挪〉,這个當是作興我的罷了。《醒35.10b.4》挙人に合格したのだから,お前は他の所で金を工面できるだろう。この錢はお前が私を資金援助してくれたものとしておくからな！

——"抬举"：¶呂祥見李驛丞作興他的手段。《醒88.13a.9》呂祥は,李駅丞が自分の料理の腕前を引き立ててくれると見た。¶我忽然想起那一年徼倖的時節,蒙宗師作興了一個秀才。《醒41.10b.8》私は急にあの年,僥倖のとき,科挙試験の主席試験官から一つの秀才という肩書きを貰ったことを思い出した。¶俺們的詩社散了一年,也沒有人作興。《石70.2b.7》私たちの詩社は散会して一年になりますが,誰も引き立ててくれなかったのです。☆《石》の"作興"は釈義"抬举"の方に傾くようになる。《金》《兒》に未収。

作業 zuòyè

動 罰当たりのことをする＝"作孽；罪过"。山東方言,江淮方言,吳語。《醒》では同義語"作孽；罪過"も使用：¶小厮這等作業,你可曉得甚麼是嫖。《醒40.4a.10》小倅がこんな罰当たりなことをするんだな。妓女と遊ぶのがどういうことなのか分かっているのかな。¶起初巧姐不曾過門之先,薛家的人都恐怕他學了素姐的好樣來到婆婆家作業。《醒59.9a.8》最初,巧姐がお嫁に来る前,薛家の人達は皆彼女が素姐という「良きお手本」を真似て,嫁ぎ先で罰当たりなことをしでかすのではないかと恐れていた。¶一連三日,素姐也不曾作業。《醒95.8b.10》3日間続けて素姐は罰当たりなことをしませんでした。¶他各人作業,隨他去罷,你休與他争執了。《金62.3b.10》あの人達が罰当たりな事をするのだったら,放っておけばいいのよ。あんたは,あの人と言い争わないことです！

¶賈政…說畢,喝斷一聲:作業的畜生,還不出去。《石23.4b.1》賈政は…言い終えるや「この罰当たりめが！まだ出て行かぬか！」と怒鳴りつけた。

坐 zuò

動 1. 差し引く,削減する＝"扣;扣除;削減"。北方方言。現代語では,北京(同音語"矬"[cuó]。他に異体字"莲"など2種類有る),山東省の桓台,陽谷,曲阜("坐"及び同音語"绝;戳"),江蘇省の徐州(有声無字"■")まで,調値は多少の差があれども,または声母が無気音と有気音で異なれども,同音語,近似音語が北京から山東省を経て徐州まで一貫して存在する。《醒》では,同義語"扣"のほかに"坐"字を使用:¶要是騎自己的頭口,坐八錢銀子給他。《醒68.7a.8》もし自分の驢馬に乗るなら驢馬代金8銭の銀子を会費から差し引いて渡します。¶要不將銀子去,員外坐我的工食哩。《醒67.9a.1》もし銀子を持参しなかったら員外旦那はワシの賃金から差し引くのですよ。¶還坐那出殯買材的七兩銀子補還晁夫人原數。《醒57.12a.8》更に,棺桶代として差し引いた7両の銀子も晁夫人に返すとします。

2. 載せる,置く＝"放;放置"。北京方言,中原方言,晋語,湘語:¶郭氏戴着幅巾,…騾上坐着一个大搭連,小葛條小嬌姐共坐着一个駞〈＝馱〉簍,一个騾子駞〈＝馱〉着。《醒53.13a.4》郭氏は頭巾を被り,…ラバの上に大きな袋を載せていた。小葛条,小嬌姐は共にラバの両側の荷籠に乗っている。

3. 妊娠する＝"结(果实);怀孕"。中原方言:¶患了个白帶下的痼病,寒了肚子,年來就不坐了胎氣,一條褲子穿不上兩三日就是塗了一褲襠糨子的一般。《醒29.9b.3》腰気(りゅう)を患っている持病があり,腹を冷やした結果,妊娠する年齢でもないのに2,3日経つと下ズボンの股ぐみの所がべっとりと糊を塗ったようになってしまうのです。

坐家閨女　zuòjiā guīnǚ

[連] 嫁に行っていない生娘,嫁入り前の娘＝"没出嫁的女子"。山東方言:¶怕怎麼.誰家的坐家閨女起初就怎麼樣的來。《醒45.6a.3》それがどうしたんです。どこぞの娘が最初からどうだって言うんですか。

類義語 "坐家的女兒":¶你老人家,坐家的女兒倫皮匠,逢着的就上。《金37.6a.4》旦那様は,嫁入り前の娘が皮縫い職人と私通するように,逢えばすぐにできちゃいなさる！

坐馬　zuòmǎ

名 着物＝"衣服"。山東方言,江淮方言。《醒》では同義語"衣服;衣裳"が極めて優勢:¶珍哥戴了帽子,穿了坐馬,着了快鞋,張瑞風合三個禁子做一路,羽翼了珍哥,趂着救火走出,藏在張瑞風家内。《醒51.9b.8》珍哥は帽子をかぶり,着物を身につけ,歩行に便利な快鞋を履いている。張瑞風と獄卒の三人は珍哥を守りながら,火事の隙に乗じて逃げ出し,張瑞風の家に珍哥を隠した。

── "坐馬"＋接尾辞"子":¶晁思才又問晁鳳頂大帽子插盛,合坐馬子穿上,系着鞓帶,跨着鍊,騎着騾。《醒53.13a.1》晁思才は晁鳳より銀色の大きな帽子を借りてかぶり,騎馬服を身につけ,皮紐を結び,鎖を肩に掛け,ラバにまたがってまっすぐ駆けて行った。

坐起　zuòqǐ

名 居間,応接間＝"小客厅"。呉語:¶各處掛停當了燈,收拾了坐起,從炕房内抬出來兩盆梅花,兩盆迎春,擺在臥房明間上面。《醒3.10b.10》様々な所に提灯をか

け,応接間を片付けさせた。そして,オンドルのある部屋から2鉢づつ梅の花,迎春花を持ち出し,入り口に続く間に並べさせた。

坐窩子 zuò wōzi
[熟]一つの所で動かない＝"一动也不动(坐在老地方)"。山東方言：¶你也躲閃躲閃吧,就叫人坐窩子稜這們一頓。《醒97.2b.8》そなたも逃げればいいのに。じっとしてやられっぱなしですかな。

做 zuò
[動]価格を決める,金を計算する＝"作价；規定(价格)；算計(了多少銀)"。山東方言。現代語では一般に同音語"作"("折算"換算する)を使用。《醒》では"做；作"の両方が見える：¶做了五十兩銀子,賣了。《醒6.10a.5》銀子50両と値をつけ,売った。
[同音語]"作"：¶作了六兩八錢銀賣到他湯鍋上去。《醒79.2a.9》銀子6両8錢と値を決め,屠畜場へ売るのです。

做剛做柔 zuò gāng zuò róu
[成]硬軟取り混ぜてなだめる,脅したりすかしたりする＝"软硬兼施"。山東方言：¶那禁子們做剛做柔的解勸,説道。《醒43.2b.9》かの獄卒達は,硬軟織り交ぜてなだめつつ,言った。¶童奶奶合調羹做剛做柔的解勸,叫戴氏且去,説。《醒79.9b.5》童奧さんと調羹は硬軟取り混ぜてなだめ,戴氏を呼び,とりあえず帰ってもらうように,言った。¶小婿是二位爺曉得的,又動不得,他只得請了劉振白來做剛做柔的纔打發去了。《醒81.8b.5》うちの婿殿はお二人の旦那衆がよくご存知でしょ。全然動かないものですから。仕方なく劉振白に来て貰い,硬軟織り交ぜてなだめ,ようやく引き下がってもらったのです。

做張做智 zuò zhāng zuò zhì
[成]もったいぶる,わざと見せかけるようなふりをする,気取る＝"做好做歹；裝模作樣"。吳語：¶他那一路上的人恐怕晁大舍使性子,又恐怕旁邉人有不幫十〈＝襯〉的,打破頭屑,做張做智的員〈＝圓〉成着,做了五十兩銀子,賣了。《醒6.10a.4》その仲間の者は,晁大舍が癇癪を起こし,さらに,傍らの人々も助けてくれなくなるかもしれない,また,見物の野次馬から変な事を言い出されて,商いがぶち壊されるかもしれないと心配した。そこで,もったいぶって仲裁しに入り,50両の銀子で売った。
[同音語]"做張做勢"：¶就會…梳一個纏髻兒,着一件扣身衫子,做張做勢,喬模喬樣。《金1.10a.8》(少女金蓮は)…髪を結うのやら,着物をうまく着こなすのやら,気取ってみせることができるようになりました。
[異義語]"張智"(考え,意見＝"主意；主張")：¶誰知那心慌胆怯了的人另是一个張智。《醒52.3b.3》ところが,心がびくびくしている者にとっては,それは別の考えになります。

《醒世姻縁傳》解題

1. 成書年代，作者
2. あらすじ
3. テーマ
4. 主要登場人物
5. 主要影印本・排印本
6. 研究参考資料
7. 言語特点

1. 成書年代，作者

　《醒世姻縁傳》の成書年代は，胡適〈《醒世姻縁傳》考證〉により明末清初とされるのが一般的である[1]。《醒世姻縁傳》の作者は西周生の筆名を用いる。その使用する基礎方言から山東省の人間であることは判明している。しかし，それ以上のことは不詳である[2]。

2. あらすじ

　前世と今世とに渡る「因縁因果」を描く。前世では，晁源（晁大舎）という男が監生（明清時代，最高学府で学問する人）の身分を金銭で買い，更に芝居芸者・娼妓施珍哥を妾として家へ迎え入れようとする。晁源の父親晁思孝は華亭県や通州などの知県を歴任していた。父親は晁夫人（鄭氏）とともに一人息子晁源を溺愛していたため，盲目的になる。
　ある日，晁源は，仲間とともに狩猟に出かけた折，1匹の仙狐を弓矢で射殺し，その皮を剥ぐ。やりたい放題の晁源は施珍哥を妾として家へ迎え入れ寵愛した結果，正妻の計氏と気まずくなる。そこで，晁源は策を謀り，ついに計氏と離縁する。策にはめられ，憤慨した計氏は首吊り自殺をする。これでは，晁源みずからが殺害したのも同然である。また，世話になった胡旦，梁生を追い出し，彼らの財貨をもくすねる。種々の悪業を重ねた結果，晁源は唐氏（小鴉児の妻）との浮気現場を小鴉児に押さえられ，殺害される。晁源の母親晁夫人は，若い

一人息子を失い嘆くが，これも因果応報だと確信し，いよいよ罹災民救済などの善行を積む。

晁源（晁大舎）の前世はこれで終わり，来世に於いては，晁源は狄希陳として転生する。皮を剥がれた，かの仙狐は狄希陳の正妻薛素姐に転生した。皮を剥がれた怨念を晴らすため，狄希陳（前世の晁源）に対して仙狐が取った最適の手段は「晁源を来世まで追いかけて行って『正妻になる』こと」であった。正妻に収まれば，昼夜構わず虐待，凶暴はやりたい放題できるからである。

狄希陳は正妻素姐の残虐ぶりから逃れるため，外地へ単身赴任する。その折り，計氏も（復讐のため）童寄姐に転生し狄希陳の妾になる。童寄姐は事実上の「正妻」で，素姐とやりあっても負けていない。一方，前世が芝居芸者・娼妓であり，晁源の妾であった施珍哥は，今世では狄希陳が家へ入れた女中の小珍珠になっている。小珍珠は童寄姐から虐められ，ついには自害してしまう。

晁夫人の方は多くの功徳を積んでゆく。難渋していた胡旦，梁生も晁夫人に救済されたのであるが，梁生は晁夫人に対して「恩返しをしたい」と，晁梁（小和尚）となって妾である沈春鶯が生んだ子として晁家に転生してくるのである。一人息子晁源を殺害され，「跡取り無し」と嘆いていた晁夫人にとっては大いに喜ばしいことであった。

そして，悪業がついに満ちた薛素姐は急死する。高僧胡無翳（出家前の胡旦）が前世から今世への因果応報論を説き，狄希陳は「前世の悪業」を悟るのである。

3. テーマ

この小説のテーマは以下の2点である。一つは，「人間は亡くなるとそれで終わりではなく，必ず生まれ変わる」という点。しかも「因果応報」が必ず行われるという。これが二つめの点。

「生まれ変わり」は1度だけではなく，果てしなく繰り返される。これを車輪の回転に見立て「輪廻転生」と称した。これは，古代インドのみならず，タイ，ブータン，ネパール，スリランカなど，ほぼ東洋全体の思想であった。輪廻転生思想は，仏教を即座に想起するが，今から約2500年前に誕生したゴータマ・シッダルタ（後の釈迦）以前に既に一つの思想として存在していた。例えば，古代インドのバラモン教には「輪廻転生」が教義の中心に置かれている[3]。

《醒世姻縁傳》において「輪廻転生」がセリフとして描かれている場面：

次の例は、相于廷の狄希陳に対してのセリフ。「早く死んで新しい人生をやり直す」という。輪廻転生を確信し、しかも、これを「前向き」に捉えている。
　你可説怕死。這下地獄似的，<u>早死了早托生</u>不俐亮麼[4]。(58.6b.5)
　「…。兄さんは死ぬのが怖いのかね。こんなに地獄のような毎日ならば、<u>さっさと死んでさっさと転生した方が</u>よほどすっきりするんじゃないかい。」

　素姐は狄希陳を部屋の外へ追い出し、狄夫人が何を言っても相手にしなかった。薛夫人はこの点を知り、叱った。素姐本人は「前世」の顛末を知らないから「なぜだか分からないのだが、腹が立つ」ことを次のように告白している。
　我<u>不知怎麼見了他，我那心裏的氣，不知従那裏來</u>，恨不的一口喫了他的火勢。(45.8a.6)
　「<u>なぜだか分からないのだけれども，あいつを見ると腹が立って，どうしてかしら</u>，一口に呑み込んでしまいたいような気になるのよ。」

　素姐は，相于廷の細君に対して〈「前世からの仇」のように夫へ立腹する理由〉を次のセリフで示す。即ち，不可解な点を前世に求めているのである。
　我也極知道公婆是該孝順的，丈夫是該愛敬的。但我不知怎樣一見了，他不由自己就像不是我一般一似。<u>他們就合我有世仇一般</u>。恨不的不與他們俱生的虎勢。(59.7b.4)
　「…。私だって，義父母に対しては孝行，夫には敬愛をよくよく知っているわ。ただ，どうしてだか，1度，奴の顔を見ると，もう，いつもの自分じゃなくなっちゃうみたい。<u>前世からの仇とばかりに</u>，どうしても生かしてはおけない，なんて気持ちになるの。」

　薛素姐が（個人ではなく）家系として「前世の怨恨」に触れている。したがって，狄希陳の家族全員に対して怨恨を抱いているセリフ：
　我想起必定<u>前世</u>裏與他家有甚冤仇，所以神差鬼使也由不得我自己。(59.7b.7)
　「きっと<u>前世</u>で，奴の家から何か無実の罪を負わされた恨みがあって，それで仇敵になったのじゃないかと思うのよ。ともかくこの世でない何かが作用して，私にもどうにもならないの。」

　家の使用人狄周の妻が，薛素姐に対してたしなめているセリフ。立腹に対する原因が何も分からない場合，その原因理由を前世に求めると解決ができるの

である。このような考え方は，下女にも浸透していることを示す。

  他合你有那輩子冤仇。下意的這們咒他。你也不怕虛空過往神靈聽見麼。
(75.2b.9)

  「旦那様に前世からの恨みでもあって，わざとそんなに呪ったりなさるんですか。そこの空中を通る神霊にそんなことを聞かれて恐ろしくないのですか?!」

 童寄姐が小珍珠に対する立腹理由を「前世の因縁」だと告白しているセリフもある。

  我想來必定前世裏合他有甚麼仇隙。(80.2a.1)
  「きっと前の世で，あの子と何か仇を結んだのに違いないのよ。」

 この小説の主題は，以上のように輪廻転生，因縁因果の法則に基づいている。しかし，この法則からの「脱却」までは言及していない。

4. 主要登場人物

 《醒世姻縁傳》の主要登場人物を晁源関係、狄希陳関係とに分けて挙げる[5]。
[晁源関係]
晁源	監生の資格を金銭で買う。文中では晁大舍としてよく出てくる。狄希陳に転生。
晁思孝	晁源の父親。華亭県知事，通州知県等の職を歴任。後，女中の沈春鶯を妾とする。
晁夫人	晁源の母親。晁思孝の正妻。鄭氏とも称する。温厚で，徳の高い女性。
計氏	晁の正妻。のち，晁源より離縁される。死去ののち，童寄姐に転生する。
施珍哥	芝居芸者・娼妓。のち晁源の妾となる。死去の後，小珍珠（童寄姐の下女）に転生。
沈春鶯	晁思孝の妾。晁梁の生母。
胡無翳	通州香岩寺の住職。高僧。俗名：胡君寵，胡旦。
梁片雲	通州香岩寺の僧侶。俗名：梁安期，梁生。後世は晁梁に転生し，晁夫人に対して孝養を尽くす。
晁梁	晁源の〈妾腹の〉弟。幼名"小和尚"。晁夫人を実母の如く慕い，

	孝行する。
晁思才	晁思孝の一族の弟。性格は良くない。
晁無晏	晁思孝の一族の孫。
禹明吾	書記。晁源の隣家で，友人。
小鴉児	皮革職人。曲がったことが大嫌いな性格。晁源と自分の妻(唐氏)の浮気を知り，二人を殺害する。
唐氏	小鴉児の妻。晁源に気に入られ深間にはまった結果，夫の小鴉児に殺害される。
張瑞風	武城県監獄役人。晁源亡き後，珍哥を妾とする。
計都	計氏の父親。
海会	道教の尼僧。俗名青梅。
呉学顔	晁家雍山荘の執事。
晁住，晁鳳，晁書，晁鸞，李成名	晁家の使用人。

[狄希陳関係]

狄希陳	秀才。晁源からの転生。前世の怨恨を背負って生きて行かねばならない運命。
狄宇羽	狄希陳の父親。号は賓梁。温厚な常識人。
狄夫人	狄希陳の母親。狄賓梁の妻。相氏。素姐によって憤死させられる。
薛素姐	狄希陳の正妻。晁源に射殺された仙狐からの転生。狄希陳を虐待する。絶世の美人であったが，後，目と鼻をサルに抉られる。
童寄姐	狄希陳の妾。計氏からの転生。素姐とやりあっても負けない。
童七	童有閭とも称す。銀細工店の支配人。童寄姐の父親。
童奶奶	童寄姐の母親。駱氏とも称す。機転が利く常識人。
虎哥	童寄姐の弟。
駱校尉	童寄姐のおじ。常識人。
狄巧姐	狄希陳の妹。常識人。
狄希青	狄希陳の妾腹の弟。幼名は小翅膀。
調羹	劉姐。狄宇羽の妾。狄希青の生母。気性は善良な常識人。
相棟宇	狄希陳の叔父。
相姈子	狄希陳の叔母。
相于廷	狄希陳の表弟（いとこ）。進士。後，「相主事」として登場。
薛教授	薛振，字は起之。秀才。薛素姐の父親。常識人。素姐により憤死させられる。

薛夫人	薛振の正妻。常識人。
薛如卞	薛素姐の一番上の弟。秀才。幼名は春哥。常識人。
薛如兼	薛素姐の二番めの弟。秀才。幼名は冬哥。常識人。
薛再冬	薛素姐の一番下の弟。常識人。
龍氏	薛振の妾。薛素姐とその弟たちの生母。非常識人。
程楽宇	狄希陳たちの私塾教師。
孫蘭姫	狄希陳の恋人であるが，狄希陳とはほどなく別れる。娼妓。唐氏からの転生。
小珍珠	童寄姐の女中。施珍哥からの転生。
呉推官	成都刑庁の役人。狄希陳と同じく恐妻家。
智姐	狄希陳の同級生である張茂実の妻。
尤聡	狄家の料理人。悪事を重ね，落雷に遭い死ぬ。
呂祥	狄家の料理人。
薛三槐，薛三省，小濃袋	薛家の使用人。
狄周，小選子，張朴茂，伊留雷	狄家の使用人。

5. 主要影印本・排印本

《醒世姻縁傳》の主要影印本・排印本を挙げる。影印本は次の (1)(2)，排印本は以下の (3)～(7)。日本語訳は 21 世紀になってからようやく刊行された。

(1) 《醒世姻縁傳》(線装二函全二十冊) 人民文学出版社影印本 (1988 年第 1 版，1994 年第 2 次印刷)。(首都図書館蔵同徳堂本が底本。原本残破頁は人民文学出版社蔵同治庚午覆刻本により補う)

(2) 《醒世姻縁傳》(全 5 冊) 袁世碩前言。古本小説集成編緝委員会 上海古籍出版社 1994 年 11 月 (首都図書館蔵同徳堂本を底本)

(3) 《醒世姻缘传》(上，下) [清] 葛受之批评，翟冰校点。齐鲁书社 1994 年刊。(首都図書館蔵同徳堂本を底本)

(4) 《醒世姻缘传》(足本) 齐鲁书社 1993 年刊。(首都図書館蔵同徳堂本を底本) (弁語，凡例，引起，本文，校点後記)

(5) 《醒世姻缘传》(上，中，下) 黄肃秋校注，上海古籍出版社 1981 年刊。(亜東図書館排印本を底本) (引起，本文，附録一〈徐志摩〉，附録二〈胡适〉，附録三，附録四，附録五，附録六，附録七，附録八，附録九，附録十〈汪乃剛〉)

(6) 《醒世姻缘传》华夏出版社 1995 年刊。(亜東図書館排印本を底本) (①注釈

(7) 《醒世姻緣傳》吉林文史出版社　1998年刊。(亜東図書館排印本を底本)(序〈徐志摩〉,引起,本文,附録一,附録二,附録三,附録四,附録五,附録六,附録七,附録八)

[訳書]

『醒世姻縁傳』訳書(左並旗男訳,兄弟舎〈会社トスコ書籍部〉,2002年4月4日)

6. 研究参考資料

胡適は,1931年に〈《醒世姻縁傳》考證〉を発表。《醒世姻縁傳》と《聊斎志異》及び蒲松齢のその他の作品の内容を比較対照。且つ,語彙用法の類似性も検証。その結果,「《醒世姻縁傳》の作者西周生とは蒲松齢である」との見解を出す。しかし,現在に至るも,なお決定的な結論は出ていない。徐复岭1993〈《醒世姻縁传》作者和语言考论〉は言語面からの言及が多く,参考価値がある。楊春宇2003〈《醒世姻縁傳》研究序説〉は多くの刊刻本,影印本を解説し,巻末に多くの参考文献を挙げる。李焱2006〈《醒世姻縁传》及明清句法結構历时演変的定量研究〉は,最近出た《醒世姻縁傳》の語法書である。語彙面では晁瑞2014《《醒世姻縁传》方言词历史演変研究》(北京・中国社会科学出版社)が大変参考になった。

7. 言語特点

これは,①「文字表記上の混乱」,②「方言語彙の夥しい混入」の2点に集約される。これらは,作者の口頭語の反映であろうが,当時すでに定型化されていた白話の手法を避け,口頭語に極めて忠実に書こうとしたため,用字上の混乱,方言の混入が甚だしくなっているからである。しかし,《醒世姻縁傳》の言語上の大枠は当時の北方方言で書かれ,そのうち山東方言語彙が夥しく混入している。以下,言語特点として「文字表記上の混乱」,「方言語彙の夥しい混入」について具体的に例を挙げる。

7.1. 文字表記上の混乱

これは,「同音仮借語」が多いことである。ただし,"照""由""検"などは,「同音仮借語」とは言っても,皇帝の諱を避けるために別字に換えているので

ある。《醒世姻縁傳》ではそういう箇所が多い。その例。炤管（照管），不繇的（不由的），簡點（檢點），簡搜（檢搜）

「文字表記上の混乱」は，諱以外に「同音仮借語」が極めて多く出現していることによる。今,《醒世姻縁傳》で使用されている同音仮借語を挙げる。（　）内は規範的な或いは通語としての表記形態である。声調が異なっても，軽声になれば自ずと同音になる。

特徴のある語彙群として，〈1〉～〈7〉に分けて例を挙げる。

〈1〉同音仮借で，偏や旁のみ異なる場合

挨哼	（唉哼）	段子	（緞子）	饎稠	（糨稠）
捱哼	（唉哼）	多嗒	（多咱）	蹶嘴	（撅嘴）
哇哼	（唉哼）	阿屎	（屙屎）	剌叭	（喇叭）
挨沫	（挨抹）	耳躲	（耳朵）	纍命	（累命）
跋地	（拔地）	耳聚	（耳朵）	羅皂	（囉唕）
把把	（㞎㞎）	跢	（跺）	羅唕	（囉唕）
梆梆	（邦邦）	番	（翻）	沒堤防	（沒提防）
幇幇	（邦邦）	番身	（翻身）	迷胡	（迷糊）
掤聲	（邦聲）	番轉	（翻轉）	那	（哪）
棒椎	（棒槌）	旙	（幡）	那個	（哪個）
背搭	（背褡）	風	（瘋）	那裏	（哪裏）
鞴馬	（備馬）	風狂	（瘋狂）	那怕	（哪怕）
不采	（不睬）	風子	（瘋子）	捻	（攆）
不成才	（不成材）	撒酒風	（撒酒瘋）	鏧膝	（盤膝）
采打	（踩打）	哥阿	（哥呵）	賠嫁	（陪嫁）
炒架	（吵架）	扢搭	（疙瘩）	陪禮	（賠禮）
偢保	（瞅睬）	谷谷農農	（咕噥）	磞頭撒潑	（碰頭撒潑）
瞍睬	（瞅睬）	哈哈噥噥	（咕噥）	旗扁	（旗匾）
雌搭	（呲打・刺打）	骨農	（咕噥）	僉押	（簽押）
雌答	（呲打・刺打）	嘓噥	（咕噥）	清辰	（清晨）
搭連	（褡褳）	跐的跌了	（拐的跌了）	焌黑	（黢黑・漆黑）
攪餓	（擋餓）	光采	（光彩）	取妾	（娶妾）
蹬眼	（瞪眼）	狠	（很）	肰	（然）
動憚	（動彈）	荒張	（慌張）	頴子	（嗓子）

稍信	（捎信）	椀楪	（碗碟）	硬幇	（硬棒）
素子	（嗉子）	文銀	（紋銀）	硬梆	（硬棒）
算記	（算計）	見	（現）	豫備	（預備）
縮嗒	（縮搭）	見成	（現成）	豫先	（預先）
倘下	（躺下）	見今	（現今）	員領	（圓領）
掏換	（淘換）	見任	（現任）	早辰	（早晨）
苔帚	（笤帚）	見在	（現在）	煠過	（炸過）
桶	（捅）	搖地裏	（遙地裏）	獐徨	（張皇）
推穎	（推搡）	一留風	（一溜風）	章徨	（張皇）
搖拉骨	（歪拉骨）	伊吾	（咿唔）	胗脈	（診脈）

〈2〉同音仮借で偏や旁のみならず，字形が完全に異なる場合

倍	（背）	吊	（掉）	嚎喪	（號喪）
背弓	（背工）	丁住	（定住）	呵	（喝）
背淨	（背靜）	吊謊	（掉謊）	合	（和）
扁	（？）	調謊	（掉謊）	痕記	（痕跡）
貶	（？）	吊魂	（掉魂）	鵑突	（糊塗・胡塗）
不醒	（不省）	調嘴	（掉嘴）	糊突	（糊塗・胡塗）
倉卒	（倉促・倉猝）	敦	（蹲）	虎辣八	（虎拉巴）
嘗是	（常是）	墩	（蹲）	畵	（話）
扯羅	（扯落）	多偺	（多咱）	懷揣	（懷搋）
椎打	（搥打）	多喒	（多咱）	還惺	（還醒・緩醒）
淳良	（純良）	跦脚	（跺脚）	還性	（還醒・緩醒）
刺惱	（刺撓）	敢仔	（敢自）	還省	（還醒・緩醒）
刺鬧	（刺撓）	趕	（擀）	慌獐	（慌張）
粗辣	（粗拉）	骨農	（咕噥）	誨	（燴）
打迭	（打疊）	谷農	（咕噥）	渾身（渾深＝反正；橫豎）
打呼盧	（打呼嚕）	哈嚕	（咕噥）	渾帳	（混帳）
打帳	（打仗）	骨拾	（骨殖）	極得	（急得）
歹住	（逮住）	括辣	（呱啦）	極的	（急得）
耽待	（擔待）	刮拉	（呱啦）	疾忙	（急忙）
滴溜	（提溜・提留）	憨憨	（酣酣）	即忙	（急忙）
點聞	（點札）	杭貨	（行貨）	計	（記＝記憶）

計	（繫）	面觔	（面筋）	坛	（墰）
簡點	（檢點）	面釿	（面筋）	叨火	（掏火）
簡搜	（檢搜）	乜謝	（乜斜）	跳搭	（跳躂）
藉口	（借口）	乜屑	（乜斜）	脫生	（托生）
靠	（銬）	乜蘗	（乜斜）	托拉	（拖拉）
科樹	（棵樹）	明甫	（明府）	搖拉	（歪辣・歪拉）
㗜瓜子		那峇	（那咱）	窩別	（窩憋）
	（嗑瓜子・磕瓜子）	攘嗓	（饟嗓）	伍旋	（舞旋）
懇鼻子	（啃鼻子）	攘顙	（饟嗓）	躍	（屜）
枯克	（酷刻）	攘喪	（饟嗓）	嘎飯	（下飯）
枯刻	（酷刻）	捻	（撐）	唬虎	（唬唬・嚇唬）
蒯	（搣）	鋪搭	（撲答）	熏餓	（熏唅）
飧康	（榔糠）	鋪䞝	（鋪騰）	央己	（央及）
飧抗	（榔糠）	輕醒	（清醒）	佯長	（揚長）
老瓜	（老鴰）	殺	（煞＝勒緊；扣緊）	拽	（掖）
老峇晚	（老咱晚）	煞時	（霎時）	一付…	（一副…）
利巴	（力巴）	商确	（商榷）	一箍轆	（一骨碌）
戾把	（力巴）	韶道	（勺叨）	一硌碌	（一骨碌）
臉彈	（臉蛋）	勺刀	（勺叨）	原何	（緣何）
菉豆	（綠豆）	收園結果	（收緣結果）	獐徨	（張皇）
沒試	（沒事）	搜簡	（搜檢）	撰	（賺）
眯風	（眯縫）	罈	（墰）	妝裏	（裝裏）
眯瞕	（眯縫）	罐	（墰）	綴	（墜＝跟隨）
面斤	（面筋）				

〈3〉声調が異なる場合

白當	（百當）	抵搭	（低搭）	刮拉	（刮剌）
逼	（避）	抖搜	（抖擻）	家長	（駕長）
赤赤哈哈	（嗤嗤哈哈）	都都抹抹	（都都摸摸）	攪用	（嚼用）
促恰	（促狹）	都都磨磨	（都都摸摸）	撅撒	（決撒）
促掐	（促狹）	閣	（旧読[gē; gé], 現在[gé]）（擱）	棱棱掙掙	（愣愣怔怔・睖睖睁睁）
打到	（達到）				
歹	（帶）	掛拉	（刮剌）		

楞楞睜睜	（愣愣怔怔・睖睖睜睜）	食面	（世面）	蜀秌	（秝秌）
陸	（擄）	事	（食）	淘	（掏）
乜乜屑屑	（乜乜斜斜）	事件	（什件）	撜	（腪・蜆）
乜乜泄泄	（乜乜斜斜）	梳櫳	（梳攏）	展污	（沾污）
		稠秌	（秝秌）		

〈4〉声母が異なる場合

雌牙咧嘴	（齜牙咧嘴）	扞	（撋）	門桄	（門框）
雌嘴	（齜嘴）	割磣	（砢磣）	侵在冷水	（浸在冷水）
村村的	（蠢蠢的）	沒精塌彩	（沒精打采）	水矼	（水缸）
捍	（擀）				

〈5〉韻母が異なる場合

擺劃	（刮劃）	扢拉	（旮旯兒）	偎儂	（伍農＝無能・窩囊）
不從	（不曾）	乜乜甄甄	（乜乜斜斜）	無那	（無奈）
白豁豁	（白花花）	摸	（木）	仰百叉	（仰八叉）
背肐拉子	（背旮旯兒）	攮包	（膿包）	仰拍叉	（仰八叉）
荸薴	（簸蘿・笸蘿）	死氣百辣	（死氣百賴）	支煞	（扎煞・挓挲）
嗤	（出）	塌拉骨	（禿拉骨）		

〈6〉鼻韻母が異なる場合

肚喃	（嘟噥・嘟囔）	冷眼溜賓	（冷眼溜冰）	投信	（投性）
緊則	（竟自）	儹得	（邋遢）	這們	（這麼）
緊仔	（竟自）	眷真	（眷正）	仔麼	（怎麼）
緊子	（竟自）	頭信	（投性）		

〈7〉字形が類似のみで，声母，韻母ともに異なる場合

| 揪[jiū]採 | （瞅睬） | 硌碌 | （骨碌） | 斫[zhuó]頭 | （砍頭） |

7.2. 方言語彙の夥しい混入

　これは，1930年代の初め胡適が〈《醒世姻緣傳》考證〉の中で「特殊土語」として山東省淄川地方の俗語を挙げている。（　）内はその語の釈義を表す。

待中	（快要）	投信	（爽性・索性）	偏	（夸耀）
中	（好）	投性	（爽性・索性）	諞	（夸耀）
魔駞	（迟延）	善查	（好对付的人）	乍	（狂）
出上	（拼得）	善茬	（好对付的人）	照	（挡・招架）
探業	（安分）	老獾叨	（咒老人的罵辞）	朝	（挡・招架）
流水	（马上・一口气）	扁	（偷藏・暗藏）	長嗓黄	（噤了喉咙）
頭信	（爽性・索性）	貶	（偷藏・暗藏）		

[注]
1) 1931年12月13日脱稿。
2) 胡適〈《醒世姻縁傳》考證〉では，作者を山東省出身の蒲松齢とする。しかし，反対する意見も続出し，作者は現在まだ不詳。
3) 西洋にも輪廻転生を唱える思想が存在している。例えば，19世紀に起こった神智学（theosophy）も，輪廻転生は，天地自然の力であり，人間の宿命だと主張。ブラヴァツキー夫人らにより神智協会（Theosophical Society）をニューヨークで1875年に設立。これは，人間に神秘的霊智があって，これによって直接に神を見ると説く信仰,思想。輪廻転生は「宇宙の意思」「神の意思」「宇宙の法則」という。
4) 数字は，章回数，葉数（aは葉のオモテ，bは葉のウラ），行数を示す。以下，例文は同じ。
5) 华夏出版社版の《醒世姻缘传》の人物表を参照した。

[参考文献]
香坂順一 1964.「〈醒世姻縁〉の作者とことば」『明清文学言語研究会会報』第5号.
植田均 2001.「《醒世姻縁傳》の言語特徴―同音仮借語―」奈良産業大学『産業と経済』第15巻5号：pp.1-34.
ハワード・マーフェット著, 田中恵美子訳 1981.『H. P. ブラヴァツキー夫人―近代オカルティズムの母』竜王文庫.
楊春宇 2003.「《醒世姻缘传》研究序说―关于版本，成书年代及作者问题―」『北九州市立大学大学院紀要』第17号：pp.127-168.
徐复岭 1993.《〈醒世姻缘传〉作者和语言考论》齐鲁书社.
李焱 2006.《〈醒世姻缘传〉及明清句法结构历时演变的定量研究》百花洲文艺出版社.

《醒世姻緣傳》方言語彙整理

　《醒世姻緣傳》方言語彙整理には，以下の項目を設定している。とりわけ，現代漢語に残留する方言語に的を絞る。
　現代漢語に残留する方言語には，以下のような（1）〜（7）の特徴が存在する。これらの特徴は，いずれも方言語彙の性格を如実に表している。
　　（1）同音語　（2）軽声語　（3）逆序語　（4）地理的分布の明瞭な語，
　　（5）重畳語　（6）出自が外来語　（7）出自が文言。

（1）同音語

　これは，語音が同一または近似の漢字を借用している。近世語によく見られる現象であるが，方言語ゆえに漢字がまだ一定でないことにもよる。元の文字（漢字）が判明するか否かにかかわらず同音語と見なされる語である。本書に収録している《醒世姻縁傳》に見える方言語彙の代表的な同音語は以下の通り。
　［単音節語］　搬，伴，逼，扁，插，綽，襯，咊，雌，達，打，虼，呼，極，己，將，家[jie]，精，就，捲，掘，坎，砍，掯，䏲，攬，稜，碌，陸，羅，落，情，汝，殺，拾，使，桶，着，坐，做。
　［複音節語］　梆梆，邦邦，抽替，出洗，發極，擂扶，抽斗，刺惱，促恰，搭連，還性，羅皂，麻蚍，善查，突突摸摸，伍濃，伍旋，物業，消繳，鹽鼇戶。
　同音語というよりも同形異義語と見なされるべきものがある。複音節語が多い。本書に収録している《醒世姻縁傳》に見える方言語彙の同形異義語は以下の通り。
　［同形異義語］　白話，姑娘，流水，每常，且是，伸腿，生理，事務，聽說，挺脚，挺尸，頭腦，脫服，坐馬，坐起。

（2）軽声語

　口語には"姐姐""東西""椅子"等のように軽声語が多い。方言語はその土地の口語ゆえに，北方語であれば自ずと軽声語が多くなる。軽声語の特徴は，語尾に共通の語音が多いことである。本書に収録している《醒世姻縁傳》に見える方言語彙の特徴ある語尾の軽声語は以下の通り。

[-ba]	拉巴，拉把，利巴，掐巴，掐把。
[-da]	雌搭，雌答，抵搭，低搭，剁搭，瓜搭，磕打，恁答，縮嗒，跳搭，跳達，跳撻。
	その他，《醒世姻緣傳》に見える [-da] の語：墩打，掛搭，添搭，唬答，有搭。
[-deng]	趿蹬，刁蹬，豁鄧，作蹬。
[-duo]	擅掇，喝掇，拿掇，拾掇，折墮（折毒）。
[-la]	巴拉，白拉，撥拉，粗辣，搭拉，割拉，寡拉，聒拉，掛拉，劈拉，偏拉，撲辣，鋪拉，睄拉，搖拉。
[-liu]	提溜，提留，滴溜，順流。
[-luo]	扯羅，實落，數落，梭羅，拖羅。
[-zi]	跛羅蓋子，翅子，矬攮子，打都磨子，打夥子，大頭子，寫遠子，耳瓜子，二尾子，肮拉子，穀子，漢子，夯杭子，葫蘆摳子，花子，賣子，夾布子，件子，糯子，妗子，絹子，賚子，牢頭禁子，老爺子，膫子，絡越子，馬子，媽媽頭主子，妹子，門子，妳子，妮子，老娘子，媽媽頭主子，娘子，帕子，劈頭子，腔巴骨子，騷子，嬬子，耍子，素子，踏猛子，挑頭子，杌子，丫頭子，夜猫子，胰子，糟鼻子，造子，笊籬頭子，直蹶子，粧幌子。

以上，出現頻度が比較的多い「共通の語尾」を持つ語であった。なお，この他にも"相應""寬快"等軽声語は多く見られる。

(3) 逆序語

現代漢語においても北方語の AB 型"公鸡"「オンドリ」，"喜欢"「好きだ」が南方語では各々 BA 型"鸡公""欢喜"と称するように，方言語では，逆序語（BA 型）になることもある。本書に収録している《醒世姻緣傳》に見える方言語彙の逆序語は以下の通り。

百凡，扯拉，鬧熱，扭別，怕懼，齊整，人客，日逐，扎掙。

(4) 地理的分布の明瞭な語

ある特定地域のみ使用の語が方言ゆえに，地理的分布に偏りがあっても首肯できる。本書に収録している《醒世姻緣傳》に見える方言語彙の地理的分布の明瞭な語は以下の通り。

家生，家事，面孔，郎中，日逐，事體，物事，曉得。

(5) 重畳語

重畳語の AA 型は末尾が，AABB 型は第 2 番目の文字が多くの場合軽声になる。但し，AA 型でも名詞や動詞以外では軽声にならない。なお，ABB 型は軽声にならない。本書に収録している《醒世姻縁傳》に見える方言語彙の重畳語は以下の通り。

[AA 型]［名詞，動詞］

梆梆，把把，爹爹，公公，姥姥，饘饘，奶奶，婆婆，嫂嫂，反反。

[AA 型]［形容詞，副詞］

暴暴，可可，餕餕，滲滲，湯湯，掙掙，住住。

[AABB 型]

漓漓拉拉，悶悶渴渴，嚷嚷刮刮，突突摸摸，淹淹纏纏，央央蹌蹌。

[ABB 型]

扁乎乎，惡影影，紅馥馥，急巴巴，藍鬱鬱，綠威威，忙劫劫，惱巴巴，平撲撲，窮拉拉，濕溚溚，實拍拍，死拍拍，烏樓樓，煙扛扛。

(6) 出自が外来語

出自が外来語は，《汉语外来语词典》《汉语外来词》等に拠る。もとは外来語でもそのまま漢語の中に融合してしまうのである。例えば，共通語の"胡同儿"「横丁，小路」，"歹""悪い，よくない」はもと蒙古語（外来語）である。本書に収録している《醒世姻縁傳》に見える方言語彙の出自が外来語であるのは以下の通り。

達，胳肢，虎辣八，邋遢，魔駝。

(7) 出自が文言

出自が文言の語が現代方言で用いられている場合がある。例えば，粤語の"食"（=喫），"着；著"（=穿），"係"（=是）等がそうである。本書に収録している《醒世姻縁傳》に見える方言語彙の出自が文言の語は以下の通り。

面，寢，食，湯，與，筯（箸），着（著），〜日。

主要參考文獻・資料一覽

[引用書目]

曹雪芹《脂硯齋重評石頭記》中華書局香港分局，1977 年版
曹雪芹《原本紅樓夢》（戚蓼生序本，『古本小説集成』所收）上海古籍出版社，1994 年
曹雪芹・高鶚《程甲本原本紅樓夢》書目文獻出版社，1992 年（影印本）
曹雪芹《紅樓夢八十回校本》中華書局香港分局，1977 年版
韓邦慶《海上花列傳》（『古本小説集成』所收）上海古籍出版社，1994 年
凌濛初《初刻拍案驚奇》東京・ゆまに書房，1986 年
文康《兒女英雄傳》（『古本小説集成』所收）上海古籍出版社，1994 年
吳沃堯《二十年目睹之怪現狀》江西人民出版社，1988 年
西周生《醒世姻緣傳》（線裝二函全二十冊）人民文學出版社影印發行（1988 年第一版，1994 年第一版第二次印刷）
西周生《醒世姻緣傳》（全五冊，袁世碩前言，『古本小説集成』所收）上海古籍出版社，1994 年
西周生《醒世姻緣傳》（黃肅秋校注）上海古籍出版社，1981 年第一次印刷，1985 年第二次印刷版
笑笑生《金瓶梅詞話》（萬曆本）東京・大安影印本，1963 年版
笑笑生《全本金瓶梅詞話》（線裝本二函全二十冊）香港太平書局，1982 年版
笑笑生《全本金瓶梅詞話》（精裝本三分冊）香港太平書局，1982 年版

[參考文獻]

白維國《白话小说语言词典》北京・商务印书馆，2011 年
白維国《金瓶梅词典》北京・中华书局，1991 年
白維国《金瓶梅词典》北京・线装书局，2005 年
北京大学中国语言文学系语言学教研室《汉语方言词汇》（第二版）北京・语文出版社，1995 年
晁瑞《〈醒世姻缘传〉方言词历史演变研究》北京・中国社会科学出版社，2014 年
陈刚・宋孝才・张秀珍《现代北京口语词典》北京・语文出版社，1997 年
陈章太・李行健《普通话基础方言基本词汇集》（全五册）北京・语文出版社，1996 年
褚半农《金瓶梅中的上海方言研究》世纪出版集团・上海古籍出版社，2005 年
董绍克・张家芝《山东方言词典》北京・语文出版社，1997 年
董遵章《元明清白話著作中山東方言例釋》山東教育出版社，1985 年
Francis Thomas Wade《語言自邇集》（第二版）[張衞東譯] 北京大學出版社，2004 年（原版：1886 年刊）

高文达《近代汉语词典》知识出版社，1992 年
漢語大詞典編輯委員會・漢語大詞典編纂處《漢語大詞典》（全 12 卷・附錄索引）上海　辭書出版社・漢語大詞典出版社，1994 年
《汉语拼音词汇》编写组《汉语拼音词汇》（1989 年重编本）北京・语文出版社，1991 年
雷文治《近代汉语虚词辞典》石家庄・河北教育出版社，2002 年
李榮主編《現代漢語方言大詞典》（全六册）南京・江蘇教育出版社，2002 年
李申《金瓶梅方言俗语汇释》北京师范学院出版社，1992 年
李申《徐州方言志》北京・语文出版社，1985 年
林宝卿《闽南方言与古汉语同源词词典》厦门大学出版社，1999 年
馬鳳如『山東方言の調査と研究』東京・白帝社，2004 年
Mateer, C. W.《官話類編（*A Course of Mandarin Lessons*)》Shanghai: American Presbyterian Mission Press, (abridged edit.) 1916 年（1st edit. 1982, 2nd edit. 1898）
钱曾怡《山东方言研究》济南・齐鲁书社，2001 年
石如杰・宫田一郎《明清吴语词典》上海辞书出版社，2005 年
孙绪武・杨希英《醒世姻缘传语词例释》华南理工大学出版社，2011 年
王群《明清山东方言背景白话文献副词研究》中国海洋大学出版社，2010 年
吴士勋・王东明《宋元明清百部小说语词大词典》西安・陕西人民教育出版社，1992 年
徐复岭《醒世姻缘传作者和语言考论》济南・齐鲁出版社，1993 年
许宝华・宫田一郎《汉语方言大词典》（全五册）北京・中华书局，1996 年
许少峰《近代汉语词典》团结出版社，1997 年
许少峰《近代汉语大词典》北京・中华书局，2008 年
張喆生《古汉语词语例释》南京・江苏教育出版社，1999 年
周定一《红楼梦语言词典》北京・商务印书馆，1995 年

後　記

　本書は,《醒世姻縁傳》に出現する方言と見られる語彙を取り扱った。したがって，多義語の場合この作品で使用されている用法を最優先させた。例えば，"花哨"がそうである。これは，①"装饰等鲜艳多彩"「華やかである，派手である」，②"艳丽漂亮"「艶かしい」，③"有意卖弄"「しまりがない，不真面目である，ひけらかす」等の意味がある。しかし、《醒世姻縁傳》では"（鸟的叫声）婉转好听"「抑揚があって美しく人の心を打つ」の用法が使用されているのみになる。したがって，この意味項目を収録した。

　本書の注音は，本来の意味の語音を採用した。したがって"躧"は [cǎi] とした。これは，現代共通語では"踩"であり，"跴；跴"とも作る。これらは皆同じ"踩"の意味を指す（なお，《白话小说语言词典》、《中国語大辞典》は [xǐ] の項で収録）。同様に，"夯"[hāng] が"募"字の民間略字で使用されるとき"夯"の語音は当然 [mù] とするべきであろう。原稿整理段階の不備で用例の原文の文字を完全には活字で再現しきれなかった点を反省している。例えば，原文の"叫"を"叫"，"慢ヒ"を"慢慢"，"這"を"這"などにしてしまった箇所が残ってしまったことである。

　当初，筆者は書籍（各種方言辞典，注釈など）の記述に拠ることが多かった。初稿を脱稿した時点で山東人の言語研究者胡玉華女史（山東大学［威海］中文系講師）の協力を得たことは極めて有益となった。女史には丁寧に査読をして戴き，感謝に堪えない。女史は，山東省の産で，その後も山東省内で生活する事が多い言語研究者である。したがって，山東方言には極めて敏感であった。例えば，"喝掇"が済南方言では音転で"黑掇；黑打"という。また，"一溜雷"（釈義「同じ仲間」）は胡女史の方言では"一流哩"という。同様に，"原起"（釈義「もと，最初」）は"以起兒"という。更に，"巴不能够"が"巴不哩"，"背胳拉子"が"背胳拉里"とも言うなど，現代方言に継承されている場合でも微妙に異なっていたりする。

　山東大学中文系胡玉華さんのほか，江西師範大学中文系院生王鵬さんにも意

見を戴いた。熊本大学大学院社会文化科学研究科博士前期課程高雪さんには語彙索引を作成して戴いた。また，白帝社編集部佐藤多賀子さんにはひとかたならぬ編集上のアドバイスを頂いた。ここに感謝の意を表しておきたい。

　出版に漕ぎつけるまでには二十数年の歳月を要したが，本書が"抛砖引玉"になれば幸いである。

　なお，本書は平成 27 年度熊本大学出版助成の補助を受け刊行させて戴いた。

植田 均

2016 年 3 月 5 日

熊本大学文法棟 4F 研究室にて

āi — bǐ

語彙索引

本書採録の語句をピンイン順に排列する。数字はページを示す。
太い数字は見出し語句を，細い数字は解説文の中で取り上げられているものを，斜体数字は参考で取り上げられているものを示す。

A

唉哼 āihēng	1
挨哼 āihēng	1
捱哼 āihēng	1
哎哼 āihēng	1
挨摸 áimō	1
挨磨 áimó	1
挨抹 áimǒ	1
挨磨 áimò	1
安生 ānshēng	1
俺 ǎn	1
按着葫蘆摳子 ànzhe húlukōuzi	2
按着葫蘆摳子兒 ànzhe húlukōuzir	2

B

八秋 bāqiū	3
八秋兒 bāqiūr	3
巴巴 bāba	3
巴不能够 bābunénggòu	3
巴拉 bāla	3
巴拽 bāzhuài	3
疤抗 bākang	3
拔地 bádì	3
跋地 bádì	3
把把 bǎba	3
把攔 bǎlan	3
把攬 bǎlǎn	4
攔攔 bàlan	4
刮劃 bāihuai	6
白 bái	4, 5

白醭 báibú	4
白當 báidāng	4
白話 báihuà	4
白貨 báihuò	4
白拉 báila	4
白兒 báir	5
白日 báirì	5
百 bǎi	5
百當 bǎidāng	5
百凡 bǎifán	5
擺佈 bǎibù	6
擺乎 bǎihu	6
擺劃 bǎihuai	6
擺治 bǎizhì	6
擺制 bǎizhì	6
擺制 bǎizhi	6
扳話接舌 bānhuà jiēshé	6
班輩 bānbèi	6
搬 bān	6
搬挑舌頭 bāntiǎo shétou	7
搬挑 bāntiǎo	7
板 bǎn	7
板凳 bǎndèng	7
板櫈 bǎndèng	7
半邊 bànbiān	7
半籃脚 bànlánjiǎo	8
半聯半落 bàn lián bàn luò	8
半晌 bànshǎng	8
半死辣活 bàn sǐ là huó	8
半頭磚 bàntóu zhuān	9
半宿 bànxiǔ	9
伴 bàn	9

拌唇撅嘴 bàn chún juē zuǐ	9
邦邦 bāngbāng	9
哨哨 bāngbāng	9
梆梆 bāngbāng	9
幫幫 bāngbāng	9
幫扶 bāngfú	9
幫貼 bāngtiē	10
傍邊 bàngbiān	10
飽撐撐 bǎochēngchēng	10
暴暴 bàobào	10
暴土 bàotǔ	10
暴土 bàotu	10
背搭 bèidā	10
背地後裏 bèidìhòuli	10
背旮旯兒 bèigālár	10
背旮旯子 bèigālázi	10
背哈喇子 bèigālázi	10
背肐拉子 bèigēlāzi	10
背悔 bèihui	11
背晦 bèihui	11
背會 bèihui	11
悖悔 bèihui	11
悖晦 bèihui	11
被窩子 bèiwōzi	11
被窩 bèiwo	11
辈嗨 bèihai	11
偪 bī	12
逼 bī	11
鼻涕往上流 bítì wǎng shàng liú	12
鼻頭 bítóu	12
比…強 bǐ...qiáng	181

閉氣	bìqì	12	不中用	bùzhōngyòng	19	疢	chèn	25
邊頭	biāntóu	12	布拉	bùla	14	襯	chèn	25
扁	biǎn	12	**C**			成頭	chéngtóu	25
扁呼呼	biǎnhūhū	13				承頭	chéngtóu	25
扁食	biǎnshi	13	擦	cā	20	吃	chī	25
貶	biǎn	13	材料	cáiliào	20	吃獨食	chī dúshí	26
匾食	biǎnshi	13	材頭	cáitóu	20	赤赤哈哈	chīchihāhā	26
匾食兒	biǎnshir	13	採	cǎi	20	強強哈哈	chīchihāhā	26
便索	biànsuǒ	13	採打	cǎidǎ	20	喫	chī	26
俵散	biàosàn	13	蹛訪	cǎifǎng	20	嗤氣	chīqì	26
鱉	biē	13	蹛狗尾	cǎi gǒuwěi	21	嗤嗤哈哈	chīchihāhā	26
鼈	biē	13	慘白	cǎnbái	21	持臥單	chí wòdān	252
別白	biébái	14	操兌	cāoduì	21	翅子	chìzi	26
別變	biébiàn	14	糙子	cāozi	297	抽斗	chōudǒu	27
別脚	biéjiǎo	14	側边	cèbiān	21	抽替	chōutì	27
冰扳	bīngbān	14	叉把	chābā	21	搊扶	chōufú	27
並骨	bìnggǔ	14	插	chā	21	擂扶	chōufú	27
撥拉	bōla	14	插補	chābǔ	22	秋採	chǒucǎi	27
撥刺	bōla	14	差池	chāchí	22	偢保	chǒucǎi	27
脖頸兒	bójǐngr	266	差遲	chāchí	22	瞅	chǒu	27
脖兒	bór	266	察聽	chátīng	22	瞅	chǒu	27
駁雜	bózá	15	拆辣	chāilà	22	出產	chūchǎn	28
頞搶骨	bóqiǎnggǔ	15	攙空	chānkòng	22	出尖	chūjiān	28
跛羅蓋子	bǒluogàizi	15	攙空子	chānkòngzi	22	出上	chūshang	28
擘劃	bòhuà	6	纏帳	chánzhàng	22	出條	chūtiáo	28
補襯	bǔchèn	15	長鬐鬐	chángsānsān	23	出洗	chūxi	28
補復	bǔfù	15	常遠	chángyuǎn	23	出息	chūxi	28
鋪襯	bǔchèn	15	抄手	chāoshǒu	23	除的家	chúdejie	29
不曾	bùcéng	15	綽	chāo	23, 300	除却了	chúquèle	29
不凑手	bù còushǒu	17	綽攬	chāolǎn	24	除着	chúzhe	29
不打緊	bù dǎjǐn	17	扯	chě	24	廚屋	chúwū	29
不待見	bù dàijiàn	41	扯淡	chědàn	24	廚下	chúxià	29
不的	búdi	17	扯落	chěluo	24	處心	chǔxīn	29
不好	bùhǎo	17	扯羅	chěluo	24	惴	chuài	30
不好看相			扯頭	chětóu	24	窗楞	chuāngléng	30
	bù hǎo kàn xiàng	18	扯直	chězhí	25	窗楞	chuāngléng	30
不濟	bùjì	18	嗔道	chēndào	25	膆檽(兒)	chuānglíng(r)	30
不消	bùxiāo	18	沉鄧鄧	chéndèngdèng	25	咻	chuáng	30
不着	bùzháo	19	碜	chěn	25	噇	chuáng	30
不中	bùzhōng	19	硶	chěn	25	春凳	chūndèng	30

春櫈(兒) chūndèng(r)	30
春櫈 chūndèng	30
雌 cī	30
雌答 cīda	31
雌搭 cīda	31
雌 cí	30
雌答 cída	31
雌搭 cída	31
雌沒答樣 cí méi dá yàng	31
跐蹬 cǐdeng	31
刺惱 cìnao	31
刺撓 cìnao	31
莿撓 cìnao	31
從頭裏 cóngtóuli	241
湊辦 còubàn	31
湊處 còuchǔ	32
湊手 còushǒu	32
粗辣 cūla	32
卒急 cùjí	32
卒忙卒急 cùmángcùjí	32
促急 cùjí	32
促滅 cùmiè	32
促掐 cùqiā	33
促恰 cùqià	32
促壽 cùshòu	33
促狹 cùxiá	33
攛掇 cuānduo	33
忖 cǔn	34
撮 cuō	34
撮把戲 cuō bǎxì	34
撮弄 cuōnòng	34
矬攦子 cuóbàzi	34

D

答應 dāying	35
搭換 dāhuan	35
搭拉 dāla	35
搭剌 dāla	35
搭連 dālián	36
搭褳 dālián	36
搭連 dālian	36
搭褳 dālian	36
搭識 dāshí	36
搭趿 dāta	35
達 dá	36
達達 dáda	36
打 dǎ	36
打滴溜 dǎdīliu	36
打點 dǎdian	37
打都磨子 dǎ dūmózi	37
打盹 dǎdǔn	37
打盹兒 dǎdǔnr	37
打發 dǎfa	37
打罕 dǎhǎn	38
打呼盧 dǎ hūlu	38
打虎 dǎhǔ	38
打夥兒 dǎhuǒr	38
打夥子 dǎhuǒzi	38
打夾帳 dǎ jiāzhàng	38
打緊 dǎjǐn	38
打圈 dǎjuàn	39
打哩 dǎli	39
打磨磨 dǎ mòmo	39
打勤獻淺 dǎqín xiànqiǎn	40
打脫 dǎtuō	40
打仗 dǎzhàng	40
打帳 dǎzhàng	40
打中火 dǎ zhōnghuǒ	40
打仔 dǎzi	39
大大法法 dàdafǎfǎ	40
大後日 dàhòurì	40
大拉拉 dàlālā	40
大落落 dàluōluō	40
大頭子 dàtóuzi	41
歹 dǎi	41
歹心 dǎixīn	41
待不見 dàibujiàn	41
待中 dàizhōng	41

耽 dān	41
耽待 dāndài	42
單餅 dānbǐng	42
擔待 dāndài	42
擔架 dānjià	42
擔括 dǎnguā	42
但凡 dànfán	39
淡括括 dànguāguā	42
淡話 dànhuà	43
淡嘴 dànzuǐ	43
擔仗 dànzhàng	43
當家的 dāngjiāde	43
當家人 dānjiārén	43
當中 dāngzhōng	43
擋戧 dǎngqiàng	44
攩戧 dǎngqiàng	44
倒包 dǎobāo	44
倒口 dǎokǒu	44
倒抹 dǎomǒ	44
倒沫 dǎomò	44
倒替 dǎotì	44
倒竈 dǎozào	45
到反 dàofǎn	45
倒跟腳 dàogēnjiǎo	45
的 de	101
得只 děizhi	39
蹬歪 dēngwai	45
低搭 dīda	46
提溜 dīliu	45
滴 dī	46
滴溜 dīliu	45
狄良突盧 díliángtūlú	46
抵搭 dǐda	46
抵盗 dǐdào	46
地頭 dìtóu	46
地土 dìtǔ	47
刁蹬 diāodeng	47
吊遠子 diàoyuǎnzi	47
吊嘴(兒) diàozuǐ(r)	48
寫遠子 diàoyuǎnzi	47

調謊 diàohuǎng	47
調嘴 diàozuǐ	47
爹爹 diēdie	48
丁 dīng	48
丁仔 dīngzǐ	48
丁仔 dīngzi	39
頂觸 dǐngchù	48
頂缸 dǐnggāng	48
腚尾巴骨 dìngyǐbagǔ	49
丟丟秀秀 diūdiuxiùxiù	49
都都磨磨 dūdumómó	49
都抹 dūmo	49
肚喃 dùnan	49
嘟嚕 dūlu	246
嘟囔 dūnang	49
嘟噥 dūnong	49
斷 duàn	49
敦蹄刷脚 dūn tí shuā jiǎo	50
墩 dūn	50
墩嘴 dūnzuǐ	50
頓碌 dùnlù	50
多偺 duōzan	51
多咱 duōzan	51
多咱晚 duōzanwǎn	51
多早晚 duōzaowǎn	51
掇 duō	50
掇氣 duōqì	51
剁 duò	51
剁搭 duòda	51
垛業 duòyè	52
跥 duò	51
墮業 duòyè	52

E

阿郎雜碎 ē láng zá suì	53
阿屎 ēshǐ	53
屙尿 ēniào	53
額顱 élú	53
額顱蓋 élúgài	53

惡磣磣 èchěnchěn	53
惡發 èfā	53
惡囊 ènang	53
惡影影 èyǐngyǐng	54
耳瓜子 ěrguāzi	54
耳刮子 ěrguāzi	54
耳拐子 ěrguǎizi	54
耳性 ěrxing	54
耳性 ěrxing	54
二不稜登 èrbùlēngdēng	54
二不破 èrbupò	54
二房 èrfáng	54
二日 èrrì	55
二尾子 èryǐzi	55

F

發變 fābiàn	56
發放 fāfàng	56
發急 fājí	56
發極 fājí	56
發跡 fājì	56
發熱 fārè	56
發韶 fāsháo	57
發市 fāshì	57
發脫 fātuō	57
發躁 fāzào	57
番調 fāndiào	57
番蓋 fāngài	58
翻蓋 fāngài	58
凡百 fánbǎi	58
反反 fǎnfan	59
犯尋思 fàn xúnsī	59
方畧 fānglüè	59
方略 fānglüè	59
房頭 fángtóu	59
放潑 fàngpō	59
飛風 fēifēng	59
憤 fèn	59
糞門 fènmén	60

風風勢勢 fēngfengshìshì	60
風火 fēnghuǒ	60
風涼 fēngliáng	60
咶咀 fǔjǔ	60
富態 fùtai	60

G

旮旯兒 gālár	64
胳肢窩 gāzhiwō	65
胎肢窩 gāzhiwō	65
割拉 gāla	64
膈肢 gāzhi	65
膈肢窪 gāzhiwā	65
改常 gǎicháng	61
蓋抹 gàimǒ	61
趕脚 gǎnjiǎo	61
敢是 gǎnshì	61
敢是 gǎnshi	61
敢有 gǎn yǒu	62
敢則 gǎnzé	62
敢仔 gǎnzi	61
敢自 gǎnzi	62
趕脚 gǎnjiǎo	62
幹家 gànjiā	62
剛 gāng → jiāng	95
剛剛 gānggāng → jiāngjiāng	95
剛纔 gāngcái → jiāngcái	94
剛子 gāngzi → jiāngzi	94
杠(槓) gàng	62
槓子火燒 gàngzi-huǒshāo	63
高低 gāodī	63
告訟 gàosong	63
肐拉子 gēlāzi	64
扢拉 gēla	64
貉剌兒 gēlár	64
割磣 gēchen	

→砢碜 kēchen	112	掛 guà	70	好生 hǎoshēng	77
割蹬 gēdeng	64	掛搭 guàda	70	好意 hǎoyì	77
割拉 gēla	64	掛拉 guàlā	70	呵 hē	78
聒拉 guāla	64	掛牽 guàqiān	70	合 hé	78
寡拉 guǎla	64	乖滑 guāihuá	70	合氣 héqì → géqì	64
合氣 géqì	64	拐 guǎi	70	喝掇 hèduo	78
膈肢 gézhi	65	跩 guǎi	70	黑計 hēijì	78
公公 gōnggong	65	怪道 guàidào	70	恨人 hènrén	78
公母 gōngmǔ	65	怪道 guàidao	70	紅馥馥 hóngfùfù	78
公母倆 gongmǔliǎ	65	管 guǎn	71	猴 hóu	78
供備 gōngbèi	66	滾水 gǔnshuǐ	71	後日 hòurì	79
狗嗌黃 gǒu àihuáng	66	滾湯 gǔntāng	71	後晌 hòushǎng	79
估倒 gūdǎo	66	啯噥 guōnong	68	後晌 hòushang	79
估搗 gūdǎo	66	果不其然 guǒbuqírán	71	後生 hòushēng	80
谷都都 gūdūdū	67	果不然 guǒburán	72	後生 hòusheng	80
谷都 gūdu	67	過活 guòhuó	72	呼 hū	80
谷農 gūnong	68			呼餅 hūbǐng	81
姑娘 gūniáng	67	**H**		呼盧 hūlú	81
姑娘 gūniang	67	還許 háixǔ	73	烀餅 hūbǐng	81
咕嘟 gūdū	67	海青 hǎiqīng	73	鏷 hū	80
咕囔 gūnang	68	害 hài	73	忽喇八 hūlabā	82
咕噥 gūnong	68	汗鱉 hànbiē	74	忽喇巴 hūlabā	82
孤拐 gūguǎi	67	汗燉 hànbiē	74	壺蘆提 húlútí	82
骨碌 gūlu	68	汗病 hànbìng	74	葫蘆提 húlútí	81
峪噥 gūnong	68	汗巾 hànjīn	74	糊括 húguā	82
骨農 gǔnong	68	汗巾兒 hànjīnr	74	虎辣八 hǔlabā	82
骨拾 gǔshi	68	汗巾子 hànjīnzi	75	虎勢 hǔshi	82
骨殖 gǔshi	68	汗邪 hànxié	75	花白 huābái	82
鼓搗 gǔdǎo	67	漢子 hànzi	75	花哨 huāshào	82
鼓令 gǔlìng	68	夯杭子 hānghángzi	76	花哨 huāshao	82
穀子 gǔzi	69	杭杭子 hánghángzi	76	花子 huāzi	82
顧贍 gùshàn	69	行…行… háng...háng...	76	划不來 huábulái	82
瓜搭 guāda	69	行子 hángzi	76	滑快 huákuai	83
瓜聲不拉氣 guāshēng bù lā qì	69	杭…杭… háng...háng...	76	還性 huánxing	83
括 guā	69	杭貨 hánghuò	76	還省 huánxing	83
括毒 guādú	69	杭子 hángzi	76	還惺 huánxing	83
刮剌 guālā	70	嚎喪 háosāng	76	喚 huàn	83
寡骨 guǎgǔ	67	嚎喪 háosang	76	灰頭土臉 huī tóu tǔ liǎn	83
寡話 guǎhuà	69	號喪 háosāng	77		
		號喪 háosang	77	回 huí	83

回背 huíbèi	83		給 jǐ	89		嚼舌根 jiáoshégēn	96
渾深 húnshēn	83		幾多 jǐduō	89		嚼用 jiáoyòng	98
渾身 húnshēn	84		幾可裏 jǐkěli	90		脚戶 jiǎohù	96
渾是 húnshì	84		記掛 jìguà	90		脚色 jiǎosè	96
餛飩 húntun	85		記罣 jìguà	91		攪纏 jiǎochán	96
豁鄧 huōdeng	84		濟 jì	90		攪過 jiǎoguo	97
豁撒 huōsa	84		濟楚 jìchǔ	90		攪裹 jiǎoguo	97
活変 huóbiàn	85		夾布子 jiābùzi	91		攪給 jiǎojǐ	97
活動 huódòng	85		家懷 jiāhuái	91		攪計 jiǎojì	97
活汎汎 huófànfàn	85		家去 jiāqù	91		攪用 jiǎoyòng	98
活泛 huófan	85		家生 jiāshēng	91		醮 jiào	98
活口 huókǒu	85		家事 jiāshì	91		街坊 jiēfang	99
活絡 huóluò	85		家堂 jiātáng	92		街坊鄰舍 jiēfanglínshè	99
活落 huóluò	85		家下 jiāxià	92		街鄰 jiēlín	99
火崩崩 huǒbēngbēng	86		家小 jiāxiǎo	92		接合 jiēhé	98
火燒 huǒshāo	63		家主 jiāzhǔ	93		接紐眼 jiēniǔ yǎn	98
火勢 huǒshi	86		家主公 jiāzhǔgōng	*93*		揭條 jiētiáo	99
			傢生 jiāshēng	91		揭挑 jiētiǎo	98
J			假做 jiǎzuò	93		節年 jiénián	99
咭咕 jīgū	87		架話 jiàhua	93		解 jiě	100
咭呱 jīguā	87		架落 jiàluò	93		姐兒 jiěr	100
咭聒 jīguā	87		家 jia	100		價 jie	100
咭聒 jīgua	87		價 jia	100		家 jie	100
咭咭聒聒 jījiguāguā	87		尖尖 jiānjiān	93		今朝 jīnzhāo	101
唧咕 jīgū	87		尖縮縮 jiānsuōsuō	94		緊溜 jǐnliù	102
激聒 jīguā	87		搄 jiān	94		緊溜子裏 jǐnliùzili	101
激聒 jīguō	87		搛 jiān	94		緊則⋯又⋯	
聒聒 jīguā	87		件子 jiànzi	94		jǐnze... yòu...	103
賫子 jīzi	87		件子兒 jiànzir	94		緊着 jǐnzhe	102
積 jī	88		剛 jiāng	95		緊着⋯又⋯	
積剝 jībō	88		剛纔 jiāngcái	94		jǐnzhe... yòu...	103
積泊 jībó	88		剛剛 jiāngjiāng	95		緊子 jǐnzi	102
雞力谷彔 jīligǔlù	88		剛子 jiāngzi	94		緊仔 jǐnzi	**102**
雞子 jīzǐ	88		將 jiāng	94		緊自 jǐnzi	102
急巴巴 jíbābā	88		將幫 jiāngbāng	95		緊自⋯又⋯	
極 jí	88		耩 jiǎng	95		jǐnzi... yòu...	103
極頭麻化 jítóumáhuà	89		強 jiàng	96		近便 jìnbian	103
極頭麼花 jítóumáhuā	89		糨子 jiàngzi	96		近裏 jìnli	103
己 jǐ	89		交頭 jiāotóu	96		近前 jìnqián	104
咭咕 jǐgu	87		澆裏 jiāoguo	97		妗母 jìnmǔ	104

妗子	jìnzi	104	砢磣	kēchen	112	喇叭	lǎba	119
禁子牢頭	jìnziláotóu	122	砢傖	kēchen	112	拉把	làba	119
經經眼	jīngjingyǎn	104	砢磪	kēchen	112	刺扒	làba	119
經着	jīngzhe	104	磕打	kēda	112	刺八	làba	119
精	jīng	105	磕磕	kēkē	114	邋遢	lātā	120
精打光	jīngdǎguāng	105	可	kě	112	邋遢	lāta	120
井池	jǐngchí	105	可脚	kějiǎo	113	辣燥	làzào	120
淨扮	jìngban	106	可可(的)	kěkě(de)	113	來年	láinián	120
就	jiù	106	可可兒	kěkěr	114	賚子	làizi	120
就滑	jiùhua	217	克膝蓋兒	kèxīgàir	15	藍鬱鬱	lányùyù	121
就使	jiùshǐ	106	刻薄	kèbó	114	攔護	lánhù	121
舊年	jiùnián	107	剋剝	kèbō	114	懶怠	lǎndai	121
拘	jū	107	剋落	kèluò	127	懶待	lǎndai	121
捲	juǎn	107	尅落	kèluò	114	攬	lǎn	121
捲罵	juǎnmà	107	肯心	kěnxīn	115	攬脚	lǎnjiǎo	121
絹帕	juànpà	107	口分	kǒufēn	115	爛舌根	lànshégēn	121
絹子	juànzi	107	口舌	kǒushé	115	郎中	lángzhōng	122
撅唇	juēchún	108	枯克	kūkè	115	狼犺	lángkāng	122
撅撒	juēsā	108	枯刻	kūkè	115	狼犺	lángkang	122
撅嘴	juēzuǐ	108	枯尅	kūkè	115	琅璫	lángdāng	122
決撒	juésā	108	侉	kuǎ	115	㝩伉	lángkāng	122
掘	jué	108	蒯	kuǎi	116	㝩伉	lángkang	122
			快當	kuàidang	116	㝩康	lángkāng	122
K			快性	kuàixing	116	㝩康	lángkang	122
開交	kāijiāo	109	快〈=筷〉子	kuàizi	315	牢頭	láotóu	123
開口	kāikǒu	109	寬超	kuānchao	116	牢頭禁子	láotóujìnzi	122
開手	kāishǒu	109	寬綽	kuānchuo	116	勞動	láodong	123
開首	kāishǒu	110	寬快	kuānkuai	117	老公	lǎogōng	123
開說	kāishuō	110	刲	kuī	116	老瓜	lǎoguā	123
開說	kāishuo	110	虧不盡	kuībujìn	117	老瓜	lǎogua	123
刊成板	kānchéng bǎn	110	虧了	kuīle	117	老鴰	lǎoguā	123
看看	kānkān	111	困	kùn	118	老鴰子	lǎoguāzi	123
看坡	kānpō	110	括	kuò	118	老鴰	lǎogua	123
堪堪	kānkān	111	闊綽	kuòchāo	116	老官	lǎoguān	124
看看	kànkàn	111				老獾叨	lǎohuāndāo	124
看拉	kànla	227	**L**			老辣	lǎolà	124
坎	kǎn	110	拉巴	lāba	119	老老	lǎolao	127
砍	kǎn	111, 111	拉把	lāba	119	老娘	lǎoniáng	124
砍打	kǎndǎ	111	…拉拉	lālā	119	老娘婆	lǎoniángpó	125
抗	kàng	112	…刺刺	lālā	120	老娘	lǎoniang	124

老婆家	lǎopojiā	125	哩	li	131	羅	luó	137
老生女兒			連毛	liánmáo	131	羅皂	luózào	137
	lǎoshēngnǚ'ér	125	連住子	liánzhùzi	132	囉唣	luózào	137
老先	lǎoxiān	125	撩	liáo	132	絡	luò	137
老鴉	lǎoyā	124	撩斗	liáodòu	132	絡越子	luò yuèzi	137
老爺子	lǎoyézi	126	膫子	liáozi	132	落 luò →落 lào		127
老昝晚	lǎozanwǎn	126	了弔	liǎodiào	132	落草	luòcǎo	137
姥姥	lǎolao	126	撩	liào	132	落後	luòhòu	138
落	lào	127	撂	liào	133	落後來	luòhòulái	138
落色	làoshǎi	127	拎	līn	46, 133	落脚貨	luòjiǎohuò	138
儡得	lēde	120	鄰家	línjiā	134	落雨	luò yǔ	138
扐掯	lēiken	128	鄰舍	línshè	133			
勒掯	lēikèn	127	鄰舍家	línshèjiā	133	**M**		
勒掯	lēiken	127	淋醋	líncù	134	媽媽頭主子		
累掯	lēiken	128	伶俐	línglì	134		māma tóuzhǔzi	139
纍	lěi	128	靈	líng	7	麻蚍	mápí	139
棱	léng	128	領墒	lǐngshāng	134	馬臺石	mǎtáishí	139
稜	léng	128	留心	liúxīn	134	馬子	mǎzi	139
稜稜掙掙			流和心性			榪子	mǎzi	139
	lénglengzhēngzhēng	128		liúhé xīnxìng	134	螞蝗	mǎhuáng	140
冷雌雌	lěngcící	128	流水	liúshuǐ	135	螞蚍	mǎpí	139
冷眼溜賓			琉璃	liúlí	135	買告	mǎigào	140
	lěng yǎn liū bīn	129	琉璃	liúli	135	蠻	mán	140
冷眼溜冰			碌軸	liùzhóu	135	忙劫劫	mángjiéjié	140
	lěng yǎn liū bīng	128	碌軸	liùzhou	135	毛衫	máoshān	140
漓漓拉拉	lílilālā	129	櫳	lóng	135	毛衫兒	máoshānr	140
漓漓拉拉	lílilāla	129	攏帳	lǒngzhàng	135	毛厠	máosi	141
離母	límǔ	129	摟吼	lǒuhǒu	135	毛司	máosi	141
理論	lǐlùn	129	摟吼	lōuhou	135	毛尾	máoyǐ	140
力巴	lìba	130	漏明兒	lòumíngr	136	茅坑	máokēng	141
利巴	lìba	129	爐	lú	136	茅厠	máosi	141
利便	lìbiàn	130	陸	lù	136	茅厮	máosi	141
利便	lìbian	130	碌軸	lùzhou		卯竅	mǎoqiào	141
利亮	lìliang	130	→liùzhou		135	眊眊稍稍		
利市	lìshì	131	露撒	lùsǎ	136		màomaoshāoshāo	141
俐便	lìbiàn	130	旅旅道道	lǚlüdàodào	136	没曾	méicéng	*16*
俐便	lìbian	130	縷縷道道	lǚlüdàodào	136	沒的	méide	141
俐亮	lìliang	130	綠威威	lǜwēiwēi	136	沒的家	méidejie	142
曆日	lìrì	131	卵袋	luǎndài	136	沒根基	méi gēnji	142
曆頭	lìtóu	131	啰唣	luózào	137	沒好氣	méi hǎoqì	143

沒緄	méikǔn	143	乜乜斜斜			那裏放着		
沒緄兒	méikǔnr	143		miēmiexiéxié	149		nǎli fàngzhe	155
沒投仰仗			乜乜屑屑			那…兒放着		
	méi tóu yǎng zhàng	143		miēmiexièxiè	149		nǎ...r fàngzhe	156
沒頭臉	méi tóuliǎn	143	乜乜噱噱			那些兒放着		
沒頭沒臉				miēmiexuéxué	149		nǎxiēr fàngzhe	156
	méi tóu méi liǎn	143	乜謝	miēxiè	149	那一個	nǎ yī ge	155
沒顏落色			乜薑	miēxiè	149	那咱	nàzan	156
	méi yán luò sè	144	滅貼	mièitē	149	那昝	nàzan	156
沒帳	méizhàng	144	抿	mǐn	150	那偺	nàzan	156
沒摺至	méi zhézhì	144	明快	míngkuai	150	納	nà	156
眉頭	méitóu	144	明早	míngzǎo	150	奶母	nǎimǔ	157
眉頭兒	méitóur	144	明朝	míngzhāo	151	奶奶	nǎinai	156
眉眼	méiyǎn	144	磨它子	mótāzi	151	奶奶子	nǎinaizi	156
眉眼高低			魔駝	mótuó	151	奶膀	nǎipāng	157
	méiyǎn gāodī	145	摸量	mōliang	153	奶子	nǎizi	157
每常	měicháng	145	模量	móliang	153	妳母	nǎimǔ	157
每日	měirì	145	磨牙	móyá	151	妳膀	nǎipāng	157
妹子	mèizi	145	饃饃	mómo	151	妳子	nǎizi	157
門限	ménxiàn	146	饝饝	mómo	151	男子人	nánzǐrén	158
門子	ménzi	146	抹	mǒ	151	攮	nǎng	158, 159
悶悶可可			抹嘴	mǒzuǐ	152	攮包	nǎngbāo	158
	mènmenkěkě	146	莫	mò	152	濃包	nóngbāo	158
悶悶渴渴			莫得	mòde	152	膿包	nóngbāo	158
	mènmenkěkě	146	莫要	mòyào	152	攮嗓	nǎngsǎng	158
猛哥丁	měnggedīng	146	拇量	mǔliang	153	攮顙	nǎngsǎng	158
猛割丁	měnggedīng	146				攮喪	nǎngsǎng	158
猛骨	měnggǔ	146	**N**			攮嗓	nǎngsang	158
猛可地	měngkědi	147	拿	ná	154	攮顙	nǎngsang	158
猛可的	měngkědi	147	拿班	nábān	154	攮喪	nǎngsang	158
猛可	měngkě	147	拿掇	náduo	154	攮業	nǎngyè	159
猛可裡	měngkěli	147	拿訛頭	ná étóu	154	撓頭	náotóu	159
猛可裏	měngkěli	147	拿鵝頭	ná étóu	154	猱頭	náotóu	159
猛可丁	měngkedīng	146	拿發	náfā	154	惱巴巴	nǎobābā	159
覓漢	mìhàn	147	拿捏	nánie	155	腦門	nǎomén	160
棉鞾鞋			拿腔作勢			鬧熱	nàorè	160
	miánwēngxié	147, 251		ná qiāng zuò shì	154	餒餒	něiněi	160
面	miàn	147	拿着	názhe	155	内里	nèilǐ	161
面孔	miànkǒng	148	拿住苗	názhù miáo	155	内裡	nèilǐ	160
面皮	miànpí	149	那個	nǎge	155	恁(地)	nèn(dì)	161

恁般	nènbān	161	**O**			僻格剌子	pìgélàzi	10
恁答	nènda	161				偏生	piānshēng	173
恁的	nendì	161	熰	ǒu	167	偏手	piānshǒu	173
恁樣	nènyàng	161	**P**			偏拉	piǎnla	173
能着	néngzhe	165				撇清	piēqīng	173
妮子	nīzi	161	怕不	pàbu	168	平撲撲	píngpūpū	174
膩耐	nìnài →油脂膩耐		怕不的	pàbude	168	坡裏	pōli	174
	yóuzhī nìnài	290	怕不得	pàbude	168	坡上	pōshang	174
年時個	niánshígè	162	怕懼	pàjù	168	婆娘	póniáng	174
年時	niánshi	162	帕子	pàzi	169	婆婆	pópo	175
念誦	niànsong	162	拍	pāi	169	破	pò	175
娘	niáng	162	排年什季			破死拉活	pòsǐlāhuó	175
娘舅	niángjiù	162		páinián shíjì	169	破調	pòdiào	175
娘老子	niánglǎozi	163	派	pǎi	169	破罐	pòguàn	175
娘母子	niángmǔzǐ	163	攀	pān	170	撲辣	pūla	176
娘兒們	niángrmen	163	攀扯	pānchě	169	撲撒	pūsā	176
娘子	niángzi	163	胖	pāng	170	鋪陳	pūchén	176
娘子兒	niángzir	164	胖脹	pāngzhàng	170	鋪襯	pūchèn → bǔchèn 15
孃老子	niánglǎozi	163	膀	pāng	170	鋪搭	pūda	176
您	nín	164	旁手	pángshǒu	170	鋪拉	pūla	176
扭别	niǔbié	164	旁首	pángshǒu	170	鋪謀	pūmóu	177
扭别	niǔbiè	164	胖唇撅嘴			鋪排	pūpái	177
扭别	niǔbie	164		pàng chún juē zuǐ	9	鋪騰	pūténg	177
拗别	niùbiè	164	抛撒	pāosǎ	170	鋪滕	pūténg	177
拗别	niùbie	164	刨黃	páohuáng	170	**Q**		
農	nóng	165	跑躁	pǎozào	170			
農口	nóngkǒu	165	泡	pào	169	七大八小		
濃	nóng	165	炮燥	pàozào	171		qī dà bā xiǎo	179
濃包；膿包 nóngbāo			炮烺	pàozhang	171	砌	qī	178
→攮包	nǎngbāo	158	炮㷇	pàozhang	171	欺（緝）	qī	178
噥着	nóngzhe	165	陪送	péisòng	171	欺瞞夾帳		
濃濟	nóngji	164	配房	pèifáng	171		qīmán jiāzhàng	178
濃着	nóngzhe	165	碰頭打滾			期程	qīchéng	179
膿着	nóngzhe	165		pèngtóu dǎgǔn	171	緝	qī	178, 178
弄	nòng	165	披砍	pīkǎn	172	漆黑	qīhēi	188
努勔拔力	nǔ jīn bá lì	165	劈拉	pīla	172	歧瞞夾帳		
女客	nǔkè	165	劈頭子	pītóuzi	172		qímán jiāzhàng	179
挐	nuò	166	皮纏	píchán	172	齊	qí	179
			皮狐	píhú	173	齊割扎	qígēzhā	180
			皮賊	pízéi	173	齊口	qíkǒu	180

齊頭 qítóu	179	
齊頭裏 qítóuli	241	
齊整 qízhěng	180	
碁子 qízǐ	181	
臍屎 qíshǐ	181	
起 qǐ	181	
起動 qǐdòng	181	
起發 qǐfā	181	
起蓋 qǐgài	182	
起騍 qǐkè	182	
起爲頭 qǐwéitóu	182	
掐把 qiāba	182	
掐着指頭筭 qiāzhe zhǐtóu suàn	183	
掐着指頭算 qiāzhe zhǐtóu suàn	183	
掐指 qiāzhǐ	183	
掐指算來 qiāzhǐ suànlái	183	
洽浹 qiàjiā	183	
腔巴骨子 qiāngbagǔzi	183	
腔款 qiāngkuǎn	183	
腔兒 qiāngr	183	
強起 qiángqǐ	181	
強如 qiángrú	181	
搶 qiǎng	183	
喬 qiáo	184	
喬腔作怪 qiáo qiāng zuò guài	184	
喬聲怪氣 qiáo shēng guài qì	184	
且是 qiěshì	184	
砌 qiè	184	
趄 qiè	185	
親眷 qīnjuàn	185	
勤力 qínlì	185	
寢 qǐn	185	
青光當 qīngguāngdāng	185	
清光當 qīngguāngdāng	185	
清鍋冷灶 qīngguō lěngzào	186	
清灰冷火 qīnghuī lěnghuǒ	186	
清灰冷竈 qīnghuī lěngzào	186	
輕省 qīngsheng	186	
情 qíng	186	
情管 qíngguǎn	186	
情知 qíngzhī	187	
擎架 qíngjià	187	
罄盡 qìngjìn	188	
罄淨 qìngjìng	187	
窮拉拉 qiónglālā	188	
窮腮乞臉 qióng sāi qǐ liǎn	188	
窮酸乞臉 qióng suān qǐ liǎn	188	
曲持 qūchí	189	
屈持 qūchí	189	
屈處 qūchù	189	
焌黑 qūhēi	188	
漆黑 qùhēi	188	
蛐蟮 qūshan	189	
取齊 qǔqí	189	
全當 quándàng	189	
全灶 quánzào	189	
權當 quándàng	189	

R

嚷嚷刮刮 rāngrangguāguā	190	
讓 ràng	190	
饒 ráo	190	
饒是 ráoshì	190	
遶 rào	190	
繞地裡 ràodìli	191	
惹發 rěfā	191	

熱呼辣(的) rèhūlà(de)	191	
熱化 rèhua	191	
熱嘴 rèzuǐ	191	
人客 rénkè	191	
人客兒 rénkèr	191	
人事 rénshì	191	
日里 rìli	192	
日裡 rìli	192	
日頭 rìtóu	192	
日頭西 rìtóuxī	193	
日頭 rìtou	193	
日西 rìxī	193	
日逐 rìzhú	193	
狨腔 róngqiāng	194	
揉搓 róucuo	194	
揉蹉 róucuo	194	
汝 rǔ	194	
汝唆 rǔsuo	194	
軟骨農 ruǎngunóng	195	
若不着 ruòbuzháo	195	

S

撒活 sāhuó	196	
撒極 sājí	196	
撒津 sājīn	196	
撒拉 sālā	196	
撒潑 sāpō	*196*	
撒潑兒 sāpōr	*196*	
撒騷放屁 sāsāo fàngpì	196	
澈溑 sāpō	*196*	
洒潑 sǎpō	197	
撒拉溜侈 sǎlāliūchǐ	197	
撒漫 sǎmàn	197	
撒潑 sǎpō	197	
澈潑 sǎpō	197	
三不知 sānbuzhī	198	
三層大,兩層小 sān céng dà, liǎng céng xiǎo	198	

散誕 sàndàn	198	
嗓根頭子 sǎnggēntóuzi	198	
顙 sǎng	198	
顙子眼 sǎngziyǎn	199	
騷子 sāozi	199	
騷達子 sāodázi	199	
嫂嫂 sǎosao	199	
燥不搭 sàobudā	200	
殺 shā	200	
撒 shā	200	
殺縛 shāfù	200	
煞老實 shàlǎoshi	200	
煞實 shàshí	200	
煞實 shàshi	200	
篩（鑼） shāi(luó)	201	
篩糠 shāikāng	201	
扇 shān	201	
搧 shān	201	
搧打 shāndǎ	201	
閃 shǎn	201	
善 shàn	202	
善便 shànbiàn	202	
善變 shànbiàn	202	
善查 shànchá	202	
善茬兒 shànchár	202	
善的（兒） shànde(r)	203	
善荏兒 shànrěnr	203	
善靜 shànjing	203	
善善 shànshàn	202	
善善（的） shànshàn(de)	203	
晌飯 shǎngfàn	203	
晌覺 shǎngjiào	203	
晌午 shǎngwu	203	
晌午飯 shǎngwufàn	204	
上覆 shàngfù	204	
上蓋 shànggài	204	
上緊 shàngjǐn	204	
上落 shàngluò	205	

上色 shàngsè	205	
稍瓜 shāoguā	205	
燒个笊籬頭子 shāo ge zhàolitóuzi	205	
韶刀 sháodao	205	
韶刀兒 sháodaor	205	
韶道 sháodao	205	
韶韶擺擺 sháoshaobǎibǎi	206	
哨 shào	206	
哨狗 shàogǒu	206	
哨哄 shàohǒng	206	
誰个 shéigè	206	
誰人 shéirén	206	
誰們 shéimen	207	
伸脚子 shēn jiǎozi	238	
伸腿 shēntuǐ	207	
伸腿子 shēntuǐzi	207	
身量 shēnliang	207	
身命 shēnmìng	207	
嬸子 shěnzi	207	
甚 shèn	208	
甚的 shènde	208	
滲涼 shènliáng	208	
滲滲 shènshèn	208	
生病 shēngbìng	18	
生活 shēnghuó	208	
生理 shēnglǐ	209	
生疼 shēngténg	209	
生頭 shēngtóu	209	
生意 shēngyi	210	
生帳子貨 shēng zhàng zǐ huò	210	
聲口 shēngkǒu	210	
聲嗓 shēngsǎng	210	
聲顙 shēngsǎng	210	
失妳 shīnǎi	210	
失張倒怪 shī zhāng dǎo guài	210	
濕苔苔 shīdādā	211	

濕溚溚 shīdādā	211	
溼漉漉 shīlūlū	211	
拾 shí	211	
拾掇 shíduo	212	
食 shí	212	
實辣辣 shílàlà	212	
實落 shíluo	212	
實秘秘 shímìmì	213	
實拍拍 shípāipāi	213	
使 shǐ	213	
使得 shǐde	213	
使低嘴 shǐ dīzuǐ	214	
使性棒氣 shǐ xìng bàng qì	214	
使性傍氣 shǐ xìng bàng qì	214	
使性謗氣 shǐ xìng bàng qì	214	
使性弄氣 shǐ xìng nòng qì	214	
使性硼氣 shǐ xìng péng qì	214	
事體 shìtǐ	214	
事務 shìwù	215	
是百的 shìbǎide	215	
收煞 shōushā	215	
手臂 shǒubì	215	
手巾 shǒujīn	75	
手巾 shǒujin	75	
手尾 shǒuwěi	216	
首尾 shǒuwěi	216	
受虧 shòukuī	216	
瘦怯 shòuqiè	216	
瘦怯怯 shòuqièqiè	216	
書房 shūfang	216	
舒攤 shūtan	217	
舒直立 shūzhílì	217	
熟化 shúhuà	217	
熟化 shúhua	217	
熟滑 shúhua	217	

熟話 shúhua	217	搜 sōu	225	提補 tíbu	233
秫穄 shúshú	218	素子 sùzi	226	剔撥 tíbo	233
穄秫 shúshú	218	宿歇 sùxiē	226	梯己 tīji	233
數落 shǔluo	218	唆撥 suōbō	226	踢蹬 tīdeng	234
數筭 shǔsuan	219	睃拉 suōla	227	提留（提溜） tíliu	
刷括 shuāguā	219	梭羅 suōluo	226	→提溜 dīliu	45
耍 shuǎ	220	梭梭 suōsuō	226	蹄膀 típáng	234
耍子 shuǎzi	220	梭天模地		替 tì	234
耍子兒 shuǎzir	221	suō tiān mō dì	227	添 tiān	234
爽利 shuǎnglì	221	縮嗒 suōda	227	田雞 tiánjī	235
爽俐 shuǎnglì	221	縮搭 suōda	227	填还 tiánhuan	235
誰个 shuígè	206	瑣碎 suǒsuì	227	填還 tiánhuan	235
誰們 shuímen	207	鎖匙 suǒchí	227	腆 tiǎn	235
水飯 shuǐfàn	221	**T**		掭 tiàn	235
順 shùn	222	塌 tā	228	調三窩四	
順溜 shùnliu	222	塌跂 tātā	228	tiáo sān wō sì	236
順腦順頭		榻 tà	228	條貼 tiáotiē	236
shùn nǎo shùn tóu	222	踏脚 tàjiǎo	228	調貼 tiáotiē	236
說舌頭 shuō shétou	222	踏猛子 tà měngzi	228	挑三豁四	
說舌 shuōshé	223	胎孩 tāihái	228	tiǎo sān huō sì	236
說嘴 shuōzuǐ	223	太醫 tàiyī	229	挑三活四	
說作 shuōzuò	223	彈掙 tánzhēng	229	tiǎo sān huó sì	236
搠 shuò	223	探業 tànyè	229	挑三窩四	
斯撓 sīnáo	224	湯 tāng	229	tiǎo sān wō sì	236
厮稱 sīchèn	223	湯水 tāngshuǐ	230	挑頭子 tiǎo tóuzi	236
厮認 sīrèn	223	湯湯 tāngtāng	230	跳搭 tiàoda	236
撕撓 sīnáo	224	堂客 tángkè	230	跳達 tiàoda	237
絲絲兩氣		掏换 tāohuan	231	跳塌 tiàota	237
sī sī liǎng qì	224	掏摸 tāomo	231	聽挷聲	
死不殘 sǐ bù cán	224	淘渌 táolu	231	tīng bāngshēng	237
死乞白賴 sǐ qǐ bái lài	224	淘碌 táolu	231	聽說 tīngshuō	237
死拍拍 sǐpāipāi	224	淘氣 táoqì	231	聽說聽道	
死聲淘氣		忒 tè	232	tīngshuō tīngdào	237
sǐshēng táoqì	224	忒煞 tèshā	232	停泊 tíngbō	237
死手 sǐshǒu	224	疼顧 ténggù	233	挺 tǐng	238
死紂紂 sǐzhòuzhòu	225	疼護 ténghu	233	挺脚 tǐngjiǎo	238
四脚拉叉 sìjiǎo lāchà	225	滕那 téngnuó	233	挺尸 tǐngshī	238
松柏斗子		騰那 téngnuó	233	通脚 tōngjiǎo	238
sōngbǎidǒuzi	225	提拔 tíba	233	通路 tōnglù	238
送粥米 sòng zhōumǐ	225			桶 tǒng	239

tǒng 一

桶出 tǒngchū	239	脫服 tuōfú	245	齷哩齷齪	
桶答 tǒngda	239	脫氣 tuōqì	246	wōliwòchuò	251
偷伴 tōubàn	239	拖拉 tuōlā	246	齷齷齪齪	
偷嘴 tōuzuǐ	239	拖羅 tuōluo	246	wòwòchuòchuò	252
投 tóu	239			污農 wūnong	249
投(到) tóu(dào)	240	**W**		烏樓樓 wūlóulóu	252
投信 tóuxin	243	溛跨臉 wākuàliǎn	247	屋業 wūyè	255
投性 tóuxing	243	溛塌 wātā	247	五積六受	
頭 tóu	240	歪憋 wāibie	247	wǔjī liùshòu	252
頭口 tóukǒu	240	歪拉骨 wāilagǔ	247	五脊五獸	
頭攔 tóulán	240	擺 wǎi	248	wǔjǐ wǔshòu	252
頭里 tóuli	241	擺拉 wǎila	248	五濃 wǔnong	249
頭裏 tóuli	240	擺辣 wǎila	248	五膿、伍濃、污膿	
頭裡 tóuli	241	擺剌骨 wǎilagǔ	247	wǔnong、wūnong	
頭面 tóumian	242	擺辣骨 wǎilagǔ	247	→偎儂 wēinong	249
頭腦 tóunǎo	242	外公 wàigōng	248	伍弄 wǔnòng	252
頭腦酒 tóunǎojiǔ	243	外婆 wàipó	248	伍濃 wǔnong	249
頭腦湯 tóunǎotāng	243	晚夕 wǎnxī	80, 248	伍旋 wǔxuán	253
頭年 tóunián	243	枉口拔舌		侮弄 wǔnong	252
頭上抹下		wǎng kǒu bá shé	248	舞弄 wǔnòng	253
tóu shàng mǒ xià	243	枉口嚼舌		舞旋 wǔxuán	253
頭上末下		wǎng kǒu jiáo shé	249	舞旋旋 wǔxuánxuán	253
tóu shàng mò xià	243	旺跳 wàngtiào	249	兀禿 wùtū	253
頭信 tóuxin	243	旺相 wàngxiàng	249	杌凳 wùdèng	253
突突抹抹 tūtumǒmǒ	49	偎儂 wēinong	249	杌橙 wùdèng	253
突突摸摸 tūtumōmō		偎濃 wēinong	249	杌橙兒 wùdēngr	254
→都抹 dūmo	49	偎貼 wēitiē	249	杌兒 wùr	253
圖書 túshū	244	腰膿血 wěinóngxiě	249	杌子 wùzi	253
土粉 tǔfěn	244	未曾 wèicéng	250	杌子兒 wùzir	253
土拉塊 tǔlākuài	244	溫克 wēnkè	250	物件 wùjiàn	254
摶弄 tuánnong	245	溫克性兒 wēnkèxìngr	250	物件兒 wùjiànr	254
團弄 tuánnong	244	蚊虫 wénchóng	250	物事 wùshì	254
團臍 tuánqí	245	問 wèn	250	物事兒 wùshìr	255
團頭聚面		翁婆 wēngpó	251	物業 wùyè	255
tuántóu jùmiàn	245	翰鞋 wēngxié	251		
推搡 tuīsǎng	199	翰靴 wēngxuē	251	**X**	
退磨 tuìmo	245	窩別 wōbie	251	稀 xī	256
退燒 tuìshāo	57	窩兒裡反 wōrlifǎn	59	稀稜掙 xīléngzhēng	256
脫剝 tuōbō	245	臥單 wòdān	251	稀哩麻哩 xīlimáli	256
脫不了 tuōbuliǎo	245	齷齪 wòchuò	251	稀流薄盪	

xīliú bódàng		256
媳婦兒 xífùr		256
洗刮 xǐguā		257
洗換 xǐhuàn		258
洗面 xǐmiàn		**148**
洗浴 xǐyù		258
喜洽 xǐqià		258
喜狎 xǐxiá		258
躧訪 xǐfǎng → cǎifǎng		20
躧狗尾 xǐ gǒuwěi		
→ cǎi gǒuwěi		21
係 xì		258
細䠓 xìtiao		259
細挑 xìtiao		259
瞎 xiā		259
瞎頭子 xiātóuzi		259
瞎帳 xiāzhàng		260
下般 xiàbān		261
下變 xiàbiàn		260
下變不得 xiàbiànbudé		261
下飯 xiàfàn		262
下狠 xiàhěn		260
下老實 xià lǎoshi		261
下攀 xiàpān		261
下意 xiàyì		261
嗄飯 xiàfàn		262
先兒 xiānr		262
掀騰 xiānténg		262
涎不痴 xiánbuchī		262
涎瞪 xiándèng		262
涎眉鄧眼		
xián méi dèng yǎn		263
涎眼 xiányǎn		263
閑帳 xiánzhàng		263
撏 xián		263
跣剝 xiǎnbō		263
獻淺 xiànqiǎn		264
獻勤 xiànqín		264
獻憨 xiànqín		264
獻殷勤 xiànyīnqín		264

相幫 xiāngbāng		264
相外 xiāngwài		264
相應 xiāngying		264
香亮 xiāngliang		265
降發 xiángfa		265
降罰 xiángfa		265
响飽 xiǎngbǎo		265
响皮肉 xiǎngpíròu		266
响頭 xiǎngtóu		266
响許 xiǎngxǔ		266
向火 xiànghuǒ		266
項頸 xiàngjǐng		266
像意 xiàngyì		266
消繳 xiāojiǎo		267
消停 xiāoting		267
銷繳 xiāojiǎo		267
嚻 xiāo		268
小豆腐 xiǎodòufu		268
小家局 xiǎojiājú		268
小厮 xiǎosī		268
曉得 xiǎode		269
歇涼 xiēliáng		269
蝎虎 xiēhǔ		270
胁肕 xiézhī		270
鞋脚 xiéjiǎo		270
血瀝瀝 xiělìlì		270
心影 xīnyǐng		270
行動 xíngdòng		270
行景 xíngjǐng		271
醒鄧鄧 xǐngdèngdèng		271
幸 xìng		271
幸的 xìngde		271
幸得 xìngde		271
性氣 xìngqì		271
興 xìng		273
興頭 xìngtou		272
虛頭 xūtóu		273
暄 xuān		274
旋剝 xuánbō		263
旋 xuàn		274

一 yáng

踅 xué		274
學 xué		274
學舌 xuéshé		274
尋趂 xúnchèn		274
尋趁 xúnchèn		275
尋嗔 xúnchèn		275

Y

丫頭子 yātóuzi		276
壓沈 yāchén		276
壓量 yāliàng		276
牙巴骨 yábagǔ		276
牙把骨 yábagǔ		276
牙叉骨 yáchagǔ		276
牙苴骨 yáchagǔ		276
牙查骨 yáchagǔ		276
烟塵 yānchén		277
烟扛扛 yānkángkáng		277
淹 yān		277
淹纏 yānchán		278
淹齏燎菜 yānjì liáocài		277
淹頭搭腦 yān tóu dā nǎo		277
淹心 yānxīn		277
淹淹纏纏 yānyanchánchán		277
醃妳頭 yānnǎitóu		278
嚴實 yánshi		278
鹽鱉戶 yánbiēhù		278
眼烏珠 yǎnwūzhū		278
罨 yǎn		278
雁頭鴟勞嘴 yàntóu chī láo zuǐ		278
厭氣 yànqi		278
央央蹌蹌 yāngyangqiàngqiàng		279
秧秧蹌蹌 yāngyangqiàngqiàng		279
羊鼻梁 yángbíliáng		279

洋溝	yánggōu	279	一條腿	yī tiáo tuǐ	285	餘外 yúwài	291
陽溝	yánggōu	279	一歇	yīxiē	285	與 yǔ	291
仰八叉	yǎngbāchā	280	一些兒	yīxiēr	285	原道 yuándào	291
仰百叉	yǎngbáichā	280	一總裏	yīzǒngli	286	原舊 yuánjiù	292
仰塵	yǎngchén	280	衣衫	yīshān	286	原起 yuánqǐ	292
仰拍叉	yǎngpāichā	280	伊	yī	286	員成 yuánchéng	292
養漢	yǎnghàn	280	姨娘	yíniáng	286	員汎 yuánfan	293
吆天喝地			姨娘	yíniang	286	圓成 yuánchéng	292
	yāo tiān hè dì	281	胰子	yízi	287	圓汎 yuánfàn	293
搖地裏	yáodìli	281	疑疑思思	yíyisīsī	287	圓汎 yuánfan	293
遙地裏	yáodìli	281	已而不登	yǐ'érbùdēng	287	圓眼 yuányǎn	293
咬群	yǎoqún	281	已就	yǐjiù	287	圓眼 yuányǎn	293
爺	yé	282	以先	yǐxiān	287	怨悵 yuànchàng	293
野鵲	yěqiào	282	倚兒不當			怨暢 yuànchàng	293
野鵲	yěquè	282		yǐ'érbùdāng	287	願謂 yuànwèi	293
夜來	yèlái	282	蟻羊	yǐyáng	288	約莫 yuēmo	294
夜猫子	yèmāozi	283	義合	yìhé	288	約摸 yuēmo	294
一班一輩	yībān yíbèi	283	義和	yìhé	288	勻扯 yúnche	294
一別氣	yībiéqì	283	意思	yìsi	288	勻襯 yúnchen	294
一答	yīdā	283	營生	yíngsheng	288	勻滾 yúngun	294
一搭兒	yīdār	283	硬幫	yìngbang	289		
一搭兒里	yīdārli	283	硬幫幫	yìngbāngbāng	289	**Z**	
一搭兒裡	yīdārli	283	硬正	yìngzheng	289		
一大些	yīdàxiē	283	硬掙	yìngzheng	289	扎縛 zāfù	295
一地里	yīdìli	281	應心	yìngxīn	289	扎刮 zāgua	295
一地哩	yīdìli	281	由氣	yóuqì	290	扎括 zāgua	295
一地裡	yīdìli	281	由氣兒	yóuqìr	290	紮裹 zāgua	295
一遞⋯日	yīdì...rì...	284	油光水滑			札括 zhāgua	295
一遞一⋯	yīdìyī...	284		yóuguāng shuǐhuá	289	札刮 zhāgua	295
一堆	yīduī	284	油氣	yóuqì	290	在外 zàiwài	*291*
一行⋯一行⋯			油脂膩耐			咱 zán	296
	yīháng... yīháng...	76		yóuzhī nìnài	290	偺 zán	296
一會	yīhuì	286	遊氣兒	yóuqìr	290	遭子 zāozi	297
一家貨	yījiāhuò	284	游游衍衍			糟鼻子 zāobízi	296
一流雷	yīliúléi	284		yóuyóuyǎnyǎn	290	鑿骨搗髓	
一溜雷	yīliùléi	284	有根基	yǒu gēnjī	143	záo gǔ dǎo suǐ	296
一溜子	yīliùzi	285	有眉眼	yǒu méiyǎn	145	早起 zǎoqi	297
一盼心	yī pàn xīn	285	有要沒緊			造子 zàozi	297
一起	yīqǐ	285		yǒu yào méi jǐn	290	燥不搭 zàobudā	
一湯的	yītāngde	285	迂板	yūbǎn	291	→ sàobudā	200
						躁 zào	297

竈火	zàohuo	297		zhǎng sǎnghuáng	302	睜睜	zhēngzhēng	310
竈突	zàotū	298	脹飽	zhàngbǎo	302	正景	zhèngjing	309
怎生	zěnshēng	298	招成	zhāochéng	303	正經	zhèngjing	309
曾兢	zēngjing	308	招承	zhāochéng	302	怔怔	zhèngzhēng	310
扎煞	zhāshā	298	招对〈＝招對〉			掙	zhèng	310
扎煞	zhāsha	298		zhāoduì	303	掙頭科腦		
扎實	zhāshi	299	招子	zhāozi	303		zhèng tóu kē nǎo	310
扎手	zhāshǒu	299	着	zhāo	303	掙搽	zhèngwāi	310
札	zhā	300	着	zháo	303	掙掙	zhèngzhēng	310
札撒	zhāsā	298	着主	zháozhǔ	304	証見	zhèngjiàn	310
札撒	zhāsa	298	找	zhǎo	304	支調	zhīdiào	311
札搣	zhāshā	298	找補	zhǎobǔ	304	支蒙	zhīmeng	311
札搣	zhāsha	298	炤	zhào	304	支煞	zhīshā	298, 311
揸	zhā	299	炤一帳	zhào yī zhàng	304	支煞	zhīsha	298
揸沙	zhāshā	298	照不過	zhàobuguò	304	支手舞脚		
揸沙	zhāsha	298	照不住	zhàobuzhù	304		zhī shǒu wǔ jiǎo	311
扎掙	zházheng	299	照物兒	zhàowùr	304	芝麻鹽	zhīmayán	311
札	zhá	300	遮護	zhēhù	305	知不到	zhībudào	312
札殺	zháshā	299	遮嚣	zhēxiāo	305	知不道	zhībudào	312
札手	zháshǒu	299	折挫	zhécuò	305	知會	zhīhui	312
札掙	zházheng	299	折毒	zhédú	305	直當	zhídang	312
煤	zhá	300	折墮	zhéduo	305	直橛橛	zhíjuéjué	313
乍大	zhàdà	300	折乾	zhégān	305	直橛兒	zhíjuér	312
乍生子	zhàshēngzi	300	這們	zhèmen	306	直蹶蹶	zhíjuéjué	313
閘闃	zhàzheng	299	這向	zhèxiàng	306	直蹶子	zhíjuézi	313
窄	zhǎi	299	這一向	zhèyīxiàng	306	直拍拍	zhípāipāi	313
窄巴巴	zhǎibābā	301	這咱	zhèzan	307	直勢	zhíshi	313
窄偪偪	zhǎibībī	301	這咱晚	zhèzanwǎn	307	執板	zhíbǎn	313
窄别别	zhǎibiēbiē	301	這咎晚	zhèzanwǎn	307	執鼓掌板		
窄鷔鷔	zhǎibiēbiē	300	這偺晚	zhèzanwǎn	306		zhígǔzhǎngbǎn	313
窄逐	zhǎizhú	301	這早晚	zhèzǎowǎn	307	中	zhōng	313
沾〈＝沾〉	zhān	301	着	zhe	307	中飯	zhōngfàn	314
展爪	zhǎnzhǎo	301	着哩	zheli	307	中用	zhōngyòng	19
斬眉多梭眼			着咧	zhelie	308	周札	zhōuzhā	314
	zhǎnméi duō suōyǎn	301	着呢	zhene	308	謅	zhōu	314
佔護〈＝占護〉			真个	zhēngè	308	主跟	zhǔgēn	314
	zhànhu	301	真個	zhēngè	308	主腰	zhǔyāo	314
張致	zhāngzhì	302	爭	zhēng	308	主腰兒	zhǔyāor	314
張智	zhāngzhì	302, 329	爭兢	zhēngjing	308	拄墻	zhǔqiáng	315
長嗓黃			爭嘴	zhēngzuǐ	309	拄腰子	zhǔyāozi	315

住住	zhùzhù	315	子	zǐ	320	作蹬	zuòdeng	325
箬	zhù	315	仔	zǐ	321	作急	zuòjí	325
箬兒	zhùr	315	仔本	zǐběn	321	作假	zuòjiǎ	326
箸	zhù	315	仔麼	zǐme	321	作賤	zuójian	326
箸子	zhùzi	315	自己各兒	zìjǐgèr	322	作賤	zuòjian	326
抓撓	zhuānáo	316	自家	zìjiā	321	作踐	zuòjian	326
撾撓	zhuānáo	316	總裏	zǒngli	322	作難	zuònán	326
轉來	zhuǎnlái	316	走草	zǒucǎo	322	作祟	zuòsuì	327
轉去	zhuǎnqù	317	走動	zǒudòng	322	作索	zuòsuo	327
撰	zhuàn	317	走滾	zǒugǔn	323	作興	zuòxīng	327
轉	zhuàn	318	走水	zǒushuǐ	323	作興	zuòxing	327
莊	zhuāng	318	走作	zǒuzuò	323	作業	zuòyè	327
粧	zhuāng	318	纂	zuǎn	323	坐	zuò	328
粧幌子			纂捏	zuǎnniē	323	坐家閨女		
	zhuāng huǎngzi	318	纂舌頭	zuǎn shétou	323		zuòjiā guīnü	328
粧腔捏訣			纂作	zuǎnzuò	323	坐家的女兒		
	zhuāngqiāng niéjué	318	攥	zuàn	324		zuòjiā de nǚ'ér	328
粧喬布跳			嘴搶地	zuǐ qiāngdì	324	坐馬	zuòmǎ	328
	zhuāng qiáo bù tiào	319	嘴舌	zuǐshé	324	坐起	zuòqǐ	328
壯	zhuàng	319	嘴頭子	zuǐtóuzi	324	坐窩子	zuò wōzi	329
惴	zhuì → chuài	30	撙當	zǔndāng	324	做	zuò	329
墜	zhuì	319	捘捘	zùnzùn	227	做剛做柔		
墜脚	zhuìjiǎo	319	作興	zuóxing	327		zuò gāng zuò róu	329
綴	zhuì	319	左道	zuǒdào	325	做張做勢		
苴實	zhuóshi	319	左近	zuǒjìn	325		zuò zhāng zuò zhì	329
着	zhuó	320	左近邊	zuǒjìnbiān	325	做張做智		
着實	zhuóshi	320	左右	zuǒyòu	325		zuò zhāng zuò zhì	329
着相	zhuóxiàng	320	作	zuò	325, 329			

著 者

植田均（うえだ　ひとし）

1953　奈良県生まれ
1980　大阪市立大学大学院文学研究科修了（中国語・中国文学専攻）
現在　熊本大学大学院社会文化科学研究科博士後期課程文化学領域
　　　日本・東アジア文化学領域教授
学位　博士（文学）（大阪市立大学）
　　　日本中国近世語学会理事，日本中国語検定協会理事
著書　『近代漢語語法研究』（［共著］上海・学林出版社，1999）
　　　『水滸詞彙研究・虚詞部分』（［漢訳本］北京・文津出版社，1992）
　　　『中国語最重要単語2000』（京都・晃洋書房，1999）
　　　他。

《醒世姻縁傳》方言語彙辞典
2016年3月24日　印刷
2016年3月30日　発行

　　　　　　著　者　　植　田　　均
　　　　　　発行者　　佐　藤　康　夫
　　　　　　発行所　　白　帝　社

〒171-0014　東京都豊島区池袋2-65-1
TEL 03-3986-3271　FAX 03-3986-3272
info@hakuteisha.co.jp　http://www.hakuteisha.co.jp/

組版・印刷　倉敷印刷㈱　製本　カナメブックス

© Ueda Hitoshi 2016　Printed in Japan 6914　ISBN 978-4-86398-208-6
造本には十分注意しておりますが落丁乱丁の際はお取り替えいたします。

＊本書は平成 27 年度(2015)熊本大学学術出版助成金の補助を受けている。